Best Time

白马时光

夏日萤火

㊀

江小绿

著

天津出版传媒集团
百花文艺出版社

图书在版编目（CIP）数据

夏日萤火：全二册 / 江小绿著. — 天津：百花文艺出版社，2022.8
ISBN 978-7-5306-8318-7

Ⅰ. ①夏… Ⅱ. ①江… Ⅲ. ①长篇小说－中国－当代 Ⅳ. ① I247.5

中国版本图书馆 CIP 数据核字 (2022) 第 103546 号

夏日萤火（全二册）
XIARI YINGHUO (QUAN ER CE)
江小绿　著

出 版 人： 薛印胜
责任编辑： 徐丽梅　　**封面设计：** 吴思龙 @4666 啊
特约策划： 夏　童　王晓荣
特约编辑： 王晓荣
出版发行： 百花文艺出版社
地址： 天津市和平区西康路 35 号　**邮编：** 300051
电话传真： +86-22-23332651（发行部）
+86-22-23332656（总编室）
+86-22-23332478（邮购部）
网址： http://www.baihuawenyi.com
印刷： 三河市金元印装有限公司
开本： 880 毫米 ×1230 毫米　1/32
字数： 460 千字
印张： 16
版次： 2022 年 8 月第 1 版
印次： 2022 年 8 月第 1 次印刷
定价： 69.80 元

如有印装质量问题，请与三河市金元印装有限公司联系调换
地址：河北省廊坊市三河市杨庄镇杨庄村
电话：0316-3650243
邮编：065200

云 镇

目录

CONTENTS

FIREFLY IN SUMMER

台　城

目　录

CONTENTS

FIREFLY IN SUMMER

第一章

“傲娇”少年

“近来气温持续上升，酷暑降临，气象台发布高温黄色预警。有专家称，今年的夏天将是有史以来最热的。”台城天气预报。

云镇。

山里的清晨永远笼罩着一层薄雾，旭日在云雾遮挡中变成朦胧的红，落在青山间，静谧美丽。

远处一排飞鸟从山林中穿过，民宿大门被打开，千萤手里端着一盆水，倒在院子两边地里种着的菜上。

她转身时，目光不经意间掠过客厅，角落里放着一架钢琴，表面漆黑发亮，每个零件都写着“很贵”。

前几天，千萤家里来了一个怪人。

客人入住当天，她出去和小伙伴玩了，回来时家里堆满家具，客厅还多了一架钢琴。她爸爸正满脸愁容地坐在中间，不知道该如何安置它们。

听附近的邻居说，外面开进来三辆大车，几乎把整栋房子都搬了过来，大到床垫、窗帘，小到拖鞋、牙刷，都配备得整整齐齐。

只因为来了个城里的小少爷，他在乡里住不惯，所以把东西从里到外都换了一遍。甚至还随手带了架钢琴过来解闷。

千萤帮着爸爸搬了好久才把房间里原有的东西安置好，整个过程中她听着爸爸在她耳边絮叨。

“是爸爸以前的老板的小孩儿，生病了，所以暂时送到这边来休养。

“他脾气可能不太好，没那么好相处。

“阿千，平时多注意一点儿。”

这家民宿是千正民几年前开的，从建筑设计到装修都是他一个人负责。山里游客少，平日里没什么事，偶尔有客人忙不过来时，千萤会帮忙跑跑腿。大部分时候都是他们两个住在这里。

千正民这么说，是怕千萤不小心会冲撞客人。

事实上他们都多虑了，男生从入住后到现在都没出过房门，已经过去整整三天。

千萤负责给他送饭，一日三餐都端到二楼紧闭的那扇门前。里头悄无声息，千萤每次都按照爸爸的吩咐敲了敲房门，轻声提醒：“吃饭了。”

只可惜，里面从来没有回应过。就好像里头住着的并不是一个活人，而是某个没有生命的物件。

次数多了，千萤也忍不住担忧，不知道第几次从上面端下来原封未动的饭菜后，她放下托盘，心事重重地叹了口气，说：“爸爸，他这样不会死掉吧？”

千正民望着自己的女儿，一时语塞。

“阿千，别咒人家。”

“我说的是事实。”千萤低下头嘟囔。

千正民无法反驳，只是把锅里熬得软烂的粳米粥盛出来，装进小碗里，搭配了几样小菜，一起放在托盘上交给千萤。

“阿千，把这个端上去。”

千萤看了一眼墙上的钟表，已经接近十点了，她不禁问：“这么晚了还会有人吃东西吗？”

千正民没回答，只叮嘱：“粥烫，上楼的时候小心点儿。”

山里的夜晚安静幽深，天黑时下过小雨，白天绿意盎然的山林在夜色下化为重重阴影。千萤睡到一半被渴醒，迷迷糊糊地摸黑下楼。

今天晚饭有爸爸腌的小咸菜，有点儿咸。千萤不知道现在几点，半梦半醒走到楼梯口时，眼前突然闪过一道影子。速度极快，分不清是现实还是幻觉，在窗外透进来的月光下显得格外诡异。

千萤的睡意霎时消失殆尽，她后背一凉，控制不住地打了个哆嗦。

“谁？”寂静的夜里只回荡着她一个人的声音，放眼望去，光线晦暗的厨房和客厅有着大团阴影，不确定是家具还是其他物件。

千萤的额头冒出冷汗，顾不上喝水，撒腿一溜烟跑回房间，紧紧缩进了被子里。

她提心吊胆着，竟然就这样睡去，醒来天光大亮，窗外鸟雀啁啾，夜里的恐怖诡谲都烟消云散。千萤对着镜子刷牙时才反应过来，世界上是没有鬼的，昨晚肯定是家里遭贼了！

想到这儿，她立刻洗漱完跑下去，脚步声噔噔作响，晨光也被惊扰得慌乱。

千萤直奔厨房，打开柜子一个个检查，如果她没记错的话，那道黑影就是往厨房走的。

功夫不负有心人，千萤翻到第三个柜子时终于发现了蛛丝马迹。

她前天亲自采摘青梅做的青梅酿，竟然凭空丢了两瓶！

千萤难以置信地睁大眼，恰好听到一楼千正民房间门打开的声音，她立即转身，愤怒地向他控告。

“爸爸！咱们家昨晚进贼了！他把我的两罐青梅酿偷了！”

千正民皱起眉头，还没来得及说话，千萤就看到了斜对角屋檐下躺在竹椅上的那个男生。不知道他是什么时候在那里的，此时正被动静吸引望了过来，眼神很清冷。

千萤后来始终记得第一次看见时陆的样子。

雨后雾很大，他的脸亦像是笼罩了一层山中雾气，冷而白净。眉眼俊挺，眸子却极黑，嘴唇是淡淡的粉，整个人带着大病初愈后的孱弱。

他就像是某种漂亮易碎的瓷器，让人不自觉地喜欢和小心翼翼。

即便后来种种都证明了那天的时陆只是假象，但对此刻的千萤还是造成了不小的冲击。以至于她在发现他椅子旁放着的那个青梅酿的空瓶时，也没能发出什么有力的质问。

千正民是最先说话的。

“小陆，你起床了？”他盯着竹椅上的男生，眼里满是惊喜。

男生的目光落在两人身上，礼貌又冷淡道：“不好意思，昨晚半夜有点儿渴，所以就从柜子里拿了瓶饮料。这个是可以喝的吗？”

“可以可以。”千正民忙不迭地说，有点儿难为情，“是不是昨天的菜太咸了？”

“没有，刚好渴了。”男生顿了下答道。千正民听完干巴巴地一笑，结束了话题准备去做早餐。千萤关上面前的柜门，临走前又偷偷回头看了他一眼。

男生继续躺在椅子上眺望着远处的景色，面上已经恢复成淡漠的模样，就好像刚才的寒暄都是错觉。

没有人想起来，他旁边的空瓶已经是第二次丢失的青梅酿了。

这个闷热的夏天迎来难得的雨水降温后，千萤家奇怪的房客突然开始外出露面了。只是除了偶尔下来吃饭，男生依旧处处怪异。

他从来不出门，每天不是窝在房间里打游戏就是躺在外面的椅子上睡觉，什么也不干，像是在等死。

千萤身边的同龄小孩儿每一个都有用不完的精力，在家一刻都待不住，喜欢在外面漫山遍野地跑，到处玩，没有人像他这样。

他好像偏爱屋檐下那张躺椅，千萤经常在大清早出门时看见他躺在那儿，偶尔夕阳落下后，当她回家时他也还在那儿，就连姿势都维持不变，仿佛一整天都没挪动过。

千萤印象尤为深刻的一次，是那天民宿半夜不知道为何停电，千萤被热醒时，床脚风扇已经停止了转动，她揉着眼睛走到外面透气，看到了屋檐下男生熟悉的身影。

太阳还未越过山头，天色将明时分，空气湿润清凉，头顶天空是清透的蓝。

他合眼躺在椅子里一动不动，睫毛像沾了露水，覆在苍白的脸上，病态脆弱。仿佛是在这里睡了一晚上。

云镇是个小地方，没多少娱乐活动，小孩儿都喜欢成群结伴凑在一起找各种乐子。

吃过晚饭，千萤的几个小伙伴来找她玩。吴晓天的舅舅从国外给他寄过来一个无人机，这群没见过世面的孩子瞬间炸开了锅，嚷嚷得全世界都知道了。

民宿院子里有块大草地，一群人众星捧月般把拿着遥控器紧张操纵的吴晓天围在中间，眼睛都盯着天上“嗡嗡”飞着的小东西，惊奇艳羡不已。

“大家别急，一个个来。晓天，下一个是不是该轮到我玩了？”方虎像模像样地在人群中维持着秩序，把每个人的名字做成了编号，只是第一个念到的就是自己。

“我是五号。”舒美美掰着手指头数着，“二、三、四，我前面还有三个人！”

她兴奋地看向千萤：“小萤，你是第几个？”

“我不玩了。”千萤露出为难的表情，“爸爸让我待会儿去给我家的房客送晚饭。”

“那个城里的小少爷吗？”方虎耳尖，听到她们聊天立刻搭话。

小地方是没有秘密的，不管哪家发生什么事情，第二天必定会传遍镇上每个角落。千萤家来了个城里小少爷的事早已在小伙伴之间传开了。

“嗯，最近天气太热，他不下楼吃饭了。”千萤回答，她对此已经习以为常。

“娇生惯养。”平日里天天以男子汉自居的方虎露出不屑，握紧自己的铁拳，“像他这样的，我一拳打倒一个。”

“胡说，他很可怕！”方虎刚说完，平日里胆子较小的吴奇立刻反驳。他顾不上看天上的无人机，激动地爆料。

“我上次才看到他把隔壁的胖胖吓哭了。”他模仿着当时的场景，两只手比画出一个可怕的鬼脸，令人心有余悸。

“那个人，就白着一张脸，嘴巴血红血红的，盯着胖胖一动不动，说自己平时不吃饭只吃小孩儿！”

“我也想起来了！小萤，上次我来找你玩，你不在家，然后我就看到他一个人坐在椅子上拿刀削着东西。当时我有点儿害怕没仔细看，现在回想起来……”舒美美轻吸一口气，睁大眼睛，满脸惊惧。

“那好像是一根人的手指头。”

“天哪！”话音落地，一群人被吓得半死。吴晓天原本在专心遥控着无人机，听到这里也忍不住手上一抖，只见空中转动着的那架无人机失去控制，在半空剧烈摇晃两下，往前面直直栽了过去。

在众人紧张的注目中，飞机不偏不倚掉进了二楼那扇半开的窗户内，里头传来一阵响动，最后以重物坠地的声音结尾，一切归于平静。

楼下的人不约而同地仰起脖子，惊恐地盯着那扇窗户。

千萤咽了咽口水，小声开口：“那是时陆的房间。”

院子里一片死寂，久久没人说话，方才还活蹦乱跳的人此时都畏畏缩缩，活像一只只将要被宰割的鹌鹑。

空气凝滞，几个人面面相觑。奇异的僵持中，吴奇率先撞了下方虎的胳膊，声音微弱。

“虎子，你平时胆子最大，要不你上去问他要一下？”

方虎被他这个提议吓一跳，立刻扭身看向吴晓天，忙道：“飞机是晓天的，也是他自己没控制好才掉进去的，应该他去要吧？”

吴晓天一听急了，马上涨红着脸控诉：“要不是你们在那里吓人，我会手抖吗？都怪吴奇，突然说起这些。”

最后沦为始作俑者的吴奇哑口无言，他想辩驳又组织不出什么有力论据，嘴唇翕动两下后只能憋屈道：“那也不能怪我啊，又不是我一个人造成的。”

“那怪我吗？谁叫你们心理素质这么差！”被牵连进来的舒美美也不乐意了，立马大声说。

云镇红星小学优秀毕业生十几年来固若金汤的友谊在今天遇到了最大危机。经历了一番七嘴八舌的吵闹后，边上的千萤终于找到机会，默默举起手，建议道：“要不我们一起上去找他吧，人多力量大。”

场面安静了一会儿，然后方虎打破沉默，率先撸起袖子。

“走，我就不信他还会吃人。”

民宿二楼只有一位客人，时陆的房间在另一边的走廊尽头，此时走廊安静幽深得可怕，回荡着他们细碎的脚步声。

几个人站在时陆房间的那扇门前，如同即将被审判的罪犯，个个不自觉地低垂着脑袋。

方虎深吸一口气，抬手敲响房门。

面前的那扇门几乎是在下一秒被打开了，一股扑面而来的空调冷风让众人顿时打了个寒战。

房间光线很暗，男生像是没睡好，头发凌乱，眼底挂着明显的青色，站在门内盯着他们，脸色很难看。很像传闻中会吃人的模样。

和他正对面的方虎不禁抖了抖腿，本能地后退。

“你……你好。”他努力镇定。

“我们的飞机不小心掉到你房间里了，能麻烦你还给我们吗？”

时间无声凝滞，不知过去多久。

男生脸上没什么波动，他面无表情地开口，是陈述句。

“你们把我的杯子打碎了。”

闯了祸的一群人谁也不敢说话，四周陷入寂静，最终还是飞机的主人勇敢地站出来，承担责任。

“对不起。多少钱？我……我们赔你！”只可惜吴晓天这句话说得磕磕绊绊，丝毫没有该有的气势。

时陆没动，定定地打量他们几秒，说：“你们赔不起。”

“瞧不起谁啊！不就是一个杯子？”方虎很生气，全然忘记了方才被支配的恐惧。

“多少钱？我们赔！”

时陆没说话，看了他一会儿，默不作声地返回房间，从里头拿出一张小票。

方虎半信半疑地接了过来，低头去看。

“kb……什么水晶玻璃杯……”他念道，目光慢慢往下，看到了最末的那个数字，难以置信地叫出声。

“两千元！”

“你抢劫啊！”

在场的人都惊住了，他们生活在云镇十多年都没见过这么贵的杯子，一时间大家都抢过那张小票仔细查看。

“什么时候赔给我，什么时候就把飞机还给你们。”

没有起伏的语调在众人耳边响起，待他们反应过来时，男生已经一把关上了门。

他们冰凉的心，彻底沉入谷底。

夏季阳光猛烈充沛，透过茂盛树木在地上投下大小不一的光斑。

镇口的那棵大榕树下，几个半大孩子凑在一起正嘀嘀咕咕着什么，像是在商议紧急事件。

“这是我去年的压岁钱，全部积蓄两百元。”吴晓天松开手里紧紧捏着的东西，紧咬嘴唇，瘦小的身子写满挣扎和不舍。

“我妈妈给我的生活费，存了这么多。”舒美美从荷包里拿出自己的一百元，一脸心痛。

“我只有六十元。”吴奇说完有点儿惭愧，狠狠地低下了头。

“我的。”方虎一掏右边裤兜，朝他们伸出手，向上的掌心中，卷成一团的纸币还浸着汗水，花花绿绿几张，不多不少刚好三十五元。

他感受到来自四面八方的谴责视线，也有些尴尬，一挠后脖颈儿。

“我也没办法，过年那点儿压岁钱早被我花完了，生活费哪里还有的剩，这些都是我今天东拼西凑出来的。”

众人只好把希望寄托在最后的千萤身上。

她拿着自己的布艺小钱包，在大家的注视下，抿了抿唇开口。

“我所有的钱都在这儿了。”千萤打开了手里的小钱包，里头整整齐齐码着几张红色人民币，崭新鲜艳。

“一共五百元。”

男友转正卡

转 正 人：时陆

荣誉称号：黏人小鹿

转正宣言：我要你一直爱我，只爱我！

夏日萤火

“千萤，你好有钱。”方虎率先叫出声。

舒美美也眨了眨眼感慨道：“小萤，你原来是个小富婆。”

“我爸爸每年都会给我一百元压岁钱。”

“千叔真好。”

低迷的气氛得到片刻的缓和，又马上回归现实。

舒美美算了算几个人的资产总和，远远达不到时陆那个“天价”杯子的价格。

她发愁地重重叹了口气，说：“怎么办？还是不够。”

“要不去问我们爸妈要吧？”方虎出主意，但立刻遭到了所有人的一致否决。

“不行！我妈会打死我！”

“我也是！”

“不然我们去和时陆道个歉，看看我们少给他一点儿钱行吗？”舒美美小声提议。

方虎第一个站出来拒绝。

“不可能！让我去求他，不如让我死。”

场面再度陷入胶着，就在他们满脸愁云、一筹莫展之际，一道声音弱弱地响起。

“要不然……我的飞机不要了吧。”

吴晓天耷拉着脑袋，情绪很低落，说：“反正那个杯子也是我打碎的，不应该花光你们的钱去赔。

“舅舅说那个无人机很贵，要好几千，应该够赔他那个杯子了。”

时陆的房门再度被敲响时，他开门后又看到了那几个初中生。

依旧是那个小胖子冲在最前面，见到他的那瞬间，小胖子鼓起腮帮子像要说什么，又飞快地拉过来旁边那个瘦子，推到他跟前。

时陆垂下眼淡淡地看着他。

“我……我把那个无人机赔给你。”吴晓天鼓足了勇气，口齿清晰地说道。

“那是我舅舅从国外带回来的，要好几千元钱。我们没有那么多钱买你的杯子，把无人机赔给你，就当作补偿。”

时陆看他一脸忍痛割爱的表情，转头又瞥了一眼房间角落那个价值两三百元的“无人机”玩具，许久没说话。

见他没有反应，几个人都有点儿慌。吴晓天正在心里惴惴不安要再度发问时，只见时陆垂下头，似乎大发善心道：“不用你们赔了。”

“什……什么？”吴晓天愕然。

时陆已经走进了房间，拿着那架无人机走了出来。他把无人机丢到吴晓天的怀里，嗓音平静：“下次玩的时候小心点儿。”

这次的事件在几个人心里留下了不小的阴影，连同着这段时间都安分许多，乖顺地缩在家里，不敢出去惹事。

没两天，吴晓天说他的那架无人机坏掉了，从时陆那儿拿回来后就已经飞不了了，不知道是摔坏了还是其他原因。

方虎在那里小声嘀咕，说会不会是被时陆偷偷报复弄坏了。

其他人将信将疑，千萤却觉得时陆不会做这样幼稚的事情。她回想起时陆那天的神情，虽然大家都是同龄人，但时陆看着远比他们要成熟得多。

即便他仍旧很奇怪，白天几乎见不到他的人影，只有清晨、傍晚气温清凉时才能看到他露面。他似乎非常怕热，偶尔还会日夜颠倒。

千萤后知后觉，他刚来那几天并不是不吃不喝不出门，而是白天的时候在睡觉，只有深夜才会起来寻找食物。

这件事情，爸爸似乎早就知道了。

傍晚，隔壁家两岁左右的小孩儿胖胖来找千萤玩。他学会走路没多久，小跑起来还一颠一颠的，一见到千萤，就立刻扑上来抱住她的大腿，笑得露出两颗雪白的门牙。

小孩儿好动，对什么东西都很感兴趣，尤其是新鲜的事物。

夕阳下山好一会儿了，时陆不知何时下了楼，坐在不远处的躺椅上，好像在用小刀专心地雕刻着一截木头。

千萤怕胖胖会走过去打扰他，于是在院子角落带着胖胖玩。

这个时间胖胖妈妈通常在做晚饭，千萤有空会帮她照看一下胖胖。

她给胖胖编了个草蚂蚱让他拿着玩，胖胖很喜欢，放在手里翻来覆去的，嘴里咿咿呀呀说着话。她笑了笑，正准备逗逗他时，厨房里的千正民突然扬声叫她。

锅里的汤好了，千正民正在剥虾腾不开手，让千萤过去帮忙盛一下。

她应声，把胖胖放在一旁的椅子上，嘱咐好他后往厨房走去。

千萤走了没多久，小孩儿一个人在这边玩了会儿，有点儿无聊，眼睛滴溜溜地在院子里转着，又停在了不远处的时陆身上。

他不长记性，全然忘记了上次这个哥哥吓他，依旧捏着小蚂蚱朝时陆蹦跶了过去。

时陆感觉有人扯他的裤脚，一低头，又看到了上次那个小胖墩儿，他不想搭理，刚准备继续做手上的活儿时，小孩儿献宝似的朝他举起了手。

“哥……哥哥……”他口齿不清地叫着，高举右手。

时陆看到了他手中编织精巧的草蚂蚱，动作一顿，指腹不自觉地弯曲，蹭了下。他还没见过这种工艺的东西，好像是用叶子做的。

想要。

时陆打量几眼后，弯下腰，换了副和蔼可亲的模样。

“小屁孩儿，把你的草蚂蚱给哥哥玩一下。”时陆哄道。

胖胖似懂非懂，正在偏头思考之际，手里的东西已经被人抢了去。他愣了几秒，哭声慢半拍爆发而出。

响亮的哭声回荡在院内，很快惊扰四周。千萤闻声赶出来时，只见胖胖站在时陆身前哭得伤心欲绝，而男生正头疼地盯着他，手里拿着她做的那只小蚂蚱。

时陆心有所感地抬起头，正对上不远处千萤的视线。

两人的神情都无比复杂，空气也仿佛凝住。千萤苦恼地、轻轻地皱了下眉。

“你喜欢的话我再给你编一个。”她盯着时陆手中的草蚂蚱，有点儿一言难尽，“你不要抢小孩儿的东西。”

时陆没有说话。

院内只剩胖胖嘹亮的哭声，在千萤的注视下，时陆面不改色地把手里那只草蚂蚱还给了面前的小孩儿，刺耳的哭声一瞬间止住。小孩儿红着眼睛看他，仿佛在无声谴责他之前的恶行。

时陆轻咳一声，最后还是什么都没说，看着千萤过去把小孩儿哄好送回了家。

饭桌上，今天的氛围格外安静。

千萤闷不作声地扒着碗里的饭，时陆也专注地吃着面前的一盆炸小鱼仔，空气中只能听见碗筷碰撞的声音。

千正民看他夹了好几筷子鱼，以为他喜欢吃，不由得说：“这是阿千和他们去河里抓来的。对了，你下次可以让阿千带你出去玩玩，一个人待在家会不会有点儿闷？这边有很多小伙伴，大家都很好相处。”

千正民从来不会干涉时陆，这还是第一次听到他建议，千萤停下筷子抬起头，腮帮子塞满了鼓鼓的米饭。

下一秒，时陆头也不抬地答：“我不喜欢小孩子玩的东西。”

他说完看了千萤一眼，不知道是有意还是无意，道：“太幼稚了。”

千萤一嘴米饭终于咀嚼完，艰难地咽下去，还没说话，千正民爽朗一笑：“原来如此。看来我们时陆是个小大人了。”

小大人？她再度一言难尽地看了看时陆，最终决定保持沉默。

千萤也搞不懂为什么小大人时陆会去抢一个孩子的东西玩。但是睡前，她还是重新编了一只草蚂蚱放在时陆的房门口。

想着他年龄大些，她还贴心地找了片最大的长棕叶，做了个体积更大、工艺更为精湛的蚂蚱。

千萤在门边把草蚂蚱摆放得端正，又调整了几下位置，才心满意足地站起身。

希望他能够放过胖胖。

早上时陆起床，一推开门，就感觉到小小的异样。

他低头，地上摆放着一只草绿色的蚂蚱，和他昨天从小孩儿手里抢过来的那个几乎一模一样，除了体积稍大一点儿。明显出自一人之手。

一时间，他的心理复杂万分，不知道是尴尬羞恼居多还是欣喜居多。

他弯腰把这个小东西从地上捡起，放在手心端详许久，最终抿着唇，轻轻哼了声。

山里温差大，哪怕每天都是艳阳，上午时分仍旧气候宜人。

时陆躺在廊下的椅子上休息，隔着一道院墙，外面热闹非凡，远远地都能听到他们大呼小叫的声音传来。

“这里有个大的桃子，扶我上去！”声音雄厚粗犷的，应该是那个胖子。

“小萤，这里这里！都红了！”一道偏弱的女声，大概是老喜欢跟在千萤后面的那个女孩儿。

“发了发了，今年桃子大丰收。”

“好险！抓稳我，差点儿脚滑摔下去。”

七嘴八舌的吵闹声中，有道平稳的女孩儿的声音格外有分辨率。

“我们多摘一点儿，待会儿回去可以做桃子罐头。”

好吵。时陆皱起眉头，却不知怎么仍然坐在原处没回房。可能真的是太无聊了。

他来的时候手机被收走了，这么多天除了睡觉，便在房间打单机游戏，气温凉了就出来看看风景。好听点儿是悠闲，其实就是被迫受刑。

现在几个乡下小孩儿摘桃子都能让他感到一丝新鲜，好奇长在树上又大又红的桃子是什么样。

时陆不满地揉了揉脖子，刚准备起身回房间，院口那扇半开的木门被人“咯吱”一声推开，隔壁的小胖墩儿拿着一个桃啃着，摇摇摆摆地朝他走过来。

他大概只有鱼的七秒钟记忆，经过了这么多次惊吓打击之后看到时陆仍旧会不畏惧地想接近。

“哥哥……桃子。”他举着手里啃得满是口水的桃子送过去。

时陆皱着眉头撇开脸，拒绝得毫不留情："我不要。"

他满是嫌弃道："你自己吃。"

"好吃。"胖胖见状收回手，捧着桃子大口地咬了两下，然后睁着天真无辜的大眼睛看他。

"外面，好好玩，好多桃子，甜。"他不连贯地说道。

简单的几个词可以完全概括此时外头的热闹，而这正好戳中时陆心头最隐秘的烦躁，他瞪着面前这个小屁孩儿，也不知道在和谁强调："摘桃子有什么好玩的？幼稚。"

民宿的隔音效果不是很好，即便是回了房，隔着一层薄薄的楼板，时陆依旧能隐约听到下面的响动。

几个人似乎是在厨房跑来跑去，估计在做什么桃子罐头。

时陆的思绪不由得发散，上次的那个青梅酿还挺好喝的，好像也是她自己在家做的……

时陆打了几局游戏，索然无味。房间开了空调，门窗紧闭，有厚重的遮光窗帘遮挡，透不进来一丝光，四周昏暗。人工制造的冷气形成不自然的强烈低温，闷不透风的屋子令人窒息。

这是他熟悉的夏天的味道。

时陆突然有点儿喘不过气来。

桃子浸泡在盐水里，然后去皮、切块，小火加糖煮开，最后装进玻璃罐子放凉，放入冰箱。

千萤刚刚弄完最后一罐，听到了楼梯处的脚步声。

时陆脸色不太好地走了下来。

千萤不由得看了一眼墙上的挂钟，下午四点。不太符合他平常的作息。

男生像是刚睡醒，起床气未散，浑身散发着生人勿近的气息。他径直走进厨房，从柜子里拿了个玻璃杯倒了点儿水。

自从他那个杯子被打碎之后，他用的都是厨房公共的杯子。

他像是没看到千萤，拿着杯子喝了两口水后才反应过来，目光慢吞吞地从她手里扫过，仿佛纡尊降贵般对她开口。

“你拿着的是什么？”

“桃子罐头。”千萤眨了下眼回答，想起爸爸的嘱咐，抬手询问，“你要吃吗？”

时陆停顿两秒，高冷道：“可以。”

冰箱里有一罐做好的成品，已经有点儿冰了，千萤拿出来，然后找了个小碗，盛了大半碗拿到客厅。

头顶的吊扇呼啦啦地吹着，且民宿大厅构造通透，自然风从四面八方吹进来，微凉清新，驱散了夏日大半的炎热。

时陆坐在餐桌旁，低头拨弄着手腕上的黑色硅胶手环。

千萤把碗放在他面前，发出轻微声响，时陆垂着眼，含糊地道了声谢。

“你那些朋友呢？”他拿勺子挖了块粉白色的果肉塞进嘴里，话语变得不清晰。

“他们吃完回家了。”

“哦。”冰过的桃子口感软甜中又带着一丝脆，很爽口解暑。时陆应着她，手里的勺子再度挖起一块。

挺好吃的，但他还是更喜欢上次的青梅酿。时陆吃完，在心里想。

山里小孩儿的活动真的很多。今天提着桶去捉泥鳅，明天拿着网去捞鱼，后天上山摘果子，大后天结伴去镇上看电影……五花八门，几乎不重样。

时陆每天最大的活动就是躺在屋外的椅子上，看日出，看日落，看千萤开开心心地出门和回家。

她总是喜欢穿各种各样宽松舒适的小褂子和短裤，露在外面的手臂、小腿细瘦又健康，连呼吸都让人能感受到蓬勃的生机和活力，和他截然不同。

她经常会从外面带回来不少战利品。有时候是泥鳅、小鱼，有时候是从未见过的野生菌子，有时候是满满的一筐水果。晚饭时经常会加餐，冰箱、柜子里也总会出现新做的罐头、甜酒。

有一次时陆还看到她拿着小锄头兴致勃勃地和他们去挖莲藕，结果藕没看见，倒是带回来几个绿油油的莲蓬，被她当作零嘴给隔壁小胖墩儿吃掉了。

明明是从前不屑一顾的事情，他却莫名地被勾起一丝意动，难以戒除，像是虫子一样在心上细细地啃，慢慢堆积成无法掩盖下去的欲望。

一个清晨，千萤依旧像往常一样早早起床，整理着行装出门。空气分外清新，远处青翠的禾苗在朝阳下散发着晶莹的光，但今天她的小伙伴都没在。

千萤头戴大草帽，穿着宽大的 T 恤、短裤，手里拿着白色的纱网杆，脚上踩着胶雨鞋，收拾好准备出发。

时陆在屋檐一角合眼浅寐，那里几乎成了他固定的位置，千萤每天早上出门会从他眼前路过，晚上回来要经过他身旁。

两人同住在一个屋檐下，却是井水不犯河水。

千萤早出晚归，天天在外面上山下河像个野孩子；时陆则整日待在民宿，连大门都没有出过。

没有人敢主动和他说话，更不敢叫他一起玩。

时陆经常不搭理人，总是独自待在一边，上一次有人不了解情况去和他搭话，问他是不是城里来的。时陆瞥了对方一眼，理都没理。

他对他们的日常活动没有一点儿兴趣，甚至觉得幼稚，是小孩子才喜欢的东西。

纵使从小只生活在云镇，对这个世界没有太多的认知，千萤也知道时陆是个从头发丝到脚底板都和他们不一样的人。

他们属于完全不同的两个世界，所以千萤尽量和他保持距离，互不打扰。

她的思绪没有在时陆身上停留太久，只是很短暂地闪过一些念头，紧接着想到了今天要做的事情，脚步不由得雀跃了起来。

千萤抓着手里的纱网杆，嘴角扬起笑意，几乎是小跑着从时陆身边路过。她刚刚要加快步子，一直以来都安静地躺在椅子上从未出过声的人突然叫住了她。

“喂，你为什么总是自己一个人偷偷地玩？”他勉为其难般朝她轻抬了下头，皱眉质问，“也不邀请我？”

第二章

意外突发

田埂小径上，千萤和时陆一前一后走着，野草上的晨间露水沾湿鞋面。她默不作声，无意识地抿着嘴巴。

这是他们两个第一次单独出来，在此之前，千萤跟他的交集只限于民宿里不可避免的接触与交流。哦，她还经常吃冰箱里的那些进口小零食。

时陆的东西是有人专门送来的，每周固定一次，都是些她从未见过的新奇食材和进口高档零食，还有不少颜料和木头。

他经常拿着一截木头在屋角雕刻，只是成品都很怪异，肢体残缺的人、线条繁复的兽面像，还有各种奇形怪状的物件。它们像是他为了打发时间随手刻出来的，雕刻完就被他随便丢在屋子的各个角落。

虽然千萤分辨不出那些东西是什么，但它们都有种难以言喻的美。她觉得时陆像个艺术家。

而那些送过来的零食时陆很少吃，他只喝其中一个牌子的酸奶，剩下的都塞进冰箱不闻不问，没几天冰箱就装不下了。

千萤对冰箱里高级的进口巧克力垂涎许久，终于在一次时陆下楼拿酸奶时鼓起勇气，小声询问他里面的东西可不可以吃。

男生依旧是没睡醒的样子，整个人迷迷糊糊的，听到她的问题反应了一秒，胡乱地点了下头。

他拆开手里的酸奶吸了一口，含糊吐字："随便吃。"

最后那冰箱里的大半零食几乎都进了千萤的肚子。

每次看到送东西过来的那些人，千萤的心里都会微微一虚，有种鸠占鹊巢的负罪感。

这大概是她刚才拒绝不了时陆的最大原因。毕竟吃人嘴短……

乡间路窄，两旁都是小腿高的禾苗，蜻蜓时不时地在上空飞舞。

时陆从最开始问她去做什么，她回答去抓青蛙之后，他就彻底沉默了，一声不响地跟在她后头，大概是正在为自己的一时冲动懊恼。

她预料得分毫不差，时陆现在确实是这样想的。

他也搞不懂自己当时怎么脑子发热，没忍住叫住了千萤，然后造成了如今这种不上不下的局面。

回去，似乎有点儿打脸。和她去抓青蛙？时陆觉得还不如扇自己两下。

他在心里重重地叹了口气，认命地跟在千萤后头，脑袋低垂，眉眼抑郁。

千萤手里拿着纱网杆和袋子，她很快找到了田边一块青草茂盛的地方。这里靠近小河，草丛里偶尔有蛙鸣传来，低沉的一声。

时陆听着这个声音都有点儿头皮发麻，脑中不由得浮现了某种黏黏腻腻的触感。他默默挪开两步，离身前那团草丛更远了。

千萤不知道时陆这一番复杂心境，她竖耳仔细倾听着草里传来的响动，握紧纱网杆子，然后轻轻地拨开掩映的杂草。

角落处，一只青蛙静静地趴在潮湿的地上，在遮蔽物被拨开的瞬间弹跳而起。同一时间，一个白色纱网从天而降。

千萤脸上浮现笑意，她把那只青蛙快速倒进了袋子里，另一只手紧紧抓住袋口。

这里随处可见虫鸟蛙类，一到晚上，叫声此起彼伏。她继续去寻找下一个目标，很快便发现了踪迹。

千萤飞快地网到下一个，正欲把青蛙倒进袋子时，突然停住了。她一只手拿着纱网，另一只手握紧袋口，操作不免有点儿困难。

僵持了三秒，千萤终于想起旁边的时陆，她看向一旁，正对上时陆的视线。

眼前的画面很好理解，时陆读懂了她的眼神，身体退后两步，嗓音莫名地干涩起来。

“我……我不行。”他咽咽口水，朝她摆手。

千萤沉默片刻，用商量的口吻轻缓道：“你就帮我抓一下袋子，我保证不会碰到你的。”

“不。”时陆斩钉截铁地拒绝。

千萤停顿了一下，再开口，话里带了诱惑：“你帮我抓一下，我下午带你去玩好玩的。”

时陆很警惕道：“又是去抓青蛙还是抓蜻蜓？我没兴趣。”

“都不是。”千萤技穷，使出“撒手锏”，“我们去钓龙虾。”

禾田边，时陆两根手指捏住袋子口，整个人往后倾，和面前的袋子保持着将近半米的安全距离。

千萤在前头捕着青蛙，一网到就往后扔进袋子里，她的动作很准，也很快。时陆每次打开袋子再合上的速度也飞快，好像再晚一秒里头的东西就要跳出来似的。

青蛙还活着，每次掉下去后还会在袋底轻微挣扎，动静透过薄薄一层袋子传上来，仿佛青蛙就在他手里一样。

时陆起了一身鸡皮疙瘩，他望向前头正在专注抓着青蛙的人，焦急催促。

“好了没？我快不行了！”

千萤听出了他话里真实的恐惧，在心里默默把原计划数量减半。

她放下网，转身接过时陆手里的袋子。面前的男生像是顷刻松了口气，浑身的力气都卸了下来。

时陆忍不住搓了搓手臂，又想起什么，迅速把抓过袋子的双手在衣服上用力擦了擦。

千萤看着他的动作，忍不住问：“你很怕青蛙吗？”

不知为何，时陆明明已经到嘴边的话突然说不出口。他觉得有点儿丢脸。

望着面前这个比他还矮半个头的小女生，时陆扭过了脸，冷哼一声：“谁怕了？我只是觉得它很恶心。

“我不喜欢碰这些脏兮兮的东西。”

两人回到民宿，正好千正民做好早餐从厨房出来，见到时陆和她一起从外面进来，神色惊讶。

“小陆，你和阿千出门了？”

“嗯，去抓了下青蛙。”时陆面无表情地说，瞧不出喜怒。

千正民沉默了好一会儿，才开口：“你怎么突然和阿千去……”

他话说到一半，欲言又止，再度出声时话语里带了几分关心：“她从小在山里长大，习惯了。你第一次见到这些东西，没有害怕吧？”

时陆这次破天荒地安静下来，他有些不知道说什么，心底浮起微微异样，却不是先前的恐惧。“没有。”他正色回答。

千萤在一旁认真地仰起脸，解释道：“爸爸，我只让他帮我拿了一下袋子。他没有抓。”

“知道了。”千正民无奈地看她一眼，接着抬手招呼两人。

“快来吃早餐了，今天做了小陆爱吃的馅饼。”

“爸爸，那我爱吃的肉包呢？”千萤巴巴地凑上去问。

千正民没好气的声音传来：“下次！”

“好吧。”

时陆在原地停顿两秒，注视着两人的背影，接着加快步子走过去，追上了他们。

“谢谢叔叔。”他难得主动说话。

夏季白天漫长，下午一两点是最热的时候。

千萤一般都在家里午休，她的房间朝东，一过上午就没了太阳光照，自然风从大开的窗户灌入，和门口走廊吹进来的微风交汇，整个房间都通透凉快。

她躺在凉席上，闭着眼，摊着手脚睡得香甜。床脚一台四方小风扇“呼呼”转动着。

门被人敲响时，千萤梦到有人在敲木鱼，“咚”“咚”“咚”……一下一下的，然后在耳旁越来越清晰。她睁开眼，看到了站在门边的时陆。

她还迷迷糊糊的，看着他半天没说话。时陆的眼睛不自然地从她舒适的睡姿上挪开，出声问：“三点多了，我们什么时候出门？”

千萤默默吸了口气，轻闭上眼又睁开，然后扯过一旁的被子盖在自己身上。

“小龙虾要太阳下山了才会出来，它们怕热。”她转了个身，抱紧被子，大半张脸埋了进去，有点儿痛苦抓狂，“就和你一样。”

时陆陷入安静。好一会儿没听到他的动静，千萤又从被子里抬起了半张脸，望着他，神情困顿。

“你要不也去睡个午觉吧？到时候我叫你。”千萤说完，见他没动作，又立刻举起手保证，“我发誓今天一定带你出去钓龙虾。”

时陆已经没有丢脸的感觉了，在千萤这儿丢的次数太多，已经快要形成免疫。

他回了房间，打了几把游戏越发无聊，把刻到一半的木头拿起来雕刻几下后也没了兴趣，突然闲下来，好像有点儿困了。

他回忆起千萤的睡姿，女孩儿穿着短衫和短裤，手脚舒适地摊开在凉席上，衣服底下露出一小片柔软的肚皮，像是宫崎骏动画里的那个龙猫……身旁的小女孩儿。

傍晚，千萤如约叫醒时陆，带他出去钓龙虾。

她手里提着早上收获的那袋青蛙，拿着两根自制的竹竿，工具准备齐全。

民宿的后山里有个天然池塘，离那条他们常去的小河也不远，周围遍布小草和石头。此时正是小龙虾活跃的季节，塘里经常能看到深红色的龙虾在水面露头。

镇上这群小孩儿垂涎已久，几天前就约好了要一起来钓龙虾。

千萤到时，池塘边已经有热闹的声音了。方虎他们拿着竹竿和饵，正在争夺着最佳的钓龙虾地点。

“我要这块石头，我先来的。”方虎的嗓音在里头很响亮。

舒美美的声音虽小，但不甘示弱：“谁先放下桶算谁的。”

“别吵了，哪儿不都一样吗？”吴奇依旧是老好人，劝架。

方虎立马道：“那你去最边上，那块小石头那里。”

几人正说得起劲，吴奇先转头，看到了走来的千萤，紧接着又看见一旁的时陆，他张了张嘴，伸出手指向那边：“他……他……他……”

“他什么？”方虎被迫停下战局，顺着他的视线回头一看，整个人也紧闭嘴巴。

方才还热闹无比的场面顿时变得一片寂静，几个人都呆怔在那儿，直直地望着时陆。直到千萤走到他们跟前，挠了挠头，抬手示意了一下，正要给小伙伴们介绍时陆。

方虎后退一步，惊恐道：“小萤，你怎么把他给带来了？”方虎问出了在场所有人的心声。

他们都有点儿怕时陆。一方面男生确实难以接近；另一方面是他们打碎了人家一个两千元的杯子，还赔不起。

时陆是城里的小少爷，他们是乡下的野孩子，兴趣、爱好和人家截然不同。

时陆在屋里看书、雕刻，专心艺术创作；他们每天上山下河，捉鱼摸虾。不用求证，时陆肯定瞧不上，觉得幼稚无趣。

镇上的小孩儿没人主动去和时陆玩，甚至连话都不敢讲，他们从没想过有一天时陆会加入他们的队伍。

舒美美忍不住咽了咽口水。吴奇在后头偷偷扯方虎的衣角，提醒他不要口无遮拦，本人就站在他们面前呢。

千萤望着眼前大惊失色的一群人，苦恼地皱脸，解释道：“我带他来一起钓龙虾。”

千萤想了想，又说：“他天天闷在家不出门，爸爸让我多带他出来转转。”

这样一说，几个人就理解了，没再在这个问题上多做纠结。千萤带着时陆去找位置，他们一眼就相中了那块角度绝佳的大石头——正是方虎先前和舒美美争夺的那块。

大家眼睁睁地看着时陆走到那块石头上，话都不敢吱一声。

千萤把那块位置最好的石头让给了时陆，自己走到旁边略小的那块石头上。她在野外露天席地早已习惯，拍了拍灰尘就直接坐下，而时陆嫌弃地看了眼四周，然后从口袋拿了张雪白的纸巾，在地上铺好才皱着眉不情不愿地坐下去。

这一番举动又叫暗中观察的方虎他们叹为观止，果然是城里的小孩儿，出门都会随身携带纸巾，哪像他们，什么都没有！

竹竿头缠上棉线，青蛙绑在线的另一端，千萤帮时陆把他的工具弄好，只要时陆把青蛙丢进塘里，然后等着龙虾上钩就行。

她嘱咐时陆："你看着那条线，如果动了就是有龙虾咬饵了。"

"嗯。"他回答了一个单音节。千萤发现他是真的不太喜欢和外人接触，自从来到这儿，时陆几乎没有说过一句话。

她把自己的钓竿弄好，守在一旁。不远处方虎依旧在和舒美美打打闹闹，偶尔会传来吴奇的声音，和他们这边的安静氛围截然不同。

深红色的夕阳透过树叶缝隙打在地上，池塘边余温未退，空气有些许闷热，蚊虫在四处飞舞。

时陆静候了几分钟，钓线没有任何动静。

他的脸上已经露出不耐烦，感觉好像随时都会起身回去。

千萤低头翻了翻装工具的那个袋子，从里头拿出一瓶小小的驱蚊水，递给时陆："喷一下。"

时陆打量两秒，接了过来，他喷完，千萤接着把东西传给了方虎他们。

在几个人互相喷着驱蚊水的时候，千萤手里又多了个粉色手持小风扇。

千萤把这个小风扇递给时陆。时陆眼里露出几分嫌弃，正要开口拒绝，她摁下开关，微凉的风顿时迎面吹来。

“很凉快吧？”她得意道，眉眼中带了几分骄傲。

“别看它小，我的小风扇马力可是很足的。”

时陆咽下嘴边的拒绝，伸手接过她的风扇，燥热被驱逐一空，鼻间还有淡淡的驱蚊水清香，方才扰人的东西通通不复存在。

时陆皱起眉头，他不愿意相信面前的女孩儿比自己还要小四个月的事实。相比起来，她太会照顾人了。

沉闷的气氛在水中棉线第一次颤动时消失殆尽。时陆的线是最先动起来的，他开始没发现不对，还是旁边千萤叫了声，他才飞快地提起来。

竹竿那头有微微重量，线上多了几只用大钳子紧紧夹住饵的深红色小龙虾，浮出水面后还在空中张牙舞爪。

时陆不禁屏息，一鼓作气把龙虾放进桶里，但它们仍紧紧抓住饵不愿松开。

周围陆陆续续也有人钓起来，别人都是直接熟练地用手拿住两只大钳子，然后把龙虾从上面摘下来放到桶里。

时陆面露为难之色，迟迟没有动作。千萤见状，从旁边捡来两根不粗不细的树枝，递给他道：“用这个。”

时陆艰难地拿着树枝，把线头上的那几只龙虾拨弄下来，看它们在桶里生龙活虎地原地打转，心头不禁欣慰。哦，原来从池塘里钓上来的龙虾是这样子的。

暮色降临，千萤和时陆收获颇丰，带来的桶装了大半。

她速度一贯很快，时陆后面也渐渐熟练，已经可以用一只手握住两根树枝，像拿筷子般快速地把龙虾从上面摘下来，然后重新换饵放进池塘。他现在也不怕青蛙了，反正都已经被处理好了。

几个小伙伴乘着夜色回家，清凉的风从树林中刮过，带着乡间特有的草木气息。

鸟雀扑棱着翅膀归巢，他们脚下踩过野草，发出细微声响。

有人唱起了歌：“宁静的夏天，天空中繁星点点……”

这是他们初中二年级音乐老师教的歌曲，舒美美很喜欢，提着桶子不自觉哼唱起来，方虎的粗嗓子加入进来，歌声渐渐壮大。

千萤脚步轻快，嘴里也无意识地跟着轻哼。

时陆听见她唱："我可以假装看不见，也可以偷偷地想念……"

少女声音清甜柔软，带着一点儿未退的小奶音，出乎意料地好听。

这群乡下的初中生也没有想象中那么难以相处。时陆突然觉得眼前的日子有了一丝生趣。

他们带回去的小龙虾都被千正民洗刷干净，油锅炸香后加葱段、蒜瓣、姜片……煮成了一锅香气四溢的麻辣小龙虾。

时陆看着从泥潭里钓出来的小龙虾时，曾在心里暗暗发誓，自己是绝对不会吃这种脏兮兮的东西的，钓着玩玩已经是他的极限了。

然而此时院子里，屋檐灯光昏黄，方桌上，时陆和千萤戴着一次性手套，一人手里拿着一只小龙虾正在飞速地剥着壳。面前的一盆小龙虾已经被消灭大半，旁边堆了高高的空壳。

中场休息时，时陆摘下手套，拿过一旁冰镇后的青梅酿喝了一口，遍体通畅。

他看着千萤依旧不减的剥虾速度，忍不住焦急阻止："你慢一点儿。"

千萤疑惑地转头，时陆抿了抿被辣红的嘴唇，挤出了句"吃太快对胃不好"。

"哦。"千萤收回视线，慢吞吞地应了声，然后把手里最后一只虾剥完，摘下手套，"我吃饱了。"

"你就吃饱了？"时陆试探地问，"这里还有呢。"

"吃饱了。剩下的你吃吧，我先去洗澡了。"千萤擦干净手起身，临走前又想起什么，转过脸对他说，"对了，要是不够，厨房还有。"

她眨眨眼，说："爸爸做了两大盆。"

时陆是个极度讨厌夏天，并且整个夏天都会待在空调房里不出门的人。

夏季是他犯病的高发期，上个月第三次发病时他被父亲时斯年送到了这里。除了每周定期从外面送物资进来的人，他能交流的只剩下云镇里的这些居民。

这里的年轻人几乎都没有手机，别说现在流行的智能平板，他们连最基本的按键款都没有。家家户户大多装的是座机电话，大家每天忙碌农活儿、做小生意，维持着日出而作、日落而息的原生态生活。

时陆原本以为这会是无比煎熬的两个月。

但这些天，他跟着千萤几乎跑遍了民宿周围，知道背后的那座山长着哪些果树，要怎么翻开石头才能抓到底下的螃蟹……

知道他喜欢喝青梅酿这类果酿，千萤还带时陆去树上摘新鲜的荔枝，拿回家一起做了荔枝酿。虽然味道差了一点儿，但也是好喝的。

夏日午后，千正民拿着手机过来时，时陆正挽着裤脚在溪里抓鱼。彼时他的脸上溅了不少水珠，但依旧神采奕奕，盯着清澈的水下游动着的几尾小鱼，双眼发亮。

他这些天四处跑，皮肤晒黑了不少，不复先前的苍白孱弱，健康精神了很多。

小溪两旁有茂盛的树木，巨大的树冠阴影投落下来，遮盖住大半水面。溪水冰凉，即便是下午三四点也不会觉得炎热。

听到有人叫他，时陆恋恋不舍地从溪里小鱼的身上收回视线，抬起头看去。

“小陆，刚刚接到镇上快递点的电话，说你有个快递到了。”

“好，知道了叔叔。”

时陆往岸边走去，拿起自己的桶子。看见里头有几条两指宽的小鱼在游动着，他心满意足。

千正民忍不住问：“小陆，你买了什么？”

“你的东西不都是有人专门送过来的吗？”一旁的舒美美听见，难掩好奇，心直口快地问。

时陆那些进口的糖果他们都有幸从千萤那里分过几颗，他的东西都是专门供给的事情早已被传遍了。

“一个小玩意儿。”时陆回答千正民，却像是没有听见舒美美的话。他没有礼貌这件事情，通过这段时间的相处，大家都已经习惯，连气都生不起来。

“那让阿千带你下去取一下。”千正民道，“快递点在山下，走路要二十多分钟。她有车子，可以载你。”

时陆看向千萤，她愣了愣，应声：“哦。”

直到回到民宿，时陆才知道千萤的车是什么。

他望着面前的这辆粉色女式单车，好一会儿没说出话来。

沉默许久，时陆不死心，问：“这里没有其他的车了吗？”

“我会骑的只有这个。”千萤老老实实回答。

“爸爸的车子太高了，我踩不上去。”她说完反应了过来，看向比自己高半个头的男生，眼睛一亮，“对了，你会骑自行车吗？会的话我就不用带你，你可以直接骑爸爸的车子了。”

话音落地，对着面前女生满怀期望的眼神，时陆再度沉默。

须臾，他涨红脸憋出三个字：“我不会。”

从民宿到镇上只有一条马路。单调的水泥路，从半山腰蜿蜒下去，隐约能看到山脚下的房屋和高楼。

阳光猛烈，这条路有些地方被树荫遮挡，而有些地方则是直接袒露在太阳底下。出发前时陆犹豫过，但骑车往返不过三十分钟，他最终还是决定去了。

他做了充足的准备：遮阳鸭舌帽、小风扇、醒脑风油精。

千萤头顶大草帽挡住猛烈的阳光，在前头踩着单车脚踏板。男生跨坐在单车后头，一只手揪着她的衣服，另一只手拿着风扇在“呼呼”吹着。

比起她费力踩脚踏板，他看起来要惬意许多。她微眯了一下眼睛，感受着身后小风扇偶尔吹过来的几丝凉风。

好在下山都是下坡路，握紧扶手、刹车，千萤一路往下骑行，自行车载着两人呼啦一下溜过长长坡道，镇子很快近在眼前。

道路两旁开始有房屋，到人多的地方千萤放缓了速度，熟练地载着他在街道人群中左拐右拐，最后停在一家挂着“快递驿站”简陋字样的店面前，示意时陆到了。

他跳下车，目光打量周围，和城市的建筑完全不同，这里的房子都显得老旧。深灰色的墙体散发着岁月的痕迹，低矮的电线网在上空密布交缠，却处处都是烟火气息。

千萤停好车走进去，熟络地对在一堆快递中忙碌的老板道：“文叔，我来取个快递。”

“是小萤啊，你爸爸又买什么啦？”中年男人说话带着点儿口音。他还在快递堆里埋头翻找着，却一下认出她来。

“不是我爸爸，是他。”她指着时陆。男人终于停住动作，抬头看过来，望见时陆“哟”了一声，赞叹道：“哪儿来的男娃娃，这么好看？”

“我们家房客。”时陆听见千萤回答，话里也不知为何带着莫名的骄傲。

“城里来的，当然好看。”

“难怪哦。我们乡里可没有这么白净的男娃娃。”

“嘿嘿，他已经晒黑很多了。”

千萤和他攀谈着，你一言我一语。男人终于忙完手上的事情，抽空起身，拍干净手上的灰尘碎屑。

“叫什么名字？我帮你找一下。”他问时陆。

“时陆。”千萤帮他回答。

“哪个‘时’，哪个‘陆’？”男人问。千萤皱眉，不确定道：“时间的‘时’，小鹿的‘鹿’？”

“咦，一个男孩子怎么叫这个名字？还怪可爱的……”老板一边在手机上查着，一边嘴里嘀咕。

千萤立马点头附和：“是吧！我当时也觉得特别可爱！”

“不是那个鹿。”时陆听不下去了，打断她。“是陆地的‘陆’。”他望着千萤解释，几乎是一字一顿，“耳刀旁，击退的‘击’。时陆。”

时陆的快递是个长方形的箱子，包装得非常严实，抱起来有点儿重。

两人往外走，千萤把自行车脚撑踢上去，推着车子准备返程。

“可我还是觉得那个‘鹿’比较好听欸。”她不死心，仍旧纠结着刚才店内的话题。

时陆回想起方才快递老板也猛点头的样子，生无可恋地沉默着。

“我一直以为爸爸是叫你小鹿。”千萤懊恼着一张脸，瞧着比他还要难受。

“小鹿，小鹿，多可爱啊！怎么会是小陆呢？”

“可恶。哪里可爱了！”时陆终于忍不下去，反驳，“娘里娘气。”

“胡说。”千萤睁大了眼睛瞪他。时陆头一次发现她的眼睛这么大，这么圆。她倒像是一只小鹿，那种森林里野生的、未被驯化的麋鹿，瞅着人时凶巴巴的。

“哪里娘了？鹿鹿多可爱啊！”她踩上了自行车，下巴往后座一扬，示意时陆上车，“走，鹿鹿。”

时陆很想打人，他深吸了一口气，绷着脸，假装没听到。

男生抱着箱子很有骨气地不肯上车，自己往前走着。千萤一边踩着单车缓慢地跟在他后头，一边在他耳边喋喋不休。

“你不热吗？再不上车天要黑了，我们赶不上爸爸做的晚饭了。今天出门前我看到他在刷小龙虾哦！”

“闭嘴！”时陆很不争气地妥协了，他臭着脸命令，“停车。”

终于哄好了这位少爷，千萤微松一口气，载着人脚下用力一踩，车子飞快地驶出去。

时陆抓紧后座，闭上眼睛，感觉有凉风迎面而来。

回程比来时要困难许多，大多是上坡路，前方更是一道陡坡，千萤在日头下哼哧哼哧地踩了五六分钟，车子才缓慢地爬上去。

以前她一个人倒还算轻松，现在后座多了一个，有点儿不堪重负。

她抽出一只手抹了抹额头的汗，庆幸自己不算胖。

刚这样想，千萤还没来得及感受骑行在平地上的轻快，只听底下链子突然发出“咔嚓”清脆一声响，紧接着一脚踩空，整个自行车不受控制。

“哎，哎，哎——”千萤嘴里叫着，赶紧双脚踩地稳住车身。时陆早已手疾眼快地跳下来，皱眉问：“怎么回事？”

“好像链条掉了。”千萤苦着脸下车，蹲下去检查了一番，神情绝望。

“要去找师傅修。”

“回镇上吗？”

两人的位置很尴尬，正好介于镇上和家的中间，推着车子走下去要十来分钟，上去也是十几分钟。千萤遥望了一下暴露在日头中的镇子，又看了看山上的屋顶。

她扭过头，把最终选择权交给了时陆。

时陆沉默几秒，说：“不然我们走上去吧。”

下去又要修半天车，到时候还要骑上来，看千萤先前费劲的样子，时陆不由得对这辆单车的质量产生了担忧。他不喜欢未知数。

“好的。”

千萤推着车子开始往上走，时陆闷不吭声地跟在她后头。水泥马路被猛烈的日光晒得滚烫，灼热的温度透过鞋底隐约传来。

没走几分钟，时陆已经隐隐有些不适，日光晒得他额头滚烫，头脑发晕，两边太阳穴泛起熟悉的阵痛。

他抿紧唇，没有发出一丝动静，紧紧跟在千萤的背后，垂眼盯着鞋面。

这条路不长，只是有几个陡坡，好在中间还有段林荫路，落下片刻阴凉。

时陆许久都没有发出声音，千萤不由得往后看。男生一声不响地跟在她身后不远处，嘴唇苍白，脸色是紧绷的，仿佛忍耐着极大的痛苦，整个人摇摇欲坠，像是下一秒会直接晕过去似的。

千萤不禁问：“你没事吧？”

无人应答，过了好一会儿，时陆才从抿紧的唇中发出一声极轻的“嗯”。似乎连开口都是一件十分困难的事情。

千萤不敢再和他说话，只是放慢了步伐，推着车子不着痕迹地走在他身侧，然后自然落后两步，注意力都放到了他身上。

离民宿已经不远了，千萤几乎可以看到那扇小院木门。最后这段路程时陆的脚步逐渐缓慢，仿佛撑不住沉重的身躯。两人终于走到了大门前，即将要踩上进去的那级台阶，千萤提着的那口气正准备放下，不料变故横生，上一秒还好端端站在她身前的人突然倒了下去。

哐当。自行车被丢在地上。

千萤冲过去用力抓，抓到的也只是时陆衣服的一块布料。

男生重重地摔在台阶前，双目紧闭，鼻息微弱，脸上已经没有一丝血色。

第三章

醋意暗生

时陆突然晕过去了，千萤吓得六神无主，和千正民两人花费不少工夫才把他背回了房间。

医生很快赶过来，将时陆全身检查一遍，说他只是中暑，可人却迟迟没有醒来。

傍晚时分，时陆发起了高烧。

千萤用冷水润湿毛巾湿敷着他的额头。男生非常痛苦的样子，眉心始终未曾松开，头不安地在枕头上动着，嘴里不住喃喃。

他始终是半梦半醒的状态，中途睁开过一次眼，千萤连忙凑过去叫他。男生的眼神却茫然涣散，像是根本看不到她，只不停地重复着“难受”“头痛”。

千正民拿了药上来，想办法喂给他。时陆勉强吃下去后，平静不少。那些药千萤从来没在家里见过，也不是下午医生开的那些。

她不禁问出声：“爸爸，你给时陆吃的是什么药？”

“治病的。”他含糊其词。之前关于时陆的事很多时候千正民都不怎么说，但这次千萤却格外执着。

“你哪儿来的药？”

“他家里备在这里的。”

“所以，”千萤顿了一下，继续问，“时陆到底生什么病了？”

“我也不太清楚。”千正民迟疑片刻，叹了口气，慢慢道，“好像是从小就有的毛病，一到夏天就头疼，严重起来发烧昏迷，厌食呕吐，几天吃不下饭都是轻的，听说难受时还会痛得在地上打滚儿。他这次被送过来就是因为……”

说到这儿，千正民停了下来。他欲言又止，最终只是轻轻叹息，摸了摸时陆的额头，嘱咐千萤看护好他。

时陆吃过药之后似乎没有那么难受了，他躺在那里偶尔轻轻呓语。

千萤不知道第几次拭去他头上细密的汗水，收回毛巾正准备放进冷水盆里清洗时，手被人一把抓住。

时陆紧紧握着她的手，嘴唇动着，好像在叫一个人的名字。

千萤犹豫了下，还是轻轻地靠过去。她听见时陆在一遍又一遍地喊：“妈妈。”

她抬起头，看到一滴泪水从他紧闭的眼角流下来。

千萤端着盆下去时，看到在楼梯处正准备上来的千正民。

瞧见千萤，他立马问：“怎么样，好点儿了没有？”

千萤走过去，苦恼地皱着眉，一会儿才说：“他在叫妈妈。”

千正民也愣了下。

“他的妈妈呢？为什么不过来看他？”千萤仰起脸问，神情认真。

千正民犹豫许久。“阿千……”他像是在叹息，“小陆没有妈妈了。”

“啊！”千萤闻言轻轻地喊了声，脸上露出一丝难过。须臾，她低下头自言自语：“和我一样。”

千萤换好水再上去，房间里的时陆已经醒了。他脸色苍白地靠在床头，静静地望着天花板，眼角还是红的。

千萤连忙走过去，关心道：“你醒了？”

时陆转过头，她对上他的视线，软声问了句：“还难受吗？”

他没说话，很久才发出一声带着浓重鼻音的“嗯”。

他闭上眼偏了偏头，把小半张脸埋进枕头里，说：“头痛。”他像个小孩子一样，难受地和旁人撒娇。

千萤的心软了，比看见家里的狗狗大黄生病了还要更心疼一点儿。她把手里的盆放下，掌心贴上他的额头，仔细感受着上面的温度。

“好像还有点儿发烧，待会儿再吃一次药。”

掌心下，少年的眼睛睁开了。

额上的触感很软，软乎乎的手心带着微凉的温度，让他想起记忆里某个快要被他遗忘的时刻。

时陆闭上眼，脸往被子里缩了缩，声音传出来：“你别乱碰我。”

时陆是个娇气又难相处的小少爷，讨厌和陌生人说话，不准别人碰他，即便是生病了，依旧不忘自己的原则。

千萤收回手，拉长腔调：“知道了。”

第二天，时陆的烧就退了，没两天就能自由活动了。

他恢复精神后做的第一件事，就是把之前拿回来的快递拆了。千萤就在他旁边看着。

裁纸刀划过纸箱，打开，里头是个很高级的盒子，包装上印着四角飞行器的图案。千萤觉得眼熟，有点儿像……之前吴晓天舅舅给他买的那个无人机。

直到时陆把里面的东西全部拿出来，千萤才发现两者之间完全不同。

吴晓天那个虽然也是四个角的飞行器，但就是普通的塑料外壳，零件也比较简单，看起来更像是小玩具。

而时陆这个……千萤都不敢上手去摸。

光滑的白色机身、螺旋桨、支架，底部还有个类似摄像机的设备。整个机器精致帅气，就连操纵器都是带显示屏的，像是一台智能高级的游戏机。

千萤忍不住咽了咽口水：“这……这是什么？”

“无人机。”时陆看向她，眸子黑亮，“真正的无人机。”

千萤和时陆再三保证，千正民才同意两人再度出门。

千萤这次都不敢带他跑远了，就在民宿后面的一个小山坡上，扯着嗓子大声说话时，在院子里的千正民都能听到。

几天没见，小伙伴们看到千萤立刻都围了上来。舒美美拉着她关心地追问："小萤，你怎么这么多天都不出来？"

"你没在，吴奇这两天也去走亲戚了，我们都无聊死了。"对每天成群结伴的他们来说，忽然少两个人，顿时就少了不少乐子。

"时陆生病了。"千萤吸吸鼻子解释，"我在家里陪他。"

"这么大个人了还要别人陪。"方虎酸溜溜的。

舒美美则立马关怀道："啊，那现在好点儿了吗？没事吧？"

她看向千萤，千萤点点头，说："好了。"

其实第二天早上起来烧退下就好了，只是时陆看着没什么精神，千正民不放心，又让他在家里多休息了两天。

这两天千萤几乎变成了小丫鬟，白天把自己凉快通风的屋子让出来给时陆。他怕热，又不喜欢空调，于是就占据着千萤的小风扇，霸占了她的地盘。

晚上她还要督促他吃药、睡觉，因为她发现时陆这么大的人了竟然还会抗拒吃药，而且是会趁人不注意把药丢到垃圾桶里的那种。她抓到过两次之后就守在他床边，亲自盯着他把药咽下去之后才离开。

某人还不情愿，常常对她摆冷脸。

几人说话间，有人注意到了时陆手上的那个东西。其实大家都看到了，只是没人敢问。

吴晓天鼓起勇气，问："时……时陆，你拿着的是什么？"

话音落地，只见时陆站在那儿，随意地晃了晃手里的东西，没说话。

在众人的注视下，时陆拿着飞行器走到山坡一块空旷处，按下开关，然后打开了手中的遥控器面板。

不知道他碰到了什么，放在地上的那个飞行器忽地"嗡嗡"转动起来，紧接着腾空，以迅猛的姿态冲到天上。他们仰起头，只看到空中的模糊白点。

不知道是谁先看见了时陆手中的面板屏幕，惊叫起来："快看，他手里有画面显示。"

方形的显示屏上，此刻正清晰地呈现着山峦与河流，树林间有矮小的房子散落其中。此时一切都变成了缩影，仿佛他们正站在半空中俯视着这一切。

方虎看直双眼，惊呆了，道：“这是什么高科技，太牛了吧！”

“原来我们周围的山这么高、这么大。”舒美美望着屏幕，喃喃道。

吴晓天紧盯着上面的画面，死死地抿住唇。

千萤用力地吞咽着口水，眼睛一眨不眨，舍不得错过半分。

这是他们生活的地方啊！原来身体抵达不到的地方，眼睛看不见的地方，是长这个样子的。

这一刻，时陆在她心中的形象猛地高大起来。

小山坡上，时陆被他们围绕在中间，所有人都伸长脖子盯着他手里的遥控器。男生表情平静，手指认真地操作着摇杆，高空中的飞行器稳定地前行着。

屏幕上的画面在移动变化，当它显示出某个熟悉的地方时，舒美美不禁叫出声：“快看！那不是我们经常玩的那条小溪吗！”

“真的？我看看，给我看看。”方虎的大脑袋立刻凑了过去，快要抵到时陆胸前，时陆皱了皱眉，飞行器迅速地飞过了这块地方。

“没有了……”方虎失落自语，刚收回脖子，就听一旁的千萤惊呼起来。

“这是我们镇上！”她抓住了时陆的手臂，控制不住地摇晃着，“放大看一下。”

“好神奇！我看到我们学校了！”舒美美觉得不可思议，整个人沉浸在巨大的震撼中，没注意扯到了时陆的袖口。

时陆猛地一把收回自己的手，眉头紧皱，不满地瞪着她。

几人愕然，时陆面无表情地警告：“别碰我。”

舒美美的眼眶一下有点儿红了。经过这么多天的相处，舒美美已经快忘记时陆从前的模样，忽地被他这样不留情面地凶了一下，有点儿难过和委屈。她小声道歉：“对……对不起。”

谁都不敢大声说话，生怕一个不小心又惹怒了他。气氛僵持短短两秒，千萤把舒美美拉到身后，仰起脸朝时陆用力“哼”了一声。她丝毫不留面子：“你那天还不是死死地抱着我的手不肯撒开。”

时陆难以置信地质问：“我哪有？”

“你自己做过的事情都忘了，我懒得和你讲。”千萤一副不愿和他多说的样子。她把舒美美拉到后面，哄道：“我们别理他，时陆就是个讨厌鬼。”

“没有，是我忘记了。”舒美美被不远处时陆惊愕的模样逗笑了。她揉了揉眼睛，那点儿湿意早已没了。

“时陆不喜欢被人碰，我还不小心抓了他袖子。”她说完立刻看向千萤，忍不住八卦，“所以小萤，时陆真的紧紧抱住你不肯撒手吗？”

千萤看过去，时陆不知何时已经站在了吴晓天身边，正拿着遥控器告诉他应该怎么用。大概把他教会了之后，时陆把遥控器往他怀中一塞：“你自己试试。”

吴晓天有些慌张，手忙脚乱地接过遥控器，如临大敌般抿着唇紧张操作着。

“这才是真正的无人机。”她听到时陆说着。

“你舅舅那个就是玩具，他骗你的。”

吴晓天闷闷地“哦”了声。

“这个以后给你们玩。”

时陆不知道哪次听到了他们聊天，知道吴晓天那个“无人机”坏掉了。

这件事一直是吴晓天的心结，刚到手的昂贵玩具，只飞过一次就再也动不了了，他很长一段时间都情绪低落。几个小伙伴也很惋惜，毕竟他们也是第一次见到这么新奇的东西，才玩了一下就坏了。

他们聊天时没有避讳，作为那次事件的半个当事人之一，时陆一直没什么反应，就像是没听见一样。

没想到，没多久他就不声不响买了个无人机回来，还让给吴晓天玩。

一群人在岔路上分别。两人回家时，千萤脑中还是舒美美他们意犹未尽的脸。她怀里抱着他的无人机，脚步轻快。

刚才千萤也玩了很久。他们每个人都轮到了，一直玩到天快黑才恋恋不舍地收起机器回家。

千萤到现在还有那种既紧张又特别的新奇感。她看向一旁的时陆，正开口说话："时……"

"我什么时候抱着你的手不肯放了？"

两道声音几乎是同时响起，千萤顿了顿，望着时陆充满质问的表情，紧了紧怀里的无人机。

"没有。"她面不改色地否认，"你从来没有主动抱过我的手。都是我小人作祟，企图诋毁你清白的名声。是我错了，求你原谅我吧。"

时陆眉头紧锁，一脸狐疑地盯着千萤。只见她抬起脑袋，眼睛圆圆，无比真诚地望着他，满怀期待。

"我们明天还来玩吗？"

无人机的新鲜感在这群小孩儿里持续了很长一段时间。刚开始是大家每天一大早就抱出来玩，后来慢慢只玩几个小时，再到后来变成了个别人想玩一会儿。

方虎、舒美美他们的注意力早已转到了其他东西身上。吴晓天是坚持最久的人，每次有空就默默地来民宿，从千萤手里拿过无人机，跑到外面玩几圈。

这个无人机他是使用时间最长也是最爱惜的人，每次还回来的时候总会小心地擦干机器上的污渍，然后再郑重地装进盒子里。

夏天下雨容易长菌子。云镇大山里有不少野生菌，尤其是这个季节，盛产一种松树菌。外表黄褐色，通常生长在松树林中，藏在掉落地上的厚厚的松针丛里。采摘回家洗刷干净，用来炖汤味道鲜美极了。

连续几天阴雨连绵，昨夜刚下过一场大雨，迎来天气放晴，天气预报说未来将会有一小波升温。早上刚吃过饭，舒美美他们就过来找她了。

千萤正在门外空地上教时陆骑自行车。那天让千萤载他后，他似乎受到了羞辱，回来忽然要学骑车，这些天千萤一有空就和他在外面练着。

时陆的运动细胞少得令人担忧，他刚开始学，用的是千萤那辆女式单车，底盘低矮，两只脚可以轻而易举地踩到地面。

他在前头骑着，千萤在后面给他扶住后座。车子歪歪扭扭地驶出去没几秒，又很快倒向一边。他有些受到惊吓，立刻双脚踩在地面上稳定人和车。

进度再次暂停，新一次的起跑又宣告失败。

千萤不知道第几次无奈地重复：“你别怕，不要车子一歪就立刻停下来，要调整好平衡继续往前骑。”

“知道了！”时陆有些羞恼，扭头说完后肩膀塌下来，望向前方轻轻吐了口气，又继续收拾心情踩上脚踏板准备开始新征程。

“小萤，我们去山上摘菌子吧！”舒美美清亮的声音传来。她身旁跟着方虎和吴奇几人，他们手里拿着篮子和桶，已经是随时可以出发的模样。

“下了几天雨，山上肯定长出好多菌子了。”千萤有些心动，却没有立刻答应，只是把目光看向时陆。

男生还在和自行车较着劲，白皙的脸颊上有点儿微红，不知道是热的还是累的。现在他虽然也和他们一起玩，但是并没有去过那种深山里。长着菌子的地方杂草丛生，道路难走，又脏又累人。

察觉到气氛安静，时陆的视线从几个人身上扫过，最后停留在千萤身上，问：“你想去？”

沉默两秒，她诚实地点头：“嗯。”

“那去吧。”时陆踩着车摇摇晃晃地往前走。千萤不明所以，朝他的身影扬声问：“那你去吗？”

“不去。”

几分钟后，千萤看着换了一身运动服重新站在她面前的时陆。

男生的衣服几乎不重样，都是他们从未见过的款式，新潮帅气，就像是为他量身定做的。

“你不是不去吗？”千萤脸上疑惑，自己已经换上了雨鞋和外套，提着采菌子专用的小桶。

“我出去呼吸呼吸新鲜空气。”

上午的空气还浸着晨间特有的湿润清凉，一群人浩浩荡荡出发了。去山里面要先经过民宿的后山，时陆最远到达过的地方就是这儿。穿过熟悉的后山，两旁的风景逐渐陌生起来。

他眼里新奇，不住地打量着两边。千萤叮嘱：“注意脚下的路。”

“我又不是小孩儿。”时陆皱着眉抗议，他似乎受到了侮辱。

“有什么不舒服记得第一时间告诉我，我叫爸爸过来接你。

“我给你带了小风扇和驱蚊水，喝的水也有，你到时候自己拿。”

时陆一副语塞吃瘪的模样，引得旁边的人偷笑。千萤虽然不是他们里面年纪最大的，却是最让人信服的那个。

她性情温良，又懂事，会照顾人，遇到事情的时候总是会不自觉地成为他们的主心骨，像个小大人。

哪怕是城里来的小少爷时陆，也从来不凶她，每次都乖乖听话。

上山的路说长其实也不长，他们就快抵达山脚了。他们一般都在半山腰摘菌子，其实对他们山里小孩儿来说，这点儿运动量根本不值一提。

唯一有点儿力不从心的就是队伍中的时陆，千萤跟着他已经掉到了倒数第二，和前面的人拉开了小段距离。

前面有条河，是他们经常抓鱼捉螃蟹的那条河的上游。这里水面宽阔，水流湍急。山里设施没有那么发达，只有一条窄窄的独木桥，连接河的两岸。

前头的小伙伴已经驾轻就熟地走上桥，千萤也直接跟了上去，只是没走两步，衣角忽然被人拉住。

她疑惑地往后一瞥，时陆没看她，紧张又专注地盯着脚下，唇抿了又抿。

“你别怕。”千萤憋了半晌，也只憋出这么一句话，“不会摔的。”

“嗯。”男生似不在意地应了声，抬了抬脸，手指仍然紧紧拽住她的衣角不放，直到安然无恙地走过了这条狭窄的独木桥。他极其自然地松开手，好像什么事情都没发生过。

上了山路越发难走，小径掩盖在杂草间，横生的树枝挡住道路，光线被茂盛的树冠遮住。

时陆的新奇感被疲惫取代，耐心逐渐告罄。这时面前递过来一瓶水，瓶盖已经被拧开了。

“喝点儿水吧。”

这瓶水只喝了一小半，目的地似乎就到了。因为舒美美翻开一片平淡无奇的松针丛，在底下发现一团黄色蘑菇，伞似的簇拥着，可爱惹人。

这只是时陆视角。

舒美美第一个惊呼：“这里有好多！”

方虎说：“今晚可以吃个够了！”

吴奇连忙挎着篮子上去，说：“给我留点儿，我晚上要煮汤。”

还有人说：“再去看看其他地方有没有，全部采回家。”

时陆还没来得及仔细观赏，顷刻间那些蘑菇就被瓜分完，只剩下脏兮兮的泥土和枯叶。

半山腰地势稍稍平坦，高大的松树底下堆积着厚厚的落叶，一翻开，底下就可能出现惊喜。

千萤明显是个找菌子的高手，她收获最多，桶里很快就堆了大半。时陆跟着她，不久新奇感消退，也开始毫不留情地把那些可爱的蘑菇摘进桶里。

当时陆在落叶下面发现菌子时，立刻找到了上山采摘的乐趣。他沉迷于在各处有可能出现菌子的地方翻找，劲头儿比谁都足，以至于他们准备返程时，他还恋恋不舍地掀开面前一丛草堆，企图再有什么收获。

下山行程快了很多，走的是另外一条路。他们穿过这片树林来到另外一处平坦的地方，茂密的林间出现两座木屋子，外边围着围栏，像是有人在这儿生活。

“咦，来到林叔叔这里了。”

“我们去看看他的鹿吧！”

时陆听到他们在说话，这似乎是他们认识的长辈。舒美美拨开阻挡的树枝穿过丛林，在前头给他们开出一条小路。

一群孩子雀跃地奔了过去。

居住在这里的原来是一位圈养鹿群的大叔，似乎也是他们镇上的。大叔拿出水果热情地招待了他们。

简单寒暄过后，他们迫不及待地来到后面的小屋里。时陆是第一次看到真实的鹿，圆头圆脑，双眼灵动，棕黄色的毛发中有梅花似的白色斑点。有的头上长着双角，有的没有。

它们一点儿也不怕生，就这样站在他身前，有些还会主动上来蹭他的手。

大叔给了草料，是鹿的食物。

千萤抓了两把草料，把手伸过去，小鹿们就乖乖地伸长脖子过来吃。时陆也忍不住拿了一把，刚刚伸过去看它们吃掉，就见千萤偏头一动不动地看着他们。

“小鹿。”她指了指面前的鹿，又伸手指向他，“小鹿。”

她注视着时陆，唇边是狡黠的笑，圆润地吐出两个音：“鹿鹿。”

时陆回视她一秒，转身，听到身后千萤加重语气叫他。

“鹿鹿。”

有脚步声跟了上来，她带着笑意探头，在他耳边追问：“你不喜欢这个名字吗？”

时陆面无表情道：“不喜欢。”

“那我们做个交换好了。我允许你叫我阿千，我叫你鹿鹿好不好？”

“阿千是世间绝无仅有的好名字吗？”

“对啊。”

时陆顿住脚步，看到女孩儿理所当然的脸。她仰起脑袋，圆亮的瞳孔依然干净，瞧不出里头有任何灰色阴霾。

“这是我妈妈还没生我时给我取的乳名，从小到大只有我爸爸可以这么叫我。

“你是第二个。”

时陆安静数秒，用力地吐出一口气，似乎做出了巨大牺牲，道：“那好吧。”

下山时大叔单独送了千萤一个小鹿摆件作为礼物，因为千萤为他发现了一只生病的小鹿，及时让大叔送去就医。在路上，千萤不假思索地把这个小鹿摆件送给了时陆，以纪念他们今日建立的新友谊。

刚伸出手准备去摸那只小鹿的方虎顿时收回了手，他憋屈地盯着时陆手中的小鹿摆件，突然发现一个他们忽视了很久的事实。

他们的好朋友千萤，似乎早就被时陆抢走了！

时陆不去的地方千萤也很少跟他们出门，时陆在的时候千萤永远先照顾他，时陆想要的千萤总是第一时间满足。

方虎气愤又伤心地把这个发现告诉了其他几人，获得大部分人的附和。

“我早就想说了，自从时陆来了之后，我觉得小萤都疏远我们了。”舒美美难过低落地说。

“虽然时陆是他们家房客没错，可是小萤对他也太好了。”吴奇也有点儿酸。

“时陆刚来这里，小萤多照顾一下他是正常的吧？”只有经常拿时陆的无人机玩的吴晓天理智地分析了一下，然而并没有什么用。

回去后，千萤就被他们拉到一边集体声讨。

“小萤，我觉得你现在都和我们没那么好了。”

“为什么？”千萤满头雾水。

方虎愤愤控诉：“你眼里只有时陆了！”

听着他们的谴责，千萤也后知后觉，涌上来一点儿愧疚。她望着情绪最激动的方虎，连忙安抚：“大虎，你别生气了。我重新做个小鹿送给你。”

“那我们的呢？”

“都有都有。”

时陆发现千萤这两天都不出门了，在家里做着一些手工艺品。

她会做各种奇奇怪怪的小东西，除了之前那个草编蚂蚱，还会编织竹篓，自制玩偶小抱枕。个个都灵巧可爱，也不知道她是从哪儿学会做的。

这几天，她都在家鼓捣着毛线，好几次他晚上出来的时候都看见她趴在楼下客厅桌子上弄着，手中用个小钩子灵活地带着线，五颜六色的。似乎是个毛线小挂饰，只是每次都被她握在手里，瞧不出庐山真面目。

直到第三天早上，时陆一下楼，就见千萤迫不及待地朝他走来，拿着什么东西，献宝似的送给他。

“鹿鹿，看，我给你做了个小鹿挂饰。”千萤的手高高扬起，那只小鹿在她指间微微晃动。

时陆终于看清了她鼓捣了几天的东西。一个毛线针织的小鹿挂件，巴掌大小，针脚细密严实，黄蓝白的配色清新可爱。

时陆的心跳莫名失控了两下，伸手接过，嘴里却不情不愿地嘟囔：“怎么又送我小鹿啊……”

“因为你是鹿鹿呀。”女孩儿眉眼弯弯，“你们一样可爱。”

第一次，时陆奇异地没有对这个名字产生抗拒，甚至还有一丝说不清、道不明的接纳和喜欢。

他耳根微微发热，道：“一天到晚就会花言巧语骗人。”

“我哪有！”千萤无辜地睁圆了眼睛。

“我是真的觉得你们很像。”

时陆收下了这个手工的小鹿挂件，并且把它挂在了自己的书包上。因为这是千萤那天说的，可以挂在书包上，也可以做钥匙扣。

他没有钥匙，只好挂到自己的黑色书包外面，还挺搭的。

他忍不住瞧了几眼，又伸手去碰了碰，这一天的心情都格外不同。

时陆的快乐没有维持太久。因为他看到了来找千萤玩的方虎他们。他们每人身上都带了一个小挂件，熟悉的工艺，类似的配色，还有相差无几的风格，明显出自一人之手。

舒美美的是只可爱的小猫咪。

吴奇的是头憨厚的大象。

吴晓天的是个蓝色小飞机。

更离谱的是，方虎的竟然也是一个小鹿?！正被他美滋滋地拿在手上，朝他们两人走来。

时陆不可置信地转头看向千萤，可某人丝毫没有察觉出任何不对，看到他们过来甚至还开心地招了招手。

“大虎，美美！”

“小萤，我的猫咪好可爱。”舒美美上来就举起那只小猫放到脸旁，拉住她的手，“你真好。”

“我也好喜欢我的小鹿！”方虎粗声粗气地说。他还特意晃了晃自己手中的小鹿挂件，捂在胸口，“我一定会好好爱护珍惜的。”

时陆气得恨不得立刻揪下自己书包上的那个小鹿扔到千萤脸上。

他拽过千萤的袖子，质问：“所以，这个东西是每个人都有，是吧？”

千萤一脸茫然，点头道：“对啊。”

“你的是小鹿，他的是飞机……”千萤一个个人点过，到方虎时顿了一下，眨眨眼解释，“大虎最开始要的就是小鹿，所以我给你们做了两个不一样的款式，就在形状那里——”

“他为什么要小鹿?!”时陆生气地打断，有种自己独有的东西被抢了的愤怒。

千萤满眼困惑，道：“大虎一直都挺喜欢小鹿……”

时陆打量着面前因为他突如其来的脾气而吓到不敢吱声的人，那句“不准喜欢”被他硬生生地憋了回去。他什么都没说，转身上楼了。

周遭十分安静，千萤望着时陆的背影，不自觉地咬唇，胸口涌上复杂难辨的情绪。

刚刚时陆转头的时候，千萤好像看到他眼睛红了。

“小萤，要不然这个小鹿我不要了吧？”寂静万分中，方虎出来打破沉默。他垂着头，声音低落，“其实我也没有那么喜欢小鹿，只是看到时陆有，所以也想要一个而已。”

“没关系。”千萤顿了顿，“大虎，我再重新给你做一个别的。”

时陆第二天见到方虎时，他身上的小鹿挂饰已经变成了一只可爱的小老虎。他们看见时陆，就像什么事都没发生过，小声地和他打招呼。

“时陆……”

“嗯。”时陆难得地应声。他望着面前几张忐忑的脸，转身回了屋。

方虎他们刚松一口气，就见时陆再度走出来，手里提着几个大袋子，像是刚刚从冰箱里扒拉出来的一样。

他把手里的东西搁在桌台上，转头叫他们：“这里有些吃的，你们喜欢的话可以自己拿。”

时陆说完就走了，似乎是贴心地把空间留出来。待他的身影消失，几个人试探地走过去，翻着袋子。里面都是一些他们从没见过的吃食，包装高级的巧克力、新式蛋糕、进口水果……一群小孩儿看直了眼，止不住吞咽，立刻上手。

“这个，这个，都是我的。”

“我要蛋糕，谁都别和我抢！”

“啊啊啊，巧克力不准拿走，大虎给我站住！”

场面一度混乱，待千萤回来时看到一地空荡荡的袋子，她的心头涌起一种不祥的预感，立马奔过去打开冰箱。

里头空荡一片。

辛苦攒了半个月舍不得吃的巧克力全部不见踪影，一块都没给她剩下。

第四章

盗号天才

千萤最后从舒美美手里“捡漏”到几块她吃剩下的巧克力，看着千萤连包装纸都忍不住舔干净，舒美美不禁问：“小萤，你和时陆怎么了？”

千萤头也不抬道：“不知道。”

安静几秒，舒美美试探道：“要不你去哄哄他吧？”

“哄什么？”千萤抬起茫然的一张脸，“我们又没吵架。”

可以说一切都和原来一样，只是时陆似乎变得高冷许多，有几分像从前他刚来民宿的样子。

没那么可爱了。千萤皱皱鼻子心想。后来她明显发现自己想错了。时陆只是对她爱搭不理。

不知道从什么时候开始，时陆和方虎他们的关系突然变得融洽了很多，着重表现在夜幕降临时分，他们竟然主动来找时陆玩，说要带他去山上看萤火虫。

当时她听见方虎在底下号了两嗓子，时陆房间的窗户被推开，他应了声“好”。

千萤满头问号，发出疑问：“你们什么时候和他约好的？”

“就昨天啊。”

“那我怎么不知道？”

“诶？你不知道吗？”方虎也面露吃惊，他稍稍思索了下，“哦！那时候你好像在厨房给千叔帮忙，可能没听见我们讲话。”

“那怎么也没人和我说呀。”

“没人和你说吗？”方虎睁着迷惑的小眼睛，“时陆没告诉你吗？”

相对无言间，他们口中的当事人时陆终于自屋内走了出来。他的目光淡淡地扫过周围，最终定在方虎身上，似乎是询问：“走？”

“走走走，就等你了。”方虎一副哥儿俩好的口吻，立马凑到他身前，关怀道，“对了时陆，你带手电筒了吗？待会儿山上黑，走路要小心。”

“带了。”时陆仍旧是言简意赅的，却比从前耐心许多。其他人都纷纷大了胆子，活跃起来。

“我们这边一到夏天就有好多萤火虫，天黑下来，大片大片的在草丛上面飞着，像是星星，可美了。”舒美美说着，忍不住张开手比画。她刚好站在时陆旁边，双手划开时不小心碰到了他的手背。

时陆很快把手收了回去，舒美美也没注意到，继续描绘着那幅美景。

吴奇点头附和，吴晓天说：“是真的，我们小时候还会捉起来放到瓶子里，晚上萤火虫会发光。”

“不是不能把它关在瓶子里吗？不然会死得很快。”时陆皱起眉头。

吴晓天老老实实答：“是的，第二天就死了。”

“所以我们现在都不去捉它了，太残忍。”

“你们先聊，等一下我。”千萤忍不住打断这其乐融融的画面，插了句话，“我去找找手电筒。”

为了不耽误他们的出发进度，千萤说完就拔腿跑进了屋里。他们家有好几个手电筒，被时陆拿走一个，应该还有，可能在储物室那边。

千萤速度飞快地翻找着，终于找出了一个旧手电筒。她往外走时发现刚刚聚在门口的那群人已经四散开来，她疑惑地查找四周，在厨房看见了时陆的身影。

男生站在洗手台前，正用洗手液搓着双手，动作细致，把刚才被人碰过的手背擦了无数次。

山里萤火虫随处可见，民宿旁边都有几只零星飞舞着。他们要去的地方是河边的一个小山坡，那里长着低矮的青草，柔软茂盛，每到夏夜，草丛里都是点点星光。

知道地方很近，从民宿走过去不过十来分钟，千正民这才放心让时陆晚上出门，并且嘱咐千萤一定要把他安全带回来。

这让千萤十分有压力，她一路紧跟着时陆，生怕他半路不小心丢了。

他们出发时，天边还有最后一抹深蓝。抵达山坡后，天空已经被浓重的黑覆盖，山中不比城市，没有长明的灯火，远远望去，只能看见零星灯光，稀稀落落点缀在山野间。耳边有蛙叫和不知名的虫鸣。一阵不知何处起的微风从远处拂来，刮过他们的头发、脸颊。黑暗中，渐渐弥漫了无数的萤光。

他们很有默契地关上了手里的手电筒。四处飞舞的萤火虫围绕在他们周围，像闪闪发亮的金色银河从天上落下来。

时陆不自觉地伸出手去接住一只发光的小虫子，它穿过他的手指间，又一闪一闪地飞向远方。

萤，一种自带光源的生物体。

他垂头看向身前不远处那个叫千萤的女孩儿。

她好像也是一个发光体。

夜里起风了，有点儿凉，于是在有人打出第一个喷嚏时，大家准备回程。

手电筒光一亮起，照亮了面前一条路。飞舞的萤火虫被明亮白光驱散。

他们很有默契地排成一条长列，踩着小路穿过这片草丛。千萤跟在时陆后面，男生高大的身形挡住大半视线，手电筒光映亮跟前一团。

回去比来时安静很多，夜里寂静，连脚步声都清晰可闻。鞋底踏过杂草细微作响，任何动静都被放大无数倍。

旁边的草里突然传来窸窣响动时，千萤刚好微微走神，听到这个声音她瞬间被吓一跳。她天不怕，地不怕，唯独害怕鬼，脑中顿时联想到各种恐怖的鬼怪故事。

千萤心脏猛跳，胸口一慌，脚下刚巧踩到一颗小石子，身体一偏，失去重心，脚踝处传来清脆一响。

痛楚袭来。千萤蹲下去按住脚踝，忍不住痛呼：“我脚扭了……”

她眼前发黑，无助地缩着肩膀，控制不住地胡乱叫唤：“痛，好痛。救救我。”

场面顿时乱成一团，前后的人都围了上来，七手八脚地把她从地上扶起。

“没事吧？”

“小萤，严不严重啊？”

“还能走吗？”

“好像不能……”千萤苦着脸，试着在他们的搀扶下往前单脚跳了两下。

“但是我可以跳回家。应该也没事，已经不远了。”

“我背你。”今晚从头到尾没和她说过一句话的时陆突然出声。

他在她面前蹲了下来，眉头紧拧，望着没有反应的千萤失去耐心般催促：“快点儿上来。”

千萤不敢反抗，也无法拒绝。

她在几个人的注视下单脚往前跳了两步，然后趴到时陆的背上，乖乖地伸出双手搂住他的脖子。

男生立刻背着她站了起来。他走在路上，步伐很沉稳。少年的肩背有种清瘦的力量感。她被一种安全感包围。

千萤收紧了搂住他的手臂，忍不住发出感慨：“鹿鹿，原来你真的是个男子汉啊。”

女生微微仰起头，声音就在耳边，深深的感慨似乎饱含欣慰。时陆有种把她从背上扔出去的冲动。

深呼吸两次，他还是稳住了情绪。

“那在你心中，我一直是什么？小姑娘？”

“呃。”千萤觉得这个形容真是无比贴切，但是她当然不敢说出实话。

“没有啦。”她小声道，“只是有一点儿娇弱而已。”

时陆气到无语凝噎，在心里默念了三遍“她是伤患”才勉强忍住脾气。

他抿紧唇不想再发出一个字。

两旁的野草偶尔擦过千萤的小腿，痒痒的。接下来一路都没人说话，夜色静谧。

千萤抬起头，只看到天边一轮银白的月亮和少年近在咫尺的侧脸。

这样的安静持续到快要抵达民宿时。小伙伴都已经分别，千萤听到时陆越发沉重的呼吸声。她不禁有些担忧，圈着他的脖子，小声地问了句：“你累不累呀？”

男生没有回答，依旧沉稳地迈着步子，千萤却感觉到他身上透出来的丝丝热气。他的衣服领口似乎都湿了。

千萤忍不住拍了拍他的肩膀，说：“要不我下来走一下吧？没几步路了，我的脚也没那么疼了。”

“你别说话。”男生的声音听起来不太耐烦，没搭理她刚才的建议，“吵得我耳朵疼。”

千萤悻悻地闭上嘴巴，为了避免增添他的负担，接下来都十分安静，没再说过一句话。

两人回到民宿，千正民看到时陆背着千萤回来，立刻大惊失色，迎上前，关切道：“怎么了？阿千受伤了吗？”

他不安地看着两人，连忙伸手把千萤从他的背上扶下来。

“脚不小心扭了一下。”千萤心虚地笑着解释。

时陆额前的头发湿透了，他在极力调整着呼吸，以便让人瞧不出异样。

“你没事吧？”千萤单脚跳了两步，忐忑地问。

“没事。”时陆头也不抬地应声道。

千正民只看了一眼千萤的脚，就立即回屋拿来湿毛巾，递给时陆道：“先擦擦，赶紧去洗个澡，别感冒了。”

他看着时陆，嘴里絮叨着：“阿千扭了就让她在那里等着，我去接她，不然她慢慢跳回来也行。你怎么去背她呢？这么重的一个人，万一你出什么意外……”

千萤此时很想质问一下他是不是她亲爸爸。

千萤一蹦一跳地跟在两人身后，只有时陆察觉到她的动静，状似不经意般转头看了一眼，打断千正民的话。

“叔叔，我没事。”他声音微顿，“你看看她的脚有没有事吧。”

千正民不假思索道：“没事。阿千从小在山里跑，这个对她来说连小伤都算不上，待会儿喷点儿药，说不定上床睡觉前就好了。”

两人不约而同地陷入沉默。

时陆是对自己的行为进行反思，千萤则是开始对自己的亲情关系深思。

然而千正民一点儿都没说错。

洗完澡，千萤的脚踝看起来红红的，还有点儿肿，结果药一喷，冰敷十几分钟，正常下地走路都没问题了。除了伤处还有些微微不适，行动迟缓外，已经没有大碍了。

千正民收起毛巾和药，不忘叮嘱她：“这几天不要再蹦蹦跳跳，好好走路。”

“不然就不让你出门了。”他状似严肃地威胁。千萤左耳朵进，右耳朵出，跳着脚往冰箱走去。

“我去看看时陆，多谢他今天背我回来。”

“你看他，往冰箱走干什么？”千正民在后头扬声问她。

千萤头也不回，答：“我给他带两瓶我珍藏的青梅酿，作为谢礼。”

千萤怀里抱着两瓶青梅酿艰难地爬上楼时，时陆的房间已经没有了动静。他一贯睡得很晚，千萤未作他想，径直过去敲响他的房门。

“鹿鹿？”她叫着名字，等了一会儿没听到里头有动静后，忍不住把脸贴过去，趴在门板上再次轻声叫他。

“鹿鹿，鹿鹿……”

面前的那扇门忽地被拉开，千萤站立不稳，差点儿摔倒。她抬头，映入眼帘的是时陆白色的 T 恤，然后目光往上，男生垂目静静地看她。

不知为何，明明是正常无比的模样，千萤心头却涌起一点儿异样。她仰面，望着时陆小心翼翼地问了句：“你刚刚在做什么？怎么半天不开门？”

“不小心睡着了。”

时陆往里走，千萤极其自然地跟上，在他身后不可思议道：“不会吧，你竟然这么早就睡了！”

她原本想问是不是因为太累了，然后一想到今晚发生的事情，答案似乎已经呼之欲出。她表情尴尬，脚趾抠地。

“你找我什么事？”时陆的床铺是凌乱的，他明显刚从上面爬起来。他坐在床边，随手从柜子上拿出来一瓶水，拧开仰头灌了几口。

千萤悻悻地把手里的东西放在他的床头柜上，讨好道：“我给你带了两瓶青梅酿，谢谢你今晚背我回家。”

“嗯。”时陆随意一瞥，闭眼揉揉太阳穴，眉心不自觉地往里拢。

他下逐客令：“心意收到了，没事你就走吧。”

“噢。”千萤乖乖应道，然后试探地指了下门口，“那我回去了？”

时陆想起什么，抬头问：“你的脚没事吧？”

说完，他就看到千萤灵活自如地转身，正准备迈步离开。

室内安静了一瞬，千萤停在原地，试探地转头答：“好像没事了。”

千萤从时陆房间里出来，总觉得哪里不对劲。放在以往，他恐怕早就对她摆起一张臭脸，话里话外都透着坏脾气。

虽然他今天也没什么好脸色，但是太冷淡了，似乎多说一个字都显得吃力，像是想要她快点儿离开。

千萤回去后在房间拧着眉思索，越想越觉得有问题。

她脑中忽然一闪，划过她在床头柜上放下青梅酿的片段。她当时没仔细看，现在仔细一回想，那里好像零零散散敞开了几个白色袋子，里头装着的是……药片？

各种线索瞬间串联起来。

开门时他无精打采的神情，说话时微哑的声音，还有她看了一眼墙上的钟表，现在才晚上八点钟。

千萤折返回去，再度去敲时陆的房门。这次直接没有人应声了，她急急忙忙地跑下楼，赶紧叫千正民带钥匙上来。

两人打开门时，里面的人已经是半昏迷状态。千萤伸手过去，在他额上一摸，滚烫一片。

量体温、打冷水、找药，折腾大半天，床上的人才迷迷糊糊地醒来，有气无力。

“你们怎么在这儿？”

“我们再不来，你都要烧晕过去了。”千萤有点儿凶巴巴的。

“三十八点七摄氏度，你是想这样烧到明天吗？！”

“我吃药了。”时陆这时候还不忘发脾气，不耐烦地皱着眉。

“吃药就能立刻好吗？”千萤把他额头上那块已经焐热的毛巾拿下来，重新浸冷水，然后拧干覆上去。

“这样有没有舒服点儿？”

“嗯……”时陆不甘不愿地承认。

“头痛。”他偏了偏脸，声音陷在枕头中。

“要不要吃点儿上次的药？”千萤抬起脸心疼地问，却见千正民朝她轻轻地摇了摇脑袋。

“那是特效止痛药。不能经常吃。”

“那怎么办……”千萤茫然地看着时陆因为痛苦而死死蹙在一起的眉心。他整张脸都惨白的，额角有细细的汗冒出来。

“我去打电话问问。”千正民站在原地片刻，下定决心地说，也顾不得大晚上去打扰人家了。

“不用了。”时陆叫住他，神情痛苦，却保持镇定，“忍忍就过去了。”

时陆房间的空调关了，冷风会吹得他头更痛。两扇窗户打开着，房门也大开着，夜风自然流动进来，反而比先前更加舒适。

盖着被子焐了一会儿，他又叫着热，睡得一点儿都不安稳。千萤找了自己的小风扇过来，拿在手里给他吹着。

“这样好点儿没？”她轻声关心道，拿毛巾给他擦去额上冒出的细汗。

“难受。”他闭着眼，无意识地抱怨，像是撒娇，“我头疼。”

千萤趴在床边望着时陆痛苦的脸，在心里偷偷发誓再也不去看萤火虫了。

要是她没有崴脚该有多好。

如果当时坚持自己走回来该有多好。

千萤眼睛红红的，吸了吸鼻子，忍住眼泪。

她不想再看到时陆生病了。

“鹿鹿，你要不要喝点儿水？”千萤强打着精神站起来，拿过床头柜上装着淡糖水的杯子，小心地把他从床上扶起。

时陆靠在她腿上，千萤一边给他吹着风，一边给他喂水。

男生的眉轻微舒展，轻闭着眼，仿佛睡熟了。

夜风从窗户吹进来，千萤拢紧他身上的被子，再度拭去他额头的薄汗。

黑夜静谧，暖黄色灯光笼罩在两人之间，画面美好。

千正民在门外看了一眼，轻手轻脚下楼。

梦里，时陆抓紧了被子，无意识地喃喃：“头好疼……”

“阿千……”他本能地叫着一个人的名字，难受地撒娇着。

时陆一叫她，千萤就从瞌睡中醒过来了。她给他扇着风，小声地在床边询问：“还痛吗？”

时陆不安稳地睡了几小时，此时被一阵阵剧烈的头痛闹醒，彻底睡不着了。

黎明未至，窗外还是一片漆黑。

千萤看着时陆，睡意也完全消散了。

“哪里难受？”她摸了摸他的额头。额头倒是不烫了，只是神情依旧痛楚。

“脑袋……难受。”时陆说话声断断续续的。他双眼紧闭，浓密的睫毛投下一片阴影。

千萤束手无策，只能用手指轻轻地摁着他的头，一处一处小心触碰：“是这里，还是这里？”

当她的指腹移到了他太阳穴的位置，刚刚按压下去，时陆搁在被子上的手猛地抬起来攥住了她的手腕。

千萤的动作立刻停住，不敢再动。

“怎么了……我弄疼你了吗？”她慌张地问。

时陆微微松开攥紧的手，眉头也舒展开来。

“没有。”男生哑声道，“阿千，帮我按一下。”

时陆一开始是睡在枕头上，后来千萤按着按着，他的头不知不觉就靠到了她的大腿旁。再后来，时陆似乎是寻找到了一个舒服的姿势，躺在了千萤的腿上。

女生柔软的指腹一下下按着他的头，先前难以忍受的剧烈疼痛似乎在外界和心理的作用下减轻，加上退烧药的效力，睡意又涌了上来。

他听到“呼呼”的风扇声，听到女生偶尔挪动身子发出的细碎响动，听到远处传来的一声清脆鸟叫。

千萤的手始终放在他的太阳穴两侧，不知疲倦般持续地轻揉着。

他在这种难以言喻的温柔和呵护中，彻底睡去。

千萤凝视着男生的睡颜，听着他绵长沉稳的呼吸声，提了一晚上的心方才落下。

一晚上的疲惫后知后觉地从身体里涌上来，千萤试探般缓慢地停下，收回手，见男生没有反应后才彻底松下那口气。

她揉着自己发酸僵硬的手臂，小心翼翼地把时陆从她腿上移开。

千萤站起来舒展了一下身子，然后轻手轻脚地关了房间里的灯。在晨光熹微中，她摸回自己房间，一头扎进被子里昏睡过去。

意识消失前一刻，她迷迷糊糊地想着，幸好之前经常帮爸爸按头，果然技多不压身……

时陆这一觉直接睡到了傍晚，醒来时窗外已经昏黄一片，余晖满天。

他的脑袋还有些闷痛，一下下冲击着太阳穴。只是比起昨晚头疼最严重的那几个小时，这种等级的痛感在他这里不值一提。

他洗漱时，昨夜的事情全部涌进了脑海里，那些疼痛到昏迷的时刻像是一场梦，唯有始终在他身侧的那双手清晰在目。

时陆说不清心里是什么滋味，他只想快点儿下去，见一见千萤。

闷在房间一天，时陆出来时太阳刚好下山，红霞散落在天边，周遭宁静，清风微凉。

目之所及，青色山峦静谧又辽阔，远处屋舍上一抹炊烟袅袅升起，让人回归原始的安宁。

在踏出门的那一瞬间，他浑身的阴霾仿佛被一扫而空。

时陆脚步轻快地下楼，客厅空无一人，整栋房子过于安静。

时陆有些奇怪，走到外边厨房，终于听见一丝响动，是柴火噼里啪啦的声音。

他从门口望进去，看到千萤坐在小板凳上守着炉子的背影。

他疑惑地问："你在做什么？"

千萤转头，一边看他，一边用手里的蒲扇对着火炉扇了扇，道："给你炖汤补身子啊。"

时陆当场噎住，说不出话来。

"你的身体太弱了，我和爸爸特意给你抓了一只老母鸡，加了松茸，用砂锅一起炖的，小火熬了两小时，你待会儿多喝几碗补补。"

"不用了！"时陆恼羞成怒，愤然拒绝，"我的身体没这么弱！"

"哎？"千萤听完，脑子慢半拍地转过来。

她上上下下打量了他一番，困惑地皱眉，拉长语气："不……弱吗？"

没等他开口，千萤已经自问自答。

"可是你这个月已经病倒两次了，每次体力稍微透支就不行了。我好怕下次让你多走几步路，你就晕倒在地上了。"

时陆被她气得太阳穴突突直跳，脑子发晕，差点儿一口气提不上来。

他也顾不上和她解释那不是因为体力透支，而是受了热。此刻的时陆已经完全没有几分钟前的那种愉悦心情了，他呼吸停滞三秒，面无表情地盯着她。

"这个汤，我是一口都不会喝的。"

松茸鸡汤一上桌，揭开盖，热气腾腾的鲜香味就扑面而来。

千正民立刻拿起汤勺舀满一碗要递给时陆，说："小陆啊，尝尝这个鸡汤，今天特意给你炖的——"

"叔叔，我不需要补身子。"只见时陆坐在那儿打断他，话语里似乎透出一丝委屈。

千正民见状马上看向千萤，果不其然看见了女儿心虚地躲避着他的目光。他板起脸，给了她一记警告的眼神。

“小陆，谁说这是给你补身子的？”他道，“别听阿千瞎说，你来这么久还没吃过我们这边的松茸吧？叔叔特意去山里买给你尝尝的。

“我们小陆的身体好着呢，这两次还不都是因为阿千不小心，连累了你。

“来，尝尝叔叔的手艺。”

他把盛好的鸡汤放在时陆的面前，这次时陆没办法再拒绝，只好拿起勺子，应付似的吹凉喝了口。

动作忽地顿住了。

鲜味透过舌尖丝丝蔓延开，鸡肉和菌类混在一起，特别清香可口。时陆默默地咽下这口汤，已经没有了一丝脾气。

“怎么样？好喝吗？”面对千正民期待的眼神，时陆实在无法违心地说出个“不”字。

他点头，再度舀起了汤送到唇边。

最后那锅汤大半都进了时陆的肚子，收碗筷时他几乎不敢看千萤的眼神，不过女孩儿似乎一点儿都不在乎这个。

她看着时陆喝完汤后白皙红润的脸，甚至露出了点儿欣慰。

“鹿鹿，你今天的气色好多了。

“看起来很健康。

“真好。”

女孩儿的眼睛亮亮的，她是真心为他的身体健康感到开心。

时陆浑身的刺都收了起来，仿佛被人捋顺了毛。

他不自觉地抬起脑袋，扬声道：“你等着瞧吧，我的身体一定会比你更好的。”

时陆突然开始锻炼了。

第二天天没亮，他就爬起来晨跑。此时整个天空都是雾蓝色的，晨间露水湿重，有点儿微凉。

时陆跑了两圈下来，完全不复从前那种闷热窒息，反而有些运动后的神清气爽。

他还重拾了学自行车的热情。这次沉下心来认真练习，他竟然没两天就学会了，大概是因为有之前的基础。

时陆特意骑着车子到千萤面前炫耀了两圈。男生高高的个子，骑着她那辆粉色女式单车，丝毫没有心理负担，在阳光下笑得一脸得意。

千萤非常捧场，双手放在唇边喊道："鹿鹿！你好棒！

"太厉害了。

"鹿鹿是全天下最可爱的男孩子！"

不远处，骑着自行车的时陆的脸诡异地红了。

时陆学车的动力前所未有地足，待技术掌握熟练后，他已经可以骑着千正民那辆稍高的自行车和千萤一起去镇上。

这真的是一个很小的镇了。

里面没有连锁大超市，没有街头巷尾随处可见的奶茶店，就连像样的手机专卖店也没有。

时陆在路边一个破烂的小门店里挑挑拣拣了许久，终于勉为其难地选择了里头一个最贵的不知名的智能机。售货员报出价格后，时陆示意一旁的千萤："给钱。"

"啊？"千萤猝不及防，张开嘴呆呆地望着他。

"我来的时候，身上所有的现金和卡都被没收了。"时陆掀起眼皮解释。

"那上次那个无人机……"看起来就是价格不菲的样子。

"我叫我朋友给我寄过来的。"

"那手机……"

"他不敢给我买。"

看着千萤困惑的神情，时陆纡尊降贵般再度耐心解释道："怕我爸打断他的腿。"

千萤默不作声。

“这个钱你先给我垫着，等我回去之后就还给你。”他不耐烦地说。千萤犹豫了一会儿，还是同意了。

“好吧。”她慢吞吞地出声，又抬头看他，“但是，我没有这么多。”

她摸了摸自己的荷包，拿出今天本来打算用来买模型的大半积蓄，总共三百元。

刚好勉强买得起店里最便宜的那款老人智能机。

两人大眼对小眼片刻，时陆最后妥协，低下了高贵的头颅。

“好吧。

“你真是个穷鬼。”

一番折腾后，两人终于买了手机回家。时陆到家第一件事情就是把手机连上网，然后登录各种软件。

新消息不停地弹出来，叫人目不暇接。千萤正要收回视线，时陆把手机往她手里一塞。

“你号码多少？输进去。”

此时打开的是一个企鹅页面，千萤当然也有注册账号——上了初中之后，班里的同学就陆陆续续接触网络了，她也跟着舒美美偷偷地去过几次网吧。

千萤接过手机，费劲地回忆了一下自己的号码，输入进去。然后时陆眼前就跳出来一个头像，还挺特别——一个不知道从哪个旮旯儿里翻出来的卡通萤火虫，胖乎乎的小身子，尾巴上亮着一团光。

昵称也很简单：小萤。

个性签名那一栏是空白的，资料几乎全无，空间也没有任何动态。时陆粗略地翻了翻，这个就像是那种被人注册成功后专门用来加陌生人的诈骗小号。

倒是很符合她的风格。

小土鳖。

时陆的手指在屏幕上敲了几下，屏幕显示已发送好友申请。

他又把手机重新塞给千萤，道：“你把你的账号登录一下。”

“干吗呢？”千萤对手机的兴趣远没有对电视里正在播放的电视剧的兴趣大，她正看得入迷就被打断，还有点儿不满。

“快点儿通过我的验证啊。”时陆想敲她的脑袋。

向来只有他拒绝别人好友申请的份儿，他什么时候会这么眼巴巴地去加一个人的联系方式，对方还不耐烦的？

这要让学校那些人看到了，指不定会取笑他成什么样子。

“哦。”千萤勉强接过手机，目光还不自觉地往电视机那边跑。正放到紫薇要和皇上认亲的重要桥段，千萤舍不得移开半分视线。

她的这副模样被时陆看到了，他非常生气，生出了一种恨铁不成钢的感觉。

“几百年前的老电视剧，有什么好看的！”他终于忍不住伸出手指戳她的脑袋。

“千萤，你能不能成熟一点儿？”

千萤慢吞吞地转过头，眼神充满怨念，盯着时陆，一言不发。

“干吗？”时陆被她看得有点儿发毛，身体不自觉地微微后仰，警惕地问。

“加好了。”千萤没说什么，只是把手机还给了他。

时陆一看，果不其然页面上显示着“我们已经是好友啦，一起来聊天吧！”

他摁下按键关上屏幕，正准备收起手机，只听千萤在一旁幽幽道：“无敌的陆。”

她刻意停顿了一下道：“真成熟。”

时陆差点儿忘记自己前两个月被头痛折磨得神志不清时冲动之下改的账号名字，现在被她这么从嘴里念出来真是既“中二”又傻。

时陆安静了两秒，然后道：“那不是我改的。前两个月不小心被盗号了。”

千萤的表情变得一言难尽，发问：“盗号的人还知道你的名字叫时陆？”

“朋友盗的。”时陆仍旧回答得无比自然，没有露出一丝马脚。

千萤又“哦”了声，不再纠结，转过头继续看她的电视剧。

时陆松了口气，刚想说点儿什么缓和气氛。

“你朋友真是一个成熟的盗号小天才。”

第五章

秘密基地

不知不觉，夏天已经过去大半，撒欢儿玩了一个暑假的学生们终于想起了自己的正事，在假期最后的期限里，开始疯狂地含泪补起了暑假作业。

但千萤没有，因为这个暑假过后她就升高一了。初三到高一的这个假期是没有作业的。

时陆也没有，因为他和千萤一样。

小扇引微凉，悠悠夏日长。

窗户和门大开的房间，四处都是吹进来的风，脚下还有台四方风扇在“呼呼”吹着。

时陆坐在地板上打游戏，千萤趴在床尾看漫画。

她两手托腮，看得入迷，看到精彩部分还忍不住感慨：“好可爱啊，琴子太可爱了。”

摊开的粉色封面上写着“淘气小亲亲”几个字，时陆拨冗瞥了一眼，第一次在千萤身上看到和以前班里那些女生的共同点。

“无聊。”

他照常扮酷，却不料千萤这次根本没有撑他。

她抱着漫画翻了个身，仰躺着望向天花板，叹气道：“确实无聊。”

美美和吴晓天他们都被关在家里补作业，好久都没出来玩了，在家和时陆待了几天的千萤早已经闷得头上长草。

她深深地叹气，又忍不住举起身前的漫画书，继续围观可爱琴子和冷酷直树的互动日常。

漫画很好看，可她的心中却一直有点儿困惑，为什么像琴子这样可爱的女生要一直追着经常板起脸的直树呢？

如果是她……

早就和自己的好朋友，还有阿金一起快乐地去玩耍啦！

千萤在床上看到了下午四五点钟，当翻完漫画书最后一页，熟悉的空虚又涌了上来。

她把下巴搭在床沿上，再次深深地叹了口气，目光从专注地盯着屏幕的时陆的侧脸上扫过，下移到他飞快点动的修长手指上。

她收回眼，又再度长长叹气。

千萤光脚踩着地板跑到了门口，然后穿鞋下楼。

听到动静，时陆终于抽空抬头，从游戏里分出一眼，只看到千萤消失在拐角的背影。

他低下头继续打游戏，然而这一把结束时，还没见到人上来。他蹙蹙眉，把手机一扔，也起身下楼。

民宿没什么生意，有时候白天千正民都在外面，做做农活儿或者修理房子。

时陆下去时，一楼客厅静悄悄的，千萤正捧着一杯水坐在长桌前发呆。

“在干吗呢？”他走过去，在她的后脑勺儿上敲了一下。女孩儿头发细软，过耳根的蓬松短发被这么一碰，发丝散乱在脸颊两侧。

千萤没顾得上整理，只捧着玻璃杯噘嘴轻叹：“好无聊，不知道干什么。”

“你的漫画呢？”时陆垂眼问。

“看完了。”

千萤的目光在民宿大厅里漫无目的地游荡着，扫过角落那架从搬来就搁置在那儿没动过的黑色钢琴，移开，又扫回去。

她下意识地问道："你怎么不打游戏了？"

"没意思。"一个人在房间玩有什么意思。

"哦。"千萤心不在焉地应声。

时陆皱起眉头，问："你在想什么呢？"

"在想你来这么久，怎么都没碰过那架钢琴。"千萤的目光终于落到了他的身上，话语没怎么经过大脑就脱口而出。

时陆顿住，一会儿才慢慢出声："你想玩吗？"

"想。"千萤的眼睛顿时亮了。她来了精神，双手从水杯上离开，坐直身子，"你会弹吗？"

时陆当然会。

他不仅会，而且很早就过了钢琴十级。八岁那年，他在台城艺术厅举办了第一场钢琴独奏音乐会。

可容纳千人的馆厅座无虚席，他作为大众眼里的小天才钢琴家，在白得发亮的聚光灯下，沉醉地弹奏着面前的那架黑色三角钢琴。

他仍记得最后谢幕时，台下那个女人冲他招了招手，眼底都是宠爱温柔的笑意。然而到现在，他已经忘记了那张脸的样子。

时陆坐在这架钢琴前，轻轻地掀开琴盖，黑白琴键流动着熟悉又陌生的光。

他的手指不自觉地轻颤着。

时隔六年，这是他第一次碰触钢琴。

安静的夏日午后，跳跃的音符从指尖"冒"出来，盘旋在空旷的民宿大厅。轻快明亮的曲调，清脆悦耳，自第一个音符响起时，整个沉寂的空间好像瞬间被点亮了。

千萤听得着了迷。

她以前从来没有听过类似的钢琴曲目，也是第一次有人在她面前现场演奏。她不知道别人弹出来的乐曲怎么样，但她想应该任何一个人都无法超越时陆。

她深知自己不具备任何专业鉴赏能力，也没有参照做对比。但是无关其他，她觉得只要是时陆的东西都是独一无二的。

或许有瑕疵，或许不够完美，但他的琴声令人十分震撼。

一曲结束，时陆悬在琴键上方的手慢慢收回。

他还有些愣神，未从方才的情绪中抽离。耳边却传来一阵清亮的掌声，打破安静的气氛。

他抬起眼，见千萤不掩激动，正在拼命地鼓着掌，手掌心都快拍红了。

“鹿鹿！”她大叫着他的名字，眼睛发亮。

“你弹得太好听了！

“快教教我！你是怎么做到的？好神奇。”她整个人已经凑到了他的手边，仿佛是看到了什么神奇的魔法般牢牢地盯着他的双手。

那道目光好像有火的温度，烧得他手指微烫。

时陆忍不住抬起手，抵住她快凑到自己身前来的脑袋，轻轻往后推。

“想学？”他拉长语调，漫不经心地问。本以为对方会欢天喜地，没想到千萤却陷入犹豫。

“会不会很难？”她纠结半晌，抬起脑袋，有点儿打退堂鼓的样子。时陆不乐意，眉头一挑，“啧”了声。

“我教你，肯定是包学包会。”

“呃……”她还在游移不定，眼珠子转着。时陆已经失去耐心了。别人想让他弹首钢琴曲，求都求不来，现在他主动放下身段教她，没想到她竟然还犹豫不决。

时陆瞪了她一眼，不容置喙地说：“你学也得学，不学也得学。现在就坐下来，我教你。”

钢琴前的黑色长凳是柔软的，时陆往右移，给她留出了大半空间。

千萤坐下，手指胡乱地摸过面前的黑白琴键。

“按下去试试。”

她只敢轻轻地触碰，不敢按出声音。时陆在耳旁提示，千萤的胆子便大了点儿。

一连串音符胡乱地跳了出来，没有规律，仿佛是调皮的孩童弄响了琴键。千萤微红了脸，讪讪地收回手。

“喜欢我刚才那首？”时陆问。千萤忙不迭地点头。

“超好听。”她一脸郑重道，立刻变得认真。

时陆低下头，手指随意地在琴键上敲出一串流畅的音符，正是刚才那首钢琴曲中的一段旋律，道：“那我们就学这首。”

千萤的兴趣顿时被拉到最高点，先前心里还在犹豫退却，这会儿完全被好奇取代。

“这首曲子是根据一首日文歌曲改编的，名字是，”音符停住，他转头看向千萤，“《secret base（秘密基地）~你给我的所有~》。”

千萤的英语基础很糟糕，她虽然听不懂前面的单词，可是时陆的发音很好听，比他们英语老师的腔调还要标准。

“你给我的所有？”她重复念着。

时陆点头道：“嗯，你给我的所有。”

“我们从曲子最开始的地方学。”

千萤没有学习过任何钢琴基础乐理知识，直接就被时陆教着按琴键。第一根手指放这里，第二根手指按旁边……千萤靠自己的记忆力硬生生地记下了每个琴键的位置顺序，大概熟悉之后，时陆让她把两只手同时放上去弹。

一串熟悉的旋律跳了出来，比起时陆方才的弹奏，差了十万八千里，但已经能听得出是刚才那首曲子。

巨大的成就感和喜悦感盈满心间，千萤眼中雀跃，道：“我学会弹钢琴了！”

时陆忍俊不禁，嘴角扬起一丝笑意，没有去打击她的积极性。

他清了清嗓子道：“很棒。好，我们现在学习下一句。”

如果千萤稍稍了解过钢琴，就知道时陆现在的方式并不是在教她，而是在用最原始、最笨的方法让她依样画葫芦。然而对此时的千萤来说，这是最大的鼓舞。

千萤学得无比专注且沉迷，太阳悄悄西斜，黄昏时刻，千正民回来时两人还坐在钢琴前，丝毫没有觉察。

夕阳透过窗户照下来，落到钢琴背面，映亮了两人的脸庞，隐约可见两人脸上细小的金色绒毛。

一阵钢琴声在空中悠悠响起，时而连贯，时而间断，却灵动悦耳。

而当千正民看到坐在钢琴前正在弹奏的人是千萤时，惊讶之情顿时溢出面容。

“爸爸！”与此同时，专注地按着琴键的千萤发现了他的身影，她立刻停住动作，开心地叫道，“我会弹钢琴啦！”

“你怎么一下就学会弹钢琴了？”他将信将疑地走近，看向时陆，“小陆教你的？”

“对呀！鹿鹿好厉害的！”千萤双眼发亮，就差在时陆身后手动配上太阳闪闪发光的背景图。

千正民也不住地点头。确实厉害，居然能让她在钢琴前面坐上这么久，还学会了半截曲子。

在千萤成长的过程中，他始终觉得自己生的是个男孩儿，从来没想到她也会有文静的时候。

千正民眼中不由得露出欣慰，望着时陆感慨道：“小陆，辛苦你了。”

时陆笑了笑，冲他颔首：“叔叔，不辛苦。”

两人仿佛带着某种默契般一来一回，千萤似懂非懂，总感觉哪儿不太对。

怎么了？

她让人很辛苦吗？

别人辛不辛苦她不知道，但是时陆让她很辛苦。

第二天，她就发现自己被骗了。

时陆让人给他带了一本五线谱，让千萤开始认每条线、每个音符，大概了解后就给她讲乐理。那些谱号听得千萤头昏脑涨。

而后时陆开始纠正她的各种姿势，一上午下来，钢琴没碰过几下，千萤却累得筋疲力尽。

中午休息时，千萤埋在被子里打滚儿，赖在床上不起来。下午她死活不肯再去练了。

“那就不练了。”时陆在床边说。千萤一听，立马从被子里露出小半张脸，那双眼睛亮晶晶的。

“真的？”她像个小松鼠似的转着眸子。

时陆忍住笑，轻咳保证道：“真的。我弹给你听。”

千萤不傻，她知道天底下没有白吃的午餐，时陆肯定别有用心，但她仍旧抵不住听他弹琴的诱惑。

她一脸正色地坐起，抱紧自己的小枕头，道：“那说好了，你自己弹，我在一边听，我是不会去弹的哦。”

时陆连声应着，终于把人领了下去。

一楼大厅，钢琴曲悠悠回荡在夏日午后，千萤坐在桌边，双手捧腮，面向前方不远处正在弹钢琴的时陆，闭眼沉醉。

他弹了好几首曲子，不同的旋律，都有一个共同点，那就是好听。听得耳膜都快要沉醉的那种好听。

千萤听着听着，心里头又泛起了痒痒，不自觉地回忆起手指按压琴键的触感。她托腮的手忍不住放下来，在桌面上跳舞似的轻敲着。

“好听吗？”时陆不知何时停了下来，坐在那儿望向她问。

千萤仍旧是不遗余力地表达赞美，给他鼓掌：“超级好听。”

“这几首曲子都是琴谱上的，你照着弹一样可以。”时陆不紧不慢地说道。眼里露出明晃晃的引诱。千萤鼓掌的手顿时停住，像粘在一起似的。她深知这是一个陷阱，却依旧蠢蠢欲动。

她苦苦思索片刻，终于痛下决心，从椅子上跳下来，道：“那好吧！那我就再试一试吧。”

这一试，千萤就从新手阶段来到了入门阶段，渐入佳境。她也从一开始的排斥到慢慢接受，逐渐习惯每天几个小时坐在钢琴前让时陆教她弹。

两个人越来越有默契，时陆也始终坐在她的身旁。有时候千萤卡住了，弹不出来，时陆就在旁边接上那段旋律，然后并肩一起弹完后面的部分。

千萤最喜欢的就是这个时刻。两道钢琴声交织在一起，她感觉自己都得到了升华。

客厅里，琴声悠扬，时而轻快跳跃，时而旋律悠长，千萤完全沉浸其中，双手飞快且流畅地在黑白琴键上跃动。

与之相应的是时陆的手，两人没有任何交流，却又默契十足。

一首莫扎特的《A大调奏鸣曲》结束，第一次完整地弹奏完一首曲目的千萤还久久不能回神，许久才从这种新奇的沉浸体验中走出来。

她回味了好一会儿，想起这次弹奏圆满成功的关键，情不自禁地用力抱了下一旁的时陆，深深地感慨道：“鹿鹿，这种感觉太棒了。我终于知道为什么有这么多人热爱音乐了。”

她毫无保留地表达着自己的情感，感慨完又马上松开手，期待着他的共鸣和回应。

时陆僵了几秒，才无意识地应出一声：“嗯。”

他说完很快又亡羊补牢般补充了句：“你说的没错。”

千萤得到满意的答复，立刻转过头去，兴致勃勃地拿着谱子研究下一首想要练习的曲子，却没有发现身边的少年仍旧僵在那儿，许久才慢吞吞地伸手揉了揉自己的肩膀。

那里是刚刚被千萤抱过的地方。

今天的晚饭时光格外热闹。

千萤取得了一项新成就，迫不及待地和千正民分享着自己今天的成果，整个饭桌上只能听到她的声音。

“丁零零，丁零零——”

放在茶几上的电话突然响了起来，千正民很快放下碗，起身走过去：“这个时候是谁打电话过来？”

两人抬头看了一眼，不在意地继续吃着饭，下一秒却听千正民扬声叫着：“小陆，是你爸爸的电话。”

饭桌上归于安静，隔着不远的距离，千萤只能看到时陆站在座机前接着电话的身影，他低垂着头，没什么表情，偶尔一两个音节简短地传来。

“爸爸。”千萤悄声问对面的千正民，“鹿鹿的爸爸是个什么样的人啊？”

为什么会把他一个人送到这里？又为什么没来看过他一次？只有偶尔拨来的电话。每次时陆接的时候都不太开心，过后要哄好久，他才会好起来。

这次似乎更加严重。

他又在低头拨弄着手腕上那根黑色的硅胶手环。

时陆刚开始还会回复只言片语，到后来干脆紧抿着唇不出声，最后竟直接把电话挂掉了。

重重的响声让千萤吓了一跳，接着时陆阴沉着脸走回来，没吃几口饭，就放下了筷子，道：“我吃饱了，叔叔，你们慢点儿吃。”

时陆上楼后就再也没下来过，暮色降临时，惯有的躺椅赏月环节也没有了。

夜幕中，月亮悄悄地爬了上来，千萤关上厨房灯，端着油炸小酥肉和鸡蛋卷上去，敲他房门：“鹿鹿？”

时陆打开门，看到了门后千萤探出来的小脑袋。她的眼睛依旧灵动，调皮地举起手上的盘子问他：“你要吃小酥肉和鸡蛋卷吗？”

时陆的耳边再度回荡起时斯年之前在电话里的话语。

“听说你最近在教一个小姑娘弹钢琴？”

“时陆，你什么时候变得这么有耐心了？”

“快开学了，收拾一下，过几天我让人来接你回家。”

时陆握紧门把手，注视着面前的女孩儿，他动了动唇，听见自己干涩的声音。

“阿千……”

“嗯？”

“我过几天要回家了。”

时陆要走的这个消息第二天传遍了整个云镇。临近晚饭点，舒美美他们好像约好似的集体跑来，满脸不舍地为时陆送别。

院子里的石头圆桌旁，一棵高大的柿子树枝叶茂盛浓密，几个小孩儿围在这里，时陆独自坐中间。

“时陆，这段时间很高兴认识你。”方虎粗硬的嗓音说出这么一句柔软的话语不免有几分违和，可是他黝黑的小胖脸又是这么的郑重。

他双手拿着自己的礼物递给时陆，是一盒手工拼接模型，半透明的包装盒外面印着小鹿图案。

时陆伸手接过，冲他道谢：“谢谢你，方虎。”他认认真真地叫着对方的名字。

“时陆，谢谢你给我们玩无人机。”吴晓天面对他早没了从前的紧张，但此时还是忍不住深吸了口气，挺起胸膛把手里的东西给他。

“还有，对不起，摔坏了你的杯子。

“我用全部积蓄在镇上重新给你买了一个，可能比不上你的，但它是我们镇上最漂亮的玻璃杯了。”也是最贵的。他在心里默默地说。

时陆垂头，那真是一个漂亮的玻璃杯。杯口镀着一层薄金，杯壁剔透，整个杯子在日光照射下流光溢彩。

适不适合喝水他不知道，但很适合放在橱柜里当作点缀。

“谢谢你，吴晓天。”时陆说完，又补充了一句，“我很喜欢。”

“时陆，我们会想你的。”舒美美的礼物是里头唯一仔细包装过的，粉色礼盒上还粘着一个蝴蝶结，少女心十足。

时陆接过拆开了，里面是个蓝色的小猪存钱罐，看着不值什么钱，还有点儿幼稚的孩子气。

这是他们几个今天特意结伴去镇上买的离别礼物。

时陆扬了扬手中的东西，朝她说道：“谢谢你。”

“不用谢。希望你回去之后一切顺利，前程似锦。”

堪比电视剧里老掉牙的祝福词，从他们口中说出来却饱含着难以言喻的诚恳。

时陆看着面前一张张算不上印象深刻的脸，知道这次分别，或许以后就不会再见了。

他并没有很喜欢这些略显幼稚的小孩儿，刚来这里的时候还无比排斥。当然，他在自己的世界里也谁都不喜欢。

可从来没有哪一刻，让他像现在这样，心底涌起一种难以言喻的触动和不舍。

时陆的目光从他们脸上扫过，认真记住："谢谢你们的礼物，这个暑假我玩得很开心。"

不知不觉，在这个各方面都落后闭塞的小镇子里，时陆已经待了快两个月。他从没觉得时间过得如此之快。

暮色降临，各家开始吃晚饭，小伙伴都散去了。

今天千正民做了热气腾腾的牛肉火锅。他端着锅出来，放在院子的圆桌上，然后招呼着两人过来吃饭。

夜晚很凉，头顶还有星星，大概是知道时陆快要走了，千正民准备了许多平时城里难见的新鲜食材。

这顿饭时陆吃得特别满足。

盘里的菜渐渐都见了底，千萤站起来，开始帮千正民收拾桌子。这一天眼见着快要过去，她还是没有任何表示。

终于时陆按捺不住，在千正民到厨房忙碌时，主动叫住了千萤。

"你的礼物呢？"他从傍晚忍到现在，话语里还是露出了一丝委屈。

每个人都给时陆准备了离别礼物，却唯独千萤没有。时陆原本想她是不是要等只有他们两个人时再拿出来，谁知道左等右等，千萤就像根本没有准备一样。

就连不熟的朋友都给他买了礼物，结果她一点儿表示都没有。时陆觉得心都凉了半截。

"欸？"果不其然，千萤睁大了那双圆圆的眼睛，一脸惊讶，"我想着你什么都不缺，所以没有再去买东西。"

千萤说的是实话，白天的时候他们几乎转遍了镇上，其他人都选到了适合时陆的礼物，唯独千萤，她觉得里面没有一件是时陆会喜欢的。

镇上的东西他都瞧不上。

这是那天陪他来逛街买手机时她发现的。

时陆眼里的嫌弃很明显，千萤想了想，最后还是没有再去买什么。

她想的合情合理，却不料时陆突然沉下脸，抿紧唇许久没说话，然后转身离开了。临走前，他用力地瞪了她一眼。

似乎伤心极了。

“千萤，你太让我失望了。”

时陆躺在床上，直挺挺地望着天花板，越想越难过。

他们很快就要见不到了，这次一分开，不知道下次再见会是什么时候。或许时斯年还会愿意让他过来，又或许他再也没有机会……时陆不能想，一想到这个可能性，他就喘不过气，浑身难受。

可他在这里这么难受，某人却好像没有受到任何影响。

就连他昨晚和她说自己要离开时，她也只是愣了愣，讷讷地问了句：“这么快吗？”

千萤成功地把时陆气到了，他翻了个身，埋进被子里用力踢着，没几下就折腾出了一身汗。他的脑子有点儿发晕，熟悉的征兆快要涌上来。

“鹿鹿？”这时门口探出一个头，眼神干净又无辜，“你生气了吗？”

已经要气死了。时陆面无表情地想。

他没理她，埋在被子里一言不发，过了一会儿，他听到脚步声传来。

“你别生气了。”一只手隔着被子拍了拍他的背，仿佛安抚一般，“我带你去看星星。”

不行。

不准。

坚决不去。

绝对不能这么轻易就妥协，不然显得他没有一点儿骨气一样，被人随便一勾就立刻跟着跑了。时陆面无表情地翻身下床，一边穿鞋一边想。

“对不起嘛，我不知道你很在意这个礼物，作为补偿，我把我的秘密基地分享给你。”

“那你之前为什么不给我分享？”都这个时候了时陆还不忘挑刺，一边跟着千萤下楼，一边面无表情地质问。

“呃……”千萤抓抓后脑勺儿，朝他露出傻笑，“我忘了。”

“看来也不是什么重要的秘密基地。”时陆的气已经消了不少，但嘴上还是冷嘲热讽的。千萤一贯不计较他的少爷脾气，仍然是笑眯眯的。

“没有，是我小时候超级重要的秘密基地！”

准备出门前，千萤从头到脚给两人喷了一遍驱蚊水，还拿上了手电筒。

这让时陆有种不太好的预感，他在千萤要拉着他出去时，谨慎发问：“你的秘密基地在很远的地方吗？”

“很近。”千萤一眼看出了他心中所想，安慰道，“走几步路就到了，你别怕。”

“谁怕了！”时陆立刻反驳，维护着自己的男子汉尊严，“我就是怕你一个女孩子大晚上走太远不安全。”

千萤道：“哦。”

说是走几步路也不尽然，千萤的秘密基地就在民宿后面，但不是走他们常去后山小坡的那条路，而是从屋后一条隐蔽的小径去。

这条路似乎平时少有人走，野草都快要掩没小道了，时陆走得很艰难。好在没过几分钟，眼前骤然开阔了。

这是一片天然的草地，被山峦和茂密的树林包围着，变成了一个自然隐蔽的空间，仿佛在里面做什么都不会被人发现。难怪千萤说这里是她的秘密基地。

“就在这里。”她的声音响起来，在安静的夜色中格外清亮。

手电筒光打向一处，时陆顺着光束望去，看到草地边上有个被遗弃的铁皮小屋子，不过半人高，屋顶和墙壁都生锈了，破了洞。

她带着他走过去，那里头空无一物，青草从缝隙里钻出来。

不知道先前这里是用来做什么的。

“这个小屋是我七八岁的时候发现的。”千萤跟他解释，“我一来它就在这里了。后来我经常一个人来这里玩，下雨的时候还可以躲在里面避雨。”

“只是之后慢慢地就很少来了。”千萤难得有些不好意思，弯着眼睛笑。

“长大了就不太喜欢玩这种过家家的游戏。”

她忽地想起什么，小声惊呼：“对了，我记得还在里面埋了一个东西，我当时想着等自己长大了再来挖。”

千萤兴致勃勃地在地上捡了根粗树枝，让时陆帮她拿着手电筒，自己则钻进去蹲在地上刨着脚下的土。时陆看了一小会儿，也跟着钻进去了。

小屋子狭窄，刚好可以容纳两个人。外头月光明亮，小屋内，时陆和千萤挨着蹲在一起。

那块土壤是松的，千萤没几下就刨出了东西。一个四四方方的铁盒子，外皮沾满了土。

时陆没想到里面真的有东西，立刻把头凑过去仔细看，没料到千萤也刚好凑近，两人的脑袋结结实实地撞在一起。

千萤“嗷”了一声，捂着额头。时陆也不能幸免。

两人同时后仰，摔了个屁股蹲儿。手电筒摔到地上，光束乱窜，最后定格在了铁皮屋顶。身下泥土湿润，青草柔软。

千萤和时陆对视两秒，两人不约而同地笑了出来。

脏兮兮的铁皮盒子里装着的是一本泛黄的日记本。时隔多年，纸页已经破旧不堪，边缘遍布着霉迹。

时陆拿着手电筒凑近看，小学生稚嫩的字体歪歪扭扭的。

7月8日，晴

今天梦见妈妈了，她长得好漂亮，还会给我糖吃，我好想妈妈呀。

7月10日，小雨

今天去田里摸鱼了，摔了一身泥，被爸爸打了一顿，呜呜。

7月20日，阴天

今晚爸爸做了烤兔子，太好吃了。我吃了三碗饭，真开心。

7月21日，雨

我养的小乖不见了，爸爸说昨晚被我吃掉了，呜呜呜呜呜，我再也不吃兔子了！

…………

时陆看到这里，扭头看她，问：“你爸把你养的兔子烤了？”

“好像是吧。”千萤也没想到会把自己的黑历史翻出来。她看着上面的内容，挠挠头，黑暗里脸颊发热。

“我小学的时候好像是养过一只小兔子。”

“那你后来还吃兔子吗？”

“吃。”

兔子确实很可爱，可是也格外的美味……

“我什么时候把笔记本放在这里的，我都不记得了。”千萤都被曾经的自己幼稚到了，她恼羞成怒，赶忙去抓时陆，把他手里的那本笔记本合上，抢了过来，“别看了，我们去看星星吧。”

外头天空上星星明亮，一条银河闪闪发光。

没有其他树木、建筑物的遮挡，这里的星空一览无余，辽阔又绝美。

经过方才那一摔，时陆已经毫无顾忌，两人直接坐在草地上，仰头望着头顶灿烂的星空。

城市夜晚的天空会被高大的建筑遮挡，哪怕是一个好的天气，也看不到星星。

这样的浪漫在城市里难得一见，在这边却随处可见。

夜风里有青草的清香味儿。

千萤仰躺下去，双手摊开，惬意地仰望着夜空，感慨道：“好美啊。”

“鹿鹿，你们家有这么多的星星吗？”她转头问身旁的人。时陆学她，一样躺倒下来，双手交叠在脑后。

“没有。”他说，“我们那里没有星星。

“夜晚很黑，有时候连月亮都看不见。

“热闹的地方会有很多乱七八糟的光，五颜六色，有的亮，有的暗，看起来像夜晚又像白天。”

“啊。”千萤微微困惑，“那晚上能听到虫鸣吗？”

“听不到。”时陆转过头。两张脸隔着不远不近的距离，他对上她的眼睛，“晚上很吵，有时候又安静得没有一点儿声音。”

千萤脑补了一下，苦恼地鼓了鼓腮帮子。须臾，她问他：“那你喜欢那里吗？”

“不，想逃离。”

千萤陷入了前所未有的思索。她费劲地想了很久，勉强才找出一个解决办法。

“那你下次放假了再来玩吧，我们家有很多好玩的！”

她伸手指向天空，示意时陆抬头：“你现在多看一点儿，把它记下来，以后不开心了就想想这里的星星。”

时陆想他应该永远不会忘记这里的星星。他睁着眼，一眨不眨地盯着头顶的星空。

谁也没有再说话了，两人安静地并排躺在一起。

微凉夏夜，只剩头顶星空闪烁，不知名的花香顺着风掠过鼻间。

底下青草软软的，偶尔挠过肌肤有点儿痒，不知道时间过去了多久，时陆的手臂上突然传来一丝异样。

细微的痒，开始他没有在意，以为是被草尖挠过，直到他感觉有什么在肌肤上慢慢爬动着。

时陆没多想，手伸过去一摸，指尖触碰到异样，他偏头一看，衣袖边，一只绿色的小虫子正挂在上面，朝上爬着。

时陆顿时头皮发麻，一个激灵从地上跳起来。

“虫……虫子！

“这里有只虫子爬我身上来了！”

他伸手指着那一处，大惊失色，脸色苍白。

千萤连忙顺着他的视线一看，那只小虫早就在时陆的大动作下滚落，在草中慌乱地逃窜。

千萤手疾眼快，一脚踩过去，把它打死后，看着不远处仍旧一脸惊恐的人，走过去拍拍他的背安慰道：“不怕不怕，我已经把它踩死了。”

时陆刚开始还没觉得哪儿不对，直到他稍稍冷静之后，看着身前千萤关切的脸和她不停拍在他背上安抚的手。

“我才不怕！”他感觉到丢脸，嘴硬道。

“我只是太突然，被吓到了。”他连忙挪开两步避开她的手，理直气壮地说。

“谁知道这种地方竟然还有虫子，我最讨厌虫子了。”

“好吧。”千萤放下手，顿了几秒，又望向他，“那你现在好点儿了吗？”

“我没事。”时陆打量着四周，月亮半挂在树梢，光亮比起先前似乎减弱了许多，黑黝黝的角落不知道什么时候会再爬出虫子来。

他不禁打了个哆嗦，连忙对千萤道：“我们回去吧，不早了。”

“好。”千萤点点头，拍干净身上的草屑准备回家，没走两步，她就发现时陆紧紧地跟在她后头，头还在不安地四处转着。

千萤停住脚步，微微转过头，问：“你真的不怕了吗？”

“不怕！”

“那你要不要拉着我走？”静了三秒，千萤的衣服被后头一只手牵住。时陆的手指紧紧攥着她的衣角。

“嗯。”时陆冷淡地应了声。

千萤带着在后头牵住她衣角的时陆往前走，穿过那片浓密的草丛时，两人挨得很近，投在地上的影子叠成一团，分不清谁是谁。

月光下，两人交叠的身影渐渐走远，直到变成一个黑点，消失不见。

第六章

夏末别离

时陆那天走得很突然。

千萤原本还跟他约好第二天去挖莲藕的。他还没见过荷塘里新鲜的莲藕，那藕刚刚从泥巴里挖出来，水一洗，白白净净的，削干净皮就可以直接拿在手里啃。

她爸爸做的藕夹也好吃极了，两个藕片夹着肉，再裹上面粉，油一炸，又香又脆。

时陆被她说得都咽口水了，眼睛发亮，晚上临睡前还和她说好，等明天下午没那么热了就叫上方虎他们一起过去。

只是他没等到下午。

早晨刚刚吃过饭，千萤还在收拾着。今天的早餐是小米粥和馅饼，馅料是时陆爱吃的肉馅。

碗筷刚收到一半，外面就传来汽车声，不属于云镇的那种，刺耳轰鸣。

她转头一看，屋外头停了三四辆车，整整齐齐的黑色一排。最前面的那辆车门被打开，下来两个穿着黑色西装的男人。

彼时时陆正在院子里拿着水管给大黄冲澡，那只傻狗欢快地在晨光下追着水柱奔跑。一人一狗的画面十分和谐，时陆的嘴角还挂着浅浅笑意。

看见这一幕，两人飞快地掩下脸上的惊讶，恭敬地朝他点了下头，道：“小少爷，先生吩咐我们来接您回家。”

听到他们的声音，时陆脸上的那抹笑顿时消失得无影无踪，他的手停在半空，静静地注视他们好一会儿才出声：“一定要今天走吗？”

“先生说晚上等您一起吃饭。”

云镇到台城市内，用最快的速度行驶也要八个小时，也就是说他必须现在就从这里出发。

“我不想和他吃饭。”时陆的少爷脾气已经上来了，他扔掉手里的水管，阴沉着脸转身回屋。

“小少爷，我们帮您收拾东西，有什么需要带的我叫人搬上车。”

千萤眼睁睁地看着他们进去，上楼给时陆收拾行李。动静隐隐约约传来，没多久，她看到一个人提着一个大行李箱下来。

时陆是最后出来的，他手里抱着一个纸箱子，看到千萤，朝她走来。

千萤呆呆地看着他。

时陆的脸色很不好，看起来和从前一样，又似乎有哪里变了。

“阿千。”时陆叫她的名字，刚出口的那一瞬间就有点儿绷不住了。他深吸一口气，平稳住情绪。

“这个，是我这些天教你弹的琴谱。钢琴我不带走，留在这里，你每天要好好练琴。”时陆把纸箱子递给她。千萤愣愣地接过。

“里面还有那架无人机，你帮我转交给吴晓天，就说是我送给他的回礼。

“方虎和舒美美的礼物都在路上，快递到了以后你们记得去取。”

他说完这些，一动不动地注视着她，像是要认真地把她记住似的。

千萤的眼睛顿时就湿了，鼻间发酸。

她低头，用手背抹了把眼泪，又吸了吸鼻子。

“嗯。”千萤胡乱地用力点头，“好。”

时陆垂在身侧的手不自觉地动了动，想去揉她的头顶，又忍住了。他最终什么也没说，转身走了出去。

千萤默默地抱着箱子跟在他的后面。

院子里，千正民正站在那里注视着他们，时陆走过去拥抱了他，道：“千叔，谢谢您这段时间的照顾。”

时陆很快松开手。千正民拍了拍他的肩膀，语重心长道：“小陆，回去之后一定要好好照顾自己。你还小，叔叔期待你变成大人的一天。”

“叔叔，我会来看您的。”

“好好，有空常来玩。”

“小少爷，东西都已经搬上车了。”旁边的人出声提醒道。

千萤和千正民一直把时陆送到门口。为首的那辆黑色车前，有人恭敬地给他打开后座门，等待着他上车。

“阿千，记得给我打电话。”时陆临走前，最后转头对她说。

直至时陆坐进那辆车里时，千萤终于忍耐不住，不由得往前挪了两步，叫他的名字。

“鹿鹿。”

车门重重地合上，把一切动静关在外面。

时陆转头望向车外，刚刚上车前，他好像听见千萤叫他了。

车子发动，平稳地驶向前方，两边的景色快速后退，熟悉的画面正一点点消失。

时陆扭头从汽车后窗看向身后，那扇民宿大门前，两人仍旧站在那里，千萤手里抱着他的那个纸箱子，一动不动地目送着他远去。

他定定地看着，直到车转了一个弯，画面彻底消失不见。

时陆回头坐好，伸手抹了下眼角。

时陆走了。

民宿顿时变得空荡荡的，又恢复成了往常的样子，平静得没有波澜，让人心底有些发慌。

千萤在门口呆呆地站了许久，直到千正民叹气，拍拍她的肩膀道：“阿千，我们进去吧。”

院子里的大黄依旧在不知疲倦地玩着，见到千萤进来，立刻往她身上扑，丝毫没有察觉到有人离去。

千萤放下手里的箱子，做了好一会儿心理建设才走上二楼。走廊静静的，尽头那间房门虚掩着，她走过去，轻轻推开。

房间仍旧是原来的样子，浅蓝色窗帘，米白色家具，床铺是格子四件套，一切就像时陆在的时候，只是少了一个人。

他的衣柜空了，放在旁边的行李箱也没了，柜子、书桌过于干净，就连垃圾桶里也空无一物，没有任何生活痕迹。

千萤心里酸酸的，默默地在房间里站了会儿，然后揉着眼睛出去了。

她没在家里多待，和千正民打了个招呼，就出门去找舒美美等人玩了。

几个人依旧在疯狂地补着作业，不过这么多天来成果也显著。千萤去每个人的屋子里溜达了一圈，动员大家下午去挖莲藕。

许久没出来耍的几个人当下便一拍即合，约好晚点儿一起出去。

日头西斜的荷塘边，聚集着一群伙伴，还没开始他们就已经七嘴八舌，热热闹闹的场景和从前别无二致。走亲戚多天的吴奇昨天也回来了，队伍再度壮大。

时陆没在，他们还是有点儿不习惯队伍里少了个娇生惯养、毛病多的小少爷。

方虎看到荷塘边一处舒适的阴凉地时，本能地转头想叫时陆的名字，话到嘴边反应过来，那个怕热的娇气小少爷已经回到他的城里去了。

荷叶宽大，从泥里伸出细细的杆子。人弯下腰来，头顶太阳被遮住，只剩下水面散发的阴凉。

千萤双手在水里摸索着，从泥巴里掏出两节细长的莲藕，就着水简单冲洗干净后，露出底下的白嫩。

她想要是时陆在，肯定会微微睁大眼睛，藏不住惊讶："原来莲藕是这样挖出来的。"

而且荷塘里还很凉快，荷叶把太阳都挡住了，他躲在底下，一定会玩得很开心。

可能一开始他会嫌脏不愿意碰，但是过不了多久就会融入他们中间，彻底变成一个乡下野孩子。

千萤心里再度涌起那种熟悉的空落落的感觉，就像小时候有个玩得很好的小伙伴突然回家一样，她难过了好几天，在那之后，他们再也没有见过。

她和时陆也会这样吗？

大家各自在自己的世界里，然后就长大了。

把荷塘一角的莲藕都祸害得差不多了，他们从塘里爬起来，冲洗着手脚。

他们每人都挖了一篮子莲藕，可以回家腌糖藕，做菜，当零嘴吃。

方虎带了小刀，他们坐在岸边石头上，把脚泡在水里，用小刀削掉藕皮拿在手里吃。

刚从泥里挖出来的藕清甜脆嫩，吃起来十分解渴。阳光从头顶树叶的缝隙投下来，把石块照得斑斓。

“唉，我还挺舍不得时陆的。”吴晓天望着前方，有点儿惆怅道。千萤早上把那个无人机给他了，同时转告了时陆的话，吴晓天当时抱着无人机就愣住了。

“我也是。”舒美美的脚在水里踢了两下，叹气，她深深惋惜，“以后就看不到这么好看的男生了。”

时陆来之前，她从来没在镇上见到过像时陆这样的男孩子。

他哪怕什么都不做，只是简简单单地躺在屋檐下睡觉，漂亮的脸蛋和难言的感觉就让人心生喜欢。

“虽然刚开始他挺讨人厌的，脾气也臭，但是熟了之后其实也没那么难相处。”方虎挠挠脑袋，大口啃下手里的莲藕点评，似乎在勉为其难地夸赞，“有时候还有点儿可爱。”

“大虎，你就别装了，你明明是我们里面最喜欢时陆的。”舒美美毫不留情地拆穿他，“你后面有什么好东西都第一个给时陆了。”

“啊？”千萤张张唇，呆住。她是第一次知道这个。

“真的吗，大虎？”她转头问。

方虎难得赧然，他粗声粗气道：“我是看他细皮嫩肉的，所以多照顾他一点儿。”

“你为什么喜欢鹿鹿呢？”

“说不出来……”方虎面露苦恼，思索半天后，粗暴简单地下了结论，“就是要和他玩。”

几个人随意地聊着时陆。这个夏天突然出现在他们的世界里，又飞快离开的男孩儿，他像是一道特别的记忆，刻在他们的脑海里。

最后不知道是谁发出了感慨：“我突然有点儿想时陆了。”

民宿几乎没什么客人，千正民偶尔会在外面做做零活儿。现在屋子里少了个人，他也不会一日三餐定时在家做饭，千萤有时就自己解决，煮面或者做点儿别的吃。

没过几天，她接到了时陆的电话。

座机响起来时她正在厨房鼓捣午饭，听到声响，她没想太多，马上走出去接起。

“喂，你好。”

“你在干吗呢？”里头传出一道熟悉的声音，懒散不耐烦。千萤眉眼间顿时盈满喜悦，立刻扬声叫着：“鹿鹿！”

“这么大声，耳朵聋了。”

耳边听到丝丝笑意，千萤惊喜道：“你怎么突然打电话过来了？”

时陆走之后便没有任何消息，千萤当天晚上有意无意地路过客厅的座机好几回，都没听到有动静传来，然后她就干脆上床睡觉了。

再然后时间一长，她就没把这个事情放在心上了。

没想到时陆会突然给她打电话。

“怎么？我不找你，你就不知道主动找我？”时陆在那头轻哼了声，还是以往蛮横的样子。千萤觉得他回去两天，少爷脾气似乎变更重了。

她软声解释：“我没有你的电话号码呀。”

“你不是有我的联系方式吗？不知道给我发消息？”时陆不依不饶的。千萤仔细想了想，脑子才转过弯来。

他说的是两人之前加的那个企鹅号。

“我基本上不用手机，很少上网。”千萤无辜地说。她有一个千正民不用的手机，可以联网登录账号，但是没有什么特别好玩的，千萤一般都放在角落当摆设。

时陆没作声了，电话里安静一会儿，千萤随即问：“你打电话过来有什么事吗？”

“告诉你快递到了，让你们去取一下。”

“哦。”她应完，又陷入安静。

千萤想了想，出声问：“鹿鹿，你回家还好吗？”

“不好。”那边终于传来回应，时陆似乎吸了下鼻子，声音很低，“我难受死了，阿千。”

台城很热，热到令人窒息。

夏末闷热的气流席卷整个城市，热辣的阳光无处可避，时陆只能像个见不得光的病人，每天躲在被厚重窗帘遮蔽的房间里。空调声细微作响，不正常的低温刺激着他的每个毛孔。

回来第一天，时陆就和时斯年大吵了一架。

男人坐在客厅，桌子上摆满饭菜，他似乎在等待时陆的归来。即使两个月未见，这对父子一见面，氛围仍旧是剑拔弩张。

“看来你这两个月过得还不错，乐不思蜀。”时斯年淡淡地说，镜片后的眼睛没有任何情绪波动。

“托您的福。”时陆牙尖嘴利，脸上是从未在千萤面前展露过的戾气。

“听说你在乡下只发过两次病？”时斯年接着说。时陆一瞬间紧绷，每个毛孔都不自觉地开启了防御状态。

“所以呢？”他死死地盯着时斯年反问。时斯年推了推眼镜，合上腿上的笔记本电脑。

“所以并不是无药可治。”

“你又想说我这是富贵病，只要出去多晒晒太阳就好了是吗？”时陆勾了勾唇嘲讽。时斯年的眉头微不可察地皱了一下，容忍度已经快到极限。

“时陆，注意你的态度。”

“时斯年，你只配我用这个态度。”

“砰——”

巨响声传来，一个玻璃杯重重地碎在时陆脚下，有几片碎屑溅起，划过时陆的手背，细细血丝渗出，但他好像毫无察觉。

那头刚发完怒火的男人深吸了一口气，闭了闭眼，用力地按住眉心，控制自己的情绪。

时斯年身居高位已久，少有人敢违抗他。他抬眸直视着客厅中央昂着头的男生，他唯一的儿子，脸色沉得吓人：“时陆，你给我滚回房间。”

这顿饭两人还是没吃成。

时斯年没有在家待满十分钟，就匆匆带着他的司机、保镖离去。汽车引擎声从窗外传来，整栋别墅恢复死一般的寂静。

时陆的房间没有任何变化，就像他从没离开过一样。他躺在床上，紧闭着双眼，任凭自己陷入无边黑暗。

不知过了多久，门边有人轻轻敲门，小心道：“小少爷，饭做好了……”

时陆眉也不抬，冷声吐出一个字：“滚！”

接完电话，千萤上楼翻箱倒柜，找出了那个快要进废旧品回收站的按键手机。灰白色的外壳严重掉漆，键盘也被磨得快要看不清字母。

千萤按下开机键，屏幕动态播放过后，桌面露出几排小应用。

她点开那个企鹅图标，花了将近一分钟才登录上去。从来都安安静静，没有任何新消息提示的软件上竟然亮着两个小红点。

L：我到家了。

日期是时陆走的那天晚上十点。

下一条消息间隔了十几个小时。

L：人呢？

L：敢不回我，你死定了。

最新的消息在一小时前。

L：快递到了，去取一下，收件人是你的名字。

千萤一个字一个字地敲着键盘：收到！

“谢谢鹿鹿”这句发出去之前，她绞尽脑汁地从输入法的犄角旮旯儿里找出了一个可可爱爱的表情符号，方才心满意足地发出去。

这边男生的手机很快收到提示。

时陆不在意地拿起手机瞟了一眼，看到列表里那个永远是灰色的头像突然亮起。她认认真真地给他回了两条消息，还加了个又土又萌的表情符号。

时陆已经可以想象出她在那头笨拙打字的模样。

他的眼前出现了她和这个表情如出一辙的灿烂笑脸。

千萤无疑是漂亮的。瓜子脸，一头短发蓬松柔软，上扬的杏眼灵动，嘴唇永远是红润润的，笑起来会露出两颗小虎牙，明媚可爱。她自己似乎并不知道这一点。

就连她身边的那群朋友也像还未长大，近乎单纯的孩童心智，没人去发现她的美。

千萤和舒美美等人一起去镇上拿了快递，回来拆开的时候，一群人发出了没见过世面的感叹声。

时陆送给舒美美的是一套限量版娃娃，穿着不同公主裙的公主躺在包装精致的盒子里。舒美美看到第一眼就发出了尖叫声，抱着盒子爱不释手。

他给方虎买的是一套拳击护具，头盔、拳套、手绷带、护裆……配备齐全。运动达人方虎顿时喜不自胜，拿着东西翻来覆去地仔细研究，就差流口水了。

“时陆真够义气，酷毙了。他就是我方虎一辈子的好兄弟！”

“也瞅瞅人家愿不愿意吧。”舒美美摸着自己的娃娃，不忘埋汰他。

方虎对她扮了个鬼脸，舒美美直翻白眼。

“幼稚鬼！”

千萤看着眼前一幕，一言难尽，觉得他们都挺幼稚的，难怪以前时陆天天骂他们。

不知为何，经过这个暑假，她觉得自己好像成熟了不少。

九月一日，正式开学。

千萤升入云镇中学，成了一名高中生。

云镇的初中、高中是在两个不同的地方，虽然都在镇子上，但一个南，一个北。除了她和吴晓天，其他几人还在初中没升上来。

方虎在小学多留了一级，舒美美比他们小一岁，吴奇当年读书时报名报得晚。

五人小团伙被拆分，且高中有早晚自习，他们的时间对不上，上下学再也没办法成群结队。

千萤的课业也迅速地多了起来。

在这个暑假之前，千萤感觉自己像个孩子，每天在外面疯玩，没有任何负担和烦恼，而进入高中第一次摸底测试之后，她就突然明白了自己现在的任务——应该开始认真学习了。

千萤开始早出晚归，每天天不亮就起床，吃过早餐，骑着自行车和吴晓天一起出发去学校。有时候是他在院子外面等她，有时候是千萤去他家楼下叫他。

两人骑着车，赶在日出前抵达学校，翻开书本，在早读声中开始新一天的学习。

各科老师布置的课业都很重，学校课程结束后，晚上千萤回去还要写作业、背课文。

方虎和舒美美他们来找过她几次，千萤都在写作业，没有和他们一起出去玩。久而久之，他们也很少来叫她了。

和千萤共同话题渐渐增多的只有吴晓天，而他们聊天的内容基本上都围绕着学校、学习。

不过一个暑假，千萤的气质逐渐沉稳，从孩子变成了少女，就连隔壁的阿姨看到了都说她开学以后变得成熟了不少。

那似乎是她最后一个无忧无虑的暑假。

千正民的民宿生意陷入了危机，其实从很早之前就有征兆了，民宿自开业以来都没什么客流量，去年冬天几乎都是半关门状态，整个暑假也只接待过时陆一个常住客人。

随着千萤年纪的增长，以后开支会更高，仅靠家里开民宿的这点儿收入只能勉强维持生活。

晚上她下楼时，经常会看到千正民坐在院子里闷头抽烟。他已经很久没抽过烟了。

某天千萤放学回来，不小心听到千正民在客厅讲电话，话里冒出了“沿海”“工作”等词。不远处谈话声仍在继续，千萤闷闷地回到房间，放下书包，拿出作业本开始做。

大抵是心烦意乱，没写几笔，千萤就拉开抽屉，从里面拿出手机，摁了开机键。

她登录上那个企鹅号，里面只有和时陆的对话框。两人的聊天不多，大部分都是只言片语。时陆给她发消息，千萤总是过很久才看到，久而久之，他也发得少了。

千萤打开对话框，翻看着两人的聊天记录，上一次聊天还是她入学不久的时候，时陆发消息问她到新学校感觉怎么样。

那几天特别忙，千萤总是忘记看手机，等看到这条消息已经是两天后了，她给时陆回复过去，他把她骂了一顿。

再往上，是她为数不多的一次，主动给他发了消息。

她告诉他快递收到了，方虎和美美都很喜欢。

时陆问她喜欢吗？他给她寄了一大包吃的，里面全是千萤最喜欢的那个牌子的巧克力。

仿佛心有灵犀般，千萤的聊天记录还没翻完，手机就“嗡嗡”振动起来，屏幕上跳出一个来电显示，清晰地出现了一个名字。

千萤脸上一喜，立刻接通，声音轻快：“鹿鹿！”

“你在干吗？”直白的询问，依旧是男生特有的开场。声音懒散，带着一丝不耐烦。

两人打电话的次数并不多，千萤的学校不让带手机，回来后她又忙着干活儿、写作业，常常忘记上楼去开机。时陆打家里的座机比较多，然而大部分时候都是被千正民接到，这样的次数多了后，时陆就减少频率了。

“我刚放学，准备写作业。”千萤的声音里透着连自己都没察觉到的失落。

“怎么了？”时陆不自觉地放软了语气。尽管两人联系不算频繁，但千萤发生的大大小小的事情他几乎都知道。

他知道她们学校有个很大的操场，知道她念高中后老师很严格，课业压力重，也知道她每天都和吴晓天一起上下学。

时陆酸死了，恨不得把送他的那台无人机给抢回来。

送他还不如给大黄玩。

千萤一听到时陆软下来的声音就莫名地委屈，她也不知道为什么。

她吸了吸鼻子，头压得低低的，说：“鹿鹿。”

“嗯？”

“鹿鹿。”

“阿千？”

她什么也没说，只是一遍遍地叫着他的名字。时陆急得快上火，深吸一口气，压下浮躁和焦虑。

“出什么事了吗？”时陆平稳住情绪，力图让她看不出异样，沉声问。

千萤安静了会儿，突然松懈下来般，道：“没什么事啊。”

她的话里甚至有一丝笑意：“我就是想叫叫你的名字，我好久没有叫过你了。”

“鹿鹿，鹿鹿，真好听。”千萤叫他时和别人不一样，那两个字会显得格外圆润，听起来俏皮可爱。

就如同此时这般，天真得没有任何阴霾。

时陆那颗提起的心微微放下，他放在兜里攥成拳的手此刻也慢慢松开来。他只想揉乱她头顶的发丝。

“阿千，你再吓我，下次就给你寄刀片。”

“为什么？”女孩儿在那头茫然地问。

时陆弯了弯嘴角，说：“恐吓。吓死你。”

幼稚鬼。

台城一中校门口。

正值放学，穿着校服的学生三三两两往外走。

时陆刚挂完电话，嘴边的笑容还没收起，旁边的人就立刻凑过来，嬉皮笑脸的。

“陆少爷，刚刚和谁打电话呢？笑成这样。”

时陆顿了下，反问：“我笑了吗？”

“可不，笑得一脸荡漾。”

宁储举起三根手指放在耳旁，满脸严肃道：“我发誓，千真万确。”

“有病。”时陆白了他一眼，走了。宁储赶紧扯着书包带子跟上。

“透露一下嘛！”他追上时陆，原本想直接扑过去，又不敢伸手去搭他的肩膀，最后只能憋屈地撞了一下他的胳膊，挤眉弄眼。

“是不是上次那个小萤啊？”

时陆顿住脚步，转头看了他一眼，没什么表情，宁储却飞快地举起双手投降。

“我错了，少爷。”

他能屈能伸，认完错见时陆压根儿没有要和他计较的样子继续往前走，又立刻跟上，凑到时陆旁边，贼心不死道：“时陆，你不会真的在乡下找了个女朋友吧？这消息要是传出去，估计我们全校的女生都会心碎。”

宁储和时陆从小学就认识了，两人是一个钢琴班的，当年因为参加比赛一起训练过一段时间。宁储自来熟，在他的死缠烂打之下两人勉强成为朋友，就这样一起磕磕绊绊地走到了高中。

那个无人机也是他给寄的，他大概是学校里唯一知道时陆暑假被他爸“发配”到乡下待了两个月的人，结果出乎意料的是，他这个娇生惯养的朋友竟然没有和他抱怨一丝不满，回来后还天天抱着手机不撒手！

宁储有一次不小心窥到时陆的屏幕，那时还是上课时间，时陆隔个两分钟就朝手机看去，好像在等着一个人的消息。他在听到振动后也飞快地偷瞟了眼。

对面是个萤火虫的头像，名字只有两个字——小萤。

从此之后这就成了两人之间的一个关键词。

“你没事干的话，”时陆头也不回道，“我农场里养的那条狗死了，你能过来给我当两天吗？”

宁储彻底安静了。

时陆回家时，偌大的别墅已经空无一人，桌上有做好的饭菜，但用人已经走了。他们都住在别墅旁边的一栋附属小楼里。

时斯年有时十天半个月都不会回来一次，最长的时候几个月都见不到人影，大部分时候房子里只有时陆。

他没有动桌上的晚饭，只是丢下书包径自打开游戏机，客厅的投影仪便出现了游戏画面，他握着手柄，沉迷进去，一直到游戏彻底通关之后，屏幕上显示大大的“over”，他才扔掉了手柄。

时陆后仰，摊开手无力地躺在地毯上，透过窗户他看到天空中仅存的深红色。

那是最后一抹余晖。

一切都索然无味。

没劲透了。

时陆盯着天花板，双眼放空，叫着一个人的名字。

“阿千，阿千，阿千……”他一遍遍重复着。

时陆闭上眼，仅存的一抹光亮也消失了。

再见到时斯年是三天后，时陆推开门前并不知道他回来了，进去才听到有人在打电话，话音隐隐约约传来。

“民宿不准备开了吗？去沿海……有合适的机会还是……”

隔着玄关和客厅，听得不是特别真切，但时陆的胸口还是猛地一跳，没有缘由的，他觉得和千萤有关。

他找到时斯年时，通话已经结束了。男人从阳台进来，看到时陆直直地站在他的身前，眼底闪过一丝诧异。

“有事？”

“嗯。”两人向来是水火不容的，难得这一次心平气和地讲话。

时陆问：“你刚才在和谁打电话？”

时斯年了然，打量着他，手机捏在指间转着，道：“千正民。”

时陆倏忽抬起头，紧盯着他，问：“他们出什么事了？”

“没出什么大事，不过民宿经营不下去准备关闭，他打算去外面工作。”

“那千萤怎么办？”时陆脱口而出。

时斯年语气淡淡地道：“留在家里托人照顾，她已经这么大了，完全可以在学校寄宿。”

“不行。”时陆想都没想反驳道。他直视着时斯年，脑中早已盘旋多日的念头终于找到合适的契机说出来。

“我想和她一起上学。”时陆想了想，最后换成一句温和的表达。他瞧着时斯年，知道时斯年会同意。

从小到大，他要的东西从来没有得不到过，除了一件。

男人陷入沉思，许久，镜片后的眸子抬起，漆黑幽深，他道：“我有什么好处？”

“你想要什么？”

两人对视，时斯年定定地看着他。

时间被拉得漫长。

时斯年低头，正了正腕上的那块手表，语气随意道：“把你这几年落下的东西都给我补上来，我时斯年没有一个不学无术的儿子。”

时陆刚回来没几天就大病了一场。

台城炎热的气候和无孔不入的压抑，与云镇的自由自在截然不同，时陆整日待在空调房里，没两天，头痛和发热如约而至。

起因是他晚上吃了一碗冰的梅子汤。

厨师见他这段时日胃口不好特意做的，结果吃下没两小时，时陆就头痛发作，比起之前在云镇的那两次都要凶猛，他痛得呕吐，蜷缩在床上发抖。

管家很快叫来家庭医生，才输上液，时斯年打电话过来，问了两句缘由，就把今晚给他做梅子汤的厨师开掉了。

时陆的太阳穴刺痛，眼皮颤抖，他咬紧嘴唇，黑暗中眼前浮现了几个小时前的那张脸庞。长相温厚的男人，因为关心他，把梅子汤送过来，然后站在旁边不安地搓了搓手，说这个开胃。他只是一个在时家规规矩矩地工作了几年的厨师。

时陆无意识地抠着左手腕上的那根黑色手环，脸颊轻陷在枕头里，眼角潮湿。

他想这次真的痛啊，痛得他眼泪都快掉出来了。

医生配的药水里有镇静剂的成分，半小时后，时陆时而清醒，时而混沌，像是有蚂蚁在啃咬他一般，疼痛没有休止。

不知道过了多久，时陆倏忽醒来。头顶是一盏暗淡的灯光，窗帘紧闭，看不到外面。

墙上的时钟“嘀嗒嘀嗒”，成为这无边死寂中的唯一声响。

时陆突然疯狂地想念千萤，想念那个在昏黄灯光下，她彻夜守在他身边的那个夜晚。

他想要她在他的身边。

十月，天气逐渐转凉。

这个学期已经过去一个多月。千萤像往常一样下课回来，今天是周五，接下来有两天时间可以做作业。她放下书包，准备去练会儿琴。

时陆给的谱子千萤已经弹得滚瓜烂熟了，她不知道自己现在的水平怎么样，但是舒美美等人每次来听完都会兴奋地给她鼓掌，夸她厉害极了。

就像她每次听时陆弹琴一样。

他又给她寄了好几本谱子，还有一大堆吃的，这次里面除了她爱吃的那个巧克力，还有不少其他口味的巧克力。时陆把他平时看到的、觉得好吃的巧克力都买回来了，然后全部寄给了她。

千萤刚要往客厅走，还没在那架钢琴前坐下，突然看到从房间出来的千正民。他的脸色有点儿憔悴，头发乱乱的，好像没休息好。

见到千萤，他伸手揉了把脸，出声叫住她：“阿千，你过来一下，爸爸和你说点儿事情。”

偏厅里，千萤和千正民各坐桌子一边，两人面对面，千萤的手放在桌上，认真聆听。

原来爸爸和鹿鹿的父亲认识了十几年，爸爸从前为时斯年工作。

“……小陆爸爸是个很厉害的人，我只是机缘巧合救过他一次，他就一直让我在他身边工作，做些跑腿打杂的活儿。

“后来认识了你妈妈，我就辞职回来了。

“之前……一直没和你说，爸爸准备关掉民宿，去外面重新找工作……”

“我知道。”千萤打断了他，眨眨眼，“上次不小心听到爸爸打电话了。”

千正民愣了愣，注视着她，须臾，叹息一声：“阿千……”

他继续往下道：“当初这家民宿能开起来，也是小陆爸爸给我资助了第一笔钱，现在打算不做了，我当然要和他说一声，结果……”

千正民把前因后果和盘托出，听他全部讲完，千萤才慢慢地直起身子，厘清头绪。

“所以，他想让我去那里和鹿鹿一起上学？”

“阿千，你做的任何决定爸爸都支持。”千正民犹豫地说，“不要因为任何事情影响自己的想法，无论如何，你的开心最重要。”

千萤静静地凝视着他，不知道从什么时候开始，他的头上已经生出了几缕白发，记忆中英俊的面容有了皱纹，身材也不复从前的高大。

她的爸爸已经老了。

千正民还在准备着说什么，他陷入两难，不放心女儿独自去那么远且陌生的地方读书，又不想把她一个人放在家里。他正要开口之际，千萤打断了他。

“爸爸，我愿意。”

“什么？”他张着唇，神情怔忪。

“我很喜欢鹿鹿啊。”她的眼睛明亮，脸上瞧不出任何阴霾，“再说，能去城里上学不是更好吗？

除了让她离开熟悉的地方和朋友，到一个彻底陌生的城市，融入全新的人群。

第七章

校园乌龙

转学手续办完，已经是一个月之后的事情了。

这期间时陆给她打了无数个电话，都是趁着学校休息时间偷偷打的。他勒令千萤把手机带到学校去，不准关机。

“阿千，你喜欢什么颜色？粉色怎么样，还是蓝色？”时陆在电话里问着。千萤这些日子已经被他事无巨细地追问了个遍。今天问她喜欢吃什么口味，明天问她喜欢什么小绿植，现在换成了问颜色。

千萤无奈道：“你要给我买什么吗？不用了，我什么都不缺。”

“没有，我给你布置房间。”那头的声音听起来很兴奋。

“再过几天你就要过来了，我给你提前准备好。”

“啊……”千萤猝不及防，愣住，过了会儿才小心追问，“我要住在你家里吗？”

“对啊。”时陆也被她的问题弄得愣了一下，“你不住我家住哪里？”

“学校不是可以住宿吗？”千萤提前打听过，台城一中是整个省内最好的中学，里面提供住宿。住宿生还可以上早晚自习，而且有老师在。

“你要住宿？”时陆的语气顿时沉了下去。

千萤的脑海里立刻出现了他不满的脸。

她嘴唇动了下，没说话了。在这沉默中，时陆的声音突然低低传来：

“阿千，我不会欺负你的。”

“我知道。”千萤抬眸望向远处，轻笑一声，“你都打不过我。”

“胡说八道。”男生奓毛。

“就是。你连虫子都怕，更别说和人打架了。”千萤毫不留情地拆穿他。

“等你来了，我让你看看一中小霸王的风采！”时陆生气道。

“无敌的陆。”千萤刻意地停顿了一下，夸赞道，“你真强。”

时陆语塞。

立冬那天是十一月初，千萤和时陆分别已有两个月。

前一天晚上，千正民和她在家吃了火锅。

满满一桌子食材，都是刚从园子里采摘的，萝卜、蒜苗、西蓝花……还有切得薄薄的瘦肉、排骨和冬菇。

热气腾腾中，父女俩坐在一块儿，隔着雾气相望。

“阿千，多吃点儿，等去了城里就尝不到爸爸的手艺了。”千正民给她夹了满满一筷子肉，放到她已经冒尖儿的碗里。

这段时间民宿的生意好了不少，难得清闲下来，千正民这才下厨做了顿久违的大餐。

随着客人陆陆续续增多，千萤才知道时陆家里有很多连锁酒店，他们只不过是把民宿划入集团名下，然后打造成系列的“山野”品牌，放到网上系统之后，就经常有客人打他们的电话预约。

民宿从里到外修整过一遍，用具摆放都有了一个标准，千萤也不再满屋子随意乱窜，有客人来时，她都规规矩矩地待在房间里。

慢慢都在好起来。

而这一切，都是因为时陆。

“爸爸，你也吃。”千萤给千正民夹了一块他喜欢吃的排骨，“我不在家的时候，你要多注意身体，不要太累。”

明天就是出发的日子，时陆家里安排了车子来接她。千萤的东西都已经提前收拾好，这是父女俩临别前最后一次晚餐。

“阿千，你也要照顾好自己。”千正民摸摸她的头，“有什么事情一定要给爸爸打电话。”

吃完这顿饭上楼，千萤发现手机上有一排未接来电，点开一看，全是时陆的。

他给她打了十几个电话。

她回拨过去，那边几乎是立刻接起。

“鹿鹿。”千萤刚吃过火锅，嗓子被热气熏得有点儿哑。她刚叫完他，那头突然不说话了。

“怎么了？”千萤又试探地问了句。

好一会儿，时陆才小心翼翼地问：“阿千，你哭了吗？”

千萤满头雾水。“没有啊。”她想了想，解释道，“刚刚在楼下和爸爸吃火锅。”

“哦——”时陆像是大松一口气的样子，语气顿时变得松快。

“你的东西都收拾好了吗？明天就要出发了，带上自己的必需品就行。这边什么都有，缺什么再买。”

“收拾好了。”千萤趴到桌子上，透过玻璃看窗外风景。

天冷了，树林里的叶子都有些凋落了，不复夏天的茂盛葱郁。

“我本来想去接你的，时斯年不准，气死了，这两天还把我丢到这个鸟不拉屎的地方集训……”时陆喋喋不休地抱怨着，气急败坏的模样令千萤很有画面感。

千萤将手机放在耳边，一边听他说话，一边用一只手在玻璃上画画。

耳朵、鼻子、三根胡须……最后添上瞪大的眼睛。一只气急败坏的猫就出现在上面。

“不过明天就可以解散了。你大概下午到吧？到时候我提前回去，在家等你。”时陆继续念叨。听到这里，千萤的笑意微微收敛，她收回手问：“那你不上课吗？”

如果她没记错的话，明天是周一。

“课有什么好上的？我翘两节就可以了。”

“不好。”千萤低低地说，“那你别来接我了。”

“可是家里一个人都没有，不行！”

“时叔叔说让我直接去学校办理转学手续，然后晚上回去，一起吃饭。”千萤告诉他。时陆满腔气势顿时偃旗息鼓。

“时叔叔”她叫得还挺顺口的。时陆酸溜溜地想。

“好吧。”他最后不情愿道，“那我到时候到校门口接你。”

第二天一大早，民宿前就停了一辆黑色汽车。

和接走时陆的那辆很像，只不过这次要接的人换成了千萤。

她的行李少得可怜，只有个旧旧的行李箱。她的怀里抱着一个双肩书包，千正民在后头提着两大袋山里的特产，然后帮她一起塞到后备厢去。

司机等候在车内，千正民不放心，在外头对她嘱咐许久。终于，该说的话都说得差不多了。两人对视着，千萤默默地吸了吸鼻子，走上去抱住他。

“爸爸。我走了，你自己在家多注意。”

“好。阿千，到那边记得好好学习。”他顿了下，拍拍她的脑袋。

“照顾好自己。一路平安。”他最后说。

千萤坐在车里，看着千正民站在路边的身影逐渐远去，慢慢地消失在视线里。她眨眨眼，垂下头，鼻腔酸酸的。

她不禁想，时陆走的那天，是不是也和她现在一样？

接下来的路程单调又顺利。

车里静得过分，只有她和司机两个人。司机全程都在认真开车，没有说过一句话。千萤前半程在埋头伤感，后半程在车子的平稳行驶中慢慢睡过去。

醒来外面已经不是她熟悉的景象，连绵的群山被高楼大厦代替，一幢幢向远方延伸，仿佛看不到尽头。

千萤从来没见过这么高的大厦，这里就像是泛着高科技光芒的钢铁森林。

她终于知道为什么时陆会说他看不见星星了。这里的天空都快被挡住了。

千萤喝了一口水，坐直身子。见她醒来，司机从后视镜里看了她一眼，终于开口说了整个车程里的第一句话："先生吩咐直接去小少爷的学校，这里离一中不远了。"

"好的。"千萤点点头，模样乖顺。

"学校那边已经打过招呼了，待会儿应该会有人来接你。"大概是看她怕生，司机没忍住又多说了一句。

千萤道谢："知道了，谢谢叔叔。"

城市道路宽阔，这里不比山里小路，车子的速度明显增快，咻地一下越过两旁车辆。

千萤抱着书包，乖乖地坐在那儿，睁大眼看着。外面都是陌生的事物，她一眨不眨地瞧着，对陌生环境的惶恐逐渐被新奇取代。

感觉没过多久，车就在一处校门边停下。千萤往外望去，看见气势恢宏的校门正中有四个金色大字——台城一中，比起他们镇上的中学气派高级了无数倍。

千萤只拿了一个书包下车，这边不能久停，所以司机开着车走远了。他先把她的行李放回家。

几分钟前，时陆给她打过电话，让她在校门口等着，他马上过来接她。

千萤在门口站了会儿，她穿着浅蓝色连衣裙，手里抱着书包，乖乖地不说话。旁边就是门卫室，门卫大叔忍不住和她搭话："小姑娘，你找谁啊？"

"我今天是来办理转学的。"

"几年级？怎么一个人来啊？"门卫大叔热心地问。千萤一五一十答："高一，我朋友在里面上课，他待会儿会带我去办手续。"

"你朋友叫什么名字？知道在哪个班吗？我帮你查查。"

"时陆。班级……"千萤犹豫着，她还没想出来，门卫大叔就立马打断了她，音量也提高不少，双目发亮。

"时陆啊！

"你是他家亲戚还是？"

"啊！叔叔你认识他？"千萤犹豫地问。门卫大叔推开门，热情地对她招手：“时陆谁不认识啊，他爸爸就是我们学校的校董。”

“你找他是吧？来来，直接进来，他的教室就在旁边那栋教学楼的二层。你直走过去就到了。”

千萤从校门口走了进来，她站在路边，望着前面那栋棕红色的教学楼，有点儿犹豫。刚才在车里打电话时，她隐约听见时陆那边有些吵闹，好像有很多人说话。

现在是上课时间，他出来应该也不太方便吧，要不自己过去找他？千萤这样想着，然后抱着书包试探地往里走。那栋楼离得不远，没几分钟就到了，她小心地踩着楼梯上楼。

时陆好像是在高一 1 班，之前听他提过……千萤在心里想着。

她刚刚来到走廊，就听远处传来说话声和嬉笑声。在安静的教学楼内格外清晰刺耳。

声音逐渐变大，她没走两步，看见迎面而来的一大群人。

几乎都是男生，年龄和她差不多，明明穿着校服，却又个个打扮得新潮另类。为首那人正不耐烦地拧着眉，抬头的一瞬间，两人四目相对。

千萤看着人群中间的时陆，被他身后浩大的阵仗吓到，眼中露出怯意，抿了抿唇，本能地叫他：“鹿鹿。”

十分钟前。

1 班这节课刚好是自习，老师没在。教室里分为两派：一派埋头认真苦学，一派作风散漫。

宁储第一个翻出了课桌里的游戏机，噼里啪啦地按起来。前桌两个男生在抢着一本漫画，不远处还有睡觉的。

时陆看了一眼表，从口袋拿出手机给千萤打电话。

原本时斯年安排了一个秘书过来带千萤办理转学手续，但小少爷自告奋勇，不由分说地揽下了这个差事。

这几个月，时陆对教导处已经熟门熟路，正好办完手续还可以带千萤逛逛学校，熟悉环境。

他上午集训结束后就马上回了学校，看到他这么急迫热切的模样，时斯年没说什么，只是挂电话前警告了他一句：“别再给我惹事。”

电话刚开始接通时还很正常，千萤的声音有点儿软，比起平时少了几分活力，像是刚睡醒的样子。

教室里有点儿吵，时陆不由得放大了音量，声音也有所提高，却没有往日的不耐烦和凶巴巴，反而有种耐心的温柔。

“车子开到哪儿了？”

“路上累不累？”

“已经看到校门了?！”

“那你在那里等我，我马上下来接你。”

最后一句话几乎是叫出来的，宁储从他刚开始说话时就竖起了耳朵，手里的游戏也停了下来，看到时陆挂完电话拎起外套急急忙忙要往外走时，几乎确定了心中的猜想，连忙叫他：“哎哎！小少爷，你去干吗？”

“接人。”时陆头也不回地答。他走得飞快，宁储生怕跟不上，错过第一目击者的好时机，立马丢下手中游戏机追上去，脱口而出：“接谁啊！你那个小女朋友？”

“女朋友?！”

“时陆的女！朋！友！！！”

宁储的声音不大，在吵吵闹闹的教室里并不算清晰，但意外的是，所有人都瞬间捕捉到那个神奇的关键词，停住了手里的动作。

时陆的女朋友该是何方神圣，才能拿下这个混世小魔王?

太刺激了！时陆竟然有女朋友！！！

一时间，大家漫画也不抢了，书也不看了，打游戏的人因为忘记操作导致屏幕上显示出鲜红的失败提示，睡觉的人立刻惊坐起来，睁大眼，睡意全无。

“谁啊？时陆的女朋友是谁啊？”

“哪儿来的？怎么突然来了个女朋友？”

“他不是从来不和女生说话吗？上次还把蒋欣怡骂哭了，最后闹到教导处。”

“走走走，我们快去看看！”

教室里的人纷纷闻风而动，从座位上站了起来，通通要过去看热闹。

此时的宁储已经知道自己闯了大祸，他看着时陆那黑成锅底的脸，缩了缩脖子，然后反应过来，亡羊补牢道：“看什么看啊！这么多人过去不得把人家小姑娘吓到！”

他朝教室里那堆蠢蠢欲动的人吼了一嗓子，用力地往里挥了挥手，道：“走走走！都给我好好上自习，不然去老班那儿告你们一状。”

胆小的人识趣地打了退堂鼓。不过和宁储玩得好的那群人丝毫没被吓到，反而嬉皮笑脸地围上来，对他勾肩搭背。

“宁哥，我们就过去看看，绝对不多说一句话。”来人做了个“手在嘴上拉拉链”的动作，信誓旦旦地保证。

“我们为你和陆哥保驾护航！”

时陆的心里有一万句骂人的话要说，最后还是忍住了。

千萤已经到了校门口，他不能耽误太久。

“先说好，见到人就可以滚了，你们到时候要是敢乱说一句话……”时陆目光凌厉地扫过，威胁道。

刚才保证的人，也就是盛扬，早就握紧右拳，用力地敲了两下自己的肩膀，一脸“兄弟办事，你放心”的靠谱模样，道：“放心吧，我们绝对不会吓到小姑娘的。”

时陆带着这么一大群人走出教室门。男生们吵吵闹闹的，转过拐角后，他拧着眉，刚要骂人，那些声音一瞬间停住。时陆似有所感，骂人的话到嘴边收起，他抬起头，看到了不远处站着的女孩儿。

她穿着一条浅蓝色连衣裙，小脸嫩白，手里抱着一个书包。似乎是瞧见了他身后的阵仗，女孩儿的肩膀往里缩了缩，流露出怯意，细声唤他：“鹿鹿。”

时陆还没反应过来。

死寂两秒，后头率先爆开笑声，宁储和盛扬早已笑得东倒西歪，互相扶住肩膀，不忘用玩味的眼神打趣着时陆。

时陆此人，乖张狂妄，性子急，脾气不好，在学校无法无天，无人敢得罪他，不熟的人走路见了都会默默避开，生怕一个不小心惹得这位少爷不高兴。

宁储他们平时都开玩笑地称他为陆小少爷，还有人背地里给他取了个外号——一中小魔王。其他人则都叫他时陆。

而对面这个不知道打哪儿冒出来的姑娘，见到他的第一句竟然是——陆陆？

还当着他们这么多人的面。

他们瞧着时陆的脸都僵了，所有人皆在看热闹，等着时陆恼怒抓狂。他们仿佛已经看到了小姑娘即将要被他弄哭的下场。

周遭不自觉地静了下来，众人紧盯着时陆，谁知下一秒，一中的混世大魔王微红了脸，注视着女孩儿，抿唇轻轻道：“嗯……”

！！！

天！塌！了！

所有人都难以置信地盯着他们，怀疑是自己方才出现了幻听。

时陆没有管他们震惊的表情，径直走上去，轻轻松松地拎过千萤怀里的书包，伸手揉了下她的头发。

“你怎么自己过来了，不是让你在校门口等我吗？”

千萤愣愣地说：“我说了你的名字，门卫叔叔就让我进来了，还告诉我你在哪栋楼。”

时陆轻哼一声道：“那他还挺上道的。”

千萤抿抿唇不说话，时陆突然弯下腰来，直视着她的眼睛。

“路上累了吧？”男生语气轻柔地问，紧紧地注视着她，“我带你去办转学手续。”

时陆领着千萤就走了。

教导处在另一栋楼，刚好要从对面的楼梯下去，走廊上那群人就这样呆愣愣地看着时陆拎着书包，带着身后的那个女生越过他们。

过道不宽，众人被迫让出来的一条道也略显拥挤，千萤从一个瞪大眼睛的男生身旁穿过，微微地缩起肩膀颔首示意。

直到他们走远，寂静许久的人群终于爆发出了惊呼声。

下了楼梯，千萤放松下来，终于能好好地观察身边的男生。

时陆穿着一中统一的校服，黑白配色，袖子上有两道砖红色的杠，和他们的教学楼是一个颜色。胸前有个复古的刺绣图案，是他们学校的校徽。很好看，穿上去特别有气质。

尤其是时陆穿着，顿时被衬托得既干净又贵气，那张脸也更加俊挺了。

如果自己以后也可以每天穿这么漂亮的校服上学，心情都会好上不少吧？千萤对新环境的不安意外地被一套校服治愈了。

“想什么呢，阿千？”时陆察觉到她的目光，摸了把她的脑袋问。他突然变得爱弄她头发了。

千萤忍住奇怪的感觉，不假思索地说：“想你们的校服真好看。”

她仰面看着时陆，认真道：“鹿鹿，你穿着真好看。”

时陆立刻被逗笑，他的手又有点儿痒了。时陆忍住，道：“待会儿就给你领，明天你也可以穿了。”

千萤还是孩子心性，忍不住跳跃了两步。

“这么喜欢啊？”时陆见她这样，又问了句。

“嗯。”千萤用力点头。

时陆不禁得意，扬了扬脑袋道：“是不是看我穿得好看？阿千，不是校服好看，是我好看。”

千萤有些一言难尽。

“鹿鹿。”

“嗯？”

“别太自恋了。

“自恋的男生不好看。”

时陆得意扬扬的尾巴垂落下来。

穿过教学楼前面的小花园，他们走上一条铺着五彩玻璃碎片的小径，道路在阳光下闪闪发光。

对面就是教导处的大楼。

“刚才那些人是你的朋友吗？”千萤回想起那群表情十分丰富，却全程没开过口的男生，觉得他们很奇怪。

“不是。”时陆不假思索地否认，“路上不小心碰见的一群傻子。”

时陆猜想那群人现在早已经炸了天，把刚才发生的事情添油加醋地在教室传播了。他头痛了一阵，不知道多少次涌起想要和宁储绝交的念头。

“鹿鹿，好好说话。”

时陆顿了下，不情不愿道：“有一个是。其他都是班里的同学，一起吃饭拼桌的关系。”

“好吧。”

两人说话间，已经来到了教导处大门。时斯年那边早已打过招呼，一位老师等候在里面。时陆敲了敲门进去，坐在办公桌后头的人抬起了头。

“千萤同学是吧？我是这里的教导主任，我叫张齐，叫我张老师就好了。”张齐站起来，身材高大，神情严肃，不怒自威。

“张老师好。”千萤乖巧叫人。

“办理转学手续。”时陆站在那儿，直接道。

张齐看他一眼，没搭理。

“千萤同学，到我这边填个表，然后把资料一起给我就可以了。”虽然对时陆的态度不太好，但他和千萤说话时语气却难得地柔和。

千萤心头的紧张缓解了一点儿，道：“好……好的。”

办公室里，门窗四开，午后的风从外面吹进来。

千萤埋头在桌前填着表，张齐仍旧在电脑前忙碌，时陆拉了张椅子坐在她旁边，跷着二郎腿，姿态随意。

他似乎对这里很熟悉，丝毫不拘谨。神情严肃的张齐也懒得管他，任由时陆折腾。

没一会儿，千萤填好表，手续简单交接完，张齐递给她一张学生证，道：“你的班级是高一1班，明天直接过来，让你们班主任带你去班上。”

“不用了。”时陆打断他，“我直接带她去班里就行了。”

张齐顿了顿，道：“也行。”

“那学校环境也让时陆带你熟悉一下。

“没什么事你们可以先走了。”

“好的，谢谢老师。”千萤朝他微微鞠躬，礼貌十足。张齐眼里刚刚浮起些欣慰，就听见旁边时陆毫不客气地问：“老张，校服呢？去哪里领？”

张齐微吸一口气，冷静道：“今天管事的老师休息，明天再来领。”

“那钥匙给我，我自己去拿。”时陆满不在乎地朝他伸出手。

张齐再度深呼吸，沉声道：“明天再领。”

“不行。”

两人就这样杠上了，时陆面对他充满压迫的目光丝毫不惧怕，逼视着，寸步不让。

千萤心里一慌，连忙偷偷地去拉时陆的衣袖。

“我要领校服。明天你让她一个人穿着自己的衣服来上课，别人怎么看她？”时陆对千萤的暗示无动于衷，无所畏惧地盯着张齐。

张齐微微一愣，他倒是没想过这点。当然他也认为这并不是什么大事，只是时陆这个兔崽子一贯刁蛮，不达目的誓不罢休。

他闭了闭眼，转身从抽屉里找出钥匙，道：“我带你们去领。”

从教导处出来，已经临近傍晚，夕阳漫上屋顶。

时陆心满意足地带着怀里抱着两套校服的千萤出来，肆无忌惮地揉乱她的头发。

“怎么样？陆哥说到做到吧？答应你的事情绝对不会反悔。”

对，没错。差点儿还因此和教导主任打起来。千萤想着那一幕还有点儿心有余悸。

她发愁地想，以时陆这个性子真的能安安稳稳地顺利毕业吗？她好怕他哪天走在路上就被人用麻袋一蒙，拖到小巷子里打一顿。

以前在镇上的时候也是这样，他刚来就把一群小孩儿都得罪完了，后来千萤再带他出去，他只敢牢牢地跟在她后面，手里紧拉着她的衣角。

倒也是能屈能伸。千萤这样想着。

这时时陆已经叫了她两声，最后他加大音量道：“你在想什么呢！和你说话也没听见。”

“啊，你刚才说什么了……”

“问你今晚回去吃什么？”他不满地瞪她，“我让厨师提前做。”

“晚上……”千萤陷入迷茫，然后发问，“我们现在直接回去吗？”

“对啊，司机已经在校门口等着了。”

“你不上课了？”

“上课哪有陪你重要？”时陆想起了什么要紧事，一拉她手腕，带她飞快地往前小跑着。

“对了，快，赶快回家看看我给你布置的房间，就在我旁边，可好看了。”

时陆这一路就没有停下来，从车里就开始说个不停。他把回来之后的每件事讲得事无巨细，中途还时不时停下来伸手碰碰她的头，捏捏她的手腕，甚至还嫌弃她瘦骨伶仃的。

千萤抱着书包没怎么理他，自己看向窗外，目光被外面繁华的景象吸引。

“喂，你有没有认真听我说话！”小少爷说到自己前两天在别墅外发现的一只流浪猫，察觉千萤没在认真听后，不乐意了。

千萤连连点头敷衍道：“听着呢，听着呢。猫猫怎么样了？”

最后下车时，全程一言不发的司机笑着和她说：“接送小少爷这么多年，还是第一次见到他说这么多话。”

时陆挂不住脸，看着千萤憋笑的模样，一路都在嘟嘟囔囔地发牢骚。

两人走上台阶，推开别墅大门。

光影变换，有一道余晖落下的客厅里，坐在沙发上等候多时的男人转过脸，看着说说笑笑的两人，伸手合上膝盖上的笔记本电脑。

“你们回来了？”

时陆的声音戛然而止，脸色骤然下沉。千萤望着屋内的人，又看看时陆，一时间不知道该怎么说话。

两人定在玄关处，片刻静默之后，时陆没搭理他，换鞋后径直往里走，带着她去餐厅。

千萤经过时斯年时，小声地打了个招呼：“叔叔好。”

“你就是千萤？”时斯年的目光落在她身上。千萤停住脚步，认真回答：“是。爸爸让我代他向您问好。”

“你爸爸身体还好吧？”

“很健康。”

“嗯。”时斯年淡淡颔首，安静两秒后，再度问了句，“民宿现在如何？”

“生意好很多了，住宿条件也比从前更加好了。谢谢叔叔。”

时斯年微不可察地点了下头，还未说什么，时陆已经一把拉住千萤去餐桌，不耐烦道：“吃饭了，和他有什么好说的。”

千萤被他拉得趺趺撞撞，走到餐桌前，被时陆按在椅子上，随即他在她身旁拉开椅子坐好。时斯年从后头走过来，慢条斯理地擦着眼镜。

“时陆，你礼貌吗？”他坐在首位，暗淡灯光下，打量着时陆。男生没看他，专注地给千萤夹菜。

“今天做的都是你爱吃的菜，红烧排骨、鸡翅、虾。对了，还有这个松鼠鳜鱼，我特意让厨师做的，你尝尝。”

千萤看着碗里很快堆满的菜有点儿尴尬，她拿着筷子扒拉几口，在桌底下偷偷地扯时陆的衣服，道：“够了，吃不下了。”

“好吧，那你慢慢吃。”时陆似乎还有点儿意犹未尽，只好放下筷子在一旁盯着她吃。

忽地，为首的那人发出一声极轻的笑，似嘲讽，似奚落。

时陆抬起头瞪他，愤怒道：“你笑什么？”

“没什么。”时斯年只尝了几口菜，正在慢慢地用餐巾擦着手。

“没什么，那你笑？”时陆一面对他，浑身就像是竖起了刺，句句顶撞，丝毫不留情面。

时斯年脸上那丁点儿笑意早已消失得无影无踪，他静静地瞧着时陆。男人本就气势逼人，让人害怕，更别说像现在喜怒难辨，一动不动地瞧着人。

千萤看他像是要发火，心头一慌，连忙拿起一双公筷给他夹了菜放到他的碗里，小心道：“叔叔，吃菜。”

时斯年的神情突然缓和了一点儿，看了一眼碗里的鸡翅没说话。时陆在旁边冷哼了声，倒也没再找碴儿。

这顿饭吃得极为静默，到后头千萤只知道埋头苦吃，把肚子都撑圆了。她估摸着差不多的时候放下筷子，嘴里忍不住打了个小小的嗝儿。

千萤捂住肚子满脸慌张。

“胃口不错。”时斯年似乎是纡尊降贵地点评了一句。千萤的脸更加滚烫，时陆又冷哼一声，道：“阿千的爸爸做饭好吃，我在民宿每天也吃这么多。”

不知为何，这句话让千萤更加抬不起头了。

好在时斯年没有再继续接这个话题。

“明天就去学校了吧？让时陆带你过去。家里收拾了一间房间，安心在这里住下。学习和生活方面有什么不适应可以来找我，不过——”他停顿了下，拿着一张名片推过来，“我应该经常不在家，这个是刘秘书的电话，你记一下，随时都能打给他。”

“不用了！我会照顾好她的。”千萤没来得及开口，时陆已经毫不犹豫地拒绝了。

“走，我带你去看看你的房间。”

两人就这样抛下时斯年离开了，千萤觉得有点儿不好，上楼时略显愧疚地偷偷问他：“我们把你爸爸晾在那儿是不是不太好？”

“你想多了。”时陆转头看她，像是在看什么单纯的小傻瓜。

“等着吧，不出三分钟就可以听到他汽车离开的引擎声。”几乎是他话音刚落，外头汽车驶离的响声传来。

千萤静默三秒，望着他诚恳道：“鹿鹿，你真聪明。”

“你这个笨蛋。”时陆气得抬手敲她脑袋一下。

千萤的房间在时陆的隔壁，靠着窗还有个露天的小阳台。

推开门的时候她就惊住了，墙壁、床、衣柜……里面全是浅浅的粉色，就连桌子、椅子都是充满少女感的雕花公主款。

窗帘粉白相间，地毯有粉色的绒毛，墙上堆着许多可爱娃娃，床头柜上的花瓶里还插着一束粉色鲜花，像是刚从院子里采摘下来的一样，空气中有淡淡的花香。

千萤望着面前这一幕，目光在房间的每一处细细扫过，忍不住吞咽了下口水。

“鹿鹿……”她怔怔地叫着他的名字。时陆回过头，一脸得意。

“怎么样？这里每一处都是我亲自挑选布置的，喜欢吗？”

千萤面容复杂地问：“你是粉色狂魔吗？”

“你不喜欢粉色吗？”时陆难以置信地睁大眼，“女孩子不都喜欢粉色！”

“我喜欢。”千萤抱着自己的书包无比诚恳道，“房间很好看。”

“我感觉自己像个真正的公主。

“刚从迪士尼逃出来的那种。

“谢谢你，鹿鹿。”

虽然千萤的样子看起来也不像是真的在道谢，但是听到她这句话，时陆还是勉强被安抚了。

“不管，反正我准备了这么久，你不喜欢也得喜欢。”他不甘愿地哼唧着，手不自觉地抠起了袖口。

“怎么会？”千萤真诚得让人挑不出一丝毛病，“我很喜欢。”

司机早已经把她的行李放到房间了，千萤把东西整理好，然后去洗漱。浴室里物件一应俱全，精致得就像是高级的五星级酒店，却又能从每个细节看出在背后准备的人的用心。

千萤先前打开衣柜时，里面甚至挂满了衣服，就连睡衣都备了两套，是她平时经常穿的短裤短衫款，但是更加可爱，布料上印着很多小草莓和桃子。

她回想起时陆最后赧然地摸了摸鼻子，只丢下一句“你再看看其他东西喜不喜欢”就飞快离开的身影和欲言又止的脸，千萤对着镜子吹头发时突然笑了。

鹿鹿真的好可爱。

第八章

照片风波

第二天，两人一起去学校。

千萤定了七点的闹钟起来，早早地洗漱好，换上新校服。经过昨晚机洗烘干，崭新的衣服带着洗衣液的淡淡香气。

和时陆身上的一模一样。

她看着全身镜里穿着新校服的女孩儿，抬手整理了一下自己的短发，无声地说了句“加油”。

汽车驶入车流，道路逐渐拥堵，以龟速慢慢地前行几百米后，一中校门近在眼前。

时陆不耐烦，直接让司机靠边停下，带着千萤下车走路。

“我们走过去还更快点儿。这条路什么时候能修一修，堵死了。”小少爷一大早就发着牢骚。司机和千萤都不作声，听他抱怨。

穿过学校大门时，千萤发现今天的门卫大叔换了个人，不是昨天的那一个。

她跟在时陆身旁，感受到了周围的视线。好像每个经过的人都会打量她一眼。

千萤不自觉地抓紧书包带子，在忐忑不安中走到了 1 班门口。紧张突然涌了上来。千萤顿住脚步，在原地深吸了一口气。

“过来。”前面的时陆突然也停住，他转过头冲她一招手。少年逆着光，晨曦打在他的脸上，有种难以言喻的温和与沉静。

“别怕。”

千萤心定下，踏步进去。

此时正是早读前几分钟，教室已经来了大半的人。见到时陆进来，仿佛是约好般，大家安静一瞬，接着比先前还吵闹数倍。

所有人的目光都聚集在时陆背后的千萤身上，打量揣测，窃窃私语着。

“这就是时陆的女朋友？”

“完全看不出来有任何特别啊！也就是和我们一样两只手、两条腿，哪里有三头六臂了？”

“神奇，实在是太神奇！”

“还蛮可爱的小小一只，原来混世魔王喜欢这一款？”

“果然萌妹就是最招人喜欢的！”

声音比较大的就是昨天那几个男生，盛扬拍着桌子道：“陆哥！”

“您来上学啦。”他假装才看到他身后的千萤似的，探头盯着她瞧。

“还带了个小姑娘，她是我们今天来的新同学吗？也不介绍给大家认识认识？”他挺起胸膛，一本正经道。

“我们班级很团结友爱的，绝对不会欺负小姑娘……你别怕啊。”他最后一句话是对千萤说的。看出她紧张，他刻意放缓了语速冲她笑。

看着面前的阵仗，千萤已经连连往后退了两步。她万万没想到和时陆一起来学校会引起这么大的关注，要是早知道，她肯定不和他一起了。

她无助地抓了抓书包带子，生平第一次觉得慌乱茫然。

“她叫千萤，千千万万的‘千’，萤火虫的‘萤’。”时陆捏着她的肩膀，把她推到身前。

“是我爸爸一个朋友的女儿。

“从今天起就转到我们班里，希望大家以后能多多照顾，和睦相处。”

时陆何时在学校说过这种话，女朋友的谣言简直无声坐实，更何况他竟然主动抓着她的肩膀！谁不知道时陆最讨厌和人有肢体接触，尤其是女生，他恨不得用消毒水把被别人碰过的地方洗刷三遍。

在底下的有些女同学已经开始双眼冒星了。

“时陆，她是你女朋友吧！”大抵是看他今天心情还不错，有人大胆地喊了句，问出了众人的心声。时陆破天荒没有恼，反而环顾底下一圈。

“劝你们谨言慎行。”他一挑眉，慢悠悠地威胁道。

“如果我们被教导主任抓走了，在场的每个人都要负责任。”

这是时陆最没有震慑力的一次威胁。

他明明是在警告着大家，教室的气氛却瞬间比方才热烈了一倍。千萤被他推在讲台边，已经从最初的惶恐变为震惊，现在脑子里一片空白。

她表情麻木地接受着所有人的目光，她不知道时陆在说什么鬼东西。

千萤浑浑噩噩的，不知道自己是怎么被带下来，又坐到了一张课桌前的，只见时陆献宝似的从桌肚里拿出粉色文具盒、粉色本子，以及一系列粉色的即时贴、胶带等文具用品。

所有用得上、用不上的都被他配备得整整齐齐。

“阿千，这些文具都是提前给你准备的。你先用着，不够再买。”

“谢谢……”千萤恍惚地接过，默默低下头从书包里拿出课本翻看着，几乎要把自己埋进去，这样就可以躲起来让别人看不到她了。

时陆只看得见千萤散落下来的头发，遮住了她的脸颊。跟以往相比她过于安静了，似乎是刚来到陌生环境，有点儿害怕。

这也正常，毕竟他刚到云镇的时候也几乎不和人说话。时陆想了想，还是没去打扰她，让千萤自己先适应，给她私人空间。

教室闹哄哄的情况是因班主任的出现而结束的。早自习铃声响起后一秒，一个三四十岁微胖的中年男人就走了进来。他在学生中似乎颇有威严，一见到他出现，吵吵闹闹的声音瞬间停住。

“今天我们班转来了一个新同学是吧？”他的目光在教室搜寻一圈，最后定在时陆旁边的千萤身上，微微一笑。

“先介绍一下，我姓吴，叫吴淳。”他转身在黑板上写下一个龙飞凤舞的名字，然后双手撑着讲台看向千萤。

“大家都叫我老吴，或者老班，还有淳哥。当然我更希望你们能尊称我为吴老师。”他说完，底下顿时笑声一片。吴淳笑了笑，点名。

“那就让我们的新同学也上来做个自我介绍吧。”

“老吴，刚才时陆给她做过啦！”千萤还没有反应，已经有人拉长声音道，话里意味深长。千萤的脸又开始烫了。

吴淳“哦”了声，道：“我们时陆同学这么热心啊？”

“那可不，就跟变了个人似的。”这种时候永远不会少了盛扬，千萤发现他是真的很喜欢凑热闹。

吴淳没接他的话，只是朝千萤招招手，脸上带着温和的笑。

“来，我们的新同学再做一遍自我介绍。”

千萤站了起来，她离开座位时时陆担忧地看着她，千萤给了他一个安抚的眼神，站到讲台上。

这是来到新学校以来，她第一次没有站在时陆的保护环下，独立地做她自己。

“我叫千萤。”她稳住声线，面对着班里一群陌生的同学，暗自深吸一口气。

“千千万万的‘千’，萤火虫的‘萤’。

“我来自云镇，一个非常美丽的地方。

“很高兴认识大家。”她退后一步，站到讲台边，微微鞠了个躬。她抬头的同时，掌声“哗啦啦”响起。

“好，欢迎我们的新同学。”吴淳也鼓掌。平静之后，他环顾教室，“先给你安排座位，坐哪儿呢……”

千萤先前临时坐在时陆旁边，时陆的同桌原本是个男生，被他赶到后面去了，桌子就空出来给了千萤。

吴淳声音不大，却让每个人都听见了。底下的时陆立刻举起手，理所当然道：“老师，她坐我旁边就可以了。”

“你旁边不是刘飞宇吗？他人呢？”吴淳好像才看见他的同桌换人了一样，在教室后头靠近垃圾桶的角落里发现委屈地缩在那儿的刘飞宇，眉头一拧，“你怎么跑那儿去了？”

“老师，我……我突然觉得这里很好……”刘飞宇委屈地说。他在时陆长久以来的压迫下敢怒不敢言。

“胡闹！赶紧给我搬回来，没有老师允许不可以私下换座位。”

“老吴，是我让他搬的。”时小霸王立马站出来承认，十分坦荡，“我想和千萤坐在一起。”

“这个事情……”吴淳貌似犹豫了两秒，接着不容置喙地说，“我建议还是女生和女生一起坐比较好。”他伸手一指，就把座位安排了下来。

“千萤，你就坐那儿吧，和傅娇娇坐在一块儿。正好她旁边没人。”

“哦哦，好的。”千萤顺着他指的方向看去，教室中间第三排位置，有个女生正独自占据着两个座位，听到老师的安排明显也愣了一瞬。

千萤从讲台上下去了，还是先暂时坐在时陆旁边，等下了课就搬座位。

吴淳又在台上说了几句上周模拟考的事情，时陆在底下偷偷地拽她的衣服，一脸的不满。

“你怎么就答应他了？”

“难道我还要当场顶撞老师吗？”千萤一边收拾着东西一边答，心里却莫名地松了口气。

时陆依然在那儿哼唧着：“我不管，我下课就去找他，让你坐我旁边。”

“你别闹。”千萤手里仍旧在收拾着东西。

“我怎么就闹了？”他拧紧眉，反应过来，“你难道不想和我坐一块儿？”

“当然没有。”千萤动作顿了一下，转头直视着他，“可是鹿鹿，吴老师说得没错，比起作为好朋友的你，我更想和女孩子坐在一起。”

“为什么？”时陆眼里露出不解，困惑和烦躁并存。

千萤想了想，说：“更方便一点儿。

“比如大家下课一起去上厕所之类的，我总不能叫你和我一起去吧？”

“那和男生坐在一起的其他女孩子怎么办？”时陆面无表情地质问，“你就是不想和我一起坐。”

“呃。”被发现了。

“因为她们在班里本来就有相熟的女孩子啊，要是我和你天天待在一起，就真的只能叫你陪我去上厕所了。”

时陆说：“也不是不行。”

他其实已经隐约理解到了她的意思，但他还是很难过，愤怒又委屈地瞪了她一眼，道：“花言巧语的骗子。”

因为时陆，千萤收拾东西的动作慢了很多，也轻了很多。她生怕一个不小心又刺激到他，他又说出什么惊世骇俗之词。

下课铃声一响，千萤就已经整理好了自己的小书包，瞅着身旁看都没看她一眼的时陆，轻声说道：“我先去座位上啦，鹿鹿。”

他没说话，仍旧倔强地没看她，看起来像是真的生气了。

千萤没有动，顿住几秒，伸手拍了拍他的脑袋。

“鹿鹿，你不要生气了。

“晚上回家给你做炸年糕，爸爸特意让我从家里带来的。”

“哼。”他站了起来，从千萤的手里拎过她的书包，长腿一跨，往那个安排好的座位上走去。

“巧言令色。

“虚情假意。

“心口不一。”

“鹿鹿，你语文学得真好。”千萤在后头诚恳地说。

时陆一口气差点儿提不上来。

课间，教室里热热闹闹的，说话声嘈杂，大家都在各做各的事情。

千萤没有了早上那样的关注度。她自在不少，走到座位前时，那个叫傅娇娇的漂亮女孩儿正在把旁边空位上堆放的那些书都挪回去，给她腾出桌子。

“你过来啦？”她见到千萤，眼睛亮亮的，里头似乎有一抹兴奋，“等一下，我马上就好。”

“没关系，我帮你一起吧。”千萤连忙说。

傅娇娇摆手说：“不用不用。”

她哼哧哼哧地把那一大摞书搬下去，脸都有点儿红了。时陆像是没看见，丝毫没有绅士的自觉。

千萤主动上去给她搭了把手，眼睛不小心瞟到书的封面，发现这些并不是课本，倒像是时尚杂志之类。

人多力量大，没两分钟桌上的杂物就三下五除二被清理干净了，傅娇娇去教室后头拿了块抹布给她做简单清洁。

“不好意思啊，之前没人坐，我就放了好多东西。”

“没事，是我来得太突然了。”

“确实挺突然的。”她突然凑近，用八卦的语气低低道，“你真是时陆的女朋友啊？”

千萤刚犹疑了下，傅娇娇已经抓住她的手臂，语气娇俏地命令道：“不准骗人。”

“不是。”她只是在整理措辞，考虑怎么样回答才能显示出真实性。

“暑假的时候时陆身体不好，到我们家住了两个月，所以认识了，是好朋友。”

“什么?！你们连家长都见过了！”

“我们家是开民宿的，他爸爸给了钱的。”

“行吧。”傅娇娇大失所望，但捕捉到了她话里的关键词。

“所以你们家那边环境很好吗？”能让时小少爷特意去休养的地方想必是山清水秀的神仙宝地，傅娇娇已经忍不住跃跃欲试了。

“风景很好。”千萤聊起家乡，十分认真，“有很多好玩的……”

傅娇娇对千萤口中的那些捉螃蟹、抓鱼等活动都非常向往。她们一直聊到老师进来都还意犹未尽。下课后傅娇娇立刻揪着千萤追问，要她详细地描述一下怎么样才能把龙虾从池塘里钓出来。

第二节课后是课间体操时间，时陆过来找千萤要带她过去时，就看到傅娇娇抓着她不撒手，还晃着她撒娇：“小萤，你快告诉我，龙虾到底是怎么钓出来的……”

“用一根竹竿绑住线，那头放上饵就行了。龙虾一般都喜欢吃青蛙或者蚯蚓之类的……”千萤很耐心地给她讲解着。千萤的脾气很好，就像平时纵容他那样。

时陆莫名地不舒服，走上去打断她们：“要做课间操了。阿千，过来，我带你过去。”

“小萤待会儿和我一起过去就行了。时陆，你要不先走吧？”傅娇娇正听在兴头上，不假思索道。

既然两个人只是朋友，那就不用时时刻刻黏在一起了吧？哪有女生天天和一个男孩子形影不离的？

像这种情况一般只有两种，一种是亲兄妹，一种是在谈恋爱。

傅娇娇没想太多，她只是在这短时间的相处中对千萤生出好感，全然忘记了自己对时陆的畏惧。

她没发现时陆顿时一脸不开心的模样，但千萤看到了。千萤左右看了看两人，犹豫片刻后，终于咬咬唇做了决定。

“不然我们现在一起过去？”

“不了不了。”时陆还没说话，傅娇娇率先打了退堂鼓，先别说时陆那张臭脸，就单单和他一起前往操场的那段路程……哪怕不被时陆冷死，也会被他那些仰慕者盯死。

想到这儿，傅娇娇对千萤就不由得露出点儿同情。“你们先走吧，加油。”她做了一个握拳的手势。

千萤不明所以，刚看向时陆，就见他蹙着眉一脸不耐烦道：“走吧。”

一中的操场很大，红白相间的跑道和绿草坪在太阳下明亮崭新，两边的教学楼亦气派优美，和云镇中学是截然不同的环境。云镇中学的总面积加起来可能也就一中几个操场那么大。

千萤和时陆走在走廊上，其他学生也稀稀落落地下楼往操场走。阳光从外面透进来，晒得肩膀微暖。

十一月了，炙热的高温已经过去，此时的阳光更加温和。

“你和她怎么聊得这么开心？”时陆不忘方才的事情，出声质问。

“娇娇人挺好的。我很喜欢她。”

“不准喜欢。”时陆生气，“你怎么这么花心？”

“刚见人家第一面就喜欢了。”他磨了磨后槽牙，恨恨地点评，“轻浮。”

千萤现在对时陆的这些酸言酸语已经疲惫了。她翻了个小小的白眼，没理他。

“你怎么不说话了？心虚了？”对方却不依不饶地追问。千萤加快了步子，想离这个奇怪的人远点儿。

“跑什么？”时陆伸手一抓，轻而易举地揪住了千萤的后衣领，把她拽住。仿佛被命运扼住了后脖颈子，千萤扑腾两下，最后还是放弃抵抗。

她转头瞪着时陆，说：“少爷，你能不能成熟一点儿？”

“我哪儿不成熟了？”时陆眉头一拧，反应过来，“你骂我幼稚?！”

“没错！你幼稚得要死。”千萤忍不住提高了音量，在他手底下挣扎，“松开我！”

“你凶什么？”时陆突然松开了手，语气低低的。

千萤那点儿气愤早已消失得无影无踪，莫名有点儿愧疚。她干巴巴地抿了抿唇，说：“对不起。”

“没关系，我原谅你了。”时陆飞快地抬起眼，答道。他哪里还有半分可怜的模样。

千萤发现自己被骗了，咬牙握紧了拳头，说：“幼稚！”

课间操做完回到教室，千萤只顾着生气了，完全没有发现旁边傅娇娇的异样。

理论上一中是不允许带手机的，但这里的学生非富即贵，这群富二代有的是方法躲过老师的眼睛。

傅娇娇就是一个。上课时她拿着手机在底下偷偷看，头都快埋进桌肚里了，好在面前的书堆得够高，英语老师没发现。

下课铃声一响，她就抬头看着千萤，眼神犹豫。

“小萤，你有没有看过学校贴吧？”

“怎么了？”千萤注意到她的表情，解释道，“我没带手机。”

“就……课间操时你和时陆走在路上的照片被人传上去了。”

“啊！”千萤茫然地张唇。

傅娇娇把手机递过来，上面是一条半小时前刚发的帖子，回复都破千了，目前被顶到贴吧第一位，后面已经飘红了。

标题：这个和时陆走在一起的女的是谁啊？

发帖内容：课间操的时候看见的，两人不仅走在一起，还打打闹闹，格外亲密。这打哪儿冒出来的？是时陆失散多年的亲妹妹吗？

往下滑，有几张偷拍的照片，像素却十分清晰。因为光线特别好，把两人拍得还挺美好，有几分青春偶像剧那味儿了。

正是课间操时千萤和时陆在走廊上的那个画面。

两人一边说话一边对视，高高的男生垂眸看着跟前的女孩儿，侧脸在光影下显得莫名的柔和。女孩儿作往前跑状，被他拽住衣领。她回头，男生的表情从一开始的生气到后面的委屈，再到最后在女孩儿握拳的威胁中笑了。

五张连在一起的照片充分生动地还原了当时的那一幕，就连时陆眼底的小表情都被抓拍得一清二楚。女生娇俏灵动，短发又增添了几分可爱，一中的校服穿在他们身上，就像是量身定做的情侣装。

回帖第一条就是：震惊我全家。后面无数赞。

还有很多回帖：

有一说一，这套图拍得真可以，感觉可以直接用来做偶像剧宣传照的水准。当然了，还是我们时陆小少爷长得好看。

弱弱顶锅说一下，这个女孩子也挺好看的。

好看是好看，我们一中好看的女孩子这么多，也没见哪个让时陆多看两眼吧？这个女的到底什么背景？

我知道，1 班学生不请自来。这是我们班今天新来的转学生，时陆亲自把她带过来的，说是他家亲戚。

这条回帖底下回复最多，被顶到最上面一条就是：啥亲戚？关系这么好的亲戚???不会真的是发帖人说的，是失散多年的亲妹妹吧！

有人回复：呃……应该不是吧（挠头）。

这条回帖引来一波回复：

我不管，我今天一定要去看看能让时小霸王弯腰的女生是何方神圣。1 班！给我冲了！

+1。

+2。

+3。

+10086。

也带我一个！

以下还有无数条内容千萤已经顾不上看了，她抬起头来，和傅娇娇的目光对上，两人面面相觑，而千萤快要哭出来了，道：“怎么办？待会儿不会真的有人要过来吧？”

“我们班哪个嘴碎的，话真多，不上网会死是吧？”傅娇娇放下手机骂骂咧咧。她左右环顾了一圈，为保险起见，道，“要不我先带你去外面避一避吧？等这个帖子沉下去，热度过去估计就好了。”

“去哪儿避啊？”千萤抿紧唇，慌得不行。

“我们出去上个厕所吧？等上课铃响了再回来。”傅娇娇眼珠一转，拉着她的手腕就往外走。

两人刚刚猫着身子走出教室门，刚到走廊上，迎面就来了三四个手挽手、仿佛只是随便逛逛的女生，她们一边东张西望，一边嘟囔。

“哪儿呢？1班这么多人怎么看？”

“小心点儿，别被时陆发现了。”

“哦哦，好。”

傅娇娇立马带着她掉转方向，两人一路低头小跑到楼下，在学校后面一个没人的长廊里坐下休息，不约而同地松了口气。

“小萤，和时陆搭上关系，你真是倒了八辈子霉了。”

“啊？”千萤还沉寂在方才的紧张中，闻言愣愣地转过脸。

“他在我们学校多出名啊，你这三年别想低调了。”

“为什么？”千萤总算有机会问出这个在她心里盘桓了几天的疑惑，“为什么大家都这么关注时陆？”

“你不知道吗?！”傅娇娇瞪大眼睛，难以置信。

千萤咽了下口水，摇头说：“我不知道，我只知道他爸爸的公司很大，他爸爸好像还是学校校董。”

“当然不只这个了！我们学校有钱人不少。当然，像时陆他们家这种的没几个，不过他受关注并不是因为这个。”

“时陆以前弹钢琴，你知道吧？”傅娇娇问。

千萤点点头说：“知道。我听过，很好听。”

“你听过他弹钢琴?!”傅娇娇闻言又是一脸震惊。千萤不知道自己哪里说错了，讷讷地答：“听……听过。”

“时陆多少年没碰过钢琴了！谁让他弹都没用，就连他爸也不行!

“我记得应该是小学，当时他开完自己的独奏会，好多新闻媒体来采访，还有国内著名钢琴家找他合作的，就连经纪公司都来了两个……后来他妈妈走了，时陆就再也没碰过钢琴。

“他画画更厉害，初中的时候他在我们全校很出名，现在学校展览厅里还挂着他的画。他是开过个人画展的，十四岁那年就有幅画被拍出了五百万的天价。

“但是自从那次之后，他再也不画画了，学校大大小小的比赛老师都要来动员他一次。后来时陆烦了，干脆把自己所有的画都撕了……从此之后再也没人敢在他面前提起‘画画’这两个字了。

“我们学校里很多人都是从同一个初中直升上来的，大部分人都知道他，而且时陆这个人的做事风格吧……”傅娇娇露出了一言难尽的表情，“你以后慢慢就知道他更多事迹了。

“反正就一个词，无法无天。

“大家都有点儿怵他，不敢当面议论，除了宁储那几个和他玩在一块儿的，基本没人有勇气主动和他说话。

“但是你不一样啊。”傅娇娇话头一转，无比同情地看着千萤。

“大家肯定会好奇能跟时陆待在一起的女生是何方神圣。”她拍了拍千萤的肩膀，道，“自求多福吧，小千萤。”

两人刚准备往回走的时候，上课铃声恰好响起。这节课是班主任的数学，绝对不能怠慢。

她们几乎是一路跑上去的，气喘吁吁地走进教室时，里面已经很安静了。吴淳在下一秒走进来，逃过一劫的千萤和傅娇娇对视一眼，在底下一边喘气一边庆幸。

千萤拿出书本准备听课。吴淳背对着他们在黑板上书写着公式，千萤不知为何，忍不住转头往时陆那儿看了一眼。却不料男生正盯着她，捕抓到千萤的视线，立刻给她比了个手势。

千萤一慌，马上把头扭了过去，专心地盯着黑板不敢再走神。

吴淳开始讲课，底下安静。

不知道过了多久，千萤突然被人从后面戳了戳背。她疑惑地转过头，还没看清后座的人，对方已经飞快地朝她扔来一个小纸团。

千萤立马看向讲台，好在吴淳没有任何察觉。她慌张地把纸团压在书下，做贼心虚般挺直了背。

大抵过了两分钟，确定周围都安全后，千萤才鼓起勇气低头打开纸团，上面是熟悉的字迹，张牙舞爪的：你下课去哪儿了？

千萤把手里的字条无声地攥紧，再度揉成一个团，用力捏在手心没有回复。

那头的时陆定定地盯着她的背影许久，见她一直装模作样地把背挺得笔直，确定她没有回复他的意思后，嘴里“啧”了声，身体往后躺，靠在椅背上。

他懒洋洋地伸长腿，往前面那人的椅子上轻踹了一脚。

“又怎么了，少爷？”

只见前头的宁储立刻转过来，时陆无奈道：“那个帖子确定删了？”

“删了删了，干干净净的，一点儿痕迹都不留。”

“发帖人查出来了没有？”

宁储见状，左右环顾了两圈，然后凑近他，压低声音说：“查出来了，待会儿下课和你说。”

时陆下课后没顾得上去揪千萤。

宁储查出来的那个发帖人是3班的一个女生，他们不认识，连名字都完全没听过。

后来宁储找人把她从班里带了出来。女生完全不知道是谁找她，一直被人带到教学楼后面，看到人群里为首的时陆时，双腿顿时一软，反应过来。

“有……有事吗？”她结结巴巴地问，浑身都绷紧了。

她面前的这位少爷虽然从来不打女生，但在羞辱人这方面堪称一绝。

之前学校里有一个事件流传很广。高三年级有个家里很有势力的大姐大，见到刚升上来的时陆惊为天人，死缠烂打几天被无视后，竟然胆大包天，某次借口查校牌时乘机摸了下他的手，结果被他当场甩开，并且他还直接说：“丑八怪，别碰我。”

当时所有人都震惊了，想笑又不敢笑，憋得难受极了。

那个学姐几乎就要哭出来，涨红脸，气得半天说不出话。

后来这件事被她闹到了学校教导处，她爸爸给学校捐过教学楼，学校领导基本都来齐了。

女生指责时陆骂人，侮辱她，扬言要他当场道歉。而时陆更绝，在他们眼皮子底下用消毒水把手整整清洗了三遍，并且当着所有人的面说她想侵犯他。

“自己长得丑就算了，还癞蛤蟆想吃天鹅肉，也不回家照照镜子，看看自己配不配。”

这件事被时陆的爸爸出面摆平，最后自然也不了了之了。那会儿大家才知道时陆还有个校董爸爸。

反而是那个学姐，从小家庭条件好，长相什么的也都不差，几乎是被人捧大的。这件事情发生之前她在学校也算是个风云人物，现在这样一闹，几乎全校都在看她的笑话。

没几天，学姐就受不了转学了。

然而现在，这个人见人怕的小霸王找到她的面前来了，她是万万没想到。

“帖子是你发的？”男生面无波澜地质问，瞧不出情绪。

慌张过后，女生也接受了现实，努力镇定下来，道：“没错。”

“闲的？”

刚才全力维持冷静的她在一瞬间破功，她望着时陆沉下来的脸，立马认错。

“我错了，对不起。我不是故意的，就是一时八卦，如果需要，我可以去向那个女生道歉。”她低着头，快速地说，语气里似乎都带上了哭腔。

大概没想到网络中言语放肆的人在现实里竟然是这个样子。宁储他们都怔了，互相对视几眼，最后还是时陆皱着眉看她。

“没有下次。”临走前他冷冷道，“再随便侵犯别人的肖像权，我就找人曝光你。”

上午最后一节课结束前，傅娇娇用力地拉着千萤的袖子让她看手机屏幕。

还是早上那个贴吧，只不过最前面的那个帖子消失了，换成了一则置顶声明。

依旧是早上的那个发帖人，她反省了自己随便侵犯别人肖像权的不良行为，并且严肃地提醒广大校友“私下偷拍要不得，清白做人最重要”。

这条声明被转疯了，满屏幕几乎都是“哈哈哈哈哈哈，笑死了”。

时陆，不愧是你。

午休时千萤被时陆揪住了。

当时她和傅娇娇在食堂吃完了饭，还顺便去小超市买了酸奶，然后一起散步消食回来。错就错在她坐了没两分钟，就抱着杯子去茶水间打水了。

保温杯是粉色的，也是时陆之前准备的。

一中茶水间装修得很好，明亮干净，两个不锈钢饮水机在工作着。这会儿刚好没人，千萤拧开盖子接了大半杯。

她刚要转身时，衣服领子就被人从后头拎起，紧接着整个人被推到墙边。时陆的手抵在她的脸侧，居高临下地俯视她。

“你胆子大得很，不理我，嗯？”

千萤默默地弯腰，从他的手臂下穿过去，一言难尽地凝视着时陆。

“鹿鹿，你正常一点儿。”

“你中午为什么不和我一起吃饭？”他委屈地质问。

时陆恢复成以往状态，千萤才松了口气，道：“不好。你们都是几个男生一起，我在里面太招眼了。”

时陆深吸一口气，刚要说话，就听千萤道："你之前不是问我课间去哪里了吗？娇娇给我看了那个帖子，有人留言说马上要来 1 班，所以她带着我下去避了一下。"

千萤微微皱眉，认真道："我觉得这样让我有点儿苦恼，我不喜欢被人这么关注。"

"我懂了。"时陆面无表情，质问道，"所以你想在学校和我保持距离是吗？"

千萤默默地往后退了两步，缩起脑袋。

时陆回来之后，和在云镇时不太一样了，他不再是那个怕虫子怕累、一热就生病的娇气小少爷了。他在这边有自己的朋友和家人，这才是真正属于他的世界。

"我没有这样想。"千萤低着头，小声地说，"我只是想等这两天别人的新鲜感过去。"

两人许久都没有声音，而旁边的饮水机突然发出声响，这时时陆微不可察地叹了口气。

"阿千，我不会让别人欺负你的。"他伸手摸了摸她的脑袋，动作很轻。

"之前你保护我，现在换我保护你。"

第九章

惺惺相惜

傍晚放学。一中的校门边，千萤和时陆并排站在那儿等司机。看过来的人虽然也很多，但经过早上那么一闹，不复刚开始的新奇热烈。

司机还没到，不知道是不是被堵在不远处的车流中，千萤双手抓着书包带，垂头盯着脚下，而时陆在看手机，两人都没说话。

自从午休那次交谈之后，时陆就没有再来找千萤了，一直到放学下课，才过来叫她一起回家。

一路上他也是安安静静的，甚至还和她保持了半步远的距离。千萤见他心情不是很好的样子，话在嘴边转了几圈也没说出口。

现在两人干站在这儿，不说点儿什么似乎不太好，千萤偷偷地抬眼去瞧他的手机屏幕，不料时陆刚好按下锁屏键收起手机。眼角的余光处一闪，千萤隐约瞥见了一个熟悉的画面。

她正思索着，面前停下来一辆车，时陆打开后座车门上去。

千萤在他旁边坐下，还在回忆刚才的画面内容。

车辆平稳地行驶，百无聊赖中，时陆坐在窗边随意点开手机。两人离得很近，千萤的目光轻而易举地瞥过去，那个熟悉的画面再度闯入眼中。

时陆的手机背景是一张照片，穿着校服的两个人，男生在后头揪着女孩儿的衣领。她回头瞪他，而他垂着眼的侧脸轮廓鲜明。

这是早上他们被偷拍的照片，时陆不知道什么时候保存了下来，还设为了壁纸。

千萤费解地皱起眉，问：“鹿鹿，你为什么要把那个帖子里的照片偷偷保存下来？”

时陆的动作僵硬了一瞬，他抬起头，神情自若地按灭屏幕，把手机握在手里，道：“手滑。”

千萤越发困惑：“那怎么还变成了手机壁纸？”

“自动切换的。”时陆张口就来，“手机壁纸都是自动切换相册图片的，不知道怎么就轮到这张了。”

“哦……”千萤似懂非懂，拉长声音应道。

“干吗？”大少爷还要反咬一口，“你以为我特意保存下来做壁纸？哼，真自恋。”

千萤不可思议地睁大眼反驳：“我哪有?！”她突然被扣上这一个莫须有的罪名，准备为自己辩解。

“别说了。”时陆抢在她前面道。他往后一躺，靠在椅背上，十分疲惫般地伸出手指揉了揉额头，闭眼，“被你气得头疼，让我清静会儿。”

接下来两人全程都没有讲话。

车抵达别墅，在大门外停下，他们一前一后下车。时陆还是默不作声地走在前面，脚步匆匆，好像真的伤心了。

今天时斯年没在，房子空旷而寂静。

有用人从厨房把菜端出来，他们的动作极轻，唯恐发出一点儿动静。他们默不作声地做完这一切就离开了。

时陆和他们仿佛身处两个空间。他靠着沙发，书包随意地扔在地毯上，整个人很难受似的，眉心微皱，表情恹恹。

千萤默默地站在那儿反省了一会儿，犹豫之后上去叫他：“鹿鹿，你头疼了吗？”

“没有。”时陆否认，睁开眼看她，没什么力气，“你先去吃饭，待会儿凉了。”

千萤在原地没动。没两分钟，时陆妥协，站起来不耐烦地抱怨：“真是服了你了，吃个饭还要人陪。”他拉开椅子坐下，给千萤盛饭，“多吃点儿，别说我亏待你。”

“嗯。”千萤接过碗，很顺从地道谢，“谢谢鹿鹿。”

时陆的胃口并不好，没吃几口就放下了筷子，坐在一旁看千萤认真地吃着。

厨师的水准其实已经很高了，从某种意义上来说，比千正民做得更好。但无论是菜的样式、摆盘，还有味道都过于标准，像是从五星级酒店复制下来的，没有任何家的味道。

不过对正在长身体的千萤来说，她照样能吃下两大碗。

大概是看她吃得太香，时陆没忍住又盛了一碗汤，有一搭没一搭地喝着。

吃完饭，千萤被时陆拉着去打游戏。客厅的电视屏幕巨大，两人拿着游戏手柄坐在地毯上，全神贯注。

时陆选的是一个跑酷类的游戏，双人模式。千萤刚开始不会玩，第一把毫无悬念输了，第二把她慢慢地找到点儿感觉，勉强能跟上时陆。第三把、第四把……后来游戏里出现一个大大的胜利，率先来到终点的是一个头顶“qy”字母的小人儿。

千萤忍不住欢呼：“我赢啦！”

“这不可能?！”时陆难以置信地扔掉游戏手柄，不甘心地睁大眼盯着屏幕。

“你怎么能跑赢我？”他转头瞪着千萤，叫道，“你才玩了几把，宁储他们玩了几年，到现在都没人赢得了我。”

小少爷一副天塌下来、无法接受的模样，就这样瞪着她一句话也说不出来，脸都气得涨红了。似乎是遭受了很大的打击。整个人又生气又难过。

千萤看他这样，想了想说：“可能是我刚才运气好，不然我们再比一把好了。”

“没错，你肯定是运气好。再来。”时陆闻言，回过神来，慢慢地捡回碎了一地的自信。他再度拿起地上的游戏手柄，重开了一局游戏。

起跑倒计时，游戏开始，两个在起点线的人同时出发。奔跑、跳跃，他们高空滑翔，穿越丛林，最后飞跃一大片海平面。

名为“sl”的小人儿领先到达终点，他在原地停顿大概两秒后，名为“qy”的小人儿才出现在他的身旁。一局游戏结束，时陆获得了胜利。

千萤立刻在一旁举手欢呼：“鹿鹿，你赢啦！”

“阿千，你以为我是傻子是吗？”时陆面无表情地转过头，平静地质问她。

“怎么了，鹿鹿？”千萤小心翼翼地问，眼睛眨巴着。

“你放水放得这么明显，是个人都能看出来。”

“呃。”千萤无措地抠了抠游戏手柄，沉思许久后，才弱弱地抬起头问，“很明显吗？”

“很！明！显！”时陆气得破口大骂，“你这个大傻子！”

千萤蔫头蔫脑地被时陆赶回房间做作业了。白天在课上，各科老师布置了不少功课，千萤听了一天，发现自己完全跟不上一中的教学进度。

镇上的高中老师基本都是根据课本上的内容，照本宣科般给他们灌输着知识点。而一中这边的教学方式很灵活，老师在课上也会引用很多课外知识点。千萤发现班里的同学完全可以很好地接收下来，只有她经常似懂非懂。

千萤拿出试题和练习本，摊开在桌面，发愁了一会儿，正拿起笔要从自己会的简单部分开始做，房门被敲响。

二楼有间大书房，像是时斯年平时用的。时陆叫她一起做作业，两人便从各自的房间搬到了这间大书房里。

墙壁两面有到顶的书柜，摆着满满当当的书籍。靠窗的地方有张长方形实木书桌，两边都放着一张椅子，刚好可以让两人面对面坐着，看书学习。

千萤环顾周围。桌面上有台电脑——商务型笔记本，似乎是时斯年放在那儿的，大概忘记带走了。

最后她将目光落在桌面摆放的那个小相框上。她被相框里的人吸引。那是一张半身像。女人穿着纯黑色长裙，肤白似雪，红唇明眸，头上戴着一个珍珠发卡，看着镜头的样子漂亮极了。她怀里还抱着一个两三岁的小孩儿，女人明艳的气质里透着几分母爱，越发迷人。那个小孩儿也长得格外乖巧可爱，乖乖地啃着手指头，眼睛又大又圆。

千萤不自觉地转头看向时陆，他那双漂亮的眼睛此时也正盯着那一处，好像怔住了。

“鹿鹿？”千萤小声地叫了叫他。时陆骤然回神，用力地抿唇，走过去把那个相框倒扣在桌上，深呼吸两秒，然后他把相框连同那台电脑一起重重地塞到了柜子里。

“好了，我们坐这里吧。”他把桌子清理干净，叫她过去。千萤抱着书磨磨蹭蹭地坐下，有点儿犹豫。

“你爸爸发现了会不会骂我们？”

“这本来就是我的书房。”时陆不知道在和谁强调。

“下次再看到他把这些乱七八糟的东西放在这里，我就全部丢垃圾桶。”他口中乱七八糟的东西不知道是指电脑还是那张照片。

千萤没再说话，低下头去打开作业本。

书房很安静，墙上的钟表几不可闻地转动着。两人都在认真做着题，谁也没有开口。

千萤中场休息的时候，极其自然地往时陆那儿看了一眼，他正在写着一张数学试卷，列了密密麻麻的复杂公式，上面全是她从来没见过的题目，也不是老师布置的作业。

不知道时间过去多久，千萤已经把自己会做的都做完了，正咬着笔杆子对着其他难题绞尽脑汁。

这时对面的时陆一把扔掉了手里的笔，身体往后一靠，皱着眉揉额头，然后道：“阿千，我头疼。”

虽然已是夜里十点多，不到二十分钟，家庭医生便拎着医药箱匆匆地出现在门口。

时陆眉头紧蹙地窝在沙发上，面色苍白，层层细汗从头上不停地涌出。他紧咬着手腕，浑身都在发抖。男生此时仿佛正在忍耐极大的痛苦，而这样的折磨没有任何人能为他分担。

千萤徒劳地站在一边，急得团团转，她想过去抓住他的手，把他的手腕从他的嘴里拿出来。

“鹿鹿，鹿鹿……”

“阿千。”他一把松开嘴，紧紧地抱住了千萤的腰。

千萤没顾得上突然传来的疼痛，她安抚似的拍着他，听到门口老管家带着人进来的慌乱动静。

时陆输上液后痛苦似乎缓解了很多，躺在床上睡过去，安静得没有任何声息。

千萤担心他先前手上的伤，坐在床边低头去查看。时陆的双手随意地搁在被子上，她轻轻翻开他的手，看到腕上的咬痕。

他的左手腕上依旧戴着那条黑色硅胶手环，不像是什么贵重的物件，却从来没见他摘下来过。千萤担心那下面也有伤口，很轻地把那个手环移开。

底下是一条触目惊心的疤痕。虽然已经淡化泛白，但仍旧在手腕上残留着扭曲丑陋的线条，依稀可以看出当时的力道和他想要摧毁一切的决心。

千萤的眼泪一刹那就掉下来，汹涌不止。

鹿鹿。他曾经有一刻想杀掉自己。

家庭医生在旁边检查完时陆的身体，发现了千萤的异样。她眼睛很红，在无声地哭泣，见他看过来，马上擦干脸上的泪水，抬起时陆的手。

“医生，你看看他手上的伤口吧，好严重。”女孩儿拖着长长的哭腔，似乎比起床上生病的人还要痛苦悲伤。

医生垂头，自然而然地看见了时陆手上的那条疤痕。

一切处理好，已经是深夜。

时陆还没醒来，家庭医生收拾东西离开，千萤送他出去。临走前，他听到身后的小姑娘仍带着哭腔的细弱声音：“医生，你知道鹿鹿的病是怎么回事吗？”

家庭医生姓陆名致，是国外进修回来的脑神经科方面的高级专家，当初时陆第一次发病就是由他接手治疗，后来时斯年开高薪把他从医院聘请回来，负责照看时陆一个人。

他是所有人里面对时陆的病情了解最清晰、最全面的。即便是时斯年，也一直不明白怎么会有人突然就有了头痛这个毛病，并且经常没有症状就发作了。

时斯年几度询问过陆致，时陆每次发病是不是受心理因素的影响，是不是其实并没有那么痛苦，是由于心理问题造成的疼痛。又或者是不是因为身体太弱，总是不出门，爱待在冷气里，久不见阳光所致，加强运动就好了。

因为从医学角度看，时陆的身体检查不出任何毛病，然而神经性偏头痛在医学里，原本病因就尚不明确，发病机制亦尚不十分清楚，并且无特效治疗方法。

时陆曾经被时斯年要求去练习击剑、散打……时斯年甚至逼迫他每天跑步运动。那段时间时陆的病情前所未有地加重了，在原本不适的情况下出现呕吐、畏光甚至严重的睡眠障碍等症状。

时陆和他父亲的关系也加剧恶化，只要两人同时待在别墅，里面总会传来摔东西的声音。

后来时斯年放弃干涉，时陆这一年来病情才稳定不少。只可惜好景不长，今年夏天出乎意料地热，时陆频频发病，大抵是在这日积月累的折磨中已经失去生存意志，又或者那一次的病况实在来得剧烈凶猛。

止痛药、镇静剂开始失效。时陆把自己关在屋子里，在长达数十天的反复折磨中，房间里面永远能听到砸东西的响动。

而有一天，声音没有了。

管家察觉到不对，用备用钥匙打开门。发现时陆躺在地上，悄无声息，手腕被碎玻璃划出一道长长的口子，鲜血满地。

时斯年大怒，在时陆的病房外一夜未眠，后来看到陆致，向来冷静得体的男人破天荒的神情憔悴，忧心地询问是否还有更好的治疗办法。

陆致那天沉吟很久，最后给出了建议：“给他换个环境吧。

“最好是离开台城，找个安静宜居的地方，呼吸下外面的新鲜空气。

“或许这样会对他的病情有帮助。”

时陆走了，两个月后，带回来面前这个小姑娘。

千萤了解完这些事，静静地没说话，不知道在想什么。灯光下，她脸色苍白，嘴唇紧抿。

许久，她看着陆致，轻声问：“所以医生，鹿鹿的病因是什么？

“是……来自家庭的变故吗？”

“可以说是。”陆致颔首，“时陆生病应该是因为他妈妈。

“那年夏天，他妈妈把九岁的他一个人留在家里走了。那年也很热，就像今年台城的夏天。

“时陆追着他妈妈的汽车跑了几条街，回来后就中暑晕倒了。那时候他们家里的用人都被支开了，一直到第二天他才被人发现。

“时陆连续几天高烧不退。从那次开始，他就有了头痛这个毛病，着凉受热或者过度疲惫，还有精神方面的刺激和压力，这些都会成为诱因。

“尤其是一到夏天，就会频繁发作，短暂的会持续几小时，长达一周的也有。

“时陆在这样经年累月的折磨下，脾气也越来越暴躁，家里的用人都不敢靠近他。他在学校行事肆无忌惮，时总忙于工作，大部分时候对时陆都无比纵容，也就把他惯成了今天这个性子。”

千萤听着他说这些，没有任何代入感，他口中的时陆和她认识的鹿鹿几乎判若两人。

如果不是今天看见了他手环下的秘密，千萤也完全不会想到，在那个雨后云雾弥漫的清晨里，她见到的那个躺在椅子上苍白漂亮的男生，刚刚从死亡的边缘被拉回来。

千萤清晰地记得时陆的每一面。

他在屋檐下“傲娇”地叫住她，和她一起玩；看到新鲜事物，眼中难以抑制地冒出喜悦的神色；害怕虫子，偷偷躲在她身后……记忆中的每一个他，都是简单可爱的鹿鹿，就像是从未经历过伤害，从没有过痛苦。

陆医生走了，他说时陆一般睡一觉起来就好了，如果还是头痛，那么药物也起不了太多作用，而且药物不能连续使用。意思是，只能靠他自己扛过来，或者寻求其他物理解决办法。

但时斯年把传统意义上的针灸、推拿、按摩疗法，以及冷敷、热敷基本都试过了，效果并不如意，全部都没有药物治疗来得有效迅速。

千萤从来没有一刻像现在这样，对别人的痛苦如此感同身受过。她觉得自己的心也跟着他一起在忍受着疼痛折磨。

夜晚安静得没有一点儿声音，偌大的别墅更像是一个空落落的躯壳。整个二楼只有时陆的房间亮着一盏小灯，他就躺在微弱的灯光下。

千萤走到他的旁边坐下，时陆手上的伤口已经被纱布包扎好了。她垂眼，搁在被子上的那双手细长白皙，骨节匀称。

这双手最适合弹钢琴，仿佛就是为了黑白琴键而生的。

陆医生说，当年时陆学钢琴是因为他妈妈。

他三岁时，他妈妈就经常弹钢琴给他听，小男孩儿连话都说不连贯，却能沉浸进去。四岁时，他妈妈就送他去学钢琴了，爱玩爱动的年纪，小男孩儿却整天坐在钢琴前。

他每天去学琴的时候，他的妈妈都会亲自陪护，早晚接送。可以说时陆的钢琴技能是被她一手培养出来的，就连当年那次演奏会，也是他的妈妈全程跟进，忙里忙外，悉心照顾。

整个过程，千萤没有听到过一次父亲的出现，陆医生说时斯年那段时间正在筹备公司上市，他几乎缺失了时陆整个童年，也忽略了自己的家庭。

他妈妈是跟着她的初恋离开的，她决然地抛下一切，就连几岁的时陆哭着求她、拉她也没有用。她没有回过一次头。

陆致曾经对时陆进行过一次心理干预治疗，他在国外辅修过心理学，拿过执照。这是第一次，也是时陆唯一一次在别人面前提起自己的母亲。在此之前只要别人一碰到这个话题，时陆必定会大爆发。

千萤想起了晚上在书房里看到的那张照片，里面漂亮的女人抱着怀里的小时陆，笑得温婉柔和。

她的妈妈在她读小学时就生病去世了。她只记得妈妈说话很温柔，每次她生病时会守在她床边为她擦拭着额头，妈妈做饭很好吃，从来没打过她。

千萤记得那段时间家里空荡荡的，她哭了很久，总是一个人躲在被子里偷偷难过，但好在爸爸天天都陪着她，还有很多小伙伴带她玩，哄她开心。

后来，她看到自己妈妈的照片，还是会忍不住难过掉眼泪。

可时陆什么都没有。

镇定止痛的药效虽然只有几个小时，时陆半夜醒来，已经没有了那种难以忍受的疼痛。

深夜，整个城市都在安眠，头顶微弱的灯光照着，他再度闭上眼，搁在一旁的手本能地动了下。碰到不属于他的触感和温热，时陆陡然转头，看到了趴在一边的千萤。

她睡着了，手抓着他，那个黑色手环被蹭得向上移，露出底下疤痕的一角。

时陆缓缓地撑着坐起来，艰难地把手从她的手中抽出来。他小心翼翼的，生怕一个不小心吵醒她。

“鹿鹿……”千萤还是被他弄醒了。她揉着眼睛，迷迷糊糊地直起身，本能地往下看。

时陆飞快地缩回手，动作慌乱而笨拙地把那个黑色手环往下拨弄，眼神躲闪。

“你怎么还不回去睡觉？”他的无措从话语里透了出来。他把那只手往被子里藏，但千萤飞快地抓住了他。

“鹿鹿，我看见了。”

时陆的抵抗和挣扎都消失了，他骤然僵住，脸上有几丝错愕闪过。

“之前陆医生给你处理伤口的时候，我看见了。”千萤重复了一遍。

时陆愣然过后，慢慢地低下了头。

“哦……”他轻轻地应着，然后不说话了。

“所以不用躲着我。”她坚定地抓着他。

“很丑。”时陆低声道。他苍白的脸颊在灯光下更显惨淡，睫毛下垂，投下一片阴影。

“不丑。”千萤认真地强调。她在时陆自卑躲避的目光中抬起他的手，低下身体。

迎面吹起一阵若有若无的风，手腕间传来轻柔的触碰。

她吻了吻他手腕的疤痕。

时陆脑子“嗡”的一声，顷刻空白。

“这是你战胜痛苦的勋章。”千萤抬起眼，勇敢又坚定。

“不，这是时刻提醒着我失败的丑陋印记。”时陆望着她道。

“你现在还站在这里，就已经是最大的胜利了。”千萤郑重地说。

“鹿鹿，每个人都会有被痛苦打败的瞬间，但是你坚强地走过来了，这是更加难得的胜利。

“你超级厉害。

“你要永远记住这一点。”

你超级厉害。从来没有人这么坚定地告诉过他。

时陆眨眨眼睛，压下酸涩，他感觉自己刚才被千萤触碰过的地方正滚烫发热，一直延续到他的胸膛，延续到那颗跳动着的心脏。

“嗯。”他用力地回握住她，不知道是在和谁说，“我超级厉害。”

医生建议时陆在家休息两天，然而第二天，时陆仍然陪着千萤去学校了。

他的头痛还没完全好，课也听不进去，整个人脸色很差，脾气暴躁。宁储他们都不敢招惹他，就连起身都小心翼翼的。

千萤是第一次见到时陆在生病时接触外界的模样，他就像是一颗随时会引爆的炸弹，令人胆战心惊。

一个上午，他都趴在桌子上睡觉，周围的人在课间都不敢大声说话，千萤甚至看到宁储和盛扬他们面对面用手机打字聊天。

“习惯就好啦。”旁边正在对着镜子夹刘海儿的傅娇娇见状说，“时陆的身体一不舒服，大家都不敢去惹他，小少爷闹起来就不得了了。”

“对不起。”千萤也不知道怎么的，突然就迸出这么一句话。

傅娇娇诧异地抬起头，惊呆了，道：“小萤，你道什么歉啊？是时陆脾气不好，又不是你。”

“鹿鹿身体不好，很难受的，给大家添麻烦了。”千萤郑重无比地说。

傅娇娇睁圆了眼睛，仔细地盯着她打量许久，确定千萤是认真的之后，“噗”的一声忍不住笑了出来。

“小萤……哈哈哈哈……”她笑得前俯后仰，倒在千萤身上。“你太可爱了。”她擦拭掉眼角的泪水，用力地揉了揉千萤的头发，“时陆是从哪里找来你这么个宝贝的哦！”

托时陆的福，宁储、盛扬他们几个不闹了之后，整个上午教室都安静了很多。

午休时，时陆仍然趴在桌子上没起来。千萤过去，想叫他一起去吃饭。

“哎，别吵他。”宁储飞快地阻止她，手指竖在唇边道，“陆哥应该不去吃饭，我们待会儿给他带一份回来就行了。”

“啊？”千萤犹豫地应着，又看了时陆一眼，正准备离开。这时桌子上发出细微动静，趴在那里的人突然坐了起来。

时陆满眼困顿，揉着脸。然后他看向千萤，嘴里发出含糊一声：“走，去吃饭。”

今天是阴天，没有太阳，且他们出教室晚，路上没几个人。

宁储他们勾肩搭背地走在两边，中间的时陆无精打采，低垂着头，脸色恹恹。

“你好点儿了吗？”千萤忍不住过去小声关怀。

时陆修长的手指揉着鼻梁，道：“嗯。”

“要不然你下午回去睡一觉吧？”千萤担忧地提议。

时陆掀起眼皮看她一眼，道：“我没事。”

“你的脸都白了。”

大庭广众之下，时小少爷被人毫不留情地嫌弃。

他抬起头看千萤，几乎是一字一顿道：“我、天、生、皮、肤、白。”

“噗。”周围不约而同地爆发出四五道笑声。见时陆看过来，宁储他们立马收敛，抿紧嘴。

“没错！”而后宁储大声附和，“陆少爷从小白到大，我可以做证。”

“闭嘴吧，你们。”时陆揉着额头，一脸受够了的模样，“吵得我脑瓜子疼。”

一群人立刻变得严肃，没再说话。就这样保持到食堂，宁储排在队伍第一个，他拿盘子时终于忍不住回头看向后头的时陆，正色发问：“白少爷，请问面前还有最后一份排骨，要不要打给你？”

时陆一脚踹向宁储的屁股，从他手里抢过餐盘说：“滚吧你！”

这顿饭千萤吃得比想象中要自在，这几个人看起来和时陆真的很熟，几个人之间相处的气氛既随意又放松。大部分时候是他们在插科打诨，而时陆在一旁懒洋洋地听着，没什么参与感，但话题却总能七拐八拐跑到他身上。

学校里关于时陆的“英雄事迹”有很多。

比如一中有片校长亲手种的果园，每到八九月园子里就结满葡萄、石榴、梨子、枣等各种水果。有些果实挂不住枝头伸出墙外，每天勾着从外面经过的学生，但是鉴于这是校长亲自种的，并且严禁私自采摘，历届学生只敢看看，从来没人敢动。

而时陆从初中升上来的第一天，就对这片果园下手了。

他带着1班大半学生跑去园子里，把校长亲自呵护出来的那些好果子都糟蹋光了，留下的都是些歪瓜裂枣。这样也就算了，一群人摘太多，拿着一堆水果吃不完，便跑到校门口去发。校长从外面走进来还接了一个梨，并且夸赞甜。

后来知道这个梨是出自自己的园子后，校长一口气梗在胸口差点儿上不来。这件事情的参与人数太多，又没有一个正式罪名，最后时陆他们全部被罚去扫了整整一个星期的厕所，就这样大少爷还天天跑去校长室闹，谴责校长公地私用。校长被他闹得头疼，好几天都闭门谢客。

又比如年级里有个令人闻风丧胆的校霸，家里有钱有势，在一中横行霸道，开学没多久就被时陆撞见他欺负1班一个性格偏内向的男生。

男生是个学霸，但整日窝在角落不说话，被人欺负了也不敢吱声，只缩在那儿瑟瑟发抖。

时陆那天正好心情不好，冲上去见义勇为，被校霸指着鼻子威胁了一通。当天放学，时小少爷叫家里的保镖用麻袋蒙住校霸的头，拖到巷子里揍了一顿。

之后这个校霸在学校都老老实实的，尤其是一看到时陆，就像老鼠见了猫。

诸如此类，数不胜数。

千萤总算明白时陆为什么在一中知名度这么高了，照他这样造作下去，估计全世界都会知道他的“光荣事迹”。

“一中小霸王。”千萤听完，对时陆竖起大拇指，“真是名不虚传。”

真诚的夸赞像是在骂人。

“不是……”时陆试图朝千萤解释，挽回脸面。

“那时候我刚从乡下回来，难得看见树上的新鲜水果，没忍住想摘几个尝尝，谁知道被宁储他们一宣传，全班都知道了，所以不小心多摘了一点点而已。”

时陆澄清的样子太认真，就仿佛自己是身处滚滚洪流中身不由己的一朵小白莲花。

“还有那个什么校霸玩意儿的，当着我的面欺负班上同学，还推我。”他扯着自己肩膀上的衣服，委屈道，“就这儿，这里，被他用力地推了几下，我没把他揍进医院已经是网开一面了！”

“行行行，时小少爷是替天行道，惩恶扬善，大家都在夸你呢。”宁储听不下去了，连忙顺着他的毛说，就差直接伸手捂住他的嘴巴了。

从食堂回教室的路上，一群人照旧拐到小超市。时陆现在的精神看着比上午好太多，不知道是因为吃了东西还是出来透风了。

他熟门熟路地走到冷藏柜前，从里面拎出一包酸奶。千萤定睛一看，熟悉的牌子，不同的包装，在某些方面时陆专一得可怕。

“少爷，别喝冰的。”宁储把那袋酸奶从他手里抽走，重新塞进了一包常温的，是同个牌子的牛奶，他知道时陆只喝这个。

时陆不满地嘟囔了两声，没说什么，拿着那袋常温的奶去结账。

“我已经付过了。”收银台前的盛扬晃了晃手机，把所有人拿的东西都结完了。

一群人重新走出门，大摇大摆地穿梭在校园里。午后阴云散去，露出一点儿阳光。

前面的那群少年身形高瘦挺拔，互相说笑。校服穿在他们身上，养眼悦目。宁储不知道说了句什么，时陆偏头露出一个笑。

走在后面的千萤发现时陆的朋友其实对他都挺好的，他过得也没有想象中那么惨。千萤咬着手里的盒装奶，笑眯眯地想。

突然头挨了一记，她回过神，看到时陆不知何时落后了两步，正站在身前不满地盯着自己。

“傻笑什么呢，路都忘记走了？

“要不是被我发现，你走丢了都不知道。现在这个社会很乱的，你这种傻乎乎的小女孩儿人贩子最喜欢。”

“鹿鹿，你的病彻底好了是吗？”千萤被他拎着衣领往前走，费劲地仰起脑袋瞪他。

时陆慢下步子，低头问：“嗯？”

千萤放慢语速，认真阐述：“已经有力气在这儿胡说八道，睁眼说瞎话了，闲得没事不如去跑个三千米。

“还有，我命令你三秒内放开我。

“不然我就让你看看这个社会有多乱。”

“嘶。”时陆倒吸一口凉气。

这一天过得风平浪静，如果不算下午那场小闹剧的话。

在千萤说出让时陆“闲得没事不如去跑个三千米”后，下午第三节刚好迎来体育课。

恰好今天体测，老师让女生跑八百米，男生跑一千五百米，并且安排了人站在终点线掐表记录成绩。

这种活动时陆都是不参与的。刚开学时斯年就给他开了一张病历证明，从此之后所有的体育课和需要剧烈运动的活动时陆都一概不参加。

每次体育课，大家在老师的监督下热火朝天、满头大汗地打球或者跑步时，他就优哉游哉地在一边叼着酸奶给宁储他们喊加油。

今天刚刚说完要体测跑步，大少爷瞅着机会就开始表演了。他脱掉外套，卷起袖子，往起跑线上走去。

“别拦我，今天我一定要给她跑个三千米。

“哪怕累死、渴死、热死在跑道上，我也会把这三千米跑完！”

宁储他们连忙去拉他，把人拽回来让他别激动。

“少爷，你冷静一点儿。”

“不值当，不值当。”

“身体第一，气坏身子就不好了。”

“不行！我的身体不值钱！”

在场的人都看出来了，时陆就是在撒娇。他们一致地松开手，一脸“你爱去不去，不去快滚”的表情。

时陆的脸僵了下，稍稍有点儿骑虎难下的尴尬。更离谱的是，千萤竟然全程都站在那儿看着他折腾，无动于衷?!

在他不可思议的眼神中，千萤静默三秒，走过去把人领了回来，道：“你的身体最值钱，别闹。”

时陆嘴巴很凶，身体却很乖，被千萤拉着，听话地跟在她的身后，一脸气愤地指责：“在你心里恐怕是一文不值！你竟然都没有第一时间上来阻止我！你就是想让我去跑三千米，想让我累死在那里！”

千萤深吸一口气，不说话了，黑白分明的眸子就这样一动不动地盯着他。

时陆嚣张的气焰逐渐减弱，到后面消失得无影无踪，他小声道：“干吗，你怎么突然不说话了？”

千萤吐出四个字：“无语凝噎。”

“谁叫你今天对我这么凶的？”时陆是一点儿亏都吃不得，恨不得让千萤时时刻刻把他捧在手心，之前在云镇时他还会故意隐藏收敛，现在成功把她拐到了身边，越发地得寸进尺了。

“那我下次不凶你了。”千萤很好讲话，也不管他是在胡搅蛮缠，无理取闹。

这让时陆破天荒地有点儿羞愧，他扯着千萤的衣角，难得地认错：“那我下次也不这样了。”

刚才还作天作地的人一下就被人捋顺了毛，还知道主动反省。这一番操作简直让旁边的宁储、盛扬他们叹为观止。他们完全不敢相信曾经的时小霸王竟然还有这样的一面，都不约而同地搓了搓胳膊上的鸡皮疙瘩纷纷走开，不忍再看。

傍晚放学时，千萤照例和时陆一起回家。

吃完饭，时陆又拉她打游戏。这次千萤已经学会在游戏里不留痕迹地放水了，少爷十分受用，心满意足地和她去书房一起写作业。

时钟指向夜里十点，老管家端着两份酒酿小圆子上来，督促他们吃完夜宵回房睡觉。

家里的甜品师手艺好极了，千萤吃完一碗，意犹未尽地舔舔嘴。时陆一边骂她没出息，一边把自己碗里的小圆子舀过来给她：“多吃点儿，别到时候回去千叔说我把你养瘦了。”

因为时陆不经意的一句话，千萤回房后失眠了，辗转反侧就是睡不着。

窗外一片漆黑，时陆说得没错，城市里没有星星，就连月色都十分暗淡。灯灭掉后，周围只剩下黑暗。不像山里，这时候从窗户望出去，还能看到外面皎洁的月色。

她闭上眼，脑中全是那座被包围在山里的小房子。前面的院子里，经常会有个略显佝偻的身躯在忙碌着。千萤鼻子一酸，她有点儿想爸爸了。

这个时间他应该还没睡吧？大概会在一楼或者房间整理。千萤胡乱想着，突然一个转身从床上坐起来，拧开灯。

书桌抽屉里放着一部手机，是来的那天时陆给她的，千萤还没用过。她那台老式翻盖手机因为总是开不了机，被时陆收走了。

新手机里面插着她原来的那张电话卡，千萤研究了一会儿怎么用。

新手机是白色的，四四方方，屏幕底下只有一个圆圆的按键，可以直接在大屏幕上点开图标，手机背后还有个像是被人咬了一口的苹果。她知道这个牌子很贵，以前学校里有个高年级学长用这个手机，被周围的人羡慕了好久。

千萤找到了那个电话图标，点开，果不其然千正民的名字就出现在了上面。

通讯录第一个是时陆，那天他帮她鼓捣了很久，估计是把自己弄成了第一个联系人。

千萤略过他，直接点开了千正民的名字，拨过去。

那头几乎是立刻接通了，熟悉的声音出现在耳边。

其实到这边的第一天，两人就通过电话，但不知道为什么，千萤听到他声音的一瞬间，鼻头还是酸酸的。

“阿千？”

“爸爸……”

“怎么这么晚还没睡啊？”那头很安静，云镇总是很静，尤其是夜里，千正民低沉温和的声音清晰得就像贴在耳边。

千萤低头，手指在桌上抠着，道：“睡不着。”

“是不是想家了？”

“嗯。”

“还有一个月就元旦了，到时候回来，爸爸给你做好吃的。”

“不了。”千萤有点儿破涕为笑，用力地吸了吸鼻子，“路上的时间太长了，我过年再回去吧。”

“也行……”那边是一声叹息，然后他关怀道，“在那边还好吗？学校、住宿、吃饭什么的有没有哪里不习惯？”

“都很好。学校里的同学都很好相处，老师讲课也很厉害，学校又大又漂亮，住得也好，家里每天都有厨师做饭……”千萤一样一样和他说着。从某种概念上来说，这里比起云镇好了很多倍。

然而她还是会想念那个什么都没有的小镇子。

那是她生长的地方。

两人絮絮叨叨聊了好久，到最后都快十二点了，千正民催促着千萤上床睡觉。

她的心情已经平缓下来，对家的思念也被缓解了不少。

千萤应着，挂完电话后，她把手机重新放进抽屉。手机旁边放着一本笔记本，也是新的，封皮上画着粉色的云和发光的星星。

她想了想，把本子拿出来。

千萤打开第一页，在上面端端正正地写下日期。她正要落笔时停住，手顿在那里数秒，然后重新低头，认认真真地写下愿望。

1. 正常交朋友。

2. 好好学习。

3. 努力陪伴鹿鹿。

她画上最后的句号，合起本子，心满意足地关灯上床睡觉。

第十章

乖兔发飙

不知不觉，一星期飞快过去。

周六、周日两天休息，时陆早早地就问她想去哪里玩。动物园、游乐场，又或者是逛景点、看展……时陆说了一大堆。千萤满脸茫然，道："啊……都可以吧。"

于是，周五放学前最后一节自习课，时小少爷坐在座位上，认认真真地做了一份手写攻略，上面有计划 A、计划 B，还有计划 C。

宁储看到上面详细地写了每个地方的特色介绍，还画了活灵活现的图案。比如计划 A 是上午逛动物园，旁边的配图是各种可爱生动的小动物，它们住在大园子里，旁边还有几座小山丘点缀。

接下来有个旋转的小箭头，指向中午吃饭的餐厅——梦幻卡通主题的知名网红店。店也被画得极其传神，小房子、月亮灯，还有很多的卡通人物……

餐厅旁不远处就是科技馆，下午可以顺路去看展。时陆连科技馆都给她画出来了，就差直接把整个展复制过来。

最后是回家，结束这美好的一天。嗯，还画了两个小人儿手拉手迈向温馨的家。

寥寥几笔把每个地方的特色绘制得淋漓尽致，比现场照片还要吸引人。宁储第一次发现时陆的画画天赋可以用在这种地方，时隔两年时小少爷再次拿起笔画画，是为了做一张周末的景点攻略。

这要是让当年画展过后重金求他画画的人知道了，不知道心里会怎么想。

宁储的心里有一万句“吐槽”，却只能看着时陆屁颠屁颠地捧着攻略穿过大半个教室去找千萤。

千萤看到攻略也大吃一惊，她没有想到时陆会做得这么详细，而且还把每个地方都画出来了。他画画真的很好看，即便不懂艺术，她也隐约能感觉他画这些小东西是大材小用了。

最后两人仔仔细细商量过后，选了计划C，去海洋馆看海豚和坐摩天轮。

其实千萤也没有特别想要去的地方，只怪时陆把海豚和蔚蓝的隧道画得太动人了。还有摩天轮上的夜景，让她想起了云镇的星星。

做好决定，时陆把攻略随手扔在了她的桌子上，然后回到座位上。

千萤把桌上的攻略仔仔细细地收好，放进了书包里。上面的画好好看，丢掉太可惜了。

两人计划得很好，甚至周六那天定好了早上八点的闹钟。千萤和时陆准时起床，在楼下吃早餐。

大抵是看出了他们今天心情还不错，老管家帮忙端上来最后一盘火腿时，笑眯眯地问了句：“少爷，今天打算做什么？”

“带阿千去海洋馆。”时陆在吃三明治，咬了口，答道。他的眉眼间带着满满的愉悦。

老管家脸上的笑容也扩大了，体贴地询问：“需要司机吗？”

时陆想了想，看向千萤，说：“我今天带你出去坐地铁？海洋馆不是很远，大概几站路就到了。”

千萤还从来没有坐过地铁，她毫不犹豫地就答应了：“好，我们坐地铁过去。”

餐厅一派其乐融融，晨间明媚的阳光从落地窗洒进来，给整个画面镀上一层金色。少年和少女面对面坐着吃早餐，老管家笑眯眯地站在一旁。桌上早餐诱人，画面清新美好。

时斯年回来时，看到的就是这样的场景。

今天不知为何里面的几个人都没听见汽车声，时斯年推门进来的动静不大，所以也没人注意，直到时斯年身旁的那个穿着淑女裙的女孩子按捺不住地叫了声“时陆哥哥”。餐厅里的几个人动作都停住了，不约而同地扭过头。

时陆看清那个人的模样，不满地皱起眉，道：“徐菀瑜，你怎么来了？”

“我今天放假，和时叔叔一起过来玩。”那女孩儿被时陆不善的口吻吓到，身体不自觉地往时斯年那边缩了缩，底气不足道。

“菀瑜今天跟他爸爸到公司，她想来家里玩，我就顺便把她捎过来了。”时斯年在一旁轻声解释。

时陆不买账，继续吃着早餐，头也不抬道：“那你和她玩。”

“老徐，再多做一份早餐，菀瑜还没吃。”

“是，先生。”老管家弯腰应道。

“你过去坐，我先上楼换件衣服。”时斯年对身旁的女孩儿说。

徐菀瑜偷偷地看了一眼那边的时陆，点头应下。

时斯年上了楼，早餐很快被送来，餐厅只剩下几个半大的孩子，气氛随意不少。

“时陆哥哥，你不介绍一下吗？”徐菀瑜坐在千萤旁边。她像是学过舞蹈，背挺得笔直。

时陆本来不想理，看到对面的千萤有点儿好奇的眼神后，又稍稍压下不耐烦的情绪，随便指了指，道：“徐菀瑜，我家一个远房亲戚。”他介绍完，看向千萤，语气一变，“千萤，我们家第二个主人。”

因为时陆的这番开场介绍，接下来餐桌上的氛围都格外安静。直到时斯年换了身简单的家居服下来。男人即便是下楼也自带一种威严，柔软的家居服穿在他身上，丝毫没有为他收敛几分气势。

他的目光淡淡地在餐桌上扫过，最后定在时陆身上，像是随口问：

“听徐管家说，你们待会儿要去海洋馆玩？”

“不是待会儿。”时陆和千萤都吃得差不多了，他放下餐具，强调道，“是现在。”

时陆没等他说话就径直拉开椅子起身，对千萤开口道：“走，我们现在出发。”

“菀瑜和你们一起去。”时斯年命令道，语气没什么起伏，“她一个人在家也无聊，让她和你们去海洋馆玩。”

“是啊，时陆哥哥，我特意过来找你玩的。”徐菀瑜眼巴巴地看着时陆，声音里带着几分可怜，“我不想一个人在家，让我和你们出去玩吧。”

时陆没动，定定地看着时斯年，而后目光又落在徐菀瑜的脸上，大概过了两秒，他一把拉开椅子重新坐下，干脆利落道：“不去了。”

楼上书房，时斯年在用电脑办公。

客厅里，时陆在打游戏。而千萤坐在茶几边上写作业，她盘着腿，窝在地毯上的一个小角落。时陆就在她前面不远处，手里动作激烈，他绷紧脸，死抿着唇，盯着屏幕就像是在瞪他的仇人。

而徐菀瑜还坐在餐厅，和徐管家闲话家常。用人给她端来几盘切好的水果和点心。她优雅从容，高高扎起的丸子头下是优美的脖颈，莫名的惬意自在。

半小时前，在时陆说出那句“不去了”时，最惊讶的是千萤。

时斯年不动声色，定定地和时陆对视之后，一语不发。

徐菀瑜失望地“啊”了声，接着就很识时务地不开口了。

时斯年丢下一句：“那你们就在家里玩。”他上楼去了，留下气氛奇怪的三个人。时陆径直拉千萤去打游戏，千萤左右看看，还是决定拿作业下来写。而徐菀瑜丝毫没有被冷落的感觉，她自然无比地唤来用人，给她准备零食茶点。

看得出她不是第一次来这边，别墅里的人都认识她。

徐管家和她说了会儿话，过来对时陆报备：“菀瑜小姐想去其他地方转转，我带她过去？”

“嗯。”时陆眼也不抬地应着。

两人上了楼，客厅顿时清净不少。时陆打完这局游戏，扔掉手柄，倚在沙发上，眼珠转了转，突发奇想道：“阿千，不如我们趁现在偷偷走吧？”

千萤茫然地抬头，在脑子里思索着他这个方案的可行性有多大。

两秒后她得出答案。

零。

“你怎么不说话？”时陆以为她没听见，又在茶几底下轻轻地踢了她一脚。

千萤默默地把脚往里缩。“我觉得不太行。”她慢吞吞地说。

“叔叔他们都在家，我们两个人不打一声招呼就跑出去似乎不太礼貌。”

“那他随便往家里带人就礼貌了吗?！”时陆一听就忍不住提高音量。

“他可能是没想到我们今天准备出去玩。”千萤的语速还是不急不缓的，学着时斯年的口吻，“来都来了，总不能把小姑娘一个人晾在家里。”

时陆阴阳怪气地哼笑道：“你倒是通情达理。”

“嘿嘿。”千萤傻笑了声，继续挠头写作业。

这时候，楼上突然传来重重的脚步声，刚才随着徐管家上楼的徐菀瑜一脸怒气地匆匆跑下来，手里拎着几件漂亮的连衣裙，一把扔到时陆面前。

“时陆哥哥，为什么这几条裙子会在她的衣柜里！”她伸手一指，直直地瞪向千萤质问。

时陆被这变故砸蒙，紧拧着眉，抬头。千萤也看向那几条裙子，崭新的吊牌还没有摘，很眼熟，就是她衣柜中的新衣服。

“他们家这几条新款裙子我看上很久了，早早就交了定金，临到货前店长告诉我被人买走了，只能退我赔偿，我气得三天没吃下饭，结果竟然是你！”

她直指着千萤的手指挪到时陆面前，几乎是指着他的鼻子斥责：“你竟然抢走我的裙子给这个不知道从哪个山沟沟里跑出来的土包子。我要去告诉时叔叔，让他给我做主！”

“怎么了？”时斯年来得不早也不晚，徐菀瑜刚刚说完，他的声音就在楼梯口响起。他打量了混乱的客厅一眼，目光落在时陆握紧的拳头上。

“谁让你去千萤房间翻她东西的？”时陆的语气尤为不善。

“都这个时候了，你还在凶我！”小姑娘一听，眼睛霎时就红了，仿佛受了天大的委屈。

徐菀瑜转身冲到了时斯年的面前，拽着他的袖子哭得梨花带雨，道：“时叔叔，我之前想来这边住一晚时陆哥哥都不同意，一听说他接了个女孩子回家，他还特意给她布置了房间，我就好奇，让徐伯伯带我去看看，没想到……”

她肩膀抖动，伸手一抹眼角继续道：“竟然在里面看到了我预订好的裙子，我眼巴巴地等了几个月，最后时陆哥哥就这样抢走给别人了。呜呜呜呜……”

“表小姐，都是我的错，少爷之前让我帮忙购置衣物的时候，我没有注意到这几条裙子是被人预订的，都怪我没先了解清楚。”一旁的徐管家眼见场面快要无法收拾，连忙站出来顶包。他抹了抹头上不存在的汗，生怕这父子俩一言不合又吵起来。

天知道千萤里里外外的所有物件都是时陆一手包办的，就连那几条裙子也是时陆在杂志上看到，让他去拿的。

对方以有客户提前预订为由拒绝后，时陆二话不说就让时斯年的秘书打电话过去，没几个小时，裙子就被人恭恭敬敬地送到家里来了。谁知道事情就这么巧，裙子正是徐菀瑜预订的。

不过也可以理解，那本杂志好像就是徐菀瑜上次过来玩时随手丢在家里的……

这不是巧了吗？

“和徐管家没关系，裙子是我在杂志上看到后打电话让秘书去订的。”时陆微抬下巴，手插进裤兜里，眼中有一抹桀骜，“抢就抢了，我又不是没抢过别人的东西。”

“你——”徐菀瑜直接被他气得要心肌梗死，一句完整的话都说不出来。

时斯年淡淡地扫过时陆，微皱眉，声音很沉："时陆，你该收敛点儿了。"

"呵。"时陆冷笑。

父子俩无声对峙，此刻客厅像是他们两人没有硝烟的战场。

而作为当事人的千萤，没有表现出任何存在感。时陆完全站在她身前，把她挡得严严实实。

"菀瑜，我让方秘书重新给你再买些裙子，你自己去挑，想买多少都可以。"时斯年最后对身前的徐菀瑜开口。小姑娘嘟嘟嘴，似乎有点儿不满，还有什么话想说，但偷偷瞄了一眼时陆，又咽回去了。

徐菀瑜道谢："谢谢时叔叔。"

这场莫名其妙的闹剧被时斯年三两句话就平息了。他下来只是为了取一杯咖啡，临走前，叫上了时陆："你跟我来书房一趟。"

时陆露出不情愿的表情，时斯年加重了语气："关于你竞赛的事情。"

上楼前，时陆还是不放心地频频回头看千萤，他还特意警告了徐菀瑜一下。

待两人都走后，千萤刚看向作业本，就听到头顶有声音响起。

"喂。"骄纵的、趾高气扬的语气，她丝毫没有在时家父子面前的柔弱可怜。

千萤抬起头，对上她的目光。

"土包子。"她高高地抬起下巴，目光自上而下扫过来。

"你是怎么迷惑时陆哥哥的，让他对你这么死心塌地？"

"我不是土包子。"千萤反驳她，可话一出口，努力稳住的情绪就被委屈占据。

"你怎么不是了？你看看你穿的衣服裤子……"徐菀瑜把她从头到脚嫌弃了一遍，"你不土谁土？"

"那你也没时髦到哪儿去。"千萤暗自深吸一口气，握紧拳头，"就和动物园里花枝招展的孔雀一样。"

"你骂谁是动物呢?!"

“骂你。”千萤找到几分当初在云镇天天和人打架的气势了，一张口就凶巴巴的。

“花孔雀！”

“土包子！”

“你才土，你全家都土！”

“你！”

徐菀瑜没想到这个乡下来的土包子龇牙咧嘴起来竟然这么凶，她一时气结，顿时就落了下风。徐菀瑜气得直跺脚，准备重整旗鼓再来。

“你在干什么呢？”时陆不知何时下来了，语气不善道。

徐菀瑜当然没傻到一对二，她看着面前的两个人，硬生生地把眼睛都气红了。

“时陆哥哥，我再也不要和你玩了！”小姑娘一跺脚，委屈地跑了。

“呃。”千萤冷静下来，开始有点儿后悔。

她正犹豫着要不要去和徐菀瑜道个歉，就听时陆道：“刚才她骂你了？”

时陆转头，上上下下地打量着她，好像要检查她身上有没有多出来个窟窿一样。

这种关爱的眼神让千萤沉默了下，她还是诚实地答：“没有。我们互相辱骂。”

时陆也诡异地沉默了下，接着开口：“骂赢了吗？”

“你下来了。”千萤看着他试探道，“胜之不武？”

“可以。”好个胜之不武。

徐菀瑜那天连午饭都没吃，直接让司机送她离开了。时斯年用餐时不冷不热地敲打了时陆几句，大概是让时陆态度好点儿，毕竟她爸爸的姑姑的女儿是时陆的妈。

时陆当场翻了个大大的白眼。

周末两天就在时陆单方面避战、没有再挑起事端的情况下风平浪静地过去了。

周一，千萤去学校。

教室的气氛比起平时似乎有点儿不同，后排中间的那几个女生原本正在窃窃私语着什么，一见到千萤进来，立马不说话了，装模作样地开始做自己的事情。

千萤以为是自己想多了，打量一圈后刚刚放下书包，旁边正在化妆的傅娇娇立刻放下手中的镜子凑过来，表情严肃，小声道："小萤，你什么时候得罪徐菀瑜了？"

"你怎么也认识她？"千萤诧异地睁圆了眼睛。

"我怎么不认识啊？她和我们一个班啊！上周她请假跟她爸妈去国外度假了，今天才回来上课。"傅娇娇压低声音道。

"她刚刚在教室骂你，还让那群小姐妹都不和你玩，要孤立你。"

"她骂我什么了？"千萤皱起眉头，正准备生气。

"骂你土。"

"我哪里土啦！"

教室里只听到女孩儿的不满叫唤，傅娇娇认真地在千萤身上打量一圈，微微沉吟道："嗯……确实算不上土，顶多质朴。"

千萤看了看傅娇娇打理好的精致卷发，还有她脸上刚画完的妆容。今天她是粉粉的，眼皮上藏着很多粉色的、亮晶晶的东西，眨眼时很可爱。就连校服都是改良过的，裤子底下露出一截细瘦脚踝，傅娇娇踩着的那双鞋子也是她认不出的牌子，既时尚又漂亮。

班里大部分女生都是这个样子，徐菀瑜也是会把自己从头到脚收拾得漂漂亮亮的大小姐范儿。

千萤反观自己，一头从来没打理过的短发，素面朝天，校服穿得规规矩矩。在云镇极其正常的装扮到了这儿，反而有点儿格格不入。

千萤泄气，趴在桌子上重重叹息："你们怎么都这么会收拾？"

"要不我也给你收拾一下？"傅娇娇把手里的刷子放在千萤的面前，隔空比画，"给你撸一个最近无比流行的桃花妆。"

"我早就发现了，小萤，你脸小，五官长得好，眼睛也很有灵气。"她的手捏着千萤的下巴左右打量，啧啧评价，"稍稍打扮一下，肯定碾压一大片。

“而且你腿还很长，身材比例又好，我们班没几个先天条件这么好的，还不是靠打扮折腾出来的。就那个徐菀瑜，也就脸长得不错，站在那儿跟个小矮人似的，和你比差远了。”

傅娇娇这张嘴的威力千萤早就见识过，现在听着她小嘴“叭叭叭”地“吐槽”别人，丝毫没有收敛，千萤吓得心惊胆战。

千萤连忙过去捂住她的嘴巴，说：“娇娇，你小声点儿……”她的眼睛四处扫着，确定徐菀瑜本人没在教室后才微微放下心。

“怕什么，她又打不过我。”傅娇娇满不在乎地一把拉下她的手，目光落在千萤身上，又突发奇想。

“欸，对了小萤，周五放学我带你去改校服裤脚吧。我们学校的女生基本都改过，也就你这个书呆子整天只知道看书。”

要说起来千萤学习确实认真，上课在记笔记，下课也在记笔记，一有空就拿着本子做题、背诵，这让一天到晚只捧着时尚杂志看、研究穿衣打扮化妆的傅娇娇属实有点儿羞愧。

“可这是学校发下来的……”千萤犹豫，底气不足地说。她从小到大虽然顽皮，但在学校都是循规蹈矩的，还没做过这么“离经叛道”的事情。

“学校发的怎么了？谁让他们设计这么老土的校服，裤脚都快垂到地面了，又宽又大，现在谁还穿这种啊！”傅娇娇理直气壮地说，就差直接要求他们更换一个设计师了。

“别怕，大家都改了。学校都睁一只眼，闭一只眼，他们也知道丑，理亏吧。”她拍着千萤的肩膀安慰道。千萤被她说得有点儿意动，咬起嘴角思索。

“哎呀，小萤，你就陪我去嘛。我刚好要去那边买点儿东西，都没人陪我逛街。”傅娇娇摇着她的手臂一个劲儿地撒娇。

“好吧……”千萤犹豫后，还是应下。

“太好了！”傅娇娇欢呼着，然后想起正事，把面前的杂志挪过来，“来，小萤，选一个你喜欢的妆容，今天我就让你看看美妆大师傅娇娇的功力。”

“不用了！不用了！”千萤忙不迭地挥手拒绝，拿起书本盖住脸，“我……我还是看书吧。”

自习铃声响起前，外面的人陆陆续续地进教室。

千萤看到了徐菀瑜。她和几个女生手挽手，一起有说有笑地走进来。两人的目光意外撞上，徐菀瑜白了她一眼。

千萤用力地瞪了回去。

徐菀瑜在班上似乎人缘儿还不错，她一回来很多人都和她打招呼，下课时她的桌旁也围了一堆女孩子，都在问她旅游时的见闻趣事，讨论她新买的那条项链。

她还给不少人带了礼物，包装精美的粉色礼盒，里面是小女生最喜欢的漂亮耳环和其他小饰品之类，很多不同的样式。教室后头时不时会传来惊喜尖叫声。

“啊，我的小熊发卡好可爱。”

“是星星耳钉，喜欢喜欢！”

“这个胸针国内没有吧？”

“对啊，这都是我出去玩的时候特意给你们挑的，喜欢吗？”徐菀瑜的声音甜美可爱。面前的女生欢欣雀跃，几乎是齐声道：“喜欢，谢谢瑜瑜，你真好！”

千萤旁边的傅娇娇没忍住翻了个大大的白眼。

大课间休息时，在座位上窝了两节课的千萤终于挪动身体，拿着保温杯慢吞吞地到外头接水。

可能是冤家路窄，她刚走出去，就在门口撞见了徐菀瑜。巧的是徐菀瑜手里也拿着个保温杯，正好也是粉色的。

两人互相瞧不上对方，都没有多看彼此，径直右转。

茶水间人有点儿多，这个点一向如此。排在前面的都是班上几个女生，千萤安静地站在一旁等着。

“瑜瑜，你也来接水？”饮水机前正在打水的那个女生看到徐菀瑜，道。

徐菀瑜在千萤身旁应着："对呀。"

"杯子拿过来，我帮你接。"

"真的吗？那谢谢你哦。"

徐菀瑜很快打满了水，但她没走，在一旁和她们说着话。

那些女生刚接完，后面又来了几个人，全是熟面孔，只是千萤刚来班上才几天，她还没全部认清名字。

"咦，小怡，你也来了？来，把杯子给我。"原本在饮水机前要走的女生看到来人，立刻停下步子，朝她伸出手。

下一个就轮到千萤了，她就排在这个女生的后头。

那个被唤作"小怡"的女生似乎看了千萤一眼，然后才犹豫地给出杯子，小声道："谢谢。"

接下来的几个人也都是这样，直到后面的人全部接完了水，才到千萤。

这时已经快上课了，她们打完水一起离开，茶水间只剩下千萤一个人。她安安静静地拿着杯子上前，把自己的水接好，从头到尾都没说过一句话。

预备铃声响起。

千萤微喘着气坐到座位上，傅娇娇皱眉问："怎么打个水去这么久？掉坑里了？"

千萤摇摇头，回答道："人有点儿多，耽误了。"

天气转凉，路边的树叶都掉光了。和明媚的夏天不同，秋天永远略显萧瑟。

这晚回去，时陆在游戏里被打得怀疑人生。他一边愤怒地挣扎还击，一边嗷嗷叫着："原来你以前都在放水。"

千萤一边说着"没错"，一边把游戏里那个名为"sl"的小人儿打得趴在地上爬不起来。

这天晚上，她和千正民通了许久电话。父女俩规划了一下春节的计划和安排，最后千萤心满意足地挂断了电话。

窗外夜色漆黑，千萤双手托腮，发了会儿呆，然后从抽屉里拿出自己的那个笔记本打开，把最上面“正常交朋友”这一行轻轻画掉。

没关系，她还有自己的朋友和亲人。

接下来几天，徐菀瑜和她那群好姐妹时不时地就会冒出来给千萤添堵。

她们的行为都挺幼稚，并不像电视和书里描写的那样，有可怕的校园暴力或者栽赃陷害什么的，她们只是暗戳戳地针对千萤两下，故意在人多的时候孤立她。

比如在食堂打菜的时候，一群人插队抢她的位置，像之前在茶水间里那样。不过千萤还没来得及开口，她们就被值班老师一个个拎出去了，让她们从最后面排起。

又比如体育课打排球，老师要求六人组队，她们拉帮结派的，想孤立她。结果傅娇娇直接叫来几个好姐妹，打得她们落花流水。

还有就是她们仗着人多，趁着傅娇娇和时陆都不在的时候，在背后阴阳怪气地议论千萤的长相打扮。说她土，从山里来的没品位，这年头儿谁还会剪这么个学生短发，诸如此类。

千萤开始还可以假装听不见，心平气和地做题。她们见她无动于衷，目的达不到后，越发气恼，开始诋毁起云镇来。

“那是个什么山沟沟，听说连信号都没有，每天只能去山上捉鱼摸虾，啧啧。”

“可不是，那里的人估计连汉堡都没见过吧？”她们传出一阵哄笑声。

“真可怜。”

“啪。”千萤蓦地放下手里的笔，拉开椅子起身朝她们走去。教室后头的那群人被这突然的动静吓到，肩膀都本能地往里缩了缩。

“干吗？”为首的那人反应过来，重新挺起胸膛，瞪着千萤。她一点儿也不怕，反正她们人多，怎么样都吃不了亏。这样一想，她越发底气十足，扬起下巴叫道，“怎么？恼羞成怒了？土包子。”

千萤没说话，很快地伸手过去。那人还没反应过来，眼皮上就传来一阵刺痛。

那人睁开眼，只见千萤手里拿着从她眼皮上扯下来的假睫毛，又重新贴在了她的脸颊上。

千萤面无表情，一字一顿地骂道："蜘、蛛、精。"

愣了两秒，那人爆发一阵尖叫："啊啊啊啊啊！"她恼怒得抓狂，站起来就朝千萤扑过去。千萤瞧着清瘦，却一把制住她，轻轻松松地扭着她的手，让她动弹不得。

旁边的人见状慌了神，马上一拥而上，七手八脚地朝千萤抓过来，想让她松开。千萤放开底下那个人，反手揪住朝她扑来的那个女生的头发。场面顿时乱成一团，尖叫声里混杂着桌椅摔倒的声响。马上有人出去叫老师。

时陆收到千萤被人欺负的消息后，以最快的速度跑回来时，看到教室里狼藉一片。几个女生头发散开，校服凌乱，脸上有划痕指印。有的正揉着腰从地上爬起来，有的捂着肚子痛呼，狼狈不堪。

他神情慌张地在里头搜寻千萤时，只见前方不远处有个女生正被两个劝架的同学牢牢架住，一头短发早已凌乱，她还在不停地奋力挣扎，嘴里叫着："放开我！看我不打死她们！"

时陆的目光从千萤毫发无损的脸蛋和身上扫过，最后落在她凌乱的头发上。他松了口气，大步走过去。

"谁先欺负你的？"他的目光扫过那群七歪八扭、刚刚从地上爬起来喘气的女生，眉眼凌厉，凶神恶煞，"看我不打死她！"

旁观的人正想说"刚才指不定是谁打谁"，却见时陆从旁人手中拉过千萤，关怀地抚着她乱糟糟的头发，一脸心疼道："头发都乱成这样了，一定很疼吧。"

在他们两人快要被对面那群女生的目光杀死之前，班主任从外面走进来了。一见到里面的狼藉景象，他立刻眉头紧皱，目光精准地锁定了几个当事人。

"千萤，徐菀瑜，还有你们几个，你、你……"他的手指一一从参与打架的女生身上指过，"都给我来办公室一趟。"

教师办公室外面的走廊上，女生垂头站成一排，听着面前的人训话。

“说吧，怎么回事？”

“老师，是千萤先动手的！”最开始被扯睫毛的那个女生马上抬头，恶人先告状。

吴淳立刻看向千萤。千萤仰着脖颈儿，紧抿唇，大声说：“我只是扯下了她的假睫毛，因为她骂我是山里来的土包子。我只想证明她也像个蜘蛛精。”

千萤表情严肃，一板一眼地阐述情况。听完内容，吴淳差点儿没绷住，他飞快地稳住，故作严厉道：“怎么回事，周晓成？”

他看向刚开始指证的那个女生，质问道：“你怎么骂人呢？”

“我……我没有，老师。”周晓成心虚了，她扯了扯身边的人，声音弱下去，“我只是说了两句他们山里偏，我又没骂人。她们都可以做证。”

“是这样吗？”其他女生正想一起点头做伪证，吴淳的目光威严扫过。

“老师，教室里的人都在，他们可以做证。”千萤的声音清脆，她一把指向周晓成，“她不仅骂我土包子，还要伸手打我。被我挡住之后，她们全部都冲上来了。一群人打我一个，要不是我以前在家干活儿，有点儿力气，早就被她们打死了。”

小姑娘在那儿昂着头，脖子直直的，眼角已经隐隐泛起了红，极力稳住的声线中还是露出了一丝颤抖。

吴淳看着她，再看看面前一张张隐约露出心虚的脸，什么都明白了，顿时火不打一处来，生生怒了，道：“家里给你们创造这么好的条件，就是让你们用来拉帮结伙、欺负新同学的是吧？条件比人家好很优越是吧？住在城里很了不起是吧?！”最后一句话他几乎是吼出来的，就连之前还满脸无所畏惧的徐菀瑜也硬生生地被吓得抖了抖。

吴淳连连点头，手从她们头上一个个指过，说：“行，你们今天就给我站在这里。我去打电话叫你们家长。我是教不了你们了，让你们家长亲自教。”

“老师，我们错了……”这个时候她们才慌了起来，连忙道歉。可惜吴淳已经转身回了办公室。

在场的人刚刚要把怒火转移到一旁的千萤身上，就见吴淳在里面扬声叫道：“千萤，你到里面来坐着等。”

“好的，谢谢吴老师。”女生乖巧答道，然后走进去。哪里还有方才在教室打人时的凶狠模样。

徐菀瑜和周晓成几人的心肝都被气疼了，刚才被打的地方也开始隐隐作痛。她们“哎哟”叫唤着，直捂住胸口。

吴淳把当时在场的人都叫来询问了一遍，事情和千萤说的没有太大出入。唯一不同的是，千萤的力气不是有点儿大，那是相当大。

他看着电脑里调出来的监控视频，表情无比复杂。确实是一群人对一个没错，只不过千萤对付面前的人就像是对付小鸡崽子一样，一手抓一个，拉住头发重重一压，对方就毫无还手之力了。

人多势众的那一方叫的叫，喊的喊，慌张无措的，甚至有些躲在一边，都不敢上前了。

就像是一群只知道争芳斗艳的孔雀中多了一只凶狠的小花鸡，身高体壮的孔雀们被吓得魂飞魄散，四处逃窜。不知道为何联想起这个画面的吴淳也陷入了沉思。

在各位家长来之前，他先叫医务室把“小孔雀”“小花鸡”身上的伤都查看了一遍。千萤虽然看着没什么大碍，但身上也被拧青了几块。其他人就更严重了，有的人手腕上有个牙印，还有的人破了皮。

千萤的联系人这一栏写的是方秘书。他到得很快，像是忙里抽空从公司赶来的。

看到他时，千萤愧疚地低下了头。她原本就是借住在别人家，现在还闹出了这样的事情……千萤越想越难受，之前和那么多人打架都没红过的眼睛此刻突然红了。

“方叔，你可算来了，真是气死我了！”时陆气愤的声音在耳边响起。他一把拉过千萤，把她的袖子撸起来，生气地和家长告状般说，“你看看她们把人打成什么样了，一群人欺负她一个，我脑子都被她们气疼了！”

“小少爷，你没事吧？”方秘书一听他的头不舒服，立刻紧张地关怀道。时陆噎了下，这只是他经常挂嘴边的口头禅，用来恐吓千萤的，所以刚才一不注意就说出来了。

时陆顿了顿，重新调整好姿态，说："我当然没事！有事的是阿千！"

他气呼呼道："你一定要好好收拾她们，不让每人背个处分我闹给你看。"

"这是肯定要让校方严肃处理的，小少爷，你就放心吧。"

方秘书又对千萤关怀了几句，然后走进了办公室。办公室里面的那些家长原本还在找吴淳的麻烦，一见到方秘书进来立刻就熄火了。

在台城稍微有点儿家底的圈子里，几乎没人不知道时霖集团。早年做房地产发家，之后旗下业务拓展到餐饮、酒店、科研、制造……不管是本地老牌企业，还是崭露头角的新型公司，只要实力强劲的，基本都有他们的投资。

具体的资产虽然大家不知道有多少，但他们知道，台城的五星级酒店大部分都是他家的。

集团总裁时斯年业务繁忙，少有人看到他出现在公共场合。方秘书作为他的半个代言人，再加上跟一中的校董关系，在场的家长基本都认识他。

原本以为只是和一个山里来的野丫头打架，谁知道来的竟然是时斯年的人。几个家长都慌了，立马低头逼问起自己的小孩儿来。

恐吓、警告之下，徐菀瑜才吞吞吐吐地说出真相，不过着重强调了一点："她只是寄住在时陆家里的一个女的而已！"

她的话刚刚落地，就见方秘书推了推眼镜，从容不迫道："吴老师，这件事情的影响过于恶劣，我暂定不了，麻烦叫校长过来一趟吧。"

门被关了起来，说话声被掩盖在后头。

千萤和时陆都没有进去。此时上课铃声已经敲响，走廊上没有其他人，时陆看着身前的人正要说话，千萤突然低垂着头，几乎压在他的胸前低低开口："疼。"

没头没尾的一句。

时陆怔神两秒，才反应过来她回答了之前在教室里他问的那个问题。

她说的当然不是头发。

一刹那，时陆的心头涌起疼意。

他突然想冲进去，把那些人都揪起来一个一个地算账。

临近放学时，处分结果出来了，那几个动手的人都被记了大过，并且要在下次升旗仪式上当众检讨道歉。徐菀瑜她们出来时眼睛都是红的，被家长、老师训得蔫巴巴的，一个个萎靡不振。

而千萤在教室里听着旁边的傅娇娇骂骂咧咧了大半节课。

傅娇娇一见到千萤伸手露出袖子底下的青紫就骂一次，根本忍都忍不住。她一脸心疼地责怪那群恶毒的女人怎么下得去手。

直到看见徐菀瑜她们进来，瞧见了她们脸上的伤时，骂声戛然而止。

傅娇娇慢慢地转头，眼神钦佩地看向千萤，缓缓朝她竖起一个大拇指。“女侠。”傅娇娇真诚道，“向你表示崇拜。”

这场互扯头发的打架风波过后，徐菀瑜她们出乎意料地收敛了很多。

双方都默契地保持着不交战状态，你不搭理我，我也不搭理你，井水不犯河水，甚至在看到有对方的人走来之后，还会主动地转身换道。

好听点儿是眼不见为净，难听点儿就是多看你一眼我都烦。

这种诡异的平和就这样保持下来。

千萤稍稍地松了口气。

你好我好大家都好。

我不要求你喜欢我，只要不给我添堵就行。

一转眼来到周五，时陆为了弥补上周的遗憾，这次提前许久做了计划，要给千萤一个惊喜。

他还特意打电话给方秘书，让他告诉时斯年没事别回家。方秘书在那头回：“时总上周就出国了，还没回来。”

时陆“啪”的一声挂断电话，心满意足。

放学前，他满怀期待地来找千萤。

“晚上你想吃什么？明天放假，我们今晚去吃大餐吧。

“日料、牛排，还是火锅？火锅的话，可以让家里的厨师提前准备食材，我们在家吃。”

千萤到这边还没吃过外面的东西，有时间一定要带她出去吃个遍。时陆在心里暗自策划着。

“呃……”千萤看到他时才想起来，自己和傅娇娇约好去逛街的事情好像忘记和他说了。其实经过这几天的折腾，她自己也忘记得差不多了，还是中午吃饭时傅娇娇提醒她，她才想起来。

看着时陆兴致勃勃的脸，千萤还是说：“鹿鹿，我今天不和你一起回家了。我之前就和娇娇约好一起去逛街了。”

“傅娇娇？”时陆的眉头一皱，不满道，“你和她逛什么街？”

“不和我逛，难道和你逛啊？”傅娇娇正坐在那儿，听到后立马说。

“不然呢？”时陆不悦，“你每天上课缠着阿千也就算了，下课还找她干吗？”

傅娇娇一听这话，顿时忍不住，一把放下手里的镜子，坐直道：“时陆，你一个大男人怎么这么黏人啊？难道还要小萤二十四小时，三百六十度围着你转才行？”

时陆思索后答：“也不是不行。”

他转头看向千萤，眼睛发亮，迫不及待地追问：“还有这样的好事吗？”

当然不可能有这样的好事。

两人站在校门口，目送时陆不情不愿地上车。傅娇娇终于松了口气，转头和她抱怨：“时陆这个黏人怪，我从来没发现他竟然是这个性格，也只有你能受得了了。”

“不是，鹿鹿他只是……”千萤背着书包，费劲地想了个形容词来概括，“孤独。”

傅娇娇诧异道：“他还会觉得孤独？他那么多朋友，整天在学校呼风唤雨的，我还嫌他过于吵闹。”

面对傅娇娇这张“叭叭叭”说个不停的小嘴，千萤用她不算灵活的脑子思考许久，才勉强将想法表达出来：“内心的孤独。他家里只有他一个人。不是指朋友数量，是指心灵。”

瞧瞧，数量、心灵都出来了。看着焦急解释的千萤，傅娇娇点头，道：

“哦，懂了。”

千萤如释重负。

“所以你就是他的小书童呗。像古代一样，陪大少爷读书，和他玩，给他做伴。”

这样一解释，好像也没什么差别。但千萤还是气呼呼道：“我不是书童！”

“我是女孩子。”她强调纠正。

“好，那你是小丫鬟行了吧？”傅娇娇改口。

千萤鼓着腮帮子，揪着书包带子急冲冲地走在前头，连后脑勺儿都写着“生气”二字。

傅娇娇在后面笑得不行，赶紧两步小跑上去，抓住她的书包带子，说：“哎呀，我开个玩笑嘛。小萤别生气了。”

“我没生气。”千萤低着头，闷闷地说。

“你不是小丫鬟，时陆才是你的狗腿子。”

“你别说啦！快闭嘴吧，傅娇娇。”

“行，从现在起我就是闭口不谈傅娇娇。”她作势封住嘴巴。

“闭口不谈”是这么用的吗？

两人一路斗嘴，直到上了车。公交车摇摇晃晃的，开过站台，驶入闹市区，这时车流拥堵起来，十字路口都是人群。

到站下车后，千萤被傅娇娇带着穿过马路。千萤一抬头，面前出现了巨大的商场招牌。

“我们不是来改裤脚的吗？”千萤问。

“对啊。去裁缝店之前我们先逛街，吃饱喝足后顺便再买两身衣服。”傅娇娇把一切安排得妥妥帖帖的，而被安排的千萤只能跟着她走进去。

商场有六层楼，千萤进去后的第一反应是高，第二反应是亮。灯光刺眼，地板锃亮，商场外墙都是玻璃打造的，望出去还能看到外面的落日夕阳。

迎面走来的人无一不光鲜亮丽，每家店内的装潢也都精致特别，即便她们两个穿着校服走进去，也不会受到任何异样的目光。服务员的态度都热情得体，脸上的微笑恰到好处。

这里和云镇，简直是两个世界。

如果之前鳞次栉比的城市建筑和一中高大上的设施不足以让千萤感受到这一点，此时此刻她是真的有了一种清晰认知。

这是真正的城市。

傅娇娇带她最先逛的是一楼的精品店，里面几乎是个小型商场，摆满了许许多多女孩子喜欢的物件。两人双眼发亮，一头扎了进去，光对着镜子试戴前面满满一墙壁的蝴蝶结发卡就用了快半小时。

最后出来时，每人手里拎了满满一小袋子。傅娇娇还好奇地问：“小萤，你买这么多发卡干什么？”

“我过年回家的时候送给朋友。”千萤特意多买了几个留给舒美美，她一贯臭美爱打扮，“镇上没有这么好看的发卡，她一定会开心死。”

“你怎么还有其他朋友啊？那我是不是你最好的朋友？”傅娇娇不满地搂着她的胳膊撒娇道。千萤答不上来，眼珠胡乱地转着，刚好看到前面一家招牌显眼的肯德基。

千萤连忙伸手一指，说：“我们去吃点儿东西吧。”

“吃什么？肯德基啊。”傅娇娇顺着她的手指看过去，看清那个店面后，皱眉嘟囔，“不会吧，我们特意跑到这儿来，还要吃快餐……”

“我还没吃过呢，去吧去吧。”

“行吧，那今天本小姐就请你吃一次肯德基至尊豪华大餐。让你一次性把他们家好吃的都尝个遍。”傅娇娇大手一挥，霸气十足。

“冲！”

第十一章

最后心愿

夜色降临，月亮爬上枝头。

千萤提着大袋小袋回家时脸上还挂着笑容，沉浸在今晚逛街的喜悦中。

两人吃完东西，揉着肚子出来，傅娇娇直摆着手说自己把这一年炸鸡汉堡的量都吃了，还问千萤第一次吃感觉怎么样？

千萤想了想，觉得还行，但里面的东西没有她爸爸做的好吃。

她不太明白为什么之前她们会说没有吃过这些东西很可怜。千萤觉得自己一点儿也不可怜。

她又陪着傅娇娇去二三楼的女装店转了转，她看傅娇娇试了无数套衣服，最后选中两件付款。她也被傅娇娇怂恿着买了条半身裙，好贵，几乎花完了压岁钱。

千萤把换下来的校服装起来，就穿着这条裙子，跟着傅娇娇到商场后面的一条巷子里。她们左拐右拐，在巷道深处找到了那家裁缝店。

那家店位置偏僻，店面不大，人却很多，里面只有一位老裁缝在忙碌，排了很久才轮到她们。

千萤回来时已经快十点了，别墅里静悄悄的，没有一点儿声音。她推开门，先探出一个头。

“你还知道回来？”一道声音突然在她的头顶响起。千萤吓了一跳，立马站直身体。

她看着正前方端着杯子面无表情的时陆，脸上闪过一丝心虚，又很快收起。

“你怎么还不睡……”千萤嘟囔着问，若无其事地换鞋。

时陆打量着她，眼睛突然被一抹白晃到，他才发现她竟然换了条裙子，还是百褶短裙，藏在宽大校服里的腿细长笔直。

入秋的天，夜里的温度更凉，她白嫩的膝盖都被冻得微红。

时陆气得眉头瞬间打结，问：“你哪儿来的裙子？这么短，不冷吗?!你是不是想冻死自己来气死我？”

千萤沉默了下，还是有理有据地解释道：“台城的秋天本来就没有那么冷呀。我和娇娇逛街的时候买的，我们一人买了一条，不同颜色，姐妹装。”

又是那个傅娇娇。时陆想起她在学校花里胡哨的样子，太阳穴直跳。

“你，过来。”他伸手往旁边一指，低头揉着前额。

千萤生怕把他气到，连忙顺从地走过去。

“给我保证。”

“保证什么？”

“保证以后再也不和傅娇娇鬼混到这个点，不然我就给千叔打电话。”时陆威胁道。

“这和我爸爸有什么关系？”千萤立刻不满地叫道。

“给你三秒钟时间，三、二——”

“我发誓，以后再也不和娇娇玩到这个点才回家了。”千萤没等他数完，连忙举起手保证，说完一脸不情愿地看着他。

“还瞪我？”时陆的目光落在她的裙子上，“还不赶紧把你身上的奇装异服换掉，气得我眼睛疼。”

千萤憋着口气，还是去换了。她在房间一边换一边生气，打定主意今晚不和时陆讲话了。

刚换好睡衣，房门就被敲响。徐管家站在外面，手里端着碗热气腾腾的姜汤。

“小萤，少爷怕你着凉，特意让厨房煮给你的。

“别和他赌气。”他笑着把姜汤推到她的手心，宽慰道，“他今天担心你好久了。你一直不回来，隔十分钟他就跑下楼转一趟，后来干脆就在客厅等你了。

“他只是担心你。”

“我没和他生气，徐伯伯。”千萤吸了下鼻子，因为低着头，显得瓮声瓮气的，“谢谢你。”

大抵是这碗姜汤的功劳，千萤喝下去后感觉浑身暖洋洋的，从外面回来时的寒冷全被驱散了。

月朗星稀，一夜无梦。

第二天时陆臭着脸敲响千萤的房门时，她还迷迷糊糊的。他迎面扔过来一个东西盖住她的脸，语气不耐烦道：“赶紧洗漱，带你出门。”

千萤把头上的东西扒拉下来时，时陆的身影已经消失在楼梯口了。她看着手里的明黄色透明雨衣，摸不着头脑。

时陆带着她出了小区，右拐，然后来到地铁站。

这是千萤第一次坐地铁，她伸着脑袋，新奇地四处打量着。时陆全程任由她东张西望，只有在她快要撞到人时才伸手拉她一把。

地铁到站，广播念到“海洋馆”时，千萤才知道他们今天的目的地。

时陆竟然带她来看海豚了。

蔚蓝色的海底隧道，四周都被海水包围，各种各样的海洋生物在身边游动。一条巨大的像蝙蝠一样的鱼从头顶缓缓游过，尾鳍像翅膀一样摆动。

千萤一路惊叹，到看海豚表演时，还被选为了幸运嘉宾。

胖乎乎的海豚在她的面前嬉戏玩耍，它的身体摆动，溅起一片水花。她一边笑一边躲避，终于知道早上时陆为什么要给她提前带一件雨衣了。

欸，不过他为什么知道自己会被抽中成为幸运嘉宾？

两人从海豚馆出来时，千萤怀里抱了一堆周边产品，都是各种小动物造型的玩偶抱枕。她的头上还多了一个卡通发箍，上面有两只圆滚滚的小海豚。

时陆正在低头查看照片。他今天带了相机出来，千萤玩的时候，他就一直在一旁拍照，无比随意地按快门，还不让她看，估计是拍得太丑拿不出手，千萤抗议两次无果之后也就不管他了。

中午他们在那家梦幻主题餐厅吃的饭。月亮灯、小房子，还有童话里的人物，和时陆画的基本都对上了。

千萤这才发现，时陆是按照那份攻略带她来玩了一遍。

两人最后逛完科技馆回家，落日下，外面的广场笼罩着一层油画般的红。湖水波光粼粼，微风惬意。

千萤回想这一天，满足得无以复加。

她看着怀里的小海豚玩偶，想起了困惑一上午的问题。

“鹿鹿，你怎么知道我会被抽中成为幸运嘉宾啊？”她天生眼角圆，睁大眼睛看着人时，更显得憨厚又可爱。

时陆轻哼一声，抬抬下巴，骄傲道：“当然是我提前安排好的啊，你这个傻瓜。”

“哦！”千萤恍然大悟。

“今天好玩吗？”时陆问。

“好玩。海洋馆好神奇，午饭也很好吃，科技馆太炫酷了！”千萤按捺不住心中的激动，尾音上扬。

时陆哼笑，眼皮下垂，瞥她一眼，道：“那和昨天傅娇娇带你逛街比呢？”

千萤犹豫了几秒，还是遵从了内心的选择，道：“今天更好玩。”

“出息。”时陆伸出手指用力地点了点她的脑袋。

“我就是要带你吃遍所有好吃的，玩遍所有好玩的，以后你才不会因为别人一点点的好处就被骗走了，你知道了吗？”

千萤忙不迭地点头，现在他说什么就是什么。

“你知道什么了？”时陆见状，停住脚步，认真问道。

千萤乖乖地总结复述：“不要因为一点点好处就被别人骗走。”

“嗯。”时陆漫不经心地应了声，然后垂眼问她，“那你下次还和不和傅娇娇出去了？”

原来在这里等着她。

千萤闷头装死，反正就是憋死了一个字也不说。时陆早就猜到了她会这副德行，在后头懒洋洋地拨弄着她脑袋上的海豚发箍，拖长腔调道："说话啊。你别以为装聋作哑就可以逃避问题了。"

千萤拨开他的手，很快时陆的手又缠上来，反复几次，千萤被他闹得心烦，转过身瞪着他，试图讲道理："鹿鹿，我不能只有你一个朋友啊。"

"为什么不可以？"时陆反问。

看见千萤的脸色时，他正经了起来，轻咳一声，正色道："那谁是你最好的朋友？"

千萤捂住脑袋，叫着："是你，是你，都是你。

"你就是我最好的朋友！"

"这还差不多。"时少爷终于心满意足了。

经过一周，又降温了不少。

这个星期一，比起以往似乎多了点儿不寻常。

千萤换上改好的校服，在镜子前面多照了好几次。宽松的裤脚变成束腿样式，细瘦的脚踝露出来，底下的鞋子尤为好看。

明明只是改动了这么一个小小的地方，整体感觉完全不同了，就连她的短发看起来都明艳青春了许多。

爱美之心人皆有之，哪怕是从前一直被千正民当男孩子养的千萤，也从心头涌起了一点儿喜悦和开心，下楼时脚步都比从前雀跃许多。

吃早餐时，时陆见到千萤脸上的笑容，挑眉道："一大早什么事情这么开心？"

"上学啊。"千萤笑眯眯地说。

"这么喜欢学习？"时陆回忆了下，千萤学习确实很认真，她无时无刻不在看书做题。

"嗯嗯。"千萤咬着盘子里的荷包蛋，忙着点头。她想快点儿吃完去学校。

这顿早餐时陆吃得心情也不错，看着桌上另外一个人的笑脸，自己也不由自主地愉悦起来了。

他刚刚吃完三明治，准备去拿牛奶。

“我吃饱了。”这时千萤已经三下五除二解决完自己的早餐，迫不及待地站起来，“我先去外面等你。”她拿起书包，推开椅子，刚刚往外走了两步。

“站住。”时陆的目光落在她短了一截的校裤上。

“你这个裤子是怎么回事？”他抬起头，同千萤对视。

“身体太好了想要试试挨冻的滋味？

“又是那个稀奇古怪的傅娇娇？”

千萤的表情已经默认了一切。

“现在，立刻，去给我换掉。”时陆深吸一口气，伸手一指楼上，不容置喙道，“别逼我亲自动手。”

因为早上的事，千萤去学校时都神色郁郁，无精打采的。

时陆也被她和傅娇娇气得不轻，一路上都没怎么搭理她。

来到班里，傅娇娇正在和别人展示她新做的美甲，一见到千萤，就满脸期待地朝她望去。

“小萤，让我看看你的新裤子……”傅娇娇话没说完，就看见千萤之前的大校裤，脸上的笑容瞬间消失，“你怎么还穿着这条丑丑的肥裤子？”

时陆还在她旁边，千萤连话都不敢接，只是给傅娇娇使着眼色。两人往里走，千萤的耳边传来淡淡一句：“放学后记得去重新领条校裤。”

“知道了。”

千萤走到座位上，放下书包，傅娇娇明显瞧出了她和时陆之间气氛不对，凑过来压低声音问：“怎么了？裤子呢？”

“别说了。”千萤闷闷地说，“时陆不让我穿，还让我下午重新去领校裤。”

“神经病吧？”傅娇娇忍不住骂出来。

“他说会挨冻。”

“现在哪个女孩子不是美丽‘冻’人的？漂亮比什么都重要！我大冬

天还光腿穿裙子呢！”傅娇娇振振有词。

千萤根本不敢说话，她苦着一张脸往外掏书。傅娇娇见状安慰她：“没事没事，谁叫你们家大少爷这么难伺候呢，可能等三年后毕业就好了。”

这是安慰吗？

千萤拿起书一动不动，看着她憋笑的脸，咬牙切齿道：“傅、娇、娇！”

傅娇娇彻底憋不住，肩膀颤抖，爆发出一阵笑声。

两人的动静不大，有心人听来却十分刺耳。后排的徐菀瑜瞧着不远处她们的笑脸，放在桌上的手都无意识地收紧了。

“瑜瑜……”徐菀瑜旁边的周晓成见状，凑过来在她的耳边小声地说了句话。

今天早读课是班主任来上的，进来时他手中拿着一沓成绩单。

千萤转学来时，第一次摸底考试刚过，而上周是期中考，现在成绩出来了。

吴淳的脸色瞧着有点儿差，班里的学生顿时静下来，没人敢在私底下有任何小动作。

1 班是学校的重点班，师资力量雄厚，配备顶尖，班上的学生也都卧虎藏龙，除去个别富家子弟，成绩基本排在年级前列。

千萤原本就无比紧张，此时看着班主任在台上的神情，她越发坐立难安。拿笔的手无意识地一下下抠着笔帽。

傅娇娇注意到了，有点儿诧异，道：“小萤，你别紧张。”

千萤每天这么用功，出成绩的时候依然会紧张成这样，反而是她们这种破罐子破摔的竟然心态良好，大概这就是好学生的烦恼吧。

傅娇娇这样想着，再次安慰道：“你学习这么认真，肯定没问题的。”

千萤抿着唇没说话，脸色细看似乎还有点儿苍白。见她不作声，傅娇娇想了想，又加了句：“你放心，肯定比我好。”

说完傅娇娇就忍不住在心里“呸呸”几声，比她好能好到哪儿去，这听起来更像是在侮辱人。

好在千萤好像并未仔细听她说了什么，依旧专心地注意着台上的动静。

傅娇娇也敛起心神，专注地等待着成绩宣布。

讲台上，吴淳低头翻开手底下的成绩单，一个个往下念着名字，后面伴随着分数和排名，每个被念到的人要上去在后面一栏签下自己的名字。

最后这张表会张贴在黑板旁边的公告栏里。

老师的出发点是让学生时刻警醒，而这对某些学生来说，就是公开的羞辱。当然，对傅娇娇这类差生而言，他们的脸皮厚到压根儿无所畏惧。真正能起到提醒作用的，是那些名次下滑或者学习松懈的好同学。

这次排名和之前没有太大出入，上游依旧是上游，中游依旧是中游。时陆排在前二十，不算好，但他的数学、英语却是满分，物理、化学也接近满分，唯有政治、历史刚过及格线。

显而易见，他根本没有认真背过资料，再想想他上课吊儿郎当的样子，而且每次回家他都在打游戏，或做一堆和教材无关的数学题，能拿到这个成绩，已经是十分聪颖了。

吴淳看他懒懒散散地签完名往台下走，又格外叮嘱了几句：“下次考试的时候一定要把政治、历史试卷做完，别以为文科不重要，等以后踏入社会，你们就知道知识的重要性了。”

“知道了老吴。”时陆答应得极其敷衍。

名字慢慢往后，分数也就越少。整个 1 班也就四十五个人，现在排名已经念到三十开外了。

千萤还没有听到自己的名字。她大脑空白，坐在那儿一动不动。

旁边的傅娇娇向她投来关怀的目光，就连不远处的时陆都遥遥望了过来。

下一个念到的是傅娇娇。她的成绩很稳定，一般居于倒数第十，上下浮动不会超过三个数。这次还算不错，倒数第十二。

之后没多久，千萤就听到了自己的名字。

倒数第十。

分数触目惊心。

千萤签完名回来后，傅娇娇大气都不敢出一声，缩在座位上一动不动，生怕不小心就伤害到她。

虽然听起来也很离谱，但他们谁也没想到每天这么认真的千萤，最后成绩出来时竟然还会比傅娇娇低三分……

“我没事。”旁边投过来的目光让人难以忽视，千萤想了想，还是对傅娇娇说，“这个分数已经很好啦，比我以前在我们学校还要高呢。”

其实千萤早就发现了，她当时在云镇算是中等不起眼的成绩，可来到一中她就变得格格不入了。这里的每个人看起来都有很多比学习更重要的事情，他们上课会开小差，下课经常会讨论篮球、时尚杂志、游戏……

他们有各种各样的课余爱好，生活多姿多彩，然而他们的成绩也都出乎意料地好。

千萤哪怕每一分钟都用在学习上也难以追赶。他们之间，似乎并不是只有课业基础上的差距，还有天赋的问题。

她开始怀疑自己的智商。

宣布完成绩，吴淳又在上面讲了一些关于接下来课程如何规划与学习的话，还有一些激励的话语。他中途还点名了几个考试垫底的学生，却从头到尾都没有说过千萤一句。

就连叫到她的名字，让她上去签名时也是极其平常的语气，丝毫没有因为她成绩这么差就表露出什么异样。

身边的人也都是如此。

千萤轻轻地吐出一口气，觉得胸口沉闷。

这节难挨的早自习终于结束了，千萤立马拿着杯子站起来，丢下一句“我去打水”，就跑到外面透气。

她没有往茶水间方向走，而是抱着杯子下楼，走到了上次她和傅娇娇来过的那条长廊里。

这里僻静，前面就是一大片竹林，离主教学楼和小超市都很远，平时课间少有人来。

千萤默默地坐在那儿发呆，努力调整着心情。

她深呼吸了一口，又吐出，正要按照这个方法继续下一轮，肩膀突然被人从后面拍了拍。她受惊回过头，正对上时陆俯身靠近的脸。

他定定地盯着她的眼睛打量了许久，然后做出好像松了口气的模样。

“我以为你躲起来在偷偷哭呢。”他的手一撑，越过栏杆，坐到她旁边的长凳上。

“谁会哭啊！”千萤本来都快要好了，一见到他来，难过得有点儿憋不住了。她垂下头，掩住发红的眼圈，手无意识地拨弄着怀里的保温杯。

“有什么大不了的。”男生依旧是满不在乎的语气，好像再大的事在他面前也不算什么。

“回去我帮你多找几个辅导老师，哪里不会补哪里，没几天成绩就上去了。”

“这样不太好吧？”千萤抬起头来看他，鼻音浓重。

“有什么不好的？”时陆皱起眉。

“大家都没有，只有我……”

“你在想什么呢？你以为班里的那些人每天都随便玩玩，成绩就这么好？”时陆打断她，像是在看傻子。

“他们每个人家里都不止一个辅导老师，请的还都是名校名师。不上早、晚自习的人为什么这么多？因为他们家里有更好的老师，他们不想把时间浪费在统一的自习课程里面。”时陆恨铁不成钢地用手指戳她的脑袋，说，“我还以为你自己心里有数呢，都憋成这样了也不知道来问我。”

“我看你每天晚上都在认真做题……”千萤捂住刚才被他戳痛的地方，眼里含泪。

“在做题就不能问了？随时随地，无论什么事情都可以来找我。”时陆加重语气道。

瞥见她可怜兮兮的样子，时陆又没忍住，语气软了下来，问：“阿千，你忘了吗？”

他认真地凝视着她的眼睛：“我们是最好的朋友。”

千萤愣愣地和他对视，须臾，点点头说：“哦。”

“哦？”本以为会看到她感动得眼泪汪汪的大少爷时陆不满地重复。

“知道了。”千萤郑重无比地挺起腰杆，抓住他的手臂。

“我们是最好的朋友。”

时陆动作很快，当晚就有好几个老师来应聘。

刚开始方秘书还以为是时陆需要，为自家大少爷迷途知返、发愤图强感动了一番，还特意报告了时斯年，结果面试结果出来，徐管家说是给千萤找的。

也不是不行，曲线救国。

“少爷要一起上课吗？”方秘书在电话里问。

徐管家传达给时陆，时陆想了一下，道：“要。”

有两个男老师呢，防人之心不可无！

于是，第一节数学家教课前，千萤就看到时陆拿着本子和笔从门口走进来，坐到两人身后不远处。他的脸上不知何时还多了副眼镜，貌似和时斯年同款。

年近五十、鬓角微白的男老师刚讲完第一个知识点，端着保温杯喝了口水，就撞见后头男生的目光。

时陆推了推脸上的眼镜，一动不动地盯着他们。

老师不知为何浑身打了个战，默默腹诽：这家的少爷好像哪里不太对劲……

一中元旦惯例会举办文艺晚会。这天早课时班上吵吵闹闹的，徐菀瑜作为班里的文艺委员，在讲台上统计着节目和报名人员。

班主任先前说过这件事情，让大家都踊跃参与，争取给班里拿个荣誉回来。

经过班会商量后，他们暂时拟定的团体项目是大合唱，之后还需要其他几个节目。

班上同学的兴趣好像都不太大，徐菀瑜带头报名了一个古筝，另外有个从小学舞蹈的女同学答应找人排练一个舞蹈节目，除此之外，看热闹的更多。

“这是集体荣誉，作为 1 班的一分子，有特长的同学应该主动站出来，为班级争光。”徐菀瑜在台上慷慨激昂地说着，她的一群小姐妹在底下热情附和。

傅娇娇在旁边嗤笑道："大家都是高中生了，别搞小学那一套。"

"欸？"正在做题的千萤停住笔，带着点儿好奇望过来。

"徐菀瑜，文艺委员专业户，每年都是这个说辞，用来骗骗小孩子还差不多。"傅娇娇翻了个白眼，"晚会排练节目这种吃力不讨好的事现在还有谁会干？你没看班里都没几个人报名吗？"

"好像是……那如果都没人报名会怎么办？"千萤刚小声问了句，就听见有人点自己的名字。她愣愣地抬头望去。

"千萤，我记得你特长那一栏填了钢琴对吧？"徐菀瑜不知何时看向了她，手里拿着这次元旦晚会的报名表。

"那这边给你报一个钢琴独奏，没有问题吧？

"吴老师说我们班除了大合唱，至少要出三个节目，不够的话让我直接在班里找会特长的同学。现在大家都不自觉，我只有主动点名了。"

徐菀瑜一番话说下来有理有据。

千萤似乎感受到从四面八方投过来的目光，脸微红。

"那是我入学的时候随手填的，我弹得不太好。"千萤提高了音量解释，明显有点儿焦急。

"班里那么多有特长的，凭什么就找千萤啊？"一旁的傅娇娇看不下去，立刻出声撑她。

徐菀瑜不急不缓，下巴上扬，道："那你来啊傅娇娇，我记得你不是也会跳舞吗？赵婷准备的舞蹈节目刚好还差几个人，你来正好。"

"谁说我会跳舞的？我不去。"傅娇娇一听，不假思索地拒绝。她没有班级荣誉感，从小就没有，尤其文艺委员还是徐菀瑜这个讨厌鬼。

"大家都这样互相推托的话，那我们班干脆不要参加好了。我直接和老吴说我们班没人愿意报名。"徐菀瑜嗓音一提，变得凌厉。眼见傅娇娇就要和她吵起来。

"没关系，没关系，我报名。"千萤举手看向徐菀瑜，"我参加。"

"只是我弹得真的没那么好，可能上台表演会有点儿——"千萤话还没说完，被徐菀瑜打断。

"没事，多练练就行了。"

千萤愁眉苦脸，连数学课发下来的试卷上那个从未有过的高分都不足以让她打起精神。

经过这段时间的补习，千萤的成绩稳定上升，每科的小测试分数都在往上涨，吴淳在课上还着重表扬了她。

可见努力是有回报的，说不定钢琴也会。

午休时，傅娇娇吃过饭后不知道到哪儿散步去了。千萤趴在座位上听歌，时陆在她旁边看着资料。

其实千萤有段时间没练过钢琴了，自从转学过来之后，每天忙着补课已经筋疲力尽，她感觉自己在暑假学的那些都快忘光了。

“鹿鹿，你说我到时候选哪首比较好？”她把一只耳机塞给时陆，问他意见。

听到耳机里传出来的钢琴曲，时陆眉头一挑，问：“你突然选钢琴曲干吗？”

早自习时陆没在，他最近参加了个竞赛班。听说是省里知名的数学老师带队，每个年级都选拔了几个尖子生，明年他们要去参加比赛。

时陆隔三岔五就往那边跑，有时候课都不回来上。

“班上元旦晚会，徐菀瑜说我会弹钢琴，要我报一个节目。”千萤说完，下巴垫在手背上发愁叹气。

时陆眉头紧皱，问：“她让你报你就报？”

“娇娇差点儿和她吵起来了，我不想事情闹大，就答应了。”千萤赶紧结束这个话题，让他帮自己选曲子。

“你看看哪首适合表演，简单点儿，要我能弹的。”时陆从某种意义上来说是她的老师，千萤信赖地看着他。

时陆面色沉静，拿着她的手机往下滑，直到整个列表听完，他摘下耳机，道：“放学我带你去音乐教室试试。”

“没有可以的吗？”千萤诧异地直起身子问。

“都太简单了。”时陆回。千萤找的都是钢琴初学者练习的曲子，大多是他从前教过她的，自己玩没有问题，如果在全校师生面前演奏，气势会稍稍有点儿弱。

时陆想，无论在任何时候她都要发光。

下了课，两人直接往音乐教室去。这里有台黑色三角钢琴，平时课上用，特殊情况也可以问老师拿钥匙后自己过来练。

这对时陆来说轻而易举，他用手中的钥匙轻轻一拧，打开门。正值傍晚，窗外满墙翠绿的爬山虎，夕阳从半开的窗户照下来，落在钢琴不远处的地面。

放学后的教学楼很安静。千萤坐到那架钢琴前，手指放上去，适应两秒，按下第一个琴键。

她照着面前的谱子随意地弹了一段，生涩不自然，中间还错了两拍。这首曲子是她从前练过的。

千萤悻悻地收回手，抬头望向时陆，不安地抿唇。

“看来以前教你的全都忘记了。”他垂着眼，没什么情绪。千萤朝他讨好地笑了笑，在琴凳上往里挪了挪位置。

时陆认命地坐到她身旁，手放到琴上。一连串流畅悦耳的音符泄了出来，回荡在安静的教室里。

千萤听得着迷，都忘记去注意他的技巧。

她怔怔地看着。近处，时陆的长睫低垂，被余晖染成金色。他坐在一地光影中，像是沉浸在自己世界里的小王子。

他应该是喜欢钢琴的，千萤每次看见时陆弹琴时都会在心底想。

“发什么呆？”不知何时钢琴声停住了，头顶一声质问惊醒了她。千萤仓皇地抬起头，眼底一片慌张。

“我……我刚刚在想……”

“嗯？”时陆压低脸庞。本就心虚的千萤越发无措，她在慌乱中胡扯了一个理由。

“在想你弹琴的时候真好看！”脱口而出后，千萤在心里松了口气。她望着时陆，越发真诚地说：“鹿鹿，你弹琴的时候真好看。”

时陆一怔，看见她郑重其事的样子，耳根罕见地有点儿发热。

他抬起头咳嗽，轻骂了声：“花痴。”

这个傍晚的练习可以说是收效甚微。这几个小时，千萤也就重新熟悉了琴键和谱子。

其实比起一遍又一遍枯燥地练习，她更喜欢跟着时陆随意弹奏。她胡乱敲出来的音符能被他随手变成美妙的曲调，无论她怎样出错，他都能自然无比地顺过来。

她可以没有任何负担，感受久违的放松。

回家路上，千萤的脚步一下欢快雀跃，一下又无比沉重。

“鹿鹿，你觉得元旦我行吗？”她不抱任何希望地问道，只祈求自己到时候上去别太丢人。

他沉思一秒，回答：“行吧。有我在就行。”

第二天，千萤才明白他这句“有我在就行”是什么意思。

今天的琴房依旧同昨日一样，满室都是油彩般的红。

时陆给了她一张新的谱子，上面的内容很奇怪，好像是可以两个人同时弹的。

千萤越看，眼睛睁得越大。

“这是四手联弹的谱子。我们接下来专心练习这个。”

直到两人坐下来简单地顺了第一遍，千萤看着旁边还在推敲曲谱的时陆，仍然有点儿没反应过来。

她愣愣地问：“鹿鹿，你要和我一起上去表演吗？”

“嗯。”时陆目光专注，手指飞速地弹了一小节内容，随口应道。

惊喜来得太突然，千萤好半天才咽了咽口水，不敢相信。

“你……你不是再也不在别人面前弹钢琴了吗？”转到一中这么久，千萤早就从其他人口中听说了很多时陆的事情。所有人都知道，他不再碰钢琴，就像他曾经决然地撕掉了自己所有的画一样。

“那有什么办法呢？”时陆状似无奈地叹了口气，注视着她，“我总不能看着你一个人上去丢人。作为你在一中的监护人，我当然要承担起自己的责任。”

“你刚刚不张口的时候我差点儿就感动得哭了。”千萤发自肺腑道。

“真的，鹿鹿。

“差一点儿，眼泪都在眼眶里打转了。你一说话，憋回去了。”

晚上临睡前，千萤拿出了抽屉里的那个笔记本。上面的前两项已经被画掉了。第一次考试成绩出来的那天，千萤回来就委屈难过地把“好好学习”给打叉了。

现在上面只剩下最后一个愿望——努力陪伴鹿鹿。

千萤想了想，在后面打上一个小小的括号，加了一句：让他更开心。

她翻开新的一页，记下了今天的事情。在日记结尾，千萤忍不住写道：鹿鹿是世界上最好的男孩子。

对她最好的。她在心里默默地想。

第十二章

良苦用心

随着时间一天天逼近，元旦晚会也即将到来。

班里的气氛已经有点儿热闹了，尤其是赵婷的那个舞蹈排出来以后。她们几个女孩子跳的是爵士舞，动感十足，抓人眼球。放学排练时，班里不少人会跑去凑热闹。

今天她们买的演出服到了，百褶裙搭配短上衣，又掀起了一阵热烈的讨论。徐菀瑜闲时还当众在班上表演了一次古筝弹奏。另外，她还带了汉服过来。繁复精细的绣花，广袖束腰样式，衣服几乎是为她量身定做的，她试穿后周围都是赞美声。

“我们班今年肯定没问题。”

“排场有了！高雅艺术、热情舞蹈，还有气势恢宏的大合唱，无敌！”

唯有千萤的钢琴节目没有一点儿动静。

她不提，也没人敢主动去问。当时报名的情况大家都有目共睹，原本就是被赶鸭子上架的，到时候凑个数就行了。大家宽容地想。

没人知道放学后时陆每天都陪着千萤一起在音乐教室里练琴。

千萤没有太多的艺术细胞，时陆就是她的缪斯。他只要坐在她身旁，她就能被他带入进去，毫无偏差，两道钢琴声无比契合。

彩排那天时陆在考试，千萤自己跟着大部队走了一遍流程，在各种争奇斗艳的节目中，她的钢琴独奏朴实又简单，几乎没有引起任何水花。

负责整个节目统筹的老师看着她的谱子微微皱起眉头，有些困惑。

千萤弹完准备回到后台时，老师叫住她：“你这个是四手联弹的谱子吧，是不是还有个人？”

“是的，我还有个搭档，他今天考试没时间过来彩排。”千萤小声地回答。

老师又重新看了遍报名表。

“上面的表演者不是就你一个人吗，千萤？”老师同她确认。

千萤点头说：“他是临时加进来的，因为之前一直没确定下来，就没有报备。”

“那我现在把他加上去吧。叫什么名字？”

“高一 1 班，时陆。”

老师低头写字的动作顿住，她看了千萤一眼，觉得名字有点儿耳熟。

她把名字写上去之后才想起这个人，不太敢相信地抬起头，但千萤的身影已经走远。

文艺晚会前一天，两人没有练琴。

两人磨合得差不多了，千萤对谱子也已经烂熟于心，闭着眼睛都不会出错。

时陆挑的这首钢琴曲是国外一首冷门的经典作品，难度中等，但双人弹奏时乐声很动听，有种磅礴的浪漫。

放学后，时陆径直带她来到了一家礼服店，里面亮如白昼，玻璃橱窗里挂着琳琅满目的高级礼服。有服务生满脸笑容地迎了出来，时陆推着她的肩膀到身前。

“给她挑一件你们店里最好的裙子。”

千萤像个提线木偶一样被人塞了一堆裙子，然后被推进试衣间。她换好出来，外面有人等候在那儿，给她系裙子后面的束带。这时有人拿了镶着水钻的低跟玛丽珍鞋过来让她穿上，还有人替她整理发型。

一切弄好后，面前那片巨大的帘子被拉开。

千萤猝不及防地和外头的时陆对上目光，他不知何时换上了一身黑色西装。男生英俊笔挺，正抬手系着袖口。那双望过来的黑眸映着头顶璀璨的灯光，面容帅气得有点儿陌生。

时陆此时想的和她相差无几。

千萤穿着一条白色及膝礼服裙，光滑的布料上罩着一层薄蕾丝，裙摆微蓬，优雅中不失可爱。

裙子是抹胸设计，露出千萤修长的脖颈儿和纤细的锁骨，肌肤白润。

少女双手提着裙子，抬起的眼中带着微微迷惘。她脸庞小巧，红唇微张，天真可爱。

短短半年，当初山里的那个野孩子已经慢慢地长成了时髦少女的模样。

时陆脸上展开笑意，冲她轻声道：“好看。”

千萤抿唇，颊边浮起两个甜酒窝：“你也很好看，鹿鹿。”

天黑下来，元旦晚会正式开始。

开场有颁奖典礼，校领导讲话，声音陆陆续续传到后台，忙碌的人却无暇顾及。

每个人基本都换好了衣服，在让化妆师上着妆。千萤换上那条白裙子出来时，周遭安静了一瞬，平时裹在校服里看起来不起眼的女生，突然换上裙子，让人眼前一亮。

徐菀瑜她们也看到了千萤身上的裙子，大概是没想到她穿着还挺像模像样的，不由得私下冷嘲热讽。

“琴弹得不怎么样，衣服倒是准备得蛮好。”

“待会儿一上去就原形毕露了。”

“糟蹋了这裙子。”

她们的声音刻意压得很低，想让千萤听见，又不敢太明目张胆，害怕像上次在教室那样直接打起来。

在这边动起手可太过难看，况且她们根本打不赢千萤。

千萤望过来时，几人都吓了一跳，她们正以为千萤会再度发难，暗暗防备之际，千萤又收回了视线。

“一群长舌妇。”傅娇娇一边骂道，一边给千萤打底上妆。她嫌弃学校请的化妆师水平一般，化出来妆感太重，因此自告奋勇，负责千萤今晚的妆容。

千萤任由她折腾。

“小萤，你别理她们。现在人多，下次等没人的时候我们再好好地教训她们。”傅娇娇骂归骂，却顾大局，嘴上还在劝着她，生怕在这个关键时刻起冲突。

“我知道。”千萤仰起脸，闭眼笑，让她上眼影，“我就吓吓她们。”

1 班的几个节目很分散，合唱在最前面，然后依次是赵婷的团体舞蹈、徐菀瑜的古筝，最后才是千萤的钢琴演奏。

她的节目在高潮过后、压轴之前，刚好是大家需要休息，注意力不怎么集中的时间段。

随着徐菀瑜她们出去候场，后台已经没有几个人了。而时陆刚刚从竞赛班脱身。他们的学习很紧张，压力也大，就连元旦晚会这种大型活动也不用参加。

他扶着门框，有些喘，西装外套敞开着，头发也因为一路跑来微微凌乱。

“我没迟到吧？”他一边整理衣服走进来，一边解释，“突然安排了一场考试，我写完马上赶过来了。”

时陆是最快交卷的，从开考到起身不到二十分钟。本来老师正想骂人，一瞥见他的试卷上面密密麻麻的字迹和潦草的正确答案后熄火了。

“没有，还有好几个节目才到我呢。”千萤看到他额上隐隐冒出的细汗，抽出纸巾为他擦拭着额头。

“就算来不及也可以让老师把我的节目往后挪。你跑什么，外面风这么大……”千萤说到一半，欲言又止。时陆抓住她的手，顿了下，从她的指间把纸巾抽出来。

“我没事。”他草草地擦了两下汗，让老师帮他简单地上了个底妆。

音乐响起又停下，主持人热场过后，开始宣布下一个节目。

这时台上报出了两个人的名字。

短暂的安静之后，底下爆出了热烈的掌声。有不明所以的领导面露诧异，被旁边的人科普过后，才反应过来。

下面的观众也分外惊喜，控制不住去交头接耳。

“我没听错吧，刚刚主持人说的是时陆？”

“不会吧，不会吧，时陆竟然弹钢琴了？活的时间久了什么都能看见……”

“我要竖起耳朵认真听了。”

灯光暗了下来，窃窃私语随之消失。舞台上只有一束灯光，打在黑色钢琴上，静谧美丽。

那束灯光移开，然后瞬间消失，再出现时，钢琴前不知何时已经多了两个人。

女生穿着公主裙，男生穿着西装，两人并肩坐着，双手放在琴键上，敲出第一个音符。

美妙空灵的声音在整个礼堂响起，紧接着悦耳动听的钢琴声流泻而出，回荡在每个人的耳边。

或轻或重，或急或缓，两道声音互相追逐融合，最后汇聚成一首难以言喻的恢宏乐曲。

有一种无法用言语描述的浪漫。

所有人的目光都紧紧集中在钢琴前的两个人身上，他们的脑中不由自主地闪过种种念头，像是弹幕一般飘过。

“郎才女貌。”

“天造地设。”

“钢琴弹得真好听，真不愧是时陆。”

“旁边那个女孩子是上辈子拯救了银河系吗？”

“时陆突然出来弹钢琴不会是因为她吧！”

…………

这首钢琴曲结束，台下的掌声比起先前热烈了十倍不止。两人站起来谢幕，般配极了。这时不知道从哪里突然爆出了一声：“在一起！”

哄笑声中，时陆弯起嘴角，又引起了台下几声尖叫。

千萤红着脸，扯了扯他的衣角赶紧下去。

两人回到后台，化妆室的门虚掩着，徐菀瑜正在大发雷霆，激动的声音从里面传过来。

“时陆为什么会和她一起上去表演啊？他不是再也不弹钢琴了吗！他竟然为了那个女的重新弹钢琴了！啊啊啊，气死我了！”徐菀瑜嫉妒得发狂，一把扫落桌上的东西。

“别气别气，瑜瑜，她只是靠男人，没什么了不起的，咱们靠的是自己！”

徐菀瑜不知道为什么更生气了。

时陆走过去，直接敲了敲房门，打断里头七嘴八舌的安慰。他的目光从每个人的脸上扫过，最后停在徐菀瑜身上。

“徐菀瑜，这是我最后一次警告你。”时陆平静道，“不要再在背后搞这些小动作，我脾气不好。你知道之前得罪我的那些人的下场。”

晚会结束，节目名次也评选了出来。

1 班总共有三个奖项。大合唱拿了三等奖，赵婷她们的爵士舞拿了二等奖。千萤有点儿意外，她和时陆的钢琴表演竟然得了特等奖，奖品最珍贵，是两支刻着一中校徽的钢笔。

两人捧着礼盒站在台上，合影留念。

千萤笑眼弯弯，时陆略显克制地抿着唇，嘴角却不自觉地往上翘。

两人的头互相朝对方倾着，肩膀靠在一起。

“咔嚓。”

这张照片后来被珍藏在时陆的相册里。

月光照亮小径，大家陆陆续续散场离开，光秃秃的树枝在地面留下几道黑色影子。

千萤仍然穿着今晚那条白裙子，只是外面加了件毛衣外套。

两人在夜色下，并肩往校门外的汽车走去。

"其实我没有很生气。"千萤想了想，对旁边的人说。

时陆今晚出乎意料地安静，不管是在台前，还是在后台，就连警告徐菀瑜时都不太像他平时的样子。

千萤有点儿愧疚，明明知道他不喜欢在众人面前弹钢琴的。

"当时徐菀瑜让我表演节目时，我也可以拒绝的，但是我想着只是上去弹一下钢琴，在我能力范围内，我不想和她吵就答应了下来。

"如果她逼我做我实在不想做的事情，我会拒绝的。"

千萤解释完，眼巴巴地看着他，就差拉着他的袖子求原谅。

时陆没有说话，只是定定地看着她。千萤一阵心虚，又忍不住添了一句："况且不是还有你吗？你肯定不会让我太丢脸的。"

"千萤，你是不是故意的？"时陆盯着她。

千萤身体僵直，一阵凉风吹过，后背一片冷意。她的牙齿都要打架了。太冷了，冬天太冷了。

"我……我没有故意……"她深知自己无法对时陆撒谎，讲话都开始吞吞吐吐，"但是我确实有想过让你帮忙……"

时陆先前从来没有怀疑过千萤的意图。直到在台上，两人表演完成的那一刻。乐声停止，灯光熄灭前。她转过头，对他露出一个从未有过的满足笑容。

"鹿鹿。"她叫他，满眼欣慰。

头顶的灯光在一刹那灭了。两人按照流程站起来，准备谢幕。

舞台黑暗，在这短短两秒间，她的声音轻轻地在他耳边响起。

"你弹钢琴的时候，像在发光。"

时陆那时候还沉寂在自己的情绪中，刚刚脱离钢琴的双手微微颤抖。

直到后来，他冷静下来，细想过后很快发现了问题。

谱子后来改过，千萤说自己弹起来有点儿困难，让他删减了很多属于她的内容。里面有些双人部分改成了他自己独奏。

而且千萤的水平忽然下降，第一次试琴时连基本琴键都记不住。还有，她会趁着没人时把他拉到大礼堂去排练。

时陆记得有次他在上面弹琴时，她突然莫名其妙地问过他这么一句话："鹿鹿，你开心吗？"

他当时在专注地按着琴键，闻言头也没抬，不假思索地"嗯"了声。

冬夜的校园，安静寒冷。

他久久没有出声，千萤已经被这种压抑的气氛击败了。她吸着鼻子，拉着他的袖子就差痛哭流涕了。

"鹿鹿，我真的不是故意的，我就是想让你教我弹钢琴，你自己也能抽空练一下。我好久没听到你弹琴了。"

时陆走的时候把那台钢琴留在了云镇。像是决然地和什么东西斩断了最后一丝联系。

他回来没有再碰过一次琴。

千萤曾经在书房不小心看到一本相册，里面有他拿着奖杯满脸笑容的样子，有他坐在钢琴前专注的身影，还有他在台上和台下无数观众的合照。

从小到大，占满了整本相册。

翻到最后，千萤才知道那台钢琴是时陆第一次获奖时，她妈妈送给他的礼物。

徐菀瑜当时在讲台上让她报名钢琴表演时，鬼迷心窍的，她的脑中就闪过一个盘旋了许久的念头。

能让他再碰碰钢琴就好了。

千萤冻得发抖，一方面是冷，另一方面是怕。

时陆一直没有开口，令人捉摸不定。

她拉着他袖子的手已经僵硬，千萤甚至想要不干脆抱住他的胳膊。他要是还生气，她就撒泼打滚，一哭二闹三上吊。

"冷不冷？"头顶突然传来一道淡淡的询问声。千萤愣愣地抬起头，没反应过来道："啊？"

时陆反握住她拉在自己袖子上的那只手，一片冰凉。他皱起眉，把她的手塞进自己的外套口袋。

"手都冻成冰块了。走快点儿，上车回家。"

他拉着她大步往前走。千萤惊喜，问："鹿鹿，你不生气啦？"

“谁说我生气了？”

“那你刚才一句话都不讲。”

“不想理你。”

“啊……”那还说自己没有生气……

“我错了。”千萤认错，“你别不理我。”

时陆冷哼一声，把她的手拉向口袋更深处，“傲娇”地扬起下巴道：“看你表现吧。我心情好就理理你。”

“好的好的。”千萤忙不迭地应着，跟上他，讨好道，“鹿鹿，我一定不会再让你生气了。”

元旦节，时斯年仍然在外出差没回来。

自从上次见面到现在，千萤粗略一算，将近一个月。

两人回到别墅，里头灯火通明，徐管家端了热气腾腾的饺子和汤圆出来，餐厅满是香味。

“少爷，小萤，今天演出怎么样？”徐管家双手交叠在身前，含笑问。

“还行。”时陆在玄关处挂外套，随口回。

千萤把衣服放好，笑着小跑过去，道：“徐伯伯，一切顺利。”

“那就好。快，外面冻吧，来吃点儿热的东西。”徐管家赶忙招呼着。

千萤脆生生应道：“哎。”

两人在餐桌前坐下，分别拿小碗盛了饺子和汤圆，就着对面落地窗外绽开的大朵烟花慢腾腾地吃着。

时陆喜欢吃甜的，碗里的是芝麻馅汤圆。千萤喜欢吃饺子，正往嘴巴里塞着香菇鲜肉馅饺子。她吃了几个后，目光落在了时陆那里，流露出一丝好奇，问：“鹿鹿，你的汤圆好吃吗？”

时陆安安静静地吃着，神情专注认真，像是在吃什么无比美味的食物。

能有她的饺子好吃吗？千萤产生了怀疑。

时陆抬眼看她，说：“好吃。”

“那我也尝尝。”千萤拿起碗和勺子，正准备在盛汤圆的盆里面捞一个，时陆却直接从自己碗里舀起一个汤圆递给她。

千萤一下顿住，眼睛睁圆，看着他说：“鹿鹿，你怎么直接把你碗里的给我了！”

那个勺子是他刚吃过的！

汤圆也是他碗里面的。

说不上嫌弃吧，但总有点儿怪怪的……

“嗯？”时陆看了看她顿在半空中的动作，又瞥向正中间那盆汤圆，反应过来，马上蹙起眉，“你嫌弃我？”

大少爷绝对不允许有人嫌弃他！

千萤立马改口：“当然没有！”

她一口把那个汤圆塞进了嘴里，腮帮子鼓鼓的，说话口齿不清：“我怎么会嫌弃你呢，鹿鹿。”

她狂拍“彩虹屁”：“我最喜欢你了。”

一天天的只会花言巧语。

时陆忍不住嘴角上扬，愉悦地把自己碗里的汤圆一个个都舀给她，道：“既然喜欢，那你都吃了吧。”

“太甜了！”千萤闻言，立刻垮下一张脸，欲哭无泪，“我吃不下这么多，还有饺子呢。”

“我帮你分担。”时陆说着，把她碗里的饺子都盛走了。千萤眼睁睁地看着他的动作，自己面前香喷喷的饺子转眼变成了一碗甜汤圆，她气得握紧拳头。

“鹿鹿，我不喜欢你了。”千萤气鼓鼓地说。

时陆头也不抬地吃饺子，反驳：“不准不喜欢。”

“不准不准不喜欢。”

“你是复读机吗？”

窗外一朵朵烟花炸开，两人吵吵闹闹的声音回荡在屋内。别墅里迎来久违的热闹，这是一个有烟火气的节日。也是千萤来到这里，度过的第一个元旦节。

徐管家看着餐桌前时陆的笑脸，收回视线。他望向外面灿烂的烟火，也不禁露出欣慰的笑意。

元旦过后，很快就是期末考。

千萤之前练琴耽误了不少功课，这段时间几乎一头扎进书里，连拿着杯子出去倒水时嘴里都在背着单词。

旁边的傅娇娇开小差都无法心安理得，她贴好双眼皮，终于扛不住，一把合起镜子，问："小萤，你这么认真做什么？学习比我好玩吗？"

千萤从书堆里抬起头，满脸恍惚："啊？"

"我懂了。"傅娇娇决定不自取其辱了，看千萤被折磨得脸色苍白的模样，她又实在打心底困惑。

她正色发问："小萤，你为什么学习这么认真？"

班里的人大部分都和傅娇娇一样，要么不愁吃喝，不求上进；要么在家里的安排下按部就班，拿下好分数，进入名牌大学。

少有人会像千萤这般。

千萤愣了一秒，脑子里挤满的单词还未散开，她张嘴回答："知识改变命运？"

"行吧。"傅娇娇彻底放弃了。

大概这就是千萤和她的不同之处吧。她根本就不用改变命运。天生一条好命。

"辛苦我们小萤宝宝了。"傅娇娇怜爱地摸了摸她的脑袋，宠溺地说，"中午姐姐请你吃蒜香大排。好好补补。"

一月底，考试周过去。这群新升上来的高一生正式迎来寒假。

马上就是春节。因为这个，千萤还罕见地和时陆小小地吵了一架。

时陆寒假要去一个集训营，只有春节那两天会休息。

他想和千萤一起过春节。

"我和爸爸都半年没见了，我们早早地就说好了，等我回家一起过年。"千萤觉得时陆不可理喻，有点儿生气。

"我又没说不让你回去，过完年让司机送你回家不行吗？"时陆的语气也没那么好，给出自己的意见。但她无法接受。

“家里只有爸爸一个人，我要陪他一起过年。”千萤摇摇头，态度坚决。

时陆的声音一下低了下来，他轻轻道：“可我也只有一个人。”

因为白天发生的口角，两人直到晚上都没说话。

时陆把自己关在书房里做题。千萤自他说完那句话后就沉默了，不知道该如何和他沟通。

她躺在床上发愁，思索无果后干脆下来，端着杯子去接水。

恰巧书房传来声响，时陆也走出来了，两人在楼梯口碰上。他看她一眼，目光很快移开，转身下楼。

“鹿鹿。”千萤突然在后头叫住他。

“对不起。”她上前拉住他的衣角，声音很软，“你别生我气。”

寂静了三秒，时陆拿开她的手，继续往前走。

千萤连忙追上去，刚要开口。

“我没生气。”时陆垂着眼，睫毛投下两道阴影。

“你爸爸比我重要，我可以理解。

“毕竟我不是你爸爸。

“我只是你一个叫作时陆的朋友。”

“鹿鹿……”千萤扁着嘴，欲言又止。

“你不是一个叫作时陆的朋友。”许久，她轻声道，“你是我最好的朋友。”

台城是省会，而云镇在市底下一个偏远县的边缘。

镇上没有火车，只有一个老旧的汽车站，每天早上通往外面各个地方的班车各发一趟车。

最远的一趟就是台城，将近十二个小时的车程，从早坐到晚。

千萤在网上查怎么买票，发现可以直接在软件上购买，不贵，才几十块钱，但是这趟车要坐整整一天。早上八点出发，晚上八点到达。

云镇真的太偏了，千萤直到出来之后才意识到这一点。

难怪时陆刚开始到民宿时连话都不肯讲，也不愿意出门。从小生活在城市的大少爷，被送到云镇，简直是一场折磨。

千萤收拾着行李，她要把夏天带来的衣服都带回家。几个月过去，她长高了一小截，当时的衣服现在穿上去已经有点儿小了。

柜子里的夏装全部被换成了满满的冬装，似乎是别墅里的用人整理的。千萤每天在学校都穿校服，只有周六、周日才会从衣柜里拿衣服穿，里面大部分衣服连吊牌都还没拆。

她把自己穿过的几件也一起带回家。

下次让他们不要买这么多了，千萤在心里想。

“咚咚咚。”敲门声突然响起，千萤停下手里的动作，走过去开门。

徐管家站在门外，面带微笑说：“小萤，少爷吩咐我来问你明天什么时候回家？”

“八点。”千萤睁大眼睛，“我买好票啦。”

“汽车票吗？”徐管家诧异道，然后在脑中回想一下，“那不是要坐十几个小时的车？”

“没关系，我睡一觉就到了。”

“这怎么行？少爷和先生都吩咐了，要安排司机送你回去。”他面色严肃，不由分说，“八点太早了，明天九点钟刚好吃过早饭，司机会准时在外面等候。”

“不用了——”千萤连忙拒绝。她就是不想麻烦别人特意送才自己买了车票。白天她已经拒绝过方秘书了，结果他竟然直接告诉了别墅这边。

千萤有些气馁，说：“我已经十五岁了，可以自己坐车了。”

徐管家以安全问题为由，态度严肃地让她退掉汽车票。

千萤被他这个充分的理由打败，用扣除三块钱手续费的代价结束了今晚这场小纷争。

第二天一早，她就整理完下楼了。

千萤特意提前了半小时，时陆一般都会睡到九点以后，这样可以避免两人碰面。

原本就愧疚，千萤怕到时候看到他更加尴尬。

她拖着行李箱下楼，用人连忙过来接过箱子。然后她就看到坐在桌前吃早餐的时陆。

清晨雾气湿重，他的脸色看起来格外苍白。喝过牛奶后，他的嘴唇是淡淡的粉色，让她想起了日出前在墙头攀爬的蔷薇花的颜色。

千萤坐过去，对他轻声打了个招呼："早。"

过了片刻，时陆才回道："早。"

吃过早餐，正好九点钟。

时陆吃得很慢，千萤也不敢加快速度。这顿沉默的早餐结束后，千萤听到外面汽车的引擎声，很快徐管家过来叫她。

用人把行李放上了车。时陆起身，把她送到门口。司机打开车门，千萤和时陆告别："鹿鹿，我走啦。"

"注意安全。"时陆终于开口，语气低沉。

静了数秒，千萤点头，刚要转身上车，手腕被人拽住往后一拉，她的额头撞上一个肩膀。时陆的声音闷闷响起："阿千，早点儿回来。"

冬天的云镇依旧美丽，白雪皑皑，银装素裹。

千萤和千正民正坐在屋内吃火锅。

热气腾腾的香味弥漫一室，千正民往她碗里夹着菜，说："多吃点儿。瘦了。"

千萤昨晚回来之后，就一觉睡到了第二天中午。起床后看见千正民在厨房忙碌，他准备了一桌子菜，似乎恨不得把她这半年没吃到的东西都一次性补齐了。

"爸爸，我胖了五斤。"千萤诚实地告诉他。时陆家里和一中的伙食太好了，她的身高、体重飞速上涨。

"女孩子胖点儿好看。"

"好吧。"

千萤的寒假生活过得十分轻松，吃吃、喝喝、睡睡，抽空写点儿作业，还会和小伙伴一起出去玩。

她去了台城这么久，方虎和美美他们一听说她回来，立刻就跑到她家，几个人叽叽喳喳地追问着千萤在城里的所见所闻。

千萤把自己带回的小礼物都分给了他们，舒美美看到发卡，果然高兴坏了。几个月不见，舒美美还去拉直了头发，比起之前更加文静。

“小萤，你们的校服真好看。”

“学校好大啊。”

“原来城里的楼都这么高。”

几人翻着她的手机相册，看着里头的照片，惊叹不已。

千萤拍了很多台城和一中的景色，还有她和时陆出去玩的地方。大部分都是风景照，极少有人物。

“咦，这是时陆？”舒美美叫出声。千萤低头，定睛一看，上面是张合影。

她和时陆并肩站在海底隧道前，身后是游走的大片鱼群和水母，两人脸上挂着笑，望着镜头。

这是当时在海洋馆玩时，有对情侣让千萤帮忙给他们拍张合照，拍完之后那个小姐姐热心地问他们要不要拍一张，于是就有了这张照片。

“时陆好像比走的时候更帅了。”舒美美捂着胸口，长长地叹了口气，满脸惋惜，“可惜看不到他了。”

“只有小萤有这个福分了。”舒美美对着手机照片幽幽道。

方虎看不下去，怒斥一声：“花痴！”

“难道时陆不好看吗？”舒美美和他据理力争。

吴晓天参与进来：“确实好看。时陆是我见过最帅的人。”

“看吧！”舒美美有了帮手，立刻得意道。

方虎孤立无援，涨红着脸，提高音量：“脸能当饭吃吗？”

“当然了，你看小萤都长胖了五斤。”

“别吵了，别吵了。”和事佬吴奇双手连连往下压，稳住局面，“我觉得这件事小萤最有话语权，我们让她说。”

一下成为众人关注焦点的千萤沉默了几秒，诚实道：“帅。时陆是我们学校的校草。”

这是真的，前段时间一中贴吧不知道被谁弄了一个校草校花评选，时陆以遥遥领先的票数占据第一名。倒是校花人选竞争得十分激烈，前面几人的票数咬得很紧，最后徐菀瑜以三票之差落败。

傅娇娇嘲笑了整整三天，她的原话是：“辛辛苦苦找人刷了这么多票，还是惨败，果然山鸡别想变凤凰。”

她这张嘴，真会说。

第十三章

梦想萌芽

时陆去的集训营是封闭式管理，白天不能拿手机，宿舍晚上十点钟熄灯，千萤和他只能在睡前聊一会儿。

冬季的云镇也有很多好玩的事情。沿着小路往前走几公里，有片很大的芦苇丛，里面有个小湖泊，冬天水面结了厚厚的冰，在上面凿开一个小口子，迫不及待想要呼吸新鲜空气的鱼儿就会从里面涌出来。这时候拿网去捞，一捞一大堆。

千萤把冰面上装满鱼的桶拍下来。

晚上聊天的时候她就发给时陆，他听得心驰神往，恨不得自己也身在云镇。

“我也想和你们一起去玩。”时陆挠着底下的床板，心已经飞走了。

“下次来，带你一起去。”

一群都上高中的人还和小孩儿一样，每天去山上设陷阱抓野兔、捉麻雀，下雪了就在外面打雪仗、堆雪人。

云镇的生态没有被破坏，之前还有过熊和野猪的踪影。小动物更多，兔子最好抓。

前几天他们运气好，歪打正着抓到了两只。冬天的野兔厚实肥美，他们各自分了回家，当晚千萤就吃到了兔肉火锅。

时陆在这边听着，偷偷地吞咽口水，嘴上却说：“你们好残忍，一点儿也不爱护小动物。兔兔这么可爱，怎么能吃兔兔？”

这是前段时间上映的一部电影里的经典台词，在学校风靡了一阵，此时从时陆的嘴里说出来，“茶”味十足。

千萤毫不留情地揭穿：“鹿鹿，我都听到你咽口水的声音了。

“我们明天再去试试，看看能不能抓到。要是抓到了我就让爸爸腌起来，过完年带给你吃。”

“那你一定要给我加油，抓不到就别回来了。”时陆威胁。

男人的心就像天空多变的云。不知为何，千萤的脑中突然闪过她不小心在傅娇娇的情感杂志里瞄到的这句话。

临近春节，天空整日阴沉沉的，还下了几场大雨，整个地面都是湿漉漉的。

好不容易等到放晴，空气略微干燥一点儿，千萤在家待不住了，想要出去玩。

没一会儿，舒美美他们就过来叫她去山上抓兔子。

上次才尝到甜头，突如其来的大雨就打断了他们的后续计划，现在好不容易等到天晴，几人都迫不及待地想要去山里看看上次布下的陷阱。

下雨天兔子肯定更难觅食，陷阱成功的概率更大，说不定一过去，陷阱里就有好几只。

路上几人美滋滋地幻想着，但他们才绕过后山，天上突然就下起小雨。好在他们都准备了雨具。只是越往里走雨越大。天空阴云密布，已经厚重得看不见一丝光亮。

望着前头被密雨浓雾掩盖的山林，千萤产生了一丝退意：“我觉得雨越来越大了，要不我们先回去吧，等雨停了再来？”

“都走到这里了……”吴晓天有些恋恋不舍。

“可是我觉得雨太大了。”舒美美也早就打了退堂鼓，只是之前没人说，她一直忍着。

而此刻向来胆大的方虎也有点儿退却：“下雨路滑，到时候上山路更加难走，我们下次再来好了。”

“好，那我们现在就往回走吧。”大家都这么说，吴晓天立马答应。

简短商量后，他们没两分钟就达成了一致，掉头往回走。

方虎原本在最后，现在变成了第一个，在前面领路。千萤走在第二，然后看最后面的舒美美有点儿害怕，就和她换了位置。

吴晓天见状，让千萤走前面，自己殿后。吴奇仍在最中间。

几人就保持着这样的队形返回。他们已经走进山里，现在冒着大雨回去，路也很难走。两边偶尔还会滚落下来碎石。

天空不知何时打起了雷，伴随着闪电，此刻他们真正地感到了害怕。

“我们这儿不会有泥石流吧……前几天看新闻，附近有个镇子发生了滑坡，伤亡了好几个人。”舒美美打量着周围，缩着脖子说。她向来胆小，爱想东想西。

方虎立马壮着胆子道：“怎么可能到处都是泥石流？我们这儿从来没发生过。”

“对啊美美，你就不要自己吓自己了。”千萤也安慰道。几人默契地加快了脚步，几乎是小跑着往前冲，都迫不及待地想要离开这里。

“我还是有点儿慌……”杂乱的脚步声中，舒美美颤声道，“刚才山上的石头掉下来了。”

她话音刚落，“轰隆”一声，他们旁边的山坡坍塌，泥流伴随着石块往下砸，走在最后的两人来不及反应，不可避免地被冲击到。

“小萤——”

“吴晓天！”

千萤腿上剧痛，同一时间耳边传来舒美美他们惊恐的声音。吴晓天抓着她的手用力一拽，两人重重地倒向前方不远处。

乱石混着泥土从他们身旁滚落，方虎他们立刻冲过来，七手八脚地把他们拉住。五六分钟后，滑坡才停止。

然而前后的道路都被封死，他们被困在这里出不去。

他们各自折腾了一番，手机才勉勉强强接收到信号，有人报警，有人叫家长。吴奇和自己的表弟通电话，痛哭流涕，嘱咐对方一定要保管好他的存钱罐，如果他有什么意外，一定要把东西交给他妈妈，密码是三个零。

救援来得很快。

他们原本就没走多远，只可惜运气不好，刚好这里滑坡了。

因为连续大雨，这次滑坡了不止一处，所以县里已经安排了救援队。听到这里有五六个小孩儿被困，他们第一时间就过来了。

救护车嘀嘀作响，车顶闪烁着红蓝色灯光，有穿着红色救援服的救援人员，还有穿白大褂的医生、护士。千萤被抬到救护车上，一个小姐姐给她检查伤势。

“别怕哦，你已经安全了。”可能是看千萤眼睛红红的、憋着泪的模样，她轻声细语地哄道，动作很温柔。

千萤吸了吸鼻子，忍住泪，问：“姐姐，你是医生吗？”

“不是哦。”她大概是想不到女孩儿还会主动和她说话，抬头笑了，“我是护士。”

“你腿上有点儿伤，不严重。我先给你简单消毒，可能会有一点儿痛，你忍着哦。”她拿出镊子和纱布，消过毒后，低头专注地给千萤处理着伤口。

千萤闻到酒精的味道，腿上凉凉的，有点儿刺痛，但是这个护士小姐姐的动作特别轻柔。她盯着车顶，没有太多的感觉，就听到一声：“好了。”

“还有哪里痛吗？”护士问。

千萤摇摇头说：“没有了。”

“那待会儿再去医院做个全身检查，没事就可以回家了。”她收起东西，看了眼千萤，又从箱子里拿出一块白色纱布，“别动。”

淡淡消毒水的味道。

千萤感觉有湿湿的东西擦过额头和脸颊。

穿着白大褂的护士“扑哧”一笑，语气温柔：“脸上都是泥巴，都变成小花猫了。我帮你擦一下。”

好温柔……

千萤方才的惊吓和不安几乎被驱逐一空。

护士还帮千萤整理了下两边凌乱的头发，她的指腹柔软，划过耳根时触感很特别，让千萤想起了妈妈。

护士给千萤打理好后，又继续去看其他人。千萤注视着她忙碌的身影，直到车停在医院门口。

那个护士小姐姐也跟着下来，只是进了医院没多久，就被叫去忙别的事情了。千萤则被人领着填表、包扎伤口、检查，然后坐在科室外的椅子上等结果。

中途那个小姐姐经过，看到她，还特意过来问她的身体状况。千萤说在等检查结果，小姐姐笃定地说："你一定没有事的。"

小姐姐走后，帮她检查的医生刚好出来，千萤忍不住问："阿姨，刚才那个姐姐是你们这边的护士吗？"

小姐姐身上穿的衣服和医院的护士不太一样，千萤有点儿不敢确认。

"啊，你说小于啊？"女医生抬起头，看着那人的背影道，"是啊，不过她还没毕业，是今年来的实习护士。她的表现很好，很多人都很喜欢她。"

"她还在读书吗？"千萤诧异道。

"对啊，南方医护大学，很厉害哦。"

南方医护大学……

待她们走后，千萤默默地搜起这个名字。南方医护大学在距离台城不远的一座南边城市，靠海，风景很美。

她不自觉地憧憬起来，刚刚出神两秒，就被手机上弹出来的来电给打断。

是时陆。他这个时候为什么会给她打电话？

千萤不由得慌神，手忙脚乱地接起，就听到那头传出来压抑着怒火的声音。

"你在哪儿？"

"医院……"

"有没有哪里受伤？"

"腿，擦伤了一点点，其他没有了。"千萤老老实实地答。即便身旁空无一人，她也本能地缩起了脖子，声音越发微弱。

耳边静默，似乎还有电流沙沙响动，须臾，传来时陆的吸气声。

他冷酷无情地警告："千萤，再让我看到你去山上抓兔子，我就打断你的腿。"

医院人来人往。

千萤刚拿到检查报告，抱在怀里，走廊口就出现了千正民的身影。

他看到独自坐在椅子上的千萤，急匆匆地朝她跑来。

"没事吧，除了腿还有没有哪里有问题？"他拉着她的手臂上下打量。

千萤摇摇头说："没事，爸爸，只有腿被撞到了一点儿。"

当时大石头落下来，还好吴晓天动作快，迅速地把她拉开了。吴晓天也受伤了，此刻也在医院里，而其他几个人坐的是另一辆车，过来后也在做身体检查。

"那就好。"千正民拿着她的报告细细看，突然想到什么，抬头，"先前小陆给我打电话了，说你的手机无法接通。我刚刚在过来的路上，就和他说了你遇到滑坡的事情……他好像有点儿着急，你们联系上了吗？"

原来原因在这儿。

千萤生无可恋道："联系上了。"还被他痛批了一顿。她耷拉着脑袋，怏怏不乐。

"小萤，你没事吧！"前面突然传来舒美美的声音。千萤望过去，瞧见抓野兔小分队队员都站在科室前对她招着手。

吴晓天的腿上也打了绷带，被吴奇和方虎搀扶着走过来。舒美美看起来没有哪里不适，已经开始活蹦乱跳了。

"我们几个去检查的时候碰上晓天，他说你在这儿，我们就赶紧过来了。你的腿不严重吧？"她眼巴巴地看着千萤的腿。

"不严重，只是擦破点儿皮。"千萤摇头。她说完看向这次遭遇的难兄难弟，关怀道："晓天，你呢？"

"我和你差不多。"男生腼腆一笑，脸颊上还有一道脏兮兮的泥渍。

千萤指指他的脸，说："这里脏了，擦一下。"

吴晓天顿时笑了，伸手把脸上的脏东西抹掉，说："太乱了，没注意到。”

几人有惊无险地经历了这一场事故，被千正民带着离开。

其他家长也知道他们遇险的事情，但是救护车直接把他们送往了县城医院，大家没有车，出行不便，后来听说他们没事后，就在家里等候了。

这里面只有千萤和吴晓天受了伤，而吴晓天的爸爸妈妈都在外面打工，家里只有爷爷奶奶，老人家年纪大了，他报了平安后就自己去检查换药。

出了医院大门，发现天早已黑了。经过这一下午折腾，大家又累又饿，这时不知道是谁的肚子发出了“咕咕”声响。

千正民去旁边的店里给他们买了肉包子，每人分了两个。

吴晓天正在大口吃着包子，手里突然被塞进来一瓶牛奶，他愣了下，说：“叔叔……”

千正民不由分说地把那瓶牛奶塞到他手里，温和道：“你和小萤今天是伤患，要好好补补。”

吴晓天看向千萤，不远处的女生正在偷偷喝着牛奶。见他望来，千萤朝他晃了晃手里的牛奶瓶，悄悄地“嘘”了一声。

他的眼睛一弯，接过了千正民的牛奶，说：“谢谢叔叔。”

两天后就是春节了。

千萤终于知道那天时陆怎么会突然给她打电话了。因为他有几天假期，没事在家休息。

时陆一闲下来，千萤就有点儿难受。

他吃完饭就给她打视频过来，两人聊了会儿，他让她把镜头挪下去，看完她的脚伤，又数落了她一顿。她苦着脸挨训，突然听到楼下传来舒美美的声音。舒美美叫她下去一起玩。

千萤如蒙大赦，立刻对时陆说：“美美叫我了，我先挂了。”

“你脚都这样了还瞎跑什么？”不料时陆却不满地叫住她，“哪儿都不许去，在房间休息。”

“我不要，待在房间我会无聊死。”千萤赶忙拒绝，声音不自觉地拉长道，“我的腿就是一点儿皮外伤，现在都快好了。”

“我去看看她找我干什么。”千萤不由分说地站起来，却不敢挂视频。她下楼，看见舒美美和方虎站在院子里，舒美美手里拿着两副棋。

“小萤，我们来下棋吧！晓天待会儿就过来，我们先玩两把。”

千萤和吴晓天因为腿受伤了出行不便，他们就不知道从哪里找来了五子棋和象棋，准备在家玩。

这个正当的理由让千萤底气十足。

她抬起手机切换到后摄像头，把在桌上布置好的棋盘拍给时陆看，说：“他们来找我下棋了。你看，我马上就要开始了。”

“嗯。”时陆似乎在玩着 iPad，闻言只随口应了声，“那你下。”

没想到他这么好说话，千萤忍住欣喜，小心地询问：“那我挂了？”

“挂什么？”时陆抬起脸，黑眸望过来，“就这样下。把手机放在一边，我帮你看棋，打败他们。”

谁要这样下棋！

片刻后，千萤把手机放在身前的棋盘边，还专门拿了本书过来做支撑，镜头对着棋面。

“黑子右上三格。”手机里传来时陆的声音。千萤恹恹地拿着棋子摆过去，丝毫感觉不到快乐。

“嘿，我下这里。”对面的舒美美偏头思索，很快给出应对之策。

千萤刚刚想了两秒该如何反击，就听时陆道：“斜上角两格。”

她顺着时陆说的话望过去，果不其然，那个位置刚好可以遏制舒美美的白子，也能和她周围的黑子相呼应。

千萤闷闷地摆下棋子。

“正前方。”

“右上。”

“直走两格。”

下到后面，局势越来越胶着，桌上的黑子和白子旗鼓相当。舒美美依然平心静气，千萤却和时陆起了分歧。

“我觉得应该下这儿。”

“听我的，就下那里。”时陆态度坚决。

被他支配了一整局的千萤不乐意，试图反抗：“我那个位置更好。”

“你别乱动，就按照我说的那样下。”

两人争执不下，对面的舒美美都等烦了，忍不住对视频里的人说：“时陆，要不干脆你过来下吧？我们还有一副棋，刚好可以让吴奇一起来玩。”

千萤和时陆不约而同地陷入了沉默。

须臾，他开口道：“那你们玩吧，我先挂了。”

之后时陆就不让千萤去下棋了，他让她看着他打游戏。

视频那头是别墅大客厅，时陆坐在地毯上玩游戏，手机放在茶几上。千萤在这边百无聊赖，只能翻开作业本开始做题。

没过一会儿，游戏里的人死了，时陆还要来监督，看看千萤在不在视频里面，有没有认真地看他。

千萤这两天被折磨得苦不堪言。

终于，春节来临。她早早地起来帮忙贴春联、做饭、打扫卫生，忙得不行。

而时陆也出乎意料地安静，千萤忙碌中抽空一问，原来时斯年回家了。

时家亲戚朋友众多，时斯年这一系只有时陆单传，每年时陆都会被带着参加各种家族聚会。徐管家说他这几天脸色是最臭的，一丁点儿小事他都会不耐烦，看谁都不顺眼。

春节前后这两天没人敢惹他。

千萤感同身受，一时间不知道该同情谁。

春节期间民宿很清净。门口贴着春联，窗户上有大红剪纸，室内挂着小灯笼。

父女俩还做了一大桌好菜。千萤破天荒地被允许喝了一小杯杨梅酒。酒是千正民亲手酿的，他的手艺是一绝。

千萤捧着杯子轻抿一口，酸甜可口，酒味扑鼻。她心满意足地咂嘴，仰起脸闭眼。

“小酒鬼。”千正民见状，忍不住用筷子在她头上轻敲了一下。

千萤放下酒杯傻笑道：“嘿嘿。”

吃完饭，舒美美他们来找她一起放烟花。这是云镇几个小伙伴大年三十的惯例，已经延续了十多年。

民宿外面的草坪上，一朵朵烟花升空绽放，五彩斑斓。发光的仙女棒在他们手中挥舞。

方虎故意掏出两盒小炮仗拿出来放，吓她们玩。舒美美和千萤吓得捂住耳朵乱跳，吴晓天则顺手把他的炮仗一把抢走了。

“你无不无聊！”方虎没了“武器”，舒美美立刻扑了上去，报仇雪恨。

“幼稚鬼！”

方虎被她捶得“嗷呜”直叫，千萤笑弯了腰。几人玩闹了大半天，直到夜里温度下降，他们冻得不行了才纷纷把手揣进口袋里跑回家取暖。

“新年快乐！”

每个人提前道着祝福，烟火映亮了一张张笑盈盈的脸。

“明年也要开开心心的！”

千萤回到屋里，拿出手机一看，快十点了时陆还没有任何消息。

她正想着，仿佛心有所感般，手机疯狂地振动起来。

时陆打了视频过来。

千萤一路小跑到房间，关上门，匆匆接听，微喘着道：“喂。”

眼前出现一张放大的脸庞。时陆整个人趴在床上，手机直直地撑在脸上。

在这种死亡角度下，他的五官依旧完美得挑不出任何缺陷。

千萤默默地承受了几秒美颜暴击，才平复下来。那头的时陆又朝镜头更加凑近了一点儿，似乎是想看清她。

男孩子迷迷糊糊的声音响起：“阿千，你在哪儿？”

“我在家啊，房间里。”千萤给他看周围的摆设。时陆努力睁着眼睛，漆黑的瞳孔里却是一片迷茫。

他白皙的脸颊上有着几抹嫣红，嘴唇也红得不像话，浓密的睫毛过一会儿才费劲地眨一次。

千萤脑中涌起一个猜测，道："鹿鹿，你不会喝酒了吧？"

"没有。"时陆想都没想，立马反驳了她，手指在屏幕上轻轻滑着，眼神呆呆的，"阿千……"

他肯定喝醉了，千萤在心里百分之百肯定。

她正想该怎么哄这个醉鬼去睡觉。时陆突然再次凑近屏幕，嘴唇在上面碰了一下，口齿不清地呢喃着："我好想你……"

他刚刚……是在亲她吗？

千萤愣住，看着黑掉的那头许久没回过神，直到房里静得只能听到她自己的呼吸声。

时陆刚才说完那句话后，手机一松，跌进了被子中，于是视频那边一片黑暗。

那头隐约传来翻动身体的细碎响动，时陆嘟嘟囔囔的，大概睡着了。

过了好一会儿，千萤关掉视频，给徐管家发消息，告诉他时陆喝醉了。

那边连忙谢过她，絮叨地发来大段话。

大意是时陆白天又和他爸爸吵架了，晚上还被带去参加家宴，一路谁都没搭理，回来后就直接闷头回房了。

用人都以为他是心情不好，没敢上去问，谁知道他是因为喝酒了。

徐管家说要赶紧去给他煮醒酒汤，免得第二天起来他又头疼。

千萤回复"好"，然后放下手机。

她去浴室洗漱，洗手台的镜子映出她的脸，一片嫣红。肯定是因为先前喝的那杯杨梅酒……

千萤连忙拍拍脸颊，又捧了把冷水洗脸降温。

两人认识后的第一个除夕就这样稀里糊涂地过去了。

第二天时陆一觉醒来，果然忘记了自己做过什么。千萤突然有点儿后悔自己当时没有截图保存下来。

春节后两天，时陆就收假回到集训营了。

下学期他就要去参加数学竞赛，时间非常紧张。

时陆正式学习奥数比较晚，千萤听说初中时他就被老师选中去参加比赛，结果没几天，他就退出不去了。

在所有人眼中，他不求上进，肆意妄为，就连这么好的数学天赋也随意浪费。老师惋惜，恨铁不成钢；同学们羡慕他吃穿不愁，是个二世祖。

没人知道，他当年放弃只是因为和时斯年大吵了一架。

时陆的任性妄为，只在于他总是用放逐自己去表示反抗。

少年的骄傲永远胜过一切。

谁也不能让他低下头颅。

第十四章

禁止靠近

二月，正式返校。

千正民照旧收拾了大包小包，要求她带过去。司机早早地等候在外面，千正民站在院门前嘱咐着她，一切都像是去年千萤第一次出门时的样子。

时陆仍旧被关在集训营出不来，路上她又是睡完全程，只是这次她不用去学校办理转学手续。千萤直接回了别墅，徐管家早早地等候着，给她做了一桌子菜接风。

她吃完回到自己房间，洗了个热水澡。回到这里，除了久违外，竟然还有一丝归属感。

过去二十多天，房间的摆设没有任何变化，就连她先前放在床上的那只小熊位置都没有变过。

千萤在车上断断续续睡了一路，但还是疲惫的，洗完澡后睡意在这种放松惬意的氛围中涌了上来。

她掀开被子，抱着那只小熊躺了下去。

窗外天色暗沉，房间的窗帘半拉着，光线不算明亮。阴天最适合睡觉，千萤这一闭眼就沉入了梦乡。

千萤睡得昏昏沉沉，不知几时，总觉得不安稳，好像有什么人在注视着她。

挣扎了好一会儿，千萤终于睁开眼睛，朦胧的光线闯了进来。她刚刚能看清房间，就被床边突然多出来的一道人影吓得陡然清醒。

千萤看着坐在那儿的时陆，一颗心提起又放下。

“鹿鹿！”她用力地闭了闭眼，又睁开，忍不住气愤地叫出他的名字，“你怎么在这里？”

“我听说你回来了，就第一时间赶回家了。谁知道你在睡觉，我只好在这儿等着你醒来了。”时陆十分无辜。

如果他没有不声不响在房间坐了大半天，看着她睡觉的话。

千萤揉着头，紧皱眉心道：“你这样很吓人知不知道？”

“有吗？”他偏头思索了下，整个人趴上来，双手垫在下巴底下，“可是你之前在我旁边坐一夜，盯着我睡觉时我都不觉得吓人欸。”

“那是你生病了！”千萤快被他气死了，“而且我进来的时候你知道，我不是一声不响就出现在床边的！”

“哦。”他压着她的被子，眼睛一眨不眨地盯着她，“阿千，你生气的时候也好好看。”

千萤一把拉起被子盖住了自己的脸。

新学期开始，班里没有太大变动，依旧是那些同学和老师。

经过半学期的接触，千萤已经认识了每个人。除了徐菀瑜那个小团体，她和其他人基本都说过话，关系融洽。

开学第一天，迎面经过的班里同学都会和她打招呼。

教室里，傅娇娇早早地坐在那儿，朝她招手示意，道：“小萤！坐这里！”

一切都很友好和睦，她渐渐地融入了这个新的集体。

千萤唇边露出笑，背着书包刚要朝她走过去，身后的书包带子突然被人拉住。时陆的声音带着浓浓的不满：“你这学期又要和她一起坐？”

“班主任还没说要换位置。”千萤挣脱掉他，睁着眼睛，一副听话的乖学生模样。

时陆皱眉，“啧”了声，不情愿地放开，眼睁睁地看着千萤像只小麻雀一样欢天喜地地走向傅娇娇。

“娇娇，我给你带了礼物。”千萤坐下，翻开书包，在里头掏呀掏，然后拿出了一个小东西。

傅娇娇期待地睁大眼睛，看着她手掌张开。里头是个造型精巧的小狐狸，模样灵动可爱，毛发被刷成了火红色，两只尖尖的耳朵竖起。

傅娇娇控制不住，尖叫一声，从她手中把小狐狸拿了过来，放在眼前端详。

狐狸是木雕的，小小一个，被做成了钥匙扣，实用可爱。

她立马把自己的钥匙拿出来，当场换了上去，爱不释手。

“小萤，这是你亲手做的吗？”她翻来覆去地看着，忍不住感慨，“也太厉害了吧……”

“以前鹿鹿教我的。”

时陆当时做木雕似乎是用来打发时间，后来和千萤天天出去野之后就没怎么碰过了，还是千萤看到他那些工具好奇，于是时陆教她玩了一下。然后千萤就会了，并且还会自己设计图案。

她的动手能力一贯很强，雕出来的东西和时陆的完全不一样，都是一些可爱的小玩意儿，很招人喜欢。

时陆就被她送了许多可可爱爱的小物件。他全部放在家里的窗台上，差不多成了一个小型动物乐园了。

“原来如此。”傅娇娇点头，“时陆确实是个艺术家。”

“不过你也很厉害！”她转头对千萤给予了一百分的肯定。

“要是我，哪怕来十个木雕大师，我都学不会。”傅娇娇朝她竖起一个大拇指。

这个学期吴淳似乎并没有要调换座位的打算，开完入学班会，他简单交代了一下就走了。

上学期期末考试 1 班成绩喜人，年级第一、第二都出在他们班上，几个吊车尾破天荒地分数也提了上来，没有给班里拖太多后腿。

千萤在班里排第二十八名，虽然算不上太好，但也算进步飞快了。这次吴淳心情不错，表扬她的同时顺带着也夸了一句旁边的傅娇娇。

他的原话是："人和人的影响都是相互的，你看看我们千萤同学，成绩提升得这么快，她的同桌傅娇娇也从倒数第十上升到了倒数第十五。不错，有进步。"

当时傅娇娇忍不住举手纠正他："老师，我上次是倒数第十二。"

"不重要！"吴淳大手一挥，"重点是希望大家向她们学习，好同桌之间就是要相互帮助进步的。"

就是因为他这句话，千萤觉得他们这次换座位的希望不大。

果然过了几天，吴淳就在班上宣布这学期依然按照原来的位置坐。

他话音刚落，时陆第一个站起来反对："老师，我不赞成不换座位。"

吴淳双手撑着讲台，挑眉，盯着他问："你有什么高见？"

"你说好同桌之间就是要互相帮助进步的。"时陆站在那儿，陈述着。

"我觉得刘飞宇没有办法给我任何帮助。"他一本正经道，"我需要千萤同学的帮助。"

他一说完，教室里哄堂大笑。时陆的同桌刘飞宇涨红了脸，简直比窦娥还要冤。

吴淳就知道他狗嘴里吐不出象牙，倒也没有太多意外神情，只是摆手稳定秩序，望向时陆面不改色道："你的反馈老师收到了，但是鉴于刘飞宇同学很需要你的帮助，时陆同学你就勉为其难再将就一下。"

"老师，我觉得刘飞宇同学不需要——"时陆不死心地挣扎着。

吴淳不由分说地打断了他："好了，今天的早会就开到这里。大家看看书吧，先预习一下。"

没等下课铃声响起，吴淳就夹着书匆匆跑了，只留下天降横锅的刘飞宇坐在那儿，看着时陆的脸色瑟瑟发抖。

"大……大佬……"

"不怪你。"时陆和颜悦色道。

刘飞宇正受宠若惊，就听时陆继续道："要怪就怪你成绩太差了。刘飞宇同学，我相信下次考试你一定能追上来，对吗？"

刘飞宇不敢说出一个"不"字。他忙不迭地点头，连连保证："我一定会好好学习，不拖大佬后腿的。”

“知道就好。”时陆面无表情地警告，“再考最后一名，我就把你丢到垃圾桶里去。”

这时刚好铃声响起，下课。时陆站起来，收拾东西去教师办公室。

他已经是那里的常客了，熟门熟路。

时陆来到办公室，刚刚敲响门，坐在里面的吴淳就抬起头。一见是他，吴淳面色如常地推了推脸上的眼镜，道：“时陆啊，有什么事吗？”

“刘老师让我把这个试卷交给你。”时陆是有正事过来的。吴淳问竞赛班那边负责的老师要了一些测试试卷，负责的老师早上让时陆帮忙转交。

本来时陆是要在教室给他的，但没想到吴淳溜得这么快，时陆只好自己跑一趟。

“哦哦。”吴淳倒是有些意外，连忙放下手中的事情接过来，翻看着。“你们刘老师出题就是不一样啊。我打算给班里的同学也做做，让他们扩展一下。”

“吴老师——”时陆顺手把东西交给他后，准备切入正题。他要重提这次调换座位的事情。

时陆在来的路上已经重新想了好几条说服力十足的理由，虽然这次吴淳的态度出乎意料地坚决，但时陆向来是不达目的不罢休的。

“哦，对了，你待会儿回教室的时候把这个带回去。这是学校新发的标语，贴墙上。”时陆话还没说完，就被吴淳打断。吴淳从桌上拿起一个印刷好的标语给他。

时陆低头一看，手里的东西白底红字，上面写着：禁止早恋。

时陆把这个标语拿回教室，直接扔给了宁储，然后一脸烦躁地拉开椅子坐下。

前排的宁储看到桌上突然掉下来的东西，捡起一看，乐得不行。

“你去找老吴换座位，他就给了你这个啊。

“老吴真的有才。”

“别笑了。”时陆一脚踢在他的椅子上，脸朝旁边示意，“去，给我贴墙上。”

“还要贴墙上啊？”宁储睁大眼睛，笑得更是夸张，“我看别贴了，直接贴你的脑门儿上吧。”

时陆：“宁储，你有事吗？”

“我没事，不过你看起来像有点儿事。”

宁储赶在时陆发火前溜了。临走前，他不忘拿上那张标语。

宁储在教室环顾几圈，最后把地方定在了右边靠窗的那个位置。他高，基本不用凳子，踩着桌底下的横栏用力一跳，手里的标语“吧嗒”一声牢牢粘在墙上了。

正坐在底下的傅娇娇和千萤抬头一看，醒目的几个大字就出现在她们的头顶。

傅娇娇蓦地瞪向宁储，毫不客气地问：“您有事吗？”

宁储拍拍手，泰然自若道：“老吴让我贴的。”

“那你贴在我们头上干吗？”傅娇娇质问。

宁储摊手解释：“这个位置是全教室最打眼的，贴这里全班都看得到。你不要这么敏感。”

“那你怎么不直接贴讲台上？更打眼。别班的都能看到。”

“不太好吧？”宁储面露无辜，“太醒目了。不知道的还以为我们班成了多少对，每天不学习光谈恋爱了。”

傅娇娇被他气得半死，扭过头把桌上的书拍得啪啪作响，脸上就差写“快滚”两个字了。

宁储和坐在那儿的千萤对上目光，小姑娘仰着脸，还有点儿呆呆的，似乎没反应过来。

宁储朝她露出了一个和善的笑容，千萤刚要礼貌回应，旁边的傅娇娇察觉过来，狠狠地瞪了宁储一眼，双手捧着千萤的脸把她扭了过来。

“别和坏蛋说话，你会被传染的。”

千萤：“哦。”

宁储望着傅娇娇无奈地笑了笑，摇摇头走了。

今天中午时陆没有补课，铃声一响，他就过来叫千萤去吃饭。

傅娇娇在旁边收拾东西，她一般都不和他们一起，每次时陆叫千萤的时候她就和别的小姐妹去食堂。

千萤隐隐感觉她好像不是很喜欢和时陆他们待在一块儿。

今天也不例外，时陆一喊她，傅娇娇就说："小萤，你先走吧，我去找彭彭她们。"

"我们一起去吧。"千萤摇了摇她的手，央求道。

"对啊，傅娇娇，我们又不会吃人。"时陆见状在一旁搭腔，只是懒洋洋的腔调很是欠揍。

傅娇娇咬咬牙，冷哼道："我怕你？去就去，本小姐今天给你个面子。"

"啧。"时陆眉眼下垂，眸中有着浅浅的不耐烦，他伸手拉向千萤的校服衣领，"走吧，大小姐。"

他接着傅娇娇的话，却看着千萤。而千萤几乎是被他一路拎过去的。

教室门口，宁储他们站在那儿等候，盛扬的脸上都有了一丝不耐烦，问："怎么这么久啊，哥？"

"谁知道？"时陆轻描淡写，径直走到前头。

盛扬很快看到后面的傅娇娇，乐了，问："咦，今天傅小姐和我们一起去吃饭啊？"

"没错。"傅娇娇头昂得高高的，像只高傲的小孔雀，这是你的荣幸。"

"太荣幸了，我都快感动哭了。"

盛扬嘴贱，傅娇娇气得立刻伸手去打他，两人一追一赶闹腾起来。千萤偷偷地看了眼时陆，他就在两人身后不紧不慢地走着，注视着他们，嘴角似乎还带着淡淡的笑。

"看什么？"头顶突然被人揉了把，手指的力度丝毫不讲究，千萤感觉自己的脑袋可能已经变成鸡窝了。

"你别扒拉我。"千萤不满地抬起细细的眉头，拨开时陆的手。

"我摸一下也不行吗？"

"不可以。"千萤毫不留情地说完，身后突然没声音了。她又有点儿不安，回头看了眼。

时陆正不声不响地走着，抿紧的嘴角莫名地带了点儿委屈。

她想了想，补充了句：“在学校不可以。”

“为什么？”时陆不开心地质问，低头瞪她。

千萤的手指向上指了指，无辜道：“禁止早恋。”

楼前的林荫道上，千萤说完这句话就跑了，时陆在原地反应了好一会儿，才回过神，抬起眉道：“不是，我摸个头怎么就早恋了？不对，她说这话是什么意思——”

时陆一肚子的憋屈没地方发泄，而千萤早就跑远，在前头挽着傅娇娇的手。他不甘心地看了看，最后还是作罢。

这时已经入了春，稍稍回暖。

吃完饭，傅娇娇要去散步消食，时陆一贯对这种性质的活动不感兴趣，他只想回教室补觉。这个寒假他几乎没怎么休息，每晚做题到深夜，严重睡眠不足。

他一睡不好就容易头疼，脾气差，不耐烦。

盛扬跟朋友约好要去打篮球。他一身旺盛精力无处释放，大中午也要去玩两把。

宁储要去图书馆还书，顺便再借看。

几个人从食堂出来，一起拐到小超市，买了酸奶和零食。今天是宁储付的钱，傅娇娇在收银台和他争执不下，最后还是抵不过男生手长脚长。

“下次你请我就是了。”宁储弯下腰靠近她，镜片后的眼睛里带了一抹笑，“小娇娇。”

千萤在旁边，看着傅娇娇的头发似乎以肉眼可见的速度一根根竖了起来。

傅娇娇的脸瞬间变成番茄色，她抓狂地叫着：“别这么叫我！”

一直到分别后，两人走出好远，千萤身旁的傅娇娇好像终于从梦游中回了神，对着嘴里的酸奶吸管用力一咬，咬牙切齿道：“那个臭流氓，臭鸡蛋。”

“我们这是走到哪儿了？”傅娇娇骂完，总算有心思打量周围了。

千萤其实对一中还没那么熟，她基本都是三点一线，有些偏僻的地方没有来过。

刚才从小超市出来，傅娇娇几乎是气冲冲地往前走，完全没注意方向。千萤跟着她，两人就来到了现在这里。

说偏其实也不算很偏，只是远离教学楼、食堂这些中心区域。一中学业又忙，平时特意过来的人不多，周遭很僻静。

千萤认出前面那栋红色屋顶的房子是学校的艺术展厅，有客来访时会开放参观。偶尔学生过来，只能在一楼转转。因为身边的人很少会特意到这里来，千萤到一中这么久还没进去看过。

“怎么走到艺术厅这边来了？”傅娇娇望望四周，知道了她们的位置。她看着前面那个尖顶大楼想起什么，眼睛一亮：“对了，小萤，你还没去过我们学校的艺术展厅吧？正好带你逛逛。”

两人已经离艺术展厅不远，从铺着碎石的小径走过去，穿过一个小花园，没几分钟就到了展厅台阶前。

展厅修建得很气派，是现代和复古的结合，台阶前高耸的旗杆顶上，五星红旗迎风飘扬。

里面比千萤想象中的还要大气宽敞。进门是一座艺术雕塑，墙壁上挂着各种各样的艺术作品，正中那面墙上有许多合影。

头顶灯光白亮，地板光可鉴人，墙壁亦刷得雪白，用具却都是红木样式。

千萤打量着，视线从一幅幅作品上认真看过，忍不住问：“这些都是我们学校学生自己创作的吗？”

“嗯，有在校学生的，也有已经毕业的学长学姐的。”傅娇娇在一旁说，“这些都是在各项艺术比赛中获奖的作品，或者本身就有点儿名气的学生的作品。”

她说到这里，来了点儿精神：“就比如时陆，他师承油画大师张奇山，五岁时他就被张奇山收为关门弟子，十四岁举办个人画展，在业内一直备受关注，被媒体报道过很多次，年少成名。

“他当时升入一中，学校特意写了篇报道，什么‘美术天才时陆，一中开学典礼致辞’，还将他的一幅画作挂在这个展厅里。”

“真的吗？”千萤提高音量，眼里透出些迫不及待。她之前只是听说他画画很厉害，但一直以来都没有见过。

他家里也没有出现过任何画，时陆更加不曾在她面前提起过“画画”两个字。

“我骗你干什么？就在里面。他那幅画学校宝贵着呢，放在最里面。”傅娇娇咂咂嘴，领着她往里走。

“摸都不能摸，我们只能隔着玻璃看一看。”她说到这儿，深深叹气，“不过时陆的画确实很漂亮。可惜了。”

千萤在最里面的那个展厅里终于见到了傅娇娇口中的那幅画。

真的是漂亮极了。

墙上的玻璃后，是一幅色彩鲜明的油画。画的似乎是夕阳，层层叠叠的颜色铺开，光影变幻。底下的湖水荡漾，四周是黑色枯树林，几只鸟从中间穿过，扑扇着翅膀，义无反顾地冲向了那轮将要沉落的夕阳。

整个场景构图很抽象，有种难言的意境，色彩却极美，让人一瞬间联想到很多不同的画面。

千萤想起了他的木雕，但是不同的是，眼前的画里多了一种旺盛的生命力。

身处绝境，却仍然想要挣扎向上。永不屈服，怀揣希望。

她被这种扑面而来的触动震慑住，久久无言。

漫长寒冷的冬季过去，初春时分，迎来连绵阴雨。

这段时间台城的温度是有史以来最低的，不同于冬天的干冷，寒凉中带着潮湿，风一卷，都是雨水的味道。湿湿的冷意感觉能穿过衣服，透进骨子里。

时陆生了两次病，去年冬天还好，头痛时最多请半天假在家睡一觉，醒来就缓和大半了，再过几天便完全康复。

然而这次大概是因为阴雨季节，时陆出门时又不小心淋了雨，发烧过后，转成感冒，头整天都是昏昏沉沉的。

时陆请了快一周的假，在家休养。

千萤晚上放学回来会陪他。因为要吃药、打点滴，时陆基本都穿着睡衣，大部分时间躺着，偶尔精神好会做点儿别的事情。

房间里，用人把饭菜都端到床上。时陆穿着深蓝色格子睡衣，黑发散乱，皮肤白得过分，整个人透着一种弱不禁风的美感。

此时，柔弱美少年细白的手指中正捏着一个陶瓷勺，皱着眉挑三拣四道："怎么又是胡萝卜炖排骨？我不想吃了。"

"胡萝卜补充维生素A，最适合感冒吃，这是营养师精心搭配的。"千萤搬了张小桌子在床边，一边做作业一边哄他，"今天再吃一顿，明天我就让他给你换其他菜。"

"这个星期都吃三次了。"时陆嘟嘟囔囔的，还是不情愿地舀起那块胡萝卜往嘴里塞。

他嚼着，眉心微皱。

"因为你生病了，鹿鹿。等你病好了，我们就天天吃大餐。"

时陆这才勉强吃下了大半碗饭。用人把东西收走，又准备了水果点心，放在桌旁。

时陆半躺着打了两把游戏，脑袋还是阵阵作痛，他有点儿不舒坦，环顾着沉闷的房间，越发难挨。

"我想出去走走。"

"去哪儿？"千萤停下笔，从作业中抬起头，"外面还在下雨，医生让你最好别出门……"

"客厅。"

于是，时陆下床到客厅溜达了两圈，呼吸完新鲜空气后，又躺到了沙发上。用人给他拿来毛毯和枕头，他拿遥控器点开了体育频道。

电视里两个人正在打羽毛球，你来我往。他看了几眼，叫着头疼。

"哪儿不舒服？我帮你按按。"千萤连忙放下手里的东西走过来，在他身旁坐下。时陆熟门熟路地把头放到她的腿上，抱着自己的小枕头蹭了蹭，说："太阳穴那里。"

千萤的手指轻柔地落在上面，轻轻地按压打转，隐隐痛楚被另一种触感代替。相比起来，她的不厌其烦和耐心包容才更加让他心头发软。

时陆闭上眼睛，把脸埋进毛毯里。

别墅的用人们只看到他们家小少爷躺在千萤的腿上看电视，她正给他揉着脑袋，偶尔会拿起桌上的水果喂给他，整个客厅只剩下电视里讲解员的声音。

时陆这个样子，和从前生病时暴躁痛苦的样子截然不同。

男生安静乖巧得过分，温顺地倚在她的身边。这是只有千萤在时才能见到的平和景象。

周六、周日，学校放假。

外面仍旧在下雨，阴沉潮湿，久未放晴。

整整两天千萤都在家陪他。

时陆一生病就特别娇气，爱发脾气，不耐烦，还特别黏人。大家几乎都对他有求必应，千萤也一样，什么都顺着他。

他身体不舒服，游戏多打几把就头痛，电视也不能久看。白天千萤只能陪他下棋，做一些益智类小游戏，大多数时候是他躺在她的旁边，千萤念书给他听。

时陆一星期没去上课了，千萤会给他念课堂笔记。他记性好，脑子又聪明，每次听一遍就掌握大半了。但是他总是没听多久就叫着累，让千萤给他念小故事，还是那种只有几岁小孩儿才会听的睡前童话故事。

他听着听着，就在那里睡着了。

千萤这时候才有空闲做自己的事情。她抽空回复傅娇娇的消息，做做题，还有揉揉自己发酸的四肢。

时陆喜欢靠在她身边睡觉，每次脑袋或多或少总会压在她的手臂或肩膀上。他睡着的时候最安静，面容白净，呼吸匀缓，浓密的睫毛覆下来，像个乖宝宝。

周日，宁储他们特意来看他，还像模像样地带了不少补品表示慰问。看到时陆穿着睡衣好端端地坐在沙发上咬棒棒糖时，虽然没说什么，但都纷纷松了口气。

时陆一年总会请那么几次长假，每次回来都像是丢掉半条命。为了防止他中途不明不白地死掉，几个人都会抽空来他家一趟。

“少爷，看来你这次恢复得不错。”宁储走过来，道。时陆正在玩着平板，掀起眼皮看到他们，不情愿地往里挪了挪，给他们让出一点儿位置。

“你们来干什么？”

“看看你啊。万一你有个三长两短，我们也好及时……”

他拉长声音，话没说完，就被时陆打断：“狗嘴里吐不出象牙。”

宁储点头道：“还能骂人，精神不错。”

“不仅能骂人，还能打游戏。”盛扬一指屏幕。时陆的手指正在切换着几个游戏界面，瞧着精神状态确实还不错。

时陆轻哼，没搭理他们。

原本只有两个人的客厅多了他们之后，显得有些热闹。盛扬和宁储在沙发上坐下，一个开电视，一个拿起茶几上的零食。

先前属于他和千萤的宁静被打破，时陆有点儿嫌弃。吵死了，以前没发现他们这么烦。

盛扬明显常来玩这里的游戏机，他拿着遥控器在上面调试完，很快打开了双人模式。

他扔给了时陆一个手柄，迫不及待道：“来，快和我比一把，今天我要扬眉吐气。”

“找虐。”

时陆打不过千萤，打他们却是绰绰有余，很快挽起袖子坐起身。

几个人吵吵闹闹的，时陆虽然眼里嫌弃，但也因为他们的到来，精气神足了很多，不再是之前病恹恹地黏在千萤身边的样子。

千萤坐在茶几边，抽空拿出作业来写。

她嘴里也含着一根棒棒糖，荔枝味，甜得腻人。这是时陆方才硬塞给她的，他连吃东西都要她陪着。

千萤不喜欢这个味道，过了会儿终于忍受不了，皱着眉头把棒棒糖拿下来握在手上。

时陆虽然在打游戏，但总会分神去看她，很轻易地就把她的嫌弃收入眼中。

千萤刚要把棒棒糖丢到垃圾桶里时，正对上时陆的视线。

“太甜了。”她有点儿心虚，解释了一句，手却不怎么敢动了。

这可是时陆最喜欢的一个牌子的糖果，给她时还特意叮嘱过不准丢。

“拿来给我。”时陆直接朝她伸出手，千萤还没反应过来，手中的棒棒糖就被他拿走了。他极其自然地放到了嘴里。

时陆含着那根棒棒糖，继续转头打游戏，丝毫没发现旁边几张呆滞的脸。

盛扬一个愣神，耳边就传来击杀声，他又被时陆“送”回老家了。

宁储难得地失态，愕然张唇半天，愣愣地推了推脸上的眼镜。

过了几秒，千萤转过头，继续写作业。

时陆不是第一次吃她吃过的东西了。两人的口味截然不同，有时候他硬塞给她尝的食物，她吃不完，时陆便会拿过去继续吃。

只不过这是第一次在熟人面前这样，千萤感觉耳根有点儿发烫。

她轻轻地吐了口气，装作面色如常。

这个周末过去，时陆的感冒好得差不多了，比起前段时间无精打采的模样，现在已经恢复了一丝活力。

他早上起床，换上了校服，端坐在那儿，像棵晨光下的小白杨，整个人精神多了。

千萤欣慰，有种莫名的满足，就像是把一盆蔫了吧唧的植物养活了。

两人去学校，到班里时遇到不少人跟他们打招呼。时陆大病初愈，许久未见，大家都格外热情。

他到座位上坐下，徐菀瑜还特意跑过来，手里拿着两个袋子。

“时陆……”她现在也不敢喊“时陆哥哥”了，只是语气依然娇软。

“我爸爸听说你生病，特意让我带给你的。这是他从国外一个医生那里找来的安神套装，听说对头痛很有效。”

时陆顿了下，还是接了过来道："替我谢谢他。"

徐菀瑜见他收下，脸上浮出一抹开心的笑。她又想起什么，有点儿不情愿地把手里的另一个袋子提过来，说："这个，是给千萤的。我爸妈听说了之前的事情，给她的歉礼。"

时陆本想说"你自己给她"，目光触及千萤的背影，顿住，接过道："嗯。"

他不忘板起脸训斥："好好听你爸妈的话，别一天到晚在学校瞎闹事。"

徐菀瑜羞愤地涨红了脸。

今天中午，依旧是五人组合去食堂。

傅娇娇自上次后就自然地加入了他们，几个人刚好可以占据一张桌子。

里面除了千萤，其他人都是少爷小姐作风，正常情况一个人两三个菜就能饱，但他们不管，每次都要点上四五个菜，堆满餐盘，然后只拣自己喜欢的吃两口，最后都会剩下不少。

今天也不例外，盛扬、宁储的盘子里堆满了排骨、鸡翅，菜都快要装不下。反而时陆因为病刚好要吃清淡的，盘里只有西蓝花和虾仁百合。

几人动筷子，千萤还没来得及吃，就见盛扬从自己盘里夹了块鸡翅给时陆。

"少爷，你都瘦了，多吃点儿补补。"

"你怎么回事？"他话刚落，就听旁边宁储格外夸张地叫了声。宁储拧着眉头，又把时陆盘子里那块鸡翅丢回到盛扬的碗里，说："不知道我们大少爷有洁癖吗？从来不吃别人碰过的东西！"

"哎呀。"盛扬装模作样地一拍脑门儿，懊恼道，"前几天看到他不嫌弃别人的东西，我以为我记错了。"

"不懂吧？这种事情是因人而异。"

"唉，只怪我们没有生成他喜欢的样子。"

"可不是。"

两人一唱一和，一个摇头，一个沉痛，配合得无比默契。

拿着筷子的千萤默默无语。

时陆看向那两人，道："吃不吃？不吃就滚。"

新学期，千萤被傅娇娇拉着加入了学生会。

傅娇娇原本就是纪检部的，工作是戴着红袖章检查违纪行为。轮到她值日时就不用上早课、做操，且经常放假，还会有部门公费团建和聚餐。

体验了一个学期的傅娇娇觉得不错，学生会招新时就拉着千萤去了。

经过几轮简单面试，被问及自己的特长和经验时，千萤苦苦思索，最后试探地给出一个回答："擅长吃苦？"

然后她就被分配到了宣传部，每月定期出出校板报之类。千萤个人资料上面的字写得不错，她还会做手工，这方面动手能力应该不差。

这是千萤根据几位干事的心理活动推测的。

一中的宣传部好像是整个学生会里最清闲的部门，没有板报任务时就正常上课，偶尔传达一下资料。

千萤经常忘记自己还有个学生会干事的身份，所以收到群里放学集合的消息时她还愣了下。学校出了一个以地球日环保为主题的宣传任务，他们这几天要把教学楼下宣传栏的板报更新出来。

千萤作为宣传部的一员，也被分配了写字画图的任务。他们总共五个人，每人负责一小块内容。

时陆从竞赛班下课回教室，没看到千萤的身影。听人说她在楼下画黑板报时，他的眉头轻轻地挑了挑。

楼下，千萤正对着面前的大黑板冥思苦想。她的速度在里面不快不慢，基本设计和文字部分都弄好了，最后只差中间一张宣传图。

板报设计是按照书上模板来做的，文字内容她用搜索软件搜了资料，中间这幅图是个大地球，两边围绕着树枝一样的图形，中间还有一只手捧着绿芽。

整体线条简单，看起来不是很难，只是一上手，千萤就发现要把那个地球和树枝画好太难了。徒手没办法画出这么规范的圆形，千萤尝试失败后，想办法借了个圆规，正在努力画圆时，身后伸过来一只手。

“你在干吗？”熟悉的声音在头顶响起。千萤仰起脑袋的画面，刚好撞进时陆的眼中。

他的手从后方伸过来，按住她摇摇欲坠的圆规，就像从后面把她整个人拥在怀里。

千萤松开手，很快往旁边退了一步，回答：“我在出黑板报。”

时陆抬头看了一眼，面前的板报有模有样，只是中间空了一块，有被涂画过的痕迹。

“还有多少？”他抬手看了眼腕上的表，有点儿不乐意，“快六点了，再不回去天要黑了。”

“可能还要半小时。”千萤估算了一下时间，为难道，“要不你先回家吧？我待会儿自己坐公交车回去。”

时陆拧紧眉头，看着她手里的板报书，再抬头看向黑板，语气随意：“就差中间那个图了，是吧？”

“嗯。”千萤点头，捏着手里的粉笔，“应该还要一会儿。”

“麻烦。”时陆低头，从她手里拿过那根白色粉笔，直接在黑板上随手一画。顺畅流利的弧度，很快黑板上出现了一个完整的圆。

时陆捏着那根粉笔，眉眼沉静，动作飞快。

没到两分钟，地球轮廓已经基本出来，但时陆不是按照她的那幅图画的，时陆画的地球瞬间长满鲜花植物。每朵花儿都生动极了，植被茂盛，地球像是一个花多得盛不下的大花篮。

黑板下方边缘放着一盒彩色粉笔，他用几分钟打完草稿，开始上色。

那是一个充满鲜花的世界，美丽繁华，生机勃勃。

大胆又充满想象力的地球。

时陆端详几眼，最后在左上方补充了几笔，很快画面中出现几颗小行星，点缀在上空。

整幅画在板报上就像是一道绚丽风景，又和这次的主题完美契合，让人眼前一亮。

边上的几个人已经都围了过来，望着时陆随手画出来的作品惊叹不已。

“感觉拉高了这次黑板报的整体档次。”

“这才是艺术创作，我们的充其量叫作临摹。”

“大神，求带！”

“画完了。”时陆干脆利落地把手里的粉笔一扔，粉笔精准地掉进盒里。他拍拍手上的灰尘，拎起两人放在一旁的书包。

“我们先走了，你们慢慢弄。”

“别啊，大佬带带我们！”

时陆对身后这些声音充耳不闻，往前走了两步，才发现身旁的人没有跟上。

千萤愣愣地站在原地，对上他望过来的视线时才回神，连忙抓紧跟过去。

“还傻站在那儿，发什么呆？”

“鹿鹿，你画得真好看。”千萤仰起头诚恳夸赞。时陆扬起下巴：“那当然。”

夕阳倾洒而下，此刻的时陆眼里好像在发光。

第二天，所有人都知道那幅画是时陆画的了。

不少人还在课间的时候特意跑下去瞻仰，比如傅娇娇。

“小萤，昨天真是时陆帮你出了黑板报吗？”她下楼梯的脚步都控制不住地兴奋。

“他等得不耐烦，就把我的粉笔抢过去了。”千萤在旁边解释。

傅娇娇充耳不闻，沉浸在自己的世界里。

“天哪，原来让他重新画画这么简单，只需要一个没画完的黑板报。

“天哪，原来你就是那个让他频频破例的女人。

“小萤，我果然没看错你。”

走到楼下，站在板报前，傅娇娇足足驻足了十分钟，恨不得拿放大镜，细细观察每朵花的纹路和树叶的脉络。

周围也有不少学生，一边观看，一边小声地说着话，但是千萤没有听清。

她和傅娇娇赶在上课铃声响起前去小超市买了牛奶。

两人一路跑回来时，她发现傅娇娇常喝的这个牌子和宁储他们的一样。

好像小超市摆得最多的就是这个？千萤理解为这是他们一中的习惯。

时陆病好的这个周末，别墅迎来了久违的访客。

今天时斯年也在家。他昨晚深夜回来的，没人知道。

千萤早上起来吃早餐时，突然发现餐厅多了个人，于是那顿早餐吃得尤为不自在。

时斯年待在别墅的时间不多，他也不怎么和他们说话。每次他在家时，也只是千萤跟时陆两个人自己玩，他独自待在书房。不过每次他都会叫时陆单独上去聊一会儿。

父子之间这样的相处，千萤是第一次见。像仇敌，像上下属，就是不怎么像亲人。

早餐后没多久，门外传来声响，有交谈声从远到近，没多久徐管家就带着人走了进来。

里面有个熟悉的人。是徐菀瑜的爸妈带着她一起过来了。

“小陆，好久不见。”男人率先爽朗地打着招呼。

时陆微微诧异过后，露出极浅的笑意，礼貌道：“表舅。”

他打量着三人，话里听不出太大情绪：“你们怎么有空过来了？”

“这不，你外婆的生日快到了，我们特意过来送邀请帖。你爸爸呢？”

“在楼上。”

徐管家把他们安置在客厅坐下，倒了茶，然后上楼去叫时斯年。

时陆坐在他们对面，垂着眼，有一搭没一搭地跟他们寒暄着。他这个时候有种属于成年人的客套，和在学校时不太一样。

时斯年很快下来，表舅一家连忙站起来问候。两边人坐着，开始像是要谈事情的样子。

千萤也不好待在这儿，借口自己要去复习，连忙跑了。

不知道过了多久，千萤就听到楼下传来送客声。她竖起耳朵，刚要仔细去听——

“砰。”一道清脆的碎裂声，像是有什么东西砸在地面。

千萤陡然一惊，顾不上偷听，连忙推开椅子下去。

别墅一楼客厅，徐菀瑜一家人已经走了，只剩下时陆和时斯年站在那儿。管家和用人站得远远的，都没人敢说话。

两人中间是一个砸在地面的杯子，已经四分五裂。

时斯年脸色阴沉，目光冷冽，问：“时陆，你知道你在说什么吗？”

时陆紧握着拳，道：“这次寿宴我是不会去的，要去你自己去。”

“她是你外婆。”

“那又怎么样？从那个人离开起，我们就没有关系了。”时陆呼吸急促，眼圈发红。

“人在的时候你不闻不问，走了你反而在这里献深情，真是让人恶心。”他讥讽道。

“时陆！”面前的男人几乎暴怒。

时斯年没了往日的涵养，额上的青筋暴起，他高高扬起手。时陆倔强地仰起头，同他对视，一动不动。

一场前所未有的战争即将爆发，他们从未见过如此盛怒的时斯年。父子俩之间的气氛恐怖得吓人，所有人连大气都不敢出，这个时候更加不敢上去。

“时叔叔！”一道声音突然插了进来。千萤脚步飞快，冲过来一把挡在时陆的面前，张开手。

她对上时斯年的目光，忍住心头颤抖，艰难地咽了咽口水。

千萤鼓起勇气道：“您别凶他。”

周遭寂静，时间仿佛凝固住。千萤定了定心神，重新稳住声线说了一遍：“您别凶他。”

她的语气里仍然带着微不可察的颤抖：“鹿鹿身体不好，一难受就容易头疼。您……您多包容一点儿。”

说到最后，当事人没什么反应，千萤却似乎快要哭出来。

她害怕极了。

时陆知道，没有人不会畏惧盛怒中的时斯年，然而她依旧无畏地挡在他的身前，牢牢地张着手臂，瘦弱的肩膀快紧绷成一条直线。

这是第一次，有人会在时斯年面前护着他。

Best Time

白马时光

夏日萤火

二

江小绿 著

天津出版传媒集团
百花文艺出版社

台 城

目 录

CONTENTS

FIREFLY IN SUMMER

云　镇

目　录

CONTENTS

第十五章

重新起航

时陆低垂眼帘，浑身的戾气都卸下来。

时斯年最终还是什么都没说，深深地看了两人一眼，转身离开。

他的身影消失在客厅的那一刻，千萤的身体突然松懈下来。她重重地松了口气，惊魂未定之余，连忙转头看时陆。

“鹿鹿，你没事吧？”她拉着他的手臂四处打量。地上碎片还在，触目惊心，千萤生怕在她下来之前两人还动过手。

“我没事。”时陆握住她的手。

他注视着她的眼睛，嗓音沙哑，重复道：“我没事。”

“我需要一个人先待一会儿。”时陆轻轻道。他的肩膀不自觉地微微下垂，像是一瞬间失去了力气。

两人的手还握在一起，千萤用力地回握住他，然后松开，说：“鹿鹿，你好好休息吧。”

她目光清澈柔和，说：“有什么事情叫我，我随时都在。”

“嗯。”时陆点头，刚迈开步，又立刻停住，仿佛难以抑制般，转身，重重地拥抱了下她。

千萤猝不及防，只感受到一阵风迎面而来，下一秒就被他拥在怀里。

她努力踮起脚，仰头。时陆紧紧收拢手臂，又小心翼翼地松开。

他眼睛很红，带着浓重的鼻音，说：“阿千。你要一直都在。”

这个下午，整个别墅无比沉寂，连屋外园丁修建草坪时都不敢发出太大声响。

晚饭时只有千萤，她对着满桌子的菜，默默地看了桌边的徐管家一眼。

“他们都不来吃吗？”千萤愁眉苦脸，叹了口气。

“应该是。每次先生和小少爷吵完架，两人总会冷战很长一段时间。”徐管家贴心地解释。

“那为什么还做这么多菜？”

“为以防万一。”

千萤沉默了下，继续道：“那他们什么时候吃饭？”

“待会儿单独给他们送过去。”徐管家也叹气，“就是不知道会不会吃了。”

时斯年在楼上书房，用人准备了精致的四菜一汤端上去。时陆的稍后一点儿，徐管家吩咐厨师特意给他煮了个甜汤。

用人正要给时陆端过去时，千萤接过托盘，说：“我来吧。”

二楼时陆的卧室房门紧闭，里头没有任何响动，千萤小心地敲了敲门，说：“鹿鹿，吃饭了。”

好长一段时间都无人回应。就在千萤以为他睡着了或者不会理会时，隔着门板，传来极低的一声：“进来。”

房间窗帘紧闭，漆黑一片。时陆把自己紧紧蒙在被子里，缩成一团。

“鹿鹿，吃点儿东西。”千萤在昏暗中慢慢地摸索，然后把手里的托盘放在床头柜上，轻声叫他。

那团被子没有丝毫动静，过了好几秒，声音闷闷传来：“你先走吧，我待会儿自己吃。”

房间重新归于安静，千萤站在那儿没动，两人像是在无声对峙。

千萤低头看着床上裹成一团的人，须臾，伸手去拉他头顶的被子。

她拽开一角，里头的人立刻重新拽回来合上，她两只手一起上，和时陆拉扯着。最终，他还是不敌她，泄气似的松开手，任由她把整个被子

掀开。

时陆双手捂住脸，拿起旁边一个枕头盖住脑袋。

“啪嗒”一声，千萤直接打开了房间的灯。

时陆无处遁形，翻了个身，整张脸向下，又埋进枕头里。

不知为何，千萤看着他这个鸵鸟模样，又气又有点儿想笑。她走过去摸了下他的脑袋，后脑勺儿上的发丝柔软，穿过她的指间。

“鹿鹿。你怎么像个小孩子？”

“我就是小孩子。”时陆丧气地说。

“小孩子更应该按时吃饭。听话。”千萤看着闷闷不乐的时陆，轻声哄道。

她抽开他的枕头，这次他没有挣扎，时陆露出大半张脸，一双红肿的眼睛憔悴醒目。

时陆有点儿不适应突然的强光，低下头去揉了揉眼睛，慢慢坐起。

真的是小孩子，还会自己躲起来哭鼻子。

千萤也有点儿想哭。和最亲的人针锋相对，吵赢了难过，输了也难过。而且，他应该想起自己的妈妈了吧。

“快去洗个脸。”千萤把他从床上拉起来，推到洗手间，“洗完出来吃东西。”

时陆擦干脸，整理完出来时，千萤已经把碗筷都在桌上摆好了。今天厨房做的都是清淡温补的菜，里面有道他最爱吃的虾。

洗过脸，时陆看起来精神了很多，额发微湿，脸白皙干净，眼眶还有点儿红红的，像只兔子。

他没什么胃口，只喝了小半碗甜汤就放下筷子，说：“我吃饱了。”

“再吃一点儿。”千萤给他夹菜。时陆恹恹地重新拿起筷子。她夹一点儿，他吃一口，后来千萤戴上手套给他剥虾，就这样时陆才勉强吃下半碗饭。

千萤把最后一只剥好的虾放到他碗里。

“好了。”她摘下手套，刚要盯着他吃完，时陆夹起那只虾送到她唇边。

“我吃过了……”千萤愣神，说。时陆把虾往前送了送，筷子快要抵到她的嘴唇。

“最后这个给你。尝尝自己剥的虾。”

千萤张嘴尝了，没有吃出来什么特别的味道。

时陆却好像很满足。

第二天一大早，时斯年的那辆黑色汽车开走了。

只是时陆的心情并没有好上太多，连同着周围人都不自觉地小心翼翼起来。

这一天别墅的气氛依然很压抑。

到学校时，宁储他们明显都感觉到了时陆的低沉，玩笑都开得少了。中午吃完饭，时陆先回教室做题，几人慢慢散步，傅娇娇拉着千萤忍不住小声八卦：“时少爷最近遇到什么事了吗？我怎么感觉他心情不太好的样子。”

“嗯。”千萤也很发愁，“他周末和他爸爸吵架了。”

“啊……”傅娇娇了然，“难怪。”

“时陆他爸上周回来了？”身后不远处宁储听到，问。

千萤有点儿奇怪，但还是点头，说：“回来了。”

“怎么又吵起来了……”他像是自言自语，眉心微皱。

傅娇娇见状，不禁翻白眼，问：“这么关心，你去问他啊，在这里琢磨干什么？”

她的语气有点儿冲，千萤在底下拉了拉她的袖子。

宁储却没生气，反而展颜。他望着傅娇娇，轻笑一声，问：“你怎么又吃醋了？”

傅娇娇的头发又竖起来了。“谁吃醋了！”她恼怒不已，手都握成了拳头，“宁储，劝你不要往自己脸上贴金。”

“好吧。”宁储依然淡定，白净斯文的脸上不见丝毫恼意，“娇娇说什么就是什么。”

傅娇娇一下熄了火，恨恨地扭过头，昂起小脸，千萤却看到她耳尖红

得不行。

千萤觉得自己好像发现了什么不得了的事情……

这个周五，时陆不用补课，两人准时放学。

台城雨季过去，近日来都是晴天，此时夕阳落满了林荫道。

千萤走在前面，时陆提着书包跟在后头，神情淡漠，眼中还有未退的冷意。

刚刚临下课，徐菀瑜来找他，又说了寿宴的事情。

他外婆今天过生日，晚上举办宴会。徐菀瑜来邀请他一起过去。听说那边还派了车，已经在校门口等候。

两人走得很慢，尤其是时陆，沉着脸，脚步迟缓，仿佛手中的书包有千金重。即便速度不快，两人依旧走到了校门口，远远可以看见路边停着的那辆车。徐菀瑜站在一旁等候，正四处张望着。

千萤看到时陆的步伐停住，没什么表情地望向那边。

而时家的司机却不见踪影。千萤本想给司机打电话，从书包拿出手机，抬头的一瞬间，时陆的侧脸闯入她的眼中。

男生过分沉静，眉宇间笼罩着一丝说不清道不明的东西。是厌烦，又像是难言的悲伤。

这一刻千萤脑子仿佛短路，中了邪般只剩下一个冲动的念头。

千萤一把抓住时陆的手，朝另一个方向的公交站台跑去。

“鹿鹿，我们今天不回家，带你去一个地方。”

马路的红绿砖上，碎了一地的金色阳光，树影重重间，两个穿着校服的身影像风一样往前奔去。

时陆愣了一秒，反应过来时，已经跟着千萤跑出去老远。他脸上露出笑，在气喘吁吁中，两人赶上了路边停靠的那班公交车。

他们投币，抓紧吊杆站稳，窗外风景快速闪过。时陆和千萤并肩站着，还都有点儿喘，弯腰对视上的那一刻，又不约而同地笑出来。

“你要带我去哪里？”时陆压低嗓音，带着一丝难言的温柔。

“到了就知道了。”千萤眼里藏着神秘，莫名得意的样子。

时陆先前的低沉压抑一扫而光，明明什么都还没有做，却已经感受到了愉悦，道：“好。那我勉强期待一下。”

他这么一说，千萤又突然心虚起来。她低下头，默默地咽了咽喉咙，最终还是什么都没讲。

公交车在市区一处商业中心停下。工作日结束，街上人来人往，刚下班的白领、穿着校服的学生……形形色色的人前往不同方向，四处可见楼宇商铺和小吃摊贩。

时陆打量着四周，微微挑眉，问：“你带我来的就是这里？”

千萤脑中一转，连忙道：“先吃点儿东西。这个点你不饿吗？”

她说着开始在周围物色，下一秒就寻到了目标，拉着他一头扎进拥堵的人群中，往前面正冒着烟的章鱼小丸子摊位走去。

待走出这条商业街时，两人手里已经拿了大堆吃的。时陆左手拿着关东煮、烧烤，右手拿着蛋糕、糖葫芦，而千萤手里正捧着一杯柠檬茶在喝，另一只手上还拿着一根炸鸡串。

时陆不由得怀疑起今天她带他出来的真实目的。

两人边走边吃，漫无目的地往前。这边几个商业区都连在一起，刚才他们逛完的那条街是小吃街。

“饱了吗？”待穿过两条马路，时陆问身旁的人。千萤把最后一个肉丸塞进嘴里，忍不住打了个饱嗝儿，说：“饱了。”

“那我们接下来去哪儿呢？”

他话音刚落，两人脚下转了个弯，来到另一条街道。

和方才烟火缭绕、人群拥堵的场景截然不同，这里视野开阔，可见夕阳将落，两旁墙壁都是五颜六色的大胆涂鸦。街边不少人架起画板，有的在给游人画像，有的在专注练习，有的在采风……还有踩着滑板的少年从他们身旁掠过，像一阵风。

这里新奇开放，充满着艺术气息。

这是台城有名的艺术街。时陆曾经跟着别人来过一次，时隔太久，刚才注意力都在千萤身上的他，没有发现自己已经不知不觉走到了这里。

像是巧合。

他却转过头，盯着身旁的人。

千萤仿佛没有察觉到他的视线，无比夸张地惊叹了一声。

“这里好漂亮。”她睁大双眼，拉着他的手，“我们快去看看吧！”

街道没有先前的拥挤，宽阔干净，中心的广场喷泉处有一群鸽子在夕阳下挥着翅膀起飞。

两边画画的人很多，大部分是商业性质，也有少量业余爱好者在这边寻求灵感，顺便交流兴趣。

千萤感兴趣地看着街头艺人给顾客速写，又转头端详沉浸创作的画家，最后状似不经意般，带着时陆走到一个人多的地方。

广场入口的街道边缘，靠墙架着好几块画板，有个戴贝雷帽的男青年拿着调色盘，在给身边一群小孩儿讲解绘画入门知识。

他旁边有块板子，写着“油画体验，二十块钱一小时”。空白画板旁摆放着成套的绘画工具，虽然用料低廉，但是胜在齐全。

千萤又开始发挥她劣质的演技。

“鹿鹿！这里可以画画欸！”她浮夸地叫着。下一秒她抓着他手臂，换成渴望的可怜语气，说，“感觉好好玩的样子哦。我还从来没体验过呢。”

“哦。”时陆平淡地应了声。

哦？千萤傻眼了，看着他一时不知该如何反应，大脑有两秒空白。

时陆嘴角微不可察地上扬，他迈开脚步向街边那些画板走去。

“喜欢就试试。”

一喜一悲莫过于此。

千萤望着时陆已经走出半米远的身影，连忙跟上去，声音重新上扬起来：“鹿鹿，你等等我。”

两人交了钱，在边上分别选了两块画板坐下。他们两个在孩子群中稍稍有点儿显眼，交钱时那个男青年就忍不住多看了他们几眼，特意交代了那些画具的用法。

时陆不知道有没有在听。千萤听得很认真，不忘连连点头。

第一步是打底稿，千萤还没想好画什么，手里夹着笔，撑着腮，对着人来人往的街道思考许久，最后目光还是不自觉地落在旁边的时陆身上。

看侧脸，男生格外认真，手里那支画笔在画板上迅速描绘着。

这个时候他总是轻易就能沉浸在自己的世界里，专注的双眸中只有面前这一件事情。它像在漆黑夜空中出现的星星野火，点燃了他眼底的光。

千萤见过时陆的很多时刻。

他玩游戏时是心不在焉的，刻木雕时是漫不经心的，学习时是为了应付任务的。只有在钢琴和画画上，她才能窥见一个不一样的他。

他应当是快乐的。

夕阳渐渐湮灭，远处的天空由红转橙，再变成深浅不一的蓝。

街上游人少了，不知不觉有路灯亮起微弱的光，一弯月牙挂在上空。

千萤涂完最后一笔颜色，端着颜料板打量几眼，满意地收起画具。

“鹿鹿，我画完啦！”她开心地扭头，男生却仍旧沉浸其中。那个男青年不知何时已经站在了他身旁，眼睛紧紧凝视着他面前的画板，掩不住惊艳。

“等我一下。”时陆头也不抬地回她。千萤压不住好奇心，起身过去看。

时陆的画板上是一幅星空。夏日夜晚，漆黑上空，数不清的星星构成一条闪亮银河。柔软的青草地上有两个小人儿并肩躺在一起，仰望着头顶的星星。

时陆的画笔落在他们不远处，草地边缘，一座小小的铁皮房子显露出形状。

他仿佛察觉不到身旁两人的注视，专心画完，填好色，才收起笔，习惯性地在落款处签下自己的名字。

sl。

这像是一个本能，他自己写完也短暂地愣神半秒，随后恢复如常。

“你好，请问这幅画考虑售卖吗？”他还没有进行下一步动作，旁边的男青年就迫不及待地说，话里透着激动。

“我想放在这里当展品，给每个来的人参观。

“主要是你画得太好了。你应该是美术生吧？学画画多少年了？我建议你去参加一些大型比赛，以你的水平肯定可以获奖的……”

他滔滔不绝，脸上带着看到出色的作品时控制不住的兴奋。

“抱歉，不卖。”时陆言简意赅地拒绝。

在他的热情下，时陆显得有些不近人情。男青年的话语戛然而止，脸上的笑容一点点流失。

“这幅画准备送人的。”时陆又解释了一句。

男青年反应过来，露出遗憾又尴尬的笑容。

“啊，哦，这样啊……”他干笑了两声，“那真是太可惜了。”

“嗯。”时陆依旧惜字如金。男青年此刻已经习以为常，反而想到什么，给他提议，“对了，我这边有画框，你需要的话可以把画装在里面带走。”

时陆愣了一下，点头，说：“好。”

他接着说：“谢谢。”

男青年去给他们拿画框了。时陆转头看向千萤，往她的画板那边走去，问道：“你画了什么？给我看看。”

千萤原本是信心满满的，现在看完时陆的作品，顿时觉得自己画的东西像小学生画的，她飞快地冲到前面，张开手把自己的画挡住。

“没有，我什么都没画！”

千萤绞尽脑汁，想不出什么有力借口，只好央求道：“我随便涂鸦的，你别看了。”

“没关系。”时陆顿了顿，“我不会嘲笑你。”

“好吧。”千萤认命，垂头丧气地转过身，让身后的画暴露在他眼前。

时陆的目光落上去的瞬间，微顿。

确实笔触稚嫩，有些线条还很歪扭，然而出乎意料，她也画了星星。

一个站在地上的小男孩儿，踮起脚去摘天上的星星。漆黑夜空，那颗巨大的金黄色星星落入他的怀中，映亮他的眼睛。

像是把天上的星空都抱了个满怀。

天真烂漫，美好得像童话，让人触动。

时陆刚学画画时，老师曾经和他说过，一个人的作品能最直观地反映内心，因此每个人的画风都截然不同。

他的画总是被老师嫌弃太过沉重，老师说他是一个典型的悲观主

义者。

如果按照这样的逻辑，千萤应该是个完美的童话主义者。她的灵魂干净极了，那里从未被污染，只有美好。

一定要用个比喻的话，就像他小时候吃的第一口棉花糖，柔软香甜，让人想全部吞下去。

两人抱着怀里的画回家。

公交车晃晃悠悠，千萤眼睛一眨不眨地看着窗外景色。无论多少次，她依然会被这里的繁华触动。

耳朵里被塞进来一只耳机。

时陆的手机播放着音乐。

轻快温柔的钢琴声流泻进来，熟悉的曲调，是当初他教她的第一支曲子——《secret base（秘密基地）~你给我的所有~》。

她后来去搜了这首歌，是一部动画片尾曲。

那部动画也有个非常好听的名字——《我们仍未知道那天所看见的花的名字》。又名《未闻花名》。

千萤想起了云镇，想起了蝉鸣不止的夏天。

公交车到站时，路口刚好有个小超市，时陆下车，让她等在原地，自己往那边跑去。

不一会儿，他走回来，手里拿着一个棉花糖。粉粉的，插在竹签上像朵软绵绵的云。

她疑惑地接过，问：“为什么突然买棉花糖？”

“想吃。”

“那你为什么不给自己买？”千萤刚好咬完一口，看着手里缺了个口子的棉花糖更疑惑了。

时陆的表情明显僵住，过了几秒，说：“刚好只剩最后一个了。”

“啊？”千萤看着因为吃不到喜欢的东西、似乎失落的人，把手里的棉花糖大方地往前一递，“那给你吧。”

时陆没有犹豫，低下头，重重地咬下一口后，直起身子，说：“好

了，剩下的你吃吧。”

“咦，你就吃一口吗？”

“嗯，就吃一口。”

“可是我不喜欢吃甜的欸。”千萤苦恼地看着手里缺了两口的棉花糖，不小心道出了心底真实的想法。

爱吃甜食的是时陆啊。

“不吃也得给我吃。”闻言，方才还温柔无比的时陆立刻换了个凶狠的语气。

他瞪着千萤，说：“我用身上最后两个硬币买的，你敢丢试试。”

到家后，千萤蹑手蹑脚地推开别墅门上楼，刚要回自己的房间时，时陆的那幅画被他一把塞到了她的怀里。同时，他拿走了她怀中抱着的那幅画。

“作为交换。”

“欸？”千萤还没反应过来，时陆就走了。

别墅安静，她压下声音，脚步轻轻地回房。

原来要送的那个人就是她啊。

“傲娇”鬼。千萤忍不住笑出声。

晚上临睡前，千萤给时陆发消息：鹿鹿，你今天开心吗？

许久后，她收到了那头的回复：一点点。

他依然很“傲娇”。

千萤敲完键盘合起手机，心满意足地闭上眼睛，进入睡眠。

那边，时陆看到屏幕上出现了一个笑脸。

千萤：晚安哦。

幼稚。他在心底默念，手里却回复：晚安。

两人这次简短的“出逃”没有激起任何水花。

时斯年仿佛根本不知道这件事情，对于时陆没去参加他外婆的生日

宴，也没有显露出其他异样。

周末时，他还休假在家。不知道是刚巧有空，还是特意。

千萤早上起床时，看到他坐在楼下沙发上，对着外面的花园喝咖啡，手里拿着一张报纸，优雅从容。

男人不苟言笑，浑身散发出的气质更是让人难以直视。

时陆和他并不是很像。时陆的长相更加精致一点儿，似乎是遗传了母亲，唯有那双眼睛，在面无表情地盯着人时有几分时斯年的影子。

千萤曾无数次在心里偷偷感慨，上帝是不公的，有些东西与生俱来。只有基因这么好的父母，才会生出时陆这样的男孩子。

千萤轻手轻脚地下楼，默默地去厨房，打开冰箱拿了瓶牛奶。她还是有点儿怕时斯年，经过上次那件事之后更加胆怯了。冰牛奶有点儿凉，她喝了好几口才鼓起勇气挪到沙发旁，细声地打了个招呼：“时叔叔早。”

时斯年手里的报纸抖动了下，语气平常，回道：“早。”

千萤悄悄地松了口气。她坐到餐桌边，用人知道她的口味，照例呈上来一份三明治和煎蛋。

墙上的钟表准时指向九点，时陆下楼。

他在她对面坐下，迷迷糊糊的样子，看起来还有点儿起床气。千萤把手边另一瓶牛奶打开递给他，时陆喝了两口，清醒了几分。

千萤刚要说话，客厅那边传来动静，时斯年收起报纸，从沙发上站起，往餐厅走来。

他拉开椅子，坐在餐桌首位。

用人连忙给他上了一份早餐，有细微动静传来，时陆掀起眼皮看了眼，又冷淡收回。

气氛凝滞，安静的清晨只听见餐具轻微碰撞声，落地窗外明艳的阳光都无法驱散室内的低气压。

千萤埋头吃着东西，终于听到耳边时斯年轻声发话：“今天有什么安排？”

他是对着时陆说的，千萤的动作不自觉地放缓。男生开始没什么反应，过了几秒，才不慌不忙地吃完那口煎蛋，回答：“没安排，想到什么

做什么。”

千萤的呼吸停滞一秒，心提在了半空中。

难得的是，时斯年并没有发火，只是平静地看着他，问：“你的竞赛准备得怎么样了？”

“一般般。”时陆仍旧是那副漫不经心的样子，让千萤着急。

“下个月就是预赛了，你自己把握好时间。”

“嗯。”时陆应完，时斯年顿了下，最终没再说什么。

几人吃好早餐，时陆放下餐具，准备上楼，时斯年突然叫住他。

“对了，待会儿菀瑜可能会过来拜访，她说有些东西要带给你。”

时陆的脚步停了两秒，嗤笑一声，道：“随便她，别来吵我就行了。”

“还有，徐管家——”他又想起一件事，转头扬声嘱咐，“看住她，别让她乱跑，不准她再去二楼乱碰。”

时陆说完，无所谓地上楼，千萤坐在原地，浑身尴尬。她偷瞄了一眼前头的时斯年，他没什么别的情绪，依旧神色如常，仿佛根本没听见刚才那句话。

十一点左右，徐菀瑜来访，是徐管家接待的她。

时斯年依然在书房，时陆也早早地回了房间，只有千萤拿了本书在客厅坐着，勉强做个样子出来待客。

“时叔叔和时陆呢？”徐菀瑜还在玄关处换鞋时就开始不住地打量周围，发现只有千萤一个人，脸上闪过失落。

徐管家在一旁回：“菀瑜小姐先坐一下，我去叫他们。”

徐菀瑜被引到了千萤对面坐下，她手里提了个袋子，放在膝头，很珍视的模样。

两人面前摆着茶点和水果，只是谁也没动。千萤默不作声地看书，打定了主意不搭理她。徐菀瑜坐着，视线环顾四周，百无聊赖，目光又回到千萤身上。

她的目光落在她的书封上面，轻声嘲笑：“这是全英文版的，你看得懂吗？”

“不好意思，上周家教老师刚刚解析过这本书，勉强能看懂全部。”

千萤不紧不慢地回，把早上时陆的语气和模样学了大半。

徐菀瑜的脸上不太好看，冷哼了一声，双手环胸，说："狐假虎威。"

千萤也冷笑："呵呵。"

徐菀瑜气得直翻白眼，伸手在果盘里拿了一颗草莓，咬得嘎吱作响，就好像把它当作千萤咬一样。

千萤慢悠悠地翻过一页书，忍不住生出点儿好奇。

"你为什么这么讨厌我？"她微偏头，眼中满是困惑，"我从来没有招惹过你，也没有做过什么对不起你的事情，之前衣服的事我并不知情，而且后来时叔叔也补偿你了。"

徐菀瑜听千萤这么一说，情绪稍微平复下来了。她还是那副高高在上的样子，骄傲地昂起下巴，说："你住在这里就让人讨厌。天天和时陆哥哥朝夕相处，谁知道会发生什么事情？"

"所以呢？这和你有什么关系？"千萤更加疑惑了。

"怎么没关系！"徐菀瑜声音脆亮，"我喜欢时陆哥哥这么多年，当然不能让别人把他抢走了。"

千萤不懂，但是大受震撼。她足足沉默了半分钟之久，还是没忍住，犹豫地问出口："你们不是亲戚吗？"

徐菀瑜仰着脸，理直气壮，说："是亲戚没错，可是我们已经是第三代了，虽然我和时陆哥哥不能结婚，但以后我们的孩子可以在一起。"

客厅寂静，千萤震惊得完全说不出话来。正在她大脑完全空白之际，身后传来一道愤怒的质问："徐菀瑜！你在说什么?！"

时陆整个人都不好了，从楼梯上大步走下来，眉头紧拧，一脸不可思议地盯着徐菀瑜。

"你有病吧？"他深吸一口气，在千萤带着同情的注视下，感觉受到了有史以来最大的侮辱。

"你给我听清楚，我不可能会喜欢你，以后也不会喜欢你的小孩儿，把你脑子里那些乱七八糟的东西收一收，能不能正常一点儿！"他说最后一句话的时候几乎抓狂。

徐菀瑜也是心理素质好到极点，说："喜欢是无罪的，你可以不喜欢

我，但是你不能抹杀我的情感。”她鼓足所有勇气说完这句话，然后就㞞了，看着面前因为愤怒涨红脸的时陆，伸手抱住了自己的脑袋。

“骂人可以，别……别打我……”她这个时候还不忘威胁，“不然我会赖上你的！”

时陆深呼吸，努力平静下来。他瞪着徐菀瑜，用自己最后一丝理智道：“你过来有什么事？赶紧说，说完滚。”

徐菀瑜把手里提着的袋子交给他，时陆嫌弃地接过，又听她转告了几句他外婆的嘱咐，时陆原本就差的脸色越来越差，徐菀瑜说到后面声音也逐渐变小。

她转告完最后一句，有点儿期待地看着他，说：“时陆哥哥——”

“徐管家，送客。”时陆迫不及待地说，伸手一指外头，“走。”

大门打开，又关合，客厅终于恢复了以往的宁静。时陆头疼地揉了揉眉心，刚抬起眼，就对上一旁千萤的视线。

他神情一滞。千萤无辜，率先澄清，说：“我刚才什么也没听见。”

时陆缓缓抬起手，只见千萤条件反射般飞快地抱住了头，和方才的徐菀瑜足足有十成像。

“别打我！我真的什么都没听见！”

“我不打你。”他面无表情，“我想打死自己。”

打死十分钟前的自己。

如果当时没下楼，一切就都不会发生了。

接下来的两天时陆的脸都很臭，尤其是每次一见到千萤复杂的眼神，他的呼吸就本能地一窒。

回到学校见到徐菀瑜，他更是觉得双重窒息，他把能翘的课都翘了，一直待在竞赛班那边。

时陆的反常当然引起了几个人的注意。中午吃饭时，时陆一看到徐菀瑜从食堂门口进来，就没了胃口，匆匆扒拉了几口饭就放下筷子，道：“我先回去做题了。”

看着他匆忙的背影，傅娇娇眉头一皱，敏锐的八卦嗅觉让她觉得事情并不简单。

“发生什么事了，小萤？”掌握时陆一手动态的非千萤莫属，宁储他们的目光也纷纷投过来。

千萤埋头扒饭。“没什么啊……”她含混不清地说，谎言拙劣。

傅娇娇没有戳破她，只是饭后热情地拖着她去散步，还净往人烟稀少的那种地方走。待周围都没人的时候，傅娇娇终于露出了狐狸尾巴。

“小萤，你快告诉我，徐菀瑜又作什么妖了？”她似乎对徐菀瑜的八卦很好奇。两人像是仇敌，每次见面都互相看不上，谁也不理睬谁。

傅娇娇一个劲儿地摇着千萤的胳膊撒娇，还用言语威胁：“给个面子，别逼我跪下来求你。”

千萤被缠得没有办法，纠结片刻，最终还是败给她。

“没什么，就是她说以后想让自己的孩子和鹿鹿的孩子结婚，然后被鹿鹿不小心听到了，就这样。”千萤选取了代表性的片段简短阐述。她已经省去最关键的部分了，没想到傅娇娇一听完，立刻笑得前俯后仰，直不起身。

“天哪，怎么这么多年她还是没变？当年就学我天天跟在时陆后头‘哥哥’‘哥哥’地叫，现在还是这样。”傅娇娇擦拭着眼角笑出来的眼泪，没发现千萤变得困惑的眼神。

“哥哥？”她试探地问，“娇娇，你也叫鹿鹿‘哥哥’吗？”

“当然不是！”傅娇娇仿佛受到了什么天大的侮辱，跳脚道，“当然不是叫他了！我叫的是别人。”

“哦。”千萤点点头。傅娇娇在心里松了口气，以为把她糊弄过去了，结果下一秒——

“那你叫的是宁储吗？”

傅娇娇的头发又奓开了。

“小萤，你怎么知道的?！”傅娇娇大惊失色。

他们是旧识这件事千萤之前就发现了。最早的一次似乎是在她提起时陆的母亲时，傅娇娇虽然从来没主动说过他们的关系，可是从傅娇娇平时的言谈举止中很容易看出来。

傅娇娇小学时就认识时陆，且和徐菀瑜是多年同学，各种八卦一清

二楚。

尤其是她每次一见到宁储，表现得太明显。

千萤诚实回答：“你和他说话的时候，经常脸红。”

“真的吗?！”傅娇娇又奓毛。

千萤点点头，说：“真的。”

“我死了。”傅娇娇在风中凌乱了好几秒，才平静下来。

傅娇娇和宁储他们从小就认识，她、徐菀瑜、时陆几个都是小学同学。台城顶尖的小学就那么几个，有钱人的小孩儿大部分都聚到一起去了。

那个时候她和宁储还是邻居，每天一起上下学，她就像个跟屁虫一样天天跟在宁储后头，放学后也喜欢黏着他，一天到晚“宁储哥哥”地叫着。

那个时候他对她也很好，有什么好吃的、好玩的都是第一时间给她。傅娇娇记得他那时零花钱不多，可都会攒下来一部分放学给她买糖吃。

后来认识时陆，他就变了。

他妈妈给他报了个钢琴班，跟着一个很厉害的老师学琴。他放学后就没空和她混在一起了，每天要背着书包去学琴。

傅娇娇也缠着自己妈妈给她报，可是第一关她就被刷了下来。那个老师说她没有天赋，她气得半死。

宁储就这样认识了时陆，还特别喜欢和他玩在一块儿。时陆小时候就喜欢板着脸，不搭理人，宁储就像个傻小子一样，对他有种盲目崇拜，有好东西就献宝似的紧着给他，天天热脸贴冷屁股。

傅娇娇承认，时陆的钢琴是弹得好，但那又怎么样？那就比她适合做好朋友吗？那段时间她特别心酸，沦落成两人的小跟班。

要是就这样也就算了，她也不是不能忍受，真正导致她和宁储决裂的是一场意外。

那时候时陆突然不弹钢琴了。听说是时陆妈妈走了，他生了一场大病，足足请了半个月的假没来学校。

宁储早晚念叨，甚至还想带着傅娇娇一起去他家看他，最终两人因为害怕时陆家门口拴着的那条巨型萨摩耶而作罢。

宁储怕狗，极其怕。在很小的时候，有次宁储为了保护她被咬过，所

以从此就落下了后遗症。

时陆病好来到学校后，小脸更白了，整个人看起来像是被风一吹就会倒。

他们家的人特意来找过老师，嘱咐大家对时陆要小心一点儿，他得了一种奇怪的病，会经常莫名其妙地头痛。

以前偷偷喜欢他的女孩子再也不敢找他了，傅娇娇觉得时陆应该偷着乐。因为每天遇到的骚扰太多，他已经开始厌女了，连着每次看到她都没什么好脸色。

时陆更加孤僻了。他变得更不爱说话，更难相处。

宁储也对他更好了。每天嘘寒问暖，关怀备至，就连零花钱也不拿来给她买糖，都去买小玩意儿逗时陆开心了。

傅娇娇的心都碎了。她觉得自己应该讨厌时陆，可是他看起来又好可怜。傅娇娇每天都在大方和自私之间拉扯，人性面临着从未遇到过的考验。

这不该是她这个年纪应该承受的痛苦。

直到后来遇到了一件事情。

傅娇娇清楚地记得那是周五，宁储攒了一周的零花钱，要请他们去吃冰激凌。学校门口新开的那家哈根达斯，橱窗上贴的图片诱人极了，走过的小学生都会流口水。

他们三个走在马路边，意外突然发生，一辆车失控，直直地朝人行道撞来，宁储的第一反应竟然是去拉时陆而不是拉她。

虽然那辆车到中途就紧急刹车停住了，有惊无险。

过后宁储的解释是时陆身体不好，不能再受伤。而她从小学舞蹈，身姿矫健，肯定能飞快地躲开。

正在伤心难过大哭的傅娇娇根本没心思去听他说什么，脑子里只剩下“身姿矫健”，她第一次知道这个词还可以这样用。

她当场就和宁储绝交了。

之后没两天，她爸妈突然宣布搬家，他们新买了一栋别墅。就这样傅娇娇搬到了这个城市的另外一边，也没有再和宁储说过话。

因为她转学了。

后来是哪个时刻，哦，初中他们竟然考到了同一个学校。

他还是在时陆身边。

报到那天，她和他们在走廊上撞见，傅娇娇目不斜视，擦肩而过。

身后有人叫她的名字："娇娇。"

傅娇娇头也不回，理都没理。

再到后面，他们似乎是长大了。她回想起之前的事情，不免觉得幼稚。

尤其是决裂的那天。

其实宁储说得没错，时陆那段时间总是在发呆走神，可能根本都没察觉到那辆车，而他恰恰走在最边上，是最危险的位置，宁储就在他旁边。

她在最里面，危险性是最小的，当时换作任何一个人，大概都会做出同样的选择。

可那个时候她才刚过十岁，作为一个连世界都没有认全的小女孩儿，从小到大只对她好的哥哥突然转向了其他人，那一瞬间，天都塌了。

"宁储太过分了。"小花园长椅上，听完整件事的千萤握紧了拳头，义愤填膺，"他怎么可以这么对你！"

"别装了小千萤，"傅娇娇对这些事情早已看开了，直接翻了个白眼，"你对时陆的心疼都已经写满脸上了。"

"真的吗？"千萤轻咳了一声，有点儿心虚。

"可如果换作是我，也会难过吧。"虽然遇到危险时本能地拉外面的那个人是正常的，可是在意外真正降临的那一刻，被遗忘的那个人肯定无比伤心。

所以那辆车为什么偏偏要在那时候撞上来？千萤在心里愤愤不平地想。

"所以我足足三年没有搭理宁储。"

小学一年，初中两年。

虽然后面两个人慢慢恢复正常交往，可也只是正常交往，就像面对班里不熟的同学，她跟他每学期加起来的话也没超过十句。

直到千萤来了。

"那我们现在就忘掉往事，一切重新开始吧！"千萤抓住她的手，高

高举起，就像是动漫里“中二”少女的标配元气动作。

傅娇娇想翻白眼，又忍住了，配合她的动作，说：“好的，重新开始。”

这是一段漫长且心酸的童年故事，导致千萤听完后还没完全从中抽离出来，回到教室看见宁储，心情莫名地复杂。

第十六章

私藏日光

下个月一中要举行篮球比赛。

盛扬作为校队成员，最近下课后都在紧锣密鼓地练习。放学后他有场校内友谊赛，邀请宁储他们几个人观看。

时陆是没有时间的，他基本每晚要多留一个小时补课。傅娇娇没事，宁储也过去凑热闹，千萤自然地加入了他们。

学校篮球场，一群穿着球衣的大男孩儿在跳跃奔跑。篮球和露在衣外的肌肉同时划出优美弧线，空气中有男孩儿挥洒汗水后的青春味道。

夕阳沉醉，晚风徐徐。

傅娇娇目不转睛地盯着场上的男生们，毫不吝啬地给他们加油鼓劲。

“冲呀！帅！”

“砰——”

一个三分球从线外精准地跃入篮筐，傅娇娇激动地挥舞着双手，说：“啊啊啊！二号！”

二号是盛扬的一个队友，隔壁班的，阳光俊朗，球打得很好，在里面最亮眼。

他似乎听到来自场外的加油声，投完篮后回头朝那边看了眼，食指、中指并拢点了下额头，对她们比了个手势。

确实有点儿小帅。

连千萤都在心里这样想，傅娇娇就更别提了，直接用双手在嘴边做成喇叭大喊："加油！"

"我去买个奶茶。"一旁的宁储突然出声，"你们要喝什么？"

"生打椰椰。"傅娇娇转头，不假思索道。漂亮的脸颊还带着因为激动染上的红晕。

宁储移开目光，看向千萤。

"我……和娇娇一样吧。"千萤并没有特别想喝的，于是道。

宁储点点头，表示知道了。他转身离开没多久，上半场结束，中场休息，盛扬擦着汗下来。

"宁储呢？"他打量周围没见他的身影。傅娇娇回："给你买奶茶去了。"

"哟。"盛扬受宠若惊，还是拧开旁边矿泉水喝了口，"和他说我要多肉葡萄了吗？"

"没说。"傅娇娇想都没想，"他应该知道你喝什么吧。"

毕竟在一起混了这么久，盛扬的口味单一，基本每次过去就点这一种。

"行。"他眉眼中透着欣慰，临走前，不忘转身问她们，"对了，哥刚才在上面帅不帅？"

傅娇娇翻了个白眼，说："还好吧，比起二号差了那么一点点。"

宁储把奶茶买回来时刚刚好，篮球赛正接近散场，他把手里提的袋子递过去，傅娇娇接过，一边翻一边抱怨："怎么这么久？路上你扶老奶奶过马路了？"

"帮某人等空运过来的椰子。"

傅娇娇疑惑地抬头。

宁储握拳，碰了下嘴唇，说："开个玩笑。"

傅娇娇说："一点儿也不好笑。"

话语间，她已经找出了自己的生打椰椰，同时把千萤的那杯递给她。

球赛结束，不远处盛扬洗完手，甩着水就跑了过来，迫不及待道：

“我的呢？给我买了没有！”

他一把拿过地上的纸袋，在里面翻找半天，最后皱起眉头，说：“怎么没我爱喝的？”

“本来就没买你的。”

“这不是有两杯吗？”盛扬不由分说地从里头拿起一杯焦糖珍珠奶茶，喝了口，甜得苦着脸。

“怎么这么甜？你又不喝甜的。”

“呵。”宁储冷笑一声，把袋子里最后一杯奶茶拿出来，和盛扬手里的那杯是同一种口味的，然后撕开吸管。

“哎，时陆——”盛扬眼尖，最先看到操场那边走过来的人，冲他举起手招了招。千萤抬眼，果然看到时陆单肩背着书包走了过来。

“你不是不来吗？”待他走到跟前，宁储问。时陆神色如常，说：“题目提前做完了，老刘就放我走了。”

“鹿鹿，你要回家了吗？”千萤捧着奶茶，突然觉得自己一个人喝，有点儿愧疚。

“篮球赛好看吗？”时陆不答反问。千萤呆滞几秒，连忙摇头。

“并不是特别好看。”她说得真诚极了。

时陆眼里浮起笑意，刚要说话，视线从他们人手一杯的奶茶上划过。

“这杯我还没动过，我不喝。”宁储反手把自己那杯奶茶插上吸管，递给时陆，“你最爱的焦糖珍珠，正常糖。”

“哦。”时陆自然地接过，“下次请你。”

“啊——”盛扬气得哇哇乱叫，“难怪你买两杯这么甜的，原来都是给时陆准备的，我不是人吗？”

傅娇娇哼笑嘲讽：“盛扬，这么多年你还没习惯吗？自取其辱。”

“不喝了！”他状似无比悲愤地举起手里的奶茶要往下砸。

宁储好整以暇地看着他，说：“你砸。”

“不了，老子给你个面子。”

几人吵闹斗嘴，当事人时陆却拿着奶茶喝，完全置身事外。千萤觉得他此刻像是书里红颜祸水的角色。

千萤忍了忍，实在没忍住。她靠近时陆的耳边，压低声音说："鹿鹿，我觉得不止徐菀瑜喜欢你。"

时陆转头，听见千萤严肃地说："我觉得……"

时陆浑身一抖，鸡皮疙瘩都起来了。

"千萤。"他咬牙切齿道，"把你脑子里乱七八糟的东西收一收，不然我就把你在床底下藏的那些小本子通通丢掉。"

千萤："对不起，我错了。"

今年的篮球联赛主场在一中，学校决定组建一支啦啦队，届时在比赛时加油助阵，并且展示一中风采。大红的海报张贴在公告栏上，十分醒目。

教室里议论纷纷，徐菀瑜她们想去报名参加，叽叽喳喳地研究着规则。

"今天下午，在二号教学楼。"

"我们放学就可以去。"

"准备一段简单的舞蹈才艺。"

"这个没问题。"

"身高一米六以上！"

不知道是谁念出了这句话，突然气氛沉默了一下，接着听到有人说："我们瑜瑜刚好是一米六，没问题！"

"噗。"一旁的傅娇娇捂着嘴，笑声没憋住。

"还一米六，一米五八顶了天了。"她压低声音对千萤吐槽。千萤连忙拍了下她的脑袋，目光警惕。

傅娇娇过完嘴瘾，见好就收，直起身子，面上恢复正常。

"对了，娇娇，你去吗？"千萤突然问她，"我记得你不是会舞蹈吗？"

傅娇娇顿了下，紧接着面不改色，答："我才不去。"

下午最后一堂自习课，就有不少人请假过去，班里空出了几个位置。这次啦啦队筹备时间紧张，主要在高一年级选拔，吴淳时常鼓励他们多参加课余活动，只要不耽误学习就行。

徐菀瑜她们几个没在，千萤感觉教室都安静了很多。旁边的傅娇娇却

有点儿焦躁，做数学题时辅助线画错了，手里的橡皮蹭得纸张呼啦作响。

大概快下课时，徐菀瑜她们回来了。她们刚回到自己的座位上没多久，后面又来了两个老师，千萤认出其中一个是上次负责元旦晚会节目的。

“这次啦啦队还有同学想参加吗？”她站在讲台上说着，目光巡视着教室。

“人数不够，时间比较紧，所以我和胡老师就到教室来挑选了。

“希望感兴趣的同学可以举手报名，啦啦队的精神面貌关乎学校荣誉，而且可以穿漂亮的裙子跳舞哦。”

最后一句话几乎是诱哄的语气，可是整个教室安安静静的，硬是没有一个人举起手来。

感兴趣的都已经去过了，徐菀瑜她们脸色不太好，瞧不出先前的结果怎么样。其他人在底下面面相觑，有点儿蒙。

那位老师目光巡视了一圈，在几张亮眼的面孔上些许停顿，接着直接点名。

“第三排的那个女生，叫什么名字？”她笑眯眯道，“站起来回答一下。”

千萤转动脑袋打量周围，才发现她叫的是傅娇娇。身旁的人慌神一秒，还是听话地站起来，说：“我叫傅娇娇。”

“好的，待会儿和我们去一趟舞蹈教室。”她满意地颔了下首，神色温和。

“老师……”傅娇娇面露挣扎，刚要说话，女老师的目光已经掠过她，开始叫下一位。

“旁边的那个女孩子也站起来一下。”她含笑开口，目光直直地落在千萤的身上。

千萤的脑子蒙了，呆呆地站起来。

两位老师交头接耳讨论了下，接着点点头。

“待会儿放学你也和旁边的那个女生一起过来。”她眼眸明亮，温柔地注视着千萤，却又不容置喙，让人说不出反驳的话。

只是过去看一看，应该也没什么吧？

就在千萤犹豫的这几秒钟里，台上的女老师已经叫了下一位。

待她们离开，千萤和傅娇娇对视一眼，好像在互相问："你去吗？"

"去吧。"静默片刻，傅娇娇率先说话。她迟疑挣扎，又道，"老师都叫了，不去不太好。"

最后几分钟，自习课上吵闹得厉害，被挑中的还有另外两个女孩子，她们迫不及待地去和徐菀瑜一行人打探，才知道这次过去报名参加的很多人没被选上。

身高卡得很严，还要有一定的舞蹈基础，而且他们似乎对个人气质也做了挑选。

总而言之就是徐菀瑜她们过去报名的那一批人都是待定。

放学去舞蹈室的路上，千萤已经做好了走个过场的打算，她上一次跳舞还是在小学六年级的文艺汇演上。

她给傅娇娇加油打气："娇娇，你一定行！不行也不是什么大事。"

高一总共十个班，这批过来的女生有十几个。老师先是确认了一遍名单，然后给她们看了段舞蹈视频，接着就直接放音乐，让她们跟着跳。

上面是啦啦队的舞蹈，很有节奏感，但动作却不是很难，有点儿像体操。

千萤看着屏幕跳得很专注，她学得很快，到后面已经不知不觉地学了八成像。

肢体这方面千萤是强项，从小她的学习能力就很强。大概脑子里的大部分营养都被小脑吸收了，导致其他地方脑力不足。

简单的测试结束，老师已经直接给出了名单，千萤和傅娇娇都在其中。

如果说千萤是有几分天分，傅娇娇就是无可挑剔，她根本不像是一个刚看这段舞蹈的人，每个动作既流畅又漂亮，在一堆生涩的初学者里，表现得格外突出亮眼。

晚上千萤和时陆说自己被选上啦啦队时，他还有点儿愣，此时他正在脑子里推算着下课前没解开的那道数学题，听完先想了下啦啦队是干什

么的。

“我们学校有啦啦队吗？”他困惑地问。

千萤认真地给他解惑：“现在有了。”

时陆皱了下眉，问：“那你们要干什么？”

“就平时放学练习一下，下个月比完赛就好了。”

“那还好。”时陆点头。千萤想起什么，问：“对了，竞赛是不是也快了？”

“嗯，我这段时间可能要在学校补课。”

“那我们到时候还可以一起回家。”

台城快热起来的时候，时陆代表学校参加了市数学竞赛，并且获得了一等奖。学校特意张贴了大红横幅表扬，整个一中几乎尽人皆知。

等到九月，全国联赛便来了。

时陆几乎整天都待在竞赛班那边，而班主任对时陆不来上课这件事已经睁只眼闭只眼了。一中格外重视这次竞赛。听说去年一整年一中都没人在数学竞赛上拿到名次，时陆这一次要是成功，可以说是为学校争光了。

后天就是篮球赛，下午啦啦队的衣服到了，排练时老师让她们换上。

门窗关好，舞蹈室窗帘紧闭，一群女孩子换好衣服都有点儿害羞。

裙子太短了，衣服也是露腰的，可又漂亮得让人移不开眼睛。

短上衣、百褶裙、白球鞋。青春俏丽，藏在宽大校服里的颜色彻底掩盖不住。

她们最后排练了一遍队形，老师满意地为她们鼓掌。

“大家很棒。”

这段时间的辛苦和汗水终于换来了圆满成功。

比赛这天定在周六，学校体育馆座无虚席。时陆今天也放假，盛扬早早地就给时陆们打过招呼，一定要过来给自己捧场。

盛扬还利用自己的校队身份，给时陆和宁储两人拿了最前排的 VIP（贵宾）票。比赛前，时陆和宁储就提前进场了。

周围人山人海，还有不少人手里拿着横幅，上面写着口号标语，为某

学校或者某个人加油。

吵闹声不绝于耳，时陆坐在椅子上不免皱起眉头。

他前两天才结束竞赛，比赛前半个月一直没有好好休息，今天还没睡足又被叫起来，现在满脸都是疲惫。

“你累就先睡一会儿。”宁储拿出一副耳塞，朝他晃了晃，“需要吗？”

“不要。”时陆双手环胸，低垂着脸烦躁道，“盛扬什么时候上场？”

“他是首发，应该比赛开始就上了。”

“哦。”时陆抬头打量起四周，不太关心的样子。

而后他问起重要的事情：“阿千呢，她们啦啦队什么时候出来？”

“中场休息的时候吧。”

“好吧。”时陆抓过他手里的耳塞，低下头，闭上眼，“我睡一会儿，待会儿叫我。”

没等多久，两支球队在众人的欢呼中出来。这声势太过浩大，让人难以忽视，时陆揉揉耳朵抬起头，场上已经多了不少人。

除了穿着球服的队员，还有裁判等人。

主持人声音洪亮刺耳：“下面——欢迎我们的啦啦队入场。”

欢呼热烈，在众人的掌声中，一排穿着短裙的俏丽的女孩子小跑了进来。音乐同时响起，她们排好队形，在动感的节奏中，开始做动作。

她们高举右手，叉腰，踢腿，细长白皙的腿晃动着裙摆，也晃进众人眼中。

气氛立即到达顶峰，大家都叫疯了，整个场馆顿时躁动起来。

时陆的瞳孔放大，睁着眼睛，难以置信。

他死死地盯着人群中那个熟悉的身影，看着她在里头熟练地跳舞，变换队形。

观众席都是兴奋的叫声，时陆听到旁边的宁储在吸气，反应过来。

“不准看！”他立刻伸手捂住宁储的眼睛。宁储眼前突然一黑，气愤地叫：“时陆！你松开！”

宁储掰开时陆的手，十分无语，说：“这个场馆这么多人，你捂住我的眼睛也没有用，有本事你把所有人的眼睛都挡住！”

“气死我了，气死我了。”时陆快要失去理智了，直直地盯着前方那一处，自言自语。

啦啦队一下去，时陆就起身离开了观众席。

啦啦队在旁边的休息区休整，千萤还喘着气，正笑着和傅娇娇说话，手腕突然被人拉住。

“千萤！”时陆不知何时走到了她们身后，他的眉头紧皱，上上下下把她打量了一遍，觉得不可思议，“你之前没说你们跳舞要穿成这样！”

时陆气死了。

“可是啦啦队都是这样穿。”千萤解释，眼底无辜。

“那你们的裙子就不能长一点儿吗？还有……”时陆的目光落在她衣摆下那截白细的腰上，又飞快移开，耳朵都红了。

“那个舞蹈也很奇怪！”

为什么跳得这么好看！这下全世界都知道了。

时陆又气又委屈，抓着她的手，最后挣扎道：“我们能不能回家，别跳了……”

时陆的无理要求遭到了全体啦啦队队员的拒绝，她们一齐把他赶回了观众席。孤掌难鸣，最后千萤只能目送时陆一步三回头地回了座位。

啦啦队一共上场了三次，结束时球赛也临近尾声。

盛扬他们以极大的优势取得了这场比赛的胜利，其中二号表现得十分亮眼，几个精准的三分球一度引起全场的欢呼，他也因此成了众人心中新一任男神。

赛后千萤准备去更衣室把衣服换下来，不然她每次一回头，总能看到最前排时陆幽怨的目光。

她们正在说话，不远处突然传来一阵奇怪的尖叫声。千萤抬起头，看到之前的那个二号队员朝她们走过来。

男生还是大汗淋漓的样子，眼睛却无比明亮，他高瘦挺拔，显得健康又阳光。

他一走过来，周围都是叫声，千萤正看向傅娇娇，却见他脚步不停，直直地走到她的面前。

“你好。”他弯下腰，盯着千萤的眼睛，眸中带着淡淡笑意，“能留个联系方式吗？”

“不能。”千萤还没说话，身后的时陆直接就回绝掉了。

男生对上他满脸不善的神情，微愣，随后抓了下头发，笑道：“我问的是她。”

时陆的脸已经黑得不能再黑了，旁边的傅娇娇还在乘机煽风点火：“没错啊，时陆你凭什么替小萤做决定？”

“凭什么？”时陆提了语调，语气很冲，“凭我是她的监护人行不行？”

“什么监护人？哥哥吗？”

“傅娇娇——”时陆气得眼睛隐隐泛红，涌起怒意。

“对不起，可能不太方便。”千萤生怕两人会打起来，连忙朝二号弯腰道歉，然后拉起时陆往外走。

“我们先走了。”

“小萤，待会儿还有庆功聚会！”傅娇娇在后头扬声叫。

千萤不假思索地拒绝：“我就不去了，帮我请个假。”

场馆内已经在疏散了。出口通道处，时陆一把甩开她的手，冷着脸，大步往前走。

“鹿鹿。”千萤小跑跟上他，急忙道，“你别生气了。”

时陆没理她，走出体育馆。外头的凉风迎面扑来，千萤急急地追着时陆，下楼梯时不小心被脚下散开的鞋带绊了下，差点儿摔倒。

前头的人立刻停住步伐，时陆拧眉看她，下一秒，他脱下自己的校服外套，盖在她身上。

千萤一愣，而他已经蹲下去，给她系着鞋带。

两人站在台阶上，一上一下，千萤的裙子太短，在这里不方便弯腰。她看着蹲在跟前的男生，从这个角度，只能看见他毛茸茸的头顶。

很快，时陆帮她系好鞋带站起来，一言不发，继续往前走。

千萤穿好他的校服，跟上去，说：“鹿鹿，你慢点儿。”

她抓住他的手臂，讨饶：“娇娇讲话是气人，下周我到学校帮你骂她。你别生气了。唉，我下次不穿成这样跳舞了。”

时陆顿住了脚步，回头看她。正值落日时分，女孩儿仰着脸，神色焦急，额头上有细碎的头发轻扫过脸颊，在夕阳下泛着金色。

她穿着不合身的宽大校服，露出白皙的脖颈儿和锁骨。头发全部扎上去后，脸庞精致的轮廓一览无余，眉眼精致灵动。

这一年，千萤的头发长长了，而她蓄起长发还是因为他。有天晚上，她洗完头后，两人坐在客厅沙发上，他拨弄着她才齐耳的短发，突然说了句“阿千，把头发留长吧”。

之后千萤就听话地再也没有剪过。

她的身上有太多他的影子。

他们两个人是密不可分的一体。

时陆隔着过长的校服袖口，牵起她的手，牢牢地抓紧她。

“回家。”

这一路，时陆牵着她都没有松开过。两人回到别墅，四周静悄悄的。不知道他们今天会回来吃晚餐，用人们都出去了。

这时时陆终于松开了她。时陆刚要走，身后的人扯了扯他的衣角。

“你受伤了。”千萤指指他的右手，指节处破了块皮，往外渗出的血已经凝固。

时陆坐在沙发上，看着千萤跪坐在他旁边。地上放着一个医药箱，她正抓着他的手，拿着根棉签准备给伤口消毒。

她低垂着头，两侧的发丝散落下来，显得既安静又温柔。

空气中都是酒精的味道。

千萤握着时陆的手，棉签轻柔地压过他的无名指。酒精擦拭过血迹，露出伤口，她轻轻地吹了吹，再撒上药粉。

伤口不深，面积却挺大，看着有点儿吓人，不知道他是在哪里碰的。

千萤最后贴上创可贴，抬起头，说：“好了。”

时陆的目光一直落在她的脸上，见状很快移开，同时从她手中抽出手。

“你在哪儿弄伤的？”千萤一边收拾着药箱一边问。

时陆打量着手指上多出来的两片创可贴，沉声答：“没注意。”

好像是看球时不小心撞到座椅的边缘擦伤的。那时候她们啦啦队正在底下跳舞，四周的叫声吵得他头痛。

“下次小心一点儿。”千萤说完，从沙发上站起来，把收拾好的箱子放回原位。

时陆盯着她蹲在茶几前的背影，须臾，微不可察地“嗯”了声。

今晚的庆功聚会除了千萤，基本上所有人都去了。

群里格外热闹，一个小视频接着一个小视频刷出来，朋友圈也都是相关动态。

盛扬他们包了间很大的房间唱歌，玩得好的那几个差不多都叫上了。

消息太多，手机一直振动，千萤干脆把群屏蔽掉了。

晚上傅娇娇给她打电话时，还在兴奋中。她先是问了下时陆，千萤说没事后，她又兴致勃勃地约千萤明天出去逛街。

“我今天和他们聊天，知道了一家特别老的唱片店，明天我们一起去逛逛。”

傅娇娇有个爱好是收集唱片，很奇怪，她喜欢的很多外国歌手，千萤都叫不出名字。有次千萤去她家，看见占了半面墙壁的柜子里几乎都放着黑胶唱片。

千萤想了一下，明天没有任何安排，她确认好时间，答应下来。

两人约好的是下午两点，好不容易放假，当然要睡个懒觉。

第二天早上，时陆没有下来吃饭，直到快中午，他才满脸疲倦地下来，像是没睡好。一见到千萤，他的眼神躲闪了下。

“鹿鹿，你今天怎么不吃早餐？”千萤在窗边看书，见他下楼出声问。

时陆抓了把头发，闷声道：“睡过头了。”

“那你要吃什么？厨房给你温着粥。”千萤放下书，道。

“那就粥吧。”

千萤离厨房近，起身去帮他盛。时陆过来时她刚好端着碗准备出去，一转身，两人碰上，时陆仿佛见到什么洪水猛兽，后退了一大步。

“鹿鹿？”

“没事。”时陆转头，又不小心撞到门框，千萤连忙放下手里的粥去

看他。

“好像红了。”她的手轻轻地碰了下他的额头。时陆这次没有躲，认命地任由她打量着，脑中却出现了早上梦里那些浮想联翩的画面。

他拿开她的手，低着头，端起桌上的粥，像是逃难般匆匆往外走。

千萤上楼时见到用人从时陆房间出来，手里抱着一堆床单、被套，还湿湿地往下滴着水。

“怎么了？”她出声问。用人见状解释：“小少爷不知道怎么回事，一大早自己洗了被子，不过洗得不太干净，我拿去重新洗一遍。”

大少爷从小十指不沾阳春水，哪里会洗什么被子，不过是放到水里胡乱地搓了几下，连上面的泡沫都没有清洗干净就晾在阳台上，用人见了不免收下来拿去重洗。

“啊？”千萤不明所以，捧着杯子站在原地，微微偏头思索过后，联想起时陆今早的异样。

啊……

快到约定好的出门时间，千萤换好衣服下去。客厅里，时陆正躺在沙发上，无精打采的，手里拿着遥控器漫无目的地乱点。

“鹿鹿，我出门了。”千萤弯下腰，扶着鞋柜换鞋。她今天穿的是粉色卫衣和牛仔长裤，绑了一个丸子头，几缕碎发散在额角。

还挺好看。

时陆扔掉遥控器，问：“你要去哪儿？”

“娇娇约我出去逛街。”

“又是傅娇娇。”时陆一听眉头就皱起来了，他不准，“不准出去。”

千萤换鞋的动作停住，她直起身，疑惑地望过去，问：“为什么？”

“没有为什么。”时陆扭回头，盯着电视屏幕，不看她，“我不喜欢你和她一起玩。”

千萤有点儿气闷，她没说话，就这样站在门边瞪着他。过了会儿，她道：“娇娇是我的朋友。这是我正常交朋友的权利。”

这一句话不知道哪里戳到了时陆的点，他一下站起来，紧抿唇，忍着怒火。

“正常交朋友的权利？

“那昨天我没让你给那个篮球队员联系方式，是不是也侵犯了你的权利？”

“这是两码事！”千萤不可理喻地看着他。

“反正就是不行。”时陆双手叉腰，生气地说，“我和傅娇娇你今天必须选一个，要我还是要她。”

“时陆！”她也生气了，忍着脾气道，“你不要无理取闹。”

“我无理取闹？”时陆难以置信，伸手指了指自己。

“你现在就是在无理取闹。”千萤已经冷静了下来，继续换好鞋，背着包准备拉开门。

“你站住！”时陆在后面叫她。千萤回头，男生站在客厅中间气红了眼，既愤怒又伤心，“你今天走出这个门就不要回来了。”

空气停滞几秒，千萤拉开了门。

身后传来玻璃碎裂的声音，还有茶几摩擦地面的响动。

千萤在外面停了片刻，重新推开了那扇门。

客厅里一片狼藉，时陆正低垂着头站在那儿。听到声响，他不敢置信地抬起头。

千萤站在门边，脸上没什么表情，她放下自己的包，去拿扫帚清理地上的玻璃碎片。

“你回来干什么？”时陆抓住了她的手，沉闷地问。

千萤没说话，只是挣开他的手，继续低头打扫。

玻璃杯碎片清扫干净后，千萤又把被他踢歪的那张茶几挪正，全程没有和他说过一句话，也没有关心他有没有哪里受伤。

做完这一切，她上楼。时陆不甘心，想拉住她，被千萤一把甩开。

“你为什么不理我？”身后的声音含着委屈。

千萤头也不回，语气平淡地说：“我现在不想和你说话。”

回了房间，千萤给傅娇娇打电话道歉。傅娇娇很失望，询问是什么原因，千萤只说临时有事情，含糊过去了。

挂完电话，千萤把手机扔在床上，定定地盯了天花板几秒，然后扯着

旁边的被子一卷，蒙住了整张脸。

这一天别墅很静。千萤没出过房间，时陆也没有动静。

晚上管家特意上楼叫她吃饭，千萤终于下去了。餐桌上摆着满满当当的菜，时陆坐在桌前，立刻抬头看过来，像是等候许久。

两个人闷不吭声，桌上只听见碗筷响动。忽然，千萤的碗里被放入了一块鸡翅，她抬起头，看到时陆若无其事地收回手。

千萤面无表情地把这块鸡翅夹走，放回盘子里。

时陆顿了下，闷头扒拉饭。

这顿饭吃得分外压抑，连别墅里的用人都感觉到了他们之间的异样。时陆心情一不好，大家走路都小心翼翼的，徐管家暗暗发愁，不知道向来好脾气的千萤这次怎么突然和时陆闹起别扭来了。

肯定是少爷做了什么过分的事。他叹气，操碎了心。

千萤吃完立马回房，没看到后面的时陆烦躁地扔下了筷子。

周一到学校，千萤和时陆还是不说话。第一节是语文课，老师要提前收上周作业，千萤作为课代表，负责这项工作。

她收完一圈，发现就剩下时陆没交。以前都是千萤在家监督他写语文作业，这两天他们没讲话，她根本不知道时陆有没有写。

千萤想了想，还是走过去，在他的桌子上敲了敲。

“时陆，交语文作业。”公事公办的语气，引得前头的宁储诧异地望来。他的视线在两人身上打转，最后迫于时陆威胁的眼神，只能遗憾收回。

“我没写。”时陆对千萤说。

她点点头，表示知道了：“那我直接告诉老师。”

下午体育课时，时陆终于忍不住把千萤堵在了器材室。她来还羽毛球拍，而时陆不知道什么时候跟在她后头，看样子也是来还球拍的。

千萤放完准备走，时陆在身后“啪”的一声把门关上，走过来，低头逼视着千萤。

“我错了。”男生气势汹汹，下一秒突然迸出这句话，千萤脑子一蒙。

“我前天不该凶你，不应该说出那些话，对不起。”时陆道。这几天

他过得无比煎熬，每天看着千萤表现如常，就是不跟他讲话，难受得抓心挠肝。

他又上前一步，手撑在她的身侧，低着头哀求：“别不理我。”

千萤没动，静静地同他对视了一会儿，然后推开他。

“阿千！”他在身后叫她。千萤顿了顿，还是什么都没说。

宁储他们明显发现两人吵架了，想方设法地给时陆制造机会。

比如千萤从外面回来，宁储塞给她一瓶水，说是带给时陆的，然后借口自己有事跑掉。

再比如，盛扬故意把时陆的数学练习本藏起来，然后当时陆打电话让他送时就拜托千萤帮忙。

于是千萤的日常就变成了：

“时陆，你的水。”

“时陆，你的练习册。”

…………

就连向来看不惯时陆的傅娇娇都有些看不下去，不禁偷偷对她道：“小萤，要不然你就和时陆和好吧……”

从前两个人腻腻歪歪的时候她觉得烦，现在突然生分成这样，她还有点儿不适应。尤其是千萤脸上的笑容也不见了。

“就这样挺好的。”已经放学了，千萤收拾着桌上的东西，冷冷淡淡地说。

傅娇娇见状不由得打了个哆嗦。平时看起来没有一点儿脾气，温温和和的人生起气来才最可怕！

傅娇娇默默在心里为时陆祈福，并且发誓以后绝对不会惹毛千萤。

回去的路上，千萤都戴着耳机背单词，回到家，她照旧维持前两天的沉默。

吃饭时时陆的胃口明显很差，只对着面前的两盘菜夹了几口，神情恹恹。

徐管家在一旁使眼色，说：“今天做了小少爷最喜欢的糖醋鱼，怎么

一口都不尝尝？”

他见两人都毫无反应后，直接对千萤疯狂地挤眉弄眼，说：“小萤，要不给小少爷夹点儿试试？”

千萤的筷子停顿两秒，然后夹了一筷子鱼放到时陆的碗里。

“徐管家让我夹给你尝的。”

“不用。”时陆闷声道，却吃起她夹的鱼。

过了会儿，他礼尚往来般给千萤夹了她爱吃的排骨。千萤照旧夹了回去，说：“我不要。”

“我都吃了你夹给我的菜了。”时陆把这个视为两人恢复礼仪邦交的第一步，岂料千萤根本就不领情。

她重复了一遍：“不用给我夹菜。”

时陆的眼睛又被她气红了。千萤发现他的眼眶真的很容易红，生气或者难过都会非常明显。以前镇上老人和她说过，眼眶容易红的人心都很软。

千萤就从来不爱哭。

从小到大，除了妈妈离开的那几天，她基本没有哭过。就算从树上摔下来，膝盖流了很多血，差点儿骨折，她也没有掉过一滴眼泪。

千萤在心里默默地叹了口气，还是说：“时陆，你好好吃饭。”

月色降临，退去了白天的喧嚣，夜晚安静。

房间亮着一盏小台灯，书桌靠在窗边，外面是一轮皎洁的月亮。

千萤洗完澡，擦着头发出来，坐到桌前准备写今天的作业。

“咚咚咚。”门突然被敲响，发出急促的声音。

“小萤，小少爷受伤了。”

徐管家很焦急，千萤连头发都没擦干，就跟在他身后往时陆的房间走去。回想起这几天的相处，千萤担心他会做什么伤害自己的事情。

由此一想，千萤又突然有点儿后悔。

两人急忙来到时陆那里，他的房门没关，他正坐在沙发上，低垂着头，手心向上放在膝盖那里。听到响动，他抬起头，问：“徐管家，创可贴拿来了吗？”

他话音还未落，千萤就看到了他手上的伤口，像是不小心被什么锋利

的东西割了一下，不到两厘米的口子，往外渗着些许血珠。

大概她再来晚一点儿就愈合了。

千萤看向徐管家，他避开她的视线，低下头摸了摸鼻子，轻咳一声。

“小少爷，让小萤帮你看一下吧。”他说完，飞速地离开现场，留下两人面面相对。

时陆看着千萤，解释了一下：“我没有让他叫你过来……”

“嗯。”千萤上前，认真地看了眼他的伤口。口子是不宽，但却很深，为保险起见还是贴片创可贴，防止感染。

徐管家真的很贴心，临走前还把医药箱放在了地上。千萤蹲下找了找，拿出一片创可贴递给他。

“你自己贴一下吧。”

千萤连包装都没有给他撕开，和上次的待遇完全不一样。

时陆抿紧唇，漆黑的眼珠盯着那片创可贴，一言不发。千萤等了会儿，失去耐心，再度叫他。

“时陆。”

“不准再喊我的名字。”时陆突然提高音量。千萤一愣，还没来得及生气，下一秒就见他抿抿唇，小声道，“叫我鹿鹿。”

千萤的心霎时间就酸软，陷下去一块。

她无意识地捏紧了手里的那片创可贴，脑中浮现的却是先前时陆每一次听见她这样喊，不情愿又勉为其难应下的样子。

刚开始在云镇时，他总是不喜欢这个名字，觉得像女生。后来来了台城，可能是怕她不习惯，竟然也心甘情愿地接受了。再听到她这样叫他，他反而都会默默答应。

现在，他在她面前，委屈控诉。

千萤的语气变软，无奈地叫道：“鹿鹿。你把创可贴贴上。”

时陆没说话，伸出手，把受伤的地方递到她面前，然后安静地注视着她。

静默数秒，千萤撕开创可贴，捏着他的手指轻轻贴上去。

“阿千。”千萤转身，临走前，后衣角被时陆拉住，他的声音又低又

沉，还透有一丝可怜。

“你别生我气了。我真的知道错了。”

这晚千萤没有给出任何答案。

只是第二天，她开始和他讲话，虽然也不算热络，但已经不像之前那样冷冰冰地直呼他的名字了。

早餐时，时陆连牛奶都多喝了两杯。

两人和好如初，最开心的莫过于宁储他们，不用再顾及时陆阴晴不定的情绪。天空又明朗了。

这天小超市里，盛扬格外豪气，大手一挥，随便他们买，他请客。

本着羊毛不薅白不薅的理念，傅娇娇抱了一大堆零食，边走薯片边往下掉，宁储在旁边给她捡了一路，满脸的无奈。

“娇娇，我平时是亏待你了？”

“谁知道呢，反正你的零花钱都花在时陆身上了。”

那边的当事人时陆完全察觉不到自己引起了一场小风波，他只是从冷柜里拿出一瓶酸奶，用受伤的手拧了几下。

“阿千，我手疼。”他状似拧不开，朝旁边的人撒娇道。

千萤无奈地接过他手里的酸奶，轻轻一扭，瓶盖应声而开。

时陆一脸心满意足，接过酸奶，说：“谢谢阿千。”

在收银台前刚好围观了这一幕的三人有些无语。

第十七章

过度依赖

六月的第一个节日是六一儿童节。

早就已经是青少年的他们已经许久没过过这个节日了。

童年的快乐早已变成美好回忆。所以自习课上，当时陆收到千萤特意准备的礼物时，惊喜不已。

当时，他的同桌刘飞宇跑到别的位置上请教题目去了，于是千萤过来，坐到他的旁边，偷偷拿出一个小东西，展开在他面前。

躺在她手心的是只小兔子，雕刻得惟妙惟肖，雪白的身子，可爱的耳朵，还有双红红的眼睛。神态娇憨，惹人怜爱。

她的木雕还是他教的，不仅坚持了下来，而且雕工极具个人风格，尤其是小动物，雕刻得格外灵动可爱，反而时陆自回来后就基本没碰过刻刀了。

“送给我的吗？”时陆压抑住喜悦，扬声问。

千萤点点头，说：“送给你的，鹿鹿。”

“别人有没有？”自从那次小鹿事件之后，时陆每次收礼物之前都会先问这个问题。

千萤摇摇脑袋，回答：“没有，仅此一个。”

“那就好。”时陆轻哼一声，“傲娇”地扬了扬下巴，这才收下。

他端详着手中的小兔子，越看越喜欢，不禁问："为什么是兔子啊？"

千萤好像从来没给他送过兔子，她之前给他做的小玩意儿都是小鹿。

时陆越想越困惑，忍不住抬起头看向千萤，眼里流露出求知欲。

不知为何，面前的千萤却迟疑了，好半天才给出解释："每次你眼睛红红的样子，和小兔子很像……所以忍不住刻了这个送给你。"

时陆气晕过去。

台城热得很早。一到夏天，时陆就蔫了。

这个暑假从头到尾，他都要参加辅导班。下学期一开学就是联赛，每多做一道题，就比别人多一分优势。

千萤知道竞赛的辛苦和残酷，但她不懂时陆这次为什么会这么听话，没有反抗时斯年，选了这么一条艰辛的道路。

以他的成绩，在国内也可以上一所较好的大学。这对他来说，似乎也是一个很好的结果。

开开心心的，无忧无虑。只需要当他的大少爷，画画、弹琴，做自己喜欢的事情。

时陆每次从竞赛班出来时看起来都很疲惫，连同着脸色都比平时苍白几分。

千萤觉得太辛苦了。他明明对数学的兴趣还没有画画大。

时陆做题时没有弹钢琴时愉悦，也没有画画时专注，这时他是平静的，静到让人感受不到他是喜欢还是讨厌。

千萤回家前很不放心，将近两个月的时间，这是他最难熬的夏天。

她在收拾东西时，时陆就躺在沙发上，闭着眼睛，有气无力地挥挥手，说："你走吧，不用管我的死活。"

"鹿鹿，我会早点儿回来的。"纠结片刻，千萤挣扎道。

时陆一脸颓然，说："随便吧，就让我在这里自生自灭。"

千萤顿住几秒，蹲下继续收拾着要带回去的行李。时陆见她不作声了，不甘心地从沙发上坐起来。

"你怎么不说话了？"男生的眼角高高上扬，刁蛮不讲理的样子。

千萤闷声道：“不知道说什么。”

“怎么不知道了？”时陆干脆手把手教她，“让我注意身体，在家好好吃饭，早点儿睡觉，记得想你。”

“都被你自己说完了。”

“那你再复述一遍。”

“注意身体……”千萤顿了顿，“记得想我。”

“知道了。”时陆仿佛就听到了最后一句，懒洋洋地拉长声音道，“我会想你的——”

千萤走的那天正好赶上台城升温，一大早，阳光猛烈地打在地面上。

徐管家让人把准备好的特产和礼物都放进后备厢，千萤手里的行李箱也被接了过去。时陆站在庭院门边，太阳把他的脸色晒得发白。

“你快进去吧，屋子里有空调。”七月初，别墅开启了供冷系统。

“嗯。”时陆恋恋不舍地看着车那边，有点儿委屈，“我也想去云镇。”

他无比怀念夏天的云镇。

好在，那里最重要的东西已经在他的身边了。

“明年我们一起回去。”他听到千萤这样说。

云镇依然同往年没有太大区别，唯一不同的是他们都长大了。

日渐淑女的舒美美对去河里摸鱼捉虾这种活动已经失去了兴趣，她更热衷于看枕头底下藏着的那些封面花花绿绿的言情小说。

方虎沉迷拳击，自己在院子里还扎了个沙袋，一有空就埋头苦练。

吴奇的眼镜片又增厚了一圈，他热爱电子游戏。

吴晓天的家里多了无数飞行组装模型，他立志成为一名飞行员，开始强身健体，每天围着镇子小跑五公里。

而千萤回来时让众人大为震惊。

小伙伴有个群，几人早早地就收到消息，去镇口接她。

车子停下，女孩儿提着行李下车。

碎花裙，斜挎珍珠小包，玛丽珍小皮鞋。千萤扎着丸子头，面容白皙干净，清新脱俗，像是从城里过来探亲的。哪里还有从前那个漫山遍野疯

玩的小女孩儿的影子。

舒美美第一个大叫："小萤！你怎么完全变了个人了！

"头发长得好快，裙子真漂亮，小皮鞋也好好看。"她迎上来，接过千萤手里的行李，开始摸着千萤的裙子啧啧称赞。

方虎大大咧咧道："小萤，你现在像个城里人了。"

吴晓天打量着她，眼里也带着一抹笑，说："变成大姑娘了。"

吴奇扭动着脑袋，左右打量着他们，然后推推脸上的眼镜，不适应道："你们这是商业互夸吗？"

"哪里商业了！"舒美美立马站出来反驳，扬扬下巴，"我们说的是实话好嘛。难道你不觉得吗？"

吴奇仔仔细细地瞅了千萤几眼，认真思索后，发表意见："我觉得和从前也没有太大区别啊。"

他苦恼道："也就是漂亮了一点儿，其他都差不多。"

舒美美一脸了然，拍拍他的肩膀，说："这就够了。漂亮就是一个人最大的改变了。"

云镇小分队重新聚在一起，千萤把带来的特产和其他吃的都拿出来分了分。

民宿大厅泡了茶，大家坐着唠了一下午的嗑。晚上千正民请他们在家吃饭，热闹一直持续到深夜。

清洗桌上的茶具时，千萤忍不住感慨："爸爸，还记得从前你给我们泡茶，我们一个都不愿意喝，嫌苦，没有饮料好喝，现在大家竟然都喝习惯了。"

"云镇本来就产茶，你们以前小，不懂，现在大了自然知道茶的好处。"

"是啊。"千萤手里的动作停住片刻，"我们都长大了。"

长大似乎就是一瞬间的事情。突然就对从前乐此不疲的事情不感兴趣了，突然就文静下来，突然就懂得了很多道理。

"我真的变化很大吗，爸爸？"千萤转头问。

这种变化她自己并没有察觉到，她今天穿的已经是衣柜里极其平常的

衣服了。平时逛街千萤都是跟着傅娇娇一起去，眼光和品位早已被傅娇娇改变。

千正民点头，笑道：“我们阿千变漂亮啦。爸爸第一眼都快认不出来了。”

云镇的生活平淡又惬意，还有童年的伙伴玩耍解闷，一切就像是回到了从前的日子。

不过这次千萤并没有待太久，原因是一次给时陆打视频没有接通，徐管家说时陆这两天感冒了，在家输液，可能睡过去了，所以没有接到。

千萤忍不住担心，再加上家教老师给她安排的学习计划在暑假后半程。下学期就是高二，任务骤然加紧。周围的同龄人都在抓紧时间学习，就连傅娇娇暑期都报了好几个补习班。

相比起来，云镇轻松惬意的生活，更像是在度假。

千萤有点儿罪恶感，几番抉择之下，还是决定提前回去。

得知她的这个决定后，千正民有些不舍，不过学习是第一位的，他没说什么，只是照例给她收拾起了东西带过去。

看着他忙碌中微微佝偻的背影，千萤的眼眶突然有点儿发酸，她道：“爸爸，要不然我再待几天吧？我在家的时候好像越来越少了。”

“傻孩子，长大了自然都是要往外走的。你小时候呢，就像是翅膀没长好的雏鸟，只能待在家里，和父母在一起，等慢慢能飞翔时，自然就要飞出去看看外面的世界。”

千正民笑着宽慰她，声音温和地说：“等你以后结婚成了家，回来的时间会越来越少。”

“那我就不结婚了。”千萤脱口而出。千正民摇摇头，笑了，摸了摸她的脑袋，再度重复：“傻孩子。”

八月，台城更热了。

千萤回到别墅时，时陆已经正常去上课了，只是感冒还没完全好，下课回来时还在咳嗽，火红的余晖掩不住他脸上的苍白。

对于千萤提前回来这件事，他很开心，却极力地忍住喜悦，仍然是一

副冷冷淡淡的样子。

“知道回来了？”说完他的嘴角绷不住上扬。

千萤语塞，没有戳破他，只是配合地点头，说：“听说你生病了，我回来看看你。”

“就看看？”时陆立即破功，不满地皱起眉头，“难道你看一眼还要回去？”

“当然不回去了。”千萤眨眨眼，“我后面还有补习，而且假期也只剩下一个月了。”

“好啊，原来你是因为补习才回来的！”时陆一下看穿了真相，激动得直咳嗽，上气不接下气。

千萤连忙上前扶住他，帮他拍着背：“我就逗逗你，你别激动。”

“你就是花言巧语，一直都这样。”时陆委屈地指责道。

千萤哭笑不得，为自己辩解：“我没有，我从来不说假话。”

“真的吗？”时陆被她扶着坐下，又喝了两口水，缓和下来后抬眼睇她。

男生因为方才剧烈的咳嗽，眼角还红红的，白净的脸上染上些许薄红。

千萤又想起了小兔子，惹人怜爱。她点点头，肯定道：“真的。”

“那你喜欢我吗？”

千萤毫无防备，顿时呆住，大脑出神。

时陆的手指敲了两下桌子，不满地催促道：“问你呢，怎么不说话？”

千萤理智重回，镇定三秒，面色如常，答：“当然喜欢。”

“你是我最好的朋友。”她重重地强调道，“比亲人还重要！”

时陆哼笑了声，没说话，扭过头去，窗外夕阳刚好落在他的半边脸上。少年迎着金色的余晖，眼里盛满笑意。

这是一个不算难熬的夏天。

千萤把他照顾得很好，冷了关空调，热了开风扇，厨房常备清热去火的甜品。每次时陆一上完课回家，就见窝在沙发上的女孩儿穿鞋跑过来，给他量体温，细声问候。

每到此刻，时陆沉重疲惫的大脑都像得到了舒缓，他恨不得扑到她身上撒娇。

这个暑假，时斯年在家的次数比以往都多，大概是因为时陆繁重的补习任务。但是他什么都不做，只是每天拿着电脑办公，和他们共同在餐桌上吃饭。

时陆对千萤的依赖与日俱增，表现在各个方面。头痛不舒服的那几天，他连喝口水都要她喂。

两人都习惯了，以至于时斯年坐在客厅办公，也没有人注意到他。

时陆躺在沙发上看以往的奥数题讲解分析视频，看累了想喝水，杯子就在他旁边的茶几上，一倾身就可以拿到，然而时陆压根儿没动，只是拉了拉坐在地毯上写作业的千萤的衣袖。

“阿千。”

他的目光未从视频上移开，话一出口，千萤就抬起头，了然地问：“想喝水？”

“嗯。”时陆点头。

千萤把手旁的杯子拿起递过去，送到他唇边。时陆低头，就着她的手喝了两口，再度仰起脸时，突然察觉到了一道明显的注视。

他望过去，只见时斯年正眉头微拧，盯着他，表情有些不可思议。

“时陆，你连喝口水都要人喂?！”时斯年的话骤然响起，时陆和千萤一顿，她收回手，把杯子放回桌面，耳根微烫。

时陆面不改色地回视过去，反问：“不行吗？”

时斯年拧眉，匪夷所思道：“你自己没长手吗？”

“我不方便。”时陆泰然自若，脸上看不出一丝羞愧，“离得太远。”

时斯年打量了一眼他和茶几之间的距离，满脸嫌弃，收回目光后只冷声警告：“你别太欺负人家。”

他看向千萤，说：“时陆做什么过分的事情直接告诉我，不要一直这么惯着他。”

时斯年最后说：“下次不要再给他喂水。”

千萤脸上烧红许久，轻轻地“嗯”了声，几乎把头埋进了作业本里。

三个人各自做着事情，客厅安静了一会儿，时陆再度扯起千萤的袖子时，她移开了手。

“水。”他张口提醒。千萤绝情道：“你自己拿。”

时陆看向仍旧坐在不远处办公的时斯年，皱眉不满道：“你怎么还不走？”

“楼上的书房空很久了，你一直待在这里做什么？”时陆没等时斯年说话，直接开口，“你的键盘声吵到我了。”

时斯年低头看了眼笔记本电脑的静音键盘，再看时陆就差把“你不要打扰我们”这句话写在脸上的模样，他合起腿上的电脑，嘲讽冷笑：“千萤，和我一起上楼去写作业，别吵到了时陆。”

千萤应声，收拾着面前摊开的课本。

时陆连忙站起来说：“阿千在这里不会吵到我，她不跟你上去。”

“不行，她做题声音更大。”时斯年看着他，咬字清晰，“会吵到你。”

胳膊仍然是拧不过大腿。千萤最终还是跟在时斯年的后头上楼，把时陆一人留在了客厅。这下彻底安静了下来。

时斯年去了书房，千萤回到自己的房间，她刚到书桌前坐下，放在桌上的手机就不停地嗡嗡振动。时陆在用短信“轰炸”她。

时陆：下来！

时陆：别理他！

时陆：阿千！

时陆：下！来！！！

千萤头疼，揉了揉脑袋，把手机调成静音，写作业前给他回复了一条消息：鹿鹿，专心学习。我写作业了。

夏天接近尾声时，他们迎来新学期。

高二开学，时陆的比赛也迫在眉睫。

九月八号，全国高中数学联赛开始，考点设立在台城另外一所重点高校。

那天是周日，一大早，整个别墅的人都起来准备。

不知道是因为迷信还是什么，早餐时桌上摆放的都是油条、鸡蛋。时陆的面前放着一碗白粥，徐管家候在旁边说着祝福话：“油条加鸡蛋，小少爷出门肯定考一百分。”

“我谢谢你。”时陆拿着勺子抬起头，漫不经心地挑眉，“一试和二试的满分是一百二和一百八。”

徐管家连忙又夹了两根油条和四个鸡蛋过去，急急道：“那就再多吃两份，加起来刚好三百，考满分！”

千萤在给他剥着鸡蛋，点头附和。

“你们想撑死我？”时陆喝了一碗粥，吃下半根油条和一个鸡蛋就放下筷子。车已经等候在门外，他的目光扫过两个人，“封建迷信要不得，记得相信本少爷。”

晨曦中，站在那儿的少年“中二”又张狂，不像是去经历一场至关重要的大型考试，倒像是要披着铠甲去出征。玩闹似的，无所畏惧。

千萤突然就放下了心。她在晨光里对着他握了握拳头，说：“鹿鹿加油。”

考试时间是早上八点到中午十二点半，中午千萤提前过去，在校门口等候他。

早上还有些许阳光，看起来像是大晴天，到了中午却阴云厚重，起了风，温度降了下来。

校门缓缓打开，陆续有学生走了出来，有些带着点儿喜悦，有些格外沉重，考试的好坏已经可以窥出几分。

千萤踮着脚在人群中张望着，心里不自觉地忐忑起来。

“鹿鹿——”她很快看到了从校门口走出来的那个人。时陆在人群中很好辨认，他本来就生得好看，个子又高，T 恤松松垮垮的，穿在身上有种娇生惯养的金贵气。

时陆脸上的神情和周围考生明显不同，他依然是那副漫不经心的样子，懒洋洋的，甚至还抬手打了个哈欠。完全看不出考得是好还是坏。

直到走近了，千萤才发现他脸色苍白，眼中困倦，整个人有一种精力过度透支的疲态。刚才打哈欠是因为他真的累了。

千萤赶紧上去，把手里的水递给他，关怀道：“累了吧？”

“嗯——”时陆点点头，拖长的声音不掩困顿，“早上起太早，困死了。”

一上车，时陆就倒在她的肩上，沉沉睡去。

“阿千……”他喃喃道，“我睡一会儿。”

“睡吧。”千萤摸摸他的额头，又在他的肩上轻轻拍了拍，像是在哄小宝宝，“鹿鹿辛苦了。”

比赛成绩一个月之后出来，那个时候台城已经正式从夏天变成了秋天。

时陆是省一等奖，并且拿到了冬令营的名额。

全国中学生数学冬令营又名中国数学奥林匹克（CMO），在这里将选拔出全国前六十名进入国家集训队，最终六名表现优异的选手将会代表国家队出战，参加国际数学奥林匹克竞赛。

光听着都觉得是十分了不起的事情。

时陆被正式调出了1班，转到竞赛生那边。他大部分课程变成了与奥数相关，也用更多的时间来做题。和那些需要参加高考的人不同，如果拿到金牌，时陆将会直接获得国内顶尖大学的保送名额。

时陆搬走的那天，吴淳眉开眼笑，脸上是从未有过的和颜悦色：“时陆啊，从刚进学校起，我就看出你是个人才。果然，老师眼光没错，以后不管拿到多好的成绩，都要记得你是从1班出来的啊。”

“我会的，吴老师。”时陆的眼神转向墙上那个“禁止早恋”的鲜红标语，扬了扬眉，“永远记得您的教诲。”

吴淳轻咳一声，淡定道：“之后也要加油，心无旁骛，全力以赴，拿下金牌！”

“行。”时陆点点头，“我会经常来看您的。”

“倒也不必经常来。”吴淳表情有些一言难尽，挥挥手，“竞赛班离得远，偶尔来看看就行了，别打扰到班里的同学。”

男人变脸如翻书，时陆深刻地体会到这一点。

之后的几个月，他们就在考试中度过。

测试一场接着一场，时陆考的是数学，千萤则是语数外等各科。

高二分了班，千萤学理科，依然是在吴淳的班上。周围人对她的这个决定都有点儿惊讶，包括时陆。

因为千萤的文科明显偏好一点儿，她擅长背诵，虽然数理化也不算太差，但总的来说优势并没有很明显。

开学分班前，千萤曾偷偷在网上搜索过一个问题，学医报文科好还是理科好，上面的答案几乎一致。

千萤没有把这个秘密告诉任何人，她只是傻呵呵地笑着说："我觉得生物、化学很有趣啊。"

一月，小雪将至时，时陆收拾行李去了另一座城市。今年冬令营的地点是北方的一所知名中学，为期五天，他将会经历连续两天的考试。

徐管家收拾行李时掩不住担忧，手上在动，嘴上还在不停地念叨。

"天气这么冷，小少爷还要去北方，会不会感冒啊……

"羽绒服要带上，暖宝宝、厚袜子……

"唉，真是造孽，第一次离家去这么远的地方，还是一个人。"

"徐管家，你别再念了，我耳朵疼。"时陆在不远处揉了揉耳朵，皱着脸，"只是去个几天，很快就回来了。"

"那你一定要多注意，有什么不舒服的地方就马上打电话回来，让方秘书去接你回家。"徐管家想，他们家小少爷根本没必要受这种苦，家里什么都有，家里的钱够他吃喝玩乐几辈子都花不完。

唉，先生还是心狠。

"鹿鹿，那你去我家的时候，徐管家岂不是更夸张？"千萤见状，忍不住凑过去和他嘀咕。

时陆认真地回忆了下，点头道："嗯，他那时候好像哭了。"

为他当时的身体，也为他要去乡下受苦。

"天哪。"千萤闻言睁大眼睛，半晌合不上嘴，"徐管家对你真好。"

"他看着我长大的。"时陆想了想，开口，"应该是这个家里对我最好的人了。"

他又转头看向千萤，面容郑重，说：“你也是。”

冬令营似乎是全封闭式的，时陆除了第一天抵达时和他们报了平安，之后都没有联系了。

手机上显示那座城市下雪了，温度降到零摄氏度以下，纵然知道北方城市会供暖，千萤还是忍不住担忧。

时陆拿到金牌的消息第一时间从学校传出，京大当场签下了保送协议，时陆入围国家集训队。校长高兴得让广播室连发了两则通知。

1 班的人听到都从座位上跳了起来。盛扬高呼：“时陆牛啊！”

“哦，少爷还是少爷，随便出手就是金牌。”

“果然天才做什么事情都是共通的。天之骄子，无论如何都不会泯于众人。”他们班班长文绉绉地说。

教室里，盛扬吵吵闹闹的，宁储只坐在座位上摇头笑，其他人都在热情地讨论，叽叽喳喳的。

傅娇娇即便不情愿，还是难藏眼里的敬佩，感叹着：“时陆的智商真是无敌。不过他们家基因确实好，他爸是商业天才，他妈妈以前也是非常有名的艺术家，时陆简直完美地继承了两个人的优秀基因。我以后找对象，一定首先挑脑子好的。

“小萤，你就不用愁了。”

放学时千萤在校门口看到了时陆，男生穿着黑色羽绒服，皮肤白皙，睫毛上落了薄薄的雪，又很快融化，变成濡湿的痕迹。

是的，台城也下雪了。

不同于她在网上看到的北方鹅毛大雪，是那种细细软软的、一落地就化的小雪花。

时陆的手插在兜里，站在那儿格外显眼。千萤冲他小跑过去，还没到跟前就被他发现了。时陆抓着她的手臂，问：“你跑什么？”

“你怎么来啦？”千萤仰起头，惊喜不已，仔细地打量着他。没瘦，反而更白了点儿。

“接你放学。”

“今天听到学校广播说了，你拿到了金牌。”

“嗯。”时陆从口袋里拿出一个东西。千萤定睛一看，是枚圆形的金牌，上面印着图案和字，用彩色带子吊着。千萤还没看清，时陆就把这枚金牌随手戴在她的脖子上了。

“喜欢送给你。”他拉着她往前走，说，“回家。”

这一年过得特别快。

三月，时陆就到集训队培训了。几十个人要经过数轮测试选拔，最终只有成绩顶尖的六名选手可以代表国家参赛。

他在里面不方便用手机，千萤和徐管家都不敢主动给他打电话。只有夜深人静时，千萤偶尔能接到他的来电。

大概是做题做累了，时陆的声音听起来总是很疲惫，还有浅浅的回音。

“阿千……”他叫她的名字，“你睡了吗？”

千萤在被窝儿里打起精神，一五一十地和他说今天发生了什么。她说着说着，那头就没声音了，她连着叫了好几声，电话里才传来他的声音。

他似乎在揉着鼻子，鼻音很重：“刚才不小心睡着了。”

后来千萤才知道他一直都躲在厕所给她打电话。他们一个宿舍住了四个人，男孩子大大咧咧，不怎么讲究，有个睡觉还打呼噜。他又挑剔，不爱和其他人相处，就自己闷头做题，有时熄了灯才会躲起来给她打个电话。

千萤不知道时陆有多辛苦，他也从来不说，只不过随着天气变热，他开始消瘦。

时陆还是会头痛，只是千萤没在身边，他已经学会独自去忍受这种痛苦，久而久之也习惯了，偶尔还能忍着做几道题，一时间他也分不清数学题和头痛哪个带来的痛苦更大。

这个暑假，时陆还是没能和千萤一起回云镇。

因为七月他就要代表国家队参赛，今年国际数学奥林匹克竞赛定在香港。他们跟着教练一起出发，千萤没去送他，但是在媒体新闻上看到了他

的照片。

六名少年，穿着统一的红色队服，他们的脖子上挂着参赛牌，身后是鲜红的五星红旗。

时陆回来时已经快七月下旬，离开学只剩下半个月。

今年他们高三，学校提前开课。

那时候千萤正在补课，她不知道时陆突然回来了。听到外面的声响，千萤呆了两秒，然后迅速拉开椅子起身。

时陆从门口走进来，风尘仆仆的，还穿着队服。他面色苍白，几乎是倒在她的身上。

“阿千。”时陆低低的、难过的声音响在她的耳边，“我们没有拿到第一名。”

“可能这个世界上比我聪明的人还有很多吧。”他将脸埋在她的肩头，失落自语。千萤怔了一瞬，手轻拍在他的背上，轻声道：“鹿鹿，你在我心中是最厉害的。”

时陆闭着眼睛笑了，这一刻紧绷了几个月的神经才彻底放松下来，他低声道：“阿千，我头疼。”

一直疼，疼好久好久了。

这次国际赛，时陆他们总分排名第二，以三分之差与冠军擦肩而过。时陆的个人分数是队内最高的，然而和世界最高分相差了三分。

他总是在想，如果当时能再多拿下几分，再厉害一点儿，冠军就是他们的了。

回来的路上，时陆都在这种情绪里，飞机偶尔遇上气流颠簸，他头疼欲裂。

教练宽慰他，队友都说已经很棒了，但时陆还是迫不及待地想回来，想要亲耳从她口中听到一句“你永远是最厉害的”。

回来后，时陆直接睡到了第二天中午，或许是药有镇静安眠的作用，又或许是他太久没有好好睡一觉了。

时陆起来时，胃里空荡荡的。楼下的徐管家和千萤看到他，不约而同地露出欣喜的笑，一个连忙去厨房把饭菜端出来，一个上来摸摸他的

额头。

“还痛吗？”

“还有一点儿。”时陆刚起床，带着鼻音，像在撒娇。

“陆医生上次给了我一些中药，待会儿给你试试。”

时斯年进来时，整个客厅都是中药味，时陆闭眼靠在椅子上，头上盖着一块毛巾，用来热敷。千萤在旁边用扇子给他扇着风。

“头又痛了？”他西装讲究，袖口整齐，看起来像是刚从外面出差回来。

时陆掀开眼皮看了他一眼，没说话。

“鹿鹿痛很久了。”千萤见状解释了一句。

时斯年静立在原地，许久后才开口：“你这次表现得很不错，想要什么奖励？”

“我想要什么都可以吗？”时陆睁开眼，直视他。

时斯年同他对视，片刻，紧抿的双唇间溢出一声“嗯”。

“我想要以后任何事情我都可以自己做主。”时陆话音落地的瞬间，千萤仿佛感觉空气都凝固了。她以为时斯年会发火，偷偷地去瞟他的脸色，然而男人的脸上却看不出丝毫怒气。

他向来都没有太多表情，此刻也不例外，只是更深沉了些。

不知道过了多久，时斯年颔首，淡淡道：“等你成年。”

潜台词是，成年后我就不再管你了。

千萤低下头去。时陆并没有想象中那么开心，他盯着时斯年，道：“说话算数。”

暑假后半程，时陆大概是要把之前错过的东西都补回来。

他沉迷玩乐，每天除了吃喝睡觉就是玩，和天天苦巴巴补课的千萤形成了鲜明对比。

她的成绩还是在中游，偶尔超长发挥一次能够到重本线，大部分时候都不上不下。

时陆已经确定去京大，开始翻找京市学校，给她挑选合适的专业。

“阿千，报师范怎么样？京师大很不错，以后当老师，天天和小孩儿

待在一块儿。还是学文学？你语文成绩最好。或者艺术？”他认真地琢磨，把手里的志愿书翻得哗啦作响。

千萤停下笔，打断他，说：“鹿鹿，我想学医。”

时陆抬起头，整个人有点儿愣住。

这个雄心壮志千萤几乎没有和任何人说过。她微微赧然，又补充了句：“不然护士也行。”

“阿千。”时陆被她远大的理想震撼了几秒，马上低头翻起医科大学的分数线。不一会儿，他面露难色。

“医学院的分数线好像都比较高，同样的分数可以上更好的学校了。”他挠挠头，试探地问，“阿千，要不你换个志向？”

千萤抿了抿唇，重新握着笔，扭回头。她有点儿生闷气，还是坚定地回答：“不行。我就要读医学专业。”

可恶鹿鹿，气死她了。

这几天班级群里都很热闹，前阵子因为时陆拿奖的事情，大家都活跃起来，隔三岔五在里头讨论题目或闲聊。千萤偶尔会在消息变成 99+ 的时候点进去看一眼。大部分人都冒过泡，只有时陆从头到尾都没说过一句话。

就连他拿金牌的消息传回来，大家在里面跟他要红包时，他都没反应，好像是彻底将群屏蔽掉了，最后还是宁储和盛扬在群里刷了不少红包，才跳过这个话题。

千萤做题时，手机习惯放在抽屉里，她开了静音，群消息是免打扰。

等中途休息拿起手机查看时，她才发现不仅傅娇娇私聊了她，群里也有人叫她。

千萤点进去，里头有人发了一条链接，标题醒目——著名画家张奇山私人展将于八月一日在台城开幕。

发出这个链接的同学也从小接触美术，他没敢直接问时陆，而是迂回地同千萤打听八卦：小萤，这不是时陆的师父吗？他去不去啊？

这条消息千萤没及时回复，很快就被其他内容盖下去。群里的大部分人不是专业人士，对这个话题并不是特别感兴趣，只有几个人问了两句。

千萤重新打开和傅娇娇的对话框。她发的也是一样的链接，不过聊天的内容丰富多了。

傅娇娇：小萤！时陆师父的画展！！！

傅娇娇：他去不去看啊？一日为师，终身为父。不过他去了，见到师父会不会有点儿尴尬，毕竟时陆这也算是半路离开师门……

傅娇娇：对了，时陆最近在家干吗？他现在比赛比完了，也保送京大了，每天是不是吃了喝，喝了睡，直接享福了？

傅娇娇：真是想想都羡慕，呜呜呜。

傅娇娇连发了三四个大哭的表情，隔着屏幕千萤都能感受到对方的艳羡。千萤也羡慕，但她更知道这背后的辛苦。

她同样回复了一个默默流泪的表情。

千萤：不知道，我问问他吧。

想了想，她又补充了句：不知道他会不会生气。

千萤坐在桌前苦恼，绞尽脑汁想了半天，终于想到了一个极好的主意。

千萤下楼，时陆果不其然又在打游戏，她拿出手机状似浏览新闻，突然间好像发现了什么大消息，惊呼一声："鹿鹿，我们市过两天有个人要开画展欸。"

时陆一点儿也不感兴趣，视线都没移过来。他专心地打着游戏，敷衍地应道："哦。"

"好像还是个特别有名的大画家。"千萤故意把手机凑近他，点了点上面的人名，"叫什么张奇山……"

时陆的动作倏地停住，游戏里的人物被突然蹿出来的野怪打死，屏幕上显示任务失败。

时陆无暇顾及，视线落在千萤的手机屏幕上，好半天都没移开。

"鹿鹿？鹿鹿？"千萤试探地叫他。几声后时陆终于回过神，他面色平静地点开下一局，没作声。

千萤再度试探地发问："你去吗？"

迟迟没人说话，游戏的音效清晰入耳，又过了很久，他道："去吧。"

时陆垂下头，手指从游戏手柄上滑落，道："我们偷偷地去。"

直到当天，千萤才弄懂"偷偷地去"是什么意思。

美术馆前，两人全副武装，鸭舌帽、口罩、外套、长裤，从头到脚捂得严严实实。在八月的艳阳天里，经过的人都会不禁多打量他们一眼，仿佛在看什么奇怪的东西。

千萤对着展馆外的玻璃墙壁，看着映出来的两道身影，叹气道："鹿鹿，你这样更加引人注目了。我们两个不像是去看展，倒像是要进去偷画的。"

时陆沉默了半晌，最后两个人还是进了洗手间，把身上这些奇怪的装扮都倒腾下来。两个人恢复正常后，才正式进入展馆。

时陆的帽子还是没摘，他戴着鸭舌帽，穿着白T恤、长裤，是最常见、最普通的装扮。

来看展的人很多，进门右边挂着低调的方形标牌，上面写着"张奇山个人作品展"，后面排着略小的字，是这次画展的主题：热爱，自由。

展厅里面，四周的墙壁上挂满了各式各样的作品，和时陆的风格有些不一样，这里的每幅画笔触都更为沉稳细腻，很好辨认。

千萤的目光从一幅幅画上面扫过，大多数是景，偶尔穿插着几幅人物，还有一些写意的作品。画作旁边都有简单的文字介绍，名称、作者以及创作时间。

各个画作前一直有人驻足停留，低头小声地讨论点评。时陆看得也很慢，几乎是专注地从每幅画上面看过去。

周围人来人往，他置身其中，却像毫无察觉。

千萤又从他的眼中看到了熟悉的东西，那是热爱。

两人逛了差不多半个小时，看完外面的画，慢慢往里走。内厅里人更多了，这里是重点展览区域，几幅主题画前全是人，根本挤不进去，唯有靠墙的边上稍微空出一点儿位置。

那里只挂着一幅画，橘色顶灯柔柔地照下来，显得分外静谧。

画前有几个人在观摩。

走近之后，千萤才发现那幅画和四周的都不一样。明显属于另一个人的笔触，风格更加肆意，色彩明亮，线条狂放。明明只是一幅安静的秋景，却让他画出了热烈的张狂。

“欸？这幅画是谁的？明显不是出自张奇山老师之手。”

“还挺好看的，应该也不是普通人。”

“这有作者。”说话那人凑近旁边的作者名看了眼，慢慢念出声，“时陆。”

“我想起来了，这是张奇山老师的那位关门弟子吧。”

“对对，没错，前几年还办过画展。不过他好像很久没有消息了。”

千萤就站在讨论的那几人的后面，他们的话语传过来，分外清晰。她不由得抬头去看时陆，男生被笼在阴影里，低垂着眼帘，没什么表情。

她正犹豫着要不要和他离开，前头突然传来骚动，张奇山本人出现在不远处，正在和人说话打着招呼。旁边还有几家媒体，在举着相机拍照。

张奇山虽年近六十，穿着中式褂衫，精神矍铄，除了鬓角有两簇白发，丝毫看不出老态。

关于这次展览的主题画，他简单地介绍了几句，然后在人群的簇拥中慢慢朝这边走过来。

时陆猛地后退一步，拉着千萤退到身后的人堆里，几乎是要把自己藏起来。

张奇山和身边的人说着话，似乎根本没有看见时陆和千萤。

他们刚好停留在时陆的那幅画前。有人提问这幅画的出处，张奇山出声介绍。

“这是我学生时陆的作品，今天之所以把这幅画一起展出，是想留作纪念。”他的目光驻留在画上，面带怀念，“他是我最优秀的学生。”

两人走出场馆。

千萤突然有点儿后悔让时陆过来了。

出来之后，他就再也没说过一句话，只顾着低头走路，好像屏蔽掉了外界的声音，甚至没有发现千萤已经落下老远了。

直到走到公交车站前，准备坐公交车时，时陆才发现身旁空荡荡的。他左右环顾一圈，脸色惊恐，以为自己把千萤弄丢了。

“阿千！阿千！”时陆连忙叫着她。他在慌乱中等待应答时，右边肩膀突然被人拍了下，千萤探头出现在他的身侧。

“我去买水了。”她晃了晃手里的两瓶冰水，把其中一瓶贴在他的额头上。

一阵冰凉袭来。

“舒服吗？”

“我差点儿以为你不见了。”时陆拿下她的手，重重地松了口气。

“刚刚渴了。”

公交车还没到，两人站在站台等候，艳阳晴空，日光炽烈。路边没有多少行人，整个站台只有他们。

轻风袭来，卷起千萤的衣角。她握着手里的冰水，一片沁凉。

“鹿鹿，你为什么不画画了？”

午后三四点的阳光，发白刺眼，天空亦蓝得浓烈。

千萤望着他，饱满的额头上有浅浅的细碎毛发，底下是清澈的双眸。扎高的发尾被风吹乱，少女肩膀清瘦。

时陆低下头，声音很轻，几乎散在风中：“画不出来。”

时陆已经很久很久没有正式动过画笔了。

自从那次画展之后。

当年他的个人展开得无比成功，那天来了很多观众和媒体。所有人都在称赞他的作品，他被冠以了“天才少年”的名号。

他被老师张奇山带着，在画展上介绍自己的作品。面对无数赞誉，时陆当时内心很平淡，他知道自己只是因为年龄被赋予了光环，优秀，却也没有优秀到如此盛誉的地步。

不过他依然是喜悦的，就算没有了钢琴又怎么样，他依然有自己热爱的事情。

气氛被推向高潮，是画展上一位华人以五百万的高价拍下他的一幅作品。那幅画作挂在展厅一角，只是其中很不显眼的一幅画。

时陆给它取名为《死夏》。

那幅画大面积都是深浅不一的颜色，整个画面非常模糊糟糕，迎面而来的只有闷热窒息的感觉。如果画中有什么地方最打动人，便是角落那道影子。

那是一个女人的背影，并没有着墨太多，仿佛只是匆匆勾勒了几笔，却让她的身影跃然纸上。

沉闷夏天，失去，别离。

这是每个人第一眼看到这幅画的感触。女人的背影带着一种义无反顾，没有任何留恋。

时陆在主办方的联络下见到了购买方。

四目相对的那一刻，时陆觉得十分厌恶，似乎被什么东西扼住了喉咙。

“你为什么买这幅画？”时陆注视着对方，问。

“那个背影像我的妻子。”男人笑得温和，答。

“对了，她也很喜欢画画。”

和外界传言的不一样，最终那幅画时陆并没有卖出。他烧掉了，连同那些画具，所有和画画相关的东西，都被他一把火烧得干干净净。

很长一段时间，时陆一碰画笔就头痛，眼前无数画面交织，时而是那个模糊的女人的背影，时而是男人含笑的清晰脸庞。他觉得既恶心又痛苦，失去了所有的灵感和创作力。

时陆开始闭门不出，张奇山亲自找过他两次，都是遗憾离开。

在这件事里，他始终对不起两个人。

一个是悉心教导他的老师，一个是他自己。

“《死夏》这幅画当场被拍出五百万天价，色彩大胆强烈，构图奇异抽象，在光影的衬托下，整幅画面显得无比生动细腻，层次分明，充满难以言喻的美感。”

“他的画里有超出他这个年龄的东西，他是一个真正的天才。”

千萤翻出了当年关于时陆的报道，各种洋洋洒洒的夸赞之词，她将报

道翻到最底下，终于看到了那幅画。

千萤当场怔住。

和她想象中的并不一样。

这幅价值五百万天价的画在时陆以往的作品中，好像并不算格外出彩。唯一不同的是，这让她想起了陆医生曾经描述过的那个画面。

存在时陆记忆中的夏日里那个无比沉闷的下午，他妈妈离开的那一天。

晚饭时，三楼的那扇房门依旧紧闭。时陆一回来就把自己关进了那间房里，从下午到现在都没出来。

千萤吃饭时，听到徐管家说起那间房曾经是时陆的画室，只是许久没用过，这几年几乎都没有打开。

“也不知道里面有没有灰尘，小少爷很容易过敏的……”徐管家忧心忡忡，千萤反而停下动作，若有所思。

在公交站台那里，时陆轻声说完自己画不出来后，千萤就愣住了。她回想起两人在艺术街那次，疑惑地说出口：“可是你那天就画得很好看。”

“那次根本不算真正的画画，充其量只是涂鸦。”

“鹿鹿，我觉得你应该相信自己。”千萤神情笃定。

“哪怕是随便涂一涂，你也比大多数人厉害了，况且热爱最珍贵不是吗？”她说，“我永远相信你。”

三楼那扇门在次日清晨第一道阳光照射下来时，打开了。时陆面容憔悴，神情却很兴奋，神采奕奕的。

千萤听到声响后第一时间上去。昨天她和徐管家都没睡好，她时刻注意着楼上的响动，又不敢打扰他，第二天早早地就起床等候。

她本来打算上午时陆再不出来的话，就和徐管家一起去撬门的。

“鹿鹿，你——”千萤气势汹汹的，话还没说完，被时陆一把拉到怀里。他紧紧地箍住她，满身都是浓重的颜料味道。

“阿千。”时陆深吸了一口气，眼眶发烫。

“我画了一幅画。”他的声音接近哽咽，“送给你。”

清晨阳光穿过窗户，打在画室内，尘埃在光束中上下浮动。那束光笼罩着正中间的画板，纸张仿佛泛着柔和的白光。

上面是个戴着草帽的女孩儿，坐在无边的青草地上，柔软的青草划过她的小腿。

蔚蓝天空下，微风轻拂，裙角飘扬，她微仰起头，伸出手，接住了一只发光的萤火虫。

画的角落写着落款。

时陆给它命名为《萤》。

时陆尘封了几年的账号，时隔多年再度更新了一条动态，是一幅随手拍下来的画。

他这个账号当初就有十几万粉丝，后来他陆陆续续被人知道了，一直有画粉关注他。

——这幅画好美啊，呜呜呜。

——大佬终于再度回归了！这个夏天圆满了。

——画风和以前有点儿不一样了，怎么说……好像温柔浪漫了很多，哈哈哈。不过一如既往地优秀，sl 永远的神！

…………

时陆的账号名只有两个字母——sl。每次更新也十分简洁，单一的图片，偶尔配上作品名字。

最新这条动态底下已经冒出来无数评论。时陆不常回复，除了偶尔会回复些技术上的请教，然而当他的视线掠过其中一条时，没忍住，手指停顿了下。

那条留言问：为什么萤火虫会在白天发光？

过了几秒，回复区多了几个字：因为比日光耀眼。

时陆下线后，他的个性签名更改了，从无变成了“热爱最珍贵”。

没有什么比真正的喜欢更重要。

世间万物，热爱最珍贵。

第十八章

选择梦想

这个暑假时陆重新捡起了画画。他隔三岔五就去他师父的画室，回来时心情愉悦。

三楼那间房间重新开放，被收拾干净，成为时陆每天待得最久的地方。

客厅里的游戏机久久无人问津，都快生灰了。

傅娇娇和千萤聊天时，傅娇娇再度随口问起时陆在家干吗时，千萤回复过去两个字：画画。

那头发过来一大串感叹号和问号，震惊都快要溢出屏幕。

画画?！他画什么画？傅娇娇觉得不可思议，她完全不敢相信。

千萤对着电脑认真地思索了一会儿，敲键盘：油画？

傅娇娇当然知道是油画，但是这个问题并不是字面上的意思啊！傅娇娇忍住内心的十万条吐槽，认认真真地敲字：他怎么突然又捡起画笔了？他不是不画画很多年了吗？

可能……是突然想通了？千萤一五一十地告诉她。

千萤：上次我们一起去看了他师父的画展。

千萤：对了，鹿鹿送了一幅画给我。

傅娇娇已经被这接二连三的消息冲击蒙了，但她还是精准地抓住了重

要信息，飞快地坐直身子问：什么画？

傅娇娇：长啥样？

傅娇娇：我能看看吗？

一连三个问题甩过来，千萤怔了两秒：我拍给你看看？

不一会儿，一张图片出现在两人的聊天框里。

傅娇娇点开后不敢置信，仔细地放大缩小查看完，又发送了一连串感叹号。

最后她千言万语只汇聚成一句话：论搞浪漫这件事，我只服时陆。

千萤：？

傅娇娇：《萤》啊，这是以你为名画的一幅画。

傅娇娇：这上面的小女孩儿是你，手中的那只萤火虫也是你。

傅娇娇：在白天发光的萤火虫，连日月星辰都比不上你的光芒。

傅娇娇热衷各种凄美动人的爱情故事，看图解析的能力很强。千萤看着屏幕上的这几段话，心跳加快。

千萤回过神，用力地谴责她：娇娇！你太夸张了！！

傅娇娇：丝毫不夸张，而且小萤，你知道你这幅画值多少钱吗？

傅娇娇发过来一个数字：我搞艺术收藏的大伯说的，如果时陆当年没放弃，继续画下去，现在说不定早就翻了几倍了。

千萤对着上面的数字咽了咽口水，试探地问：那我拿去卖掉会不会大赚一笔？

傅娇娇：赚不赚我不知道，但我知道你会被时陆打死。

好吧。千萤缩着脑袋回复。

傅娇娇：我开个玩笑。

新学期开学，时陆成了他们当中最轻松的人。

他又搬回了普通班。拿到保送名额，其实时陆根本不用再来学校，听说京大已经向他发出邀请，想让他提前过去感受学校氛围。

但时陆拒绝了。

他那会儿正坐在教室，手里拿着一本素描本绘画，语气随意到引起了

全班公愤。

“如此宝贵的高中生活只剩下最后一年，我当然要去做更有意义的事情。”轻松适意的他和被高三生活折磨的他们形成了鲜明对比。

盛扬一口老血差点儿吐出来，道：“哥，你就不要再拉仇恨了，不然我可能会控制不住想打你。”

“盛扬，这幅画送给你。”时陆从手里的本子上撕下一张纸，把一张随手描的画贴在他的脑门儿上。

白底黑线条，一个张牙舞爪的小人儿正龇着牙，像极了方才盛扬的样子。

盛扬捂住胸口，闭眼倒在宁储的怀里，满脸痛苦道：“心肌梗死。”

这便是人与人之间的参差。

有些人还在为一个前途苦苦挣扎，有些人已经直通光明大道。

千萤每每被题海折磨得死去活来时，看着旁边画画的时陆，脑中就不止一次想起这句话。

他不常待在学校，经常会跟着他的老师外出采风写生，或者在工作室，一待就是一下午。时陆比他们自由很多，像是已经提前开始了大学生活。

某次千萤不经意间在他的桌上看到了大学课本。

时陆偶尔也会到学校认真听课，但在不太擅长的文化课，他便会随心所欲地做着自己感兴趣的事，并不像千萤以及班里大部分人，为了一场考试和一次成绩苦苦挣扎。

高三压力增大，课后老师布置的任务也重了一倍，千萤以肉眼可见的速度瘦了下去。

她已经很久没有睡满八个小时了，每天上学路上都能睡着，然而她不敢睡，在车里还要抓紧时间背单词。

她的语言天赋很差，全靠死记硬背，即便英语已经是她花费精力最大的科目，成绩依然不是特别理想。

针对她的问题，家教老师想过各种方法，但千萤发挥最好的一次也只考到了 110 分。每次成绩出来，她都在班里排中游，大部分原因是英语拖

了后腿。

她认清了自己的现状，已经不敢有太大的妄想，只是一遍又一遍地翻看着那几所医科大学的录取分数线。

离去京市，还差一点儿。

她失落地移开视线，余光刚好落在那所南方的学校上，后面的录取线和她这几次模拟考的分数相差无几。

千萤飞快甩头，摈弃掉脑海里可怕的想法。

冬天的时候，时陆去参加了一次封闭式的学习班。全国美术协会举办的，会有很多国内的绘画大师在其中交流心得经验，名额十分珍贵。时陆便在这次名单之内。

这中间也有他师父张奇山的原因。张奇山是协会成员。

培训的地点在邻市，坐高铁要两个小时，为期十五天。

时陆一走，千萤突然有点儿不习惯。可能是因为没人给她送饭了。

高三一开始，学校就强制要求上早自习、晚自习，千萤的中餐、晚餐都在学校食堂解决。学校的伙食不错，但是和家里的厨师一比，还是相差甚远。

时陆也发现她消瘦了，后来干脆每天来学校给她送饭。三菜一汤，每天都不重样。

即便千萤解释了自己瘦了并不是因为没好好吃饭。

而时陆振振有词："那也不管，每天学习这么累，总得吃点儿好的。"

那个时候正值晚自习前夕，班里同学来了大半，时陆提着家里的保温盒，在她桌上把盖子一一打开。

红烧排骨、芦笋虾仁、鲍鱼仔，旁边还有一盅海参炖鸡汤。热气腾腾的香味弥漫了整个教室。

有些晚饭没吃好的同学当场羡慕得口水从嘴角流下来。

每个家长在这时都会特别注意自己孩子的饮食，有些家长也会来校门口送饭，但没有一个像时陆这样直接送到教室的。

千萤的家人没在身边，时陆就充当起了那个角色。别人有的，她也

有；别人没有的，他也会尽力给她。

后来千萤回想起这一年，记忆最深的并不是数不清的考试和夜以继日的学习，而是时陆每次提着饭盒从外面进来的场景。

自习课上，老师在黑板前讲着试卷。

教室一片安静，底下的同学都在认真地听课做笔记。

千萤旁边，傅娇娇猫着身子在桌底下偷吃从小超市买回来的面包。这一周她们俩都在食堂吃，今天傅娇娇实在没胃口，晚饭只吃了几口，上课没多久就饿得不行了。

“时陆什么时候回来，他在的时候我好歹能蹭上两个小鲍鱼……”她嘴里塞着面包，口齿不清地说，“不行，下次我也要叫我家司机给我送饭了。由俭入奢易，由奢入俭难……”

她叽里呱啦地抱怨，千萤放在桌肚里的手机这时振动起来。发消息的人正是傅娇娇嘴里刚刚念叨的时陆。

时陆：阿千，下来。

千萤盯着这几个字，定定地看了好几分钟，不敢置信。下午两人发信息，他还在几百公里外的学习基地上课。

她愣神之际，掌心里的手机再度振动。

时陆又给她发了一条信息：我在教学楼下面。

下课铃声刚一响，千萤就立刻飞奔了下去。

她是第一个出来的，此时外面还没几个人，楼下空旷的地面，一道身影格外明显。

时陆穿着军绿色的夹克，站得很直，在寒冷的冬夜里挺拔又帅气。

千萤朝他跑过去，惊喜地叫道：“鹿鹿。”

她气还没喘匀，仰起脸问：“你提前回来了？”

“没有，待会儿还要回去。”时陆摇摇头，嘴角上扬。他从怀里拿出紧紧裹了一路的烤红薯，献宝似的递给她，眼睛很亮。

“我们基地附近有个非常好吃的烤红薯，忍不住想带给你尝尝。你快吃，趁现在还热着。”

千萤一边吃着甜糯的烤红薯，一边给时陆发消息。时陆在回去的车上，问她甜不甜。

千萤回了一个字：甜。

这大概是她有生之年吃过最甜的烤红薯。

元旦前夕，台城下了今年冬天的第一场雪。

时陆也早已离开封闭式学习班。他上次偷跑出来，大老远给她送烤红薯，听说回去后被教训了，写了三千字的检讨。

时陆之前就和她提过基地附近有个烤红薯摊，特别好吃。那会儿千萤没放在心上，她没想到时陆会特意从另一个城市过来，只是想带给她尝尝。

下雪那天，时陆戴着白色的毛线帽和配套的围巾、手套在学校招摇过市。他的围巾、手套、帽子上都有一个用毛线织成的小鹿。他裹得严严实实，只露出来一张漂亮脸蛋。

时陆得意扬扬的，全然不知道自己这副装扮有多萌。

班里的女生控制不住，凑成一团窃窃私语。

“没有发现他原来是这样的时陆。”

“这也太萌了吧，想揉！”

“这还是我们的时小霸王吗？不，是姐姐的心肝宝贝儿。”

有些胆大的直接鼓起勇气，冲他喊话：“时陆，你的帽子、围巾哪儿来的？这么可爱。”

时陆眉间的笑意藏不住，他得意地回答：“阿千亲手给我织的。”

“哟哟哟。”

1 班的人都看不下去，直调侃：“是真鹿鹿了！”

“鹿鹿也是你们叫的？”方才还温和的人立刻换了个模样，嚣张无比地瞪向他们。

“只有阿千能叫。”

教室里的起哄声更大了，千萤在人群中羞耻地捂住了脸。

这天依然有一整天的课，轻松的气氛很快被繁重的学习任务冲淡。到

了下午，外面的雪更大了，早前天空飘洒的小雪花已经在地面累成厚厚的积雪，一脚踩下去，立马出现一个深深的印子。

四周万物都被白色掩盖。

课间休息时，早已有人按捺不住下去玩雪。

台城地属南方，冬天很少会下雪，下也都是薄薄一层，难得见到这么大的一场雪。没怎么见过雪的南方孩子兴奋地在底下打起雪仗，堆起雪人来。

千萤没出去，在教室里做题。室内有暖气开放，再加上课业压力大，1 班大部分人都安静地待在教室里。除了时陆那一伙。

刚下课，他就带着盛扬他们冲出去了。几个大男生格外闹腾，远远地都能听到他们在底下的叫喊声。

千萤刚做完一道题，笔还没停住，就听到楼下在叫她的名字，声音大到几乎整栋教学楼都能听见。

千萤飞快地放下笔跑出去，趴在走廊上往下看。时陆站在前面空旷的雪地中，朝她用力地招着手。

“阿千——”他挥舞着手臂示意。千萤看到他身旁堆着两个大大的雪人，肩并肩挨在一起。

时陆拿着树枝，在雪地上用力地写上它们的名字。

千萤，时陆。

写完他似乎觉得缺了点儿什么，又在外面画上了一个大大的爱心。

千萤的脸腾地烧了起来，在寒冷的冬天烫得像中了暑。

走廊上有不少学生被动静吸引，看到了这一幕，纷纷起哄。时陆的旁边也都是笑闹声，整个课间突然变得无比热闹。

千萤烧红了脸，正想把时陆叫回来，不远处突然传来喊声，教导主任拿着棍子走过来，看着雪地上的痕迹大吼一声：“时陆——”

人群作鸟兽散。

乱糟糟的雪地也被清洁工打扫干净了。

而时陆被教导主任揪去了办公室，预备铃响起时，他的检讨声同时传来。

男生一口清亮的少年音，带着点儿吊儿郎当。

“大家好，我是高三1班的时陆。我检讨，不应该在外面乱涂乱画，影响学校精神面貌……希望大家引以为戒，不准向我学习。”

本以为就此结束时，刺啦一声，男生嘟嘟囔囔的声音又从广播里传来：“学习不了了吧，明天雪就停了……”

“时陆！你广播还没关！”他的话里掺杂着教导主任的怒吼。

“哦哦。”一阵响动后，动静终于全部停止了。1班教室内大家都在憋笑，不一会儿，有人没忍住，率先爆发：“哈哈哈哈哈，时陆笑死我了。”

“太好笑了，不愧是我们的时大少爷。”

“这拨操作我直呼六。”

旁边的傅娇娇摇摇头，一脸看破世事的表情，道：“现在不管时陆做出什么事情，我应该都不会再感到惊讶了。”

正月刚过，时陆举办了人生中第二次画展。

地方上几家媒体主动进行宣传，班里不少同学都收到了他发的邀请函。傅娇娇看着邀请函上醒目的画展主题——一个烫金的“萤”字，已经见过无数世面的她还是被震撼到了。

“小萤，容我问一句，这个‘萤’是否就是千萤的那个‘萤’？”傅娇娇转过脸，明知故问。

千萤被她调侃得不行，拿起邀请函盖住自己的脸。

声音闷闷地从后头传来，羞耻又窘迫：“你别笑我了。”

“我哪儿在笑你啊，我是在歌颂你们感天动地的友情！”傅娇娇着重强调，拉长尾音。

“什么情……”那个字千萤都不好意思说出来，拿卡片挡住大半张脸，只露出一双水润乌黑的瞳眸，道，“你不要乱说。”

“好好好，我不乱说了，这是萤火虫的‘萤’好了吧？”傅娇娇举手做投降状，话里话外却都是调笑。

千萤气恼，扭过脸收拾桌面，说：“我不理你了。”

当时陆的画展还在筹备阶段，千萤就知道了这件事。听说这次主题是“萤”时，她也当场诧异。

“为什么是‘萤’呢？”

“因为那幅《萤》我打算作为这次的主题画展出，它对我的意义很不一样。”时陆说完安静地注视着她，“它是起点，也是初心，是我的灵感重新涌现的源泉。”

“它”是指画吗？

当时千萤移开眼，不知为何，放在膝上的指尖却控制不住地发烫起来。

画展当天，展馆的客流量丝毫不逊张奇山那次。时陆穿着西服正装，被人群簇拥着，和他师父及一众人交谈。

千萤和班里的一群同学在旁边远远地看着。他们有些人还穿着校服，个个稚气未脱，都还在学习中苦苦挣扎，未曾面对过风雨。

而同龄的时陆却已经开始踏足另一个世界了。这是在场每个人几乎一致的想法。

“说起来，时陆真的是不得了。”其间，有同学忍不住摇头感慨。

“他的高中似乎和我们的不一样。”

“何止高中，我觉得他的人生都和我们的不一样。”

被人一语戳破，大家都笑起来，方才的感触消失得无影无踪，他们开始专心地看起画来。

他们由外往里走，墙壁正中间挂的那幅主画很快映入众人眼中。最前面的那位同学率先叫出来：“这个人我怎么看着那么眼熟啊！”

画上是个戴草帽的女孩儿，侧着头，只露出了小半张仰起来的脸庞。时陆其实并没有刻意按照千萤的样子去画，但是笔下却处处都是她的影子。

虽然五官不是很明显，但却无比清晰地指向了一个人。一群同学扭过头，动作如出一辙，目光整整齐齐地看向千萤。

“绝了。”

“绝了。”

“绝了。”

“这辈子都没受过这么重的伤。”

千萤百口莫辩，在一排整齐的口号阵容下弱弱地举起自己的手，垂死挣扎，说：“你们听我解释……”

“好吧，请开始你的狡辩。”

这天结束，千萤在沙发上拿着平板，看到傅娇娇给她发来消息，问她今天收获如何。

千萤想了想，回复过去：我的那幅画价格翻了三倍。

几分钟前，千萤看完了一个关于时陆的采访。

记者提问：“你这次的灵感来源是什么？”

“来于一个很重要的人。”

“是画里的那个小女孩儿吗？你们是什么关系？”

“她是我最重要的朋友。”

这时楼梯处传来脚步声，时陆洗完澡，穿着蓝格子长袖睡衣，头上盖着一块毛巾，头发湿湿的。

“阿千，你在干什么？”厨房哐当作响，他倒了杯水，扬声问。

“我在和娇娇聊天。”千萤放下平板，看到时陆朝她走过来。男生把毛巾往她手里一塞，习惯性地在她边上一坐，懒洋洋地撒娇道：“帮我擦头发。”

“噢。”千萤从沙发上坐起，拿着毛巾裹住他湿湿的头发，认真擦着。

她的动作轻柔极了。时陆有点儿痒，往她肩膀上靠。湿漉漉的脑袋凑过来，冰凉的发丝几乎蹭到她的下巴，痒痒的。

千萤笑着推开他，忍不住缩起肩膀，说：“鹿鹿，你别闹。”

“我就要闹。”

“那我待会儿不给你擦了。你自己擦干。”

“好吧。”时陆这才不情愿地坐好，抿着红润的唇，眼睛湿漉漉地看着她。模样有点儿乖巧。

千萤专心地给他擦着头发，等他的头发不再滴水之后，便用吹风机仔

仔细细地吹干。

“阿千。”风声里突然响起时陆的声音。千萤的手指拂过他的发丝，她随口“嗯”了声。

“你会一直对我这么好吗？”时陆闭着眼睛，问。

“会吧。”

“为什么？”他看向她。

千萤关掉吹风机，想了想，答：“因为我们是最好的朋友啊。”

随着高考临近，班里的气氛一天比一天紧张。

教室的标语换了一批，墙上那张贴了快三年的“禁止早恋”被摘下来了，换成了鲜红醒目的“超越自我，百天圆梦”。

黑板上开始出现倒计时。

大家摈弃了娱乐，对八卦的兴趣还没有对未解开的数学题的兴趣大。一轮模拟考刚结束，食堂里，排队的人都在对着答案，愁容满面。

“这次数学第三道小题你选的是什么？我选的 A，总觉得不太对。”

“我选的 B。”

“完了，我是 C。”

几人互相对完，都傻眼了。这时打饭队伍已经排到他们了，食堂阿姨拿着勺子不耐烦地催促：“还打不打啊？后面的人都等着呢。”

“吃不下了，我去教室啃面包吧。得赶紧重新算算这道题的答案到底是什么……”最开始提出问题的男生一脸菜色，抱着饭盒匆匆离开，奔往便利店。

队伍里其他人对他投去同情的目光，摇摇头，默默地感慨一番高三的苦楚生活。

时间迈着步子前进，一模、二模、三模，千萤的成绩一直停留在一个区间里。时陆给她估了几次分数，不出意外，她完全能够上京市那几所大学。

自高三下学期以来，千萤的成绩提高了一截，然后便稳定了，大抵是她全部的潜能已经被激发出来，剩下的只能听天由命了。

时陆很乐观，觉得这似乎已经是板上钉钉的事情，开始研究起了京市的地图。他想提前熟悉环境，亦早早地构想起了未来的大学生活。

徐管家依旧忧心忡忡，一想到他们两个要去那么远的地方独自生活就放心不下，开始和时斯年商量，可以在京市买栋房子，让他们两个住。

更加离谱的是，时斯年真的纳入了考量。

那是个周末清晨，三人在桌上用餐，徐管家一提议完，坐在首位的时斯年就开始思索。时陆难得地没有和他针锋相对唱反调，反而直接道："要买就买内环中心，那里交通方便。优先考虑大平层，周围环境好。"

千萤差点儿当场喷出来。

京市中心，全国房价最离谱的地方，一套大平层都是上千万起。被他这样说出来，像是在菜市场挑选东西一样随便。

"可以，我让方秘书去物色一下。"时斯年点头同意。

"那……那个……"千萤在中间煎熬无比，还是表达了自己的想法，"大学我应该会住宿，可以给鹿鹿准备，不用考虑我……"

时陆当场拧眉，毫不顾忌地发问："你不和我一起住吗？"

千萤沉默着，正不知该如何回答时，时斯年训斥："时陆，你应该注意一下男女之别。"

时陆不可思议道："我们都一起住了三年。"

"那是这几年你们年纪还小，而且家里有徐管家和用人。"

时斯年说完，时陆见旁边的两人都不说话，有种孤立无援的感觉。他在桌子底下踢了踢千萤，气恼道："你说话。"

说什么啊？

千萤端着盘子，屁股在椅子上偷偷地挪了挪，离他更远了。她假装无事发生，低头吃煎蛋。

时斯年也垂眸，切起了培根。徐管家亦低下头，避开他的眼神，假装自己不存在。

在场四人只有时陆独自抗争。

时陆气得一摔刀叉，双手抱胸，扭头道："我不吃了。"

时斯年表清淡定："哦。"

高考前夕，台城下了两天的暴雨。

路面到处都是积水，泥污满地。路边的树枝被大风刮落，清洁工人都没来得及打扫。

考试当天却放晴了。一大早，别墅就忙碌起来，徐管家准备好早餐，连牛奶的温度都细细量过。

今天千萤要去高考，所有人都严阵以待。

两天的考试，转眼即逝，中途没有出现过任何问题，千萤做得也很顺畅，就和这一年经历过的无数次大大小小的考试一样。只不过这次是真正关乎命运的高考。

最后一门英语结束。响铃在外面振动，千萤停下笔，看着整齐的卷面，紧绷的大脑神经在窗外灌入的一阵热风中，慢慢放松。

她起身交卷，浑身轻松。三年时间转眼即逝，这一刻仿佛为她每个辛苦奋斗的日夜画上了一个圆满的句号。她没有辜负任何人。

考完试的学生像鱼群般涌出。校门口人头攒动，家长和老师等候在外面。有些人按捺不住，直接冲了出去。

考场外，有人激动相拥，有人欢笑吵闹，还有人平平常常地讲述着考试经过。

千萤不用特意寻找，就在人群中看到了时陆。他站在一棵香樟树下，目光明亮地注视着她，像是等候已久。

四目相接，他笑着朝她张开手。千萤走过去，轻轻地和他拥抱了下。

“阿千，恭喜你毕业了。”他在她的耳边轻声说。

千萤闭上眼睛，弯起嘴角，说：“嗯。”

“鹿鹿，毕业快乐。”

班里的毕业聚会弄十分隆重，几个家境好、会玩的同学包了市里一家酒店最大的包间，找人里里外外地装扮了一番。千萤他们进去时，差点儿被墙上亮闪闪的字母气球晃花眼。

“我们毕业啦！”

吴淳一推门进来，两旁准备好的礼花炮齐齐作响。伴随着高呼，他吓了一跳，身体条件反射般往后一退，道：“做什么？毕业了准备暗杀我？”

“给你个惊喜嘛，老吴。”站在两旁拿着礼花炮的同学嬉皮笑脸，脱离学校后彻底放开了。

“惊喜没有，惊吓倒是不少。”

1班的氛围原本就轻松，今晚他们更是肆无忌惮。一道道菜跟不要钱似的堆满桌子，啤酒都是按箱来，吴淳在中间尽力阻拦，依旧挡不住这群刚脱离学校束缚的狂野少年。

盛扬最为胆大包天，竟然当场和吴淳拼起酒来，被宁储极力阻拦后，心有不甘，把目标转移到宁储身上。

宁储斯文白净，酒量看起来不是很好的样子，没喝两杯脸就红了。

傅娇娇看不下去，帮他挡了几次。

盛扬叫得整个包间的人都听到了：“不行，你们夫妻档欺负人！”

“夫你个大头鬼！”傅娇娇一把捂住盛扬的嘴，差点儿让他憋死过去。

全班人都笑开了。

吃完饭还有唱歌环节，他们没有换场地，就在同个包间。服务员上来把桌上的碗碟都撤掉，换成了水果和小食，设备开启，音质丝毫不输KTV。

有个男生和女生挨在一起唱《因为爱情》，结束时两人还深情对望，其他人见状起哄。

千萤转头看向吴淳，他坐在沙发上，面带笑意，好像丝毫也不惊讶。

千萤不禁小声问傅娇娇：“吴老师竟然知道？”

“那你以为？”她朝那头使了个眼色，“老吴在班里无所不知，无所不晓。”

千萤被震撼住，目瞪口呆，千言万语只化成一个竖起的大拇指和一句话：“吴老师厉害。”

说到这里，傅娇娇又想起什么，偷笑着调侃她：“还有啊，你以为你头顶贴了三年的‘禁止早恋’是偶然吗？那是给你和时陆提的醒！”

“你想多了。”千萤默默地扭过头，“鹿鹿的脑子里根本没这根筋。”

聚会直到深夜才散，大家在门口分别。有些顺路的结伴，有些让家人来接，大部分都是独自一人。吴淳嘱咐他们注意安全。

千萤和时陆在马路边准备打车。时间太晚，司机已经下班了，不好再去麻烦他。

不知道是因为夜太深，还是刚才叫车的人太多，两人等了半天都没人接单。时陆在导航上一查，这儿离家并不远，走回去才十来分钟。

和身后剩下的几个人告完别，两人掉头，沿着马路往前走。千萤手里拿着导航，这条路走到尽头，经过一个小公园，再转个弯就到了。

慢慢远离商业区，周遭安静下来。

夜风湿凉，月色格外清冷，今晚时陆竟然一句话都不讲，让千萤有些奇怪。

她抬头打量着身旁的人。男生神色如常，唯有往日白皙的脸颊有不正常的微红。他喝了几杯酒，但整晚他都表现得太过正常，千萤没有往其他方面联想。

两人路程走了大半，已经看到了那个小公园。夜里的公园内空无一人，只剩路边的那张长椅，孤零零的。

时陆突然叹了一声气，道："好累啊。"他径直走过去，在椅子上坐下了。

千萤觉得莫名其妙，还是跟了过去，叫他："鹿鹿？"

时陆低垂着脑袋，歪在一旁闭上了眼睛，仿佛走累了。千萤仔细地盯着他的脸观察几秒，确定他是真的陷入熟睡后，无言地坐到椅子旁，望着头顶的月亮郁闷。

"鹿鹿，你醒醒。"她不抱希望地叫着他，企图靠这种方式把他从睡梦中唤醒。

"再不走徐管家该着急了。

"我们不能在外面过夜。这里不安全。"

千萤独自对着月亮念叨，在心里想着他再没有反应，待会儿干脆就把他摇醒。她最多只能等他三分钟，嗯……五分钟也不是不行，或许十分钟也可以。

千萤在脑子里乱七八糟地想着，不料旁边的人突然坐直，湿热的呼吸打在她的脸侧。一个脑袋重重地靠在她的肩膀上。

时陆仍然闭着眼，轻声道："阿千……"他仿佛在呓语，念着她的名字。

千萤侧过头看他，他的脸近在咫尺。

"鹿鹿，醒醒。"她再度叫了声，同时伸出手去戳了戳他的脸颊，软软的。

千萤咽了咽口水，忍不住又捏了捏。时陆的脸上出现了两道红红的印子。

千萤飞快地收回手，轻咳一声，刚想重新叫醒他——

"阿千……"时陆睁开眼，漆黑的瞳眸倒映出她的面容。

"你醒了？那我们快点儿走吧……"千萤心虚地移开视线。她刚想起身，时陆却重新闭上眼睛，仰起脸，朝她直直地撞了过来。

迎面而来的热气已经落在了她的脸上。

千萤飞快地扭过头。时陆的嘴唇擦过她的脸颊，然后脑袋重新落回她的肩头。

清凉夜风中，千萤后背出汗，心跳如鼓擂，急促的呼吸久久不能平息。

千萤的脑子里只剩一个念头：他喝醉了怎么还是这么爱亲人。

高考成绩是在六月二十四日出来的。又是一年盛夏。

千萤的分数和她考完的估分差不多，比起之前的模拟考甚至还要好上一点儿。

一切都没有意外，唯独令人意想不到的是，今年的录取分数线比起往年高了将近二十分。京市几所医科大学很热门，历年分数线都很高。如此一来，录取概率可能会更低。千萤原本勉强能够考上，现在情况变得岌岌可危。

郊外河堤边，头顶天空蔚蓝，千萤和时陆的脚下是绿绿的草地，河面吹来清凉湿润的风。

他们坐在高高的堤坝上吹风，两人肩并肩，双手往后撑，仰面，双腿荡在空中。

千萤闭着眼睛，闻到了清新的青草气息。

“阿千，其实别的专业也挺有趣的。你不是喜欢木雕吗？我们可以去学雕刻。”时陆在旁边说，蹭着她的肩膀撒娇，“不然也可以学别的。京市的学校这么多，总有一个你喜欢的。好嘛好嘛。”

千萤睁开眼，沉默着。许久，她轻轻地摸了摸他的脑袋，道：“鹿鹿。我再看看吧。”

自从成绩出来之后，千萤的情绪低落了许多。时陆怕她在家太闷，才带她出来散心，然而情况却变得更糟了。

填报志愿前几天，千萤整夜整夜地失眠。她回了云镇。夜里，她和千正民坐在外面的小院里聊天。

这两年民宿的盈利都不错，他戴着眼镜在看账单，一样样给她算着。

“等你上了大学，学费和生活费都没有问题了。总不能都麻烦人家，小陆他们家也帮了我们很多忙……”

“嗯。”千萤修着民宿坏掉的簸箕，低低地应道。

“对了，阿千，你想好报什么学校了吗？他们说填报志愿一定要慎重……”千正民有些忧心，放下手里的册子。

千萤没抬头，回：“想好了。”

志愿填写时间是早上八点半，外面天色雾蓝，山里幽静。

千萤坐在电脑前，几乎是第一时间按下了提交键。

中午时陆给她发消息，问她填写结果。千萤把截图给他发了过去。

前两个都是京市的医科大学，他放下心，却又马上提起：阿千，你有把握吗？

这段时间两人研究了很多京市其他学校和专业，时陆无比积极，千萤却兴致欠缺，没想到最后千萤还是都填报了医学专业。

还可以。千萤这样回复。

时陆再度看了眼她的志愿截图，想起另一个重要问题，问：你第三个填的是哪所学校？

千萤：随便填了一个。

时陆没有怀疑，关于去京市念书这件事情几乎早已达成了共识，千萤从头到尾都没有反对过。

千萤的热情不高，他以为她是真的随手填了一个学校——在京市的学校。

录取通知书是八月收到的，那会儿千萤还在云镇没有回去，快递直接投递到了别墅里。正好时陆在家，是他拆的。

“南方医护大学”几个鲜艳大字闯入眼中，那一瞬间，时陆几乎要拿不住这张薄薄的通知书了。愤怒、难过以及巨大的失落和震惊……说不清的滋味一齐涌上心头。

那天千萤的手机里涌入几十个来电，她正在后山果园里帮千正民除草，没有接到。

待她回来时，座机响起，徐管家焦急的声音传来，和她说时陆已经去云镇了。

千萤连忙给时陆回电话，那头沉默，她深吸一口气，道：“你冷静一下，我明天就回去。”

不得不说，她的这个方法很好。

第二天再看到千萤时，时陆已经彻底冷静下来了。一夜未眠，他神色憔悴，看着从外面提着行李箱进来的女孩儿，平静地质问：“为什么？”

千萤安静片刻，道歉：“对不起。我还是想读医学专业，前两个志愿没有录取上，但南方医护大学是我很早以前就想去的学校，没有提前和你说，是怕你不能接受。”

时陆的眼眶顿时红了，他一夜砌成的坚硬外壳顷刻间被她轻描淡写的话语击得七零八碎。

他死死地瞪着她，问：“所以就可以抛弃我，对吗？我在你心中到底算什么？”

时陆的太阳穴隐隐作痛，如针刺入般。

“这三年你也只是为了民宿吧？现在一毕业，你就可以逃脱，彻底去过自己想要的生活。”明明是攻击别人的话语，时陆的眼泪却大颗地掉了

下来。他发红的双眼执拗地盯着她，身体在颤抖。

千萤脸色苍白，嘴唇轻动，说：“鹿鹿……”她也红了眼睛。

“我没有。”千萤低下头，泪水接连砸在地面，留下一道浅浅的印子。

“我从来没觉得和你在一起是负担，你根本不知道……”不知道自己有多讨人喜欢。她偏过头，抬手擦拭掉脸上的泪痕。

千萤吸吸鼻子，道：“对不起。不能和你一起去京市读书。”

未来四年不能陪在你身边，对不起。

他们两个的关系一直很好。从认识到现在几乎没有红过脸，没有发生过太大的争执。

好像所有事情千萤都会包容他，即使有时候时陆太过火，千萤也只会小小地发一下脾气警告他，时陆很快见好就收。唯一过分的那次，她也只是冷着他，几天没有说话。

时陆是第一次看见千萤的眼泪。

他突然平静了下来，像是有桶凉水兜头而下，把他所有的怒火浇得一干二净。时陆静静地打量着她，问：“你为什么对我好？”时陆脸上的泪痕还在，他的嘴唇鲜红干燥，就这样通红着眼睛，质问她。

千萤不敢和他对视，移开眼，然后艰难地回道：“因为我们是好朋友。”

“我不想再和你做朋友了。”

千萤搬出了别墅。

来之前她就做好了这个打算。

在知道她报考南方医护大学之后，以时陆的性子，很可能会和她决裂。千萤再待在这里已经不太合适了。

千萤一边收拾着衣服，一边承受着这个早已在意料之中的结果。只不过为什么心会这么痛？她以为自己早已做好了心理准备。

三年来，衣柜里的东西都堆积在一起。千萤整理着行李箱，眼泪又遏制不住地流下来。

怎么回事，今天怎么变得这么爱哭？

千萤突然浑身没了力气，身体像是被抽空。她干脆坐到地上，把头埋在膝盖间，努力地调整了许久，才重新站起来。

千萤拖着箱子离开时，时陆没有阻拦，他就静静地坐在客厅，看着她笨拙地拉着那个大箱子往外走。徐管家欲言又止，不知道是该阻挡，还是去帮忙。

“徐伯伯，谢谢你这段时间的照顾。”

千萤提前叫了出租车，此时正停在门外。她和徐管家道别，认认真真地鞠了个躬。

“小萤，小少爷只是一时生气，你怎么说搬就搬了？”他焦急又不舍，要拉回她的箱子，语气坚决道，“等我问过先生。他没有发话，谁也不准走。”

“徐伯伯，我已经毕业了，再住在这里也不太方便。等开了学，大家都在不同的城市，迟早要分开的。”

徐管家一时怔住。她趁机把自己的箱子拿回来，笑着同他挥挥手，说：“徐伯伯，再见。”

出租车带着她绝尘而去，徐管家目送着她消失在视线内。他叹着气转身，看到了不远处站在门边的时陆。

他不知道来了多久，就这样没有发出一点儿声音，看着千萤离开。

假期只剩下最后二十几天，而京大的开学时间比其他学校都要早，时陆的假期不到十天了。

千萤提前在网上查过，最迟下周时陆就要出发去京市，开始他的大学生活。

他会有新的学校，新的住所，新的朋友。

如果一个人的话，住宿似乎好一点儿。听说京大的宿舍环境很好，他大概会遇到不错的舍友。

千萤不知道自己是第几次不受控制地想他。她回过神，忘掉脑子里乱七八糟的杂念，却又不可控地涌起一个念头。

不知道他现在过得怎么样。

这是两人分开，没有联系的第七天。从认识到现在，他们从来没有失联过这么久。千萤失落地垂下眼帘，甚至觉得他这辈子都不会原谅自己了。

“阿千，花花生了两只小崽子，你要不要去看一下？”千正民进来，笑眯眯地同她说。

花花是民宿后山里养的小羊羔，很可爱。周围的小孩儿都喜欢过去逗它玩。

千萤这次回来之后就明显失魂落魄的，整天待在房间不出门。千正民看在眼里，却只能叹气。

他和时斯年通过电话，大概了解了情况。两个小孩儿因为大学不在一个地方，吵架闹了脾气，千萤还搬回了家。

当初他们说好的，两人一起上完高中，等孩子大了，自然就有各自的生活。他本来想等千萤考完试，就让她回来住，没想到最后会闹成这个样子。

“爸爸，我还是不去了。”千萤如今对什么事情都提不起兴趣，摇了摇头说。

“那下午和美美她们出去玩一下？山上的野果子都熟了，又香又甜，刚好可以做果酱。”千正民又另外提议。

千萤还是有气无力地摇头，说：“我想在家休息。”

千正民走后，千萤就对着手机发呆。她想自己应该联系一下时陆，但又怕他还在生气。

千萤无意识地点开和他的对话框，又退出来，再点进去，如此反复之际，手机忽然振动，一个号码落入眼中。

是徐管家的。

千萤一接通，那头就传来他焦急的声音。

“小萤，小少爷他头晕发热，咳嗽难受，你快来看看他吧！”

千萤没想到会在这种情况下再次见到时陆。

挂完电话，她第一时间拿着包准备出门。楼下很安静，千正民没在，她焦急地小跑出去，拉开院子前面的那扇大门。

不远处的台阶前站着一个人。时陆一动不动，盯着她。他身后是那棵大桃树，更远的地方，马路边停着一辆黑色汽车。

千萤慢慢地反应过来，她收回手，朝他走过去。

“鹿鹿。”

将近一周未见，他的脸色似乎更加苍白，或许是因为他身上这件白色上衣衬托，又或者是他的瞳眸过于乌黑。

千萤想到之前种种，心底发酸。

“你怎么过来了？”她用力地眨眨眼，把眼泪憋回去。

“徐管家不是说你生病了吗？”她说后面这句时不自觉地带了点儿鼻音。

她以为他再也不会见她，不会和她说话了。

时陆没回答，他死死地瞪她，咬字重而慢：“我决定原谅你了。”

“阿千，这是你欠我的。”时陆仍旧看着她，似乎一定要从她的眼中寻求一个答案。

千萤怔住，许久，她轻轻地扬了下嘴角，却比哭还难看。

她点点头，应了声：“好。”

时陆朝她张开手，说：“过来。”

千萤委屈地瘪着嘴巴，走过去。时陆紧紧抱住她，声音低低的：“你一点儿也不想我。小白眼儿狼。”

“没有。”千萤的脸埋在他的肩头，很小声地说，“我很想你。”

时陆是在去机场的途中临时让司机掉头过来的。只是临时起意，他没有停留太久。

机票改签到晚上十点，车一直等候在不远处。

“学校提前开学了。”

“那你……”

“我走了。”

千萤站在原地，而黑色的车窗掩盖住一切，她看不见里面的人。

目送着他的车远去，她觉得像是做了一场梦。

他来得突然，走得也很突然，似乎只是为了过来见她一面。

千萤神色黯然，上楼后，两人沉寂了数天的对话框出现了第一条消息。

千萤：鹿鹿，一路平安。

时陆：好。

第十九章

相见冬日

大一新生季，迎新报名活动如火如荼地展开。南医大（南方医护大学）地处荔城，同为南方城市，距离台城并不远。

前两年台城和云镇之间通了高速，车程只需要三个小时。千萤从台城坐高铁去荔城，两个小时就能抵达。

离家近，又是重点大学，也不用考虑地域差异和饮食习惯等问题，千正民其实对这个学校很满意，唯一缺憾的就是千萤没能和时陆在一块儿读书，两人整个暑假似乎都在冷战。

以前千萤在家的时候，两人几乎每天都会打电话聊天。现在千萤整天安安静静的，他都有些不习惯。

办完入学手续，千正民在宿舍帮千萤把床铺好。民宿还有事情，他准备当天就回去。

千萤把他送到校门口。等出租车来时，他有些欲言又止。

“阿千，你和小陆……”

“他可能还在生气。”千萤垂下眼帘，说。

千正民注视她半晌，最后只长长叹了口气，道：“你应该提前和他说一声的，不管怎么样。作为好朋友，他接受不了，有心理落差很正常。”

“他不会听的。”千萤摇摇头，声音很轻，“鹿鹿很固执，他可能会

直接去改掉我的志愿。”

千萤深知时陆不可能接受两人在异地读书这个结果。在他的认知里，她永远都不会，也不能离开他。

就像她只能有他这个好朋友一样。

在一中的三年里，千萤只有傅娇娇这一个朋友，因为她的其余时间和精力都留给了时陆。

他就像个不愿意把自己的玩具分出去半点儿的小孩儿，有超出常人的占有欲。

送走千正民，千萤独自一人走在南医大长长的榕树道上。这座南方城市雨水充沛，树木青翠茂盛，高大得几乎遮天蔽日。

方才在宿舍，千萤见过了自己的几个室友。护理学专业女生众多，大家都来自不同的地方，互相介绍过后，她们看起来性格都很好。

接下来就是军训，上课，千萤开始接触新的知识。

曾经在心里暗暗埋下的梦想，如今慢慢地发芽了。

不过，千萤捂住了胸口，为什么那里一点儿都感觉不到开心呢？

南医大宿舍是四人间，通过这些天的相处，几人都已经简单了解了。

老大田芮，南方人，性格十分豪爽，有种大姐大的气势。

老二孟又，她比较神奇，是从京市考过来的。当时众人得知后都大吃一惊，京市教育资源雄厚，好的大学数不胜数，本地考生更是有高考优势。从北到南，几乎跨越大半个中国，很少有人会想不开，放弃京市的大学来到这里。

面对她们的惊讶，孟又表现得很平淡，只是笑着回了句“事出有因”。

千萤是里面倒数第二小的，所以排名老三。

老四是段芊，南方人，同样个子小小的。

“你们有男朋友吗？”女生夜谈总是离不开八卦，上铺靠窗边的田芮抛出一句。

“没有。”段芊第一个回答。她长相可爱，声音带了点儿娃娃音，“读高中时家里管得严，连和男生说话都不太敢。”

“那也太惨了。”田芮唏嘘。

“可不是，希望大学里可以把握住机会吧。”段芊幽幽地说。

“孟孟呢？你应该有吧？”田芮又问。

孟又长了张美艳动人的脸，和护理系完全不搭边。她随便穿件衣服，在路上都能走得风情万种，几人一致觉得她应该去读电影学院才不浪费。

“以前有。”孟又轻笑一声，“现在没有了。”

一阵唏嘘声传出来。

话题最后落到了千萤的身上。她看起来是最乖的，不似孟又那般美艳逼人，更像是电影里的清纯校花，每个男生青春里的女主角。

这样的女孩子在学生时代最吸引人，哪怕自己没心思，周围人都会主动上前，稍微把持不住的就会被坏小子拐走。所以她们也不敢肯定，犹豫着问。

“小萤有没有啊？”

“没有。”宿舍内，月光从阳台洒下来，千萤靠在枕头上闭着眼睛，不假思索地回答。

“以前也没有过吗？”段芊试探地问。

千萤的话果断传来：“没有。”

“我看你经常看手机，还以为……”

千萤一愣，说：“习惯了……”

她声音温和，解释道：“和一个很重要的朋友吵架了，他总是不回我信息。”

时陆大概还在生气，哪怕他已经主动打破了两人之间的僵持。

然而这次他主动低头，并不代表他彻底原谅了她。他单方面地拉开了一场漫长的变相冷战。

意难平，意难平。没有人可以接受另一个人毫无征兆地离开。

更何况他是时陆。

千萤单手覆在眼睛上，黑暗中，另一只手摸索到了床铺上的手机。她点开，刺眼的白光让眼睛有两秒不适，她费力地睁着眼睛，看到了两人几个小时前的对话。

天气预报显示京市最近降温，今天有雨，千萤忍不住提醒他。

千萤：鹿鹿，今天要下雨，出门记得带伞。

这是上面最后一条消息，直到现在，一整天过去，都没有人回复。

可能他在忙吧。

千萤胡乱想着，手指往上滑，看着这段时间以来两人的对话。

简短的文字，三两下就滑到了尽头，再往上，是截然不同的画风。

那时候，他连在路边看到了一朵漂亮的小花，都要拍下来和她讲。

千萤的手背遮住眼睛，有湿痕在底下蔓延开来。

她用力地吸了吸鼻子。不准哭。明明是她自己先放开的。

入学一个月，正式上课后，千萤的生活变得忙碌起来。大学的课业丝毫不比高中的轻松，仍然需要认真听课学习，老师布置的作业也不少。

唯一不同的是时间上自由很多，不需要每天从早到晚待在教室，增加了许多课余活动。

她被段芊央求着一起加入了音乐社团，段芊的理由是里面一个玩摇滚的师哥很帅气。千萤靠着自己的钢琴技能蒙混过关。段芊看着小小的，竟然会打架子鼓，她一进去就混成了骨干，还拿了个副社长的头衔。

而田芮竞选为班长，还进了学生会，忙起来的时候有一些杂事会让千萤帮忙，比如统计名单之类。

孟又更酷，开学没多久就在校外酒吧找了个驻唱兼职，每天一下课就忙得不见人影。

作为宿舍里面最闲的一位，千萤只能主动担起了寝室长的职务，负责她们宿舍的内务工作。各种乱七八糟的事情加起来，零散的空闲时间也被填得满满当当。

一转眼，南方的初冬也快来了。

千萤好久没有时陆的消息。

他们数院的课业压力也特别大，刚期中考完就有两个学生承受不住退学了。他似乎特别忙，好像还要参加各种比赛。

千萤偶尔看到宁储等人在群里聊天，他们每次聊天的时候时陆基本都

不会出现，只有特意叫他后，再过去很久，他才会出来讲两句话。

时陆的脾气不好，只有在千萤的面前才会变成另外的他。

而现在，她像所有人一样，被时陆隔绝在外了。

京市快下雪时，千萤给他寄了一套保暖用品，围巾、帽子和手套，是她抽空的时候织的。这次的款式成熟大方许多，耐看的灰色和粗格纹，很适合现在上大学的他。

千萤寄过去时，只在里面的小卡片上写了四个字：注意保暖。

她连信息都没有给他发，因为时陆已经很久没回过她了。

他好像越来越生气了。

快递抵达那天，刚好京市下了第一场雪。千萤那会儿正在图书馆复习，看完手机上收到的提示，关掉屏幕，继续埋头进书海里。

她回到寝室已经是晚上，田芮和段芊出去参加社团活动了，孟又照例在酒吧，整个宿舍只有千萤一人。

她洗完澡，拿了本书躺到床上，思绪却不受控制地一点点发散。从收到那条提示开始，她便忍不住地想他会喜欢吗，还是生气地扔到一边，或者根本没去取。

千萤手里的书许久都没翻动，她的目光渐渐飘远。身侧的手机振动了好一会儿，她才感觉到。

她拿起来，屏幕上面是个烂熟于心的名字，却又因为太久没见，陌生得有点儿不真实。

千萤的心跳漏了两拍，接通之后，时陆的质问声响在耳边。

“你为什么这么久不联系我？我不要你的围巾，你拿回去。”

“明明是你不理我。”千萤没察觉话里带了控诉。这一刻，她又委屈又欣喜，复杂的情绪冲击着她的胸腔。

两边陷入短暂的沉默。窗外的风更大了，吹打着门窗。

时陆在电话里低声说：“我每天都吃不下饭，睡不着觉，总是头痛，还见不到你。

“我快要死了。”

千萤的鼻头骤然发酸，难过得快哭出来，道：“鹿鹿。”

“阿千，你为什么还不来找我？”

时陆一直在等她。每个周末、节假日，以及突然下课的某天。他走出教学楼的时候，总幻想着在底下能看到一道熟悉的身影。

他都生气得这么明显了，她怎么还不来？

一次次的期盼落空后，时陆的情绪越来越糟糕。他不想次次低头，然而忍不住的依然是自己。

“你怎么还不来找我？”

我都决定原谅你了。

你就不能哄哄我吗？

男生既委屈又愤怒，声音里透着明显的伤心。

千萤的眼眶红了又红，她哽咽了下，握紧手机，说：“鹿鹿，对不起。”

这个学期过半，千萤突然在校外找起了兼职。

护理系本来就忙，再加上她大一，只有周六、周日能勉强抽出时间来。

田芮没有做过兼职，段芊也没这方面经验，最后还是孟又给她介绍了一个在酒吧附近的便利店的工作，只需要周末两天上班，每天有一百元。

算下来，一个月就是八百元。

再从生活费里面节省下来一点儿，寒假前她应该就可以去看他了。

南方城市多雨，下午又是一场倾盆大雨。千萤搬着一箱饮料到冷柜前，透过便利店的落地窗看到了外面奔跑的行人。

她掏出手机给时陆发了条信息：鹿鹿，我们这边今天又下雨了。京市好像越来越冷，你出门一定要注意保暖。

北方冬天寒冷，他第一次在外过冬，身边又没人照顾，千萤总是忍不住担忧。

“不是说了这种搬东西的重活让我来。”同在便利店兼职的一个男生走过来说。他帮千萤摆放着饮料，“我是男孩子，有力气。”

“啊，没事。”千萤回过神，连忙蹲下来和他一起摆着，“我力气也

很大。”

男生笑了声，想起什么，问：“对了，经常看到你在看手机，是在回男朋友的消息吗？”

“不是。”

“哦哦。”

两个人的上班时间是错开的，今天千萤上的是早班，下午五点就下班了。

她收拾东西准备离开，男生在收银台后面，突然出声叫住她。

“哎，这个给你。”他手里拿着一把彩色的棒棒糖，笑眯眯地说，“快过期了，老板上次让我随便处理。我们一人一半。”

“啊？”千萤诧异，还是伸手接过，“谢谢。”

“不客气。”

她推开玻璃门，撑开伞走出去，装在兜里的手机隔着衣服传来振动。千萤拿出手机，看向新消息。

时陆：知道了。

千萤的耳边仿佛能听到男生拉长的懒洋洋的语气。

时陆马上又发来一条：你在做什么？为什么不给我打电话？

千萤弯起嘴角，点开他的号码拨通过去。那边几乎是第一时间接通。雨声淅沥，敲击着伞面，千萤把手机放在耳边，轻笑：“鹿鹿。”

“嗯——”

“你在外面？”他很快感觉到千萤这边的嘈杂。

她正走在街上，下雨天行人不多，然而马路上汽车的鸣笛声和雨声掩盖不住。

“嗯，在外面走路。”千萤话语模糊，刚说完就知道时陆不是那么好糊弄过去的，她又立马补充，“出来逛街买点儿东西。”

“一个人？”

“舍友都在忙。”

时陆轻哼，不冷不热地嘲讽：“没有我在就只能一个人了吧。”

“算了。”他宽宏大量，不与她计较般，放过这个话题，紧接着问起，

“你们学校的男生多不多？有没有那种无事献殷勤的人？”

时陆问起时，千萤刚好在检查手里的棒棒糖的生产日期，外包装上清楚地显示着出厂时间就在两个月前。

她飞快地收回目光，面不改色道：“没有。”

“那就好，在外面不要随随便便搭理那些奇怪的人知不知道？”时陆教训着她。

千萤刚听他说完，电话里突然传来几声咳嗽，紧接着是一通翻找的声音。

他似乎吸了吸鼻子，再开口时带了点儿鼻音，含糊不清道：“我还有点儿事，先挂了。”

“你是不是感冒了？”千萤在他挂电话前抓紧问道，神情严肃，“鹿鹿，你吃药了吗？”

外卖骑手把药送到京大楼下时，刚好碰上时陆的舍友。舍友顺手就把药捎了上来。

他们的四人间宿舍干净明亮，桌椅、柜子等物配备齐全，环境比起其他学校的宿舍好上数倍。

男生窝在被子里，脸通红，头发乱糟糟的，神情疲倦。

“时陆，你的药。”来人把手里的袋子递给他，不忘八卦，“谁送的啊？大老远让骑手送过来，追求者啊？”

时陆有追求者不是新鲜事，开学第一天，因为他的颜值，系里的女生都疯了。每天不知道有多少人到他们班要他的微信，只是他虽然人长得帅，脾气却差到极点，总是臭着脸，冷冰冰的模样，让人感觉他下一秒就会开口骂人。

他冷淡的样子不知道吓跑了多少喜欢他的女生，就连几个胆大的也不敢上来自取其辱了。

开学没多久，数院的大帅哥时陆脾气不好的事几乎传遍整个学校，同时还传出一句“要追他，比登天还难”。

一开始宿舍里的几人还挺怵时陆的，他们都不怎么敢和他说话。只不

过短短几天，考完试，他们就扭转了对时陆的态度。

没办法，大佬太牛，他们做不出来的题到时陆手中一律迎刃而解，他就像是解小学数学题一样轻松。

后来大家才知道，他还是去年国家队的金牌选手，差一点儿拿到世界冠军。

众人心服口服，从此之后在宿舍里称时陆为大哥。

脾气不好怎么了？哪个天才没点儿自己的个性！

时陆边咳嗽，边坐起来，解开袋子。里面装的都是几种熟悉的药，他以前经常吃，药效快，没什么副作用。

从高一那年知道他经常生病，又不爱吃药起，千萤就开始监督他，一直督促了他三年，几乎每种药的名字，她记得比他还清楚。

“喝点儿水吧。”林楚，也就是刚才拿药进来的男生给他倒了杯热水，放到旁边。

时陆把每种药抠出来几颗，然后端起杯子，把药混合着热水一起咽了下去。

“你还真敢吃啊？谁送的？不怕别人下毒……”林楚捡起他袋子里的药仔细查看时，意外地看到了塑料袋上贴着的外卖单，念道，“鹿鹿？”

“这个鹿鹿该不会是……”林楚那个“你”字还没说出口，手里的单子就被人一把抢过去。

时陆在病中依旧气焰十足，瞪了他一眼，道：“别乱碰别人的东西。”

“怎么？摸一下外卖单子也不行了？”林楚忍不住逗他，加重语气道，“鹿？鹿？”

时陆的拳头不禁攥紧了，不耐烦地皱眉，压低声音道：“也别乱叫。”

林楚见状，兴趣更大了，摸着下巴琢磨，道：“这谁啊？感情不一般啊，不会是你私藏的小女朋友吧？”

“吵死了。”时陆重新倒回床上，拉起被子一盖，直接连脑袋一起蒙住，“你安静一点儿，我头疼。”

“你又疼了？这个月第三次了吧？我说你，大冬天就多穿点儿，老是要风度不要温度，帅有用吗？能当饭吃吗？唉，京市可能和你犯冲，这种

恶劣环境不适合你，你就应该生活在温暖的江南水乡里，当少爷养着。”

时陆没作声，听着林楚在耳边唠叨。他从前确实是个小少爷，可是现在他独自一人来到了这个陌生又严寒的城市。

对他最好的那个人也抛下他，头也不回地走了。

“明天还是帮你请两天假对吧？晚上要吃什么？我去食堂给你打，白粥行不行？再给你买瓶奶吧，补补身体。”

吵死了。时陆听着林楚喋喋不休，头痛得眼前模糊。他想起很多从前的事。以前生病时，千萤照顾自己的画面一幕幕在脑中浮现，然后画面忽然一转，他回到了以前的学校。

他看到了宁储、盛扬，看到了自己假装拧不开酸奶让千萤帮忙时，她脸上无可奈何又纵容的笑。

宁储、林楚，是不是同音的人都这么唠叨烦人？

时陆的思绪发散飘远了，他渐渐意识模糊，闭上了眼睛。

圣诞节前半个月，千萤终于攒够了钱，一共两千元，刚好够去京市的来回机票。过去后鹿鹿应该会请她吃饭吧？他说他们食堂里的饭菜很好吃。要是不请的话，她就揍他。

从银行出来，千萤的脚步都是欢欣雀跃的。她胡乱想着，走几步就忍不住摸摸包里的卡，然后不由自主地傻笑。

手机铃声响起时，她正在考虑订机票的事情。她打算今晚回去就看，然后买完之后再给鹿鹿一个惊喜，不知道他会是什么表情……

千萤刚想到这儿，思绪就被打断。电话接通之后，孟又慌张又惊恐的声音传到她的耳边，还带着哭腔。

“小萤，你现在有空吗？能不能来医院一趟，帮帮我……”

手术室外亮着醒目的红灯，长廊被照得阴森森的。千萤和孟又焦急地等候在外。

孟又满脸泪水，千萤安抚着她：“一定会没事的，别着急。”

事情曲折又俗套。孟又原本在酒吧上班，但是今天运气不好，遇到了客人骚扰。本来直接叫保安来就好，没想到她的小男友正好也在那儿，他

气愤地冲了过去，结果被打伤，现在在医院里面急救。

骚扰的客人跑了，酒吧没让他们赔偿已经很不错了，更别提承担医药费。

孟又因为来到这边读书，和家里闹掰了，学费、生活费都是自己挣的。上个月的工资刚花完，现在她身上没有一丁点儿钱，只能求助舍友。

千萤把自己所有的积蓄都垫上了，包括刚到手、还没焐热的兼职费。

田芮和段芊也很快赶了过来，几个人勉强把手术费凑齐。

好在有惊无险，孟又的男朋友抢救成功，只是还没醒。孟又坐在病床前垂泪，三人站在外头面面相觑，各自也松了口气。

“孟孟啥时候有的男朋友啊？真是让人摸不着头脑。”田芮开口就是东北腔，气势拿捏得十足，丝毫看不出南方姑娘的温婉。

“好像是前男友吧……大概是前段时间复合的。”段芊压低声音说，“有几次我在宿舍不小心听到了孟孟打电话。”

“真是造孽啊，怎么感觉是现实版的罗密欧与朱丽叶呢。”田芮又转头看了眼病房内，忧心忡忡道。

孟又的那个小男朋友正躺在床上，小脸惨白。他生得漂漂亮亮的，一看就是个会祸害女孩儿的小白脸。

“倒也没这么惨吧？”段芊弱弱地开口。

田芮不说话了。几人对视一眼，又是互相叹气。

“希望孟孟的男朋友早点儿好起来吧。”千萤最后小声道。

不知不觉，平安夜到来。

荔城也变成了充满雪花和圣诞树的城市，到处都是圣诞老人的图案。

原本这应该是千萤去京市的日子，可是孟又这段时间在打双份工，中间还要抽空照顾男朋友，每次回来都是深夜，脸上的疲惫都掩盖不住。千萤根本提不起让她还钱的念头，甚至连提到“钱”这个字都感觉罪恶。

夜里，宿舍快熄灯了，周围沉寂下来，树梢上挂着清冷的月亮。

千萤在和时陆打电话。

男生收到了她的苹果和小礼物，却不开心，电话接通许久都不说一

个字。

阳台上的温度很低，千萤的睡衣外面裹着厚厚的羽绒服。她低着头，手指无意识地划着窗户的纹路。

“鹿鹿，你生气了吗？”

“嗯。”他终于闷声应道，掩不住失落。

“对不起，你别生气了。”

“你每次都只会这样。”时陆愤怒地指责，“每次都只会说对不起。”

“你一说对不起，我就一点儿办法都没有了。你就仗着我离不开你。”他的声音低了下来，语气里全是伤心难过。

“千萤，你真的很坏。”

“鹿鹿，你寒假回家吗？”

临近期末考试周，图书馆寂静无声，千萤出来接热水时，躲在茶水间给他打电话。

“不回。”那头干脆地说。

千萤张了张嘴：“啊。”

一片沉默。

千萤缓慢地眨了下眼睛，开口问：“你为什么不回去？”

“不想回就不回了。”带着赌气的话语，他仿佛未经过大脑思考，脱口而出般。

“可是我打算回去。”千萤停顿几秒，话里有浅浅笑意，“鹿鹿，春节我们可以见面吗？”

时陆是纸老虎，一戳就破，他放下手机就在电脑上查起了机票。

林楚不经意间路过，瞥见他的屏幕疑惑道：“放假时间还没定，你这么早查机票干什么？”

“思乡心切。”时陆掀起薄薄的眼皮，看过去，“不行吗？”

“行行行，你说了算。”

两人寒假时间不一致，千萤回到台城时，时陆还在期末考。

她直接回了家。千正民特意在汽车站出口等她，一路遇到熟悉的人，他都会热情地打招呼。

“哟，家里的大学生回来啦？”

云镇小，家家户户几乎都认识。这边的教育质量一般，每年考上大学的人并不多，因此谁家里出了个大学生都是家喻户晓的。

“对，回来过年。”千正民笑呵呵地提着千萤的行李箱，回应着。

这次下山，千正民顺便采买。春节临近，民宿开始筹备过年要买的东西。

千正民有辆旧旧的皮卡车，父女俩采买完，一起开车回家。

时隔半年，千萤回到熟悉的小院，一切好像都没有太大变化，只有角落里那棵枇杷树似乎又变粗一圈。

千萤忍不住拍照，发了条朋友圈：到家啦！配图是一张小院。

底下很快有了评论。

田芮：小萤，你家真漂亮！

段芊：好像世外桃源！

孟又点了个赞。

傅娇娇直接私聊了她：小萤！你回家啦！我们什么时候聚聚?!

千萤：可能要过完年。快春节了，爸爸不让我出远门。

好吧。她发了一个失望的表情，很快又回复：那你有空了一定要叫我哦！

时陆看到这条朋友圈已经是两天后，京大对成绩要求很严，挂科特别麻烦。课题也不简单，即便是时陆也连续泡了几天图书馆，直到考完试他才有时间拿起手机刷一眼动态。

云镇熟悉的风景映入眼帘，他这一刻归心似箭。

时陆几乎是一路奔回到宿舍收拾行李。

有多久没见了？四个月？半年？又像是一个世纪。

飞机上，遮光帘拉下来，四周昏暗。

时陆看着手机里的那张照片。

在学校操场上拍的。

阳光灿烂的午后，女孩儿穿着校服，肩膀薄瘦，宽大的袖口遮住手。她偏头对着镜头笑，双眼弯成月牙，五官白净明丽，脑后的高马尾辫垂落下来。

时陆不自觉地屏住呼吸，指腹轻柔地滑过屏幕。

一直到大年初二，千萤终于有机会出门。

过完春节，听说她打算去台城，千正民在楼下抽了半支烟后，决定和她一起过去。

“受人照顾这么久，理应去拜访一下，况且我和时先生也这么多年没见了。就是不知道贸然过去会不会打扰……”

时斯年是个大忙人，常人见他一面比登天还难，更何况还是这种无关紧要的小事。

前两年千正民一直没有合适的机会，这次刚好千萤过去，于情于理，他都应该一起去拜访道谢。

千萤反应两秒，同意了。

千正民有车，两人过去更方便。千萤没有提前和时陆说，因为他的手机一直无法接通。

从圣诞节到春节，这段漫长的时间里，不停经历了期待和失落后，时陆前两天终于一声不吭地屏蔽了她。他没有拉黑，只是无视了她的消息。徐管家说他这两天都把自己关在房间里。

千正民提前和时斯年打过招呼，时斯年正好在家。

早上两人吃过饭就出门了，千正民拉了满满一车的蔬果特产，像是要把整个民宿都掏空。

从高速上下来，进城还不到中午。之前千萤还在一中上学时，千正民来看望过她两次，所以他不用导航，直接往别墅开去。

看着周围熟悉的景色，千萤的心突然不安地跳动起来。她不知为何会莫名惊慌，可能是因为即将见到他。

千萤暗自深呼吸，调整好心情，只可惜胸腔的位置还是隐隐颤抖。

徐管家知道他们过来，一听到动静就出门迎接。他看到千萤，控制不住自己的喜悦，接着向千正民礼貌问候，再引着他们进去。

“小少爷一大早就被宁储他们叫出去了。”在等候时斯年下楼时，徐管家在她的旁边低头小声道，“打他手机一直没人接，可能太吵没听到。”

“他去哪儿了？”千萤没想到会遇到这样的情况，蹙起眉问道。

徐管家一脸沉思，道：“好像是去了老城区庙会。”

两人说话间，时斯年已经下来了，千正民上前同他问好。时斯年仍然是不苟言笑的模样，出口寒暄。

千萤看着他，时隔半年未见，面前的人威严中又带着几分熟悉，让人莫名有种亲切感。

她小声地打招呼：“时叔叔。”

时斯年转头看向她，目光似乎在她的头顶停留了两秒，然后开口，声线清冷成熟：“小萤。”

他神态平和，道：“好久不见。”

“好久不见。”千萤抿了抿唇，头垂得越发低。

他似乎看破了她心中所想，道：“时陆一大早就出门了，待会儿让司机带你去找他。”

“不用了。”千萤连忙道，“我知道在哪儿，待会儿我自己去找他就好了。”

时斯年停顿片刻，没再坚持。几人到会客厅，对面的柜子上正好摆着一张荣誉证书。

千正民的目光变得深远，感慨：“都过去这么多年了。”

时斯年顺着他的目光看过去，点头，陷入回忆，说：“当年还是你陪我拿到的。”

千正民笑了，道：“现在孩子都这么大了。”

“最近这段时间怎么样？”时斯年坐下，问。

徐管家泡了茶，他们在那里交谈着往事和现状。千萤有些坐立不安，对上徐管家的视线时，终于下定决心。

“爸，时叔叔，我先去找一下鹿鹿。”千萤指了指外头，开口道。她

有几分忐忑，而时斯年面色如常，朝她颔首。

千正民抬头，欲言又止，最终朝她挥挥手，道：“去吧，记得早点儿回来。”

“好。”

千萤从会客厅出来，如释重负。她刚要穿鞋出去，徐管家从后头走过来。

“小萤，我让司机送你过去。他知道少爷在哪个位置。”

老城区离这边不远，春节期间道路畅通无阻，不到二十分钟千萤就到了庙会。

四处张灯结彩，挂着红灯笼，历史里遗留下来的石碑上写着“老城街”三个龙飞凤舞的大字。

车开不进去，只能停在路边，司机说早上时陆就是在这里下车的。千萤谢过他，关上车门往里走。

今天初二，庙会上格外热闹，街道两边卖着糖人、年画、泥娃娃等各种带着年味的小玩意儿。路中间有人敲锣打鼓，表演着舞狮，旁边人山人海。

千萤费力地挤过人群，在中间搜索着时陆的身影。她伸长了脖子，同时手里还在拨打着他的号码，一遍又一遍。

人声嘈杂，四周拥挤，千萤的鼻间渐渐闻到了香火特有的气味。

老街的中心有座寺庙，屋檐上雕刻着纹路精美的神兽。周遭人声鼎沸，香客来来往往。

耳边迟钝的通话声在某一刻突然被拉长，然后传来一道熟悉得不真切的声音。

“喂？”

“鹿鹿。”千萤唤他。旁边刚好有舞狮队伍经过，锣鼓喧天，他的声音一瞬间变得紧张。

“你在哪儿？”

“我在庙会。”

人流一下拥挤过来，千萤被挤开，被动地让人推着往前走。她费力地抬起头，频频张望。

“你在舞狮队伍旁边吗？”时陆在那头问。

“刚刚从我旁边经过。”

“你在那儿别动。”

电话没有被挂断，却陷入安静。

千萤察觉到什么，踮起脚，慌张地望着周围，视线掠过人头攒动的陌生面孔。

喧闹声从四面八方涌来。

某一瞬间，她心有所感般，抬头往前望去。隔着重重人群，千萤看到了对面的时陆。

两人隔着人山人海对望。

通话一下被切断。

时陆逆着人流朝她走来。

一秒、两秒，或许过了半个世纪，千萤的脚步终于停住。她望着时陆，激动的心情还未平复。

男生猛地伸手把她拉入怀里。他紧紧地抱着她，掌心用力，按压在她的颈后。

时陆的头埋在她的肩上，声音又低又哑，说：“你还知道回来。”

“鹿鹿。”千萤的下巴勉强搭在他的肩膀上，眼中有泪，“你长高了。”

她抱紧他，鼻音浓重，说：“我都快够不着了。”

“你再不见我，就要忘记我长什么样子了。”

“不会的。”千萤不住地摇头，“不会忘记的。会永远记得。”

“你只会骗我。”时陆再次埋下头去，既痛苦又满足。

两人分开时，舞狮的队伍早已走远了，锣鼓声消失，只剩下闹市的喧哗。

没有人注意到人群中这对紧紧相拥的年轻男女。

时陆紧紧牵着她往前走。接到电话后，时陆过来找她，而宁储他们还在另一处逛着，现在两人要过去和他们会合。

千萤的手被紧紧攥着，手中传来温热。男生的手指长而白，匀称有力。

千萤垂头，盯着两人紧紧牵着的手。

不一样，和从前不一样。

以前时陆牵她都是轻轻地拉着她的手腕，偶尔情绪上来会握她的手。然而现在，十指根根分明地交缠在一起，掌心相贴，无比亲密。

是从未有过的，十指紧扣。

千萤的心脏已经狂跳得仿佛不属于她自己了。

人群熙熙攘攘，他们从人流中穿过，千萤的头不小心蹭到小摊上挂着的大红灯笼。

千萤捂着头，小声地叫了下。时陆看过来，伸手摸了摸，仔细地打量着她被撞到的那处。

“没事，红了点儿。”

“嗯。”千萤闷声应道，余光却被灯笼旁那个卖糖人的摊贩吸引。

金黄色透明的糖液被勾勒成各种各样的小动物，粘在竹签上，立在摊位前。

她的目光不过停留两秒，就被时陆注意到。

“想要？”

“可以吗？”她摸着脑袋问。

时陆牵着她径直走过去，再出来时，千萤的手上多了只栩栩如生的小凤凰。

“都舍不得吃了。”她轻声嘟囔。

时陆打量四处，不以为意道：“那再给你买其他的。”

两人好像有种默契，不紧不慢，一路边吃边逛。宁储打来好几个电话催促，时陆才带着千萤过去和他们碰头。

其实两人已经离他们很近了，穿过这条街没走几步，千萤就看到宁储、傅娇娇、盛扬三人站在一家食肆下的身影。

几人正等得有点儿不耐烦，傅娇娇率先看到他们，立刻扬手兴奋地叫道：“小萤！”

“娇娇！”千萤兴奋道。她刚刚加快脚步，时陆就不轻不重地拽了下

她的手。他步调平缓，丝毫不见着急，千萤只好慢下来，走在他的身旁。

时陆牵着她慢条斯理地走过去，几人的关注点落在了两人紧紧牵着的手上，表情各不相同：宁储挑了下眉；盛扬睁大眼睛；傅娇娇张嘴想说什么，又理智地憋回去。

三人保持沉默的样子如出一辙，场面顿时有些怪异。当事人时陆神色如常，淡淡地开口："不是说吃饭吗？去哪儿吃？"

"啊？啊！"盛扬率先反应过来，指向身后，"就这家。我们刚才商量好去这儿，你们没意见吧？"

"看网上评分还不错。"宁储补充。傅娇娇附和点头。

其他人自然没有意见。

"走吧。"时陆颔首，第一个走进去。

老城区的商铺都装修得古色古香，这家店也不例外。他们坐在临街靠窗的位置，四方桌，实木靠椅，窗格是雕花的，配合着底下的景色格外有意境。

店家上菜的速度很快，他们点的几道大菜没多久就端上来了。千萤埋头吃着，听他们聊天，中途会插几句话。

大家大多在说着自己的现状。傅娇娇和宁储考上了本地的一所重点大学，盛扬去了军校，几人分散在不同的城市，大学生活各有不同。

傅娇娇问千萤在那边适不适应。

她想了想，回答："荔城是个很温暖的南方城市，和这边差不多。同学都很好，专业课也是自己喜欢的……"

她说着说着，旁边突然传来一声冷哼。

时陆往椅子上一靠，双手环胸瞪着她，话却是和众人说的："我就不一样了，我一个人在北方，那里很冷，差点儿没把我冻死。一个冬天我生了几十场病。同学们态度恶劣，没人敢和我玩。专业课一点儿意思都没有，我正在考虑退学。"

大家看着昔日的时小少爷在这里自说自话，又或者说是变相撒娇更准确一点儿。

宁储满脸无奈。傅娇娇直翻白眼。

盛扬在心底吐槽：同学态度恶劣，为什么会没人敢和你玩？那个态度恶劣的对象是不是说反了啊？

“鹿鹿，你别退学。”寂静之后，还是千萤开了口，“四年一转眼就过去了。”

“呵。”时陆嘲讽，“这一转眼可真长。”

这下连千萤也不说话了。

宁储起身打圆场：“好了好了，继续吃东西吧。”

他说完，在桌底下轻踢了时陆一脚，小声地告诫：“你别作。”

没过多久，气氛又恢复和谐。

吃到一半，千萤的手机响了。千正民问她在哪儿，他准备回去了。

“我在吃饭，爸爸，还要一会儿……”千萤的声音有点儿慌。她没想到他这么快就准备回家了。两人说了两句便挂了电话。

时陆的眉心不自觉地蹙起，问：“千叔叫你回去了？”

“嗯。”千萤埋头挑着碗里的鱼刺，不敢看他的眼睛。

“别回去了。”时陆沉默了一会儿，垂眼静静地注视着她，道，“房间都给你留着，随时可以入住。

“到时候开学又见不到面了，趁着放假回校之前，在这边多待两天行吗？”

小少爷没了先前的嚣张跋扈，姿态出乎意料地低。他轻声询问她的意见，言语里甚至带了恳求。

千萤用力地抿了下唇，道：“我给我爸爸打电话。”

听完千萤的叙述，千正民有些迟疑，最后时陆接过电话，礼貌地问候，并传达了自己的请求。两人讲完之后，手机又回到千萤的手上。千正民嘱咐了她几句，挂了电话。

“叔叔先回去？”时陆问。

千萤点点头，说：“嗯。他让我在这里玩两天，到时候过来接我。”

“不用麻烦叔叔。”时陆长腿一伸，心情明显愉悦起来，“我送你。”

千萤的事结束，饭局也差不多到了尾声。庙会他们基本上都逛得差不多了，时陆也早没心思和他们继续，几人在门口便告别了。

傅娇娇恋恋不舍，和千萤约明天见面。她还没来得及同意，就被时陆拉走了。

“走，回家。”

出租车抵达家门口时，才过去不到半小时。时陆一下车就拉住她的手，像是怕她跑了。

两人穿过楼下小花园，踏上台阶。时陆推开门，拉着千萤走过玄关，正要进客厅，迎面撞上一群人。

说话声和脚步声戛然而止，千正民和时斯年都停住了，时陆牵着千萤的手出现在面前。

画面安静了三秒，千萤的心尖微不可察地颤了下。她本能地要松手，时陆先一步镇定地松开她，礼貌地问好：“千叔，好久不见。”

“小陆，阿千……”千正民的目光在两人中间打转，他明显受到刺激。

时斯年看向时陆，面色很沉。

两人一动不动，接受着他们的注视。数秒时间被无限拉长，时陆动了动垂在身侧的手指，刚要说话——

“阿千，你跟我出来一下。”千正民沉声道。

时斯年紧接着面无表情地开口：“时陆，你也给我过来。”

两人被叫走，徐管家示意身后拿着东西的用人也赶紧散开。他在心里暗自懊恼，要不是他坚持要准备特产当回礼，也不至于磨蹭到这时候，刚好撞上时陆他们回来……

客厅的落地窗边。

时陆和时斯年面对面站着。父子俩许久没人说话，最后还是时斯年发话：“说吧，怎么打算的？”

时陆咬咬牙，握紧拳头，说：“我想和阿千在一起。”

“刚才怎么没说？”时斯年平淡地质问。

时陆一下泄了气，肩膀塌下来，说：“还没和阿千说。”

时斯年注视着他。

时陆偏过头，望着窗外花园，难得软下语气，说："帮帮我。"

"嗯。"时斯年应声，语气冷漠敷衍。

千萤再度进来时，低垂着脑袋。她和时斯年告别，最后又看向时陆，小声地说："鹿鹿，我先回家了。"

"阿千——"时陆神情焦急，还没说完——

"我送送你们。"时斯年打断他。

"不用了，不用了。"千正民连忙拒绝。

时斯年已经不由分说地换上鞋准备出门。他轻轻地拍了拍千正民的肩膀，说："刚好有些事想和你聊一下。"

千萤被嘱咐提前上车，她坐在副驾驶，看着千正民和时斯年站在不远处交谈。

天气阴阴的，隐约可以看到云里的太阳。两人站得远，千萤听不清在说什么。

千萤坐立不安之际，掌心里的手机"嗡嗡"振动。

时陆：刚刚叔叔和你说了什么？

很快又一条：没有说你吧？

千萤顿了顿，手指一下下按着键盘：没有。

她过了几秒，又回：他就问我们是什么关系。

时陆的心跳仿佛暂停了一下，迟钝地问：然后呢？

千萤：朋友。

等千正民和时斯年聊完，汽车准备启动时，千萤才收到他的消息。

时陆：我不想再和你做朋友了。

和那天吵架时一模一样的话，含义却好像截然不同。

千萤的视线定格在上面，无法挪开。她感到胸闷气短，呼吸不畅，脸也莫名地发烫，好像哪里出了问题。

千萤摇下车窗，吹了好一会儿风才冷静下来。

"阿千，不冷吗？"千正民注意到她这边的动静，分神看了眼，"别感冒了。"

“有点儿热。”千萤拉高棉服挡住口鼻，声音从后头传出来，脸却是红红的。

千正民露出担忧，还是没说什么。

汽车飞速行驶在路上，千萤锁上手机，脑子乱糟糟的。

两人直到开学前都没能再见面。千萤出不去，时陆过不来。

谁也不知道两位家长当时聊了什么。时陆在家躁动不安，蠢蠢欲动，上蹿下跳地想要去云镇时，坐在沙发上看书的时斯年简单的一句话就制止住了他。

“作为一名父亲，我建议你过段时间再去上门拜访。”他说完，又轻嘲了声，“名不正，言不顺。”

时陆憋屈，好半天才挤出一句：“作为朋友就不能过去玩了吗？”

“呵。”时斯年冷笑，“朋友会手牵手？”

时陆左右憋屈，一口气在胸口横冲直撞的，找不到抒发点。

当晚，千萤的手机上收到了一条新消息。

来自时陆。

时陆：朋友会手牵手？

时陆：你是不是不想对我负责？

不负责。千萤只回过去三个字。

时陆收到这条消息后都快要炸了，他噼里啪啦用力地敲着手机。

时陆：凭什么不负责？我不许！你是不是想白嫖?!

什么跟什么……千萤的目光不自然地掠过最后几个字，她冷静下来，给他回复。

千萤：你别无理取闹。

没等他回过来，千萤又立即发过去：我要去给爸爸帮忙了，先不说了。

第二十章

言情剧本

时间转眼即逝，元宵节过后，大家各自返校。

千萤和时陆一南一北，相隔大半个中国，平时只能隔着网线联系。

千萤这学期通话的频率增加，经常晚上待在阳台。宿舍里的几个人明显察觉到了不对劲，找到机会逼问她。

那会儿她刚和时陆打完电话。她听着他在电话里面嘟嘟囔囔地抱怨一通。课业太多，时间抽不出来，又没有长假……时陆在通话结束前止住话头，委屈地嘀咕了句“算了，反正你也一点儿都不想我”。

他最后失落地说：“挂了。”

千萤怅然若失地拿着手机，发了会儿呆，然后转身，对上三双眼睛。

她吓了一跳，捂了捂胸口，问：“你们干什么呢？”

“你干什么呢！”三人异口同声，“和谁打电话呢？”

“朋友。”

“骗谁呢？朋友用得着天天打？”

“还这副表情？”

“谈恋爱的那种朋友？”

三人一人一句，让千萤插不上话。她干脆什么也不说了，直接拨开她们走进宿舍。

“别走啊，小萤，快和姐姐们说说，可别被外面那些坏男人骗了！”

田芮、孟又、段芊把她团团围住，一边关心，一边八卦。千萤被逼到墙角，无奈的她只能认真思索。

“不是坏男人。”千萤想了想，“是个小男孩儿。”

对面三人都是一脸蒙。

田芮最先叫出来，大惊失色道：“成年了吗？小萤，违法的事咱不能干啊！”

“我不和你们说了。”千萤的脸微红，推开她们，弯着腰赶紧走出去。

新学期，学校的课程也繁多起来。

周六、周日千萤还是坚持去便利店打工。之前兼职的那个男生也在，他是附近学校的，两人偶尔能聊两句。

“我觉得你有点儿慢热。”整理货架时，男生搬着饮料箱子过来，说。

千萤的动作停住，她转头，说：“啊？”

“你看，我们认识快半年了才熟悉起来。”

其实俩人一起工作的时间不多，偶尔还会有调班的情况。

“哦，这个……”千萤抓了抓头，有点儿不好意思，“避嫌。”

“啊？”这次轮到他惊讶了，张了张唇，问，“你有男朋友了吗？”

“我有喜欢的人了。”千萤回答。

今天依然是千萤拿着东西先离开。男生站在收银台后面，礼貌地和她道别。

千萤在回校的路上接到了时陆的电话。

天气渐渐热起来，快到“五一”了，他买了机票准备过来，千萤说到时候要带他去看海。

荔城是沿海城市，几处海滩都很有名，还有一个项目非常丰富的水上乐园。

“那我到时候住哪儿啊？”时陆在那头问。

千萤考虑了一下，说：“我在学校附近给你找个酒店。”

“要套间。”

“嗯？”千萤困惑，“你一个人住这么大的房间干什么？”

“当然是我们两个人住啊。”时陆理直气壮地说，“你不会要把我一个人丢在酒店，自己回学校吧？我是乞丐吗？！”

“和乞丐又有什么关系？”

“自己送上门，还被别人丢出来。”

这一通歪理说得千萤哑口无言。

她盘算了一下自己的积蓄，答应下来：“好吧。”

荔城已经提前入夏，路边的红花开得艳丽喜人、生机勃勃。

千萤去机场接时陆时换上了一条白色的连衣裙，是和宿舍姐妹逛街的时候买的，孟又挑的，大家一致说适合她。

裙子有点儿短，到膝盖上几寸，方形领口，掐腰款。这条裙子把她的身材优势展现得淋漓尽致。

千萤在机场出口处接到时陆。男生推着行李箱，头顶鸭舌帽，身穿黑色夹克，脚上踩着酷帅的板鞋，在一干旅客中尤为显眼。

“鹿鹿——”千萤跳起来朝他招了招手。

时陆抬头，向她望去，接着加快脚步。

“你不热吗？”

“你不冷吗？”

两人几乎是同时发声。千萤指了指周围，和她一样来接机的人大部分都已经是夏装，只有刚从机场出来的那些长途旅客才裹得严实。

“我们这边早就是夏天了。”千萤无辜地说。时陆的目光落在她身上，眉头不自觉地紧拧：“那也不用穿得这么好看吧？”

他烦躁地说：“真是的，穿那么漂亮干吗？”

千萤不知道是该生气，还是该开心，但心确实不争气地扑腾了两下。千萤重重地瞪他一眼，没好气地反驳回去：“那你好好的戴个帽子干吗？耍帅啊。”

“挡住脸。”时陆见状，把帽檐往下压了压，没好气道，“不然老是被人看，烦死了。”

千萤彻底无语了。

她低头翻手机，在手机软件上面叫了辆网约车，然后领着时陆往外走。

两人直接到千萤提前订好的酒店。她这段时间打工攒了不少钱，再加上开学后孟又还给她的，也算是一笔不小的数目了，至少带时陆在这边多玩几天是没问题的。

套间是两室一厅的，就在学校附近，从客厅的落地窗望过去，远远地能看见校内那片优美的湖。

“那就是你们学校？”时陆站在窗边看了几眼。千萤随着他的视线看去，点了点头。

“待会儿要不要带你进去逛逛？”

“嗯。”他状似勉为其难，接着下一秒道，“我去换身衣服。”

他又欲盖弥彰般，道：“太热了。”

再出来时，时陆身上的衣服换成了白衬衫，浅色长裤。鞋子依旧是先前那双，只是露出了一截清瘦的脚踝。

整个人清隽又有少年气。

她早就发现了，时陆穿白色比穿黑色更好看。

千萤默默地把呼吸调整回来，没忍住道：“你不是不想让别人看你吗？干吗还穿成这样？”

“这样有什么问题吗？”时陆脸不红，心不跳，“我随便在行李箱里翻了一套。”

两人收拾完出酒店，往学校走去。短短几百米，时陆的回头率几乎是百分之百，进了校门后更为惹眼。

路过的学生甚至还会私下讨论。

“那是我们学校的吗？这么帅，从前怎么没见过？”

“不知道，按理说这种颜值的人应该早就出名了。”

“他们不会是男女朋友吧？带男朋友过来玩？”

“有可能……”

说是私下议论，可是音量并不低，直到她们彻底走远了才恢复安静。

千萤看着身旁嘴角已经扬起许久的人，拉了拉他的袖子。

“我们去那边买个东西。”她指向一旁的校园小超市。

时陆配合地看过去，困惑地问：“买什么？”

“口罩。”千萤认真地说，“得把你的脸挡住，太影响学校环境了。”

时陆一听，眉头立即高高扬起来，不乐意了，问：“我怎么影响了？”

“颜值超出常人标准，容易引起混乱。”千萤一本正经地说。

时陆刚要发作，听完立刻又憋了回去。他勉勉强强地克制住脸上的笑容，故作高冷。

“哼，一天到晚只会用花言巧语欺骗我这种纯情少男。”他斜睨千萤一眼，扬了扬下巴，“好吧，我承认我是你的了。”

千萤一头黑线，抚住额没眼看，道：“鹿鹿，你正常一点儿……”

“过来。”时陆没理她这句，只是站在那儿不动，朝她伸出手。

“做什么？”千萤抬起脸，问。

小少爷泰然自若，语气无比正常：“我要和你牵手。”

千萤还没来得及消化这句话，前方一道熟悉的声音乍然响起，透着一丝丝不确定，又有一丝丝兴奋。

“小萤！”

两人抬头一看，正前方的林荫道上，走来三个手挽手的人。她们的目光在他们两个人身上来回打转，都掩不住激动。

“真的是你啊，差点儿还以为认错人了。”田芮先开口，非常做作。

段芊看不下去，偷偷地撞了她的胳膊一下，清了清嗓子，道：“小萤，旁边这位是你的朋友吗？”

孟又打量了时陆两眼，又把视线转移到千萤身上，更加直接地说：“这就是你上次说的那个小男孩儿？”

千萤还没说话，时陆已经率先反问：“小男孩儿？”

他淡淡挑眉，双手环胸，一副兴师问罪的架势。

千萤吞咽了下喉咙，强作镇定道：“我不知道她们在说什么。”

“介绍一下，这三位是我的舍友，田芮、段芊、孟又。”千萤一个个介绍过去，最后轮到右手边，“这位是时陆。”

她顿了顿，继续道："目前是……朋友。"

奶茶店里，时陆在柜台点单，四人围着桌子坐着。除了千萤，其他人都是一脸虎视眈眈的样子。

"说吧，哪儿来的？"她们对她"严刑拷打"。

"在学校论坛看到帖子的时候我们还不敢相信，还是芊芊对着照片仔细放大又缩小，严格分析之后才确定下来。难以置信……"田芮语气沉痛，"我们家小萤就这么被男人拐跑了。"

"重点还是个难得一见的大帅哥。"段芊补充道。

田芮重重点头，说："对！没错！痛心疾首。"

"确实不一般，闷声干大事啊。"孟又拍拍她的肩膀，给了她一个意味深长又自豪的眼神。

"其实我们是高中同学。"千萤满脸无奈，紧接着又开口，"我爸爸和他爸爸以前认识，我在他们家里住过三年。"

"哦，懂了，青梅竹马。"

"娃娃亲。"

"言情剧本。"

几人谈话间，时陆端着做好的奶茶走了过来。场面刚好陷入安静，他打量两边几眼，看向千萤，问："你们在聊什么？"

"聊你们的爱情故事呢。"田芮连忙起身，接过他手里的东西，笑成了一朵花，"妹夫。"

时陆被这声"妹夫"叫得有些发蒙，上扬的嘴角绷不住，直到回酒店了还心心念念这件事情。

"你舍友怎么这么叫我啊？"两人手里还拿着奶茶，一进门，男生无辜地睁着双眼，明知故问，语气里的愉悦快要掩盖不住。

千萤换好鞋，看着他得意扬扬的脸，口吻认真地说："她们看到长得帅的都这么叫。"

时陆的眉心顿时皱起，不满地叫道："她们怎么这样，太轻浮了！"

千萤配合地点点头，说："就是！"

时陆开始没起疑，过了一会儿却谨慎起来，狐疑地盯着她，问："你不会在骗我吧？"

"怎么会？"千萤神情自若，淡定地往里走，"鹿鹿，我骗谁都不会骗你。"

"不对，你最会骗人。"时陆想到什么，脸瞬间垮下来，声音里带了委屈，指责道，"你总是骗我。"

"我什么时候……"千萤的话戛然而止，脑中出现高考完那个夏天闷热的早晨的场景。

她低下头，过去扯了扯时陆的衣袖。

"我错了。

"你就原谅我吧。"

"不行。"时陆停顿三秒，紧接道，"除非你亲我一口。"

"洗洗睡吧。"千萤面无表情道，"奔波一天也累了，早点儿休息。"

第二天的计划是去看海。

其实时陆从小到大去过很多地方旅游，海更是看过无数，国外知名的海岛、国内的沿海小城，他都去过。他没有很想去看海，但是他想和千萤一起看海。

哪怕两人只是去一处商业化的景点，在节假日的人流中互相踩着沙子洗脚。

海风很大，阳光灿烂。

千萤眺望着蔚蓝的无边海面，向往地感慨道："其实小时候我很想来看海，记得小学课本上有篇课文，'海浪拍打着沙滩，小女孩儿走在上面，一捡一个贝壳。'我那时候就特别憧憬。

"但是后来到这边读书之后，我才发现海滩上并没有贝壳。"她两只手压着草帽的边缘，转头朝他笑，眼眸明亮，长发被风吹起。

"要去那种没有经过开发的原始海边，才会有很多贝壳。"时陆和她说，"就像那篇课文里写的那样，'住在海边的渔民每天天不亮就早起捕鱼，晚上夜风会荡起海水，沙子里有小螃蟹和贝壳。'"

“啊？”千萤睁圆了眼睛，诧异道，“那我是来错地方了？”

时陆点点头，说：“下次我带你去。”

千萤反应过来，惊讶地叫道：“鹿鹿，你怎么知道？”

她一副被欺骗的表情，说：“原来你之前是在骗我！你明明就去过海边。”

当初在电话里，千萤和他分享了自己跟宿舍几个人第一次去海边的见闻，随后问他有没有看过海。时陆顿了下，回道：“没见过。”

然后千萤就顺其自然地敲定了“五一”带他来海边的事情。千萤还详细地做了几页攻略笔记。

她痛心疾首道：“太坏了。”

“我是说没有看过荔城的海。”时陆满脸纯良，“也不算撒谎吧。”

“你就是个大骗子！”

“那总不能直接说我想见你吧？”

千萤直接熄了火，闷头走路，不搭理他了。

这处海的旁边就是知名的水上乐园，项目五花八门，高空水上过山车、漂流、滑道……他们一圈玩下来，太阳已经快落山了。

千萤十分兴奋，意犹未尽。旁边的时陆的状态就没这么好，从过山车上下来，脸煞白煞白的。

“鹿鹿，我的手都被你抓肿了。”千萤望着自己发红的手腕，苦恼道，“原来你怕高。”

时陆立即回神，维持着颜面，说：“我才不怕。你闭嘴。哪儿红了？我看看。”

“没事了。”千萤十分善解人意，“也是我不好，如果早知道你怕高，我就不玩这个了。你应该早点儿和我说，就不用在上面吓成这样了。”

时陆：“不准再说了！”

假期总共五天，前面两人玩得都很愉快，逛遍荔城大街小巷。千萤带他把学校附近的美食吃了个遍。

时陆买的是五号当天回去的机票。前一天他们恰好逛到商业街，两边有许多特产店，千萤提议给他买点儿带回去，送给同学，刚好也可以缓解

一下关系。

她还记得过年那会儿他说大家都不和他玩，虽然话里作假的成分更大，但能拉近些关系肯定更好。

“不买。”谁料时陆板着脸，拒绝了她，态度干脆。

“为什么？”

“不想买。”他神情恹恹，垂着眼帘，烦躁地说，“你就这么想我走？”

什么跟什么。

千萤耐着性子，保持着温和的口吻和他讲道理：“我没有想你走，是后天假期结束，你必须回去上课。”

“那我请假不去了？”时陆见状，立即试探着，眼中满是期待。

千萤：“鹿鹿，你别这么任性。”

“我就知道，你骗我的。”时陆又恢复成方才那副无精打采的样子，眉眼间透着烦躁。

“这几天你早就烦了吧？巴不得我快点儿走，这样你就恢复自由了。”

这些天两人几乎是二十四小时形影不离，时陆把千萤的时间霸占得满满当当，就连宿舍聚餐千萤都没去。

田芮打电话过来时，千萤正在酒店陪时陆吹空调。白天两人去参观了景点，太阳比较晒，时陆有点儿不舒服，他们就早早地回来休息。

客厅有投影，正放着一部电影，是前几个月刚上映的一部国外电影，当时两人都没去电影院，约好下次见面的时候一起看。

千萤接电话那会儿电影才放到一半，田芮让她带上时陆一起去。千萤先问了他的意愿。

“不想去。”时陆的脑袋上敷着块湿毛巾，躺在她腿上哼唧，“不舒服，不想出门。”

千萤只好回复田芮：“他有点儿不舒服……对，不好意思。

“过几天就回去了。嗯……下次再一起聚。”

话语一字不漏进了时陆的耳中，现在正好被他拎出来大肆发挥。

人来人往的商业街，男生站在那儿，激动得眼眶都有些泛红。

“反正你现在有这么多朋友了，我只是你其中一个而已，能抽出几天

时间敷衍我已经是仁至义尽了。”

“鹿鹿！”千萤气到肩膀颤抖，深深呼吸，保持着理智，“你再这样我要生气了。”

时陆见她真的动怒，又不敢再说话，把所有委屈和控诉都憋在心里，闷头走路。男生的眸中透着伤心，强忍着情绪。

千萤又心软了，反思着自己刚才是不是语气太重。

“鹿鹿。”她轻轻地去拉他的手指，小心地晃了晃，“对不起，我刚才不该那么凶，我只是不想你这样误解我。

“你过来我非常开心，我也很舍不得你离开，但是因为这样你就请假不去上课有点儿不好。我们现在还是学生，学业第一位。”

“你总是这样。”时陆没回头，低低的控诉声传来，在热闹的街上却清晰无比地传入她的耳中。

“永远有别的东西放在第一位。可是在我心里，你就是第一位。”男生的感情炙热浓烈。

如此沉重，又如此珍贵。

但千萤没有办法做到这样。

这一晚两人差不多都在冷战，时陆的心情很差，千萤则默默地给他收拾整理着东西。这几天买的纪念品、随手丢在酒店各处的物件……千萤都归类好，放到一旁。

时陆静静地看着她在面前走来走去，越看越烦，待她弄完去浴室后，自己走到那边，把她摆放整齐的娃娃通通丢到沙发上，弄得乱糟糟的。

等她出来，愕然地看着眼前混乱的场面，时陆冷冷地丢下一句：“这些我都不要，你自己带回学校去。”

千萤吞咽了下喉咙：“好吧。”

那些原本就是她要带走的……

机票是下午两点的，上午还有半天时间，千萤还是一大早出去给他买了特产，用礼盒装着。都是广式饼类点心，有咸有甜，但是甜点居多。千萤特意挑着他喜欢的口味多买了几份。

早上两人去吃了早茶，然后回酒店收拾行李，时陆从起床开始就一直

情绪低落，直到坐上出租车抵达机场时都没说过几句话。

临近分别，时陆心里各种压抑的情感纷纷冒了上来，在机场航班的播报下，越发难以隐藏。

取了登机牌，托运完行李，两人站在安检队伍里排队。因为是节假日，前头的队伍很长，仿佛一眼都难以看到尽头。

千萤突然又有点儿庆幸，像是突然收到馈赠，能多出来一点儿相处时间。

“鹿鹿，你到了记得给我回消息。”千萤站在他的身旁，轻声交代。

“我买了一些饼干，你可以留给自己吃，也可以分给舍友。”她顿了顿，“都是你喜欢吃的。”

“嗯。”时陆低头应着，眉眼被垂下来的额发遮挡。

过了一会儿，千萤看着前面短了一截的队伍，道：“你打算就这么一直不和我说话吗？没剩多少时间了。”

“我不想和你说话。”时陆终于开口，他紧抿了下唇，偏过头盯着她。

“那你想做什么？”千萤问。

“想亲你，抱你，拉着你的手紧紧不分开。”嘈杂的机场归于安静，男生执拗地盯着她的眼睛。

千萤沉默着，许久没动。

时陆把脸移开，眸子里头没有失望，也没有难过，他仿佛早已预料到这个结局。

队伍一点点往前推进，越来越短，越来越短，直至时陆站到安检前。

下一位，就轮到他。

前面那位旅客准备交上自己的证件，时陆手里拿着身份证、登机牌，他刚要转过头和千萤说什么，垂在身侧的手突然被人紧紧扣住。

千萤抓着他的手，紧紧抱住他，踮起脚，仰起脸，微合着双眼。

一个吻轻柔地落在他的嘴角，时陆呼吸停滞。

仿佛云朵般的柔软触感，伴随着浅浅热气，一瞬即逝。他还没反应过来，千萤早已离开。

时陆的喉咙用力地咽了咽，心脏狂跳，手刚攥紧她，千萤便立刻放

开，推了他一把。

“到你了，快进去吧。”

队伍已经停在他这里好几分钟，却没人开口催促。看着刚才那一幕，人群里有小小的吸气声，也有惊讶声。

“阿千……”时陆的嗓音莫名沙哑，眼睛比起昨天更红了。

“我不走了。”他低声恳求，“我不想走了。”

“你别闹，后面的人都在等你。”千萤轻轻用力，把他推进了安检口。

“鹿鹿，记得给我打电话。”千萤在耳边比了个手势。

时陆顺着人流一路往前，却频频回头，直到看不到千萤。

千萤低着头转身，正准备回去。下一秒，手机铃声响起。

几秒混乱响动后，微喘的气息带着难掩的笑，时陆慌乱仓促的声音响在耳边：“阿千，你真讨厌。”

“嗯？”

“总是让我一秒地狱，一秒天堂。”他的声音低下来，“还没离开，我就已经开始想你了。”

千萤轻声说：“鹿鹿，一路平安。我也会想你的。”

他总是生气、别扭、不讲道理，无理取闹起来，简直是这个世界上最难搞的男孩子，但是，一个吻就可以把他哄好。

他是千萤的小男孩儿，是这个世界上最热烈的少年。

“五一”过后，千萤终于见识到了时陆的缠人。

早上千萤一睁眼就能看到他的消息，晚上临睡前也是，她闭上眼的前一刻肯定在和他发“晚安”。

有时千萤在宿舍吃晚餐时，时陆还要和她视频，两人隔着屏幕一起吃饭。

两人几乎二十四小时都“黏”在一起，有时千萤因为忙着给他回消息，连宿舍里的聊天都分不出精力参与。为此，几个人颇有微词。

“小萤，你看看你，现在整天抱着手机，和你说句话都不回应。”

“就是，一回来你就打电话。你男朋友这么黏人？”

“请麻烦他克制一下。”

如此过了大半个月，在某次聊天中，千萤终于忍不住说出了自己的想法。

“鹿鹿，你不觉得我们现在拿着手机的时间太长了吗？”千萤尽量委婉道。

时陆想了想，附和道：“好像是。”

千萤立马趁机说：“那下次我们……”

“那下周我直接飞过来吧。”时陆的声音里透着迫不及待，他将尾音拖得长长的，撒娇道，“正好我们也好久没见面，我想你了——”

“下周……”千萤却神色迟疑，“我下周有事。”

便利店的兼职，上次“五一”才和别人换了三天班，不能再请假了。

“是提前说好的兼职。鹿鹿，我们暑假再见面吧。”

夏至一过，期末考近在咫尺。

复习阶段，千萤看手机的频率降低一半，和时陆的联系慢慢恢复正常。

她在犹豫这个假期要不要回去，将近两个月的时间，待在云镇……

千萤看着学校发的关于下学期的学费及各项费用的通知，陷入沉思。

晚上和千正民打电话聊过之后，千萤终于确定下来，要在这边找一份短期兼职。

她的生活费是充裕的，但也仅限于吃喝用度，稍微有需要用钱的地方，就很紧张。比如买机票，或者出去玩。

千萤还是想多存一点儿钱。前两天她从便利店下班回来时，经过一家西餐厅，看见上面贴着服务员招聘信息。底薪加上奖金，每个月差不多有四千元，工作两个月，不仅可以存下来一部分，还可以补贴一下学费。

千萤想清楚后，当晚就去面试了。面试过程也非常顺利，她跟对方说好一放假就直接过来上班。

她辞去了便利店的兼职。大二专业课增多，会更加忙，她原本学习就比较吃力，想预留出来更多的时间复习。

千萤告知了时陆自己的这个打算。得知她暑假不准备回云镇后，时陆先是烦，然后接受了，紧接着查起了机票。

“那我也不回去了。”他一副死也不离开她的架势，“我去那边和你一起过暑假。”

千萤不禁抚额，当即便忍不住把他的备注名字从“鹿鹿”改成了“黏人精”。

时陆放假比她晚几天。原本千萤是打算暑假申请住宿舍的，既然时陆要过来，她只能提前去校外找房子。

好在学校附近的房子都不贵，但是环境质量参差不齐。时陆挑剔，一直都是大少爷，养尊处优。千萤看了好几处，终于挑中一个环境清雅的小区。虽然有些旧，但是内里装修很干净，而且价格也合适，可以短租。

时陆不过是一时兴起，他应该住不了太久，而且他整天没事干，中间肯定要回家去的。

千萤做好时陆只是过来玩一下的打算，没有租太大的房子。常规面积的一室一厅，客厅中间那张沙发展开可以变成床。

千萤想象了一下时陆睡在上面的样子。可能大少爷过几天就要闹着回家了吧。

千萤租了两个月，交完钱之后，当晚就去外面买家具布置。

她买了方格桌布、嫩黄色碎花四件套，窗帘换成薄荷绿的，还加了白纱……

千萤特意买了束鲜花，插在瓶子里，放到餐桌上。

午后，阳光从窗户照进来，一半打在桌面，一半落在木地板上，画面静谧美好。

千萤收拾完屋子，满意地看着这一切。虽然比不上大别墅，但已经是她在能力范围内能给他最好的了。

千萤拍了张照片，发给时陆之后，在原照片上特意圈出那张沙发，再次传送给他。上面标注着几个红色小字——鹿鹿的床。

时陆回复了一串省略号。

千萤憋着笑，收起手机。

去西餐厅报到的第一天很顺利，千萤被分到前厅的位置，负责点单、介绍菜品。一天下来不算太辛苦，就是说话太多，喉咙有点儿发干。

今天还发生了一件意想不到的事情。她见到一个熟人——和她共同在便利店打工的那个男生，两个人早上在西餐厅撞上，彼此都很惊讶。

后来一聊才知道，大家都是在下班途中路过这里看到的招聘信息。

男生叫乔遥，在附近一所重点大学就读，学计算机。

千萤只知道这么多信息。两人从前不怎么聊天，但这次被分在了同一个岗位上，打照面的时间反而比平常更多。

虽然不想承认，但西餐厅的工作似乎是按照颜值划分的。长相周正优异的都被分在前面；其他的都在后厨，做些杂活儿，例如洗碗、备菜。

这几天千萤从早工作到晚，不能时时刻刻看手机，总是下班后才有空和时陆聊天。

他的航班在两天后，千萤没办法请假去接他，直接把西餐厅的地址发给了他。

千萤说："到时候你直接到这边来，我提前下班，和你一起回去。"

时陆上次来过她们学校，两者之间离得很近，非常容易找，千萤也不担心他迷路。

服务生的工作也是分早班和晚班，千萤今天轮的是早班，下午四点就可以走。时陆发给她的航班抵达时间，加上过来的时间，差不多刚好是这个点。

下班前半小时，千萤就频频看时间。大家刚好在一起收拾卫生，乔遥好奇地问了句："你待会儿有事情吗？"

"嗯。"千萤点头，露出个大大的笑容，却没说什么事。

乔遥礼貌地不再追问。

两人共事这么久，他对旁边这个女孩子也有了点儿了解。

虽然她给人的感觉是很好相处的，但是她从来不会跟其他人聊很深入的话题，就像网上流传的氧气美女，周围多了层真空地带，无法靠近。

两人下班时间一致。千萤从更衣室出来，背着包包，发现手机里还没

有任何时陆的消息。她正准备给他打电话，这时乔遥刚好也收拾完出来，和她迎面撞上，冲她打招呼：“好巧。”

“你走路还是坐车？”他只问了这一句。

千萤将手机重新握在掌心，稍作思索，说：“应该走路吧。”

她笑了笑，说：“待会儿有个朋友要来。”

“朋友？”乔遥睁着眼睛，似乎有点儿诧异。

千萤点头。说话间两人已经走出餐厅大门。

她嘴角的笑意未散，目光忍不住落到手机上面。

乔遥识趣地说：“那我先走了。”

“拜拜。”她抬头，笑着和他告别。

乔遥冲她挥挥手，说：“明天见。”

千萤看着他走开，从最近通话里调出时陆的号码，刚刚走下台阶，一道熟悉的声音响起。

“你回头。”

距离几米处，身后人来人往的街道上，时陆拖着行李箱站在那儿。他拿着手机，贴在耳边，黑眸定定地凝视着她。

“鹿鹿——”千萤径直挂掉电话，朝他奔去。

“你怎么一声不响就过来了？等很久了吗？我还以为你没找到地方……”千萤语气里的兴奋难以遮掩，眉眼中都是欣喜雀跃。

时陆盯着她，微微一挑眉，问：“刚刚那人是谁啊？”

“嗯？”千萤的脑中骤然空白，很快她反应过来，“你说刚才和我一起出来的那个？是在这里兼职的同事，刚好一起下班。”

千萤注视着时陆，眨眨眼，又补充了一句：“不太熟。”

时陆轻哼，不由分说地单手揽过她，往怀里用力一抱。

“我不管，不许搭理外面那些野男人。”

“噢。”

“噢？”时陆松开她，轻轻瞪眼，“再给你一次机会。”

“我发誓，”千萤在耳边竖起三根手指，神情郑重，“以后只搭理鹿鹿这一个男人。”

时陆的唇角都快要扬到天上去了。他就是这么一个没出息的人，只要千萤随便几句花言巧语，就可以把他哄得心花怒放。

“嗯。”他故作冷淡，点头，牵着她往前走，“那就和我这个名正言顺的男人一起回家。”

“好的。”千萤配合他。

看着男生盲目且坚定的步伐，她还是没忍住提醒道：“不过，鹿鹿你走反方向了。”

穿过两条街道，进入小区，时陆看着周围的环境，眉心微皱。走到单元楼，他的眉头皱得更紧。这是一个学校的家属小区，没有电梯，只有刷着绿漆的楼梯，两边是老旧的白墙，但还算干净。

千萤租的是五楼，爬上去有点儿累。

“鹿鹿，你的箱子重吗？”她有点儿担忧。

时陆沉重的脸顿时变成满不在乎，说：“难不倒我。”

两人一口气爬上五楼，打开门后，时陆躺倒在沙发上。他用手背捂住额头，闭上眼。

“阿千，我感觉自己快不行了……”

他的行李箱就搁在玄关处，千萤提着往里挪了下，被重量吓到。

“鹿鹿，你里面装了什么东西？”

她把箱子拉到房间，再出来时从厨房倒了杯水。时陆还在沙发上缓着，此时听到动静，睁开了眼。

“好点儿了吗？”千萤把水递给他。

“不太好。”时陆有气无力，声音虚浮。

“哪儿不舒服吗？”千萤不禁担忧道，手放到他的额头上摸了摸。

时陆立马伸手盖住了她的手，压在额头上。

“哪里都不舒服。”他盯着她，语气慢吞吞的，撒娇道，“要亲一口才会好。”

千萤不仅没理他，还把手给抽走了。她拉起搭在沙发边的那条针织薄毯，盖到他的脸上。

“嗷。”时陆惨叫了声，扯下毯子，露出一双黑漆漆的眼睛，无辜道，

“你干吗这么凶？”

“晚上吃什么？”千萤答非所问，目光环顾着四周。

“随便，你做的我都吃。”

千萤其实不怎么会做饭，只会弄一些最简单的家常菜，还是平时耳濡目染自学的。在家时千正民没让她做过饭，在时家那三年她更是没有碰过厨房一下。

这几天她都是自己在家里吃。冰箱里还有上次逛超市时买的食材，她从里头拿出番茄和茄子，再从保鲜盒里拿出几个鸡蛋。

“那我们今天就吃番茄炒蛋和肉末茄子了。”千萤把东西放到厨房，系起围裙准备动手。

见她真的准备做饭的模样，时陆不禁好奇，他顾不上卖惨，一骨碌从沙发上坐起来。

“你真的会做饭吗？”男生在她身侧探头。

千萤卷起袖子，正在切茄子，闻言抬头看他一眼，说：“做饭又不是很难的事情。”

时陆回想起来，他好像从来没吃过千萤做的饭菜。他一时失语，又是忐忑，又是期待。

“你傻站在这儿干什么？”千萤见他不动，再度看来。

“我……我帮你。”时陆确实是在那儿干站着，但他也不想走，于是卷起衣袖，自奋告勇道。

千萤的目光打量他几秒，勉为其难道：“好吧。”

实在是再简单不过的家常菜，本来千萤想迅速搞定的，但因为时陆的加入，她又决定多加一道牛腩进来。

时陆被分配去削土豆。男生穿着干净的白衬衫，面容英俊，此时正蹲在垃圾桶前面任劳任怨地给手里的土豆削着皮。

煤气灶已经运作了起来，千萤先从最简单的西红柿炒蛋开始。

锅里的水烧开后，番茄在里面滚一圈再剥皮，然后倒掉水，番茄切成块。鸡蛋炒熟后盛出来，锅里再放入切好的番茄，炒出汁，然后重新放鸡蛋，快出锅时加入调料。

想到时陆爱吃甜食，千萤又格外添加了点儿番茄酱和白糖，撒上葱花时香味已经弥漫了出来。

时陆削土豆的动作不知不觉停住了，他看着千萤系着围裙，从容沉静地忙碌着。在升腾的热气中，她的眉眼十分柔和。

他觉得格外新奇。

盛夏傍晚，狭小的厨房里，烟火气混合着食物香味，他对书本上“岁月静好”这个词突然有了切身体会。

千萤的手艺很好，时陆尝第一口菜时就感觉到了。

她大概遗传了千正民的厨艺天赋，能把家常菜做得适宜可口，让人不自觉地胃口大开。

饭后时陆自觉地去洗碗。大少爷大概是第一次做这样的事情，整个过程笨手笨脚，收拾剩饭剩菜时还差点儿把碗砸到地上。

千萤只好帮他把碗筷收拾好，放到水槽里，再告诉他洗洁精和抹布的用法。

时陆满不在乎，一仰头，说：“你放心吧，剩下的交给我。”

男生拧开水龙头，自信满满，手开始去按压洗洁精。

“等一下。”千萤把自己身上的围裙解下来，示意他低头。

时陆乖乖地让她把围裙套到自己身上。

千萤站在他背后，给他系着带子。

“别把衣服弄脏了。”

“噢。”时陆这一声应得分外甜。

时陆洗碗时，场面十分混乱，好在有惊无险。千萤站在一旁没敢走开，等到他洗完最后那个盘子，她才把心放下，整个过程比自己洗碗还要累。

千萤默默地去给自己倒了杯水，刚喝两口，还在做着最后的清洁工作的时陆扭过头，说：“我也要喝。”

她准备重新去给他倒一杯。

时陆低下头来，示意她用手里的杯子：“就喝你这个。”

千萤把自己的杯子递过去，时陆低头就着她的手喝了两口。他喝完，

神色如常地继续工作。千萤看着玻璃杯上被他的嘴唇触碰过的地方，突然有些脸热。

她镇定地拿着杯子走出去，把杯里的水倒掉，清洗干净。

晚上睡觉前，千萤和时陆一起把行李箱整理了出来。千萤早就把衣柜一半的位置空出来留给他了，她的衣服不多，而且她知道时陆金贵，衣服几乎不会穿第二次。在别墅时他的衣帽间就有一个卧室大，她都有点儿担心地方不够。

但出乎意料的是，时陆这次过来并没有带很多衣服，只有几件普普通通的上衣和裤子，连鞋子也只带了两双。要知道，“五一”短短几天他都搭配了三双不同的鞋。

“你是打算住两天就回去？”千萤试探地问。

时陆立即挑眉反驳：“当然不可能。”

“那你怎么才这么点儿衣服……”

箱子里剩下的全是京市的特产，大包小包，塞得满满当当，占据大半重量。这大概就是爬上来时让他上气不接下气的罪魁祸首。

“我……”时陆稍顿，眼珠子转了转，“轻装出行不行吗？”

千萤望着地上的那堆特产，怎么也看不出一个“轻”字。

“行吧。”她勉为其难道。

时陆洗完澡出来时，千萤正在客厅给他铺床。白天时沙发已经展开，变成了一张摊开的单人床。千萤铺好深蓝色条纹四件套，放上枕头之后，已经看不出任何沙发的影子。

在暖黄灯光下，这里看起来温暖、舒适，充满了家的味道。

时陆对深蓝色情有独钟，千萤是照着他的喜好买的，和他家里的床单被套几乎一模一样。

饶是如此，他一出来望着这张床，还是唉声叹气。他的头上搭着条毛巾，盘腿坐在床上面，耷拉着脑袋。

“怎么不擦干头发？”千萤走到他身后，用他头上的那条毛巾包裹着发丝擦拭。时陆任由她擦拭，好一会儿，头发半干了，千萤停下手，准备去拿吹风机。

衣角突然被人扯住，千萤回头，看到时陆可怜兮兮地仰起脸问：“我就不能和你一起睡吗？”

千萤把他仰起的脑袋一把推开，俯视着他，面容平静，字字清晰：“时陆，你是小流氓吗？”

“我不是。”时陆飞快地否认，立马卖乖，“我是鹿鹿。”

“我只是一个人睡外面有点儿害怕而已。”见她没有反应，时陆紧接着又解释，语气真诚而无助，“外面的树影晃来晃去，黑漆漆的，还老是有奇怪声响……”

“你别怕。”千萤面无表情，“菩萨会保佑你。”

客厅“啪嗒”一声熄了灯，连同着卧室门关上，最后一丝光线湮灭在夹缝之中。

整个房间沉寂在黑暗之中。

窗外正如时陆说的那样，树影婆娑，更显诡谲。

时陆躺在沙发上心烦意乱，难以入眠。

时陆闭上眼，数着墙上钟表转动时的嘀嗒声，一下一下，不知道累积到多少，终于在深夜缓缓入睡。

第二天千萤起床时，时陆竟然已经洗漱好，从外面买来了早餐。她打量着他脸上明显的黑眼圈，拆开袋子咬了口小笼包。

“昨晚没睡好吗？”

“嗯。”时陆委屈地应了声，“都说了我害怕。”

千萤的动作顿了顿，慢慢地吃着小笼包，若有所思。

“不过没关系，时间长了可能就习惯了，只是睡不好而已，没什么的。”时陆见状，垂下眼帘，轻轻地叹了口气，情绪低落。

“都怪我，要是胆子再大点儿就好了，就不用这么给阿千添麻烦了。”时陆自责地说完，抬起眼悄悄地看了她一下，正好被千萤捕捉到。

他慌乱地收回视线，不自然地拿起一个包子塞进嘴里。

“你不用管我的。”因为嘴里有食物，时陆的话变得有些模糊。

他仍旧可怜地拉长语气道：“菩萨会保佑我的。”

千萤终于忍无可忍，说：“别说了。你今晚就搬进来吧。”

“真的？”时陆总算收起那副惺惺作态的样子，喜色还没有表露完全，下一秒，就听她说：“打地铺和睡沙发，你自己选一个。”

“我选打地铺。”时陆道。

第二十一章

擅长可爱

吃完早餐，离上班还有些空余时间。

千萤收拾东西准备出门，同时不忘嘱咐他："我中午不回来，你自己随便吃点儿。附近有公园和商场，你可以去外面走走，也可以在家画画、休息。等我晚上回家，一起吃饭。"

"知道了。"时陆应声，从房间里走出来。千萤在玄关处弯腰换鞋，再抬头时，时陆站在她跟前，往她兜里塞了个小东西。

轻轻薄薄的一张，像是张卡片，她正要质问——

"我的生活费。"时陆满不在乎地说。

千萤看清手里的是银行卡，皱起眉。

"我不要。"她把卡塞回去，严肃郑重地说，"如果你要这么算，那我需要给你们支付一笔巨款。"

"那不作数。"时陆不假思索地反驳道。

"那是我和时斯年的交易，和你没有关系。"他的语气软了下来，重新把那张卡给千萤。

"他是他的，我是我的。这里面是我的奖学金。"时陆顿了下，又道，"钱不多，但是我自己挣的。"

"以后我会挣更多的钱。"他站在那儿，静静地注视着千萤。

静谧的清晨，男生的声音很轻，说：“都给你花。”

千萤最终收下了时陆这张卡，但是她并没有打算花。虽然知道男生不缺钱，但她也不至于用他的钱。

她打工，原本就是想经济能充裕点儿。

千萤对物质的追求不高，除了日常吃喝用度，并没有其他需要花钱的地方。

除了时陆。

所以变相来说，她挣钱本就是要给他花的。

今天上班时，千萤的好心情所有人都看得出来。女生扎着高马尾辫，身上穿着店内制服，衬衫和 A 字裙，胸前系着领结。

从早晨开始，她的脸上就洋溢着灿烂笑容，元气满满，像漫画里的日系美少女。

就连路过的经理都忍不住打趣一句：“小萤，今天遇到了什么开心事？”

“可能昨晚彩票中奖了。”有女同事接了句。

乔遥也在旁边收盘子，见状不由得笑道：“也可能是昨天见到了特别的人。”

“什么特别的人？男朋友？”女同事立刻八卦道。她的嗓门儿不小，四周的人都闻声看过来。

“什么啊，我要去给客人点单了。经理，工作时间你不要在这里带头闲聊。”说完她就立马匆匆离开了。

经理大手一挥，对周围的人道：“都散了散了，给我专心工作。”

千萤松了一口气，接着又微微苦恼。

她也不知道该怎么定义自己和时陆的关系，两人的相处边界一直都很模糊。之前他老生病，难受时她什么都由着他，久而久之，就变成现在这样。

然而最近这段时间，他越发地得寸进尺了。

千萤想起昨晚和今早的事情，捏紧了手里的菜单。

时陆越来越像小流氓了。

下午四点，千萤收拾东西下班。从这里走回家不过十几分钟，但中途千萤又在路边的超市里挑了一些水果和蔬菜，耽误了一些时间。

千萤拿出钥匙拧开门时，里头的动静很奇怪。伴随着莫名的响动，一阵烧焦的煳味飘到鼻间。

千萤惊疑不定，刚要叫人，就见时陆围着围裙，拿着锅铲走出来，站在客厅中间一边咳嗽，一边道："你回来了？"

"你在做什么，鹿鹿？"千萤放下包往厨房走。时陆跟在她后头，脸上还有两道灰色的脏痕。他抬起手背擦拭的瞬间，脏痕变成了一团乌黑。

千萤终于看到了狼藉的厨房，抽油烟机在"呼呼"转动着，底下的锅一片焦黑。料理台上放着一盘黑乎乎的东西，从形状上隐约能分辨出是鸡翅。

案板上也是一团糟，盘子里还盛放着被他削得只剩下细细几片的莴笋。垃圾桶四周散落着无数的厨余垃圾。

千萤身后传来时陆心虚的解释："我本来想在你回来之前把饭做好的，谁知道操作过程中出现了一点儿失误……"

"鹿鹿。"千萤抚额，用力地闭了闭眼，"你以后还是不要进厨房了。"

"我……"

千萤转身，看到他那张同样脏兮兮的脸，胸口再次一堵。她努力深呼吸两次，保持冷静。

"去。先把自己收拾干净。"

时陆不死心，企图挣扎，说："我可以帮忙……"

"乖。"千萤一个字让他成功闭嘴。

半小时后，时陆从浴室出来时，厨房已经被清理干净。

那盘鸡翅进了垃圾桶，锅勉强清洗好，千萤把那几片细瘦的莴笋和鸡肉丁炒在一起，变成了一盘可口小菜。她还迅速做了一道时蔬小炒，两人总算在太阳落山前吃上了饭。

时陆表情挫败，坐在桌子对面，几根半湿的头发翘着。

宽大的上衣领口搭在肩头，露出白皙的锁骨，男生的脸已经恢复干净，嫩嫩的，唇红齿白。

空气中除了饭菜香，还有一股清新的味道，是淡淡的牛乳味。

千萤上次去超市随手拿的沐浴露是婴儿型牛奶味的。

时陆拿筷子戳着碗里的饭，闷闷不乐。千萤于心不忍，宽慰他：“鹿鹿，每个人都有自己擅长的东西，你可能只是不适合做饭而已。”

“那我擅长什么？”男生听了，即刻抬起头问。委屈的双目饱含期盼，千萤一时哽住。

“你……擅长可爱？”她顿了顿，答道。

饭后，没有找到自己所擅长的时陆只好去做自己能做的事情——洗碗。

有了上次的经验，千萤没在旁边守着他。她把沙发上时陆叠好的床单和被子抱到里屋，然后重新给他铺床。

下午回来时，千萤在超市顺便买了张简易的气垫床，放在床铺和窗户之间，宽度刚好。她铺好床单和枕头，躺上去试了试。

柔软舒适。挺好的。

只是，千萤望着头顶的天花板，怎么也想不到有一天那个骄纵无比的小少爷会有在她家打地铺的一天。

要不让他睡床吧？时陆从小娇生惯养，千萤想想又有点儿不忍心。

她不想委屈了他。

“这就是我今晚睡觉的地方吗？”门口处，时陆眼中带着新奇，甚至有丝跃跃欲试。

他看到千萤躺在上面，也跟着走过来，学着她的样子在旁边躺下。

“好舒服。”时陆睁大双眼，诧异地转头。

气垫床很窄，躺两个人后中间几乎没有间隙。时陆猝不及防地转头，两人的脸挨得很近。

近到千萤能看清他脸上细细的绒毛。

千萤有点儿不自在地转过脸，嘴里念道：“真的吗？”

她趁机起来，盘腿坐在一旁道：“要不你睡床吧？我以前经常睡地铺，容易习惯。”

“不用。”时陆也坐起。两人并肩坐在气垫床上。

“我喜欢这里。”他拍了拍身旁，掌下充满弹性。

“况且，”时陆昂起头，“作为一个绅士，怎么能让女孩子睡地板呢？”

“好的，绅士鹿鹿。”千萤开口，“那请你让开一下，这位女士要回自己的床上了。”

今晚熄灯后，依旧是漆黑一片，窗外晃动着模糊的树影。安静的老小区内偶尔会传来声响，唯独不同的是，身边多了一个人。

时陆闭着眼睛，被子盖在胸前，睡姿乖巧。

睡前什么都没发生，一切都很平静，千萤在这种静谧中慢慢入睡。

“阿千。”静悄悄的屋内突然响起时陆叫她的声音。

千萤睁开眼，听到床下那人委屈可怜地说：“我可以拉着你的手睡觉吗？我有点儿害怕。”

漆黑的房间里，千萤睡到了床的最边上。她侧躺着，一只手搭在床边往下垂，指尖被人握住。

时陆轻轻地握着她的手，嘴角上扬，终于心满意足地进入了梦乡。

月落日升。最后一颗星星隐没在云层中。

周一这天千萤调休，她的本意是想带时陆出去玩，然而男生并不想走太远，理由是有名的景点上次来时都玩过了。最后两人只是去看了电影，顺便去超市买了两大袋东西。

临近傍晚，阳光变成油画般的橘红，千萤和时陆一起提着袋子慢悠悠地走回家。

小区附近没有大型商业区，环境清静，道路两旁种着细叶榕，偶尔走过一两个行人。

两人顺便讨论晚上吃什么。

“买了鸡翅，可以红烧。今天要不要炖个汤？”千萤问他。

时陆偏头思索两秒，说：“可以，我们不是有排骨吗？”

“那就排骨煲冬瓜好了。”

“行，再炒个土豆丝。”

“那你削。”

“好吧。”

时陆苦着脸，千萤忍俊不禁。两人一人一句，很快就把今晚的菜谱敲定了下来。

他们正说着话，迎面走来一对男女。对方的脸上也挂着笑容，女人问身旁的男人：“老公，晚上回去做茄子煲怎么样？”

“可以，我还想吃你做的糖醋鱼。”

“没问题，你负责洗碗。”

“遵命。”

对方的对话顺着风传到两人耳中，又很快飘远。千萤的视线从手挽手的两人身上收回，心里突然有些怪怪的。

奇异的是时陆也不说话了。两人不自觉地看向彼此，视线对到一块儿，千萤陡然惊醒。

这不就是……刚才他们说过的话吗？

和人家小夫妻的对话简直一模一样。

千萤的脸颊莫名发烫，她抿了抿唇，分外不自然。

回去，千萤照例先把东西放到厨房，需要冷藏的分拣出来放进冰箱，然后处理要用的食材。

时陆跟进来，想在她旁边帮忙。

“你先去休息吧。”狭小的空间让人更加有压迫感，千萤把他推出去，低着头，不敢看他的眼睛。

“我帮你削土豆。”他不说还好，一说千萤立刻想起刚才的事情，手上的动作加快。

“不用了，我自己来。你出去，出去。”千萤的排斥太明显，时陆任由她把自己推到外面，抿紧唇，没有作声。

今晚的晚餐气氛也与往常不同，他们吃完饭各自洗漱。时陆弄完后回房间；千萤仍旧待在客厅，坐在沙发上看着电视里不知名的剧集。

时陆一直等到该熄灯时，她都没进来。他拿起手机看了一眼时间，又烦躁地翻了个身，最后终于忍无可忍，坐起，穿鞋出去。

“你什么时候进来睡觉？”时陆站在沙发前，垂着眼帘看她。

千萤茫然抬头，说：“啊？”

她反应了一秒，慢吞吞道：“我还不困，你先睡。我看完这集就睡觉了。”

时陆转头看向电视屏幕，上面正播放着一对男女纠缠的画面，两人的嘴里念着“狗血”至极的台词。时陆不相信千萤会对这些东西感兴趣。

他垂眸，一动不动地打量着她，目光仿佛有实质般，极具压迫性。

千萤不自然地移开双眼，手指抠着沙发边缘，轻声问：“你干什么？”

“你为什么躲着我？”时陆质问道。

千萤偏着头，说：“我没有。”

“那你看着我。”男生的声音没什么起伏，带着一丝冷意，像是生气的前兆。

千萤立刻抬头看过去，两人的视线在灯光下撞到一起。

夜晚很静，时陆的面孔覆着一层淡淡的阴影，却又分外干净。

下一秒，千萤的下巴被抬起。

时陆的唇覆了下来。温热柔软，带着不轻不重的力道。

千萤呼吸急促，心脏扑通得快要震出胸腔。

这是两人第一次接吻。

时陆只是碰触了她一下便松开，新鲜氧气重新进入鼻腔，千萤才得以喘息。

时陆再度低头过来，千萤本能地往后微微一躲。

她捂住胸口轻喘，说：“鹿鹿。”

两人挨得极近，近到彼此的呼吸都交融在一起。

她的眼睛湿润，鼻尖泛着红，说：“别……别亲了。我的心跳得好快。”

时陆眼神一暗，没控制住，重新俯身过去，几乎是气势汹汹地咬住了她的唇。

“阿千……

“你是想让我死。”

女孩儿的呜咽声偶尔传出，又很快被吞咽回去。

千萤的嘴巴痛，下巴也隐隐作痛。不知过了多久，时陆终于松开了

她，他低着头，整张脸埋在她的颈间。

“阿千。”男生的声音已经沙哑不堪，喉结轻轻滚动。

“你等我一下。”没头没尾的一句，时陆突然起身出门。

千萤是在动静消失片刻后才慢慢回过神，她的胸腔还在颤动。她捂了捂嘴巴，被发麻的触感惊讶到，整个人从沙发上跳下来，踩着拖鞋跑向浴室。

女孩儿穿着白色睡裙，像是林间一只受惊的小鹿，身影在客厅飞快地闪过。

镜子中出现她的身影。乱糟糟的黑发披在身后，嘴唇绯红艳丽，眼睛湿漉漉的，还带着未退的惊吓。

白皙的下巴处有几道浅浅的红痕，是被时陆的手指弄出来的。

千萤马上低下头，掬着水拍打在脸上。冰凉暂时压过燥热，激动的情绪终于一点点缓和下来。

她用毛巾慢慢擦着脸，脑中回想起今晚的一切。

鹿鹿……太过分了。

她又开始脸红心跳，看着镜子里的人心想：今天一定要把他赶出去睡。

墙上的时钟不知不觉地指向十点，千萤逐渐平静下来之后，时陆还没回来。她有点儿坐不住，在客厅来回踱步打转。

大晚上的，他去哪儿了？他对附近又不熟悉。千萤越想越不安，站起来拿着钥匙准备出门。

放在茶几上的手机突然振动，千萤拿起来接听。

时陆的气息有点儿喘，只对她说了一句话：“阿千，下来。”

小区夜色安静，几盏昏黄的路灯照亮笔直长道。两旁树木茂盛，漆黑的夜空顶着一轮月亮。

千萤下去时没看见人，四周亦没有任何声响。

她正左右张望，身后隐约传来脚步声，很轻，小心翼翼的。

千萤蓦地回头，看到不远处路灯下的时陆。他的衬衫被风吹起，手里捧着一束花，在洒满橘色灯光的道路上朝她慢步走来。

男生的目光始终落在她这里，脸上挂着浅浅笑意。昏黄灯光拉长了他的影子。夜中，他的面容似乎带了层复古滤镜，有种电影质感。

千萤一直注视着他，目不转睛，直到时陆一步步走到她身前。

向来直接大胆的男生第一次收起自己的热烈，罕见地有些赧然，在她的注视中不自然地垂下眼帘，摸了摸自己的鼻梁。

“有人说，恋爱一定要从收到一束花和正式的告白开始。”

他盯着她的眼睛，严肃、诚恳，脸上是从未有过的认真。

“阿千，我喜欢你，喜欢很久很久了。”

他把那束花缓慢地递给她，紧紧地抿了下唇，小心郑重道：“你愿意做我的女朋友吗？”

夜风拂过，娇艳的花瓣轻轻颤动，就像她此时的心。

千萤的脸上绽开笑意，又立马收了起来。她低下头，扬起嘴角。

时陆摸不清她到底是如何想的，怕自己会错意，又像上次填报志愿一样想当然。他握住花束的手心已经不自觉地渗出细密的汗。冷风一吹，整个后背都在发凉。

他深吸一口气，紧张地注视着她，正要再度出声——

“我愿意。”千萤接过了他手里的花束，终于抬起头，露出克制不住的笑容。

“鹿鹿。”她情不自禁地走过去抱住了他，将脸靠在男生的肩头，闭上眼，鼻音很重地说，“我也喜欢你，很久很久了。”

突如其来的一场告白结束，两个人总算上了楼，回到明亮的房子里。

千萤的手里还拿着那束花，灯光下，她看清了手里的香槟玫瑰和尤加利叶，包装得精美典雅，还散发着淡淡馨香。不知道大半夜他从哪里弄来的。

“哪儿来的花？”这算是千萤第一次收到花，她抱在怀里，抬头问时陆。

“大晚上还有花店开门吗？”

“我让出租车司机带我去找的。”时陆名正言顺地拉着她的手，理直气壮道，“跑了好几条街，总算找到了一家还开着门的店。”

时陆没告诉她，当时自己整个人还沉浸在激动中，根本没顾虑这么多，出去被风一吹才稍稍冷静下来，然后在路上随便拦了辆出租车，让司机载着他满城跑。

好在运气好，在两旁灯火通明的店铺中，他看到了一家疑似花店的招牌。

花是时陆挑的。

得知他用来告白，店员推荐了红玫瑰，可是时陆却一眼相中了旁边的香槟玫瑰。淡金色，优雅浪漫，他觉得这个更适合她。

千萤还是觉得今晚的一切都来得很突然，尤其是他大晚上仓促策划的这场特别行动。

想起方才种种，她忍不住发出一声感慨："我们刚才好像小学生哦。"

时陆缓缓地转过脑袋，难以置信地盯着她，威胁道："你再说一遍。"

"我错了。"千萤认错已经无比熟练，赶紧转移话题，"我去找东西把花插起来。"

她依稀记得储物柜里有一个没用过的玻璃杯。

千萤把花束在茶几上拆开，一支支修剪插好，放进杯中。

她做这件事情的时候，时陆就在一旁全程看着，像个小尾巴似的寸步不离。

当她拿着花去厨房接水时，时陆立马起来，屁颠屁颠地跟上。她捧着花瓶，将它放到卧室角柜上时，时陆终于按捺不住，低头凑了过去，精准无比地在她的唇上偷亲了一口。

"鹿鹿！"千萤羞恼地抬起头。

时陆笑嘻嘻地走开前，不忘卖乖道："我去洗澡啦。"

男生拿了衣服，飞速地进了浴室，独留千萤站在原地，一颗心被他挑逗得躁动不安。

她气鼓鼓地看了一眼面前的花，又作罢。

算了，不和他计较。

今天的夜晚分外美好，连月光都比往常明亮了几分。

时陆睡在地上，千萤依旧躺在床边，两人手拉着手，轻声说着话。

“成为阿千男朋友的第一天。”男生微微拉长语气，尾音上扬。

“开心。”他像个小孩子似的晃晃她的手。

千萤又想起了今晚两人的小学生式告白。

她嘴角扬起，配合地晃了回去，道：“成为鹿鹿女朋友的第一天，开心。”

“真的吗？”时陆转头问，他的眼睛亮晶晶的。

千萤心头发软，忍不住用力地点头，说：“嗯。”

“那我能稍稍提一个作为男朋友的合理要求吗？”男生说话甜甜的，一撒娇根本让人抵挡不了。

千萤不假思索，一口答应：“好。”

“今晚我可以上床和你一起睡觉吗？”时陆一脸期待地看着她，语气天真。他丝毫不觉得有什么问题。

千萤被他的无耻震惊住，久久无言。

“鹿鹿。”良久，她终于开口说话。

“你再这样，我要报警把你抓起来了。

“别耍流氓。”

两人确定男女关系这件事，首先知道的是西餐厅的同事们。

和往常无异的一天，千萤依旧在认真地给客人点单，忙碌于前厅和后厨之间。大家各司其职，一切井井有条，整个餐厅既繁忙又平静。

而这份平静被新进来的一位客人打破。

千萤从后厨出来，看到前台的几个女服务生正聚在一起，趴在那儿努力地伸长脖子往前看，嘴里还不停念叨。

“真帅啊真帅，难得一见的大帅哥。”

“那张脸绝了，大长腿，白衬衫，是我的菜。”

“呜呜呜，想去要联系方式，癞蛤蟆想吃天鹅肉了。”

千萤顺着她们的目光望过去。落地窗边，正坐着一个熟悉的人。

时陆。

似乎察觉到千萤的目光，时陆转过头来，朝她一笑。

“啊啊啊啊，他对我笑了！！！”

“不，是冲我笑！”

“你不要脸！”

身旁的人争执不下，不远处负责点单的女服务生小跑过来，掩不住激动道：“小萤！”

“啊？”

“那位客人要你帮他点单。”她迫不及待地朝千萤挥手。

“快去。”

千萤在万众瞩目中拿着菜单走了过去。随着距离一点点拉近，她终于看清了她们口中那位“惊天动地”的大帅哥。

窗旁，时陆穿着一件白衬衫坐在那儿，头发特意打理过，露出漂亮的眉眼，五官线条立体分明。他的双手自然地放在桌上交握着，骨骼分明的腕间戴着一块手表，指节白皙匀称。

此时，他的视线正定在千萤身上，眼里带着明显的笑意。

千萤面色如常地走过去，把手里的菜单往桌上一放，用公事公办的语气道：“你好，请问这位先生需要点什么？”

“你好，我要点一个女朋友。”

千萤无语，看着面前冲她眨眼的人，一板一眼道：“不好意思，这位先生，目前你的女朋友已掉线，这里只有一个负责点单的服务生。”

“好吧。”时陆状似遗憾地叹气，低头看向菜单。

“给我来一份奶油蘑菇汤、红酒鹅肝、惠灵顿牛排，再加一个荷兰汁青口贝……”说到这儿，他反应过来，抬起头小声地问，“你点单会不会有提成啊？”

千萤深吸一口气，说：“没有，我们都是拿固定工资的。”

“好吧。”时陆一把合起菜单，沉痛道，“那上面的都不要了。

“给我来一杯热水和一份意面。”

千萤无语数秒，服务生的素养维持不下去，道：“你想吃什么尽管点，我请你。

“我们员工有内部八折优惠。”

“不行！”时陆义正词严地拒绝，一脸端庄道，“我怎么能让女孩子请我吃东西？这也太不绅士了。”

是小绅士鹿鹿了。

千萤把菜单拿回来，利落果断道：“那就热水和意面。请稍等片刻，这边很快给你安排。”

他们在这边说话时，背后几个人一直在默默关注着。千萤点完单回来，立刻被团团围住，大家好奇地问：“帅哥点了什么啊？”

“他看到你，笑得好开心哦！心愿破灭了！再帅的小哥哥依然逃不过‘颜狗’本质！痛心疾首！”

“果然好看的人都只和好看的人说话。”

“一杯热水和一份海鲜意面。”千萤把单子递给后厨同事。

几个凑在一起的同事嘀嘀咕咕。

“原来是个贫穷帅哥。”

“不要乱讲，或许人家只是控制饮食呢。”

“更爱了！”

千萤听她们在这里胡乱分析，非常明智地保持了沉默。东西做好之后，她给时陆端过去。

男生依旧露出大大的笑脸，丝毫没有察觉到自己已经成了八卦的中心。

“你吃完回去吧？”千萤把水和面在他面前依次放下，问。

时陆朝她晃了晃脑袋，说：“不哦，我带了电脑过来。”

他看了看身旁的笔记本电脑，脸上露出狡黠的笑，说：“今天我就在这里陪你。”

千萤面无表情道：“我们餐厅不能免费占座。”

时陆想了想，神色无辜道：“那可以帮我点杯咖啡吗？”

这个下午，餐厅里这个“与众不同”的客人自然引起了大家的注意。

他一直安静地坐在窗边的座位上，认真地敲打着面前的电脑，手旁是咖啡和甜点，偶尔会招手叫服务生过去给他加水。

巧的是，每次叫的都是千萤。

男生格外出众的外貌和气质是让他成为焦点的关键，整整一个下午未曾挪动过位置的行为又让人不禁生出几分好奇。

英俊又带有神秘感的男人。服务生小妹是这么评价他的。

临近下班时，众人都聚在一起窃窃私语，猜测着这个英俊的客人会不会上来问千萤要微信，又或者明天是否还会按时来访。

他的态度实在太明显，几乎难掩眼中的喜欢。半天下来，几乎所有人都看出了他的心思。

“小萤，如果你需要帮助的话……”快到下班点，最后收拾东西那会儿，乔遥忍不住凑过来，欲言又止，而脸上是一副“你如果说自己受到骚扰，我马上就可以挺身而出”的表情。

千萤尴尬无比，搪塞了两句过去，赶紧去更衣室换好衣服，准备离开。

恰逢交班，大部分同事也都准备走，只剩几个手上事情没做完的同事在大堂收尾。

千萤背着包出来之后，正好对上她们看好戏的神情。

她抬起头，看到站在门口的时陆。

在众人的注视中，他走过来，牵起她的手，声音不大不小，大概刚好够所有人听见：“女朋友，终于下班了。”

耳边一阵整齐的吸气声，千萤强装镇定，在她们不可思议的神情中，努力稳住声线解释。

“不好意思，介绍一下，这位是我的男朋友，时陆。”

“好玩吗？”两人走出老远，看着身旁的人依旧高高上翘的嘴角，千萤拽了拽他牵着自己的手，开口说了一句话。

“什么？”时陆睁大双眼，故作茫然道。

千萤又丢下一句：“明天不准过来了。”

“为什么？”

“影响我工作。”

时陆沉默片刻，突然轻哼了声，道：“你就是怕我过去丢你的脸。

“没关系。我不就是见不得人吗？不就是需要独自承受这一切吗？我

可以，只要能和你在一起，做什么我都可以。”

千萤一言难尽。

“鹿鹿，不要‘茶’言‘茶’语。”

艳阳高照多日的荔城，迎来连续几天大降雨。

气象台发布了台风预警。为了安全考虑，台风抵达当日，西餐厅决定闭店一天。

早上，外面狂风肆虐，暴雨如注，天际灰蒙蒙一片。阳台上的几盆花被时陆抢救了回来，正湿漉漉、蔫不拉几地摆在客厅。

昨晚毫无征兆，只是天空阴沉沉的，谁知道一觉起来，天地顿时变了个色。

时陆从未见过台风，之前还抱有一丝期待，现在见到此情此景，兴致全无，趴在沙发上，只剩下担忧。

“台风好吓人啊。”时陆道。

外头的风不知何时猛烈地刮了起来，门窗被拍打得噼啪作响。人行道旁树的树冠被吹得四处摇晃，好似下一秒它就会被连根拔起。

路上没有一个行人，就连车辆也没有。这种恶劣天气，连出门都困难，大家都惜命地待在家里。

好在前一天看到了天气预报，千萤早有经验，买了不少食材囤在冰箱里。

此时外面狂风骤雨，而她静静地煮着热气腾腾的面条。

厨房亮着一盏橙色灯光，平添几分温馨。她一边用筷子搅着锅里的面，一边安抚客厅里的时陆。

“别怕，最多中午就停了。”

时陆本想说“自己不怕”，瞥了一眼窗外的动静后，立即从沙发上爬起来，改口道：“不行，我好怕。”

他穿着拖鞋“吧嗒吧嗒”走到厨房，伸手从后头搂住千萤，下巴搭在她的肩头，整个人紧紧地靠在她身上，说：“外面好吓人，呜呜呜。”

两人安静数秒，千萤见他还没有要松开的迹象，问：“你是不是故意

在占我便宜？”

“怎么会？”时陆悲愤道，“我只是太害怕了。”

“那怎么样才能让你克服恐惧？”千萤语气平平道。

时陆稍作思索，说：“或许需要一个亲亲？”

“低头。”

“嗯？”

他还没反应过来，千萤已经抓住他的衣领，让他被迫低下头。下一刻，时陆眼前一黑，唇上传来柔软的触感。

一触即分。

时陆刚刚尝到味道，就见千萤已经重新顾着锅里的面了。他茫然一瞬，不自觉地舔了舔嘴唇，下一秒，捏着她的下巴再次低下头去。

他的鼻间闻到了面条的味道。水在沸腾，热气上涌。

千萤看到锅里快要煳成一团的面条，推开他。

“鹿鹿！”她的脸上出现红晕，生气地叫他的名字，“你给我出去。”

最后，两人在这个台风天的早晨，被迫吃了一碗煳掉的面。

时陆连喝了两大杯水，才勉强冲淡了嘴里的煳味。

“阿千，我为自己的谎言付出了代价。”他苦着脸说。

这一天台风都没有停歇，但从早上到中午开始逐渐转弱，雨势依旧。傍晚慢慢转成了淅淅沥沥的小雨，风在黑夜中一阵阵地刮着。

两人整天都没有出门。

晚上吃的是千萤自制的火锅，热气腾腾的，最适合暴雨天。屋外风声呜咽，而他们在屋内相对而坐吃着火锅。周遭安静，只有锅里“咕噜咕噜”冒泡的声音。

就像世界末日来临，他们两人在温暖的孤岛上相依为命。

时陆忽然觉得，他和千萤一辈子待在这个小房子里面也挺好的。

饭后两人收拾干净屋子，这时放在客厅的那几盆蔫巴巴的花也恢复了生机。

雨仍旧在下，时陆洗完热水澡出来，所有的阴霾都被扫得一干二净。

他走进卧室，见那张气垫床有些乱。今天他被台风惊醒，起来匆忙，

忘记叠被子了。

反观千萤那张床，整洁干净，还有股淡淡馨香，和她身上的味道差不多，特别好闻。

时陆想爬上床的心思已久，不过苦于找不到机会。他盘腿坐在自己的地铺上苦恼地思索，眼角的余光看见窗外一道刺目的闪电划过，突然灵机一动。

千萤进来时，就看到时陆把自己裹在被子里，缩成一团，像是在瑟瑟发抖。见到她来，他立刻抬起头，可怜兮兮道："阿千，刚刚有闪电，吓死我了。"

"你做什么亏心事了吗？"千萤面不改色地问。

时陆表情一僵，道："当然没有！我……我就是害怕。"

他坐在那儿，被子搭在脑袋上，从头捂到脚，只露出一张故作可怜的脸，又好笑又好气。

"那你想怎么样？"

"我能有什么坏心思呢？"时陆耷拉着头，自顾自道，"我只不过是想离阿千近一点儿罢了。哪怕只是默默地和她躺在一张床上，我也已经心满意足了。"

千萤真的被他气笑了，道："你想得倒美。"

"不可以吗？"时陆闻言看向她，眼睛亮晶晶的，似乎只要她说出一个"不"字，他眼中所有的星光就能尽数黯淡。

千萤铁石心肠地摇了摇头，绝情地丢下三个字："不可以。"

台风天的夜晚，十分吓人。

房间的灯熄了，黑暗笼罩，只有窗外透进来一束光。

夜浓稠得像化不开的墨，偶尔被一道闪电劈开。风声、雨声像是没有停歇过一般，敲击着耳膜。

千萤静静地躺在床上，听着床下传来的声音。

时陆不知道在地铺上打了多少个滚儿，此刻终于安静下来，好一会儿都没有响动了。

今晚被她断然拒绝之后，他有脾气了，不拉手了，倔强地表示"那就

让我一个人自生自灭吧”。

虽然千萤也不知道他是怎么个自生自灭法。

她闭着眼睛，似乎过去了很久，听到有人在床下小声地叫她。

“阿千……阿千？”叫了两下没人应之后，他自言自语，“难道睡了吗？”

窸窸窣窣的动静传来，好像有什么东西在朝她靠近。

千萤隐约闻到了时陆身上那股牛乳的味道，还有丝丝热气涌过来。

她眉心一跳，睁开双眼。时陆不知何时来到了床边，凑得很近，正在盯着她看。

千萤的呼吸停滞两秒，冷静地伸出手，把他的头推开，声音很平淡：“鹿鹿，你在干吗？”

“我睡不着……”男生委屈巴巴的，趴在那儿看她，“在刮风下雨，好吵。”

千萤翻了个身，平躺在床上，看着模糊不清的天花板。

“那就慢慢睡。”

“你好狠的心。”

千萤许久没作声。时陆不甘寂寞，又开口道：“你怎么不说话了？

“是不是良心难安了？

“把我一个人孤零零地抛弃在地上，感受着外面的疾风骤雨，而自己好好地躺在床上安眠。

“阿千，你没有心。”

千萤此时只深刻地体会到一句话：男孩子要是刁蛮起来就没女孩子什么事了。

“那我们两个换一下。”她道。她的内心已经被时陆“摧残”得掀不起任何波澜。

“不可以！”时陆立刻断然拒绝，义正词严道，“我怎么可以让你忍受地上的寒凉冰冷！我不忍心，我宁愿自己默默承受这种痛苦！”

千萤足足静默了数十秒。终于，她忍无可忍，出声道：“那你上来。

“拿着你自己的被子。

“和我保持半米的安全距离。不准拉手，不准拥抱，不准说话。”

时陆的动作很快。千萤眼前像是有一阵风刮过，他就抱着自己的被子滚到了床上靠墙的那侧。

男生上来之后倒是安分，乖乖地躺在被子里，一动不动的。

千萤极力地忽视他的存在，重新闭上眼睛。

半晌——

“阿千……”时陆的语气很甜。这和刚才胡搅蛮缠的他判若两人。

千萤毫不留情道：“闭嘴。”

后来发生了什么千萤不知道，反正她一觉醒来，时陆已经从那头滚到了这头，手脚并用，紧紧地抱着她。他的脑袋压在她身前，半梦半醒间，他还在她胸口无意识地蹭了蹭。

像是经历了一场彩虹糖大爆炸，她的脸颊滚烫，浑身都烧了起来。千萤大叫了声：“时陆！”

她揪着他的头发把他移开，用力地拉起被子盖过去，不忘踩两脚，道：“你这个小流氓！”

饶是这样，地上的气垫床还是彻底被收了起来。

房间恢复开阔，外面的台风也停了，窗明几净，通透明亮。

时陆环顾着房间，尤其是看到床上那两床叠得整整齐齐的被子，整个人神清气爽。

“阿千，我宣布，”他跑出去大声说，“今天，我，正式转正了！”

“今天晚上你睡床尾。”正在做早餐的千萤回头，毫不留情地说。

暑期过去三分之一时，时陆的地铺生涯终于结束。

两人变成了纯洁的同床铺关系。

千萤也是这时才发现，时陆的睡姿很差，差到什么程度呢，每次醒来时她都是规规矩矩地躺在原处，而某人可以从床尾睡到床头。

千萤每天醒来，都能看见他紧紧地黏在她身上，无一例外。

久而久之，千萤也就放弃抵抗了，只是内心毫无波澜地把他推开，然后下床洗漱。

而且千萤还发现，两人在家时，无时无刻不黏在一起。

千萤看电视时，时陆要靠在她身上；千萤做饭时，他要待在她旁边帮忙。就连千萤下楼倒个垃圾，他也要手拉手和她一块儿。

晚上他的小动作也一点点增多。

千萤定下的规矩接连被破，到最后，发展成睡前两人要牵着手聊天。

某天夜里，千萤睡得迷迷糊糊时，感觉到有人凑过来抱住她。

她睡不安稳，伸手过去，被人抓住塞进了被子里。旁边的人替她掖了掖被子，而后在她的额头上留下一抹温热。

熟悉的嗓音带着难掩的温柔，说："阿千，晚安。"

她无意识地靠过去，头抵着他的肩窝，睡熟了。

收起脾气的时陆甜得不像话，千萤觉得这样的日子仿佛是做梦。自己像是一只不小心掉进了蜜罐里的蜂，总有一天会溺死在里头。

日子过得很快，漫长的白昼在以难以觉察的速度缩短。

千萤白天去上班，时陆就在家研究电脑上那些看不懂的图表或者画画。

荔城的夏天漫长酷热，他根本出不了门，每日全靠空调续命。只是今年不知道怎么回事，他的头痛几乎没有犯过。可能是这些天的饮食和休息还不错，也可能是身体健康了。

这几年，他的个子早已长高，五官彻底长开。在云镇初见的那个男孩儿慢慢地变成了鲜活少年，上大学之后，更是挺拔不少。

当初的孱弱一点点退去，他像是一棵弱不禁风的小白杨，在阳光和雨露中茁壮成长。

周末，两人去逛超市，结完账出来，有满满两大袋子。

男生在前头轻轻松松地提着，宽大的袖口下，手臂线条流畅有力。

千萤落后了两步，刚要跟上去，衣角突然被人扯了扯。她低头，看到一个满脸泪痕的小女孩儿，小女孩儿用手背抹着眼泪，伤心地抽泣。

"姐姐，我……我找不到妈妈了……"

千萤慌张，第一时间抬头看向时陆。

"鹿鹿——"

喧闹的商场，人潮拥挤，男生似乎没有听见。千萤顾不上太多，立刻蹲下来，看着面前的小女孩儿，问："小妹妹，你妈妈去哪儿了？"

千萤没发现自己蹲下的前一秒，时陆回过头，在人群中搜索着她的身影。

方才还在他身边的人却骤然之间消失了，时陆拎着东西四处搜寻，神情渐渐慌乱起来。

从商场广播站出来时，千萤看到盛怒中的时陆。他还拎着那两大袋东西，只不过一见到她，他就狠狠地把东西丢到地上，一把拽过她的手，语气急躁："你走之前不能和我说一声吗？不声不响就消失了，你知道我找了你多久吗?！"

"对不起。"千萤连忙安抚他，"有个小女孩儿找不到妈妈了。我叫了你一声，你好像没听到，我就急着先把她送过来。"

时陆一瞬间泄气，无意识地紧拉着她的手，眼眶有些发红。

"你下次再这样突然消失，我就不理你了。"他喃喃自语，眼睛直直地盯着她。

千萤上前拥抱住他，轻声道："鹿鹿，我不会再离开你了。"

千萤想，时陆或许长大了，又或许一直都是那个没有安全感、害怕被抛弃的小男孩儿。

他妈妈曾经绝情无比地抛弃过他。

她也抛弃过他。

那个走丢的小女孩儿很顺利地找到了自己的妈妈。两人在人最多的地方走散了，一听到广播，女人就立刻赶来，然后对千萤千恩万谢。

小女孩儿脸上的泪早就擦得干干净净，此时在她妈妈的怀里，奶声奶气地对千萤道谢："谢谢姐姐。"

"下次要跟紧妈妈，不要再走丢啦。"千萤弯腰，对她笑着说。

这边场面一派和谐，时陆阴沉的脸就更加让人难以忽视。女孩儿的妈妈看到他的眼神，有些尴尬地同他们告别。

周围清静下来，两人提着东西往回走。千萤牵住时陆的手，故意逗他："鹿鹿，你不要这么凶，吓到小朋友了。"

男生依旧板着张脸，语气凶巴巴的：“谁让她到处乱跑的？”

“人家还是小孩子，你怎么能用成年人的思维去要求她。”千萤无奈，同他认真地讲着道理。

时陆轻哼了声，紧接着开口道：“我也是小孩子。”

“好吧。”她笑着抱住他的手臂，声音很轻，“你是我的小朋友。”

时陆的耳根不自觉地烫起来，他想忍住笑，嘴角却绷不住，疯狂上扬。

时陆轻咳一声，神色淡淡道：“别以为这样，我就不生你气了。”

时陆一贯气性很大，从小到大都是如此。因为生病，又一直被惯着，更是无法无天。只有在千萤面前像换了个人似的，甜甜的，大部分时候可爱又黏人。

也只是大部分时候。如果触到他的逆鳞，比如离开、分别之类的词出现，男生就不再可爱，脸沉沉的，变成让人不敢招惹的大魔王。

千萤也怕这个时候的他，而且她还有点儿理亏。

哪怕这种心虚和愧疚让她加倍地对时陆好，也无法弥补两人分隔两地的事实。

第二十二章

你是氧气

随着暑假结束的日子越来越近，时陆开始烦躁起来。

正值日落时分，小厨房里，橘色光从窗户打进来，晚霞为傍晚更增添了几分浪漫。

时陆默不作声地在给莴笋削着皮。他现在已经做得很熟练了，低垂着侧脸，既安静又认真，长长的睫毛落下来，每次一动都像是蝶翼轻轻扑闪一下。

少年的侧脸轮廓很好看，鼻梁挺直，下颌处线条优美，嘴唇薄厚适宜，唇形漂亮。

很适合接吻。

一道余晖刚好打在他的脸上，从额头到鼻梁，都变成了浅浅的金色。搭在眉骨上的几绺刘海儿也随之轻晃，像是擦过心尖，千萤看着心里有点儿痒。

千萤突然叫了声他的名字："鹿鹿。"

他没说话，却抬起头，漆黑的眸里带着浅浅的询问。

千萤突然凑过去，在他的唇上轻碰了下。

两个人的脸只相隔几厘米，在夕阳下形成两道亲密的剪影。时陆定定地望着她没动，呼吸轻缓。

下一秒，他的喉结轻轻地滚动了下。

“再亲一下。”男生嗓音沙哑，命令道。

千萤闭上眼睛，再度靠近。时陆放下手里的东西，按住她的脑后。

轻柔的触碰变成了热烈的掠夺。时陆的经验都是在千萤身上累积的，他没有章法，只剩本能，每次都会把她弄疼，有时候牙齿还会不小心磕着她，令她轻微破皮。

“鹿鹿，轻点儿……”她的手指温柔地抚着他的头发，声音在唇齿间模糊溢出。

时陆呼吸加重，动作却慢慢放缓。他似乎是无师自通，又似乎是在千萤的引导下，找到了两人都舒适的力道。

亲完，整个厨房都被油彩般的橘红笼罩。千萤和时陆紧紧地拥抱着，两颗疯狂跳动的心脏的频率几乎一致。

千萤大脑缺氧，将脸搭在他的肩头，用力地呼吸着。她闭着眼睛，脸颊很红。

时陆看起来比她要好，身体支撑着两人的重量，放在她身后的手却在轻轻颤抖。

他许久未曾回神，巨大的满足之后，又涌起莫名的空虚。他心神战栗，冲动难言。

时陆把脸深深地埋进她的颈窝儿里，无法自持般，偏过头，印下一个轻而久的吻。

“阿千……”他的眼帘闭上，拖长的尾音轻颤，“我好喜欢你。”

月朗星稀，荔城的夏天悠长。

晚上，千萤坐在客厅里和田芮她们打语音电话。

四人今天难得凑齐，都有空闲，拿着手机开启了多人群聊。

宿舍几人快有两个月没见，平时只能在小群里造作。田芮和段芊放假都回了老家，只有孟又还留在本地。她也在打暑假工，跟自己的小男朋友在酒吧附近租了个房子。

“孟孟，你和小萤竟然这么久都没见过一次面？”

“塑料姐妹情啊。”田芮在那头直感叹。

孟又清脆的嗓音传出来，带着笑意，说：“可不是！我约了小萤几次，她都在陪男朋友。没见过这么重色轻友的。”

“我没有……”千萤连忙心虚地解释，话音里都没什么底气，“我是工作太忙了……都没时间……”

“那孟孟不也在上班吗？就你忙，你有男朋友要忙。”田芮毫不留情地戳穿她，恨铁不成钢，一串话就“噼里啪啦”地从嘴里冒了出来。

“感情再好也不用整个暑假都寸步不离，黏在一起吧？就没见过你们这么腻歪的。知道的清楚你们是在谈恋爱，不知道的还以为你们离了对方就活不了呢——”

千萤开的是免提，一开始她们还在聊开学回来聚餐的事情，不知道从哪儿开始话题就转到她的身上了。千萤来不及阻止，田芮的大嗓门儿响亮地回荡在客厅。

她有点儿尴尬，手忙脚乱地把免提关闭，手机放在耳边，小声道：“你们别笑我了，继续说回来吃什么吧。我发了不少工资，等你们回来，我请客……”

千萤说着说着，眼前飘过一道身影。时陆端着杯子走到阳台上，刚好经过她的正前方。

他不知道是什么时候来的客厅，按照正常的速度推断，他应该一字不落地听到了田芮刚才的话。

千萤诡异地沉默下来。她轻吸一口气，听着她们七嘴八舌的话语，大脑陷入短暂的空白。

她们联络结束，而阳台上已经不见时陆的身影。他似乎已经回了房，千萤稍稍恢复平静。

说不定他刚才根本没听到她们聊天的内容。

其实也没什么，就是说他们两个腻歪而已……

千萤选择性地忽略掉后面那些话，爬下沙发关灯，回卧室。

房间的大灯关了，只剩一盏小床头灯散发着橘色光晕。

时陆靠在床头，随意地滑着手机，上面经常是一堆花花绿绿的图表，

千萤看着像是跟股票、金融相关的内容。她问过一次，被他搪塞过去后，就没再过问。

“打完电话了？”察觉到响动，时陆抬起头来。千萤胡乱地点头，握紧手机走过去，掀开被子躺下，闭上眼睛。

“我睡觉了。晚安。”

她今天有些心虚，不敢看他的眼睛，所以和以往的态度不太一样。

两人照例中间隔了段距离。每次睡前，他们都是各自盖着自己的被子，互道晚安，然后关灯。再然后，会有一些窸窸窣窣的小动静。

“啪嗒”一声，时陆抬手揿灭了灯。黑暗笼罩下来，房间顿时只剩一层薄薄月光。

千萤的感官变得敏锐，她专注地听了几秒，发现时陆并没有动静。

他还没躺下吗？

脑中这个猜测刚刚浮起，自己的被子就被掀开，一个温热的身躯钻了进来，抱住她。

“阿千……”时陆低低的声音在她耳边响起。

“你会不会也觉得我太黏人了？”男生有点儿委屈，同时手无声地收紧，脸轻轻地挨着她的脸颊。

动作已经完全证实了他这个问题。

千萤一时没说话。她还没确定要回答哪个选项时，时陆已经再度抱紧她，语气也变得霸道：“是也没有办法，反正你这辈子逃不开了。我离开你就是活不了，你要寸步不离地和我待在一块儿。”

时陆的话语让她心惊，却也让她安心。她轻碰他的手，同他手指交握。

“这个暑假我不是一直和你待在一起吗？”轻柔的安抚口吻，千萤顺着他，在被子底下握紧他的手。

“我哪儿也没去，朋友、同事约我逛街吃饭我都拒绝了。每次一下班，我就马上回家陪你。

“鹿鹿，你在我心中是最重要的。”

“嗯。”他的脸颊在她的脸上蹭了蹭，亲昵道，“那你不准再离开我了。”

千萤转了个身，凝视着他。

她十分认真，一字一句道："除非生老病死，我这辈子都不会再离开你。"

时陆极快地凑上来堵住了她的唇，吞没她的尾音。

千萤被他压在身下，感受到了从未有过的激烈和失控。

乌云掩盖住月亮，悄然遮住最后一抹光亮。面前的人像只横冲直撞的小兽，咬得她细微作痛。

"鹿鹿……"千萤难受地叫着他的名字，试图把他的脑袋拨开。

黑暗中，湿热的吻从下巴处蔓延到唇角，最后把她的喘息都吞没了。

少年的满腔爱意热烈浓郁，冲动如同星星野火，一点便可燎原。

场面彻底失控前，千萤找到一丝残存的理智。她扭过头，推了推时陆，试图避开压下来的吻。

"鹿鹿……"她的声音断断续续的，带着哭腔，"我有点儿害怕……"

她这样说着，身子却本能地往他怀里缩了缩，仿佛在寻求依靠般，贪婪地汲取着他的体温。

时陆的动作骤然停住，整张脸埋在她的颈侧，绷直僵硬，手紧紧地揽着她。

房间归于安静，两人陷入沉默。冷风卷起纱帘，时陆的头脑顿时清明。

"阿千……"时陆的嗓音沙哑得不成样子。他吻了吻她，克制又温柔。

"你别怕，我不做了。"

他用力地吻着她的额角，停留数秒后，男生翻身起来，拿被子把她紧紧裹住。

"我去一下洗手间，你先睡。"

"鹿鹿。"千萤缩在被子里，露出小半张脸，那双眸子潮湿又忐忑。

"你别着凉。"

浴室里的水声哗啦啦地响起，不知道过了多久，彻底停住，没一会儿，时陆带着满身水汽再度回到床上。

湿湿凉凉的气息从身旁传来，牛奶沐浴露的香气浓重，千萤闭着眼睛装睡，时陆小心翼翼地把她揽入怀中。

男生身上微凉，气息干净清新。千萤无声地攥紧他的衣角，终于安心

睡去。

八月末，兼职时间所剩无几。西餐厅里有好几个暑假工，大家离开的时间一致。

将近两个月的相处，彼此之间也结下深厚友谊。

周日下班前，经理突然通知他们晚上聚餐。本来部门每月都会有一次聚会，上次千萤没去，但这次说好是要给他们几个饯行。

两个月说长不长，说短不短，以后大家可能很难再见。

千萤在换衣间给时陆打电话，那头响了很久，却一直无人接听。她放下手机，准备出去后再联系他。

几个已经收拾好的同事早早地等候在门口，她换完衣服，赶忙走过去。经理开着他那辆旧旧的吉普车，摇下驾驶座车窗，招呼他们上来。

餐厅的员工不多，兼职的除了她和乔遥，还有两个女孩子。剩下几名都是固定员工。

一辆车坐不下，千萤便用手机软件叫车，和另外几个同事一起过去。

吃饭的地方很接地气，是几公里外的一家烧烤店。据说物美价廉，味道一绝。这是他们每次聚餐的固定地点之一。

天色暗下来，夕阳还未完全消散，光线不如先前那么明亮，招揽生意的店铺早早就点亮了灯光。

两方人碰上头，一起进去。这时千萤的手机电量已经很低了，可时陆还没有给她回任何消息。

是有事没看手机吗？

她在心中揣测了一下，准备给他发条信息。内容编辑到一半，前头经理叫她：“小萤，你和乔遥两个去挑挑酒水。”

“哦，好。”千萤连忙应道，匆匆地按下发送键，关闭屏幕，将手机塞回包中。

他们挑完酒水回来，烧烤架旁早已热火朝天。千萤被拉了进去，手里被塞了杯低度数的啤酒。

“庆祝一下我们几个大学生的暑期工作圆满结束！”有同事举杯高呼。

大家纷纷碰杯，玻璃发出一声脆响，金黄的液体在灯下泛着白色气泡。

时间过得飞快，一转眼，外面天彻底黑透了。

千萤抓住一个空隙，低头看了一眼手机，发现低电量自动关机了。

她有点儿不安，抿了下唇，被对面的同事叫起。

“哎哎哎，吃饭不准玩手机啊，老大定下的规矩。”

“我的手机没电了。”千萤蹙眉解释。

“没电正好，来，刚烤好的羊肉串，试试。”对方热情地把一把羊肉串放到她的盘子里。羊肉撒着孜然粉和辣椒粉，香喷喷的，千萤却没什么食欲，勉强咬了两口。

聚餐刚进行到一半，众人兴致正浓，喝酒划拳、唱歌玩游戏，气氛无比热闹，其间还加了好几盘肉类。

这顿饭吃了快两个小时，千萤听到“结账”两个字时如释重负。她拒绝了同事拼车的提议，自己在马路边拦了辆出租车，迅速报出地址，然后和他们招手说再见。

接近十点，小区安静幽深。这边住的大多都是老人、小孩儿。傍晚最热闹，一到晚上外面就没有太多人。

千萤在这样的氛围下推开了家门。入目是一片漆黑，她一慌，用手摸墙边的开关。

“别开灯。”黑暗中，沙发方向突然传来一道声音。

千萤借着外面的光，隐约看到那里有道身影。

时陆一动不动地坐在那儿。

千萤不自觉地屏住呼吸，轻轻合上门，道：“鹿鹿？”

“阿千，你去哪儿了？”他偏过头，似乎朝她看过来。

千萤借着窗外暗淡的光，朝他走去，道：“同事聚会。”

她刚刚走到他的身前，就被一把拉了过去。时陆从后头紧紧地抱住她，呼出的热气缠绕在她的颈间。

时陆的手摸上了她的手腕，说：“手机给我。”

千萤把手机从包里摸索出来给他。时陆按了几下，毫无反应，屏幕黑

黢黢的。

“手机没电了。”千萤的声音委屈地响起。

时陆怔了下。随后，黑暗中传来了若有若无的叹气，他委屈地说：“阿千，我好像生病了。

“一种没有你就活不下去的病。开学见不到你，我会不会死掉？”他的头紧紧地埋在她的肩头，难过地发问，可怜又可爱。

千萤伸手摸了摸他的脑袋，道：“鹿鹿。”她吻他的额角，声音轻柔，“我爱你。”

八月的最后几天，荔城迎来一波高温黄色预警，酷暑难耐，白天闷热得根本无法出行。

时陆毫无征兆地发起了高烧，迟迟未醒。

他在这个并不适合他生活的城市待了快两个月，在即将离开时，病来得凶猛霸道。

房间里，空调开到最低，千萤买了各种退热贴，一边给他换着药，一边用沾水的棉签湿润他干燥的嘴唇。

时陆在睡梦中也很难受，眉头始终未曾松开。他的唇偶尔轻轻一动，似乎在喃喃些什么。千萤努力靠近，也才勉强听清了几个字。

“阿千……阿千……”他在梦里也一直叫着她的名字。

“我在。”千萤握住他的手，“我在这里。”

时陆从中午一直昏睡到晚上，中途醒来过几次，看到她在旁边，又晕晕沉沉地睡过去了，只是全程拉着她的手没松开过。

千萤在床边守着他到夜里。外面的温度降了下来，窗外吹进来的是凉风。她想起陆医生曾经的嘱咐，试着打开门窗通风，让新鲜空气透进来。

小区绿化很好，林木茂盛。他们楼底下就有几棵桂花树，不知何时悄然绽开了花骨朵儿，此时被风一吹，清香飘进了房间。

不知过了多久，时陆眼睫轻颤，终于在千萤焦急的等待中缓缓醒来。

他出了一身汗，体温已经降下不少，洗完热水澡出来，除了脸色过分苍白，看起来总算有两分精神。

千萤给他温着清淡白粥，加了点儿白糖后，时陆勉强吃下半碗，放下勺子。

“还有哪里不舒服吗？”千萤关怀地问，脸上有显而易见的担忧和憔悴。

时陆的目光定定地在她身上停留两秒，摇摇头，说：“没有了。”

“那就好。”千萤如释重负，总算轻松起来。

她起身收拾好碗筷，准备拿去厨房，刚转身走了几步，又想起什么，回过头，看到时陆低着头，表情痛苦地用手指揉着两边的太阳穴。

千萤什么也没说，轻轻地走出去。

时陆睡了一天，晚上虽然状态没有特别好，却也有了点儿精神。熄了灯后，两人手拉手，躺在床上聊天。

“阿千，你的梦想就是成为一名护士吗？”时陆轻声问。语调缓慢，有种病后的虚弱。

“我想成为这样的人。”千萤是第一次和他聊起这个话题。自从填过高考志愿后，这件事似乎就成了两人的一个禁忌点。

“我想要帮助那些遭受痛苦的人。虽然可能会很辛苦、很累，但是我会很满足。”千萤偏头看着他，声音很轻。

“我总在想，那些人可能就是陷入了沼泽里，他们只需要一双手，给予片刻支撑，就可以把自己从痛苦中拉出来。”千萤和他说起自己遇到的那次滑坡，讲受伤害怕时遇见的那个温柔的护士姐姐，分享这一年的感触，甚至还回忆起在云镇自己第一次见到他时的样子。

“那次你生病了，叫着我的名字说头疼。当时我就想，这个坏脾气、不可一世的小少爷看起来好可怜。他让我整颗心都软了，我一定要对他很好很好，希望他的世界里再也没有痛苦。”

可是，自己还是成了那个伤害他、带给他痛苦的人。

千萤的眼睛有点儿湿，她轻轻地叫他的名字：“鹿鹿，你是不是又头疼了？”

她朝他张开手，说：“你到我怀里来。”

满室桂花香中，时陆躺在她的肩上，千萤一下下给他按着头。

他抱紧她，鼻间闻到熟悉的味道。那是无法抵挡的爱意和温柔，令人眷恋依赖。

“阿千，为什么还有这么长的时间要熬？”他闭着眼睛，喃喃道。

他难受得快要死掉了，尤其是见不到她的日子。三年时间仿佛是一眼望不到尽头的长河。

“好想马上就毕业啊……”

明天早上八点，他就要飞离这个城市，远离他赖以生存的“氧气”。

时陆头痛欲裂，眼眶发红，收紧双臂，在她怀中缩得更深。

“鹿鹿……”千萤低下头，颤抖着，在他的唇上印下一个吻。

又是一年迎新季，只是由去年的他们换成了另外一批稚嫩面孔。

不知不觉，曾经的新生已经荣升大二，成了这个学校里的半个“老人”。

千萤和田芮她们逛着校园，四人成对手挽手，一人拿着一根雪糕，看着路过的新生们，不禁心生感慨。

“年轻真好啊。”

“想当年，我刚入学的时候也是连衣裙、小高跟鞋，现在……”田芮低头看了看自己的大裤衩和拖板鞋，摇摇脑袋，“老了哟。”

“你不是老了，是懒惰使你变得丑陋。”孟又毫不留情地拆穿。她刚从酒吧出来，一袭大红色吊带纱裙，肤白胜雪，美艳而不俗气，一路走来艳压群芳。

“闭嘴！”田芮尖叫，手指颤颤巍巍地指向她，“你这个魔鬼。”

“只有魔鬼会说真话。”孟又泰然自若，接受着她的指责。

田芮作势要冲上去和她拼了，段芊连忙拉偏架：“哎哎哎，田姐，你别冲动。冲动是魔鬼。”

她们闹成一团，千萤在旁边笑，她正要上去帮忙，手机突然响起。

时陆给她发了一张摆在窗台上的绿色盆栽的图片，叶子无精打采地耷拉下来，在阳光下看起来颇为可怜。

时陆：阿千，叶子都蔫了。

紧接着，千萤的手机里又跳出了一张新图片，是时陆趴在窗台上，嘴角微微下垂，无精打采地望着镜头的样子。

时陆：**我也蔫了**。

千萤定定地看了这张照片许久。九月的京市已经微凉，他穿着一件薄薄的米色毛线衫，圆领，袖子很长。

男生微侧着头，脸轻压手臂，金色光斑跳跃在他漂亮的脸上，他的眼神既干净又忧伤。他似乎透过镜头，眼睛一眨不眨地注视着她。

数秒后，千萤拨通了他的电话。那边几乎是第一时间接起，好一会儿，时陆的声音低低地响起。

“叶子蔫了是因为我没有给它浇水，我蔫了是因为没有你。”

“我难道是水吗？”千萤有意缓和他的心情，故意开玩笑地说。

时陆却依旧消沉，说：“你是我呼吸的氧气。”

他有气无力，难受地说：“一离开你，我就浑身无力，无法生存了。”

“鹿鹿……”千萤既心疼又愧疚，轻声关怀，“那你吃饭了吗？今天在做什么？”

“在宿舍睡觉，不想动。”

“都快中午了，我给你点午餐好不好？就我们经常出去吃的那家家常菜，京市好像有分店，就买你喜欢吃的鱼香茄子和排骨汤。”

千萤几乎是用哄着他的语气说话。她的心神都在对面的那人身上，全然没注意到自己周围的情况。

田芮她们早已经闹完，此时正都站在身后听她打电话。

时陆在那头恹恹地应了声“好”，千萤又安抚了他几句，最后，他无比失落地说：“阿千，我不想离开你。”

千萤挂电话时心情很低落，一转身，看到了身后几张聚精会神的脸庞。

她大脑空白地同她们对视几秒。

几人面面相觑，田芮先发声：“小萤，你对你男朋友也太好了吧！”

这简直……超出了她们的认知。

他一来，千萤就专心陪着他不出门，而且无时无刻不在回复他的消

息，甚至他才刚离开，两人又在这里打电话，千萤还轻声细语地给他点外卖。

“我和你说，男朋友不能宠，越宠越上天。”段芊睁着眼睛认真道。

孟又点点头，发表意见：“确实。”

“小萤，你对你男朋友好得过分了。”

千萤回想起从认识到现在时陆对她的种种，以及高中那三年发生的事情。如今他们分离，相隔大半个中国……

她摇摇头，握紧了手机，用力地抿着嘴巴，眼圈有点儿红。

“我对他一点儿都不好。”

异地恋最开始那几天是最难熬的。

从朝夕相处、日日相对骤然变得连面都见不到，甚至听到对方的声音都成了一种奢侈。以前随时随地就能牵手、拥抱和接吻，现在这些只存在梦里。

时陆有时候和她通电话，一聊就是一整夜。

每次千萤聊着聊着就睡着了，一觉醒来，手机依然在通话中，她发出丁点儿声响，那头就立刻传来回应。

“阿千，你醒了？”

无论几点，时陆的声音里永远听不出任何睡意，他就像是一直都在那头，静静地等着她醒来。

有一次，他心情特别好。千萤早上起来，他问她昨晚做什么梦了。

她昨晚特别累，睡得死沉，根本就不记得做了什么梦，只是隐隐约约记得梦里好像有他。

“我不记得了。”千萤忍不住追问，“怎么了？”

时陆得意又骄傲，说：“你昨晚在梦里叫我的名字了。”

“不可能！”千萤第一时间否认，羞耻得脸上有点儿发烫，“我从来不说梦话。”

“我录音了。”

时陆很快发过来一个语音文件。千萤点开，轻缓的呼吸声过后，是女

孩儿的一声呓语。

“鹿鹿……”大概间隔三秒，她再度叫着，“鹿鹿……”

睡梦中的她卸下了所有防备，声音软绵绵的。她叫了他好几声之后，音频里隐约传来翻身的动静，紧接着女孩儿哼哼唧唧的，似乎又熟睡过去，录音经过一段静默后就断掉了。

千萤的脸彻底滚烫。

那娇娇软软的声音完全不像是从她嘴中发出来的。她从来不知道自己睡着了是这个样子的，况且……况且她还一直这样叫着他的名字。

不知道的，还以为她做了什么不可描述的梦。

正当千萤窘得不知如何自处之际，耳边传来时陆两声低笑。他愉悦道：“阿千，我也想你。”

转眼半个月过去。

大二新学期，他们的生活步入正轨。千萤开始接触新的课程；时陆好像也格外忙，周末几乎都在图书馆。

荔城最近季节更替，秋天终于迟迟冒出了苗头。一场大雨后，次日温度骤降。

那场大雨毫无征兆地落下时，千萤正从复印店出来，离宿舍还有十几分钟的路程，她护着怀里的资料跑回去后浑身早已湿透，即便她立刻冲了热水澡，夜里依旧裹着被子不住地打战。

第二天起来时她就不对劲了。

昏昏沉沉地坚持到下午，千萤一沾床就睡死过去。等到田芮她们下课回来发现情况，千萤的额头已经十分烫手。

一阵慌乱后，千萤被急急忙忙地送往医院，体温计一测，高烧三十九摄氏度。输液缴费，折腾到大半夜，墙上的时钟指向十点，旁边几个人都打起了瞌睡。

千萤赶她们回去：“再晚宿舍要关门了，你们快回去，我这儿没地方睡。”

“可是你一个人……”段芊迟疑道。她们是断然做不出来把千萤一个

女孩子扔在这里的事的。

“我有床，可以睡觉，而且这瓶药水也差不多输完了，倒是你们在这里完全不方便。”千萤态度强硬。平时她温温软软的，却很有自己的主意，一旦下决定的事情谁也改变不了。

“而且我现在基本不烧了，可以自理。你们睡一觉，明早有空过来给我带份早餐就行了。快走吧。”千萤抬手推着离她最近的段芊。

段芊被推搡着往前走，边回头边犹豫道：“可是……”

“没事，我们先走吧。”田芮拉了下她，收起刚才还在回消息的手机，抬头对躺在那儿的千萤说道，“你自己别乱跑，有什么事情叫护士。”

“好。”千萤点头，脸上露出笑，“你们回去路上小心，今晚辛苦啦。”

“说什么呢。”孟又拍了她的脑袋一下。

“对了，小萤，之前你的手机响了很久，我就帮你接了个电话。”出门前，田芮又回头看她，示意她看床边的手机，“你自己注意一下消息。”

千萤的目光从许久没有动静的手机上收回，这才惊觉，她已经将近一天没有和时陆联系了。

右手还在输液，药水缓慢地进入软管。床头柜上有倒好的热水，护士偶尔也会进来查房，此时旁边其他病人都在休息。

天花板发白，灯光也透着惨淡，病房很安静。

千萤点开手机，看到了时陆发来的十几条未读消息。他们最近的通话在两个小时前，那时她应该在来医院的路上。

她烧晕过去了，根本听不见外界的声音。

千萤翻完记录，一条条回复着他的消息，只是发过去许久都没有动静。她等了会儿，有点儿慌，把手机握在手里，不安地抿了抿唇。

这瓶药水输完，千萤按铃叫了护士进来。护士重新给她换了瓶药水，而这时时陆仍旧没有给她回消息。

钟表指向十一点时，门口突然传来细微声响，但在寂静的夜晚显得格外突兀。千萤心有所感，抬起头望过去。

视线之中，时陆风尘仆仆地推门进来，衬衫皱巴巴的，臂间搭着一件风衣外套。他面容疲惫，眼睛却很亮。

他什么都没带，独身一人在深夜匆忙赶了过来。

“鹿鹿——”千萤坐直身体，睁大双眼。看到他的那一刻，鼻间发酸。

“阿千。”他的目光一寸寸地从她身上扫过，然后落在她手背的针管上，接着又上移，定格两秒。他走过来，把手里的外套丢到床边，弯下腰，把她紧紧地搂入怀中。

“我吓死了。”他埋在她颈间，深深地呼吸，手臂箍得她生疼。

“你朋友再晚一秒接电话，我就要立刻跑过来找你了。”

“你现在不也过来了吗？”千萤仰头，靠在他的肩上，鼻音浓重。

“嗯……”他偏头，吻轻轻地印在她的耳后。

“她们说你生病了，突然晕过去，我担心得不行。”

“你下次不准这样了。”时陆仿佛着了魔般，“发狠”道，“你再不好好地照顾自己，我就把你绑回京市，关起来，让你只准待在我身边。”

“不可以。”千萤的声音里带着浅浅的哭腔，抗议完她就沉默了，安静地把头搭在他的身前，静静地汲取着他身上的温度。

时陆低下头来，用额头轻碰了下她的额。

“退烧了吗？”他压低声音问，语气温柔得不可思议。

“嗯。”千萤小幅度地点点头，隔着咫尺距离，凝视着他的眼睛。

时陆捧着她的脸，低声说：“我检查一下。”

话音刚落，他的唇就压了下来。

千萤顺从地仰起脸，炙热的气息交织，分不清是谁的温度更加滚烫。

许久，时陆停止动作，稍稍分开距离，声音已经彻底沙哑：“检查不出来。我好像被你传染了，浑身都在发烫。”

千萤的脸烧得更加厉害了。

最后那瓶药水见底时，时陆帮她叫了护士。护士进来给她拔完针，看了看她的面色，迟疑后担忧道：“你的脸怎么这么红，又烧了吗？”

她作势要拿体温计，千萤窘迫得头都抬不起来，连忙制止她。

“我不烧了，就是……”她咽咽口水，慌乱地扯了下衣领，干巴巴地解释，“有点儿热。”

“哦。”护士似乎理解了，忽然目光不经意地看到了一旁的时陆，

才恍然大悟，又再度点点头，这次语气加重了许多，还拉长了声音，“哦——”

她收拾东西准备离开，临走前，又想到什么，停住脚步，对他们认真地提醒道：“病人生病期间，建议不要有太过亲密的行为。病毒会通过飞沫传播，容易引起传染。”

人走后，病房再度恢复安静。

千萤默默地和时陆对视一眼，几秒后，他出声：“阿千，你放心，我抵抗力很好的。”

时陆顿了顿，黑眸望向她，意有所指道：“不会被你传染。”

静默半晌，千萤一言不发地拉高被子，把自己的脸埋了进去。

这晚，时陆睡在医院。二十元一晚的折叠床，摊开放到床边，他身高腿长，躺在上面显得有点儿局促。

两人像从前一样，手拉着手，轻声说着话。

月光很亮，从窗户透进来。病房在五楼，外面有棵很大的香樟树，偶尔晃动着影子。

千萤看着时陆起伏的面部轮廓，不知道什么时候睡了过去。

早上她醒来时，病房已经热闹起来。时陆扶着她去洗手间洗漱。两人刚打理好，田芮她们就带着早餐过来看她。

经过昨晚的事情，她们对时陆的印象好了很多。此时她们一进门，看到男生干干净净地坐在那里，剩下的不满早已烟消云散。

“好点儿了吗？给你们带了学校食堂的蒸饺和包子。”田芮将袋子放在旁边的床头柜上。隔着白色塑料袋，里头还冒着热气。

“好点儿了。”千萤还是有点儿虚弱，但整个人已经轻快了很多。

“昨晚就退烧了。”她叹了口气，幽幽地抱怨，“都说昨天不用给我办住院，没什么大事。”

“你昨晚烧成那样，谁敢乱动？你是不知道自己有多吓人。”

田芮话音一落，时陆的脸色立马沉下去。千萤噤声，胡乱地伸手去拿早餐。

“我来。”时陆接过她手里的东西，把袋子拆开，拿出一杯豆浆，插

上吸管，递到她的唇边道，“小心烫。”

“你们都吃过了吗？”时陆转头问她们。

段芊连忙点头，说：“吃过了，我们来的时候就吃了。”

“昨晚谢谢你们。”时陆颔首道谢，“多谢你们照顾阿千。”

几个人有点儿受宠若惊，道：“应该的，小萤也是我们的妹妹。”

学校还有课，况且有时陆在这边照顾，田芮她们没待多久就回去了。

千萤觉得自己的身体早已康复，她想办出院手续，但时陆不让。

医生的建议是可以多观察两天。早上她的抽血化验结果出来，白细胞偏高，再加上她还有点儿咳嗽，于是上午时陆带她把各种检查做了一遍。

傍晚饭后，温度适宜，时陆带着她在医院楼底下的草坪上散步。

“你是请假过来的吗？”

“请了假。”时陆回答，焐了焐她微凉的手，然后把她的手揣进口袋。

“会不会耽误你的课业？”千萤忧心地问。

时陆面不改色地摇头道：“不会。”

他完全不理会衣服另一个口袋里“嗡嗡”作响的手机。

时陆旷了两场专业课考试。林楚他们原本一到各种小考就指望他划重点，结果考前他说走就走，丝毫不在意自己的平时成绩。

虽然以他的能力，期末考时把分拉回来影响也不大，但这样终归是不好的。专业课老师今天还当着全班人的面，点名批评了他。

两人走了一会儿，千萤便和几个小朋友去玩泡泡机了。夕阳余晖下，彩色泡泡飞扬在空中，小孩儿们兴奋雀跃地抓着她的袖子，连蹦带跳。

时陆终于不堪其扰，拿出手机，按下接听。

电话一接通，里面就传出了林楚的大呼小叫：“我的少爷，你可终于接电话了！

“你去哪儿了？突然消失，还要我帮你请两天假，连个正式理由都没有。你知道今天课上，老刘把你连同我骂得狗血淋头吗！兄弟真是牺牲大了。

“主要挨骂也就算了，你还缺考。知道你成绩好，也不用这么糟蹋自己吧？好歹系里第一名还有奖学金——”

“回来请你吃饭。”时陆被他的大分贝吵到，伸手揉了揉眉心。

“虽然你不差钱……嗯？吃饭？”林楚听到这两个字，立马火速改口，“区区奖学金算什么，开心最重要！时陆，你什么时候回来？要不要再给你请两天假？”

“不用了。”时陆的目光落在不远处的千萤身上。她已经放下了泡泡机，正朝他望过来，面带笑容。

“挂了。”

“哎哎哎，等一下！最后一个问题！”林楚飞快地叫住他，迅速地问，“所以你到底去哪儿了？是有多重要的事，能让你连专业课考试都不去?！”

“陪女朋友。”时陆言简意赅地说完就挂断了通话，没理会林楚激昂亢奋的尖叫声。时陆收起手机，含笑地注视着千萤。

“鹿鹿——”她朝他小跑过来，脸蛋红扑扑的。时陆张开手，她直接扑入他的怀里。

“泡泡机真好玩。”千萤喘着气，仰头，笑得很开心。

“阿千。”时陆闭眼，将头抵上她的额头。

“怎么啦？”她轻声问。时陆的嘴角微微上扬，语气已经软下去：“亲亲。”他突然开口，带着一丝撒娇，亲昵意味十足。

“在这儿吗？”千萤打量着四周，有点儿慌张。

时陆睁着眼睛，一动不动地注视着她。

千萤微微屏息，犹豫一秒，踮起脚，在他的唇上轻轻一碰。

“好了。”她慌乱道。

时陆笑出声。他搂着她的腰，把人往上提，然后俯下身子，把自己送到她的唇边，嗓音又低又沉，诱哄道：“再来一次。亲久一点儿。”

在人来人往的医院草坪上，和时陆当众接吻。这应该是千萤将近二十年来做过的最大胆的事情。

她的心脏“扑通”“扑通”，几乎快要跳出来。他却越发肆无忌惮，攻势让人难以抵挡。

最后，她是软着腿被时陆半抱回去的，脸色通红地趴在他怀中。当在

路上看到昨夜来查房的那个护士时，她更是吓得抬不起头。

“鹿鹿，你下次要收敛一点儿。”

“好。”时陆答应得十分干脆。

夜里，护士查完房，整个病房十分安静。熄了灯后，只有走廊隐约透进来一点儿光线。

千萤刚准备睡觉，时陆扯了扯她的被子，说：“阿千，我想和你一起睡。”

白天答应她要收敛的人，夜里就想爬上她的床。更糟糕的是，千萤根本无法狠下心来拒绝他。

病房狭窄的单人床上，两人的身体紧紧挨在一起。被子笼罩头顶，千萤在里面和时陆偷偷接吻。

棉被隔绝了外界的侵扰，也掩盖了他们的细微响动。

千萤觉得自己浑身都在发热，热到大脑缺氧，比发高烧那天的症状还要严重。

空气一点点被身前的人掠夺，热浪袭来。最后被子让时陆掀开时，她已经彻底没有了一丝力气，依偎在他的肩上，脸滚烫发红。

“阿千……”寂静深夜，他叫着她的名字，似乎要把她整个人揉进怀里。

清晨，时陆在护士来查房之前就已经起床洗漱完毕。

早上办完出院手续，他一路把她送到了宿舍楼下。

“要不要上去看看？”千萤手里提着从医院带回来的生活用品，抿唇笑了下，对他发出邀请。

时陆摇摇头，没说话，手却紧拉着她不放。

他退后一步，把她带到宿舍楼旁边那棵大榕树下。他背靠在粗壮的树干上，静静地和她拥抱着。

“等一下再上去。”

“怎么了？”千萤不明所以，任由他抱着，无意识地抓着他的衣服下摆问。

时陆的脸在她的颈间轻轻地蹭了蹭，眷恋依赖。

时间一分一秒过去，好像过了几分钟，又好像过去了半小时，千萤感觉自己的腿有点儿僵硬发酸，她轻轻地推了一下他。

“鹿鹿？”

时陆松开手，低头看了看时间。

“你上去吧。”他对千萤温柔道，自己却在原地不动，“我看着你。”

千萤察觉到什么，低声问：“你是不是今天就要回去了？”

“嗯。”他点了下头，明明是笑着，脸色看起来却格外沉重，“不能再请假了。”

“鹿鹿。”千萤立马不可控制地扁起嘴，牵着他的手不肯放，“我送你。”

“待会儿十二点的机票，我打车直接过去。你一个人回来我不放心，快上去。”时陆推着她的肩膀往前走。

千萤被他推到了宿舍楼梯口，她停住脚步，转过身子，说：“你低一下头。”

时陆听话地把头低下来。

千萤踮起脚，在他的唇上轻轻一吻。

千萤：鹿鹿，一路平安。

去机场的路上，时陆收到了这条短信，眼前又浮现了先前女孩儿眼圈红红的模样。

他垂眸给她回复，再抬起头时，车内后视镜中映出男生发红的眼睛。

第二十三章

为他而来

时陆回去没两天就感冒了。

说不清是两地温差大，还是被千萤传染的。反正感冒、发烧、咳嗽，头疼发作。

他躺在床上想死，又不敢和千萤说，怕她担心，于是只能折磨林楚，让林楚跑腿买药、买饭，买各种东西。

正巧宿舍的电梯又坏了，正在检修，男生一口气爬了六楼，上来时怀里还揣着买给他的热包子，气喘吁吁地一把扔给他。

“你不是有女朋友吗？人呢！怎么只知道在这里使唤我？”

时陆闷头拆开袋子，没搭理他。

“不会吧不会吧，不会有人虚构了一个女朋友吧？”林楚夸张地叫。刚好下课，宿舍里其他两人也在，闻言产生好奇。

“真的假的，我们时陆真有个女朋友？”

“可不是！这次缺考是因为特意去看人家，回来就要死不活的。”林楚毫不留情地损着他，吵得时陆越发头痛。

时陆面无表情地看过去，眼里已经有了不耐烦。林楚后背一凉，在唇上比了一个拉拉链的动作，就此噤声。

十月来临，千萤筹备了许久，准备给时陆一个惊喜。

她在他们学校楼下给他打电话时，男生似乎等待已久，立刻从宿舍楼里下来，只有“喜”没有“惊”。

千萤穿着毛衣开衫，拖着行李箱站在京大校园里，倍感失望。

“你为什么一点儿都不惊讶！”她扑过去，被时陆顺势抱起，她凶巴巴地搂着他的脖子质问。

“阿千，你太明显了。”时陆把脸埋在她胸前闷笑。

男生笑弯了眼，抬起头道：“我打算买机票国庆过去，你一个劲儿地阻止我，还说自己有安排，慌慌张张地找了一堆借口。

“我随便给你室友打电话一问，她们就全都告诉我了。

“哦，还有，我们两个的手机会共享定位。你从上飞机到落地，上面全有显示。”

忘了这茬儿。

上次时陆过来的时候，给她的手机里装了个软件，听说是他们学校计算机系的师兄自己研发的，可以随时随地看到对方的定位。但是千萤一装上去就忘记了，基本没怎么用过。

她懊恼地垂头，重重地砸在他的肩上，说：“失算了。”

比起时陆，千萤过来，最惊讶的应该是他的室友。尤其是那个叫林楚的男生，一见到她，下巴几乎要掉到地上。

“时……时陆。”他连说话都开始结巴，“原……原来你真的有女朋友啊！”

不是假想，不是纸片人，是活生生的一个漂漂亮亮、清新灵动的小姑娘。

当晚千萤和他们吃饭，趁着她去洗手间时，林楚鬼鬼祟祟地把时陆拉到一边，难以置信地问：“时陆，你从哪儿找到的这么乖巧的小仙女？她竟然能忍得了你的臭脾气?！”

“不好意思。”时陆紧紧盯着他，冷笑一声，“我在她面前没有脾气。”

之后，林楚就见识到了另一个时陆。

那个会给千萤倒水、夹菜，细心照顾，全程都把目光放到她身上，几

乎未曾离开过，只存在于她口中的那个“鹿鹿”。

在见到时陆女朋友之前，林楚心想，不出三天，他们得分。

见到了千萤之后，他觉得他们会结婚。

春节，两人是同一天回来的。

他们一个回家，一个回云镇，只是在机场碰到面，然后一起打车离开。

时陆把她送到车站，临走时，又依依不舍拥抱了许久，直到大巴司机开始催促。

这一年，两人不知道经历了多少次这样的时刻，然而每一次分别，都像是在双方胸口处毫不留情地插上一刀，又好像身体里有什么东西，伴随着那个人一起离去，留下空落落的一块。

大年初二，是时陆正式登门拜访的日子。

暑假时，两人都没有回家，双方家长就知道了他们在一起的事情。只不过千萤向他们隐瞒了两人住在同一个房间的事情。

本能告诉她，这样不太好。

前一晚，时陆给她打了许久电话。

白天他还很正常，因为早早地提前问过千正民的喜好，所以上门拜访的礼物都已经准备好，一切就绪。

到了临行前几个小时，他突然开始焦虑，睡不着，一会儿担心准备的东西千正民会不喜欢，一会儿又觉得自己不够好，在家长眼中并不适合做男朋友。

“我老是生病，身体不好，脾气还差，占有欲又强，没有哪个父亲会想要女儿和这样的人在一起吧？”男生在电话里头低落难过地说。

一开始千萤还觉得他对自己的认知倒是概括精准，听到后来，时陆沮丧的话盘旋在耳边，她鼻子都酸酸的了。

“鹿鹿，我不准你这样说自己。

“在我心里，这个世界上没有人比你更耀眼了。”

事实上，时陆只是在自己吓自己。

见面那天，千正民对他的态度一如既往，就像是他初来云镇的那个夏天一样，未曾因为他的身份改变而有任何的改变。

饭桌上，千正民给他夹菜。时陆连忙端起碗，抿了抿唇，说：“谢谢千叔。”

“小陆，比起以前，你看着开朗许多了。”他脸上带着欣慰，出声感慨。

时陆心头一暖，道：“都是因为……有阿千在。”最后一声他说得特别小，似乎是在家长面前不敢表现得太过分。

桌子底下，他却偷偷地抓住了千萤的手。

千正民愣了愣，眼中浮起笑意。他没说话，只是又给时陆夹了一块馅饼。

这么多年，他依然记得时陆最爱吃这个。

时陆当晚住在了民宿。

他很喜欢云镇，可也很久没有来过了。

走廊尽头的那间房间没有太大变化，千萤抱着换下来的床单被套走出来，时陆倚在墙边打量着室内摆设，久违的悸动扑面而来。

这时是冬天。时陆看到的又是另一个云镇。

一日，他穿着羽绒服，裹得严严实实，跟着千萤还有舒美美她们一起去芦苇丛附近结冰的湖里抓鱼。

吴晓天挖陷阱的功力不减当年，蹲了几天后，竟然真的收获了猎物。时陆也因此终于见识到千萤曾经口中的野兔。

傍晚，余晖在大雪消融后的世界里展露一丝红晕。

千萤和时陆并肩躺在屋檐下的椅子上看着夕阳。周遭炊烟升起，饭香慢慢汇入空气中，小镇安然宁静。

“阿千，以后我们就在这儿养老吧。”时陆收回眺望远处的目光，偏头对她道。

“好啊。”千萤答应道，又苦恼地拧起眉，“不过应该还要等好多年。”

“没关系，我们以后放假常回来。”时陆勾住了她的小手指，亲昵地

蹭了蹭，“回来多看看爸爸。”

千萤费力地思索了下，纠正他：“是我的爸爸。”

“没关系。”时陆冲她笑，“以后就是我们两个的了。”

大二这一整年，时陆忙于课业。

两人见面次数不多，基本是保持着一个月一次的频率。

大部分是时陆飞过来，有时候千萤也会去京市找他，淡蓝色机票快要攒满一个盒子。

千萤一直不知道时陆的压力为什么会这么大，直到大三时，有一次和他的舍友聊天，对方说漏了嘴千萤才知道，时陆选修了双学位，除数学专业以外，还报了金融专业。

数学专业和金融专业是京大的两大王牌专业，相比较来说，数学的专业性比金融的更高，门槛也更高。在数学系里，时陆几乎被所有老师看好，老师都想让他继续考研读博，往学术方面发展。

而他大二突然选修金融专业的事情让周围的人都很惊讶。老师不止一次问过他以后的就业方向，时陆只说了一句“自己不打算考研”。

答案基本很清晰了，刚开始那段时间，不止一个人路过数学教师办公室时，听到从里头传来的怒吼声，说他一身铜臭，掉进了钱眼儿里。

千萤得知这件事时正值初秋，京市已经转凉，他们在学校附近新开的一家小酒馆吃饭。

这个酒馆很有意思，有各种花酒、果酒，味道别具风味，并且酒精度数是可以自己挑选的。

林楚瞧不起那堪比饮料度数的果酒，直叫店家上他们酒精度数最高的。

众人面前温着桃花酒，几杯下肚，对面的林楚就打开了话匣子，开始滔滔不绝，一不留神什么都说了出来。

当时时陆去了洗手间，林楚说完便倒下呼呼大睡，其余两人一个出去接电话，一个被女朋友提前叫走了。那个舍友走时，走路都是晃的。

千萤应该是里面情况最好的，她看起来一点儿事都没有，脸色如常地

端坐在那儿。

千萤从小跟着千正民在桌子上用筷子蘸白酒吃，这点儿度数，对她来说不算什么。

时陆从洗手间回来，林楚正好翻身嘟囔了句什么，时陆的脸有点儿红，脚步沉重，没有分神去看他一眼，径直走过来，倒在千萤身上。

“林楚这个傻子。”他皱着眉，嘴里骂着，“大中午点度数这么高的酒……”

“你喝醉了吗？”千萤摸了摸他的额头。这几年每年春节他都要跟着时斯年去应酬，不再像从前那样一杯就倒，醉醺醺地给她打视频，然后忘得一干二净。

但现在的他也没有好到哪儿去。他一直不太会喝酒。

“没有，就是有点儿晕。”时陆伸手揉了揉脑袋，难受道。

千萤用湿纸巾给他擦着脸和手。时陆很乖，靠在她的身上任由她弄着。没人说话，一时间，氛围很安静。

“鹿鹿，你不喜欢数学吗？”在这样的安静中，千萤突然出声。

时陆立即睁开眼睛，眸色乌黑，眼睛如同水洗过般，很亮。他问：“林楚又和你说了什么？”

“他说你选修了金融，以后不打算考研。”

“嗯……是这样。”他转过脸，埋进她的颈间，轻蹭了几下。

“也没有不喜欢吧，不过也没有喜欢。”时陆转头望着天花板，脸上是放空的神情，带着微微茫然。

“当初答应去学数学，其实是因为时斯年。这是他把你接过来的条件。久而久之，就养成一种习惯了。

“读大学以后，几乎身边所有人都在说，要一直学数学，要考研，要读博。我想了一下，这样的人生好像也挺无聊的。

“所以我就去尝试做别的事情啦。”他偏头望着她，眼睛亮亮的，脸很红，“其实金融挺有趣的，我发现我好像对钱更感兴趣。

“等我毕业了，给你买漂亮衣服。”

“我不要漂亮衣服。”千萤摸了摸他的脸，很认真地盯着他，“我只

要你开心。”

“我挺开心的。”时陆闭上眼睛，把脸埋进她的怀里，嘟囔道。

“林楚说你被老师骂得很惨。”

千萤这样说完，时陆收紧搂在她腰间的手，轻笑出声，道：“那是刚开始，现在没有了。在他们眼中，我已经自暴自弃了。”

“鹿鹿……”

“可能是因为我的骨子里流着时斯年的血，我和他一样，”他低笑轻嘲，“适合做一个商人。”

回望这么多年，他一路走来，练过钢琴，坚持过画画，也为数学拼搏努力过，最后还是陷入金钱铜臭中。

唯独不变的，是牢牢地抓住那束光不放。

千萤是他唯一的执念和妄想。

今年冬天，京市迎来一场前所未有的大雪。

天寒地冻，大雪封城，所有航班一夜之间全都停运，时陆的航班就在其中。

“没关系的，安全第一。鹿鹿，你别出门了。”

出行计划被迫中止，时陆脸色阴郁。即便千萤在电话里表示很谅解，也无法缓解他此刻的心情。

“可是明天是你的生日……”他低低地说，眉宇间都是烦躁。

“没关系呀，等这次的大雪过去，我们有时间再重新过就好了。”千萤打断他的话，语气温柔又强硬。

“我真的没有很在意。鹿鹿，你知道我本来就没有很喜欢过生日。现在出行这么危险，听说你们那边路都结冰了，你别出门，乖乖地待在家里好不好？”

时陆不说话了，通话陷入长久的沉默。他像是在和自己生闷气，不挂电话，也不出声。

千萤叹了口气，轻声道：“我觉得你的安全比什么都重要，生日每年都有……”

她停顿几秒，换了个意思：“可是我的鹿鹿只有一个。”

“你就会这样。”时陆虽然说话了，但还是很委屈，“只知道说好听的话哄我。”

千萤忍不住笑出声，说：“我没有。”

她郑重其事道：“我字字发自肺腑，句句真诚。”

两人又说了几句，挂了电话。

千萤看着床上被挑出来的大衣、裙子，不禁再度轻轻叹气，走过去把那些衣服重新挂回衣柜。

翌日，荔城依然是晴空万里。

一大早，她就收到了不少亲朋好友的祝福。

傅娇娇一本正经地说：“我奶奶讲，生日时如果是个大晴天，接下来一年都会很顺的。小萤，你今年的运气肯定特别好。”

虽然迷信，但千萤还是开心地笑了，和她道谢：“娇娇，借你吉言。”

仍旧是平凡又正常的一天。千萤像往常一样按时起床，去食堂吃早餐，上课。

晚上她依然是去食堂吃的，不过多给自己点了一碗面。

周五学校比起平常空旷不少，看起来有些冷清。田芮她们都出去了，千萤没有告诉过其他人今天是她的生日。

她吃完想了想，今天好像并没有什么特别的事情要做，于是回到宿舍拿了几本书，抱去图书馆。

灯火通明的图书馆成了整个学校人最多的地方，孤独感少了几分，千萤一直待到十点，出来时感觉温度似乎降低了不少。

冷风中带着一丝凛冽，月亮被乌云遮挡，好像快要下雨了。

千萤赶紧去便利店买了个小蛋糕给自己，回到宿舍时，发现段芊已经先回来了。

“小萤，你去哪儿了？”她刚洗完澡出来，在擦着头发，看到千萤立刻问。

“去了图书馆。”千萤换好鞋，准备拉上床帘，对她道，“我打个电话。”

“哦哦，好。”

今天零点时，时陆第一个对她说了“生日快乐”，可是当时太晚，再加上他那边信号好像不是很好，两人并没有聊太久。

今天一天他都没有消息。

千萤看着黑漆漆的手机屏幕，犹豫片刻，还是决定先把自己买的那个小蛋糕吃完。

便利店的蛋糕是涂了奶油的，吃起来口感很绵密，和生日蛋糕差不多。

千萤有点儿满足，擦干净手，拿起手机给他打电话。

那头接起的速度很快，但背景音嘈杂，时陆的声音不算清晰。千萤刚叫了声他的名字，就听到他那边传来类似广播的声音。

“本次列车即将到达荔城车站，请在荔城下车的旅客准备好自己的行李下车……”

千萤的瞳孔一点点放大，不可思议道：“鹿鹿，你在哪里？”

夜晚十点半，千萤突然收拾东西，穿上外套准备出门。

段芊连忙叫住她，问：“小萤，这么晚你去哪儿？”

“我今晚可能不回来了，帮我和宿管阿姨请个假。”

千萤的声音传过来，人已经跑了出去。段芊愣愣地张着唇，看着她最后一丝衣角消失在视线里。

千萤赶到火车站，接到时陆那会儿，已经快十一点了。他刚从坐了将近二十个小时的硬座车厢中挤出来，整个人面容憔悴，衣服都皱巴巴的。

见到她的第一时间，男生拉着她急急忙忙地往外走，神情紧张。

“我们先去买蛋糕，还有一个小时，生日快过去了。”

“不用，鹿鹿，我已经吃过了。”千萤连忙拉住他，仰头，担忧道，“我们先找个酒店休息。我来的路上看到外面快下雨了。”

两人就近在市中心找了家五星级大酒店，是时陆订的。一进门，他先受不了，跑去浴室，要把自己身上乱七八糟的气味洗干净。

时陆讨厌人多的地方，也不喜欢挤车，更加无法忍受周围有异味。

他出行时只会选择飞机，千萤无法想象他是怎么一个人在拥挤的火车

车厢里度过那将近二十个小时的。

胡思乱想间，房间门铃被按响。千萤走过去，打开门，看到了门口推着餐车的服务员。

“您好，女士，这是您订的晚餐。”

除了饭菜和面，还有一个蛋糕。蛋糕用精美的盒子装着，里面是用奶油精裱出来的层层叠叠的玫瑰花，做工繁复漂亮，比起她从便利店随便买的那一个精致高档许多。

浴室里的水声停住，时陆从浴室出来，他穿着干净整洁的毛衣、长裤，头发湿得滴着水。

“晚餐送来了吗？”

这家酒店有提供生日蛋糕的服务。不仅如此，连长寿面都可以定做。

千萤点头。

时陆擦干头发，坐在对面和她一起吃着东西。

他给自己叫的是一份饭菜，也许是饿狠了，男生没了以往的姿态和教养，狼吞虎咽的。见千萤不动筷，只看着他，时陆不由得抬起头。

“你怎么不吃？”时陆出声问，目光看过她面前没动过的长寿面，皱起眉。

“是面条不合胃口吗？我叫他们重新做。”

“不是。”千萤摇摇头，低下头，声音又低又轻，“鹿鹿，你特意坐将近二十个小时的火车过来，就是为了给我过生日吗？”

“怎么了？”时陆问。

“没事。”千萤摇着脑袋，拿起旁边的筷子，夹了一大口面条塞进嘴里。

她吃完抬起头，冲他笑，说：“很好吃。鹿鹿，这是我吃过的最好吃的长寿面。”

灯光下，女孩儿的眼睛红红的，她明明在笑，眼睛里却慢慢地泛起了泪意。

时陆的眉头再次拧紧，说：“傻不傻。”他抬手，指腹从她眼下滑过，“凶巴巴”道，“生日当天不准哭。”

两人把晚饭吃完，拿过了旁边的蛋糕拆开。

千萤今年过的是二十岁生日，时陆认认真真地数出二十根蜡烛。

他将蜡烛插满整个蛋糕表面，然后一根根点燃，关上灯，说：“好了，许愿。”

千萤闭上眼睛。

“等一下。”男生又别别扭扭地说，“我给你唱个生日歌。”

时陆很少唱歌，也几乎不会唱这种甜甜的、可爱的生日歌，但是他这天格外地温柔，声音又低又轻。

“祝你生日快乐……祝你生日快乐……”

千萤闭上眼睛，双手交握，许下了今年生日的第一个愿望——希望鹿鹿永远健康平安，万事顺遂，皆得所愿。

她给自己和时陆一人切了一块蛋糕，剩下的都放到了冰箱里，准备明天再吃。

做完这一切，时间刚好卡在十一点五十，还有十分钟她的生日就要过去。

两人大晚上都吃撑了，坐在床沿边消食。千萤双手向后，撑着身子，看时陆跟变戏法似的从背后拿出了一个小礼品盒。薄荷绿色，上面还系着小小的蝴蝶结。

“生日礼物。”时陆晃了晃手里的东西，递给她，姿态随意，“阿千，生日快乐。”

千萤打开这个小盒子。里面是个萤火虫造型的发卡，特别漂亮。两对翅膀是宝石材质，粉粉的，晶莹剔透，中间的身子镶着碎钻，其他部分都是金色。整只发卡在灯下流光溢彩。

千萤抬起头，对上时陆漆黑专注的瞳孔，她取下这只发卡递给他，说：“你帮我戴上。”

男生的手很白，还细长。两人靠得很近，他微仰着头，呼出的热气隐隐打在她的额上。发间有细微动静，他的手指拨过发丝，轻轻一别。

“好了。”时陆把发卡别在了她头发一侧。

“好看吗？”千萤抬起头，轻声问。

两人近在咫尺，时陆这时刚好垂下头，在她的眼前落下一片阴影。

“好看。”他低声道，一动不动地凝视着她。

千萤的睫毛轻轻地颤动了下。

时陆的手抚着她的脸颊，稍微一用力，然后低下头来。

两人靠在床边接吻，整个吻绵长而温柔，带着浅浅的湿热。时陆的动作很轻，一点点吞噬着她的意志。

最后千萤脸红红的，和他分开后，眼角的余光不由自主地看向了墙上的挂钟。

正好十二点了。

半掩的窗帘外，似乎闪过一道刺眼的闪电。

“好像要打雷了。”她道。

时陆垂着眼帘，再度在她唇上轻啄一口，抬手拍了下她的脑袋，说：“快去洗澡。”

千萤出门时带了换洗的衣物。她洗完澡，穿着自己的睡衣出来时，房间已经只剩下一盏昏黄夜灯。时陆躺在床上，给她留了一侧位置。

千萤掀开被子爬上去，在他的旁边躺下。

身旁的人放下手机，转过身来抱住她。

“阿千……”他的吻轻柔地落在她的耳后。

窗帘被拉紧了，布料摩擦不可避免地产生细碎响动。不知过了多久，两人喘着气分开，时陆白皙的脸上也染上了红晕。

“睡觉。”他哑声道，抬手揿灭了灯。

黑暗中，静默半晌，千萤转身，扯了扯他的衣角。

“鹿鹿……”

“嗯？”

“我想你抱着我睡。”

“嗯。”时陆动了动，从背后把她搂入怀中，下巴压着她的头顶，安抚似的道，“睡吧。”

千萤和他十指交握，终于安心地闭上眼睛。

昨夜只是暴风雨来临的前奏。

一觉醒来，房间内漆黑一片，千萤把窗帘拉开后，发现外头天昏地暗，大雨如注，风吹倒了路边的招牌，整座城市都像是要被雨水淹没。

这让千萤想起了去年那个台风天。只是这次她和时陆被困在了酒店里。

“下雨了。”她转过身，看向坐在床上刚醒来的男生。

时陆抓了抓头发走过去，在她的旁边掀开窗帘往外看了一眼。

“刮台风了吗？”他眉眼倦怠，打了个哈欠。

“没有，应该就是下暴雨。”千萤抬头对他笑，“昨天还是大晴天，我刚过完生日就下雨了。娇娇说生日那天出太阳，未来一年运气都会特别好。”

“不止未来一年。”时陆拥住她，懒懒地笑，“每一年都会有好运气。”

“为什么？”千萤故意较真。

谁知道，时陆真的偏头想了想，接着认真地答：“因为我在你身边。”

下雨了，哪儿都去不了，两人只能被迫在酒店待着。

好在吃食不用担心。

酒店送来早餐，两人吃完没多久，时陆又睡了过去。

他在火车上几乎一晚上没合眼，此时就算睡下了，眼底也有淡淡的乌青，脸色疲倦。

千萤在沙发上看了会儿电视，把音量调成静音后，放下遥控器，忍不住蹲在床边，静静地望着他的睡颜。

时陆长得好看，这点她早就知道。千萤的手指隔空描绘着他的五官，最后停留在嘴唇上。

即便睡着了，男生的唇也是轻轻抿着，且永远是浅红色，不浓不淡，刚刚好，让人有亲吻的欲望。

她看了片刻，忍不住低下头，在上面轻轻地碰了碰。就像是蜻蜓点水般，一触即离。但时陆还是察觉到了，他的睫毛轻轻动了下，困顿地睁开眼睛，又闭上，嘴角有淡淡笑意。

“你偷亲我。”

“嗯。”千萤点点头，承认道，“我在偷亲你。”

“不准偷亲。”时陆说完把她拉下来，亲了上去。

千萤窝在他的怀里，陪着他睡觉。两人偶尔会接吻，但大部分时候他都闭着眼睛，循着她的唇一点点吻着。

大半天时间就这样消磨过去。

中午酒店来送餐时，时陆醒来。两人简单地吃过东西，打开了投影仪。

睡完一觉，时陆的精神看起来好很多。客厅里游戏设备一应俱全，两人打了几局游戏，在天色渐暗前，找了部电影慢慢地看着。

外面暴雨依旧，路面已经雨水横流，底下不见一个行人。

天空仍然阴沉沉的，狂风大作，气温很低。

幸好房间里有暖气，两人裹着被子在床上。周遭昏暗，只有投影的光落下来。

千萤半靠在时陆的怀中，面前的小茶几上放着一堆零食。千萤吃的时候会顺手往后面塞一块，然后时陆低头咬进嘴里。

薯片吃完换成酸奶，千萤刚喝两口，这时时陆蹭了蹭她的肩膀。她侧头，把手里的吸管往后递。

两人就这样你一口、我一口地分食着面前的这些零食。

只是吃着吃着，千萤突然发现有点儿不太对劲。她回过头，发现不知何时，时陆的目光早已不在屏幕上，他在专心地盯着她吃东西。

两人的视线恰好对上，这一刻千萤的脑中出现某种征兆，果不其然下一秒，时陆俯下身来。

无法出门的下雨天，被困在酒店的情侣，一个眼神接触，两人就不受控制地黏到了一起。

千萤搂着他的脖子被迫往后仰。时陆吻得很投入，身体本能地往后倒。小茶几倒下，零食通通散落地上。

她发丝凌乱地躺在床被间。

一场混乱过后，时陆将脸埋在她的颈侧，呼吸急促。

两人身下的被单已经皱得不成样子，千萤头上的萤火虫发卡也不知何时掉在了被褥上，无人察觉。

不同于上午，此时此刻的时陆，明显有种难以抑制的渴望。

他放在被子底下的手紧紧地抓着她的手，忍得指尖都在轻颤。

“鹿鹿。”千萤的眼睛湿润，她望着天花板，而后突然轻轻地揉了揉他的头发，偏过脸道，“我不怕了。”

他轻轻地动了动，抬起头，闷不吭声地盯了她好几秒，漆黑的眸子深处仿佛闪着火星。

千萤朝他笑了下，温软动人。

她抬起两人十指交握的手，把他的手放到唇边，轻轻地吻了一下。

时陆抬起她的下巴，对着她的唇狠狠地咬了上去。

“阿千……”绷紧的声音似乎忍耐到了极限。

窗外的雨噼里啪啦地敲打着玻璃，发出清脆的声响。

房间的响动许久未曾停歇，就如同窗外不知疲倦的暴雨。

夜幕悄然降临，雨声渐小，水洗过的世界湿漉漉的。

千萤浑身酸软无力，脸上泛着红，发丝湿漉漉地粘在额上，整个人仿佛从水里捞上来的一样。

她不舒服地蜷缩在那里。时陆静静地拥了她一会儿，把她抱去了浴室。

千萤在浴缸里泡了很久，出来时发现床单、被子都被换过，她刚刚平息下去的热度又再次席卷上来。

先前的衣服穿不了了，昨天的睡衣洗了还没干，千萤只能穿着酒店浴袍，窝在落地窗旁的躺椅上，捧着杯子小口地喝着温水。

时陆从后头拥着她不说话，却一直抱着她不放，似乎就想无时无刻和她黏在一起，紧紧依偎。

“你怎么不说话？”千萤喝过水的嗓子还是有点儿哑，叫着他的名字，“鹿鹿。”

“我不想说话。”时陆闷声道，头往她的肩上埋着，用力地蹭。

“干吗呀？”千萤摸着他的头，不禁笑出来。

“阿千。”他深吸一口气，仰起脸，眼睛有点儿红，“我好爱你。”

千萤静了静，手轻捧着他的脸，盯着他的眸子认真道：“我更爱你。”

眼前有阴影落下，他的唇骤然覆盖上来，又狠又急。只是这次没亲太久，千萤边喘边笑着把他推开了。

“鹿鹿……不能再亲了。”她指了指自己的唇，郑重其事道，“肿了。”

当晚，雨慢慢停了。

之后时陆确实很克制，几乎很少碰到她的嘴唇，只是在新的地方探索着，精力无限。

因为时陆的到来，千萤还请了几天假。整整三天，两人没有踏出房门一步。

第四天，千萤在手指都快抬不起来的情况下，挣扎着从被子里伸出手，拿过他的手机，给他订了张两个小时后飞往京市的机票。

千萤的生日在冬至那天，刚好不久后，就是元旦。

本来这个时候，两人都说好了不见面，一是临近期末考，二是才见过面，他们要把这几天时间预留出来复习或者做其他事情。

然而今年，时陆刚回学校，还没有待够五天，又买了机票飞过来。

见面第一件事，就是把她拐到酒店关上门，甚至酒店还是上次给千萤留下不小的心理阴影的那家。

窗帘紧闭，两人在房间里激烈斗争之后，千萤眼眶红红地从被子里爬出来，时陆也没有比她好多少，甚至眼睛红得比她还厉害。

"阿千……"他的头埋在她的背上，额间渗出细密的汗。

千萤伸手把他的脑袋推开，嗓音沙哑得不行："闭嘴。"

"我要去洗澡。"她踢了他一脚，可惜软绵绵的，没有一丝威慑力。

"洗完要出去吃饭，然后去看电影、去逛街。"千萤的声音带了点儿哭腔，"不要再在酒店。"

"好好好。"时陆深吸一口气，连说了三个"好"字。

他把她抱起来，下床往浴室走去，说："都依你。"

今天是周六，时陆中午抵达的荔城，两人在酒店厮混了一下午，出来时天色都暗了。

两人走出大门，街道两边亮起了灯光。冬天的南方，迎面吹来的风十分寒冷，千萤缩了缩脖子，羽绒服宽大的帽子盖住了整张脸。

"冷吗？"时陆摸摸她的头，又摸摸她的脸，顺手把她颊边几缕吹乱的发丝理到耳后，最后把她抱进怀里。

"我抱着你。"

“我不要。”千萤闷声说，却没推开他，只是皱了皱鼻子。

“你好黏人。街上的人都看着你，羞不羞？”

“我抱我女朋友怎么了？”时陆理直气壮道，他轻轻扬起下巴，哼了声，“我就是黏人精。”

他低下头，贴着她的脸一通乱蹭，说：“就要一直黏着你。”

“痒。”千萤被他弄笑了，一个劲儿地缩着肩膀躲避。

“亲一个。”时陆凑过来。

这通胡闹最后以一个吻结束。

临近元旦，大街上喜庆的氛围浓重，四处都是黏黏腻腻的情侣，只是时陆在里面依旧可以拔得头筹。

冬天似乎就应该吃热气腾腾的火锅。

两人吃完出来，见旁边有奶茶店，排队的人很多，于是千萤和时陆也在队伍中等待着。

他站在她身后，只是这会儿闲不住，从后头把她整个人搂在身前，时不时挠挠她的脸，又在她抬起头看他时，低头啄她的唇。

男生玩着这种幼稚的游戏，乐此不疲。周围人来人往，她又难以抵挡时陆的攻势，只能一边红着脸，一边在人群中和他偷偷亲吻。

千萤庆幸自己羽绒服上的帽子够大，上面有一圈绒毛遮挡，可以勉强盖住自己已经发红滚烫的脸。

队伍逐渐缩短，点单台临近，两人再次亲完时，千萤突然察觉到一道难以忽视的视线。她心有所感，望过去。前方半米处，不知何时多了个小女孩儿，正站在那里睁着双眼，一动不动地望着他们。

四目相对，只见小女孩儿天真无邪地眨着眼睛，扯了扯身旁大人的衣角，道：“妈妈，那个哥哥为什么一直在亲姐姐的嘴巴？”

小女孩儿的声音不大，却差不多让这条队伍的人都听见了。顿时，大家都望过来，小女孩儿的妈妈回头看到他们俩，面露尴尬，立刻一把把她从地上抱起来。

“叫你不要捣乱，刚把你放下来一下就不安分，待会儿不给你买布丁了。”小女孩儿的妈妈低声训斥的话语清晰地传来，伴随着女孩儿委屈的

呜呜声，一时间动静更加难以忽视，千萤恨不得找个地洞钻进去。

她默默地拨开了时陆的手，往前一步，和他保持着正常的社交距离，然后拉紧帽子，捂住自己的脸。

“鹿鹿。”她瓮声瓮气道，“我们从现在开始要注意影响，不能教坏小朋友。”

突然两手空空的时陆有些无奈。

这天晚上，两人看了贺岁档大热影片，在坐满人的电影院里分食着同一桶爆米花。接着两人去逛了商场，在试衣镜前试穿同一款毛衣，然后买下了他们第一件情侣装。

不爱拍照的时陆，破天荒地拉着她拍了一张自拍。

之后这人什么也没说，默不作声地就把照片发到了朋友圈，没有配任何文字，十分冷酷，和照片里对着镜头傻笑的人形成了鲜明对比。

两张靠在一起的脸鲜亮养眼，且都穿着同样柔软宽松的米色圆领毛衣，整张照片温馨极了。

千萤很快就看到了一排点赞，还有共同朋友的评论。

宁储：手动点赞。

盛扬：兄弟们，“虐狗”了。

傅娇娇：呜呜呜，我滴（的）小萤真漂亮！

林楚：你在南方的艳阳里陪女朋友，我在北方的寒夜里吃“狗粮”。

…………

时陆以前很少发朋友圈，基本半年一条，不是言简意赅的一张照片，就是转发专业文章，或者节日里短短的一句祝福语。

而这两年来，他发的朋友圈基本都是和千萤有关的内容。有时是两杯奶茶靠在一起的照片，有时是满桌子家常菜的照片，还有时是偷拍她的侧脸的照片，或者其他画面。

男生没有刻意配文字，就好像只是觉得这件事情值得被记录下来。

和他往日的画风相去甚远，几乎没多久，所有人都知道他谈恋爱了。

林楚说，他们学校不知道有多少女生的心碎了，还有半夜打电话到他们寝室哭的。他顺便“吐槽”，时陆此人，看起来高冷得要死，其实是个

彻头彻尾的“恋爱脑”。谈起恋爱来，整个朋友圈都被他秀得甜度爆表。

千萤当时笑得前俯后仰，当事人却十分淡定。时陆不屑地瞧着林楚，冷笑一声，缓慢地说：“不过是嫉妒罢了。”

林楚当场无语。

回去路上，千萤在出租车里整理着今天逛街买的东西。时陆坐在那儿玩手机，朋友圈被他一遍遍刷新。终于，他不满地抬起头，质问道：“你怎么还不发我们两个的照片？”

千萤停住动作，满眼困惑地想了想，偏头问他：“你是说今晚你在朋友圈发的那张？”

“嗯。”时陆点头。

“好吧。”千萤拿出手机，须臾，朝他晃了晃，“发完了。”

时陆立刻去看。很快，首页瞬间出现一条新动态。

千萤：黏人精。

底下的图片正是两人今晚穿情侣毛衣自拍的那张。

时陆呼吸一顿，抬头看她：“我不要面子吗？”

千萤忍着笑，无辜地冲他耸了耸肩膀。

“我要开始闹了。”时陆生气地叫了声，倒在她的肩上直蹭，“这下好了，现在全世界都知道我是黏人精了。”

“那怎么办？我也没有办法。”千萤被他的头发扎得又痒又疼，笑着往后躲。

“那你回去好好补偿我。”昏暗的后座，时陆的声音骤然低下来。

千萤的大脑空白两秒，回过神，张开手指一把按住他的脸推开，咬牙切齿道：“你——想——得——美！今晚分床睡。”

元旦三天，两人做了许多情侣会做的事情。

在新年来到的那一刻，互相对彼此说第一句“新年快乐”。他们去江边看烟花，一起抓娃娃，坐摩天轮，还尝试了一次烛光晚餐……最后一天，两人去逛超市，推着车子买了一大堆零食，然后在酒店里边看电影边接吻。

桌上的半瓶红酒不小心被推到地上，浓郁的酒香弥漫满室。

室内灯光昏暗，窗帘飘动，满床凌乱。

大概是醉了，时陆红着眼睛，将脸埋在她的脖颈儿间。

“我不想回去上学了。”他难受地拖长声音，“阿千……我只想每天黏在你身边。一刻都不分开。”

大四最后一年是实习，学校可以直接给他们在荔城分配实习的三甲医院。正常情况下，本校学生度过八个月的实习期后就会进入转正流程。

班里的同学大部分都是听从学校安排，只有少数几个人准备自己联系实习医院。

而千萤的简历都是投往京市。

她在校的经历算是非常优秀，成绩始终在系里排前十，还拿过几个奖项，再加上南医大的背景，她很快便收到了一家医院的面试通知。

去京市面试当天，千萤没有告诉任何人，拖着自己的行李箱便踏上了飞机。

这两年，这条航线她坐过很多次，每次起飞、降落时的景色几乎都已经熟悉。

面试十分顺利，几个穿着白大褂的面试官更像学校里的老师，最后考核全部结束，坐在对面的人忍不住问：“你大学是在荔城，留在那里应该会有更好的发展，为什么要千里迢迢地换到另一个完全陌生的城市？”

千萤想了下，赧然一笑，不好意思地回答：“男朋友在这边。”

“那为什么不是他过去呢？”

“因为这几年一直都是他来找我，现在我想换成我来找他了。”

而且……千萤在心里偷偷地想：他是小朋友，需要人照顾。

时陆大三时就在校外租了房子。他已经拿到了国内最顶尖投行的录用通知，即将开始自己的职业生涯。

看到千萤时，他正好从公司回来，身上还穿着整齐的西装。当时他才下车，已经迫不及待地伸手去扯脖间深蓝色的领带。忽然抬眸看到不远处拖着行李箱的人。

傍晚夕阳灿烂，她眉眼弯弯地站在那里，朝他笑。

余晖洒落一地，打在她的身后。

时陆脑中突然出现一句话——趋光是人类的本能。

他每分每秒都想要朝她靠近，如同飞蛾扑火，永不停歇。

因为她就是光。

番外一

新婚快乐

两人开始同居生活后，并没有想象中那么如胶似漆，浓情蜜意。

实习后，千萤的工作很忙，还会上夜班，虽然两个人住在一块儿，但见面的时刻并不算多。

有时是早晨，她下班回来后可以和时陆一起吃个早餐；有时是下午，下早班的她能给他做个饭，两人再共同度过一个夜晚；有时是深夜，千萤回家时，时陆常常已经睡着，给她留着一盏小夜灯。

千萤过来之后，时陆就把房子换了，租在医院附近，步行去医院不过十几分钟，而他每天开车上班，需要半个多小时的车程。

他大二就拿到了驾照，实习没多久，买了辆几十万的代步车。

这些钱都是他自己的，大学时时陆把自己这些年的压岁钱玩票似的做了一些投资，现在已经是笔非常可观的数目。

至少对千萤这种刚入社会的人来说，是要工作很多年、不吃不喝才能攒下来的积蓄。

临江医院，住院部外科，大家忙碌完稍微闲下来一会儿，千萤和另外一个护士在后面整理着医疗用品。

下午两点钟，刚好是空气沉闷、容易犯困时，一个穿着白大褂的医

生模样的人走了过来，手里提着两杯奶茶，然后笑盈盈地推了推脸上的眼镜，把手中的奶茶搁在护士台上。

“小千，请你们喝奶茶，工作辛苦了。”

“啊，不用了，这是我们应该的。”千萤愣了下，连忙摆手推托。

“买都买了，你就喝吧。”来人佯装生气，不由分说地把奶茶推给她，然后冲她展颜一笑，走了。

他离去得很潇洒，留下千萤看着面前的两杯奶茶发愁。

旁边那个一起值班的护士探头望过来，笑出声，说：“方医生又来给你送温暖啦？”

“嗯。”千萤无奈地点点头，露出苦恼，“我都和他说过我有男朋友了。”

“谁叫你进来第一天，人家方医生就对你一见钟情了。书呆子难得动一次心，可不得不撞南墙不回头嘛。”她熟门熟路地拿出里头的一杯奶茶，拆开吸管插进去，猛喝两口，“这杯奶茶倒是送得及时，我渴死了，多亏沾了你的光。”

“可……”

“别想了，你就算不喝这杯奶茶也不会改变什么，别浪费。”她拍拍千萤的肩膀，宽慰道，“等哪天把你男朋友拉出来在他面前遛一遛，说不定方医生就死心了。”

当然也许会更加执着……这句话她放在心里没有说出来。

毕竟方医生在他们医院算是年轻有为，家世、能力、长相一样不差，平时也是有小护士追在后面跑的，万一千萤的男朋友不怎么样……

临近下班，大家收拾着东西准备回去。千萤换好衣服，背着自己的包包出门。

“小萤，等等我。”白天值班的护士小跑过来，拍拍她的肩膀，“一起回去啊。”

两人住的地方比较近，都在医院附近的小区里，从医院出去后有好长一段都同路。两个人一起走的话刚好有个伴。

千萤没意见，点点头，打量她道：“你今天怎么打扮得这么好看？”

“好不容易周末，晚上出去约会呢。”

“原来今天是周末……”千萤这才反应过来。她的休息时间不规律，所以把这个事情忘记了。

时陆周末固定双休，不加班的话都放假，而她已经连着好几个星期都没能陪他了。男生虽然不说，但暗地里的不满挺明显。

尤其是，昨晚他不小心看到了她的手机消息。

两人的指纹都是可以互相解锁的，但千萤一般不会去翻他的手机，时陆也是。不过昨天就很凑巧，她回完消息，手机放在一边，没有息屏，便去阳台上收衣服了，结果回来看到时陆拿着她的手机在看。

上面还显示着和方医生的对话框，只不过内容已经更新，他发了好几条新消息过来。

这次聊天的起因是他给她分享了一篇关于南医大的文章，开头两人聊的内容很正常。

方医生：小千，我记得你就是这个学校毕业的？

千萤：是的。

方医生：我有个师弟也和你同校，他总说他们学校的风景特别漂亮。

千萤：是，还可以。

发完这条，她就把手机搁在柜上，去收衣服准备洗澡了。

如今最新消息已经变成——

方医生：不知道下次有没有机会过去看看。

方医生：那时候请你当导游啊。

方医生：早就想去欣赏一下南医大的风采了。

方医生：【憨笑表情】

时陆拿着手机，目光定定地盯着上面的内容，脸色阴沉，说不出来地吓人。

千萤不敢说话。

似乎听到了响动，时陆抬起头，一言不发地把手机递到她的面前，轻轻地挑了下眉。

千萤轻咳了一声，接过来，解释道：“我不知道他为什么说起这个，我们不熟。”

“是吗？”时陆睨着她，似笑非笑，“我看你们聊得挺多的？”

千萤忘了这茬儿。

自从她实习轮换到外科以来，方医生时不时就会给她发消息，都是一些无意义的话题，比如“今天天气真好”“奶茶喜欢吗”“你今天下班好早”之类的。

千萤有时候不会回，实在忽略不过去的话题就礼貌地敷衍一下，如果不是每天工作需要接触，她可能会直接把他删掉。

“我和他说过我有男朋友了……”千萤觉得自己的辩解无力又苍白，可她还是努力挣扎道，“我在医院都尽量避着他。”

“他叫你小千？”某人今天的醋坛子是彻底打翻了。

因为这个小风波，千萤昨晚被他折腾得死去活来，早上差点儿迟到，直到现在腿都依然隐隐发酸。

千萤想着事情，没注意两人已经走出了医院大门。周围人来人往，和她同行的小护士正说着话，前方突然传来一阵由远到近的引擎声。

两人抬起头，一辆宝蓝色跑车高调地从不远处驶来，一个漂亮的甩尾，最后无比嚣张地停在了千萤面前。

车窗摇下来，露出一张戴墨镜的脸。

时陆抬手摘下眼镜，冲她扬了扬唇，说：“阿千，我来接你下班。”

男生潇洒地开门下车，径直走到千萤跟前，接过她手里的包。

“鹿鹿……”

时陆大张旗鼓，几乎引起了医院门口所有人的注目。

千萤被他的架势惊到了，更加搞不明白他这辆车是从哪儿来的，目光短暂茫然，在那辆夸张的跑车和他之间来回打转。

“小……小萤，这是你男朋友？”旁边的小护士已经彻底震惊，视线落在时陆身上，嘴巴大张。

“你好，初次见面。我是阿千的男朋友。”时陆得体地笑着，跟她打招呼。

“阿千麻烦你们照顾了。”

“不麻烦，不麻烦。”小护士连连摇头。

“那阿千我们就先走了，回家注意安全。”

时陆各处都挑不出任何毛病，举止有礼，再加上身后那辆张扬的跑车衬托，在外人看来，他是一个标准又炫酷的高富帅。

千萤却默默地捂住了脸，拉着他的袖子催他赶紧上车。

惹眼的跑车在医院门口短暂停留，又很快离开。千萤坐在副驾驶，打量着内外装饰，一言难尽。

“鹿鹿，你哪儿来的这么……浮夸的车？”

“租的。”

“哼。”男生扬了扬下巴，一脸骄傲得意，“我就是要让他们知道你老公有多优秀，别一天到晚在这里觊觎我的宝贝儿。不知天高地厚。”

“来外科实习的那个护士的男朋友开着跑车来接她下班”的事情很快传遍了整个住院部。这得多亏了当天的目击者小周的大力宣传。

当晚大家就在私下的八卦小群里热情地聊开了。千萤一直被人“艾特”，手机响个不停。

小萤，你男朋友真的一米八五，开跑车，帅得惨绝人寰，还温柔体贴？

上面的形容全部来自小周的夸张渲染。这句话很快引起了全群女生的关注，不少男同事也参与进来，八卦了两句，话题几乎引起了刷屏。

突然，一直没作声的方医生“艾特”了一下千萤，引用的是方才同事的话。

方医生：@千萤 真的吗？

千萤默默地盯着屏幕几秒，回复：真的。

紧接着，手机疯狂振动。

千萤快速地看完没再说话，这时旁边突然凑过来一个脑袋，时陆正认真地盯着他们群里的聊天内容，眨巴着眼睛。

“这场面，如你所愿。”千萤转头，生无可恋道。

这件事唯一的后续影响，就是方医生沉寂了许多，不再隔三岔五给她塞奶茶发消息，甚至有时两人迎面撞见，他连招呼都不打了。

千萤清静了很多，只是忙碌依旧。

医院最近连床位都不够用，千萤连着值了几个大夜班，之后又是晚班，每天下午四点上班，晚上十二点才回去。正好时陆这段时间有个重要项目，他忙了两个通宵，回来一沾枕头就睡了过去。

两人明明住在同一个房间里，却硬生生地有三天没碰到面，作息正好反了过来。她在家时他上班，她去上班时他在家。

平时就只能靠手机联系对方。

某天回来，时陆看到空荡荡的屋子时，忍不住给他许久未见的女朋友发了条消息：你好，请问我的女朋友还在吗？

更惨的是，千萤上班时根本忙得摸不到手机，她看到这条消息已经是好几个小时后，她在间歇里回复：还活着。

千萤：男朋友最近还好吗？

时陆没顾得上正在开的视频会议，直接垂眸给她回：不太好。

时陆：再见不到你，我就要茶不思、饭不想、夜不能寐了。

今晚我也不确定能准时回来。千萤非常抱歉地回他。

千萤：鹿鹿你先睡，别等我。

千萤：我错了【小人下跪表情】

千萤：先不说了，我要去忙了。

千萤：爱你，么么哒【爱心】【爱心】【爱心】

时陆对着噼里啪啦发过来的一大堆内容干瞪眼，片刻，他无比生气，手握拳重重地砸了下桌面。

“嗯？刚刚怎么有‘砰’的声响？是谁家的东西掉了吗？”视频会议里，同事茫然地问。

另一人接话：“好像是时陆那边发出来的。”

“没事。”时陆如常回答，“刚刚打死了一只蟑螂。”

“家里的卫生可得好好搞搞了。”须臾，小组领导委婉地说了一句。

医院临时有个手术要做，人手不够，千萤过来帮忙，做完收尾工作准备离开时，已经夜里十二点半了。她换下衣服，和小周结伴回家。

小区里只有几盏路灯，从保安亭处拐进去就是他们家。千萤拿出钥匙开门，整个客厅悄无声息，卧室的门虚掩着，亮着柔柔的昏黄灯光。

时陆在正中间的那张床上睡着了。他平躺着，睡姿很乖，半张脸掩在被子下面，轻轻地呼吸着。

千萤小心翼翼地推门进去，没有发出一点儿声音，但时陆还是察觉到了。他向来睡眠很浅，千萤刚从衣柜里把睡衣拿出来，就听见迷迷糊糊的一声："阿千……"

她转过头，看到时陆已经醒了，正在揉着眼睛。

"你继续睡，我先去洗个澡。"她立刻说。可时陆好像还在半梦半醒中，没有听到，他径直朝她张开手，声音含混不清："抱抱。"

千萤走过去，投进他的怀里。房间光线很暗，她半边身子压在被子上，被他紧紧地揽在胸前。

时陆闭着眼睛，在她的肩上蹭了蹭。

夜晚很安静，两人静静地拥抱着。许久，千萤小声地说："鹿鹿，我要去洗澡了。"

无人回应。

她抬起头，发现时陆已经再度睡着了。

千萤第二天依然是晚班，时陆起床上班时她还在睡觉，但她隐约听到了细碎声响，然后感觉有人在她的额头上亲了一下。

日上三竿她才醒来，在手机上看到一条信息，来自时陆清晨的留言：今天亲到了女朋友。感恩。

她笑了，笑完又觉得心里酸酸的，最后只能给他回复：早安，鹿鹿。

这种情况他们本来以为只是偶尔，却没想到后面会发展为常态。千萤的实习岗位转到儿科之后，她迎来了堪称灾难的一个月。

上班时间，她忙得脚不沾地。小孩儿爱哭闹，于是护士扎针成了一项伟大又麻烦的工程，她们还要面对心急的家长的各种问题。

儿科是出了名的病人多、人手少，加班基本成为常态，医护人员经常连吃饭都是匆忙塞几口。

时陆给她打电话，十次有九次能听到对面的小孩儿的哭闹声，有时候

还能听到千萤轻声哄："宝宝别哭，马上就不痛了，乖。"

然后到他这儿，千萤马上恢复正常语气，她根本没有时间闲聊，说完事情，立刻就要去忙，电话很快结束。

以前两人每隔几天还能在家一起吃饭，现在千萤一日三餐都在医院食堂解决，留下时陆一个人，对着空荡荡的屋子和冰冷的餐桌。他叹了口气，感觉自己像个步入晚年、还没有老伴儿的孤寡老人。

京市四季分明，一进入九月，温度就降了下来。

昨夜下完雨，天气立即转凉，衣着从短袖变成长衫。

一凉就容易感冒，尤其是抵抗力偏差的小孩儿。千萤他们科室最近新收入不少病人，都是因为头痛脑热，发烧受凉。

千萤今天原本休假，说好要回家的，结果一个已婚的女同事突然因为孩子有事请假了，只能由她顶上。

千萤这段时间一直在加班，和时陆连碰面都难。她忙得昏头昏脑时偶尔会想起他，然后才恍然发现，两人好像好久都没好好说过话了。

前几天他还在抱怨，觉得自己在她心里一点儿都不重要，还不如她的病人，至少每天都能见到她。

要是以前，时陆大概早就闹了，但是这两年来，他似乎真的变了很多，除了口头不满几句，也并没有干涉她的工作。

时陆好像真的长大了。

千萤的思绪很快又被小孩儿的哭声唤回。千萤端着盘子匆忙过去，给他们换药水。

时间一点一滴地流逝，不知不觉，已是深夜，墙上圆形钟表的时针指向十二，病区里的人渐渐少起来，相比之前，哭闹声少了一半。

很多小孩儿已经慢慢地在大人怀里入睡了，脸蛋哭得通红，这会儿安静地打着点滴，小手上缠着白色纱布，看起来可怜巴巴的。

护士站的压力总算舒缓了，其中一个小护士去给输液的病人换药了，千萤独自坐在护士台写着报表。

这时，走廊尽头的门被推开，发出细微声响，在这样的夜晚不显突

兀，甚至无人在意。

千萤正咬着笔杆子，对手底下的报表发愁。面前突然落下一片阴影，她抬起头，看到了熟悉的脸庞。

时陆正站在她的前头，穿着薄薄的长袖衬衫。外面似乎起了风，把他的头发吹得有点儿乱。

头顶灯光惨淡，时陆的面容略微憔悴，见她看过来，他用手抵住唇，用力地咳嗽了两声。

“鹿鹿？”千萤难以置信，瞳孔放大，“你怎么来了？”

“我来看看女朋友。”

时陆把手里提着的奶茶、零食放到她的面前，然后极其自然地在她旁边坐下，看着她。

“对不起鹿鹿，我实在是太忙了。”千萤满脸歉意地望着他，但还是开心的，“刚刚才坐下来，准备把这些东西写完。”

“那我在这里陪陪你。”时陆很贴心地坐在一旁，把脑袋搁在她的手臂上，模样乖巧。

“可是……”千萤却发愁，“我待会儿还要去给那些小孩子量体温、换药。应该也待不了多久。”

“那我怎么办？”时陆抿了一下唇，脸上恹恹的，突然伸手扯住她的袖子，“护士姐姐，我也生病了。”

他难受地咳嗽了两下，眉眼低垂，头在她的肩膀上轻蹭着，不依不饶道：“你也照顾照顾我……”

千萤儿科轮换结束那天，最开心的莫过于时陆。

千萤刚好休假，赶上周日，两个人都有空在家。千萤早早地起来打扫卫生，然后两个人出门买今天的食材和这段时间需要补充的家居用品。

超市里，时陆推着车，而她在两旁的货架上认真地挑选着纸巾。她默默地比对不同纸巾的区别，时陆的目光早已被前面架子上五颜六色的彩虹糖吸引。

等千萤挑好纸巾准备拿过去，时陆已经趴在推车上，正仔细地拿着糖

果盒看。她刚要叫他，眼前突然走过去一对情侣。

千萤被他们的外貌吸引住。女孩儿长相清纯，五官漂亮，长发微卷。她穿着短上衣、牛仔裤，腰细腿长，皮肤白皙。

男生穿着衬衫、西裤，鼻梁上架着一副金丝眼镜，身材清俊却不单薄。

两人站在一起，放到人群中轻而易举就能脱颖而出。

千萤不由得多看了他们一眼，觉得般配。

她走到时陆身边时，他终于对比好了，把右手边那盒彩色糖果丢进购物车，脸上露出买到喜欢的东西的满足。

“我刚刚看到一对特别好看的情侣。”千萤不是爱八卦的人，此刻却也忍不住和时陆分享，声音低低的，藏着一点儿激动。

千萤从来没有夸赞过别人的外貌，甚至连明星都不追。高中时班里的女生都沉迷于杂志海报上的偶像群体，每天扎堆讨论学校的帅哥，只有她整日抱着英语单词埋头苦背。

甚至以时陆这样的长相，这么多年都没见她夸过一次。

他以为千萤是那种从来不关注外表的人，没想到能从她嘴里听到对别人的赞美。

他不由得淡淡挑眉，语气平静道：“有多好看？”

“就……”千萤费力地想了想，目光突然停留在他的脸上，思忖几秒，“那个女孩子特别漂亮，男生……比你差了一点点。”

“只有一点点？”时陆眯了下眼睛。他俯身盯着她的脸，越靠越近，直到两人的鼻息几乎交织到一起。

在他的威压下，千萤不由得往后仰，立即改口道：“差了十万八千里！”

“那也称得上好看？”时陆反问。

“我刚刚说错了。”千萤态度诚恳，情真意切地说，“刚刚看到一个女孩子特别好看，其他没有了。”

时陆轻哼一声，扬了扬头说：“晚了。你对我心灵造成的伤害已经难以挽回。”

“我错了。”千萤双手扯住他的衣角，“我想挽回一下。”

“嗯？”时陆低下脸。

千萤踮脚，极其自然地在他的唇上亲了一口。

“勉勉强强吧。”时陆总算放过她，继续推着车往前走。

千萤讨好似的挽住他的手臂，说：“鹿鹿，你最好看。”

“哦。”这下时陆是真的笑开怀了。

太久没补给家用，要买的东西太多，两人把超市从头到尾逛了一遍，几乎装满整辆购物车。

这一段只是上午的小插曲，很快掀过。

午饭是在外面吃的，两人到家正好休息。

这是个小两居室，虽然有点儿老旧，但很安静整洁。旁边都是居民区，住的都是些退休的教师和他们的子女。

时陆租的这个房子和大一暑假时千萤在荔城租的那个房子有点儿像，都藏在闹中取静的地段。有时候两人逛完超市从外面回来，千萤总会想起从前的日子。

两年的时间，好像有什么变了，又好像什么也没变。

那段异地恋让他们更加珍惜彼此了。

千萤闲适地躺在窗边看书，时陆切了水果过来，不肯好好坐着，硬要和她挤在同一张沙发椅上。

这张躺椅不大，躺一个人有空余，躺两个人就必须紧紧地贴在一起。千萤被迫窝在他的怀里，侧着看书。

她刚看几眼，一颗草莓递到嘴边。时陆一边吃，一边投喂着她。草莓是今天在超市买的，很新鲜，她咬了一口，吃掉最甜的部分，剩下的被时陆毫不嫌弃地塞到自己的嘴里去了。

“好吃吗？”他在她耳边问。

千萤的注意力都在书上，没怎么犹豫，点头。

“我尝尝。”时陆说。千萤刚困惑地抬起脸，眼前就落下一道阴影，唇被人含住撬开。

两人口中都是草莓残留的香甜。时陆绝顶黏人，在她喘不过气前松开她，却没离开，湿热的气息一路往下，将头埋在她的颈间。

千萤手腕发软，书掉落下去，陷在身体和躺椅的夹缝间。她轻喘着，

仰起脖子，说：“就知道……你过来准没好事……”

轻笑声几乎是贴着耳郭，伴随着热气涌进来的，时陆吻了吻她的耳朵，终于放过她。

“我怎么了？”时陆一开口，便是熟悉的“委屈”味。

“你好不容易能放一次假在家，我想和你待在一起都不行吗？

“上次我都感冒了你还在加班，我一个人孤零零的，连想喝口水都只能自己挣扎着从床上爬下去倒。如果不是外卖小哥可怜我，我可能就饿死在冰冷的屋子里了。”

“你说的是去医院找我的那次？三十七点三摄氏度？”千萤开口。上个月时陆确实有一次小感冒，他那天还特意去医院找她了，他不依不饶地叫着“护士姐姐……你也照顾照顾我”，千萤只好拿出体温计给他测量体温，结果一出来，三十七点三摄氏度。

刚刚达到发热最低值。

以正常成年人的抵抗力推断，保持良好状态，好好睡一觉，起来大概就没事了。但是那天千萤还是给他开了一堆药，把他送到医院门口时亲了又亲，才把这个人安抚回去。

那晚千萤都不敢直视门口保安大爷的眼睛。

被千萤这么无情地揭穿，时陆的“绿茶”表演被迫中止。他垂下眼帘，黝黑的眸子静默地注视她，须臾，他道：“怎么？嫌弃我了对吗？”

千萤连忙揽住他的脖子，说：“鹿鹿，我开个玩笑，你生病了我心疼都来不及，怎么会嫌弃你呢？”

她将功补过般，在他的脸上一个劲儿地亲着：“我最喜欢你了。”

“亲这里。”时陆微低头，把自己的唇送过去。

“嗯。”

千萤亲上去不多时身体便腾空了。时陆抱着她往卧室走去。

千萤计划的完美周末泡汤。

这天千萤睡到红霞漫天时才醒，此时夕阳已经装满了房间，时陆系着围裙在厨房忙碌，然后笨手笨脚地端出两个菜。

她走过去，抱了抱他。

两人在华灯初上时坐下来吃晚饭，时陆做的那两个菜无人问津，千萤后面做的菜被一扫而空。他翻着手机里的菜谱懊恼，一定要找出失败的原因。

千萤收拾着碗筷，放进洗碗机里。

时陆最终放弃了，陪她在沙发上看起了电视剧。

客厅温馨依旧。

深秋的京市已经很凉了，但阳光却还是很明艳。

秋风萧瑟，树叶发黄，道路两边都开始堆积落叶。

时陆工作后常穿衬衫、西裤，整个人修长挺拔，往日的少年气被遮盖，隐隐透出一丝属于年轻男人的沉稳魅力。

这就造成了一种错觉。

在外人面前，时陆几乎都是高冷寡言的形象，工作能力很强，做事靠谱，举手投足间可以看出良好的家世教养。

看着好相处，其实极难接近，公司里谁也没和他有过多交往。他一直和人保持着礼貌的社交距离，从来不参加公司同事私底下的任何活动。大家对他知之甚少，只知道他每天开车上下班，好像有个女朋友。

时陆的衬衫很多，整排挂在衣柜里，各种款式、颜色都有，一周几乎不重样。他怕麻烦，却又讲究，不喜欢穿其他正装，每天就随手扯出一件衬衫穿上，系个领带便能出门。

千萤有空的时候会帮他熨烫整理一下，忙起来都是时陆自己打理。这半年，他硬生生地从一个十指不沾阳春水的大少爷变成了连衬衫都会熨烫的居家好男人。

而讲究又嫌麻烦的人，在京市入秋后，又一次没有征兆的降温下，因为不爱穿外套出门，终于"光荣"地感冒了。

为了避免他再把自己说成是一棵孤苦无依、没人管、没人爱的可怜小白菜，千萤特意请了一天假在家照顾他。

时陆躺在床上，额头上放着毛巾，脸色苍白。千萤从他的口中拿出体温计，三十八点三摄氏度。

这次是真的生病了。

“不去医院。”他咳嗽了两声，坚定地说。他的身体往被子里缩了缩，只露出那双黑黢黢的眸子。

“不知道能不能退烧。”千萤探手过去摸了摸他的额头，语气担忧道。

时陆乖巧地说：“可以的。我现在身体强壮了很多，吃完药，睡一觉起来就没事了。”

千萤的心变得软趴趴的，她配好退烧药，放在瓶盖里和温水一起拿给他。等时陆皱着眉吃完，她又往他嘴里塞了一颗糖。

“好好休息一下吧。”她摸摸他的脑袋。

时陆再度缩进被子里，用期盼的目光看着她，说：“你陪我一起。”

“好。”千萤脱了鞋子上床，把他抱进怀里。时陆的脸颊贴着她的肩窝，满足地闭上眼睛。

房间内一时很安静，阴天光线暗沉，空气中有些凉意，最适合在家躺着休息。

闭目间，千萤也隐约有了睡意，只是时陆很不安分，一会儿挪动身子，一会儿又抓着她的手指把玩，声音低低地说：“我睡不着……”

“怎么了？”千萤的手轻拍着他的背。

“不舒服……”时陆只含糊地嘟囔道。

他什么也没说，千萤却隐隐可以猜到。时陆只要一感冒发烧，头疼就会如影随形，但他这两年却很少提起，像是刻意隐瞒般，只有实在忍耐不住时才会偶尔和她倾诉，让千萤帮他按按额头。

“我帮你揉一下。”千萤微微撑起身子，手放到他的太阳穴两边，轻按打转。

时陆的眉心不自觉地舒展，用额头蹭着她的锁骨。

“阿千……”男生无意识的呢喃像是在撒娇。

时间无声无息地流逝，大概是药效上来了，时陆一点点安静下来，呼吸逐渐平稳，在她的怀里眯着，像是已经入睡。

千萤慢慢地松开手，活动了下发酸的手指。

“你怎么不说话了？”本以为睡着的那个人却突然动了，手摸上来握

住她的手腕，嘟囔着。

“你怎么还没睡？”千萤低下头。

“我睡不着。”时陆仰起脸看她。他像个磨人的小朋友，千萤想起了在儿科那一个月被支配的时光。

“你别说话，闭着眼睛就慢慢睡着了。”千萤拍着他的头哄道，十分敷衍。

时陆委屈地抱怨：“你对我一点儿都不好。哄别的病人就说‘宝宝听话，乖’，到我这儿就是‘闭上眼睛，睡觉’。”

“我什么时候这么哄别的病人了？”千萤感觉自己非常冤枉，困惑地问他。

“在儿科的时候。”某人理直气壮地说。

“所以呢？你也是宝宝吗？”

“嗯。”时陆点头，眼睛亮晶晶的，望着她，“你也哄哄我。”

静默几秒，千萤认命地拍着他的身体，嘴上轻哄着：“宝宝听话，乖，好好睡觉。”

时陆消停了一会儿，没多久，道：“你怎么就叫一声？”

“快点儿。”他催促着，手在被子底下扯了扯她的衣角。

“宝宝，宝宝，宝宝……”千萤生无可恋地叫着他。

时陆终于心满意足地扬起嘴角，紧紧贴着她，小声地开口：“你也是我的宝贝儿。”

时陆的烧在第二天就消退下去了，只是并未完全好。

早上出门前，千萤给他穿上了厚外套，将他裹得严严实实的才放手。

时陆还被她逼着穿了一条秋裤，他觉得自己的精英形象荡然无存。

“阿千……”走出门后，他还在回头挣扎，“我真的已经好了。”

话音刚落，迎面吹来一阵凉风，他猝不及防，剧烈地咳嗽了两声。

他再抬头，正对上千萤“你看吧，我就说”的笃定目光。

他悻悻地摸了摸鼻子，放弃抵抗去了公司。

千萤休假过后，连着值了两个夜班，转白班那天，事情格外多。

因为她这两天忙于工作，对时陆不闻不问，时陆对此表示了不满。

千萤忙里偷闲给他发消息：今天发工资了，晚上请你吃大餐。

在这条后面，她又加了句：补偿。

发完她就把手机揣进兜里忙去了，等临近下班拿起手机时，才看到时陆发过来的消息。

好吧。他似乎有点儿勉为其难。

千萤扬唇，敲键盘：那晚上去哪儿吃？

都行。我不挑。时陆几乎是秒回她。

千萤：好。

千萤刚把这个字发过去，那头的时陆发来一句：那你晚上来接我下班。

千萤陷入茫然，大脑空白的她给他回了个问号。

没两秒，他发过来一个红包：男孩子下班都是要女朋友接的。记得打车。

千萤白班的下班时间比起正常上班族要早两个小时，她换下护士服，穿上自己的衣服，走前看到镜子里的人，又停住脚步，折返回去。

千萤从包里拿出口红，薄涂了一层，轻轻一抿。她左右看了下，满意地点点头，出门。

从千萤的医院到时陆的公司需要四十多分钟，但刚好撞上周五下班高峰期，中间堵了很久，等她到时，时陆已经快下班了。

这是她第一次到时陆上班的地方。

和医院那边的环境截然不同。这里地处京市中央，四周车水马龙，高楼林立，京市的地标性建筑就在不远处，抬头就可以望见。

形形色色的人从身边走过，不分男女，大多穿着简单干练的职业装，鞋跟敲击着地面，走路仿佛带着风。

千萤拽了拽自己的斜挎包带子，正抬头仰望着面前的高耸写字楼，包里忽然传来“嗡嗡嗡”的声响。

是时陆的来电。

她接通，放到耳边，听到里头传来熟悉的带着笑的声音。

“阿千，我看到你了。”

“嗯？”千萤觉得不可思议，仰着头，更加用力地盯着那些几乎一模一样的玻璃外墙窗格。她只看到了上面倒映着的蓝天白云。

“你戴着一顶小黄帽，花边长裙，米色毛衣。哦，还斜跨了一个棕色的小包包。”时陆不紧不慢地道出了她此刻的全部装扮。

千萤震惊。

“你怎么看见的?！你们公司不是在二十三楼吗？”千萤呆呆的，脑中只剩下一个猜测。

“难道你有望远镜吗?！”

“笨蛋。”时陆忍不住笑骂道，再也憋不住，“你别仰头了，看前面。”

千萤拿着手机，扭回已经仰得快发酸的脖子，在自己正前方几米处看到了站在那儿的时陆。两人四目相对，他笑得格外夸张，收起手机，摇摇头，朝她走来。

今天的艳阳无比灿烂。黄昏时分，风里还裹挟着午后的温暖。男生穿着深蓝色衬衫和黑色西裤，面容清俊，眉眼被衬得鲜活漂亮。

千萤看着他，一瞬间觉得时间过得真快，她的鹿鹿都成了一个年轻又英俊的男人了。

他长得真好，没有辜负任何岁月。

“你怎么傻乎乎的？”在她发呆时，时陆已经把她揽入怀里，捏捏她脸颊，嗔怪道。

千萤刚回神，没等她开口，时陆又立刻捧着她的脸亲，还在她的唇上轻啄了两口，自言自语道：“还傻得蛮可爱。”

千萤一下挣脱掉他的手，瞪过去，说：“你才傻。”

得了便宜还卖乖。

“我错了，好阿千。”时陆受了她一个白眼，立马软下语气，缠上来。他抓着她的手，和她十指紧扣，又低头在她的脸上亲了下。

“你来接我下班，我好开心。”

“那我们待会儿去吃什么？”千萤大人有大量，不和他计较。

她说完正准备用手机选择餐厅，忽然看到时陆看向前面某处。

与此同时，她的耳边响起弱弱的、难以置信的一声：“时陆？”

她看过去，两人不远处站着三四个同样穿着职业装的人，不同年龄，有男有女，唯一共同点就是他们身前挂着和时陆一样的工牌。

比起她，对面的几个人明显更加震惊。他们先是不可思议地看着时陆，紧接着目光又偷偷移到千萤的身上，打量几眼，再飞快地转向时陆。

“这是你的……女朋友？”其中一个男生先打破沉默，试探地问道。

时陆面不改色地点头。

“嗯，我女朋友。”他说完，低头对千萤介绍，语气温柔很多，“这几个人都是我的同事。”

“哦哦。”他似乎并不打算再多做介绍，千萤只能尴尬地应了声。

对面的人显然也察觉到这一点，其中一位于是干笑了下，礼貌地寒暄：“待会儿我们要去聚餐，时陆你要来吗？刚好和你的女朋友一起。”

“我就不去了。”时陆拒绝，神色自如道，“待会儿我要去约会。你们玩得开心。”

“啊，这样……那我们先走了。”

“拜拜。”

几个人互相告别，然后往不同的方向走去。擦肩而过时，千萤看到人群中有两个女同事手挽手，一边看他们一边窃窃私语着什么。

待他们走后，千萤若有所思地停下，被时陆撞了撞胳膊，才一脸沉痛地抬起头。

“鹿鹿，你和同事的关系是不是都不太好？”

时陆缓缓地挑起眉。

“不然他们怎么看见你就像见了鬼一样？”

时陆语塞，片刻后，不由分说地牵着她往前走。

“想好今晚要吃什么了吗？”

两人在这边讨论着晚上的约会行程安排，而另一边，聚餐的人也陷入了热烈的讨论中。

这是公司例行的同事聚餐，除了时陆，人基本上都到齐了。方才撞见他的几个人正在热情地分享着八卦。

“要不是亲眼看见，我是真的不相信，一个人竟然会有差别如此大的两副面孔。”

“我们部门的那个大帅哥时陆知道吧？”

“知道知道，很高冷，我在电梯碰到他都不敢打招呼。”

“没错，我们刚才在公司楼下撞见他和他女朋友了。”

“一开始没人敢认。”

“谁能想到，那个巨高冷的大帅哥在他女朋友面前黏人得像只小猫咪，又亲又抱的，就差没挂在他女朋友身上。”

“啊！”

一群人发出不可思议的声音，快要震破天花板。

而他们口中那个巨高冷的大帅哥的女朋友正面临着烦恼。

时陆太黏人了。

尤其是喝了酒。

两人今天不知怎的，最后定下的是一家西餐厅。牛排当然少不了红酒搭配，而时陆生动地诠释了什么叫又“菜”又爱喝。

没几口，他的脸上就泛起淡淡红晕。

大庭广众之下，他的头竟然往她的颈间埋，东嗅嗅，西亲亲，整个人就差贴到她身上。

千萤在极力抵抗中，把他拖上了出租车。

看着身旁紧紧黏着她不放的人，千萤暗自叹气。到底什么时候时陆才可以改掉这个喝完酒就喜欢亲人的坏习惯。

京市春暖花开之际，有位著名的艺术家在国家美术馆举办了个人画展。

这位画家在国内外都颇有盛名，今年已经是九十三岁高龄了。他深居简出多年，这次终于在京市筹备了个人展，为期十天，一票难求。

他是时陆非常喜欢的一个画家。每个美术生在练习阶段都或多或少临摹过他的画作。对于国内的这些青年画家，他是教科书中大师级的存在。

时陆拿到了画展开幕式当天的两张票，他要求千萤这次无论如何都要

把时间空下来，陪他去看展。

当天刚好周六，千萤磨了护士长好久才换来调休。两人到美术馆时，那里简直人山人海。

展馆很大，顶部是半圆形的穹顶，高高的墙壁上镶嵌着彩色玻璃窗户。场地宽敞，各种画作挂在四周。

展馆里人很多，时陆牵着她慢步看着。到了里面稍微清静几分，也更空阔。

这些年来，千萤陪着时陆看过不少大大小小的画展。每个画家都风格迥异，每次她的感觉都不一样。这次也是如此。

她看着墙壁正中间挂着的那幅星空，移不开眼，掩不住眼底的惊叹。

太震撼了。

那是个中等画框，画的构图特别，色彩美妙，绮丽梦幻中带着一丝神秘，让人想起夏夜星空。

“这幅画是我最喜欢的作品，只可惜不对外出售。你瞧，一眼看去，似乎只是星星，可仔细去看……”

两个人正停在画的不远处时交谈着。

这时有一对夫妇携手走到他们的前方。千萤只能看到背影。

女人穿着一条墨绿色丝绒长裙，卷发。她在画的前方优雅地对身旁的男人轻声介绍着：“它像是一幅宇宙图。每颗星星都是宇宙散落的轨迹，地球和太阳都在相对应的位置。”

“还真的是这样。”男人说话时有淡淡的粤语口音。他含笑点头，注视着她：“小轶，你的见解总是这么奇妙独特。”

“有吗？”女人也笑着牵过他的手。

话语间，两人转过了身子，正好面向千萤和时陆。

这时女人的脸完全出现在两人的视线之中。和千萤想象中的样子相差无几。

鹅蛋脸，皮肤细腻白皙，五官漂亮，是极其少见的大美人，比起二十世纪九十年代最出名的港台女星也毫不逊色。

千萤不禁多看了她几眼，心底却莫名地涌起一种诡异的熟悉感。

女人脸上的笑容也在看到他们的一瞬间消失得无影无踪。她怔怔地望着时陆，表情很奇怪。

这一刻，千萤脑中闪过多年前在书房中看到的那张照片。里面的女人和眼前这位似乎重合了起来。岁月也很优待她，这么多年，她几乎没有老去。

千萤的手被身旁的人无声地攥紧。时陆直直地盯着前方，呼吸沉重而缓慢。

他紧紧地咬着牙关，肩膀在极度克制中轻颤。他的眼眶也一点点地红了。

四人中没有一个人说话，就连女士旁边的那个男人也保持了沉默。

偌大纷乱的空间，时陆和女人无声对峙。他们看着彼此，像是要透过彼此的目光回望记忆中那个曾经闪着光的时刻。

那是真实存在的过往。

时陆垂放在身侧的手不自觉地握成了拳，指甲陷进肉里。他的眼睛已经红得不像话，仿佛下一秒眼泪就会掉落下来。但是没有。

时陆从头到尾都死咬着牙，额上青筋毕露。

“妈妈。”

突然，一声清脆的孩童叫声传来。旁侧的展厅里跑过来一个小男孩儿，他张开手，开心地朝女人跑来。

他身后还跟着一个十一二岁的小女孩儿，她正着急地叫住他：“弟弟，你别跑这么快！”

女人本能地低头看了眼抓住自己裙子的小儿子，不过短短一瞬，她再抬起头时，面前的人已经消失得无影无踪。

方才那个英俊而健康的男生再也寻不到半分踪影。

她的眼睛一眨，泪水汹涌而出。人来人往的画展中，女人站在那儿，怔怔地望着一个方向，任凭身前的小孩儿叫唤，却无动于衷。

许久，她深吸一口气，擦掉脸上的泪水，然后低头，抱起了跟前的小儿子。

“小轶……”身旁的男人欲言又止，“如果你想，我们可以去见

见他——”

“我不想。”女人不假思索地说。

“毕竟你也是他的妈妈……”

“从抛下他的那一刻起就不是了。”她重新抬起头，看向前方，“他应该有自己的人生，而我，以后不会再出现在他的生活里。”

这个画展两人没有看完。

时陆拉着她从场馆出来，一言不发地上车，然后系好安全带，开车回家。他全程都极度冷静，如果不是在路上差点儿连闯三次红灯的话。

他死拽着她的手，掌心已经出汗了，而他似乎毫无觉察，没有任何停留地穿过小区大门，进电梯，上楼。

打开家门的那一刻，时陆仿佛刹那间松懈下来。他松开紧握着她的手，肩膀微微下垂，就连脑袋都垂了下来。

时陆揽住她的腰，把整张脸埋进她的怀里。

“鹿鹿……”千萤担忧地摸了摸他的头发。

玄关处，光被柜子挡住，略显昏暗。

时陆很难受，声音低低地说：“阿千，我头疼。”

千萤抱住他。男生把她箍得尤为紧。他正极力地汲取着她的温度，如同溺水的人抓住了最后一根救命稻草。他的身体甚至隐约还在颤抖，就像在展厅那刻一样。

过了很久，他的情绪依然很糟糕。

千萤的胸口胀得发酸，手指轻轻地抚过他的脑袋。

“不痛不痛。”她闭上眼睛，压住心底的难过，轻声道，“很快就会好了。”

两人在悄无声息的房子里静静相拥，不知过了多久，千萤感受到脖间潮湿温热。

时陆的头埋在那里，一动不动。

“宝宝。”千萤突然偏过头叫他，然后轻声道，“我最爱你了。”

“真的吗？”时陆问。

“嗯。”千萤的手摸到他的脸，然后将他的脸轻轻捧起来。在他的注视下，千萤倾身凑近，嘴唇触碰到他温热的嘴角。

然后在他耳边道：“所以不准再为她难过了。”

这是时陆时隔数年，第一次见到记忆中的那个人。疼痛会让他忘记一些东西，小时候那次高烧过后，时陆其实已经逐渐记不清她长什么样了。

后来随着头痛一次次发作，那段记忆也变得越来越模糊。到最后，只剩下一两个破碎片段。除了偶尔做噩梦，他清醒时几乎想不起十岁前发生的事情。

陆医生说他是选择性记忆障碍，但在某种程度上，那段经历作为他的病因，或许忘记也是一件好事。

时陆以为自己早就不记得她长什么样子了，然而在那里看到她的第一眼，所有被遗忘的画面一幕幕在脑中回放，没有任何缓冲的时间。

眼前的人就这样和记忆中的人重叠在一起。

每天，她会风雨无阻地接送他上钢琴课，会温柔地蹲下来用手帕擦去他额上的汗水，还会在睡前坐在床边给他讲故事。

在她离开之前，时陆拥有过世界上最好、最温柔的妈妈。

而她的离开，就像是在时陆的身上打下了一个烙印，他永远难以释怀。

原本这个应该美好而又放松的周末，因为意外出现，变得无比压抑沉重。

当天夜里，时陆噩梦缠身。

那个闷热的下午在他的脑中一遍遍回放。他极力奔跑着，追逐一辆车，逐渐脱力，喉间干渴，稍微一用力呼吸就会呕吐。但这次车里坐着的人有了模样，赫然就是白天看到的那张脸。

未等他追上去，画面一转，车里的那个人又换成了千萤。她冷漠地看着前方，头也不回。铺天盖地的恐慌疯狂地袭了过来，时陆喘不上气，感觉自己快要窒息。

耳边隐约听到“啪嗒”一声响，有光骤然落在他的眼皮上。时陆猛地睁开眼，大口呼吸。

“鹿鹿，你做噩梦了吗？”千萤关怀的脸出现在视线中。她一只手放在他的额头上轻轻地擦拭着。时陆不假思索把她搂在怀里，死死抱住。

“阿千……”他用力地蹭着她的脖颈儿，浑身都在打战。

“别怕，我在这里。”千萤抚摸着他的后背。春寒料峭，而他的睡衣却被汗水浸透，紧贴着肌肤。

“我刚才梦到你走了……”时陆声音颤抖地说。他的意识还停留在方才切身经历的梦境中，此时恐惧不已。

“梦都是假的，我永远不会离开你。”

“你从前也是这样答应我的。”他惊惶不安，只能抱紧她。

千萤鼻间一酸，轻轻地抵住他的额头，直直地看着他的眼睛。

“鹿鹿，就算风筝飞得再远，它始终会回到拿线的那个人的手里。我的那根线永远在你手中。”

夜晚安静，她的话缓慢而有力。时陆望着她坚定的眸子，不安的情绪一点点稳定下来。

他轻轻地“嗯”了声。

男生的脸上渐渐恢复平静，瞳孔深处却仍然透着惶恐，他茫然地看着她。

千萤心头发软，凑过去亲了亲他。

“宝宝。”

时陆的睫毛轻动，垂着眼把玩着她的手指。

“宝宝。”

手指转移不了注意力了，时陆又把脸蹭到她的睡衣上。

“宝宝。”

千萤摸了摸他软软的头发，嗓音里带了笑。

须臾。

“嗯……”时陆没有抬头，低声应道。

千萤的手指摸到他发烫的耳尖处，揉了揉。

“你的耳朵怎么红了？”千萤明知故问，“你不喜欢吗？”

“喜欢。”时陆这次忍不住抬起了头，说道。

“那我以后都这么叫你。”千萤说。

时陆想了想，然后有点儿困扰，问她：“那以后我们有了孩子怎么办？小宝宝叫什么？”

千萤被他这个问题弄得脸有点儿红，但她还是认真地回答了：“他是我们的小宝贝儿，你是我的大宝贝儿。”

时陆心满意足地抱着她笑了，噩梦带来的阴影已经被驱散了一大半。

过了会儿，千萤没忍住，说：“可是鹿鹿，我们还没到法定结婚年龄，生孩子还早着呢。”

“我想想也不行吗？”

“你喜欢小孩儿吗？”

“嗯……你生的我都喜欢。”

“我也是。”千萤看着天花板，突然对未来有了憧憬，“我一定会对他们很好很好的。”

“不行。”时陆拒绝，“不能超过我。不然我会吃醋。”

“那我们还是晚点儿生吧。”时陆一锤定音，做下决定。

聊了大半个晚上，唯一值得庆幸的是，时陆的心情在好转。

最后睡意来临之际，千萤抓着他的手，说了句：“鹿鹿，你要开心。”

“嗯。睡吧。”他吻了下她的额头。

“宝宝晚安。”

繁星爬上夜空，树也安静，风也安静。

房间里，静静抱在一起的人安心地睡着了。

这几天，千萤都是上白班，早早地就下班到了家，回来路上顺便还买了菜。等时陆回来，他就可以直接吃上热乎乎的晚餐。

幸福来得太突然，时陆低沉的情绪在一回到家，闻到空气中传来的饭菜香时一瞬间被缓解。他换好鞋，朝厨房里系着围裙忙碌的那个人走去。

“阿千，你今天怎么又是白班？”话里的惊喜显而易见，时陆先打开冰箱倒了杯冰水喝，然后立刻靠过去。

“和同事调班了。”千萤看了一眼他手里的水杯，“天气还凉，别喝

冰的。”

“噢。”时陆乖乖地把冰水倒掉，洗干净杯子拿到外面。

锅里的菜炒好，千萤拿盘子盛出来，然后朝时陆叫道：“宝宝，帮我把菜端出去。”

时陆立刻穿着拖鞋走进来，先接过盘子，然后低头在她的唇上亲了一口，道：“保证完成任务。”

这几个晚上，时陆突然爱上了做家务。因为千萤每次叫他的时候，都会加个前缀。

“宝宝，待会儿记得洗碗。”

“宝宝，把阳台上的衣服收一下。”

“宝宝，你要吃水果吗？”

时陆感觉自己像一只晕头转向的蜜蜂，被千萤用甜蜜攻击俘获了。

他的不安、难过，还有低落都通通消失不见了。

他觉得千萤好像会魔法。每次他怎么也迈不过去的坎儿，在她面前似乎都不值一提。

夜里，两人坐在阳台上看星星。

其实城市里并不能常常见到星星，即便是在这种远离市中心的老小区。

不过两人依旧看得津津有味。夜晚有些微凉，空气中有淡淡湿意，而两人躺在一张椅子上，身上裹着一条厚重的毛毯，无比暖和。

他们非常艰难地在漆黑的夜空中寻找着星星浅淡的痕迹。

“哎，鹿鹿，你看那里，正在发着光的是不是星星？”千萤的手指着天上某一处，惊喜地叫着。

时陆眯着眼睛看过去，仔细辨别片刻，发现那颗“星星”在匀速移动，遗憾地告诉她：“不好意思阿千，那是一架飞机。”

“啊？”千萤失望地缩回他的怀里，“我还以为那是星星呢。”

“我有点儿想念云镇了。”她望着头顶的夜空轻轻感慨。

她很久没有看见过星星了。

“我们今年夏天放假就回去。”时陆低头说。

“可是我们今年已经没有暑假了。”

“没关系，我们可以请假。”

“好。”

千萤握着他的手笑了。两人对视着，彼此的眼睛里都有着另一个人的身影。

千萤突然开口：“宝宝，你还在因为你的妈妈而伤心吗？”

她又叫他宝宝。时陆的脑中只浮起这个念头。

须臾，他摇摇头，说：“没有了。”

“早就已经忘记得差不多了。”他撒了一个小小的谎，却莫名地轻松了几分。

“我们其实早就是不相干的人了，她有自己的新生活，而我也长大了。现在的我，已经不再需要她的爱了。

“大家就这样，互不打扰，其实已经是最好的结局。”

时陆想了想，又说：“或许从那个下午开始，我们之间的羁绊就早已结束。

“这么多年放不下不过是我的执念，意难平。”

“鹿鹿……”不知为何，他明明是释怀的语气，千萤却更加难过了。

她一动不动地注视着他，用力地抿着嘴，眼睛湿润。

时陆低下头抱紧她，语气很轻，也很温柔，说：“我有你就够了。”

大四结束，两人参加完毕业典礼，拿到毕业证书，正式告别了学生时代。

他们的工作没有太大变动，千萤结束实习期后留在医院，而时陆也早已转正。他们从校园到社会的过渡，无比自然。

大概是因为大学这几年分隔两地，现在两人每天能待在一起，工作上的辛苦也已经不值一提了。

甚至相比起来，时陆更喜欢如今的生活。

夏天，两人请假回了云镇，因为工作，两人没有久待，只是小住了几天便飞回京市。

临走前那个晚上，千萤和时陆去了他们曾经的秘密基地看星星。

依然是那片草地，就连角落里的铁皮房子都没有太大变化，只是外壁的铁锈又严重了些。而之前在这里挖出来的那本日记本，千萤带回去之后就不见了。

他们看完星星，手牵手走回家。小路上杂草茂盛，时陆却早已不是害怕草里的虫子、要躲在她身后的那个小男孩儿了。

今年生日，千萤收到了一件格外特殊的生日礼物。

时陆用他几个月的工资给她买了枚钻石戒指，既精致又昂贵。

当时他随手从口袋里掏出来。轻咳一声，道：“阿千，我想和你结婚。”

暖黄的灯光下，他缓慢地抬起眸，话语变得小心郑重：“你愿意嫁给我吗？”

那时候，整个屋子都被他布置成了粉红色，气球悬在半空中，心形蜡烛摆成一排，玫瑰花堆在周围。

一开始千萤看到这个场景时只觉得隆重，今年生日他格外大张旗鼓，但她没想到，许完愿吹灭蜡烛，他会突然拿出这样的生日礼物。

千萤盯着那个钻戒，愣了会儿，没反应过来。

大概是见她久不作声，时陆有点儿紧张，不自觉地抿了抿唇，出口却很霸道：“不愿意也得愿意。”

他不由分说地捏起她的手指，拿出戒指准备往上面套。

“鹿鹿。”千萤忍不住笑出声，手往回缩了缩。

“我——愿——意！”她对上男生的目光，一字一顿，庄重地回答。

时陆忍了忍，紧抿的嘴角还是控制不住上扬。他托着她的手，对着她的无名指小心翼翼地把戒指推到底。

那根白皙的手指上多了个亮银色的小环，像是把什么东西定格住了。

“阿千……”他按捺不住，叫了声她的名字。

男生在昏黄的烛光里，认真地看着她，说：“我爱你。”

春节，两家家长见了面。

晚饭是在时家的别墅里吃的。饭桌上，他们认真地商量着两人婚后的住所。

时斯年的态度很随意：“住家里也行，想搬出去也行，我另外给他们准备房子。主要看小萤的意见。”

“我听鹿鹿的……”千萤在桌子底下偷偷地扯时陆的衣角。

“这个不用你操心。”时陆直接拒绝了时斯年的好意，“房子我已经看好了，等结了婚我们就搬出去。”

时斯年顿了顿，说：“看的哪个楼盘？我让方秘书直接去处理。”

台城的楼盘，集团占了一半。且业内的开发商时斯年几乎都认识，打个招呼，事情会简便很多。

“不用了。”时陆靠在椅子上，微微抬头，带了几分年少轻狂，“我买了块地，打算自己设计。”

千萤转头，睁大了眼睛。时斯年显然也有两分诧异。

因为他这句话，众人陷入短暂沉默。

没过几秒，时斯年微微皱起眉，问：“你的资金充裕吗？”

“已经花完了。”他满不在乎地说。

“不过很快会挣回来。”时陆补充道，“所以房子的事情你们不用担心了。”

“我这边还有一笔钱是存给阿千的嫁妆，原本是打算给你们两个买房子的。既然这样，那现在我就交给阿千，未来作为你们小家的共同资金使用。”

千正民拿出一张卡，推给千萤，接着拍了拍时陆的肩膀，道：“小陆，阿千就交给你了。麻烦你以后多照顾她。”

桌上有酒，先前吃饭时不可避免地喝了点儿，他说这个话的时候眼圈是红的，分不清是因为喝了酒，还是因为其他。

千萤连忙把那张卡还给他，低着头，低声道：“爸爸……我不要，你自己留着。”

“傻阿千。”千正民嘴上责备着，望着她的眼神却很温柔。

“这些钱本来就是给你存的，我这辈子只有你这么一个女儿。你要嫁

人了，爸爸当然希望你过得好。”

“叔叔，我一定会照顾好阿千的。”时陆用力地握住了千萤的手，轻声保证，“我会爱她超过爱自己。”

在这个特殊的日子里，时陆陪着他们一直到很晚，最后不免喝多了。

时陆和千萤在云镇时仍然是分开睡。不过时陆此刻醉醺醺的，竟然跑到她的房间，躺倒在床上，闭着眼睛不动了。

“鹿鹿？”千萤叫他，又推了推他的肩膀。

时陆趴在被子上一动不动，攥住她的手指。

“阿千……”他闭着眼喃喃道，“叔叔今天说把你交给我了。”

说着说着，他自己咧嘴笑了起来，脸颊蹭着她的手心，一副舒服的模样。

“我好开心。

“我一定会对你好的。

“你是我的宝贝儿……”时陆嘟嘟囔囔的，抓着她的手咬了起来，但力道很轻，更像是在亲吻。

手指上传来酥麻，千萤受不了他，笑着抽回了自己的手，担忧地说：“鹿鹿，你怎么喝成这样？明天早上我们还要出门呢。”

“没有问题。”时陆抱住她，脸埋在她的腰间，不忘狡辩，“我一点儿也没醉。”

千萤定了早上八点钟的闹钟。翌日，铃声响起的那刻，她还在梦里，而昨晚那个醉意沉沉的人却猛地掀被坐起，一脸惊恐。

他拿起手机，看完时间，松了口气，然后看着旁边还在睡的人，抬手把她从被子里扶起。

“起床了，阿千。”

“几点了？”千萤迷迷糊糊的，躺在他怀里睁开眼。

“是我们幸福的起点。”

一大清早，千萤被这句“土味”情话刺激得清醒了。

两人收拾得干干净净，然后出门。

时陆穿着白衬衫、小皮鞋，头发打理得一丝不苟，整个人容光焕发。

今天是他们去领证的日子。

太阳刚刚从云里露出半边脸时，千萤和时陆就到了民政局，成了今天的第一对新人。

两人肩并肩，头靠在一起。“咔嚓”一声，画面定格在了红色的小本本上。

世间原本没有关系的两个人，从此之后，就组建了一个新家庭。

从此再也没有人能把他们分开。

千萤和时陆的婚礼在来年的三月举行。

春天是希望萌芽的季节，虽然气候还有些凉，但这个时候在外面穿婚纱，对于南方城市来说并不算太冷。

最主要的是，策划了整整一年的时陆，那颗想要昭告天下的心已经彻底按捺不住了。

举办仪式的场地是他们自己的新家。

直到婚礼前一个月，千萤才看到了他修建的那栋房子。

当时千萤和时陆请假回来，确定好一系列流程后，顺便给傅娇娇、宁储他们这些在本地的好朋友送请帖，然后晚上住在了别墅。第二天，时陆说要带她去一个地方。

两人一路开车出了市中心，在新城区繁华的地段一拐，便到了一条僻静的小路。眼前景色清幽，植被茂盛，人烟稀少。

汽车沿着这条小路开到尽头，浓密的树木枝叶散开，如同柳暗花明般，一栋城堡造型的小别墅出现在千萤的眼前。

别墅屹立在一片很大的空地上，周围用黑色的雕花铁栏围绕。前头有个小花园，此时园子里的花都盛开了，姹紫嫣红的。

房子后头是块大草坪，远远看着，青翠宜人。

今天天气很好，天很蓝，白云像棉花糖一样，静静地飘在上空。

这一切像是童话世界里才会出现的场景。

“公主就应该住城堡。”时陆从背后抱住她，带着笑。

千萤陷入了巨大的震惊中。

时陆带她进去参观别墅，和外面的风格一致，里头也是欧式童话风。只是时陆在里面又融合了一点儿现代元素，整个房子的结构变得更加简约。

客厅、客房、休闲区、儿童房……两人最后来到的地方是他们的卧室。

床单有嫩黄色的花边，和淡绿色的窗帘无比相称。

时陆拉开了旁边衣帽间的门。

成排的裙子整整齐齐地挂在那儿，没有任何征兆地闯入她的眼帘。明亮的四方空间，被裙子塞得满满当当，崭新又漂亮，上面连吊牌都没拆。

时陆姿态闲适地站在那儿，眸中含笑地望着她。

“阿千，以后你会有穿不完的裙子。我都买给你。

“等我毕业了，给你买漂亮衣服。”

千萤一直以为，这是当时男生酒后随口说的胡话。

她看着面前一排排精致漂亮的裙子，突然想起一件很久以前的事情。

那是一件很小的事情。

小到如果不是今天偶然想起，她根本不会把它从记忆里翻出来。

大一那个暑假，时陆还住在她租的那个小房子里。千萤每天都要去西餐厅打工，下班时，他经常会过来接她回家。

回家的路上，两人总会经过一条格外繁华的街道，两边都是一些小众的轻奢服装品牌店，要价昂贵，千萤当时一个月的工资，只能勉强买下橱窗里的一条裙子。

每次她的目光都会从上面掠过，但只是单纯欣赏。

只是有一次，边上有家店挂出了一条特别好看的裙子。千萤还隐约记得，那是条复古方领的连衣裙，红色波点，伞状裙摆，模特穿在身上，分外优雅美丽。

她忍不住拉着时陆过去，站在玻璃窗前驻足几秒，顺便感慨了一句：“真好看。”

他当即便要带着她进去，却被千萤制止。

她那时似乎是这样说的：“太贵了。鹿鹿，我不喜欢。”

宽敞的衣帽间里，甚至有不少和当年那条裙子一样的颜色或款式。

她忘记的事情，时陆都帮她记着。

在这两年，时陆一发工资，就总是喜欢买裙子送给她。千萤以为只是因为他高兴。

她从未想过，从很早开始，他的梦想里就全都是她。

婚礼当天，小别墅被布置得像一座真正的城堡。

草坪上满是白色气球和丝带，鲜花也是当天空运过来的。

整齐摆放的椅子中间空出一条笔直的道路，正前方台上站着的司仪是盛扬。他自告奋勇，以自己大学四年主持的经验承担下这一重要角色。

今天来的都是双方的亲戚朋友。不过千萤那边的宾客不多，时陆这边的邀请函发得也很少。

这是一场只属于他们的幸福婚礼。

两人念下誓词，交换戒指，在众人的见证下亲吻。

千萤抬起头时，目光不经意间往下瞥，看到了一张张熟悉的脸庞。

舒美美、方虎、吴晓天几个人坐在前排，正在望着他们笑。舒美美激动得把手掌都拍红了。

傅娇娇和宁储坐在中间。傅娇娇对上千萤的视线，朝千萤比了个大大的爱心，而宁储无奈地转头看了她一眼。

田芮她们也都来了，三人笑嘻嘻的。

离千萤和时陆最近的，是两边的家人。

千正民跟时斯年并排而坐，全程见证着他们的婚礼。

今年千萤二十三岁，时陆也是二十三岁。

相识的第九年，他们结婚了。

婚礼过后，两人回去上班。

双方的同事都收到了喜糖，他们觉得不可思议的同时还送上了祝福。

千萤还好，原本她有个“高富帅”男友的事情就不是秘密，早早地结婚似乎也在情理之中。

而时陆去年晋升成了小组组长，开始单独负责项目，几乎是那一批实

习生中升职最快的。

自从入职以来，时陆工作一直很拼命，加班、出差更是常事，他在所有人眼中都是一个工作狂的形象。

这样一个外表条件优越、事业正处于上升期、刚要大展宏图的男青年，突然一声不响就结婚了。他们领导都蒙了，接过喜糖时委婉地说了句：“小陆啊，你有什么难题可以说出来，大家帮你想想办法。婚姻是神圣的啊，不要因为……某些原因就草率决定。”

时陆愣了一秒，见周围其他人表示赞同的神情时，反应过来，笑了笑，说：“没有。是我比较急。”

众人猝不及防地被塞了一口“狗粮”。糖还没吃，他们就已经齁得慌了。

婚后，两个人都忙起来了。时陆加班只多不少，千萤的状态也差不多。这种状态持续了很长一段时间，直到某天下午。

那天千萤上白班，手机调成了振动模式，放在口袋里。那时她刚好在忙，等发现有未接来电时已经是一个小时后。

前面三个是千正民打来的，后面换成了隔壁邻居周婶婶，她也打了好几个。千萤意识到不对，立刻走到外头回拨过去。

千正民的手机无人接听，千萤转拨给周婶婶。那边也响了很久，终于被人接起。

“喂，阿千吗？”嘈杂的背景音令千萤涌起一阵不祥的预感。果不其然，下一秒她就听周婶婶说，“你爸爸今天不小心在家里摔了，现在人在医院，不过已经没事了。你别担心啊。”

半小时后，千萤才和千正民联系上。她直接打了视频电话过去，视频接通后，屏幕上出现医院熟悉的白色背景墙，千正民坐在病床上，穿着病号服，看着没什么大问题，还笑呵呵地给她看自己的腿脚。他说只是简单扭伤，不碍事。

挂了视频电话，千萤让周婶婶帮忙拍下住院单子给她看。推托不过，周婶婶还是拍了发过去，不忘说：“你爸也是怕你们担心。你们两个工作都忙，他这个病一时半会儿也……”

后面的话千萤没仔细听了，她看着上面醒目的“肿瘤”字样，大脑瞬间一片空白。

千萤当晚飞了过去。时陆工作上有些棘手的事情要处理，最快也要第二天才能离开。

抵达医院那会儿，千正民刚好做完检查，肿瘤的位置确定在肝脏。他之前一直没察觉哪里不舒服，还是今天在搬重物时上腹突然疼痛导致他摔伤，才在医院检查出来了。是良性肿瘤还是恶性肿瘤还未确定，化验结果需要三天才能出。

千正民赶她回去，他除了白天疼了那一下之后，现在身体没有任何异样。脚伤不严重，自己慢点儿也能正常活动。

千萤不吭声，只在一边给他整理着生活用品，然后默默地把水果削好放在那儿。

千萤来了之后，周婶婶把所有单据给了千萤。当她包里的手机再次振动时，千萤出声：“周婶婶，我先送您回去吧。胖胖一个人在家我也不放心。我爸爸现在没事了，今天真是多亏了您。”

“哎，没事没事。这么多年，你们也照顾了我和胖胖很多。”周婶婶不好意思地搓了搓手，迟疑道，“那……我就先回去了？家里晚上没人……”

“胖胖估计都等急了。外面天都黑了，我帮您叫车。”千萤拿出手机，叫好车后把她送到医院门口。

周婶婶上车前还很不好意思。

她丈夫常年在外面打工，胖胖智力发育迟缓，一直需要有人在身边照料，她不能离开太久。

“周婶婶，您今天已经帮了我大忙了。”千萤无比感激，一直目送她乘坐着车走远。

转过身后，千萤的笑容消失了。她抿了抿唇，一脸愁容。

第二天时陆赶了过来，他在医院陪了千萤两天，忐忑地等待之后，结果终于出来了。

是良性肿瘤。

千萤当时腿一软，幸好时陆手疾眼快，千萤栽进了他的怀里。

凉风一吹，她后背全是冷汗。

即便肿瘤是良性的，也因为面积过大引起了压迫，需要手术切除。

千萤延长了假期，全程在医院陪护。时陆工作忙，他只能周末抽空回来探望。

两人还请了一位男护工。千萤在护工的帮衬下轻松不少，每天最大的工作就是去打饭，然后陪在床前和千正民聊天。

自从毕业之后，千萤就很久没有这样和千正民待在一起过了。

有一天早上起来，她竟然发现了他鬓角的白头发。

自己长大了，爸爸却老了。

半个月后，千正民康复出院，医生嘱咐要定期过来检查，平时也要注意休养，按时吃药。虽然千正民目前看起来好了，但身体明显大不如前。

千萤回到京市后一直心事重重，做饭时还不小心把手烫到了。时陆听到声响，立刻进来给她冲水抹药。

他拧着眉，盯着她的手指头，问："在想什么呢？"

"没什么。"千萤垂下头。

"你是不是想回去？"时陆低着头，语气平常地问。

千萤猛地仰起脸，迟疑地叫他："鹿鹿……"

"傻。"他在她的头上轻轻敲了下，"你以为我为什么要在台城建房子？"

"本来想晚点儿和你说的。"时陆平静地看着她，道，"我们公司在台城有设立分部的打算，我准备提交调职申请。"

千萤没说话，默默地伸手抱住了他。

"你喜欢在台城生活吗？"

时陆在这边读了四年书，工作也将近两年，加起来差不多六年光阴。

这里是全国的中心，是所有顶尖行业云集的地方，是承载着无数年轻人的梦想的城市。

"我只喜欢有你的地方。"

夜里，两人躺在床上，千萤回想起白天的事情，不禁抓着他的手问：“你什么时候开始想这件事情的？”

“大概是你过来的第一个月，吃不惯京市的东西，决定自己做饭时，我开始有这个想法的。

“每当看到你对柳絮过敏；打电话给家里，不舍得挂断；在看不到星星的夜晚，这个念头就会更强烈。”

这种微小的时刻，时陆只随口挑了几个。与其说这两年是两人在京市共同生活，不如说是千萤在这里陪了他两年。

“鹿鹿……”千萤感动得泪汪汪的，仰着脸，凝视着他。

时陆本来都要睡了，扭头一对上她亮晶晶的眼睛，又忍不住心痒痒。他转了个身，和她面对面。

“嗯？”

“我好感动。”千萤吸了吸鼻子。

时陆心头更加痒了，他按捺不住，把人扑倒。

“那你是不是要用行动证明一下呢？”他的指尖已经从她的衣摆下探了进去。

千萤的回应是重重地在他的脖子上咬了一口。

翌日起床，时陆脖子上的那个牙印特别显眼。刷牙时，千萤有几分心虚，从头到尾都没敢看他的眼睛。她洗漱完出去时，时陆刚好站在门口。

千萤低着脑袋，小声道：“让让。”

时陆都被她气笑了。

“昨晚不是挺凶的？”他一把拎住她的睡衣领子，挑眉。

“哪有？”千萤依然心虚。

“那我这里是什么？”时陆把脖子凑近给她看。

千萤避无可避，盯着那个明显的牙印，眼神飘忽，说：“对不起……”

她理亏道歉，谁知时陆干脆利落道：“不行。我不接受。”

他抓着她的肩膀，把人往前拉，作势将头凑到她的脖颈儿间，道：“除非你也让我咬回来……”

“啊！”时陆的头发扎到她的肌肤，再加上惊恐，应激反应下千萤直

接揪住他的头发将他往外推。

时陆感到一阵疼痛袭来，再抬起头时，看到了从千萤指间落下来的几根黑发。

四目相对几秒，千萤迅速跳开，拿着自己的包溜之大吉。

“我先去上班了，鹿鹿。家里有创可贴，你自己贴一下。路上注意安全。”

早上逃过一劫，千萤没多久就把这事给忘了。

临近下班时，她刚从病房出来，还没到护士站，就见同事跟她打招呼。

“小萤，你老公来接你了。”她说完，还暧昧地看了她一眼。

千萤有点儿摸不着头脑，走过去。

笔直的走廊上，时陆站在护士站正前方，白衬衫、长裤，没系领带，纽扣自然地松开两颗，领口处锁骨突出，脖子侧面那个牙印成为醒目的一抹红。

他大大方方地在那儿等待着她，丝毫没有遮掩。来往的同事都认识他，早已在偷笑。

千萤的脸“噌”地一下就红了，连忙快步走过去，拉着时陆往无人的楼梯间走。

“你怎么来了？”

“我来接你下班，不开心吗？”时陆姿态闲适，靠着楼梯扶手站着，嘴角带着心照不宣的笑意。

“开心，我非常开心。”千萤一边敷衍地应着他，一边快速过去替他系好衬衫扣子。

“你想热死我吗？”时陆说着，身体却一动不动，任由她在这大夏天里把他的扣子扣严实。

“总比羞死好。”千萤心满意足地收回手，最后说。

春节，两人回到台城。

所有行李都已经提前寄回了别墅，不过京市的那个小房子他们没有

退，时陆又续了一年约。房间内的摆设都没有动，不过窗台上那几盆绿植送给了邻居。

医院的护士长有同学在台城工作，她从中搭了个线，于是千萤的调职申请很快审核通过，千萤转到台城的一家省级医院，暂时分配到外科。

时陆的调职程序比较烦琐，光交接就花了两三个月。在台城工作初期还需要经常返回京市。

新的年岁，兜兜转转，他们又回到了成长的地方。

今年除夕，他们准备去新家过。千萤打算邀请两位家长一起过春节。时陆没有意见，但是在通知时斯年这件事上，他表示拒绝。

千萤只好担起沟通的桥梁，她编辑许久，打了一段话发过去，大意是除夕阖家团圆，想邀约时斯年一起吃年夜饭。

过了许久，时斯年回了一个“好”字。

新年新气象，别墅被千萤里里外外地收拾了一番。红色窗花剪纸、对联、年画……红红火火，烟火气十足。

时斯年进门时，头顶蹭到一个小东西，他抬起头一看，门上挂着一个小巧的红灯笼。

一楼大厅里没有人，倒是厨房传来声响。

千萤正系着围裙在做菜，时陆在她旁边。他凑过去，被喂了一筷子食物。

“咸淡可以吗？”

“刚刚好。”时陆点头，夸赞，“非常好吃。”

两人的脸上都带着发自内心的笑容。

厨房里有热气升腾，阳光和煦的下午，这一幕既安宁又温馨。

时斯年在厨房门口驻足了好几秒，才提步走进去。

千萤忙着起锅，一旁的时陆率先看到他，道：“来得这么早？”

“今天公司没事。”

“哦。”

“爸，您来了？”千萤听到两人说话，回头打招呼。她早在婚礼那天就改口了，每次都规规矩矩地称呼他，和旁边的那个人形成了鲜明对比。

时斯年特意看了一眼时陆。

“看我做什么？”时陆拧眉。

“没礼貌。”时斯年评价。

两人回到台城定居这件事情，最开心的莫过于千正民。只是他今晚被勒令不能喝酒，但桌上那两瓶酒最终还是见了底。

千萤在客房把他安置好，下楼时，餐厅里那对父子已经半醉。时陆脸红，眼睛也红，低垂着头。时斯年端坐在椅子上，可神情显然不同以往。

“小萤，我先走了。”他闭上眼睛，揉了揉额角，出声道。说完他拿起搭在椅子上的外套，起身准备离开。

“司机过来接您了吗？”千萤连忙问。

“嗯。”时斯年颔首，“已经在外面了。”

临走时，他的目光再度落到时陆身上，然后看向她：“今晚麻烦你照看一下，辛苦了。”

时陆喝醉后其实不闹腾，只是和平时有点儿不一样。

千萤把他扶到房间里，拧了热毛巾，替他擦干净手和脸之后，他就醒了。

“阿千……”他转了个身，脸埋在她的手掌中，低低倾诉，“我难受。”

晚上吃完饭，他和时斯年第一次心平气和地坐下来聊天。

鬼使神差地，时陆说起了那次在京市画展上的意外。时斯年听完久久沉默。

“当初这件事情，是我做错了。”

时陆从未想过，有一天会从他口中听到道歉。

“我做过的最正确的决定，大概是那个暑假听从了陆医生的建议，把你送到了云镇。希望你们可以一直幸福下去。”

漫长的时间里，时陆在今天同时收到了来自父亲的道歉和祝福。

又是一年夏天。

时陆出差时，在外面中了暑。近乎半年没发作过的头疼再度找上了他。时陆连夜赶完项目飞回家，却扑了个空，千萤还在医院没回来。

时陆把行李扔到一边，忍着痛洗了个澡出来，这时头痛却更加剧烈。他这次去的地方是一座沿海城市，连续两天高温，他都在外面考察项目，回酒店后就开始头疼，但他一直忍到现在。

时陆无意识地撕着手边的纸，清脆的咔嚓声隐约转移了他几分注意力。不知不觉，碎纸在他的脚下散落一地，干净整洁的房子被弄得一通乱。

千萤下班回来，看到的就是这样的光景。时陆坐在窗边的椅子上，低垂着头，面无表情地撕着一张张白纸。

她走过去，摸了摸他的额头，担忧道："鹿鹿，你又头疼了吗？"

时陆仰起脸，扔掉了手中的纸，伸手抱住她。

"阿千，你亲亲我。"他难受地埋在她的怀里说。

千萤给他找了药服下，又拧了湿毛巾敷在他的额上。冰箱里有早上熬的冰糖银耳，凉丝丝的，时陆躺在那儿，千萤坐在旁边，端着碗一口一口喂给他。

"怎么去那么热的地方？下次不要做这样的项目了。"她看着时陆苍白又毫无生气的脸庞，忍不住皱眉说道。

"好，下次不做了。"时陆温顺地应道。他向来对她言听计从。

"这次跟你一起出差的助理是谁？小齐没去吗？为什么没有注意到你的情况？"

时陆这两年升职很快，公司给他配备了工作助理。他每次出门，或者天气变化时，千萤都会提醒助理，告诉一些注意事项，让助理帮忙照看着他。久而久之，时陆身边的人基本都知道他的习性了。

"他请假了。"时陆开口时呛了下，手抵着唇咳嗽两声，才道，"新来的同事没注意。"

他解释："我也没想到这次头疼会突然发作。已经很久都没事了。"

"任何时候都不能抱有侥幸心理。"千萤严肃地教训。

时陆理亏，握着她的手撒娇，说："老婆，别生气了……"

其实两人已经算是老夫老妻了，可千萤每次一听他这么叫，脸还是会不争气地红起来。

"你先睡一下，我去把外面收拾干净。"千萤说完拿着碗出去了。

在窗外透进来的夏日阳光中，时陆望着她的背影，想起了一段记忆。

那个时候，他才到云镇不久。有一次，他也是像今天这样，头痛发作，只是更为剧烈，难以忍受。

他把自己关在房间里。屋子里能砸的东西都被他砸完了，最后他在精力过度消耗后疼晕过去。第二天他醒来打开门，看到了在外面不知道等候多久的千萤。

她什么都没有说，只是担心地摸了摸他的脑袋，满眼的心疼，问：“头还痛吗？”

时陆记得自己发怔许久，才回了一句：“好点儿了。”

所有人只看到了他的疯狂，都害怕他。第一次有人关心他，问他痛不痛。

千萤把外面一地的废纸收拾好，再次进来，摸了摸他的头。

时陆额头的温度还是比正常的高，烫手。

她满脸忧愁，眉头紧锁道：“夏天真是扰人，再短一点儿就好了。”

时陆握着她的手，笑了下，说：“我希望它更长一点儿。”

“曾经我最讨厌夏天，直到在那个夏天遇到你。”

番外二

很多年后

时陆三十三岁那年，迎来了一位不速之客。

男人即便保养得宜，依旧掩不住发丝中的白。

这么多年，两人一共才打过几次照面。可奇异的是，见到他的第一眼，时陆就立即认出他来了。

深冬，天空阴沉，云层厚重。

宽敞的咖啡厅里，工作日的下午少有人来。

“抱歉，贸然打扰。”男人礼貌开场后，放在桌下的双手不自觉地摩挲了下。

他注视着时陆没有什么情绪的脸，然后目光垂下，落在面前的咖啡杯上，喉间轻轻滚动。

“你妈妈她……胃癌晚期了。

“这几个月一直在医院，医生下了几次病危通知书。

“她最近老是疼得睡不着觉。好几个晚上，我都听到她在叫你的名字。”

坐在那儿的男人沉吟片刻，缓缓道：“我想，如果瞒着你，对你和你母亲都是一个遗憾。你如果方便的话……能否抽空去看看她？”

时陆仍旧面无表情地盯着桌面，一言不发。

男人无声地等待着。最后，他把一张名片推了过去，说："这是我的电话。我知道这件事情对你来说很突然，这么多年你们之间也有很多误会。如果可以，我希望你们能有个机会说清楚。"

"这几天我都会在台城。你考虑好了，随时可以打给我。"他顿了下，补充道，"我手机二十四小时开机。"

他又等待了片刻，可时陆还是毫无反应。

椅子和地板发出细微的摩擦声，他准备起身。

同一时刻——

"不用了。"时陆抬起头，面色清冷，眼眸黑得吓人，"我们的缘分早已尽了。"

时陆觉得他的前半生遥远得像是上辈子的事情。时间久了，有时候他都怀疑那些事是不是真正出现过。

去年开春，他陪千萤去了趟寺庙，原是为了给全家求平安，可那位僧人见了他，却莫名来了句："这位施主从前亲缘浅薄，后半生倒是福泽深厚。"

一语中的。早在画展相遇的那一年，时陆就彻底斩断了对那份亲情的念想。从此以后，他们只是路人。

"你是不是还在怪她？"男人抬起头看他，短短一句话，仿佛让无形的空气凝固住。

时陆听了一个久远曲折的故事。

故事里他的父亲是个冷漠自私的丈夫，而他的母亲恰恰相反，细腻多情。两人婚后，在日复一日的失望中，她像朵失去生机的花，渐渐枯萎。如同死水般的生活，也让她的创作灵感慢慢枯竭。

女人折了画笔，把全部身心放到了孩子的身上。孩子作为她生活中唯一的支柱，让她艰难地支撑了两年。然而她的病却在日积月累的压抑中加重。

那一年，她已经抑郁得非常严重。在那样的精神状态下，男人决定带走她。但时家不可能放开时陆。在抉择之中，她选择了自己。

"那天是个意外，我很抱歉，是我没有处理好。原本我们想悄无声息

地离开，但没想到刚好被你撞见了。

“那时她的精神状态已经很差了，经常无缘由地哭泣，彻夜失眠，还会不自觉地在窗边徘徊……我迫不得已，才如此仓促地带她离开。

“有件事我也要同你说声对不起。你的首次画展上，我不该跑到你面前说那通话。无奈当时年轻浮躁，嫉妒心作祟。你知道吗？以前她经常会在背地里关注你的消息。

“我会在画展上出现，也是因为她。我是陪她一起过来的，只是她不敢让你看到。

“你的画很好，你完全继承了她的天赋。私下里，她经常同我夸赞你。

“后来……知道了你的病，她把关于你的照片和其他物件都锁了起来。从此之后，她没有再提过你一句。她觉得自己不配做你的母亲，此后数年，她不再去见你。这是她对自己的惩罚。

“这些事情如果要细究起来，大部分都是我的过错。你的母亲从未想要伤害你。我希望你不要怪她。”

回去那条路漫长而冷清，时陆走到一半时，天空飘起了雪。

天气预报讲最近会有降雪，今天果然如期而至。路边的行人都裹紧了衣服，加快脚步。

时陆到家时天色微暗，路灯亮了起来。

正是晚饭点，餐桌上摆着丰盛的菜，空气里弥漫着香味，他的两个小孩儿在客厅里玩耍。

时千骑着他最爱的玩具小车子，围着沙发打转；时宝宝坐在地毯上玩积木。千萤端着最后一道汤出来，见他一身风雪，站在门口发怔，不由得放下手里的汤走过去，轻声问：“怎么了？”

她拍打着他肩上的雪花，眉眼温柔。

时陆愣了两秒，伸手把她紧紧拥入怀中。

“阿千。”他闭了闭眼睛，神情痛苦，却又释然，“我这一生再无遗憾了。”

此时此刻，家与她，便是最大的圆满。

番外三

家有萌娃

婚后第十年，两人已经有了两个孩子。

如今哥哥时千五岁，妹妹时宝宝三岁。

时千没出生的时候，他就在千萤的肚子里闹腾不止。千萤整个孕期被折磨得生生瘦了几斤。她时常吃不下东西，半夜脚还会抽筋，面部浮肿，浑身乏力。

时陆没有办法，特意给她找了一个调理身体的营养师。而且他经常还要大半夜开着车，满城市给她找酸辣粉。

时陆每天晚上都会给她的脚按摩。当千萤胸闷睡不着的时候，他也陪着她在阳台上吹风。家里那些家具都加了防撞护角，千萤下楼梯时，他都小心翼翼地扶着。

千萤生产那天，时陆在产房外的走廊上红了眼。

母子平安。

护士抱着小孩儿出来时，所有人都凑过去看这个新生儿，只有时陆径直冲到千萤的床前。

她整张脸都被汗湿了，浑身虚弱，嘴唇苍白。

见到他，千萤缓缓地笑了。

“以后不生了。”时陆双手紧紧握住她的手，颤抖着把唇印在上面，

然后眼睛更红了，“再也不生了……”

“我们有宝宝了。”千萤温柔地说。

“那个坏东西，等我以后收拾他。”时陆抽泣了下，恨恨地说。时千小朋友刚一出生就成了父亲眼中的坏家伙。

在月子里，他整天哭闹不止，让月嫂阿姨操碎了心。

千萤每次抱着他的时候都忧心忡忡：时千以后长大了，该有多皮啊！

一天天长大的时千被人抱在怀里时，总是会用那双漆黑透亮的眸子看着对方，偶尔会对着人笑。

他继承了父亲和母亲的优秀基因，大眼睛、白皮肤，圆润可爱，是个极其漂亮的小孩儿。

周围的人都喜爱他，家里的长辈更是对他疼爱有加。有一次，时斯年过来探望，在阿姨的提议下轻轻地抱过了他。怀里的小孩儿立刻大哭起来。时斯年拧紧眉头，用手里的小玩具和吃食去逗他，目光里满是爱意。

一年后，吵闹的时千终于消停了下来，变成了一个会听大人讲道理的孩子。

而时陆经过初为人父的特别体验之后，一口气给她列举了独生子女家庭的十大好处。

可即便是这样，千萤还是再次怀上了。

时陆深受“小恶魔”时千的折磨，待他大了一些之后，就把他扔给家里的阿姨和两边的家长照看，然后带着千萤出来，找了个人少的小海岛，彻底清静几天。

原本来之前他们计划得很好，游泳、潜水、享受日光浴，千萤连泳衣都带了好几套。结果一过来，两人就泡在了酒店，几天没出门。

最后一天，计生用品用完了，时陆懊恼地准备去买，千萤拉住他，说：“一次应该没有关系。”

问题就出在这一次上面。

事后时陆把自己关在房间里反省了几小时，最终认命地接受了这个现实。

时宝宝的到来顺利极了，她和他哥哥是截然不同的性子，在襁褓中自

己就会乖乖地捧着奶瓶喝奶，不哭不闹，安安静静地看着人。

虽然时宝宝也有折磨人的时候，但是时陆对她的包容要更多点儿，大部分时候他都是和颜悦色的。虽然她的到来是个意外，他花了很长一段时间去释然。

比起这两个小孩儿，他更爱千萤。

生活平顺如常，两个小孩儿也在时间流逝中一点点健康长大。

时千五岁时去上了幼儿园；时宝宝还在家里，由阿姨带着。

千萤仍然在医院工作，只是在前年升为了护士长，不用上夜班，工作时间固定了很多。

某个周末，阿姨有事请假回家了，千萤刚好要去医院加班。时陆休息在家，兼顾照看两个小朋友的任务。

早上千萤准备好早餐，照顾他们吃完之后才离开。

临走时，她看向坐在桌边的人。时陆的脸上架着一副银边眼镜，正专注地浏览着电脑。

她嘱咐道："我去上班了，你看好他们。"

"去吧。"时陆抬起头，同时朝她挥挥手。

千萤走过去，在他的唇上亲了一口，然后匆匆拿起包，说："中午记得准备午餐。"

几岁的小孩儿精力旺盛，千萤一走，吃好早餐的两人就蹦跶了起来。

时千手里拿着小玩具，爬上了沙发。时宝宝跟在他的后头，连声叫着："哥哥……哥哥……"

两人的年龄相差不大，他们凑在一起，简直是一场"灾难"。

没一会儿，整个屋子就被他们搅得乱七八糟。时陆合起电脑，摘掉眼镜，揉着眉心朝那两个捣蛋鬼走去。

"时千，你们能不能休息一会儿？"

"爸爸！"

时陆的威严在他们面前毫无作用。看到他来，他们甚至更加兴奋了。

时千放下被他弄得一团乱的拼图，站起来扑到时陆的怀里。时陆单手抱住他。

时宝宝也跟着哥哥一起，扑上来抱住时陆的腿。

“爸爸……爸爸……”她张开手要抱抱。

时陆只好俯下身，一边抱了一个。没多久，他就被他们俩压倒在了沙发上。

带孩子不累，只是心力交瘁，尤其是要带两个孩子。

中午让他们吃饭也是件难事。

时千还好，自己坐在椅子上，抓着小勺子，吃得很顺利。时宝宝就不行了，时陆把她放在腿上，一口一口努力喂着。

伺候完两个小的，时陆也没什么胃口了，草草地吃了两口，又被他们抓去玩水彩笔。

虽然是两兄妹，但是时千和时宝宝的爱好截然不同。

时千还被人抱在怀里的时候就对音乐特别敏感，每次一听到有人放音乐，哭声就会立刻止住。他刚学会走路，就会爬上凳子，摸着客厅里摆放的那架钢琴，然后乱按。

时宝宝则打一出生就喜欢颜料画笔。周岁抓周那天，她在一堆物件中独独摸中了角落里那套水彩笔，大家都笑着说她要女承父业。

此时，两人各玩各的，时陆陪时千弹了会儿钢琴，又和时宝宝一起玩涂画。小孩子叽叽喳喳的，吵得他头疼，叫了一天的嗓子也干涩沙哑。日落西斜时，时陆的精力终于耗尽，任由着他们自己玩去了。

千萤下班回来后就看到了一场“灾难”。

时千坐在钢琴前胡乱按着，噪声充斥着整个客厅。时宝宝坐在地毯上，手里拿着画笔和纸板，家里到处都涂满了五颜六色的颜料。

而时陆正生无可恋地躺在沙发上，望着天花板发呆。

她深吸一口气，放下包，拎起掉落在地上的抱枕敲了过去。

时陆被她结结实实地揍了一顿。

千萤教训完他，抱着两个小孩儿上楼洗澡。时陆认命地收拾着客厅里的烂摊子，他收拾到一半停下，望了望天花板，心中哀叹：这日子没法过了。

千萤把两个小家伙收拾干净才下楼，而底下已经被时陆清理得差不多

了。从早到晚，经过心理和身体上的双重折磨，时陆累得连一根手指都抬不起来了，正靠在椅子上休整喘息。

“让你带个孩子差点儿把家都抄了。

“万一哪天我和阿姨都不在怎么办?

“你们仨是不是要去睡桥洞了？”

千萤系上围裙，去厨房忙碌。想起回来时看见的惨状，她还不忘数落他。

时陆话里不免带了点儿委屈：“可是我从早到晚都在带着他们。”

“辛苦了，辛苦了。”千萤从厨房切了片黄瓜出来，顺手塞到他的嘴里，“今天真是辛苦我们鹿鹿了。”

时陆咀嚼着，顺势仰起脸。

千萤低头亲了亲他的唇。

时陆刚想要抓住她，千萤已经起身离开，不忘说：“行了，你收拾完就上去看着他们两个。我要做饭，待会儿下来吃。”

晚上，哄睡了两个小孩儿后，两人终于有了空闲。

千萤躺在床上，看着群里幼儿园老师发的关于预防流感的通知，担忧道：“明天好像还要降温，要不给时千多穿一点儿，顺便给他冲点儿板蓝根？时宝宝也要，年纪小的孩子免疫力最差。”

自从小孩儿出生之后，千萤大部分精力就分给了他们。随着两个孩子日渐长大，千萤的注意力也更加放在他们身上了。

时陆忍了忍，还是抑制不住，委屈地说：“你总是这样。一点儿也不爱我。”

千萤停下手上的动作，无奈地看着他：“我这颗心都掏给你了，你还要怎样？”

“我要你一直爱我，只爱我。”

这么多年，他看她的眼神依旧。安静的卧室里，他的失落无声蔓延。

千萤回想着最近的事情，一下了然。她放下手机，过去抱住了他。

“我当然最爱你了啊。”她轻轻地说，“傻鹿鹿。”

“你今天从头到尾都没有关心过我一句。”时陆把她紧紧揽在怀里，

下巴搭在她的头顶上，语气低落。

“我错了。”千萤知错就改，用脸蹭了蹭他的脖子，难得撒娇道，“你就原谅我吧。”

“你总是这样。”时陆被她弄得脖子发痒，嘴角忍不住上扬。

“我又怎么了？”

“就知道用花言巧语哄我。”

“我哪有？”千萤仰起脸，把他的头拉下来一点儿，凑过去吻他的嘴唇，“我身体力行哄你……”

算起来，两人似乎很久都没有亲密过了。千萤每天下班回来忙完，便开始关注着孩子，再到时陆时，态度不免敷衍了几分。

她想着他是大人，却忘记了不管年龄大小，在她面前，时陆永远是那个需要爱的小孩儿。

而时陆，总是能被她一点点地用爱意哄好。

“那你下次不准这样了。”时陆的话毫无威慑力。

千萤伸手解开他的睡衣扣子，用行动回答了他。

时千六岁那年，上了幼儿园大班。

儿童节前，他们班里准备排演一个童话舞台剧，班上正在挑选演员。

这天时千回来时就怏怏不乐的，他放下书包，也不像平常一样叽叽喳喳了，有气无力地坐在桌前不讲话。

千萤还没下班，家里只有时陆在。见到自己的儿子这副模样，他拿着水杯经过，随口问了句：“怎么了？”

突然收到父亲的关心，原本只是委屈难过的时千眼睛顿时红了，他伸出小手揉了揉眼睛，委屈巴巴地说：“我们老师今天选小霏当公主，可是她不愿意，她要去当魔女。我好难过，呜呜呜。”

这件事时陆这几天好像在饭桌上听到过，当时是时千叽叽喳喳地和千萤说的。好像是有个什么童话，他被挑选成了王子的扮演者，而这个拒绝了公主角色的小霏，似乎是被他三天两头挂在嘴边的同学。

处理过无数大大小小投资的时陆，第一次处理小屁孩儿的爱恨情仇，

他伸手揉了揉眉心。

时千还在那里哇哇大哭，说："我花了这么多心思，还特意偷偷去找老师推荐她，可是她想都不想就拒绝了，呜呜呜呜……她不想和我演一对……"

时陆还是第一次知道他儿子有这本事，还会给自己谋私。

他看着眼前这个伤心悲痛的人，头疼。

"时千。"他出声叫他。

每次时陆叫他都是直呼其名，没有亲切感。而时宝宝出生之后便拥有了自己的小名，他也曾满怀期待地问过时陆："爸爸，那我的小名是什么呀？"

当时时陆顿了数秒，最终只能无情地宣布："你没有小名。"

家里只能有一个带"千"的小名，多了会弄混。

"你在找老师之前，问过那个女孩子的想法吗？"时陆这样说。

时千闻言，哭声逐渐变弱了，他仰起通红的脸，抽泣着回答："没有……"

"所以只是你想要让她当公主而已。"时陆认真地和他讲道理，"或许人家就喜欢当一个魔女呢？"

"你是不是要尊重别人的梦想和决定？"他弯下腰，盯着他的眼睛，平静地说。

时千似懂非懂，但却不难过了。他抽泣了下，道："可……可是，公主这么漂亮，她为什么不喜欢啊？"

"这你得去问她呀。"时陆轻声道，然后抽出纸巾擦了擦他脸上的泪痕和汗湿的头发，接着用手掌揉了揉他的小脑袋，把人抱到怀里，"别哭了，待会儿要感冒了。"

小孩儿软乎乎的两只手抱住他的脖子，整个人乖乖地趴在他的怀里，脸温顺地搭在他的肩上。

"爸爸。"时千哭过后鼻音浓重，轻声叫着。

"嗯？"

"那妈妈也有自己的梦想吗？"

“当然了，每个人都有自己的梦想，妈妈也有。”

“哦。”时千抱紧他。

“爸爸，我明天就去问小霏。”

“好。”时陆应完，然后拍了拍他的后背，又夸奖了一句，“乖宝宝。”

第二天吃晚饭时，时千在椅子上端正地坐着，然后兴高采烈地宣布：“我不演王子了，我要去演一只兔子。”

千萤一脸困惑地看向时陆，他朝她摇头。

时千小朋友很认真地给他们解惑：“小霏说她不喜欢当公主，她的梦想是成为一个魔女。没有办法，我只好放弃当王子，去做她怀里的那只兔子啦！”

幼儿园放暑假时，千萤和时陆休了一个长长的年假，带着两个小朋友去云镇度假。

时千年纪大，去过几次。时宝宝是记事起第一次过去。被爸爸妈妈牵着下车后，时宝宝一路打量，感觉十分新奇。

“妈妈，那里有小鸡！”她指着路上的母鸡和一群小鸡仔，惊奇地大叫。

“小鸡有什么稀奇的？”时千扬了扬头，得意道，“外公家还有兔子、小鸭、大鹅呢，我都摸过。”

四岁的时宝宝没怎么见过世面，她张着手，对哥哥露出了无比崇拜的神情。

民宿这几年变化不大，外面虽然翻新过好几次，但格局和从前一样，房子里的摆设也没怎么变。

千萤曾经在网上看到过这么一条评论：这家民宿不是很现代化，反而一切都旧旧的，有种复古韵味，美丽极了。让我想起了小时候在外婆家住的那段时光，那是我最珍贵难忘的童年回忆。

千萤踩着木质楼梯上二楼，然后打开右手边那扇门。棕色梳妆台和打开的两扇窗户没有任何变化。

她驻足停留，而时千和时宝宝两个人早已跑了进去。他们迫不及待地

扑倒在正中间那张木质大床上。

“妈妈的房间好漂亮！”

两个小孩儿在上头打滚儿，没一会儿就揉皱了底下的床单，千萤情不自禁地笑了。

从小生活在城市里的孩子，对这里的一切都无比感兴趣。

夜里在小院子可以看到一览无余的星空。

时千和时宝宝两个人坐在千正民的怀里，正专心致志地听他说着那些星星的名字。

千萤在门后张望了几眼，对身后正在下楼的时陆做了一个“嘘”的手势。他微微挑眉，走过来。

“你看，这两个人难得这么乖。”

时陆顺着她的目光看去，也望见了院子里的那一幕。

“确实难得。”他深有所感。

“我们也去看看星星？”千萤眨眨眼睛，朝他狡黠一笑。

时陆的眼中闪过一抹光亮，嘴角本能地上扬。

“走？”他做了个口型，指了指侧边方向。

两人一拍即合，轻手轻脚地绕过院子，从那两个小孩儿的背后走过去。

千正民有所察觉，转头看了过来。千萤指了下天上的星星，又指了指后山。千正民点点头，手偷偷地往外挥了挥。

千萤拉着时陆跑得飞快，一转眼就绕过民宿，熟门熟路地找到了那条小路，来到熟悉的草地。

夏夜星星遍布天空，银河在其中闪闪发光。两人躺在草地上，千萤躺在时陆的怀里。

“星星真美……”她感慨。时陆搂紧她，头抵着她的头。

此时夜晚静谧，晚风微凉。

“等我们老了，就搬回来住，每天晚上都可以看到星星。”时陆说。

“那时千和时宝宝怎么办？”千萤在他怀里仰起脸，问。

“他们都长大了，可以自己生活了。”时陆有几分嫌弃，“别天天缠

着我们。”

千萤被他的语气逗笑了，翻了个身抱住他，说：“好。”

“就我们两个，不带他们。”时陆的手臂枕在脑后，又“哼”了一声。

平日里两人总是被两个孩子缠着，难得有这样的时光，于是两人在这边待了很久，一直等到四周虫鸣声都淡了，才起身回去。

他们刚刚走到院子外头，还没进去，就听到了里面此起彼伏的哭声。

千萤连忙走进去，看到两个小孩儿正在哇哇大哭，都小脸通红地喊着“要妈妈，要爸爸”。

千正民哪个都哄不好，急得焦头烂额，见到他们回来，如释重负。

“一直叫着要你们两个。”他擦着头上的汗，把人交给他们。

千萤和时陆蹲下来，一人哄一个，然后抱着小孩儿上楼。

“辛苦爸爸了。”千萤有点儿不好意思，“我们偷跑出去太久了。”

“没事没事。”千正民挥挥手，笑了。

翌日，天气晴朗，蔚蓝的天空中飘着朵朵白云。

时千和时宝宝一直缠着他们要出去玩。千萤收拾了一下，和时陆带着他们一起去河边摸鱼。

镇上这几年建了影院、游乐园等各种场所，生活丰富起来，小孩儿都开始往山下跑，不像从前的他们一样，每天上山下河，像个野孩子。

几个人来到河边，时千和时宝宝一看到河里的小鱼，便脱掉鞋子，撒开脚丫子往水里扑。

盛夏阳光下，时陆卷起裤脚，带着一大一小两个小孩儿在河边抓鱼。

他还记得从前的经验，看准时机伸出手，偶尔也能收获一条。两个小孩儿就不同了，他们纯属瞎扑腾。

时千穿着短袖、小短裤，见一条就抓一下，鱼儿早就在他浩大的声势中溜远了。每次他的手伸下去，都会逮个空。

时宝宝牢牢地跟着哥哥，给他加油鼓劲儿，同时自己也不甘示弱，绷着小脸，抓得格外认真。

千萤陪他们下水玩了会儿，有点儿累，见没她的事之后便坐在河边，让时陆带着两人玩。

他在前头抓，两个小孩儿便像是小尾巴，在他的屁股后面捞漏网之鱼。其乐融融又无比温馨的一幕。

千萤见状放下心，拿出手机抽空看着工作群里的消息。

“爸爸，这里有条大鱼！”时千眼睛尖，在水草中发现了一尾比其他小鱼大了两倍的鱼。时陆立刻掉转方向，朝那条鱼发起进攻。

野生的鱼身姿灵活，察觉到动静，飞快地就游进了水草深处。

时陆连忙追了过去。

时千一手牵着妹妹，一手拿桶。两人迈着小短腿费劲地在后面追着。

“爸爸，等等我——”眼看时陆越走越远，根本追不上，时千脸都涨红了，只能焦急地叫着。

只可惜时陆眼里只有那条鱼，根本顾不上他们。

“扑通！”水花四溅，声响过后，河里爆发出高亢的哭声。

千萤抬起头，不过短短几分钟的工夫，方才还好好跟在时陆身后的两个小孩儿已经一屁股坐到了水里，衣裳都湿透了。

时千哇哇大哭，而时宝宝被哥哥吓到，哭得更加激昂。两人坐在水里，模样狼狈不堪。而他们的父亲，时陆，正在前头高举着一条鱼，脸上还挂着笑。

千萤深呼吸几秒，喊：“时陆！”

她闭了闭眼睛，忍无可忍道：“赶紧把你儿子抱起来！

“是带你来抓鱼的，还是带他们来抓鱼的？

“你今年也三岁是不是?！”

千萤气得不行了。

回去路上，两个小孩儿湿漉漉地趴在他们怀里，脸上还挂着未干的泪痕。

时陆抓的鱼都被千萤当场放生了，他也委屈得不行，抱着时千试图狡辩。不是，是解释。

“我怎么知道一不注意他们就摔了，我又不是故意的……你还把我的鱼都放掉了。我辛辛苦苦捉的，捉了半天。”

“你还好意思说！”不说鱼还好，一提鱼千萤就来气。

“是让你来捉鱼的吗？是让你带儿子女儿来玩的。你倒好，自己玩得开心，把他们两个忘到脑后。都这么大个人了，还跟个小孩子似的。”千萤气呼呼地说。

时陆自知理亏，不敢再顶嘴。小孩儿的脸惨白惨白的，睫毛也湿漉漉的，眼珠子又黑又大，看得出还有些害怕。

时陆愧疚了一下，拍拍他的背，轻声问：“吓到了吗？”

“嗯。”时千大力地点头。

“对不起，爸爸下次注意。”

“没关系。”小孩儿小声说。过了两秒，他用双手搂了搂时陆的脖子。

“待会儿我们换完衣服，能不能再来玩？”他眼里的那点儿害怕消失了，满怀期待道，“可以换上泳衣吗？我想顺便学学游泳。”

学什么游泳！我看你是想玩水了吧！

在家的时候，千萤是禁止他们洗澡时玩水的，因为怕他们感冒。

时千的话当然立刻被旁边的千萤听到了。她像对待他们的父亲一样，毫不留情道：“当然不行。

“时千，你今天不可能再碰水了。

“待会儿回去和你妹妹一起喝姜茶。”

“嗷——”时千发出一声哀号，彻底蔫在了时陆的怀里。

几人回到家，千萤和时陆给他们洗了热水澡，又给他们吹干头发。兄妹俩恢复精气神，一起在床上玩闹打滚儿。

千萤下去给他们煮姜茶。没多久，时陆也下来，走到她的后头。

厨房已经有热气冒出，生姜的味道蔓延在四周，甜香刺鼻。

“他们俩呢？”

“玩累了，睡着了。”

“噢。”千萤拿碗舀起姜茶，递给他，“你也喝一碗吧。”

“我又没掉水里。”时陆接过碗嘀咕道。

千萤瞪他，时陆识趣地闭嘴了。一碗姜茶被时陆两口喝完，然后他把碗搁在台面上。

千萤出去，时陆依旧跟在她的后面。

“这两年镇上都在保护生态，河里早就不让捕捞了，抓的鱼不能带回家，否则会被带去批评教育。”千萤没回头，说。

时陆过了几秒才反应过来，追上去，说：“我没有生气。”

“哦。”

“阿千……”他又开始黏黏腻腻，“亲亲。”

俩小孩儿落水之后，千萤就把他们关在了家里。

时千总是喜欢带着妹妹瞎跑，而时宝宝对她的哥哥言听计从，她就像个跟屁虫，去哪儿都要黏着他。

不过两个人的活动范围就在民宿里，他们连小院都出不去。还有爸爸看着，千萤觉得放心多了。

一大早，他们俩就爬起来，跑去后院看兔子。昨天意外地摸了下兔子尾巴的时宝宝对此念念不忘。天刚蒙蒙亮，她就一骨碌爬起来跑去哥哥的房间，让他带自己去看兔子。

千萤半梦半醒间被他们吵醒，踢了踢时陆，自己却没有起来。

时陆很上道，立马起床穿衣，然后走出房门。

没一会儿，被子重新被掀开，时陆躺回来。

“爸在下面带着。”他也犯困，伸手搂住她，埋头睡去。

两人睡到日上三竿，醒来时听到小院里清脆的笑声。千正民在拿着软水管浇花草，时千带着妹妹跟在他的后头，伸手去接溅出来的水珠。

千萤趴在窗户上看着，身后有人拥上来。

“在看什么？”

“你看我们的儿子和女儿。”千萤盯着下面的两道小身影，嘴角带笑，“他们笑得多开心。”

时陆的目光一同看下去，也笑了，道：“调皮捣蛋。”

两人洗漱完，千萤下去吃早餐。两个在外面玩的人立刻就看到了她，然后“噔噔噔”小跑着冲了过来。

“妈妈！”时千和时宝宝齐齐扑到她的怀里，用脸蛋轻蹭着。

“和外公一起好不好玩啊？”千萤摸摸他们的小脑袋瓜，轻声问。

“好玩！”时千奶声奶气，仰起头，“但还是想妈妈。”

“还有爸爸。”时宝宝不忘补充了句。

两个人真的特别黏他们。千萤和时陆工作都忙，平时都是阿姨带着两个小家伙，只有晚上他们才能见到面，因此一到休息时间，两个人时时刻刻都要缠在他们身边。

“今天怎么这么乖？玩了这么久。”千萤闻言笑着问。

时千面容乖巧，答：“外公说你们太累啦，让我们不要打扰你们睡觉。然后他就带着我和妹妹一起在下面玩。”

“乖宝宝。”千萤奖励似的在他的脸上亲了一口。

时宝宝也立马凑过来，说：“妈妈，我也要！”

千萤又捧着她的脸用力地亲了下。她刚亲完，旁边马上凑过来另一张脸。

时陆厚颜无耻道：“我也要。”

一家四口也有静谧的时光。

午后日头正盛，而房间里窗户大开，还开着风扇，凉爽又惬意。

时千跟时宝宝坐在凉席上认真地玩着拼图。时宝宝在旁边给哥哥递拼图碎片，而时千低着头，一脸专注。两人难得安静，偶尔会讨论一两句。

千萤切了一盘水果，在旁边喂着他们，偶尔自己也吃两口，当盘子里的水果没剩多少时，她拿过去给时陆。

躺在那儿打游戏的人张开嘴。

千萤无语，还是拿着叉子叉起苹果喂给他。

“好甜。”时陆说话时，却直直地盯着她的唇。他冲她仰了仰脸。

千萤直接塞了块苹果到他的嘴里，说：“孩子们都在。”

“过来。”

“嗯？”

千萤在时陆的示意下凑过去，不料眼前突然一暗。时陆直接扯起旁边的床单使劲一扬，把两人都罩在里头。

下一秒千萤的唇被人含住，传来温热触感。仓促又缠绵的一个吻结

束，床单被掀开，千萤的心还在怦怦跳，本能地看向角落。好在时千和时宝宝两个人正头抵头玩得着迷，根本没有注意到这边的动静。

千萤又羞又恼，瞪他。而时陆靠在床尾，衬衫敞开，咬着唇，笑得肆意。

吃完这盘水果，千萤拿着本书趴在时陆的怀里，翻到上次的位置开始看。

时陆偏头，把她垂落下来的头发挽到耳后。

“爸爸！”

“我也要！”

正在坐着玩拼图的人一见到他们躺下，像是发现了什么新奇事件，立刻丢掉手里的拼图碎片，纷纷挤了过来。

两人齐齐扑到时陆的身上，一个在左，一个在右。时陆被他们压得直不起身，他抬手拥住他们三个，躺倒在地上，艰难地出声：“我快要被你们压死了。”

两个小孩儿笑得更开心了，在他的怀里拱来拱去。千萤被挤到一边，全然没有要解救他的意思。

时陆望着天花板，感受着身上的重量，痛苦地想：这真是甜蜜的负担。

傍晚时分，民宿里的牛奶和水果都吃得差不多了。原本明天才是下山采购的日子，但时千等不及，抱着空的牛奶盒可怜巴巴地看着。

千萤在厨房做晚饭，时陆正好无事，看到墙角的自行车，便把这辆满是灰尘的老工具从角落推出来。

“走，爸爸带你下山买牛奶。”

时千兴奋得直拍手。没过多久，他蹲在自行车面前，看着时陆用抹布给它擦灰，又不无担忧地问：“爸爸，这个车子真的安全吗？”

时陆没想到他小小年纪，安全意识还挺强，笑了，擦干净车后径直坐上去，朝他抬头示意道：“上来。”

时千立马忘记了刚才的担心，屁颠屁颠地跑过去。

他刚刚有车子那么高，时陆撑着他的胳肢窝，将他一把抱起，放到身前的横梁上，然后踩动踏板。

“坐稳，出发咯。”

自行车像一阵风似的飞了出去，然后平稳行驶着。迎面凉风袭来，时千坐在爸爸身前，开心雀跃，连连大叫：“啊！

“爸爸，太好玩了！

“我还要……慢一点儿……”

千萤在里头听到动静出来时，就看到时陆载着儿子在院子里绕圈，时千在他的怀里笑得无比开心。

眼前这一幕千萤觉得有几分熟悉，她想起曾经有个少年骑着自行车，在她的面前兜圈炫耀，阳光下一脸得意。

时陆刚学会骑车的样子还历历在目，一转眼，他都已经可以带着他们的孩子在这里兜风了。

“我带儿子下去买牛奶。”看见千萤，时陆把自行车骑过来，然后一脚撑着地，单手握着车把手，搂着时千同她报备。

“你带他可以吗？”千萤的目光打量他们，有点儿不放心。

“刚刚试了几圈，应该没问题。”

“爸爸！我也要去——”

千萤还没来得及出声，脚旁已经蹿出来一个人。

时宝宝跑过去，一把抱住时陆的大腿。

“我也要和哥哥一起坐车车。”她仰着小脸，娇声娇气地说。

见时陆没回答，她迫不及待地张开双手要抱抱。时陆只好把她从地上抱起，搁在怀里。

他用眼神询问千萤，而旁边的千萤已经眉头轻皱，说：“妹妹，下来。你太小了，不能坐这个车车，不安全。”

她伸手想把时宝宝从时陆的怀里抱出来，可惜时宝宝不愿意，小手牢牢地扒着时陆的脖子，还有理有据地说：“哥哥可以，我也可以。”

千萤无奈地看向时陆。两人对峙几秒，时陆举起手，说：“我应该也可以。”

时千被赶到了自行车的后座，牢牢地抱着时陆的腰。时宝宝如愿以偿地坐到了时陆身前，开心地扭动着身子，新奇地打量四周。

时陆让他们两个抓稳，整装待发。

“出发了——”

“路上注意安全。”千萤忧心忡忡，只能嘱咐，“慢点儿骑。”

“放心吧。”时陆走之前不忘在她的脸上偷亲一口。

千萤站在原地，一直目送那辆车下去。时陆身形沉稳，她稍稍放心，反身回到厨房忙碌。

骑车到山下一个来回不过半小时，饭菜刚端上桌，时陆就带着他们两个回来了。时千手里提着一大袋牛奶，一下车便心满意足地往冰箱那边跑。

“擦擦汗。”中途千萤捉住他，拿毛巾擦掉他额上亮晶晶的汗珠。

“妈妈。”他仰着脸，撒娇似的蹭着她的手，一脸享受。

“好了。”千萤三下五除二地给他擦干净脸，然后把他往前轻轻推了推。

得到释令，时千一溜烟地跑远了。

“怎么样？我的技术是不是熟练很多？”后头的男人骄傲道，一脸要夸奖的模样。

“太厉害了。”千萤敷衍地夸奖道，然后给他擦汗，“一点儿也不像从前躲在我车后座瑟瑟发抖的样子了。”

“爸爸什么时候躲在妈妈的车后座了?!”放完牛奶回来的时千刚好听到这句话，他瞪圆了眼睛，不可思议地叫着。

刚刚才在儿子和女儿面前建立起高大雄伟形象的时陆是万万不可能承认的。

“啊？什么时候？”时陆装傻，看向千萤，满脸无辜，“有这么一回事吗？”

千萤觉得好笑，善良地没拆穿他：“可能没有吧？”

“你看，我就说没有。”时陆连忙抱起时千离开这里，一路还不忘给儿子洗脑，“妈妈记错了，你别瞎信。爸爸骑车可厉害了，你刚才也看到了对不对？”

他还诱哄小孩儿，一定要听到夸奖，问：“爸爸刚才厉不厉害？”

天真单纯的时千立马上了他的当，夸赞：“厉害！”

时陆心满意足，对着他的脸一口亲了上去，说：“乖儿子。”

“爸爸是世界上骑车最厉害的人！”时千的“彩虹屁”跟不要钱似的往外冒。

这个晚上，时陆破天荒地允许他喝了两瓶牛奶。

睡前，他咂吧着嘴，连梦里都在说：“爸爸，骑车，厉害。”

时陆乐得不行，终于把自己十几年的黑历史洗清了。他关上门，转身准备回房，结果一回头，正对上千萤的视线。

她站在那儿摇摇头，满是无奈。

“天天就知道欺负小孩儿。以前是抢人家的东西，现在是连哄带骗。真有你的。”

这黑历史太多，看来是洗不清了。

云镇夏季晴朗，偶尔来一场雨，温度就降了下来。

山里的果子都成熟了，野生的莓果、桃子、甜瓜……千萤从前每年这个时候都会拿着篮子去山上，采回来满满一篮子做果酱。

吃过早饭，她带着两个小孩儿出门。听说要去摘果子，两个人开心不已，走路都蹦蹦跳跳的。

时陆在后头无奈地叫着：“慢点儿。”

红色莓果长在草丛里。一到山上，放眼望去，绿草丛中掩映着红，星星点点，分外喜人。

时千提着篮子小跑过去，说：“妈妈，好多小果子啊！”

时宝宝一个挣扎，从时陆的手里溜下来，紧紧跟着他，喊：“哥哥！等等我——”

两人蹲在地上摘着莓果，兴奋得手忙脚乱。千萤刚想叫他们小心点儿，这时时宝宝捏碎了一颗红艳艳的果子，汁水染红指尖。

“小心点儿。”时千轻轻地采下一个莓果，奶声奶气地给她做示范，“要这样……轻轻的。”

“噢。”时宝宝张着嘴，恍然大悟。

千萤被两人逗笑，拿出纸巾递给时陆，说：“去，给你女儿把手擦干净。”

他依言过去，蹲在那儿给小孩儿擦着手。千萤望着面前的一大片果子，开始挎起篮子认真地采摘。

这个季节，野果漫山遍野，几人忙忙碌碌大半上午，满载而归。

千萤挎着篮子，篮里左边堆满莓果，右边放着两个甜瓜。时千和妹妹一人提着一个小竹篮，里面是他们摘的莓果。

山间小路狭窄，四人排成一队慢慢地走回家。千萤在最前面，两个孩子走在中间，时陆在最后头看着他们两个。

下山道路高低不平，走了大半，时宝宝的速度明显降下来。她偷偷地伸手拉了拉时陆的裤脚。

时陆接过她手里的篮子，把她从地上抄起来，抱到怀里道：“走，爸爸抱你。”

一行人下山回到家。

千萤路过门口那棵桃树时还停下来了一会儿，从上头摘下来几个新鲜的大桃子。

她洗了些新鲜的水果装在盘子里给他们吃。第一次吃自己亲手摘的果子，两个小孩儿都很激动。

“好甜呀。”妹妹开心地笑着说。

时千又拿了一颗喂到她的嘴里，问：“甜吗？”

“嗯！”她大力地点头。

“那你多吃点儿这个。”时千一边吃，一边喂给妹妹。

两个人吃着东西，很乖，千萤放下心，上楼去换了身衣服。

她刚下来，一会儿没见到她的两个人马上扑了过来。时宝宝抱着她，仰起脑袋，问：“妈妈！你去干吗？”

“妈妈准备做果酱，你们要一起来帮忙吗？”

两个人举手，踊跃参与。

千萤系上围裙，带上他们，几人分工合作。

时千和时宝宝被她安排了洗水果的任务。当然他们两个是不可能做到的，时陆在那里善后。

桃子削皮，切块，放锅里用小火熬着。

莓果洗得差不多了，千萤另外用了一口小锅，煮着果酱。

微风灌入厨房，日光明媚。空气中开始弥漫出水果的香甜，还夹杂着一丝淡淡的酸味。

千萤把煮好的桃子罐头先盛出来，放凉后准备放入冰箱。那两个小孩儿馋得不行，扒着台面望眼欲穿。

“妈妈，我要吃这个。”待红彤彤的果酱盛出来，时宝宝彻底按捺不住，咽了咽口水，扯她的衣角。

“你真的要吃吗？”千萤正在用勺子把果酱装进玻璃罐，闻言不禁笑着问她。

“要！”时宝宝答。“咕咚”一声，她再度咽下口水。

千萤的勺子里有残余的果酱，她吹凉，喂给时宝宝。时宝宝张大嘴巴，一口吃下去。没过两秒，她整张脸被酸得皱成一团。

“妈妈，好酸，呜呜。”她两眼含泪，可怜巴巴地望着她。

千萤十分不厚道地笑出了声。

时陆听到响动后望来，看到这一幕，连忙拿起杯子给时宝宝喂水，冲淡她嘴里的酸味。

他看向千萤，目光充满谴责，然后摇摇头，叹气道：“就知道欺负小孩儿。”

他们在云镇住了快一周，突然某天上午，有客人造访。

民宿已经许久没有熟悉的朋友过来了。自从千萤出去读书工作之后，那些朋友也慢慢有了自己的生活，很少会再来这儿了。

因此，千正民一看到他们几个，立刻洗洗手，从水龙头前站起，掩不住喜悦。

“阿千，你看谁来了！”

他刚叫一声，千萤就听到动静从里头出来，眼睛一亮。

“美美！虎子！晓天！”她兴奋地叫着，加快脚步，几乎是小跑过去，脸上的笑容更加灿烂，“你们怎么来了?！”

大家工作以后，基本都在外面生活，只有逢年过节才会回来，很难再聚到一块儿。这些童年时的小伙伴都已经为人父母。每次见面，他们都感触很深。

舒美美的手里牵着一个小娃娃。她前几年才结的婚，女儿刚三岁。方虎的小儿子已经上幼儿园了，此时正躲在他爸爸身后，偷看着他们。吴晓天毕业之后，成了一名飞行员，成家比较晚，孩子还在哺乳期，所以这次他的妻子没有过来。

吴奇工作太忙，千萤已经好几年没见到他了。他是他们里面联系最少的一个，听说已经在城里买了房，准备把他爸妈都接过去，以后回云镇的机会只会更少了。

“你上次不是在群里说回云镇了吗？”舒美美牵着她女儿迎上来，笑着回答，“我和虎子他们几个一合计，干脆也休假回家待两天。这不，刚到家就来找你玩了。”

“好久不见，好久不见。”千萤上去一个个拥抱他们，既感动又欣喜。

一群人在院子里那张圆桌旁坐了下来，只是座位不够，千正民又从屋里搬了好几张椅子出来。时陆也拿着水果和茶水出来招待。

几个小孩儿坐不住，很快玩在一块儿，在他们周围玩闹打转。

方虎环顾一圈，忍不住发出感慨：“上次见面是什么时候？好像是去年过年吧?！”

“你记错了，是前年。”吴晓天纠正他，“去年过年美美没回来，小萤也是大年初三才回来的，你那会儿已经出去了。”

“噢，对。”方虎一拍脑袋，“没想到都过去这么久了。”

“可不是，一眨眼你儿子都大了。”

众人顺着吴晓天的话望去，人群中那个虎头虎脑的小男孩儿格外怕生。时千拉着他的手试图叫他去玩什么，他摇摇头，后退了两步。

“你儿子怎么一点儿也不像你？有点儿斯文内敛。”千萤见状忍俊不禁，觉得稀奇。

“可不是。”方虎挠挠脸，不好意思，“像他妈妈。”

方虎的妻子是位白净秀气的人民教师，当时他死缠烂打追了几年才追上的。这件事一直是几个小伙伴之间的笑谈。大家一听，不由得笑开了。

“像他妈妈好，长得好看，要像你就完蛋了。”这么多年，舒美美和他一见面，依然互损着。

方虎不甘示弱道：“可不是，幸亏你女儿像她爸爸。”

“哎！你这话什么意思，我长得不好看啊？”舒美美作势要站起来同他理论。

方虎仰着脖子反驳：“自己好不好看心里没点儿数啊？”

“你——”

眼见两个人当场就要掐起来，时陆刚好把今天新摘的桃子清洗干净拿出来，见状一人手里塞了一个。

“吃点儿甜的，降降火。”

舒美美冲方虎“哼”了声，道：“不同你计较。”

方虎说：“哼。”

千萤抚额。

时隔多年，还能看到“小学生”吵架现场，也是神奇。

千正民自然都把他们留下来吃晚饭。人多菜也多，千萤在厨房帮忙，时陆在旁边给她打下手，洗菜切菜，偶尔还能掌勺，翻炒一下青菜之类。

时千和时宝宝被舒美美看着。几个小孩子在院子里玩得不亦乐乎，围着圆桌子奔跑，笑声响亮。

方虎和吴晓天坐在桌子边，忍不住逗他们。

舒美美因此得了空，起身散步。

厨房的大窗户正对着院子，站在外面，里头的景象一览无遗。

舒美美看着厨房里拿着锅铲忙碌的时陆，不由得称奇，在千萤端着菜出来时，偷偷地伸手拉住她。

“小萤，这几年时陆还会做菜了？”

“会一点点。”千萤转头看向后面的时陆，忖量许久，谨慎回答，“做的东西能吃了。”

“厉害。”舒美美无声鼓掌，摇着头，满脸钦佩，“我还记得时陆当年刚来的时候，是个十指不沾阳春水的小少爷。一转眼，他都会进厨房做饭了。爱情的魅力，果然妙不可言。”

这晚，千正民搬了张大桌子放到院子中，大家头顶明月，就着夜里清风，闻着空气中清新的花草香，坐在一起吃饭。

小孩儿也玩累了，乖巧地坐在大人的身边。

千正民今晚做的基本是拿手菜，这群人从小吃到大。

开吃之前，舒美美清了清嗓子，特意道：“今天感谢我们千叔、小萤，还有时陆准备这桌子菜招待我们，辛苦了！”

“辛苦辛苦。”浮夸的掌声响起。

吃吃喝喝，玩笑打闹，不知不觉已是深夜，在座的人都有了几分醉意，意识也模糊。

方虎拍着时陆的肩膀，口齿都不清了。

“我觉得时间过得真快啊，小萤和时陆都结婚这么多年了，总感觉时陆才来我们这边。

“那会儿你天天把自己关在屋里，不出门，我们都不敢和你说话。对了，你们还记得吗？”他转头问他们，笑得夸张。

“我们当时还叫他‘城里来的小少爷’。”

“怎么不记得？我们还打碎了他一个杯子，大家吓得半死，不敢上去要无人机。”

提起这件事，大家都忍不住笑了。

时陆摸了摸鼻梁，说：“我那时候状态不太好，脾气有点儿差。”

“而且那杯子死贵死贵的，我到现在也用不起两千元的杯子！”憋了这么多年，方虎直拍大腿，终于有机会一吐心声。

“我真的想不到竟然有人会用两千元的杯子！我那会儿还以为遇到讹钱的了！”

“贫穷限制了你的想象力。”舒美美嘲笑他。

方虎正要说话，时陆端起酒杯，和他轻碰了下，说：“我为我当年的冒犯向你道歉。”

他如此郑重其事，反而弄得方虎不好意思了。方虎脸红道：“倒也不用道歉……”

“待会儿我回去查一下那个杯子还卖不卖，下次送你一个。”时陆认真地注视他，说道，“同款。”

众人哄然大笑。

他们好像变了，又好像什么也没有变。

夏天终会过去，但仍然有新的夏天到来。

少年永远闪闪发光。

番外四

云镇夏末

夏天走到尾声时，天空格外湛蓝。

树上的小圆柿子开始露出红红的一角，金黄的树叶坠在枝头，在一片翠绿葱郁中昭示着夏季将要结束。

暑假结束前的最后一天，千萤和时陆带着两个小孩儿去了他们的秘密基地。

吃过晚饭，他们穿过小路，绕开面前遮挡的树木，平整宽阔的青草坪就出现在了视线中。

前方尽头沉着一轮火红的夕阳，油画般的色彩晕染了整个傍晚。

时宝宝和时千双双看呆了，忍不住发出了一声惊叹。

“有草坪！”没两秒，时宝宝的注意力又很快被面前漂亮的草地吸引，她张开手，穿着小裙子蹦蹦跳跳过去。

时千也迫不及待地追在她的身后。一高一矮，两道身影追逐着。

见两个小孩儿在不远处撒欢儿玩闹，她放心地找了块干净的空地，拿出了准备好的格子桌布。

出门前，千萤带了些水果和自制果汁。水果都是提前切好放在保鲜盒的，可以直接吃。她还带了卡通塑料小杯子，有粉色和蓝色两种颜色。千萤刚把东西准备好，两个小孩儿就过来了。

“妈妈，我要吃水果！”时千跑得满头大汗，脸蛋红通通的，像熟透的小苹果。

“我要喝果汁。”时宝宝软乎乎地说。

“男生用蓝色的杯子，女生用粉色的。”上幼儿园大班的时千一板一眼地说，并且拿着杯子开始分配。

他把蓝色杯子放到时陆的面前，说：“爸爸用蓝色的。”

然后他又把粉色杯子给千萤，说：“妈妈用粉色的。”

另一个粉色的杯子他给了时宝宝，说：“妹妹也是粉色的。”

最后剩下的那个蓝色杯子，他留给了自己：“我也是蓝色的。”

随着年岁的增长，小孩儿开始有了自己的思维。时陆对他莫名其妙的操作已经习以为常，没什么反应，而千萤很给面子地夸了他一句：“我们时千真棒。”

小男孩儿仰起脸蛋，眯着眼，笑开了花，背后似乎有一条无形的尾巴，在得意地摇啊摇。

夕阳逐渐落进地平线，天慢慢黑了。铁皮小房子里泛着泥土的清香。千萤半跪在地上，领着时千和时宝宝他们，把松软的土填实压平。

“妈妈，愿望以后真的能实现吗？”小孩儿仰头问，脸上一派单纯天真。

千萤想了想，说：“妈妈也不知道。但是等你长大之后，再过来打开愿望单的时候，就会想起现在。它可以留住你的小时候。”

半小时前，千萤和时陆说起了铁皮小房子里的故事。时千一听，也急着要藏下自己的小物件。

这种有趣的小游戏，是他们这个年纪最爱的。

来的时候，他们没有做这方面的准备，好在千萤急中生智，在包里找出了随身携带的纸和笔，又把玻璃瓶子里最后一口果汁喝完。

时千的愿望太多了，什么“希望能拥有最新的玩具手办”“小霏第二天会喜欢上我”“爸爸、妈妈、妹妹和我一辈子不分开”……他几乎写满了半张纸。

相比起来，时宝宝写的就简单得多：希望每天都可以吃到糖。

千萤一边把愿望单卷起来，封存到玻璃瓶里，一边在心里想，时宝宝这个愿望大概永远都实现不了了。

把最后一块土压严实，他们还特意放了块小石头做标记。从铁皮小房子出来时，面前突然闪过一点儿发亮的萤火。忽闪忽闪的，在深蓝的夜幕中格外漂亮。

时千第一次看到这种画面，新奇地大叫一声："那里有东西在发光！那是什么？"

时陆顺着他的目光望去，看到了那只在草丛中飞舞的萤火虫。

他情不自禁地笑了，说："这是妈妈的名字。"

回去一路上，时千都在念叨着今晚见到的那只萤火虫。他扯着千萤和时陆的衣角，不停地追问各种问题。

只在书本上看过的神奇小生物，他竟然亲眼看到了。小孩儿兴奋不已，在小路上蹦蹦跳跳，胳膊也不自觉地挥舞起来，触碰到两旁的杂草。

碧绿的"海洋"被拨动，哗啦作响，这时无数发光的萤火虫从草丛中飞出来，慢慢升空，汇聚成一片银河星海。

两个小孩儿被这绚丽梦幻的一幕震住。时千目不转睛，一只从草丛中飞出来的小虫子不知何时停留在他的手背上。

时千察觉到细微的痒，低下头，看清那个小虫子后吓得立马叫出来："爸爸！"

他惊恐万分，哇呜哇呜地往时陆那边躲。谁知道，方才还站在那里的人立刻后退一步，半躲在千萤身后，用手拽住她的衣服。

男人本能地咽了咽喉咙，直直地盯着那处，说："阿千……"

时千的脸上还挂着泪珠，此时却忘了害怕，愣愣地张着唇，茫然地看看自己的爸爸，又看了看妈妈。

千萤无奈地抚了抚额，笑着解释："爸爸也怕虫子啊。"